U0465550

译者简介

方智敏 （1958－ ）男，硕士，教授，汉族，福建省福州市人。现为福建江夏学院外国语学院教授，主要从事美国现代文学研究，已出版专著，译著6部，论文20多篇，其中获省部级优秀奖3项。

中国书籍·学术之星文库

安德森短篇小说集

〔美国〕舍伍德·安德森◎著

方智敏◎译

图书在版编目（CIP）数据

安德森短篇小说集/（美）舍伍德·安德森著；方智敏译．—北京：中国书籍出版社，2017.3

ISBN 978-7-5068-6054-3

Ⅰ.①安… Ⅱ.①舍…②方… Ⅲ.①短篇小说—小说集—美国—现代 Ⅳ.①I712.45

中国版本图书馆CIP数据核字（2017）第026429号

安德森短篇小说集

（美）舍伍德·安德森著；方智敏译

责任编辑 叶心忆
责任印制 孙马飞 马 芝
封面设计 中联华文
出版发行 中国书籍出版社
地　　址 北京市丰台区三路居路97号（邮编：100073）
电　　话 （010）52257143（总编室） （010）52257153（发行部）
电子邮箱 chinabp@vip.sina.com
经　　销 全国新华书店
印　　刷 北京彩虹伟业印刷有限公司
开　　本 710毫米×1000毫米 1/16
字　　数 461千字
印　　张 26.5
版　　次 2019年1月第1版第2次印刷
书　　号 ISBN 978-7-5068-6054-3
定　　价 78.00元

目　录
CONTENTS

前　言

方智敏

舍伍德·安德森(1876－1941)是一位著名的美国现代主义作家,特别是他的短篇小说,不仅开创了短篇小说形式的许多新的叙事手法,而且深远地影响了短篇小说的文体和整整一代追随他的美国作家,包括著名的威廉·福克纳和欧内斯特·海明威。

如果说在1919年结集出版的《俄亥俄州的温斯堡镇》奠定了舍伍德·安德森在美国文坛上的地位,那么在随后几年里出版的三部短篇小说集,《鸡蛋的胜利》、《马与人》、《林中之死及其他故事》使安德森的地位得到了进一步的提升和巩固。虽然这三部集子中的短篇在质量上参差不齐,但其中最好的一些短篇小说应该说代表了安德森的巅峰之作,使安德森的声誉从国内走向国际。本集子就是从安德森这三部短篇集中精选出来。安德森在这些作品里运用更加娴熟的叙事手法,继续他的两大主题:美国社会最底层畸人的孤独与绝望,青少年成长中的困惑与幻灭,以及他们步入社会后的艰辛与探索。安德森以他忧郁的目光,独特的视角,描绘了他们在生活中深感孤独和无助,外表上显得十分怪异和多愁善感,渴望冲破他们自己内心的隔绝围墙,探索人生的出路,但都没有成功。

安德森的短篇小说以其朴实无华、毫无浮饰的散文风格和简单明快的口语体语言而著称。在小说结构上他打破传统小说的模式,形式松弛,结构松散,情节也不明显,不侧重在故事情节的完整性上,而往往只突出几个闪亮的生活片断和场景。在艺术手法上他进行了多种发展和创新。他是美国最早的一批作家中对潜意识在人类生活中的作用进行了探索,对新颖的各种现代主义叙事手法进行了尝试。安德森的写作风格和主题对福克纳、海明威、菲兹杰拉德、沃尔夫、斯坦贝克和许多其他美国作家作品的形成产生了深刻的影响。

安德森的青少年成长小说(initiation stories)在美国文学中占有重要的一席之

地,也是美国短篇小说中最优秀的一些作品。“发现社会的邪恶,童年理想的破灭,同现实接轨,从而结束天真时代长大成人,是美国青少年文学的一大主题。安德森接过马克·吐温开创的传统,使用顿悟手法创作短篇,为这个题材开辟了新天地,也诱发海明威、福克纳、斯坦贝克等后来人去进行新的开拓”(董衡巽)。

《鸡蛋》当首推为安德森最优秀的短篇小说之一,也是安德森最优秀的青少年成长故事之一。在这篇故事中,安德森又一次透视了生活,揭示了表层之下人性的内在深层。故事通过一个天真的孩子的视角讲述了他父母亲既可笑又悲惨的境遇。他父亲原本是个质朴的农场工人,过着无忧无虑的乡村生活。后来结了婚,娶了一位颇有文化的女教师,于是这两个人身上发生了变化,他们开始做起了“美国梦”,“他们变得充满野心,美国人想出人头地的激情占据了他们的头脑”。叙述者首先巧妙地通过描写他父亲外形的可笑暗示了他与现实生活的不协调,而他做起生意来的情景就更可笑。夫妻俩先是投资一个鸡场想养鸡发财,但他们养的鸡好像特别多病,刚刚辛苦地喂养了几个星期的小鸡一只接一只地开始愚蠢地歪着脑袋直盯着太阳,然后一只接一只地死去。孵出的小鸡怪胎又特别多,于是他父亲把那些孵出的怪胎小鸡泡在酒精里。后来他们又在火车站旁开了个小饭店,但又是惨淡经营,门可罗雀。他父亲以为用怪胎小鸡展览可以招揽顾客,但人家一看到泡在酒精里的怪胎鸡都跑了。他父亲最后的一招就是拿鸡蛋来变戏法,这时想发财的欲望已经使他本人也成为一只怪胎鸡了。他使劲地耍鸡蛋,但人们都觉得他已经疯疯癫癫了,连看都不看他的表演。手中的鸡蛋破碎了,他气得恨不得把所有的鸡蛋都摔个粉碎,但最后又轻轻地放下,放声大哭。安德森用鸡蛋的象征和黑色幽默的艺术手法辛辣地讽刺了“美国梦”的幻灭。

《我想知道为什么》也是安德森一篇脍炙人口的少年成长小说。刚满15岁的“我”爱马爱得如醉如痴,约了家乡的几个小伙伴一块儿去看赛马。在萨拉托加赛马场上,天真的“我”爱上了创造世界纪录的赛马“快如光”,爱屋及乌,“我”也爱上了“快如光”的驯马师杰里·蒂尔福德。赛马会后,“我”原打算去找杰里套近乎,却偶然发现这家伙居然去乡下嫖妓女。“我”怎么也想不到驯马那么有本事的杰里居然和那么肮脏的女人混在一块。大人们的世界在“我”的眼中崩溃了,整个世界都毁灭了。安德森继承了马克·吐温开创的美国文学的优良传统,用悠扬的中西部口语,生动地描写了一个在农村长大的纯洁少年在成长中遇到的烦恼事,以及对大人世界中那些邪恶勾当的不理解。主人公通过顿悟把天真推向幻灭,产生了无限的痛苦和失望。最后,主人公告别了天真的少年时代,步入孤独和烦恼的成年时代。

在这两篇故事中,安德森运用了许多现代主义叙事手法,为美国现代文学,乃至后现代文学增添了几分亮点。第一,天真的叙述者。“天真的叙述者是对他最尊敬的一个成年男性逐渐产生了幻灭感”(詹姆斯·费伦)。《鸡蛋》和《我想知道为什么》都是以一个孩子的天真目光来看待这个世界。《鸡蛋》中“我”看父母亲,《我想知道为什么》中“我”看驯马师杰里。起初,“我”对他们充满了崇拜和爱戴,但最后都彻底失望了。“天真叙述的一个典型结果就在于它在叙述者与读者之间确立了某种张力”(詹姆斯·费伦)。这种张力是话语内部的一个不稳定环境,或者又称为冲突关系,它涉及对价值、信仰或知识之严重断裂的关系。第二,内聚焦,多视角。两篇故事都是以第一人称有限叙事情境来叙述,采用内聚焦、多视角手法,即叙述者是“我”,主人公也是“我”。两个“我”的目光交相探究这个世界,夹叙夹评。在结构上,都穿插了“部分倒叙”,在叙述中都采用了“陡转”法,也就是将重头戏都放在了后半部分。另外,安德森的叙述特色是内倾性叙事模式,特别着重描写人物的内心世界,在两篇故事中对“我”都有精彩的心理描述。在《鸡蛋》中,安德森还运用了视角越界的叙事手法。为了更加生动地叙述父亲在店里耍鸡蛋的整个过程,叙述者“我”从内视角跨越到了全知视觉,为整个事件的详细描述增添了幽默讽刺的效果,使父亲气急败坏的形象跃然纸上。第三,顿悟。安德森的少年叙述者的亮点总是集中在他回忆过去经历中的某个奇特或独有的“片刻”上。安德森认为人生充满了挫折和孤独,只有在难得的片刻一个人才能得到顿悟。《鸡蛋》的叙述者“我”最初用一个孩子困惑的目光来审视这个世界的奥秘,“我很想知道为什么会有鸡蛋,为什么鸡又是从鸡蛋里孵出来的,孵出来的鸡又会下蛋,这个问题融入我的血液里,并一直留在那儿,我想是因为我是父亲的儿子的缘故”。最后,“我”醒悟过来,这是个血缘的问题,美国人生来就爱做美国梦。“我”和父亲是一个模子铸出来的,我们都是“畸人”,父亲的命运就是“我”将来的命运。这里也包含了叙述者的自我否定,“我”最后不仅认识了自己,认识了这个世界,也认识和接受了别人。在《我想知道为什么》中有两个顿悟,一是“我”因为爱赛马也突然爱上了马夫杰里。“我抬头一看,正好我和他的目光相遇,这使我不由得心里一动。我觉得我热爱这个人就像我热爱这匹马一样,因为他能懂得我所想的事。”二是当“我”看到马夫杰里在乡下嫖妓时,“突然间,我恨起那个人来。我真想尖声地喊出来,冲进那间房子,把他杀掉。”两个顿悟明显转折,马的世界真善美与人的世界假恶丑鲜明对比。第四,象征。在《鸡蛋》中,安德森把鸡蛋作为美国梦的象征。鸡蛋虽有坚硬的外壳,但极易破碎,孵出的小鸡往往又是畸形的。安德森用畸形的小鸡来象征社会中的畸人,包括叙述者的父母亲和他自己。这里的鸡蛋、小鸡、母鸡、养鸡场等在《鸡蛋》中起着多重的象征作用。在《我想知道为什么》中，安德森用公马“快如光”来象征纯洁、力量和美，“‘快如光’就像一个你时常思念可又从没见过面的姑娘一样。它浑身结实，也挺可爱，你瞅着它的头就想吻它一下。”用去势的公马“半路飞”来象征妓女，“她们也很猥琐，只有其中一个身材高挑，看起来有点像‘半路飞’那头阉了的雄马，但没有它那样干净，还有一张倔强的、难看的嘴巴。”但马在这里也有多重的象征，比如象征“我”，象征“性”等。第五，元叙事(meta - narration)。这是一种反复说明叙述行为的手法，把叙述的人为性裸露出来，拉大叙述者与文本、文本与读者的距离，而且通过元叙事反复强调“这件事”的重要性，以引起读者的高度重视。在这两篇故事中，安德森都是以一个孩子的口吻来叙述，孩子惟恐大人不明白他的意思，于是对一件事就反复地唠叨重复。在《鸡蛋》中，“我”就一直重复“鸡蛋”和“小鸡”的故事，并把重头戏放在了他父亲耍鸡蛋上。在《我想知道为什么》中，叙述者从一开始就反复讲述“我”打小起就爱看赛马，爱马，爱当马夫等，然后采用“内倒叙”手法讲述赛马的情景，最后才讲了杰里和妓女的鬼混。安德森用元叙事手法写出了孩子的天真可爱，反讽出大人世界的不可理喻。

《我是个傻瓜》也是安德森脍炙人口的青少年成长故事。安德森运用内聚焦第一人称的叙述手法，叙述者回忆自己少年时的一段难忘的经历，用一种近乎黑色幽默的口吻来讲述，一气呵成，语言切合主人公身份，富有生活情趣。主人公“我”已经十九岁了，却到处找不到工作，无奈之下不顾家人的强烈反对，当上了马夫。在俄亥俄州的桑达斯基秋季赛马大会那天，他穿上了最好的衣服，带上所有的积蓄，走进了一个酒吧。他看到“有个家伙拿着一根手杖，打着松散蝴蝶结式阔领带。看着他那副样子，真使我感到恶心”。为了和这个恶心的家伙摆阔，他连喝了两杯威士忌，买了一张大看台上最好的票。在大看台上他认识了一个打扮时髦的年轻人和他的妹妹，并很快地喜欢上了那人的妹妹。为了讨好她，他编造了一连串的谎言。他告诉她自己的父亲是个有钱人，拥有一大串的赛马。在火车站，当他们分手时，她答应会按照他给的地址写信给他。火车开走后，他“像个小孩似的放声大哭起来”。他顿悟到自己的彻底失败，因为虚荣，他告诉她的一切，包括给她的地址都是假的，刚才在大看台上他的那种男子汉的自豪与自信一瞬间便烟消云散了。在故事的最后，他为自己因喝酒和撒谎造成的困境感到困惑，伤心，愤怒和孤独。在极度的悔恨中，他把自己称作大傻瓜。

安德森这个著名的故事有几点值得一提：首先，安德森继承了马克·吐温优良的口语化传统，从对话到叙述都是纯朴的美国中西部口语，让我们想起了《哈克贝利·芬历险记》。“不同的是,安德森写少年的成长不采取历险记式的渐进手法。他运用‘顿悟’,构思某个场景作为契机,使少年们顿时认识世界,认识自己,从而结束一个天真的时代。”(董衡巽)其次是发现邪恶的主题,这里指的是发现自身的邪恶及社会的邪恶。在这篇故事里,安德森特别强调了社会邪恶对自身的影响:主人公从巴特那儿学来了吹牛撒谎,从花花公子那儿学会了虚荣摆阔,但最后却是弄巧成拙,悔恨终身。但主人公最后还是从这一发现中认识了人生和自我,获得了成长的感悟。还有一个特点是幽默。在这个故事中,以及在这个集子里,你可以随处看到安德森的幽默。但安德森的幽默不同于马克·吐温那种调侃尖刻的幽默,这是一种苦涩的幽默,一种在困境中的幽默,一种无可奈何的幽默,我们称之为黑色幽默。你看,主人公自己找不到工作,就说别人家个子小好找,无奈中透出一种自我的悲怆。

《变成女人的男人》是《马与人》中另一篇优秀的美国青少年成长故事,同样用内聚焦第一人称的叙述手法,回顾了叙述者自己青少年时的一段经历,但比起《我是个傻瓜》来,内涵更加丰富,安德森对人性的深层次和多重性进行了分析和探索。

主人公赫尔曼·达德利在成年后讲述了他青少年时的一段经历。十九岁了,在赛马场上当马夫的赫尔曼还从来没有接触过女人,但他一直以自己的方式在想象着女人,想象着自己理想的女孩应该长得怎么样,“在夜晚的梦中我老是看到女人的身子和双唇,以及女人的其他地方,早上醒来时我觉得自己就像魔王撒旦”。他太害羞不敢和女人谈话,他觉得与马为伴要比与人为伴来得愉快多了。有一个和他亲密接触的人叫汤姆·米恩斯,是个受过教育的马夫,想要写那些赛马的故事。赫尔曼非常崇拜汤姆,“说真的,我想我开始爱上汤姆·米恩斯了,他比我大5岁,虽然当时我不敢说出来”。赫尔曼之所以不敢说出来,是因为“美国人在说这样的事情时都害羞和胆小,我发现这里的男人不敢承认自己爱上了另一个男人,他们甚至自己都害怕承认有这种的情感”。许多批评家都认为赫尔曼有潜在的同性恋倾向而自己却没有觉察到,当然更不知道应该如何去处理。其实故事中有许多的迹象表明赫尔曼只是有一种含糊不定的性取向,并不是个同性恋者。

故事有三个恐怖的高潮:在一个寒冷的雨夜,他到附近一个矿山酒吧里,看到了自己在镜子中的脸,“是一张女孩子的脸,也是一张孤独寂寞和受惊吓女孩的脸,她在镜子里只是个孩子”。他感到害怕,如果酒吧里的其他男人看到他的女孩的脸,他可能会陷入麻烦。这时在酒吧里又发生了一件恐怖的事,一个疯子巨人在酒后痛打了一个嘲弄他的人,“就这么一拳就把那个家伙打昏了过去,他就像一头遭到斧头痛击的牲畜一样倒了下去。”更可怕的事情发生了，“他抬起一只脚，狠狠地踩在了那个家伙的肩膀上，我能听到骨头碎裂发出的嘎吱声”。在大雨中，害怕得浑身发抖的他回到马厩里。只有和心爱的赛马在一起，他才能放松下来，想好好地睡上一觉。他很快地睡着了，睡梦中有两个喝得醉醺醺的黑人马夫闯进了马厩，把他当成了女孩。两个黑人一起扑了过来，赫尔曼惊吓过度说不出话来，他们误把他当成女孩更强化了他起初在镜子中把自己看成女孩的想象。他疯狂地跑进附近的树林里，但他仍然觉得“我靠近的每棵树看起来都像是一个人站在那儿，等着要抓我”。当赫尔曼摔倒在跑道附近的一个废弃屠宰场中的一堆马骨头中时，故事达到了恐怖怪诞的高潮。“我刚好摔在这匹马的肋骨中间，这些肋骨似乎把我紧紧地包了起来。我的两只手紧紧地往上抓住，正好抓住了这匹死马的颧骨，这个颧骨在大雨的冲刷下冷冰冰的。一堆的白骨包围住我，我的手上抓住的也是白骨。”

赫尔曼的摔倒实际上是一种奇特的成年仪式，在摔倒的瞬间使他得到一种震撼性的顿悟，一种彻底的释放。泰勒指出：“白色的马骨头是赤裸裸的死亡象征——象征着赫尔曼对女人的单纯天真的想象的死亡，他的那种赛马场上要比外面世界更胜一筹的看法的死亡。”在经历了这次可怕的遭遇之后，赫尔曼永远地离开了赛马场，他把自己的青少年时代永远地抛在了身后，他对自己和自己的模糊性取向，以及社会的邪恶和暴力等有了更多的了解，一个真正的男子汉获得新生。

安德森指出人类是注定要遭受挫折的，这是因为他们允许，甚至鼓励自己天性中的残忍一面压倒善良的一面，如理解、同情等。和《林中之死》一样，在这故事中，安德森运用了双重视角的叙述手法来拉开叙述距离，即一个是十九岁天真的内叙述者，一个是成年后的外叙述者。在天真的叙述者讲述青少年时可怕经历的同时，成年的叙述者尽力控制着青少年的记忆，并以成年人的复杂心态对发生的事情作出解释，但仍然是困惑不解。安德森还运用了像赛马、脸、梦等作为“性”的象征来加强他的主题，这些象征被叙述者在讲故事中似乎是无意识地应用，而实际上是安德森的匠心独运。这个故事中还有一个值得一提的是赫尔曼奇特的“顿悟”，摔倒在象征死亡的马骸骨中得到的释放，把故事有效地推向了高潮。

《兄弟之死》是本集中的另一篇青少年成长故事的优秀之作，同时也是一个以死亡为主题的故事。和《林中之死》一样，安德森在《兄弟之死》中强有力地批判了美国现代社会的拜金主义，显现了“美国梦”的幻灭。故事通过一个 14 岁小女孩玛丽的天真目光，讲述了在美国弗吉尼亚南部一个农场主约翰·格雷一家的生活矛盾和冲突。故事有两个叙述层次，一个是砍树风波，约翰·格雷突然决定砍掉农场中的两棵大橡树,遭到他妻子阿斯平沃尔的反对,因为这两棵大橡树是她爷爷亲手栽种的,象征着她的家族过去的荣华富贵。格雷的大儿子唐站在母亲一边,同父亲格雷爆发了激烈的冲突,其目的是想借机抢班夺权,但唐失败了。在出走几天后,又不得不回到农场,向父亲格雷低头认错,从此后他低首下心,夹紧尾巴做人。另一个层次是讲述玛丽和特德的姐弟情谊。玛丽和特德是格雷五个孩子中的老二、老三,也是家庭中关系最亲密的一对。特德患有先天性心脏病,医生断定他随时都可能死去。作为姐姐的玛丽不仅细心地照料他,而且完全理解他的个性。特德自幼桀骜不驯,生性爱好自由,毫不惧怕随时可能降临的死亡。与他相反,特德的大哥唐,为了能争夺到整个农场的统治权,唯唯诺诺,卑躬屈膝,丧失了做人的基本价值。

在这篇故事中,安德森以死亡作为主题和手段来审视生活和生命的质量,通过天真的叙述者提出了一个问题:"生命的价值是什么?死亡真的是最可怕的事吗?"故事成功地回答了这个问题。

安德森认为生命的价值在于自由,而自由来自抗争。由于特德患有严重的心脏病,随时都有可能死去,因此他的父母亲和大哥唐严格地禁锢他的个人自由。11 岁的特德学会了抗争,姐姐玛丽也支持他。有一天姐弟俩在雨中玩水时受到母亲的阻拦,特德无声地跑进了马棚以示抗争,姐姐玛丽则指责母亲不该这样。经过这次抗争之后,姐弟俩获得了完全的自由,他们有了新的生活空间。特德并没有突然死去,他死于几年后的一个晚上,走得安详,在睡梦中。安德森始终认为人的死亡并不是一件可怕的事,正如《林中之死》中的格兰姆斯老太婆一样,安德森认为特德的死也是一种解脱与完美。安德森在这个故事中还告诉我们,只有当一个人摆脱了其他人强加在他头上的种种束缚时,不管这种束缚是来自个人还是社会,一个人的生命才会有价值。这就是为什么特德的死具有某种人生意义上的美,因为它体现了一种生命的抗争,一种安宁与幸福,因为"他活着的时候总有一种好奇的自由感,某种属于他的禀性使这种自由感变得更美好,巨大的快乐总是伴随着他"。大哥唐为了得到权力所付出的代价太高了,实际上安德森认为他是一个正在成为活着的死人。因为对权力和财富的追求已经使他迷失了人的本性——对他人的理解和关爱。只有爱和理解才能使生命更有价值,没有爱和理解的绿洲终将成为一片荒漠。安德森断定格雷家族在唐的手中必将灭亡,因为连唐的妹妹玛丽都认为有一种"更加难以觉察,更加可怕的死亡已经降临到她哥哥唐的身上"。

在《兄弟之死》中,安德森也运用了许多现代叙事手法来增强故事的艺术效果。第一，天真的叙述者。在安德森的少年成长小说中，主人公通常总是一个对世事无知的少年或青年。在故事开始时，主人公总是处于一种天真或蒙昧的状态，通过一个偶然的事件，他首次了解到了一些他过去所不知道的事情，比如社会的某种邪恶等，而这些事情却是大人们都知道的。随着冲突的加剧和高潮的到来，主人公通过顿悟把天真推向幻灭，产生了无限的痛苦和失望。在《兄弟之死》中，安德森也是用内聚集和多视角的叙事手法，让14岁的玛丽和11岁的特德，用他们天真的目光，看到家庭的矛盾和冲突，对他们的父母亲和大哥唐，由敬佩转向轻蔑和失望，最后是彻底的绝望。第二，顿悟手法。在《兄弟之死》中，安德森娴熟地运用顿悟手法来描述玛丽和特德的成长过程。玛丽起初一直不理解大人们为什么一天到晚会吵吵嚷嚷地争斗，她也一直不理解自己家里人的关系到底是一种什么样的关系。直到那天下午在院子里目睹了父母亲和大哥唐因为砍树而引起激烈争吵时，玛丽突然豁然开朗，“那一刻，她突然有一种强烈的孤独感，一堵把她和特德与其他人隔绝的墙。或许在那时，就要用新的眼光来看待父亲，母亲和唐”。第三，象征手法。举几个例子：(1)两棵大树是美国梦幻灭的象征。安德森用这两棵大橡树作为两个家族的象征。刚愎自用的约翰·格雷不听家人的极力劝阻，断然决定砍掉这两棵原本枝繁叶茂的大树，这也是预示着这两个大家族的必定衰亡。(2)墙，人与人之间隔绝和孤独的象征，缺少交流和理解的象征。在这里，格雷的砍树风波筑起了一堵堵的墙，墙的一边隔离了玛丽和特德，另一边隔离了家里的其他的人。(3)唐与特德，两种死亡的象征。在《兄弟之死》中，安德森把唐与特德的死进行了鲜明的对照，一个是跪着的生，虽生犹死；另一个是自由的死，虽死犹生。第四，感情的误置。在《兄弟之死》中，安德森用感情的误置来描写被约翰·格雷砍倒的那两棵大橡树，营造了两个大家族，阿斯平沃尔和约翰·格雷即将衰亡的氛围。在整个故事中，特德始终认为树是有生命的，被砍的树会发热，会流血。就像被砍倒的大树一样，任何一个人或家族终究会灭亡，会回归大自然，这是大自然的规律，也体现了安德森对大自然的敬意和对美国社会的幻灭。

本集子中的另外三篇故事《芝加哥的哈姆雷特》、《悲伤的吹号人》、《一个俄亥俄州的异教徒》是安德森的另外几篇青少年成长故事，从不同的方面和视角讲述了青少年在步入社会后谋生的艰辛，探索与追求，也是不同类型的畸人故事。

在《芝加哥的哈姆雷特》中，安德森运用内聚焦第三人称同叙述者的叙述手法讲述了一个忧郁的广告撰稿人，谈起他十八岁时在一个沉闷的俄亥俄州租赁小农场里的故事。主人公汤姆的母亲去世后，他父亲很快又找了个继母，并带来了另外三个孩子。父亲对他有敌意，继母和带来的孩子也不喜欢他，加上农场里的活又脏又累,汤姆决定走出家门去外面的世界闯荡。他后来来到了芝加哥,在谋生中他发现了同样的不幸,同样毫无意义的工作和那些疲惫的吵吵嚷嚷的人们。叙述者把在一个芝加哥酒吧里的多次谈话拼缀起来,形成了一个完整的故事。

故事中最引人注目的情节是在农场的一个晚上,汤姆悄悄地走到他父亲身后打算打死他,当时他父亲正跪着作祈祷。汤姆是一个有洁癖的畸人,对肮脏、混乱的农场生活深恶痛绝,对他父亲成天为自己作祈祷厌恶至极。但当汤姆看到他父亲黑黄交加的肮脏脚板时,他悄无声息地退回到自己的房间,因为当时他自己的脚板也是肮脏的,由于生病他干活回来还没有洗澡。他希望当时自己的脚要干净,并穿上干净的衣服。正是汤姆的这种洁癖使他没有下手,救了他父亲一命。也正是那天晚上的顿悟,使汤姆净化了自己的心灵,决心更加珍惜自己的生命,决不轻言放弃。

在这个故事里,安德森给我们描绘了一个乡村的叛逆,一个对家庭、对基督精神的叛逆。但汤姆也是一个畸人,他要为清白洁净奋斗一生,虽然永远办不到。这里,安德森运用了美与丑的平行技巧来对比人物的形象,给我们塑造了一个探索自我的少年叛逆形象。

十七岁的威尔·阿普尔顿在《悲伤的吹号人》中,就像乔治·威拉德在《俄亥俄州的温斯堡镇》一样,感觉到长大成人就是迈向孤独的过程。母亲的突然去世,父亲的严重烫伤以及姐姐的即将嫁人,迫使他提前进入孤独郁闷的状态。为了谋生,他被迫离开俄亥俄州的家乡小镇,去宾州伊利的一个工厂里打工。故事的展开采用了双线结构,从乡村的油漆工生活到工业城市的打工仔生活的进程是故事的一条主线,另一条副线是安德森向我们展现了威尔对父亲矛盾的情感,从深切的同情到最后完全的理解。威尔一直对他父亲做事缺乏自尊所苦恼,他父亲生性爱胡闹,行为像个孩子。为了搞个愚蠢的恶作剧直接导致了他父亲的那次事故,当他摔倒时,把两大壶滚烫的咖啡全部泼洒在自己身上。而当他父亲躺在地上痛苦地扭动和尖声喊叫时,他的邻里起初还认为他又在搞什么恶作剧。他父亲的小号吹奏一塌糊涂,跟在镇上乐队经过大街时的拙劣表演,尤其在他小号独奏时,让威尔深感难堪和丢脸。

在伊利成为威尔朋友的那个小老头也是一个悲伤的吹号人,他曾想离开他的妻子去做一个职业吹号手,但他根本就不胜任。起初,他让威尔感到有趣,就像他父亲那样。但在随后的时间里,由于自己的孤独和郁闷,威尔的态度开始转变,他认为自己需要一种家庭般的温暖和安全。最后,他学会了接受那个小老头,这也意味着他对自己的父亲有了新的同情和理解。故事的最后,在威尔寄宿的小卧室里，那个小老头要威尔使劲地、大声地吹小号，但威尔只是轻轻地吹了几个音符，他顿悟到自己也将是个悲伤的吹号人。安德森在这里用吹不响的小号作为这类畸人的象征。

大卫·安德森认为这个以安德森父亲为原型的故事表明了安德森在父与子关系的看法上有了根本性的转变。从《饶舌的麦克佛逊的儿子》中儿子对父亲的完全误解，到《鸡蛋》中儿子理解了父亲作为一个畸人值得同情。在这个故事里，安德森展示了儿子是如何通过艰难的人生探索学会了理解自己的父亲，最后认同了自己的生活和父亲的生活是一样的艰辛。大卫·安德森对这种理解作了直截了当的评论："这种的理解只有在儿子经历了和父亲一样的挫折之后才有可能体会到。这个新观点表明了安德森觉得，除非在故事中，否则他就像自己的父亲一样，根本就找不到满意的生活。"

在《一个俄亥俄州的异教徒》中，安德森再一次回到了乡村生活的情景，并以一种乐观主义的憧憬作为故事的零度结尾。故事主要围绕着一个也叫汤姆的少年，他在很小的时候就失去了双亲。有个名叫哈里·怀特里德的农场主把汤姆领回自己家中抚养，并让他成为赛马布塞弗勒斯的照管人。汤姆和这匹赛马赢得了多次的比赛，但也引起了当地学校训导员的注意。当汤姆被迫要去上学时，他决定离开家乡比德韦尔镇，前往克利夫兰市，但城市的生活对他来说"从某种程度上看只有臭不可闻"。后来，他离开城市，加入了在俄亥俄州伊利县的约翰·博茨福特打麦队。就是在那时，他第一次开始思考人生和它的意义。新的环境、新的生活以及新的伙伴使各种诱惑和冲动涌上他的心头。有时候，当他从田野里回到农场主的仓库时，那个农场主的女儿从农舍里走出来，站在门口看着他。"汤姆看着这个女人，心里充满了一种渴望"。最后，汤姆断定通过爱和理解，他能找到自己心仪的女人并实现自己的愿望。但他也意识到首先他必须学会确定这些愿望。"我现在完全被要个女人的想法迷住了，我最好到城里去，去上学，看看自己是否合适有个女人。"

这也是个少年成长的故事，和《我是个傻瓜》中的主人公丹·帕奇一样，汤姆也是个来自乡村的天真少年，他们热爱生活，喜欢赛马，突然间他们感到性成熟的朦胧冲动，以及寻求得到性满足，但又意识到自身的局限性，从而陷入恐惧和迷惘之中。故事的零度结尾安德森似乎在暗示，汤姆在寻找过程会找到满意的答案，虽然这种寻找可能永无止境。安德森认为人生的目的并不在于要获取任何最终的胜利，而是要在奋斗中有这种的探索精神。几乎安德森故事中所有的人物在生活中都在寻找能给他们带来安宁和幸福的东西，他们并不想抑制自己真实的情感,但环境却迫使他们要这样做,这样他们就成了畸人。

在安德森的短篇小说中有不少关注妇女命运的作品。安德森的妇女题材的作品主要有以下几个方面的主题:妇女被她们居住的社会和周围的人所伤害;社会对妇女命运的冷漠,麻木和歧视;妇女的压抑,特别是性压抑和孤独的人生等。"在构思社会最底层的那些被蹂躏和被压制的人们的主题时,没有任何事情能逃过他对人性的同情和关注,妇女,黑人,还有红种人。"本集中的《林中之死》、《种子》、《没有点亮的灯》、《新英格兰人》、《来无踪去无影》等都是关注妇女问题的优秀作品。

《林中之死》被普遍认为是安德森最优秀的短篇小说之一,它在死亡主题的悲剧性和艺术性方面是安德森最成熟的作品。小说深刻地描绘了当时美国农村妇女在饥荒年代的悲惨境遇,并揭示了当时丑恶的契约奴制度。

小说的主人公是一位被称为格兰姆斯的老太婆,她从小就没有了父母亲,被卖到一个德国人的农场里作契约奴,整天都得喂牲口,做家务。长大成人后,那个德国人老想占有她,但几次都没有得手。有一次一个叫杰克·格兰姆斯的年轻人来农场打工,看上了这个姑娘。经过与德国人的一番拼死搏斗,杰克带走了这个姑娘并和她结了婚。婚后育有一男一女,但只有男孩活了下来。杰克本身也是个无赖,成天不务正业,到处偷鸡摸狗,惹得人人厌恶。儿子长大后与老子是一丘之貉,也是无恶不作。格兰姆斯老太婆为了谋生和养活游手好闲的丈夫和儿子,只得自己养了一些鸡、猪、牛、马等家禽和牲畜,没日没夜地辛勤劳作,不到四十岁就成了一个老太婆。在一个大雪天,老太婆背了几个鸡蛋到镇上换些吃的东西,并去肉铺讨了些下水和骨头。在回家的路上,老太婆由于过度劳累想坐下休息一会儿,却被冻死在一棵树下。几只家里跟去的狗把老太婆的尸体拖到空旷地,撕裂了老太婆的衣服并叼走了她背上的东西。在月光下的雪地里,老太婆赤裸的尸体像一尊洁白的大理石雕成的美少女。

格兰姆斯老太婆的不幸命运具有普遍的社会性和典型性,是当时契约奴的悲惨写照。安德森指出:"许多乡村小镇的人都见过这样的老太婆,却没有人知道她们的详细情况。"格兰姆斯老太婆"是那些几乎无人知晓,不知姓名的许多老太婆中的一个"。

《林中之死》揭示了美国社会对贫苦的妇女命运的冷漠、麻木和歧视,塑造了另一个被压抑和孤独的女性畸人形象——格兰姆斯老太婆。由于是一个契约奴,加上丈夫和儿子不成器,格兰姆斯老太婆和任何人都没有往来,镇上也没有人和她说话,她也从来不去别人家串门。生活的重压,社会的冷漠,不幸的遭遇,使她的性格严重扭曲,成了一个沉默寡言,外表古怪的畸人。

安德森认为格兰姆斯老太婆的死是一种解脱,从痛苦,残忍和毫无意义的生活中的一种解脱,是一种回归大自然。《林中之死》也表明了安德森对大自然神秘造化的深深敬意。

在《林中之死》中,安德森也运用了许多现代主义叙事手法,其中不乏安德森自己的探索和创新,这里略举几例。第一,安德森运用了双重视角,采取内聚集,多视角的手法。《林中之死》自始至终都有两个人的视角,一个是少年的"我",另一个是成年后作为作家的"我",交相叙述,一个追求真实,捕捉神秘;另一个用沉思、内省的目光来看待格兰姆斯老太婆的死,力求作出一个完美的解释。第二,"感情的误置"(pathetic fallacy)。这种艺术手法用来营造一种死亡的气氛,详细地描述了格兰姆斯老太婆的几只狗在女主人死亡前后的表现。安德森用狗的强烈情感和离奇的动作使故事达到高潮,而不是用传统的人物矛盾和冲突。第三,象征手法。包括畸人象征、狗的象征、牲畜的象征等,特别是雪的象征。白雪对格兰姆斯老太婆仿佛是一种还原解脱的象征,死后的老太婆赤裸的尸体在白雪中显得格外的美和年轻。安德森用白雪来衬托格兰姆斯老太婆的美,充分说明了他对普通劳动人民质朴本质的赞美。第四,精神顿悟的闪现:自我启迪和自我完善。少年的"我"对格兰姆斯老太婆的死不甚理解,也无法作出解释。成年的"我"在故事的编撰过程,实际上是一种自我发现和自我完善的过程。在小说的结尾,"我"顿悟了,一切都豁然开朗:"死去的老太婆是命里注定要喂养牲畜的。"这是社会制度对穷苦妇女的伤害所造成的必然结果。"我"顿时对人生,对女人,对死亡有了进一步的认识。第五,简单明快的散文体。虽然《林中之死》的外部结构平平淡淡,但它的圆圈式内部结构却富有诗意,带有"元小说"的雏形,比简单的散文更有说服力。叙述者自己谈起故事音乐般的魅力:"这整个过程,老太婆之死的故事对我来说,在我的成长过程中就像听来自远方的音乐。"

《种子》用内聚焦和外聚焦的双重视角突出地描述了妇女在性压抑和孤独方面的主题。从衣阿华州来的一个跛脚的年轻女人来到芝加哥住进了一个男人成堆的公寓里。由于孤独,她千方百计地想接近男人,想得到男人的爱。但当房客中有个卖成衣的小伙子想拉住她的手时,她却惊恐万状地哭了起来,害怕得浑身发抖。那个小伙子吓得夹着尾巴逃跑了,以为这是个阴谋诡计。从此后公寓里的男人再也不敢理睬这个女人。实际上这女人是因为害怕,因为她从来没有接触过男人。后来,当女房东赶她离开时,另一个房客,故事的叙述者,心理医生勒鲁瓦帮助了她。最后,这个女人又回到了衣阿华州自己的老家,又过起过去那种闭塞、孤独的生活。安德森的这个故事告诉我们,性压抑容易使人失态,人的内心世界永远是一个矛盾冲突的世界。只有用爱,长期的,悄悄的,耐心的爱才能治愈这种的病态,才能唤起人世间的真爱。另外,安德森进一步深化了在《俄亥俄州的温斯堡镇》中的畸人主题,"可以肯定地说她是个畸人,但现在这世界上所有的人都是畸人,我们都需要爱"。

《新英格兰人》同样揭示了孤独与性压抑的主题,强调了人与人之间的相互理解终将遭到挫折和失败。埃尔西·利安德是一个35岁尚未结婚的女人,在弗蒙特州她父亲的农场里长大。她随着父母,应哥哥之邀,搬迁到了衣阿华州的另一个农场,她仍然和父母住在一起,没有同其他任何人来往。在有一天的暴风雨中,当她看到16岁的侄女伊丽莎白和隔壁农场的一个年轻人在玉米地里紧紧拥抱时,她突然醒悟过来,她和父母一起的长期禁锢的生活,实际上是对自己性冲动的长期压抑,就像父亲农场上的一块块田地,被年久的石墙包围着,随着岁月的流逝而不曾有丝毫的改变。

安德森对埃尔西的描写主要集中在她的内心和情感上,并和新英格兰农场的环境与人物联系了起来,单调沉闷的环境和家庭造就了埃尔西的孤独性格。虽然在整篇故事里并没有提到任何性的字眼,但其中安德森运用了许多的性象征。埃尔西喜欢躺在温暖、肥沃的大地怀抱,后者就像是母亲的子宫象征,这是生她养她的温暖的母亲怀抱。在肥沃的黑土地上生长出来的坚实的,高高的玉米茎无疑的是男性生殖器的象征,当埃尔西触摸玉米茎时,她所感到的害怕正说明了她对异性的恐惧和不理解。

《没有点亮的灯》和《陷阱之门》表达了同样的主题:未能实现的生活目标,爱的失落和人性的隔离。女主人公不能够表达和交流她们内心的情感,虽然她们都非常渴望与人交流。第一篇故事的主人公玛丽·科克伦,在生活中和她的父亲科克伦医生无法相互表达他们内心的情感,也不能同别人进行交流。实际上科克伦医生在生活中是一位非常善良和热心肠的人,也非常爱自己的妻子和女儿。但他那冷酷的外表和孤独寡言的性格,使人望而生畏。妻子难以忍受他的性格离他而去,女儿在他的影响下也变得孤僻寡言,不与人交往。玛丽断然拒绝了小伙子杜克向她表白的爱,即使面对自己的父亲,玛丽也是封闭着自己的内心世界。他们父女俩心中的那盏爱之灯始终没有被点亮,虽然他们都一直渴望着被点亮。最后,科克伦医生心脏病突发死去,留下女儿玛丽继续走着孤独,无爱的人生旅途。

在《陷阱之门》中,同名同姓的另一个玛丽·科克伦,也不善于表达自己的内心情感。在大学班上,同学中有个男孩向她表示爱意,被她不置可否地拒绝了。

她的大学老师休·沃克认为婚姻对丈夫和妻子来说都是一种牢笼,人与人之间都没有相互的理解和信任。她的老师从她的身上看到了他自己未被牢笼囚住的年轻时代,便邀请她来家里玩。她很快地爱上了老师的温暖的家和他的几个可爱的孩子,但她仍然不会用语言来表达内心的情感,虽然她也渴望着异性对她的爱。当休·沃克在一个晚上拥抱并吻她时,她被吓呆了,从此以后再也不敢到老师家里,又开始了她的孤独的生活。

《来无踪去无影》是安德森较长的一篇短篇小说,它几乎综合了前面几篇故事中的所有畸人主题,也是安德森很有特色的一篇小说。故事讲述了一个27岁的漂亮姑娘罗莎琳德·韦斯科特,从打工的芝加哥市请假回到家乡衣阿华州的威洛斯普林斯小镇。她回家的目的就是想听一下母亲的意见,关于能否和她的顶头上司沃尔特·塞勒斯继续往来,通过做他的情人,去寻找生活的意义,解决她生活中的性压抑和孤独。沃尔特,38岁,已经成家立业,是两个孩子的父亲。他靠老婆的私房钱办起了一个钢琴厂,但他婚后很快地发现和老婆没有共同的语言,认为家庭婚姻是一种牢笼。他与罗莎琳德交谈相处中重新迸发了生命的激情和意义,但他知道他和罗莎琳德只能成为情人。罗莎琳德也一直处在犹豫彷徨之中,因此她想回家向母亲讨个主意,到底该怎么办。回到小镇后,她发现自己已经不能忍受家乡的生活了,小镇仍然是那么压抑,她的父母亲和众乡邻仍然是那么的冷漠和懒散。当她鼓起勇气向母亲诉说心中的苦闷时,深受清教道德影响的母亲劝她一辈子应该独守其身,婚姻生活本身就是一种原罪,是彻头彻尾的骗局。罗莎琳德感到十分的无助,她变得更加苦闷和孤独,最后她毅然不辞而别,重新回到芝加哥。安德森用"零度结尾"的叙述手法把结局留给读者自己去想,但安德森指出罗莎琳德和她家乡的邻居另一个男人梅尔维尔·斯托纳一样,他们注定要孤独苦闷一辈子,"因为他们不能冲破自己的围墙,走向生活的幸运奇迹中。"

《从未用过的》或许是安德森最长的一个短篇小说,也是安德森关注女性成长的另一篇故事。和《林中之死》一样,安德森也采用内聚焦第一人称和第三人称双重视角手法,叙述者一个是少年的"我",另一个是成年后沉思的"我",两个"我"变换视角,交相叙述,力求对往事作出一个完美的解释,但最终仍然没有。从社会意义、篇章结构等来看,《从未用过的》比《林中之死》略逊一筹,整个故事显得过于繁冗拖沓。

故事的主人公梅·埃奇利是个十七八岁的少女,在埃奇利家中六个兄弟姐妹中排行最小,与几个哥哥和姐姐不同的是,梅自小聪明好学,在学校里的学习成绩一直是名列前茅,因而被镇上人誉为"一个好孩子"。中学毕业后,她想当一名教师,发挥自己的聪明才智。但由于母亲的去世,加上两个姐姐天天进城找有钱人快乐,两个哥哥就爱酗酒打架滋事,在镇上他们声名狼藉,梅根本找不到谋生之路。没有任何朋友,梅感到非常地孤单寂寞。在一次草莓地里干活时,梅被一个叫杰罗姆·哈德利的年轻人所引诱,在众目睽睽之下,两人走进树林中。梅的叛逆行为立即遭到了全镇人的唾弃,人们的评论是"在这个关键时刻就看出一个人的血统本色来了"。后来,在经过几次徒劳无益的努力之后,梅还是被人们认为是一个轻佻的女人。在一次舞会上,受到几个年轻人的侮辱之后,她终于跳河自尽,结束了自己短暂的一生。

这是一个女性青少年成长的悲剧,在这个性挫折的故事里,安德森给我们指出少女的成长要比少年的成长更加艰难,这是因为在清教道德伦理的笼罩下,女性青少年地位低下,受到各方面的压力要比男性来的多。一旦交友不慎失足,人们首先指责的是女性,而不是男性。在这个故事里,"后来,没有一个人责备杰罗姆,至少没有一个年轻人这么做"。正如《俄亥俄州的温斯堡镇》中威拉德所说的,"女人应该自己留神提防,出了什么事,跟女人一块儿出去玩的男子是不必负责的"。男孩子可以一走了之,女孩子要承担所有责任。安德森还指出,梅是由于孤独和寂寞,加上自身的单纯,才导致了被诱惑。"如果母亲没有去世的话,这事就不会发生了。如果我有个伴,我就会去和她聊天,那情况就不一样了。"梅当时也没有想到严重的后果,只是"把他的一时冲动来到自己身边,看做是生活中的一种真诚和友善的事情,或许他也和她一样地感到孤单"。当梅顿悟到"所有这些人全都是丑陋可怕的怪物"时,为时已晚。安德森描绘了人性中的阴暗面,以及清教道德伦理的虚伪性,用满腔的爱讲述了这个无爱的故事,揭示了逼良为娼的社会黑暗。

在这个故事里自始至终都有一个象征性意象,就是那顶漂亮的宽边大帽子,它象征着一种女性的虚荣和艳俗。从故事一开始,人们在河边发现了梅的尸体,叙述者就发现了这顶帽子。"当他们发现她的时候,在她的一只手上紧紧地抓着一顶女人的帽子。这原本肯定是一顶艳丽夺目的宽边大帽子,帽子顶上还插着一根巨大的鸵鸟羽毛,这种鸵鸟羽毛你可以在赛马场上,或者在城市附近那些二流的夏季常去的地方,在那些大个头艳俗的女人头顶帽子上,有时可以看到。"让少年的叙述者不明白的是,为什么梅死后还要紧紧地抓住这顶帽子。"这个情景一直留在我的心里,当死亡来临的时候,小梅·埃奇利的手却能如此坚定地紧紧抓住那根湿漉漉的鸵鸟羽毛。"这顶帽子原本是梅的大姐莉莲的珍爱,梅为了参加舞会,未经帽子主人的允许,偷偷地带到舞会上,或许想把自己打扮得更漂亮一点。

安德森用这顶帽子来表明，梅和她的姐姐一样，仍然抱着这种虚荣和艳俗。梅甚至心里是否也想到了走她姐姐的老路，用卖身来养活自己，或者找一个自己的真爱？因为梅发现她在家乡确实已经无路可走了。梅在死后仍然紧紧地抓着这顶帽子，这表明了她至死都没有明白过来，她为什么要跳河自尽。成年后的叙述者认为，"梅或许觉得这顶帽子确实漂亮。她或许认为这顶帽子是在她的现实生活中所见到的最漂亮的东西。至于这一点你很难确切地说清楚，但我只知道，如果说这顶帽子曾经漂亮过，那么在几天之后，那个男孩子所看到的，紧握在那个淹死的女人手中的这顶帽子，已经在泥污中拖脏了，它已经丢失了往日靓丽的风采"。这是梅的最大的悲哀，也是清教伦理道德的悲哀，也是当时整个美国社会的悲哀。

安德森在这几篇故事中继续深化了在《俄亥俄州的温斯堡镇》的畸人主题，人与人之间交流的缺乏，必然会导致爱的丧失和人性的畸变。在《种子》这篇故事中，安德森运用了零聚焦和外聚焦法，变换视角，交叉使用叙事情境，也就是在同一篇故事里同时使用了第三人称，第一人称和第二人称，使故事的结构有层次感和立体感。在另外几篇故事中，安德森都运用了"不充分陈述"法（understatement），换句话说，安德森在故事中只提到或暗示，而没有进行直接描述，要求读者自己看出结果来，也就是我们所说的"开放式叙事手法"。

安德森属于一战前就目睹了美国进入工业化社会的一代，看到了随着现代工业化进程的加快，不可避免地给社会带来了诸多问题：许多乡下的农场主和小手工业主在丧失了土地后流向城市，日益沦为现代机器的附属品；高度的机械文明对人的精神形成了巨大的压抑和扭曲，对人与人之间的关系产生了销蚀和破坏。安德森十分痛恨现代工业主义，怀念昔日乡村里的单纯和平等。他指出，"作为一个民族，我们已经把自己交给了工业主义，而工业主义并不是什么可爱的东西。如果有人能在一个美国的工厂城镇里找到美，我希望他能告诉我找到的办法。我自己是找不到的。就我说来，我的生活是一种工业的生活，一切都像现代战争一样丑陋"。

本集中的《牛奶瓶》、《一个现代派画家的胜利》及《她在那儿——正在洗澡》等都是描述大城市里的各种畸人。安德森继续了《俄亥俄州的温斯堡镇》中的畸人主题，指出在拥挤不堪的大城市里，虽然现代文明高度发达，但人与人之间的交流与理解越来越少，承受的生活压力却日益加大，人们都在孤独和绝望中苦苦挣扎着，无法以人的正常形态和正常心理生存下去，这就导致了人格上的畸变。安德森以他忧郁的视角，用满腔的爱和同情，在他的作品中描述了这些在物欲横流的现代工业化世界中正在畸变的人们，痛惜美国梦的幻灭与人性的异化。

《牛奶瓶》和《芝加哥的哈姆雷特》有着相同的叙述者,故事的背景城市都是芝加哥,叙述者从事的工作也都是广告撰写人。从故事结构上看,《牛奶瓶》只是个单线平铺直叙的故事,但《牛奶瓶》的象征主义超过了《芝加哥的哈姆雷特》中叙述者的脆弱。故事中反复出现的酸牛奶象征着城市的生活已经变酸了,而住在城市里的人也变质了。主人公埃德为一个浓缩牛奶公司写广告,他能想到的创意就是乡村的清新和健康都凝聚在浓缩牛奶中,但这种牛奶一到城市里就变酸了。这也意味着当年从乡村来的那个单纯,健康的他已经变质变酸了,成为了一个整天只想胡编乱造"杰作"的畸人。这个故事也表明了安德森对发酸的芝加哥感到了幻灭。

《一个现代派画家的胜利》是一个另类城市畸人的自述,安德森用了幽默和嘲讽的手法,描述了在金钱面前人性的阴暗面。故事用内聚焦第一人称叙述手法,叙述者是一个从来没有和女人打过交道的人,这是因为"一见到女人面就总是被吓得屁滚尿流"。但为了炫耀自己的"才华",他可以对朋友的女人裸体画指手画脚,评头论足。为了能继承姑妈的一笔财产,叙述者在给他从未谋面的姑妈信中,不惜动用所有手段,大胆地描写了姑妈的乳房和胸部来打动她,从而最终得到了他姑妈的那笔可观的财产。

在这个故事里安德森运用了"隐含作者"(implied author)的叙述手法。所谓"隐含作者",就是读者从作品中推导建构出来的作者的形象,是作者在具体文本中表现出来的"第二自我"。安德森这里用隐含作者对故事中的叙述者的贪婪和丑陋加以反讽,对狂热的拜金主义感到痛心疾首。正如他所说的那样,"中西部正在忘掉它旧日的神明——杰弗逊、杰克逊、惠特曼、阿尔特吉尔德;它正在像卖淫一样追求着东部,追求东部的金钱,追求金钱,金钱,金钱,而东部也正在像卖淫一样地追求着陈腐破败的欧洲文化……昔日的信念所包含的那种具有古风的尊严已经迤逦而去"。

《她在那儿——正在洗澡》讲述了一个既荒唐可笑又悲哀可怜的故事。一个沮丧的丈夫,史密斯,雇用了一个私家侦探去收集他妻子的不贞行为的证据。然而,他又害怕一旦证据送到,他要被迫采取行动。因此,他又装扮作他妻子的情人回到那个侦探办公室,贿赂另一个私家侦探伪造报告,说他的妻子是贞洁的。这个自相矛盾、欺人自欺的故事说明了故事的主人公史密斯也是一个无能的畸人。当他想用合法正当的猜疑面对他的妻子时,他的妻子总是在漫不经心地洗澡,从而动摇了他的道德上的忠诚和生活中的原则。在这篇故事里,安德森同样运用了隐含作者的叙事手法,辛辣地讽刺了叙述者的荒唐可笑。

在《一个男人的故事》里，安德森给我们讲述了另一类的城市畸人——橡皮人。由于在大城市里习惯了孤独与隔绝，这些畸人精神上极度扭曲，性格上冷漠无情，形同一具具的行尸走肉。他们没有神经，没有痛感，没有效率，没有反应。不接受任何新生事物和意见，对什么都无所谓，没有耻辱和荣誉感，整个人犹如橡皮做成的一样。

故事运用内聚焦第一人称外视角的叙述手法，也就是叙述者是以一个事件见证人的身份来叙述的。一个叫埃德加·威尔逊的男人和另一个已婚的女人私奔，他们藏身在芝加哥市，埋名隐姓。威尔逊从不出去干活，整天就待在家里创作他的诗歌，完全靠他的女人打工来养活他，但他对这个女人却非常地冷漠无情，就像是个没有神经的橡皮人。在一次两人一起回家的路上，他的女人被人开枪打伤，到家后死在家里，他却对整个事情浑然不知。更恶劣的是，当他确定那个女人已经死后，"他突然产生了走向门口的冲动，从楼梯过道，走下楼梯，进入大街，但那个女人的尸体却横在他和门口之间。他当时所做的，后来当他谈起这件事时，让其他人听起来都感到极其的残忍，他当时对待那个女人的尸体，就像黑夜在森林中处理一棵倒下来的树。起初他想用脚把尸体推开，后来看到似乎推不动，他就笨拙地从尸体上踩过去。他直接踩在女人的胳膊上，后来在尸体上找到了那块被他鞋后跟踩踏的变色伤痕"。威尔逊被抓后，本应判处绞刑，后来，由于真正凶手的坦白，他被宣判无罪。但无论如何叙述者都搞不明白，"一个男人怎么会如此地漫不经心和残忍无情，无论从显而易见的哪个方面看，当自己的最亲近和最亲爱的人就要死掉的时候，应该要十分的温柔和敏感，同时，这也是自己的另一种职责"。虽然叙述者对威尔逊感到绝望，但他一直在尽力地想挽救这个没有人情味的畸人："自从那个女人死后，我们都一直在尽力地想把那个叫威尔逊的男人从疑惑和沉默的大海中重新拔上来，因为我们觉得他越陷越深了，但毫无效果。"叙述者在故事的最后抱着一丝希望，希望在写这个男人的同时，他自己也许能弄明白。在弄明白同时，或许才有可能"把胳膊插入大海中，把那个叫威尔逊的男人再拔回到海面上"。这虽然也是安德森的希望，但却是完全不可能的。因为这是一类无可救药的畸人，这是一类情绪枯竭、才智枯竭、生理枯竭、价值枯竭、没有人性的畸人，这是在现代社会中价值观迷失的畸人，这是现代工业社会可怕的产物。在这个故事里，安德森进一步发展和丰富了他的畸人群像。

《兄弟》的故事把丈夫与妻子之间缺乏交流和爱的主题推向了极致。一个芝加哥自行车厂的小工头爱上了一个来自衣阿华州的姑娘，而这小工头已经是三个孩子的父亲。他总是很沉默，同妻子很少有语言的交流。在一个晚上，当他带妻子看电影时,在公寓大楼入口过道里,却突然把妻子杀害了。他自己也不知道为什么要杀妻子。人类的堕落往往是在一瞬间,但必有长期的情感压抑和爱的缺失。安德森指出:“这是一个人类孤独的故事,一个努力去追求那遥不可及的美丽的故事,一个由于寂寞而疯狂的故事。”

本集子中的另外三篇故事,《还乡》、《另一个妻子》和《洪水》,围绕着相同的主题,对人生进行了反思和探索。三篇故事的主人公都是白领阶层,他们都失去了妻子,都对现有的成功生活产生了厌倦,都在探索着人生的意义,都想再找一个妻子,弥补人生的缺撼,重新追求新的生活,找回往日的自我。但面对纷繁复杂的社会人生,面对日新月异的现代工业的重压,这些白领畸人们的未来生活还会成功地走下去吗?

《还乡》讲的是一位在纽约城事业有成的建筑设计师约翰·霍尔登,离开家乡卡克斯顿18年后,打算衣锦还乡的故事。霍尔登早年丧父,22岁时丧母,远在纽约城没有儿女的舅舅,舅妈把他接走。他舅舅是纽约著名的建筑设计师,他把霍尔登培养成了他的接班人,让他也成了一个成功的建筑设计师。舅妈把他当作自己的孩子来看待,并为他介绍了一个名门闺秀作妻子。寄人篱下的生活使他养成了勤勉刻苦,小心谨慎的性格。舅舅、舅妈去世后,把家产全部都留给他。在事业成功、物质丰厚的同时,他的精神却感到十分的困惑,不知道人生的意义到底是什么?他妻子格特鲁特虽然是个名门闺秀,但使他感到郁闷的是,妻子在看他时眼里常常带着一种奇怪的光芒,这分明是一种轻蔑的目光。何况他妻子也有一位青梅竹马的表哥,甚至在她结婚后还来到他们的住处找她。妻子去世后,他决定回自己的家乡看看。18年来,他念念不忘家乡小镇的山山水水,渴望着与老朋友们重续友情,特别是非常想念自己青梅竹马的女友莉莲。他选择了开自己的那部豪华车回乡,一来可以领略沿途的秀丽风光,二来一路上可以对自己18年来的生活进行反思。他感觉到自己现在成熟了,并找到了旧日好友与他断绝往来的原因。比起18年前,他已经学会了替别人着想,“不管怎么说,他现在所想到的是其他的人”。写信对儿子的教育也说明了他自己的成熟:“每个男人和女人都有自己的观点。做一个有教养的人,确实的,就要意识到别人,意识到他们的希望,他们的快乐,他们对生活的憧憬。”

一路上风尘仆仆,但回到家乡的所见所闻却令他大失所望。物是人非,往日的好友都没有见到,却遇上了花天酒地的年青一代。旧日的恋人已经结过婚,却又离婚,只因误入了歧途。虽然遇上了一个令他感到温馨的年轻女人,但却是名花有主,属于水性杨花之列。带着对家乡深深的失望,霍尔登决定连夜离开。他要去寻找旧日的恋人莉莲,他要去寻找新的人生意义。小说的最后写道:“我要原谅她,”他想着,“天哪！这真有意思！我要原谅她。”霍尔登真的能原谅莉莲吗?他是否能找到往日的自我和人生的意义?

在《另一个妻子》故事中,一位事业成功的47岁医生厌倦了在喧嚣的城市里的行医工作,想来到乡村休整一段时间,思考一下人生的意义和目标。深爱他的妻子已在两年前去世了,给他的生活留下了难以弥补的缺憾。在乡下期间,医生认识了一位很有钱的女人,并喜欢上了她。医生打算续弦,但他却一直在恐惧和欲望之间摇摆。那个女人比他小10岁,但在他看来远比他自己更有性经验,因为这个女人曾经和许多有钱有名望的男人有过来往。为什么这个女人会看上他,这是医生怎么也想不明白的,因为他既没钱,又没有名望,只不过是个普通的内科医生。医生从这个女人的眼里,看到了一种对他的轻蔑的目光,因为她认为他只是一个笨手笨脚的男孩,未来也只是成为一个没有任何吸引力的老头。医生始终怀念着尊敬自己,对自己没有任何苛求的前妻,但他也回想起前妻从来没有让他激动过。而医生一见到这个新的女人就会浮想连篇,产生一种难以抑制的冲动。为了赢得这位新来的女人的尊敬,他觉得自己应该重新燃起斗志,为自己事业的进步成功而努力奋斗。他想亲吻她,拥抱她,但又担心自己会掉进这个女人的桃色陷阱中。他感到困惑和迷惘,不知道生活之路该怎么走下去。故事的最后,医生在回自己小木屋的路上,他说:“噢,我的天,我给自己找了一个妻子,另一个妻子,是新的妻子。”但这个大胆的宣布并没有解决医生心中的摇摆和恐惧,也没有为他找到今后人生的目标。故事的最后两个句子,一句是感叹句,另一句是问句,突出地表达了医生心中的混杂情感:“他仍然感到自己是既高兴,又犯傻,又害怕！过一段时间他能克服掉这种感觉吗?”

《洪水》说的是一个学者型的畸人的故事。一位大学哲学教授多年来一直在倾心研究有关价值观念的问题,并全力以赴地在写这样的一本书。他的妻子已去世多年,他一直感到非常的孤单。这位学者是一个很孤僻的人,整天与世隔绝,钻在自己的书堆中,不懂得与人来往和交流。他的妻子在世时是个无忧无虑的活泼女人,常常闯进他的书房向他撒娇,要他休息,陪她一起玩。这位学者深爱着自己的妻子,有时却也会恨她,因为她常常嘲笑他的呆劲。这位学者想找的是价值中的平衡点,找到生活中的真理。休假年的夏天,他妻子的妹妹带来了另一位年轻的女人来到他家,紧接着他年轻的弟弟也来了。这几个年轻人又带来了另一帮年轻人,把这位学者的家挤得满满当当,整天整夜地花天酒地,唱歌跳舞。这位学者只好躲进自己的书房,可是他却再也无法安静下来写他的那本鸿篇巨制了。有一天,他的那位年轻漂亮的小姨子突然闯进他的书房,她就像他已故的妻子以前那样嘲笑他,拉他走出书房,走进生活中。这位学者根本抵挡不住这种美丽的诱惑。后来,这位学者向小姨子求婚,得到她的同意后,学者的魅力又回到了他的身上。安德森的这个畸人故事带有难得的诙谐色彩,对这个老学者,他既有嘲讽又有同情,或者说,通过嘲讽的笔调流露出同情。这里的"洪水"是指现代生活的潮流,挡不住的生活潮流。正如这位学者所说的:"生活中的所有一切真的像巨浪和洪水般地汹涌而来。""这个世界上只有洪水,一个接一个的洪水。"他已经被卷入了洪水中,只能随波逐流了。安德森用这个寓意小说告诉我们,社会的人离不开人性的生活,孤独与隔绝是没有出路的。安德森在畸人的主题上又迈出了一大步。

在《在陌生的小镇》里,仍然是关于探索生活和生命意义的主题。故事的叙述者,一个大学的哲学教授,用内聚焦第一人称有限叙事情境的手法,讲述了他自己为什么不断地离家出走,喜欢漫游在陌生的地方。原因有几点:第一,一个人待在一个地方太久了,看到的都是人与人相互之间表露出的那种假面具,每天做着同样的工作,一个人的心灵和想像就会变得麻木不仁,就会像癞蛤蟆似地活着,该问的不问,该做的不会做。第二,你应该到一个陌生的地方,在陌生的人群中,在陌生的环境里,你就能够很容易地理解生活的意义。第三,"这或许是因为我在生活中变得有点儿肮脏了,因此来到这儿,来到这个陌生的地方,让自己沉浸在陌生的生活中,重新变得干净和充满活力"。第四,也是叙述者在最后说出的最重要的原因是,和他有经常往来的一个年轻的女学生因车祸突然死亡。他在那瞬间感觉到了她的短暂生命对他的触动,进一步触动了他的宁静的思维和生活习惯,使他开始反思生活和人生的意义。他觉得自己需要重新鼓起活跃的生命力。从那以后,他就经常乘火车去陌生的地方,去"沐浴"在陌生的生活中,然后就会精神抖擞地回家来。自相矛盾的是,他对那些在生活中他所观察的人知道的"太多但又很不够",虽然他想通过扩大对他们内心经历的认识而寻求与他们的交流,但他又承认他对他们的了解降低了对他们的兴趣。叙述者宣称他对生活的热爱,同时他也关注着死亡,也意识到了自己已"不再年轻"。他的困惑的行为和头脑表明了他也是安德森笔下的另一类畸人。

其他几篇故事安德森探讨了生活中人们常遇到的一些问题。《另一个女人》讲述了一个新婚男人的矛盾困惑的心情。这个男人有一个名门闺秀的未婚妻,但在结婚前却爱上了一个比他大十岁的烟草商的妻子。他觉得面对一个社会低层的女人他更有激情和自由,她是他认识的人里面唯一让他感觉头脑清楚的人。而对自己的未婚妻他感到一种莫名的恐惧和困惑,他感到自己处在两难的境地。虽然他最后仍然选择了自己的未婚妻，但他却难以割舍对烟草商妻子的情爱。妻子房间的门夜夜总是敞开着，但他却根本无意走进去。

《他们为什么要结婚》讲的是人总是要结婚的，“男大当婚，女大当嫁”，这是人之常情。在《俄亥俄州的温斯堡镇》中，安德森就认为性交往是男女之间进行交流的最自然的渠道，是一种对付孤独的解药和特效药。我们从《他们为什么要结婚》故事中也可以看到美国年轻人的婚姻观。他们的性生活很随便，但对结婚却一定要求两人能“心心相印”。另外，老一辈的婚姻观也显然与年青一代是不一样的。

《世故老成》讲的是一群寄居在巴黎的来自异国他乡的年轻人的故事。他们来巴黎干什么？他们来巴黎学艺，体验生活，学会生活，让自己得到熏陶，变得更加世故老成，然后，回到自己的祖国，去拯救所有的人。他们学到了吗？故事中的一个年轻的美国女人马贝尔认为，没有。她认为花同样的钱在芝加哥所学到的世故老成和在巴黎是一样的。“就住在芝加哥，用这笔钱，我本来还可以拯救我的丈夫，学到我正在学的所有这些的世故老成，或是我所需要的任何东西。”

《打架》讲的是一个在孩提时就应该打的架，等到了几十年后才打。男子汉也有小肚鸡肠，但架该打应该就打，不要放的这么久才打。根据弗洛伊德的理论，打架也是一种“舒泄法”。在这个故事里，“超我”和“自我”把“本我”压抑的太久了，最终还是爆发了。但打完架，两个堂兄弟还是打架前的那个老样子，什么都没有改变，打架没有解决任何问题。

《像个皇后》和我们探讨了什么是美，什么样的女人才算是真正的美人。安德森认为一个女人的美不在外表，而在于内在的气质和品质，这里的品质指的是对他人的理解与关爱。故事的主人公艾丽斯外表并不美，但叙述者“我”却深深地爱上了她，因为“我”从她身上看到了人性的美在闪现：助人为乐，通情达理，待人真诚等，这才是人性中的美，这样的美是永恒的。

本集子的最后《相会在南方》是一篇热情洋溢、内容丰富的故事，描绘了田园诗般的新奥尔良的夜晚。故事讲述了一个年轻的南方诗人，大卫，他由于在战争中负了重伤，留下了严重的残疾，每天不得不靠喝酒来缓解身上长期的伤痛，而且在夜晚，他只能睡在户外才能入眠。叙述者和大卫兴趣相投，两人很快地就成为好朋友，并带他到一个65岁的老太太，萨利大婶的家里和她认识，老太太也是来自中西部，年轻时就来到新奥尔良打拼，曾开过赌馆和妓院。后来老太太金盆洗手，改邪归正，现在她只待在家里和自己喜欢的年轻人聊天。萨利老太太一见面就喜欢上了年轻的诗人大卫，深深地同情他的不幸遭遇和伤痛，以慈母般的心热情地招待这位年轻人,使他有了宾至如归的感觉。最后,他在萨利大婶的小院里睡着了。

在这个故事里安德森再一次强调了人与人之间相互理解和关爱的重要性,这是人类的本性和生存价值。这里,大卫的原型是福克纳,第一人称叙述者是安德森本人,他把大卫介绍给了萨利大婶后感到一种由衷的高兴,因为大卫又多了一个理解和关爱他的人。大卫受病痛的折磨和萨利大婶世俗阴暗的过去都表明了他们有着丰富的阅历,他们属于安德森笔下的另一种类型的畸人。和其他的畸人故事一样,《相会在南方》也融进了叙述者的情感,安德森把一个简单的事件变成了一个具有丰富情感的故事。故事还体现了另一点,就是安德森对黑人原始文化的仰慕与赞赏。

安德森的短篇小说继承了马克·吐温开创的优良的美国文学传统,发展了一些富有美国特征的主题,并在小说形式和叙事策略上有了大胆的突破和创新,无论从何种意义上说,都可以说是美国现代短篇小说史上的一个里程碑。安德森在表现现代工业化社会中人性的异化与畸变方面可以说是开创了现代美国文学的先河,他的孤独、隔绝、性挫折、精神畸变、美国梦的幻灭等主题,为后来的作家们一再采用。安德森短篇小说采用的散文体风格,无情节结构,简朴、口语化语言等无疑地为后来年轻作家们树立了很好的典范。欧文·豪指出,与以往作家的畸人主题不一样的是,“许多美国作家把现代世界中爱的丧失作为创作的主题,但是其中很少作家,或者甚至没有一个作家,像安德森那样充分地用满怀的爱来表现了这个主题”。我们从本集所选的故事中可以看到,安德森用满腔的爱来关注青少年成长中遇到的困惑,描写了那些社会最底层的畸人们。由于受到清教道德伦理的压制,在生活的重压下,在工业时代来临的社会转型期,人们之间由于缺乏感情交流和相互了解,导致了孤独、压抑,产生了心灵的畸变,使他们备受身心的折磨。另一方面,安德森热忱地讴歌了工业时代之前的广大农村生活,描写了对农村的一草一木、山川田野、牛羊马匹的喜爱和眷恋。安德森的这些作品无疑是想唤起人们的觉醒,去努力追求更有意义、更加完美的生活。

福克纳在1956年回答记者吉恩·斯泰因时指出,安德森“他可以说是我这一代美国作家的生父,代表了美国的文学传统,我们的子子孙孙将永远继承这个传统”。

我想知道为什么

我们到东部的第一天，大清早四点钟就起床了。前一天晚上，我们在镇子外边从一列载货的火车上爬了下来。凭着肯塔基少年那种真正的本能，我们找对了路，穿过镇子，一下子就找到了赛马场和马厩。这时我们知道已经平安无事了。汉利·特纳立刻找到了一个我们认识的黑人。这人就是比尔达德·约翰逊，冬天在咱们家乡贝克斯镇埃德·贝克尔开的代客养马的马棚里干活。比尔达德跟咱们家乡差不多所有的黑鬼一样是个好厨师，当然啰，他也爱马，就像肯塔基州咱们那一带凡是算上人物的人都爱马一样。一到春天，比尔达德就开始到处打工。咱们那儿的黑人都善于花言巧语，不管是什么人经他们一哄，多半会让他们去干他们想要干的活。比尔达德把管马厩的人，和从列克星敦附近咱们家乡那些养马场来的驯马员都哄得团团转。这些驯马人傍晚进城，优哉游哉，聊聊天，有时也凑上打一场扑克。比尔达德跟他们混得挺熟的。他总是搞点讨人喜欢的小玩艺儿，然后再讲点他的拿手好菜，什么平底锅上烤的鸡肉啦，怎样才能烤出最好吃的红薯和玉米面包的窍门啦……听他那么一说，你的嘴角就会不由地流下口水。

当赛马季节来临，各地的马赶到赛马场的时候，每当傍晚，街头巷尾谈论的尽是那些新来的马驹，人人都在议论什么时候前往列克星敦或是丘吉尔当斯去看春季赛或是到拉托尼亚去。而那些曾南下新奥尔良，或许还参加过古巴哈瓦那冬季比赛的骑师们恰好回家度假一周，准备再度外出比赛。在这样的时节，贝克斯镇上除了谈马以外别无其他话题，赛马班子纷纷准备出发，你呼吸的每一口空气里都散发着赛马的气息，这时比尔达德总是出现在某个赛马班子里以厨师的身份找到活干。我一想起这件事，一想到他整个赛马季节都在跑马场上而冬季又在养马棚里干活，那儿有的是马，而人们总爱到那里去谈论马儿，我就希望我也是个黑人。这话说起来像是傻话,可我就是这样想跟马亲近,想的简直发了疯,真是忍也忍不住啊!

好了,我一定要跟你说说我们干了些什么事,好让你明白我在说什么。我们四个小伙子是贝克斯镇人,都是白人,都是常年住在贝克斯镇的居民的孩子。我们下决心去看赛马,光到列克星敦或路易斯镇还不过瘾,那不是我们向往的地方,我们想到常听贝克斯镇的大人们谈论的东部的大赛马场去,就是到萨拉托加去。我们那时都挺年轻,我刚满十五岁,四个人里数我最大。这事是我出的主意,我承认是我说服他们去试一试的。我们当中有汉利·特纳,亨利·里巴克,汤姆·滕伯顿和我。我有三十七块钱,这是我冬天夜晚和礼拜六在伊诺克·迈尔的杂货店里干活挣来的。亨利·里巴克有十一块钱,另外两个人——汉利和汤姆每人身上只有一两块钱。我们商量好了,谁也不许声张出去,一直等到肯塔基春季赛马会结束,咱们家乡有些人,那些对赛马最热心的人,也是我们最羡慕的人出发了,那时我们也跟着出发。

我不打算细说我们一路上挤货车赶路等等麻烦事。我们经过了克利夫兰、布法罗和其他的一些城市,看到了尼亚加拉大瀑布。我们在那里买了些东西,都是些带有瀑布画面的纪念品、汤匙、明信片、贝壳之类。这些本来是给妈妈和姐妹们买的,可是我们觉得最好还是先别把这些东西寄回家去。我们不想让家里人知道我们的行踪,以免有可能给他们逮了回去。

我刚才说过,我们是在夜晚到达萨拉托加,就直奔赛马场。比尔达德让我们美美地吃了一顿,又带我们看了睡觉的地方,就在小棚那边的干草堆里,还答应给我们保密。黑人在这些事情上是靠得住的。他们不会去告发你。有时像你这样从家里偷偷摸摸地跑出来,往往会遇到一个白人,他也许看上去还挺不错,也许会给你两角五分钱,半块钱的硬币或其他什么东西,可他一转身就会把你出卖了。白人会干这种事,可是黑人肯定不会,你可以信赖他们,他们对孩子比白人更讲公道。我不知道这是什么缘故。

那一年在萨拉托加,从咱们家乡来的人可多着呢。戴夫·威廉斯,阿瑟·马尔福德,杰里·迈尔斯等人都在那里。还有不少人来自路易斯维尔和列克星敦,亨利·里巴克认识他们,我却不认识。这些人都是职业赌徒,亨利·里巴克的父亲也是其中之一。人们称他为赌注记账人,一年大部分时光都在各赛马场上度过。冬季回到贝克斯镇也没有在家待多久,而是到各大城市里当赌“法罗”牌的庄家。他的人缘挺好,出手大方,经常给儿子亨利寄些像自行车、金表、童子军制服等诸如此类的礼物。

我自己的父亲是个律师,他人倒还不错,就是钱赚的不多,买不起那些东西给我,好在我现在长大了,也不指望什么礼物。他从来没有跟我说过亨利的什么坏话,可是汉利·特纳的父亲和汤姆·滕伯顿的父亲却常对自己的孩子说,这样的钱财来得不正当,他们不愿意自己的孩子受到这些赌徒们言谈的影响,整天想这一类事,也许将来还会干上这种勾当。

这话说得不错,我想大人们这么说是有道理的,可是我看不出这和亨利,或者和马儿有什么关系。我现在写的这个故事就是要讲这些事。我感到困惑不解。我正在长大成人,我想做个正直的,堂堂正正的人。可是我在东部跑马场上这次赛马中所看到的有些事情是我怎样也弄不明白的。

我爱纯种马爱得发了疯,简直是没办法,我一向就是这样。十岁那年,眼看着自己个头一天天长大,却当不上一名骑师,难过得差点不想活了。贝克斯镇邮局局长的儿子哈里·赫林芬格倒是长大成人了,可就是懒得干活,专门喜欢站在街头,挖空心思要弄孩子们,比方说打发他们到五金商店买个能钻方眼窟窿的钻头啦或类似的玩笑。他有一次也拿我取乐。他对我说,我要是能吞下半根雪茄,就会阻碍发育,不再长个头了,也许还能当上个骑师。我照他的话办了,趁父亲不注意的时候,从他口袋里掏出一根雪茄,胡乱吞了下去。这一下搞得我难受得要命,不得不请个医生来看。可是这办法一点也不管用,我还是一个劲地往上长。这真是个恶作剧。我告诉父亲我干了些什么,为什么那样干,当父亲的多半会把孩子痛打一顿,可是我父亲没有打我。

好啦,我既没有停止发育,也没有因此送命,也算是哈里·赫林芬格枉费心机。接着我又立下决心,想当个小马倌,终于也不得不打消这个念头。干那种活的多半是黑人,我知道父亲是不会让我干那一行的,求他也没有用。

要是你从来没有被纯种马迷得发狂过,那只是因为你没有到这种好马成群的地方走动过,不懂得它们的妙处。它们美极了,再没有什么东西像有些比赛的骏马那么漂亮,那么干净,浑身是劲,老实可靠了,真是要多好有多好。在咱们老家贝克斯镇周围的那些大的养马场里,都有一圈圈的跑道,一大清早就看见马儿在跑道上奔跑。少说也有一千次,我天还不亮就起床,走上两三英里路去跑马场看遛马。母亲有时不想让我去,可是父亲总是说:“让他去吧。”于是我从面包箱里拿出几片面包,涂上一点黄油和果酱,狼吞虎咽,一溜烟就跑出去了。

到了跑马场,你和大人们一道坐在栏杆上,有白人也有黑人,他们一边嚼着烟草一边聊天,随即就有人把马驹牵出来了。天色还早,青草上沾满了晶莹的露水;在另一片田地上,有人正在犁地;在看跑道的黑人睡觉的小棚子里,人们在煎什么吃的东西;你知道黑人是多么会咯咯地笑或哈哈大笑,说些逗人的事让你也笑。白人做不到这一点,有些黑人也做不到,但跑马场上的黑人不管什么时候都能做到。

就这样,马驹被放出来了,有些马驹不过是被小马倌们骑着小跑。可是差不多每天早晨,在一个也许住在纽约的富翁拥有的大跑马场上,总有几匹马驹,一些久经比赛的老马,阉了的雄马和牝马撒开了腿飞跑。

当看到一匹马飞跑的时候,我的喉头像是哽着什么东西似的。我不是说所有的马,我是说有些马。那些好马,我差不多每次一眼就能看得出来。我和跑马场上干活的黑人和驯马员一样天生就有这种本领,哪怕这些马儿是由小黑鬼骑着慢腾腾地溜达,我也能分辨出哪一匹是优胜的马。如果我激动得喉头难受,不能往下咽,那它准是一匹好马。只要你让它撒开腿跑,它准会跑得像萨姆希尔一样快。要是它不能次次得胜,那才是怪呢。要么那是因为它给别的马挤住了,没法儿前进,要么就是它在起跑线上被拖住了,起步慢了,或者其他原因。如果我想成为像亨利·里巴克的父亲那样的赌徒的话,我一定能发财。我知道我准能发财,亨利也这样说过。我只要等看到一匹马感到喉头难受的时候,赶紧把所有的钱全部下注就行了。如果我想做个赌棍的话,我就会这么做,可是我不想做个赌棍。

早晨如果你不是在赛马场的跑道,而是在贝克斯镇附近练马的跑道上,你看不到我刚才说的那种马,可是你看到的也不错。任何纯种马,只要是由一匹好的雌马配上合适的雄马生下的,再由一个懂行的人训练,都能跑得很好。如果它跑得不行,还让它待在那儿干什么,还不如让它拉犁耕地去呢。

瞧,马儿从马棚里出来了,小马倌们骑在它们的背上,你就站在那儿也感到美滋滋的。你坐在栏杆顶上,心里痒痒的。在那边小棚子里,黑人们咯咯地又笑又唱。腌肉在煎着,咖啡在煮着,一切都闻着香喷喷的。在这样的早晨再没有什么东西比咖啡、厩粪、马儿和黑人、油煎的腌肉和户外吸烟斗的气味更好闻的了。它简直使你着迷,一点儿也不假。

还是谈谈萨拉托加吧。我们在那儿待了六天,家乡来的人没有一个发现我们。事事称心如意,就像我们所希望的那样:天气很好、好马成群、一场场的赛马等等。我们打道回府时,比尔达德给了我们一篮子炸鸡肉、面包和一些别的食物。我们回到贝克斯镇的时候,我身上只剩下十八块钱了。母亲唠唠叨叨,哭哭啼啼,可是父亲没说什么。我把我们出去干了些什么事原原本本地说了一遍,只有一件事没说。这是我单独遇到的,也是亲眼所见。这就是下面我所要写的事。它使我心里感到难受,连晚上睡觉也想着这件事。事情的经过是这样的:

在萨拉托加我们在比尔达德指给我们的小棚子里的干草堆上过夜。一大早就和黑人们一起吃早饭，晚上当看赛马的人走完了以后又和黑人们一起吃晚饭。家乡来的人大多数待在正面看台和赌马场上，他们从不来养马的地方转悠，只有临比赛前才去备马场看人给马装鞍。在萨拉托加，不像在列克星敦、丘吉尔草场和咱们家乡别的赛马场那样，这儿没有赛马前集中马匹的敞棚子，这儿的马就在露天树荫下的草坪上装鞍，那草坪和贝克斯镇银行家波洪家的前院一样，又平整、又美观。马儿身上汗津津的，激动不安，毛色发亮，可爱极了。人们走了出来，抽着雪茄端详着马，驯马员和马的主人也在场，这时你的心怦怦乱跳，几乎喘不过气来。

然后准备就位和起跑的号角响了。年轻的骑师穿着丝绸的衣服骑在马上跑了出来。你赶紧跑过去找一个靠近栏杆的位置，和黑人们在一起。

我一直想当个驯马员或是马的主人，所以每一次赛马之前总是冒着被发现、被逮住了送回家乡的危险，到备马场去观看。别的孩子们都不敢到那儿去，只有我敢这样做。

我们是星期五那天到萨拉托加的，那场盛大的马尔福特障碍赛下个星期三就要举行。"半路飞"和"快如光"都要参加比赛。天气晴朗，跑道坚实。比赛前那天晚上我失眠了。

原来这两匹马都是使我看了喉头就难受的那种马。"半路飞"身躯长长的，看起来有点笨拙，它是一头阉了的公马。马的主人是我家乡一个名叫乔·汤普生的小业主，他只有五六匹马。马尔福特障碍赛全程有一英里，"半路飞"起跑总是快不了，它慢腾腾地离开起跑线，在前半程总是远远落在后面，后半程才开始飞跑起来。如果赛程有一又四分之一英里的话，它就能甩掉所有的马领先跑到终点。

"快如光"可不一样，它是一匹容易冲动的种马。属于我们家乡最大的农场——范里德尔农场，农场的主人是纽约的范里德尔先生。"快如光"就像一个你时常思念可又从没见过面的姑娘一样。它浑身结实，也挺可爱，你瞅着它的头就想吻它一下。这匹马是杰里·蒂尔福特训练的。他认识我，好多次都对我挺好的，比如让我走进马厩，挨近马的身边看马等等。再没有什么比这匹马更可爱的了。它安安静静，不露声色地站在起跑线上，其实它的内心像火一样地在燃烧。栅栏刚一吊起来，这马儿就像它的名字——快得像一道阳光一样闪出去了。看着它跑你会感到心疼，感到难受。它一个劲地飞跑，像一只捕鸟的猎犬一样。除了"半路飞"撒开蹄子使劲飞奔的时候，我还从没见过像它一样跑得这么快的马儿。

哎呀！我是多么渴望看这场比赛，看这两匹马同时飞奔啊！可我又盼望又担心,我不想看到咱们这两匹马中有哪一匹败下阵来。我们以前还从没有同时送这样两匹马去参加比赛呢。贝克斯镇的老人们都这么说,黑人们也是这么说的。确实是这样。

赛马前我曾到备马场去看过。我看了“半路飞”最后一眼:它站在备马场上的那副模样不怎么起眼。接着我就去看“快如光”。

这是它大显身手的日子,我一看见它就知道了。我完全忘记了自己会被人发觉,一直走到那匹马的跟前。从贝克斯镇来的人全在那儿,可是除了杰里·蒂尔福特以外,谁也没有注意到我。他看见了我,于是就出了一件事情,我现在就对你说说这件事儿。

当时我正站在那儿看那匹马,兴奋得要命,我说不出是什么原因,反正我知道“快如光”心里是怎么感觉的。它很安静,让黑人们揉它的腿,让范里德尔先生亲自给它装鞍,但它的内心如同一股汹涌的洪水,就像尼亚加拉瀑布的水倾泻而下之前的一刹那。那匹马想的不是赛跑,它没有必要去想那件事,它此刻想的只是怎样控制住自己,直到赛跑时刻的到来。我知道它是这样想的,我多少能够看出它心里的想法。它打算来一次惊人的赛跑,这个我是知道的;它不炫耀自己,也不想过于表现,它不蹦不跳,也不慌不忙,只是在那儿等待。我懂得它的心情,它的教练杰里·蒂尔福特也懂得。我抬头一看,正好和他的目光相遇,这使我不由得心里一动。我觉得我热爱这个人就像我热爱这匹马一样,因为他能懂得我所想的事。在我看来除了那个人、那匹马和我,世界上似乎什么也没有了。我哭了,杰里·蒂尔福特的眼里也闪着泪光。接着我就离开那里,到栏杆那儿等着看赛马。这匹马比我强,比我更沉着,现在我知道它比杰里也强得多,它是我们之中最沉着的,而真正去赛跑的是它,不是别人。

当然,“快如光”跑了第一名,打破了一英里赛马的世界纪录。假如我别的什么也没看见,至少我看到了这件事。一切都不出我的意料之外。“半路飞”在起跑时落在后面,落后了好长一段,然后赶上来得了第二名,我早就料到它会这样的。将来总有一天,它也会创造世界纪录。在赛马方面,贝克斯镇的马是谁也打不败的。

我很镇静地看着赛马,因为我早就预料到会发生什么,我有把握。汉利·特纳、亨利·里巴克和汤姆·滕伯顿都比我要激动的多。

一桩可笑的事儿发生在我的身上,我一直在想着杰里·蒂尔福特训马员,整个赛马期间,他该是多么高兴啊。那天下午我喜欢他甚至于胜过我自己的父亲,我那样地想他,几乎把那些马儿都忘在脑后了。这是因为在赛马开始之前,他在备马场上站在“快如光”旁边时,我看到了他的眼神,我知道自从“快如光”还是小马驹的时候,他就照看着它,在它身上下功夫。他教它怎样奔跑,怎样耐着性子,什么时候使出全身的劲儿,一步不让,决不后退。我知道这对于他就像母亲看着孩子做出一番勇敢或惊人的事迹一样。我还是生平第一次对一个人有这样的感情呢。

赛马后那天晚上,我躲开了汤姆、汉利和亨利,我要单独行动,要是可能的话,我要接近杰里·蒂尔福特。于是发生了下面的事情。

萨拉托加跑马场靠近这个镇的边缘。这地方拾掇得干干净净,四周都是树,那种四季常青的树,还有草地,样样东西都上了漆,很漂亮。绕过了跑马场你就会走上一条铺着沥青的结结实实的汽车路。沿着这条路再走上几英里,有一条岔路通往一个院子,里面有个形状古怪的小农舍。

赛马后那天晚上,我就是沿那条路走的,因为我看到杰里和另外几个人坐着汽车往那条路去了。我并不指望会找到他们。我走了一段路,坐在一处篱笆旁边想心事,这是他们来的方向。我想尽可能和杰里接近,我觉得跟他很亲近。不知怎么的,我很快地就走上了那条岔路,走到了那栋古里古怪的农舍跟前,我感到孤零零的,只想看看杰里,就像你在小时候在黑夜里想看到你的父亲一样。恰好这时候,一辆汽车拐弯过来了。车里有杰里,有亨利·里巴克的父亲,有家乡来的亚瑟·贝福德,有代夫·威廉斯,还有我不认识的另外两个人。他们下了汽车就走进那所房子,只有亨利·里巴克的父亲没有进去,他跟他们吵了起来,说他不想进去。那时候才九点钟左右,可他们都喝得醉醺醺了。那栋形状古怪的农舍是坏女人住的地方。一点也不假。我顺着一道篱笆爬上去,透过窗子往里面看。

这一看使我心烦意乱,我怎么也想不明白。屋子里尽是一些相貌丑陋的下贱女人,既不好看也不值得接近。她们也很猥琐,只有其中一个身材高挑,看起来有点像“半路飞”那头阉了的雄马,但没有它那样干净,还有一张倔强的、难看的嘴巴。她有一头红发。我什么都看得清清楚楚。我在一扇开着的窗子旁边,爬上一株玫瑰花老树往里看。女人们穿着宽松的衣服在椅子上坐成一圈。那些男人走了进来,有的就坐在女人们的膝盖上。屋子里的气味很难闻,讲话很下流,孩子们冬天在贝克斯镇养马场周围时常可以听到这种脏话,想不到女人在身边时也有人讲这种话。真是下流难听。黑人们可都不愿意到这种地方去的。

我盯着杰里·蒂尔福特。我给你说过,因为他在“快如光”创造世界纪录那次比赛起跑前的一刹那,懂得那匹马的心思,我曾经对他怀有多么深厚的感情啊。

杰里在那下贱女人的屋子里吹牛说那匹马是由他一手训练出来的,是他本人赢得了这场比赛，创造了世界纪录。我知道“快如光”是决不会这样夸耀自己的。杰里又撒谎又吹牛，活像一个傻瓜。我从来没有听到过这样愚蠢的话。

接着，你猜他干了些什么？他瞅着那个女人，那个瘦瘦的、倔强的、看上去像阉了的雄马“半路飞”可又没有那样干净利落的女人，他的眼睛发亮，就像那天下午他在赛马场备马时看着我和“快如光”一样。我就站在窗子旁边——呸！我真希望没有离开跑马场而是和马倌、黑人和马儿待在一起。那个身材高大、面目可憎的女人站在我们中间，就像那天下午“快如光”在备马场上站在我们两人中间一样。

突然间，我恨起那个人来。我真想尖声地喊出来，冲进那间房子，把他杀掉。我从来没有过这样的感觉。我气得浑身发抖，流出了眼泪，拳头捏得紧紧的，指甲划破了我的手心。

杰里的眼睛还是那么亮，他走来走去挥动着手臂，然后走过去和那女人亲嘴。我悄悄地溜走了，回到赛马场就上了床，可是怎么也睡不着。第二天我就叫其他几个小伙伴和我一起回家。可是我没有对他们讲我所看到的事情。

从那时起我老是在想这件事，可我怎么也想不明白。春天又来了，眼看我就十六岁了。我同往常一样每天早晨到跑马场去，我看到“快如光”和“半路飞”，还有一匹叫“轧轧响”的新马驹。我敢打赌它会把那些马全都打败的，但是除了我和两三个黑人以外谁也不这么认为。

然而情况有了变化。在跑马场上，空气的味道不那么清新了，闻起来也不那么香了。这是因为像杰里·蒂尔福特那样的人，明知道自己干的是什么事儿，竟然在同一天里看着“快如光”那样的马儿奔跑，又和那样一个女人亲嘴。我怎么也弄不明白。见他的鬼去吧！他这样做是为了什么？我老是在想这件事儿，看马也好，闻香味也好，听黑人们哈哈大笑也好，干什么都感到没劲。有时候我为这件事发狂到想找个人打架。这件事使我心烦意乱。他为什么要干这种事儿？我想知道为什么。

种　子

他是一个矮个子，满脸的络腮胡，成天神经兮兮的。我记得他脖子上的青筋总是绷得紧紧的。

多年来他一直尝试着用一种叫精神分析法的方法给病人治病，这个主意是他生命中的至爱。“我来这儿是因为我感到累了，”他沮丧地说道，“我的身体并不累，但我的内心却老朽和疲惫不堪了。我想要快乐。有时接连好几天或几个星期我都想要忘掉那些男男女女们，忘掉使他们生病的那些阴影。”

人们在讲话时带着种口气，根据这种口气你也许会知道什么是真正的疲惫不堪。这种口气出现在当一个人全身心地一直在努力理清着各种艰难的思路时，突然他发现自已难以继续了，他心中的某个东西停滞不前了。这时情绪激动了，他会爆发出一连串的话语和谈话，或许是很愚蠢地。他的内在性格中他自己都不知道的弱点暴露了，并且表达了出来。也正是这个时候，一个人会夸夸其谈，尽用大字眼，通常，他要出洋相了！

因此，我们的这位医生也开始变得冲动起来。他从我们一直坐着的台阶上跳了起来，夸夸其谈，四周乱转。“你是西部人，但你已经脱离那里的人们。你已经养尊处优了，去你妈的，我还没有……”他的声音真的变得激动了起来。“我已经走进了生活。我已经透视到了那里男男女女们的生活的表层之下。我特别研究了女人一我们的女人们，生活在这儿的美国女人们。”

“你已经爱上了她们?”我试问道。“是的!”他说。“对了，你也是西部人。我已经在爱她们了，这是我能得到爱的唯一办法。我必须要去爱。你明白为什么要这样吗？这是唯一的办法。爱必须是我的一切的开端。”

我开始感觉到他内心深处的疲惫。“我们去湖里游泳吧。”我极力主张道。

“我不想去游泳或做任何他妈的单调乏味的事,我只想奔跑和喊叫。”他宣称,“我真想成为一片枯叶随风飘荡在山中,哪怕一会儿,哪怕几个小时。我有一个渴望,而且只有一个,就是解脱自己。”

我们走在一条泥泞的乡间小路上。我想要他知道我认为我已经明白了,因此,我用我自己的方式来解释这件事。

当他停下来盯着我的时候,我开口道:“你不会比我好到哪里去,”我声称,“你是一条在垃圾堆里打过滚的狗,你根本不是一条狗,因为你的毛皮里的狗味都没了。”

这回轮到我的声音变尖了起来:“你是个一窍不通的傻瓜,”我不耐烦地喊道,“像你这样的男人都是傻瓜。你不配走在这条路上。这条道不是给那些连人生的道路都不敢远走的男人走的。”

我真的勃然大怒起来。“你装模作样看的这种病是一种很普通的病,”我说道,“你想做的事却做不来。傻瓜,你还期待爱情能被理解吗?”

我们站在路中间,互相盯着对方。他的嘴角露出一丝轻蔑的神色。他把手放在我的肩上摇了摇我。“我们是多么的精明,我们是多么的善于表达!”

他尖刻地说出这两句话,然后转身走了一小段路。“你觉得你明白了,但你却不明白。”他大声说道,“你所说的不能做的事可以做到。你是一个骗子。你不能够这样肯定地说你没有丢失某些细小的美好的东西。你丢失了整个要点。人们的生活就像森林中的小树苗,它们被爬上来的藤蔓缠住了。这些藤蔓就是种植在那些死人身上的古老的思想和信仰。我自己也被那些悄悄地爬上来的藤蔓缠住了。”

他苦笑了一下,“这就是为什么我要奔跑和玩耍,”他说,“我要成为在山中随风飘零的一片落叶。我想死掉,然后再新生。我只是一颗被藤蔓缠住的树,正慢慢地死亡。你看,我浑身疲惫,想要清理一番。我是一个小心翼翼地闯入生活的业余冒险家,”他最后说,“我浑身疲惫不堪,想要清理清理。我被那些悄悄爬上来的东西埋住了。”

* * *

有一个女人从衣阿华州来到芝加哥这儿,在西区的一幢房子里租了个房间。她大约二十七岁,她来到这个城市显然是为了学习先进的教音乐的方法。

有一个年轻人也住在西区的这幢房子里。他的房间在二楼,面对着长长的大厅,而那个女人住的房间正好在大厅的另一头。

说到这个年轻人,他的性格中有一种非常可爱的东西。他是个画家,但我却常常期望他能决心成为一个作家。他谈起话来深明事理,但他的画画并不出色。

这个从衣阿华州来的女人也住在这幢房子里,她每天傍晚从城里回来。她看上去就像大街上每天看到的成千上万的普通女人,唯一能使她在女人堆中与众不同的特点是她有点跛。她的右腿有点残疾,走起路来一瘸一拐的。三个月来,她是住的这幢房里,除了女主人外的唯一女人。因此,住在这幢房里的男人们对她的情感开始产生了。

男人们说的有关她的事都是相同的。当他们在房前的过道上相遇时停下来笑着小声说道:“她得要个情人,”他们挤眉弄眼地,“她自己也许不知道,但情人却正是她所需要的。”

如果你了解芝加哥,那儿的男人们会认为这是一件很容易满足的事。当我的朋友,他叫勒鲁瓦,告诉我这件事时,我笑了。但他没有笑。他摇了摇头,“没那么容易,”他说,“事情要这么简单的话那就没有故事了。”

勒鲁瓦继续解释道:“每当一个男人接近她时,她就变得警觉起来。”男人们总是满面笑容地和她说话,他们邀请她去吃饭,去看戏。但任何东西都引诱不了她和男人们一起上街,晚上她从来不上街。当一个男人在过道上站住想和她说话时,她眼睛总是朝地上看,然后就跑回到自己的房间。有一次住在那儿的一个卖成衣的小伙计勾引她一起坐在房前的台阶上。

他是个多愁善感的家伙,想紧紧地拉着她的手。当她开始哭起来时,他惊恐地站了起来。他的一只手放在她的肩膀上想跟她解释一下,但刚碰到她的肩膀,她浑身就害怕地抖动起来。“别碰我,”她哭喊道,“你的手别碰我!”她开始尖叫起来。大街上过往的行人都驻足侧耳。卖成衣的小伙计惊恐万分,连忙跑上楼躲进自己的房间。他闩上门,站在门后听着。“这是个诡计。”他用颤抖的声音宣布。“她这是有意捣乱,我对她什么也没干。这只是个偶然,又有什么关系?我只不过用我的手指碰了碰她的胳膊而已。”

勒鲁瓦可能有十来次地给我讲过和这位衣阿华女人同住在西区那幢房子里的经历。住在那里的男人们开始恨她。虽然她和这些男人们没有任何关系,但她没让他们过消停的日子。遭到拒绝后,她仍然继续想方设法地接近他们。当她赤裸地在大厅过道旁的洗澡间时,男人们上上下下地经过门口,而她却只半掩半开着门。在大厅的楼梯下有一张长沙发椅。等有男人在大厅时,她有时走进来,当着男人们的面一言不发地平躺在沙发上。她双唇微张,两眼盯着天花板。她的整个身体的姿势就好像在等待着什么。大家都知道她在大厅里,但周围的男人们都假装着没看见。他们高谈阔论,等到他们感到难堪时,一个接一个地悄悄溜走了。

有一个晚上这个女人被要求离开这幢房子。有人向女房东告了状,可能就是那个卖成衣的小伙计。女房东立马采取了行动。“我希望你最好今晚就离开。”勒鲁瓦听到女房东老太太这样说。她站在衣阿华女人房间门口的过道上,她的声音在整幢楼房里回响着。

勒鲁瓦是个画家,高高瘦瘦的个子。他的一生都奉献给了各种的思想,他头脑中的热情已经把他身体中的激情吞噬光了。他的收入很少,还没有结婚。也许他永远也不会有个心上人。他并非没有身体上的欲望,只是他根本不去考虑这种的欲望。

在那位衣阿华女人被命令离开西区房子的那天晚上,她等到女房东走下楼梯后,跑进了勒鲁瓦的房间。那时大约是晚上八点钟,勒鲁瓦正坐在窗户旁看书。那个女人连门都不敲径直推门而入。她什么也没说,走过去就跪在了勒鲁瓦的脚旁。勒鲁瓦说看她拖着那条伤残的腿跑进来就像一只受伤的鸟。她的双眼在燃烧,呼吸有点急促。“要了我吧。”她说着,把脸埋在他的膝盖上,浑身剧烈地颤抖着。“快点要了我吧,事情总得有个开头。我再也不能等下去了,你必须马上要了我。”

你肯定能想到勒鲁瓦对这一切起初茫然不知所措。从他对我所说的,直到那天晚上,他都几乎没有去注意这个女人。我想在这幢房子里所有的男人中,他对这个女人是最漠然的。但就在他的房间里,这事就发生了。当这女人跑到勒鲁瓦的房间时,女房东也跟了进来,两个女人面对着他。衣阿华来的女人正跪在他面前发抖,女房东不由地愤慨起来。勒鲁瓦一时冲动起来,他灵机一动,伸出手来抓住跪在地上的女人的肩膀使劲地摇了摇。“你冷静些,”他说得很快,“我会信守诺言的。”他转向女房东笑着对她说:“我们俩已经订婚并准备结婚,”他说,“我们吵了一架。她到这儿是为了和我亲近。她身体不舒服,情绪太激动,我要带她走。请你不要发火,我就带她走。”

当那位女人和勒鲁瓦走出那幢房子时,她已经停止了哭泣,把手放在了勒鲁瓦的手中。她的恐惧感消失了。勒鲁瓦替她在另一处房子找了个房间,然后就和她一起走进一个公园,坐在一张长椅上。

勒鲁瓦告诉我的有关那位女人的所有一切更加使我坚信那天在大山里我对那个人所说的话是对的,你不能在人生的旅途中冒险。在那张长椅上,他和那个女人一直谈到深夜。后来他又多次看望那个女人并和她交谈,啥事都没有发生。她回去了,我想,是回到她西部的家乡。

在她的家乡这位女人曾经是位音乐教师。她是四个姐妹中的一个,四个姐妹都从事着相同的工作,勒鲁瓦说,个个都是沉默寡言但才华出众。她们的父亲去世时,最大的姐姐还不满十岁。五年后母亲也去世了。四个姐妹有一幢房子和一个花园。

理所当然地我并不知道这几个姐妹们的生活是怎样的,但有一点是比较肯定的,她们所谈论的只是些女人间的事,所想的也是女人的事。姐妹中甚至没有一个人有过恋人,多年来没有一个男人走近过这幢房子。

姐妹中只有最小的妹妹,就是来到芝加哥的这位,她身上的那种纯粹的女性生命特征起过明显的波澜。这对她来说的确有些意义。她一天到晚日复一日地给那些小女孩们上音乐课,然后回家和姐妹们在一起。当她二十五岁时,她开始思索,开始梦想男人。从白天到晚上她都是和姐妹们谈论女人的事,但她一直渴望着能被一个男人爱上。她心中满怀着希望来到芝加哥。勒鲁瓦在解释她在西边那幢房子里对发生的事的态度和反常的行为时说,这归咎于她想得太多,行动太少。"她内心的生命力被分散了。"勒鲁瓦断言道,"她所想要的没有得到,她内心的生命力找不到出路。当生命力找不到一种表达方式时必然要找另一种。性欲在她的全身涌动,渗透在身体的每一个部分。最后她成了性欲的化身,性欲被压抑和变异。某些话语,男人的一个触摸,有时候甚至是大街上过往男人的一个眼光,对她来说都有含意。"

昨天我见到勒鲁瓦,他又和我谈起了那个女人,她那奇怪和可悲的命运。

我们在湖边的公园里散步。我们走着,这个女人的形象一直出现在我的脑海里。我突然想到一个主意。

"你可以成为她的恋人嘛,"我说,"这是可能的,她不畏惧你。"

勒鲁瓦停住了脚步。就像一个对自己能力充满自信的医生痛骂别人那样,他开始生气和骂人。他盯着我好一阵子,然后很奇怪的事发生了。他把我那天在山里泥泞的路上骂他的话搬了出来,又骂了一遍。他的嘴角又露出一种轻蔑的神色。"我们是多么的精明,我们是多么轻巧地处理事情。"

在这城里湖边公园走在我身旁的这位年轻人的声音开始沙哑,我能感觉到他内心的疲惫。然后他笑了,轻声柔和地说,"事情没有这么简单。你要知道你自己是处在失去生活中所有浪漫的危险中。你没有抓住要害。生活中的任何事情都不能够这么确切地来解决。你看,这个女人就像是一棵被爬上来的藤蔓缠住的小树。这些缠在四周的藤蔓挡住了她的光线。她成了一个畸人,就像森林中的许多树都是畸形一样。她的问题是如此的难以解决,以致我对这个问题的思考已经改变了我的整个人生。起初我就像你所说的那样，我很有把握，我想我会成为她的恋人，解决这个问题。”

勒鲁瓦转身走了一小段路，然后又转过身来一把抓住我的胳膊。一种急切的热情占据了他的全身，他的声音在发抖，“是的，她需要一个恋人，那幢房子里的男人们说得很对，”他说道，“她是需要一个恋人，但同时她所需要的不仅仅是一个恋人。需要一个恋人这毕竟只是第二位置的事情。她需要被人爱，持久地、静悄悄地、耐心地爱。可以肯定地说她是个畸人，但现在这世界上所有的人都是畸人，我们都需要爱。能够治好她的药方也能够治好我们所有这些人。你瞧，她的这种病是普遍性的。我们都需要爱，然而这世界至今就没有计划要创造出我们的恋人来。”

勒鲁瓦的声音低了下来，默默地和我并肩走着。我们转身离开了湖畔，走进树林里。我紧挨着看了他一眼，他脖子上的青筋绷得紧紧的。“我想我已经透视到了生活的表层之下，”他沉思着说，“我本人喜欢这个女人。我也被日益爬上来的藤蔓状的东西缠住了。我这个人不够敏感和耐心。我在还旧债。那些旧的思想和信仰——是那些死人播下的种子——在我的灵魂里成长，抑制着我。”

我们长时间地走着，勒鲁瓦不停地谈着，吐露着涌上他心头的各种想法。我默默地听着。他突然想起了那位大山里的人唱的山歌。“我真想成为一种死亡的干枯的东西，”他看着散落在草丛中的落叶喃喃自语着，“我真想成为一片随风飘零的树叶。”他抬起头来，目光透过森林转向远处的湖水。“我很累，我想清理一番。我是一个被不断爬上来的藤蔓缠住的人，”他说道，“我现在最想做的事就是清理自己。”

另一个女人

“我已经爱上我的妻子。”他说的真是一句多余的话，我没问他依恋的那个跟他结婚的女人是谁。我们走了 10 分钟，然后他又说了一遍。我转身看向他。他开始跟我说起，我现在打算记下来的他们的故事。

他念念不忘的那件事情就在他一生中最重要的那周发生了。他将在星期五下午结婚。就在那周的星期五之前，他收到一份电报宣布他到政府任职。还有其他的一些事让他很自豪高兴。他私下有写诗的习惯，前年有几篇还发表在了诗歌杂志上。其中一个给那些年已发表的，他们认为最好的诗歌颁奖的协会把他的名字放在了名单的首位。他家乡城市的各大报纸报导了他成功的故事，其中一家还刊登了他的照片。

与期望的一样，他一整周都处于相当兴奋和高度紧张的状态。几乎每天晚上都去找他的未婚妻，一个法官的女儿。当他到那里的时候，屋子里挤满了人，还有刚收到的很多信件、电报和包裹。他站在旁边一会儿，那些男人和女人就不断往前挤，要跟他说话。他们祝贺他得到了一个政府要职并且祝贺他作为一个诗人所取得的成就。每个人好像都在赞美他，当他回到家躺在床上时仍无法入睡。星期三晚上他去了剧院，但好像整个剧院所有的人都认识他，每个人都对他点头微笑。第一场表演结束就有五到六个男人和两个女人离开座位围到他身边，形成了一个小团队。坐在同一排的陌生的人们也伸长了脖子看着他。以前他从来没有受到过这么多的关注，而现在一种高度的期望感包围着他。

当他告诉我他的这些经历的时候，他解释说那就是一个对他来说非同寻常的时期。他觉得整个人像是悬浮在空中一样。在见过和听过这么多人和他们的溢美之词之后，当他躺到床上觉得这么多赞美的词还在他头上旋转着。当他闭上眼睛,一大群的人似乎就要冲入他的房间。似乎这座城市所有人的注意力都集中到他身上,他满脑子都是那些荒谬的想象。他想象自己驾着马车穿过一个城市的大街小巷,窗户全都打开了,人们跑出自己的家门,高喊着"他来了,就是他",而且夹杂着喜极而泣的声音。马车驶入了一条挤满了人群的街道。成千上万双眼睛仰望着他,那些眼睛好像在说:"这就是你!你这家伙已经成了一个多么成功的人哪!"

我的朋友也无法解释群情激昂是否是由于他刚写了首新诗或者是基于他在政府里的新职位,还是他的一些高尚的行为。那时候他住的公寓位于他的城市遥远边缘的一条座落于悬崖顶端的街道上,从他卧室的窗户可以透过树木和工厂的屋顶看到河流。由于睡不着还有各种各样的想象蜂拥而致,让他更加兴奋,他只好起床开始思索着。

在这种情况下,他自然地想着控制自己的思绪,但是每当他坐在窗子旁,一件始料未及的令人感到羞耻的事情发生了。那天晚上有月亮。他要想象一下那个即将成为他妻子的女人,想要想一些高尚的诗句或者想一些对他的事业有影响的计划。但是出乎意料,他的脑子拒绝去想这些事情。

他住的那条街的街脚处有一家小小的烟草店和报亭,由一个四十岁的胖男人和他的妻子经营,他的妻子小巧活泼开朗,有一双明亮的灰色眼睛。一般早上在去市里前,他都会停在那儿买份报纸。有时候他只看到那个胖男人,但是经常是那男人不在而那女人就等在他面前。在他告诉我他的故事的时候至少跟我确认了二十遍,她是个非常普通的女人,没有什么特别之处或者值得注意的,但是他就是无法解释,她的出现深深地打动着他的心。在那周他心神涣散期间,她是他认识的人里面唯一让他感觉头脑清楚的人。当他想要想一些高尚的想法的时候想到的却总是她。在他还不知道发生了什么之前,他就一直在想着已经和这个女人有了不正当的关系。

在他告诉我这个故事的时候,"我不能理解我自己,"他说。"夜晚,当城市变得安静而我本该睡着的时候,我却一直想着她。那样的事发生后的两三天,连白天都在想她了。我感到非常困惑。当我去见现在是我妻子的那个女人的时候,我发现我对她的爱被我的幻想所影响。我明白这世界上我只想和一个女人一起生活,让她做能理解我的同伴,去提高我的个人品质以及在世界上的地位,但就在这时刻,你看到我却希望另外一个女人躺在我的怀里。她以她的方式进入了我的生命。在各方面人们都说我是个能做大事的了不起的人,而我也确实是。那天晚上,去看戏的时候我是走路回家的,因为我知道我会睡不着,没办法排遣恼人的思绪。我走着走着就站到了烟草店前的人行道上。那是两层楼的房子,我知道那女人和她的丈夫住楼上。影子映在墙上,我在黑暗里站了很久,然后想着他们两个一定睡在一起,这让我发狂。

“我变得越来越焦虑不安。回到家里,躺到床上,我气得发抖。有一些诗集和散文作品让我深深感动,所以放了几本在床头的桌上。”

“书上的话语就像死亡的声音一样,我看不进去,那些印刷的文字进不了我的意识。我试着去想我爱的女人,但是她的轮廓变得越来越模糊,变得在那一刻我对她似乎没有什么可做的。我躺在床上辗转反侧。那是个痛苦的经历。”

“星期四早上我去了那家店铺,那女人一个人在那儿。我觉得她知道我的感受,也许当我在想她的时候她也正在想我。她的嘴角浮现着犹豫迟疑的微笑。她穿着一件用便宜的布料做的衣服,而且肩膀地方有个裂缝。她一定比我大十岁。当我试着将便士放在玻璃柜台的时候,她就站在柜台后面,我的手抖了一下,结果那些便士就洒落在上面发出刺耳的喀哒声。当我开口说话的时候,那发自喉咙的声音仿佛不是自己的。我口齿不清地小声说道,‘我要你,我很想要你。你能不能离开你的丈夫,今晚七点到我的公寓来?’”

“那女人真的在七点到了我的寓所。那天早上她什么都没说。也许有那么一分钟我们就那样站着看着对方。我忘记了身边所有的一切,除了她。然后她点了点头我就离开了。现在我想起来我没听到她说一句话。她七点来到我的公寓,天已经黑了。你知道那是十月份。我没有开灯并且支走了佣人。”

“那天一整天我什么事情都做不了。几个人来我办公室看我,但是我脑袋一片混乱,以致都无法专心和他们交谈。他们以为婚礼将近我才魂不守舍,笑着离开了。”

“就是那天早上,婚礼前的那天,我收到一封未婚妻写给我的长而漂亮的信,在结婚前一晚她也无法入睡所以起床写了这封信。她所说的每件事都是那么强烈和真实,但她自己,作为一个活的实体却好像消逝在远方。对我来说她就好像是一只飞在遥远天际的小鸟,而我就像一个不知所措的光着脚站在尘土飞扬的马路上面对着农场的男孩,看着她远去的身影。我不知道你是否明白我的意思?”

“在这封信里,是一个觉醒的女人,倾诉着她的心声。当然她不知道什么是生活,但她是个女人。我想她躺在床上紧张不安、辗转难眠就像我之前那样。她意识到她的生活将起很大的变化,因此既高兴又害怕。她躺在床上想着所有的一切。于是她起床开始在纸上对我倾诉这些。她跟我说她有多害怕和高兴。像大多数年轻女人一样,她悄悄地诉说着她自己的所听所想。信里她是非常甜美、美好的。她写道:‘我们结婚后的很长一段时间里,我们将忘记我们是男人和女人。我们只是人。你一定记得我是无知而且非常愚蠢。你必须爱我,而且要有耐心要和蔼可亲。当我知道更多的时候,当一段时间后你教会我生活方法的时候,我将会偿还你。我将给予你我的体贴和充满热情的爱。可能是我的缘故或者我根本就不想结婚。我很害怕但又很高兴。哦,真高兴我们的婚期就近在眼前。’”

“现在你清楚地知道我是处在多么大的混乱之中。在办公室读完我未婚妻的信后,我马上变得非常坚决和坚强。我记得我从椅子上站起来走动,我对我即将成为这样一个高贵女人的丈夫而自豪。我立刻就把心转向了她,感觉自己真不是个东西。为了证明我不是那么糟糕,我做了个坚决的决定。那天晚上 9 点我打算去见我的未婚妻。‘我现在没事,’我对自己说。‘她高尚的品质挽救了我。我要回家打发走另一个女人。’早上我打电话给我的佣人叫他晚上不要在公寓,而现在我拿起电话告诉他要待在家里。”

“然后一个念头闪过,‘我不能让他知道家里的任何事情。’我在想,‘在我结婚前夜看到一个女人来我的家里他会怎么想?我放下电话准备回家。我对自己说:‘如果我想让佣人离开公寓,那也是因为我不想让他听到我跟那女人的谈话。我不能失礼于她,我必须向她作出某种解释。’”

“那女人 7 点准时到达,正如你可能猜到的,我让她进来了,完全忘了我所下的决心。很可能是我从来就没有任何意图想做什么事。我的门上有门铃但是她没按,只是轻轻地敲着。对我来说那天晚上她所做的一切都是那么轻柔和安静,但却非常坚决和迅速。我能把自己的事讲清楚吗?当她来的时候我正站在门内,我已经在那儿站着等了半个小时。我的手颤抖着,就像早上当她看着我而我想把便士放在店里的柜台上的时候一样。当我打开门,她很快走了进来,我把她抱在怀里。我们一起站在黑暗中,我的手不抖了,我觉得非常的快乐和坚强。”

“尽管我想把每件事都说的尽量清楚明白,但是没有告诉你我要结婚的女人是什么样的。你看我只强调了另外一个女人。我随便讲我爱我的妻子,但对你这样的精明人来说这并不意味着什么。说实话,不谈这个我会感觉比较舒服些。这无法避免地给你的印象是我爱上了那个烟草商的妻子。但这不是真的。在婚前的那一整周里,我确实满脑子都是她,但是自从她来到我的公寓后,我就完全不再想她了。”

“我在说实话吗?很难说清楚当时所发生的事。我是说自从那晚上那个女人来我公寓后,我就没再想过她。现在告诉你事实上当时的情况不是真实的。那天晚上按照我未婚妻信里要求的,我 9 点到她那里。我有点无法解释为什么另一个女人和我一起去了。这就是我要说的,你看我在想如果我和烟草商的妻子之间真的发生了什么,我就不能够结婚。我跟自己说:'我得权衡利弊。'"

"事实上那天晚上我去见我心爱的未婚妻,心中充满着对我们一起生活的新信心。恐怕我说的有点乱,刚才我说另外一个女人就是那个烟草商的妻子和我同行,我不是说她真的去了。我想说的是她对自己看事物的信心和看透事物的勇气和我一起去了。这样说你明白吗?当我到达我未婚妻家的时候,附近站满了人。有一些人是我没见过的从远方来的亲戚。当我进入房间的时候她很快地抬头看着我,我看上去一定容光焕发。我从没见她这么感动过。她肯定觉得她的信深深地影响了我,当然确实也是那样。她跳起来向我跑来。就像个快乐的小孩。人们转身用探询的眼光看着我们,就在人群前她说了她心里想说的话。她哭着说:'哦,我太高兴了。你明白了,我们将会是两个人而不仅是丈夫和妻子。'"

"你可以想象,每个人都笑了,但我没笑。泪水涌进了我的眼睛。我高兴得都想喊出来了。或许你明白我的意思。那天在办公室当我看了我未婚妻写给我的信后,我对自己说:'我会照顾这个可爱的小女人。'你知道关于这事我有点自以为是。在她家里当她这样哭出来,当每个人笑着的时候,我对自己所说的就变成这样:'我们将会互相照顾。'我在她耳边说了类似的话。说实话我不再自命不凡了,另一个女人的勇气让我这样。当着所有聚集在周围的人的面,我紧紧地拥抱她,我们互相接吻。他们觉得我们看到彼此时是那么的甜蜜,如果他们知道我的想法,谁知道他们会怎么想。天知道!"

"我已经说了两遍,在那天晚上之后我根本就没有想起另外那个女人。这部分是对的,但有的晚上,当我独自走在街上或者在像我们正在走的这个一样的公园里,当夜幕温柔又很快地降临,就像今晚这样,对她的思念就会充满我的身体和大脑。在那次见面之后我就没再见过她,第二天我结婚了就再没回到过她住的那条街。然而常常当我像现在这样走着的时候,一种强烈的感觉就会占满我的全身。那种感觉就像我是土里的一粒种子,春天温暖的雨点已经来临。就像我不是一个人而是一棵树。"

"你看我现在结婚了,一切都很好。我的婚姻对我来说是件很美好的事。如果你想说我的婚姻是不幸的,我会说你在撒谎,然后告诉你真相。我曾试着告诉你关于另外一个女人的事。似乎谈论她可以减轻我心里的痛苦。以前我从没这样做过。我怀疑我为什么如此的愚蠢,还怕你会认为我不爱我的妻子了。如果我不相信你能理解,我就不会跟你说这些了。事实上我有点激动,今晚我会想另外一个女人。就像有时候发生的一样,上床后我就会想。我的妻子睡在我的隔壁房间,门总是开着的。今晚将会有月亮,当月亮升起,银白色的月光就会照在她的床上。今晚半夜我会醒来,她会把一只手放在头顶上睡。”

“我现在在说什么呀？一个男人不会谈论躺在床上的妻子。我想说的是,因为这次谈话,我今晚将会想起另外那个女人。在我结婚前的那周我的思想还不稳定。我不知道这个女人现在怎么样了。有的时候我会再次感觉到我正抱紧她。我会想这件事一个小时,我和她比其他任何人都要更亲密。然后我会想什么时候我才能和我的妻子也会这样亲密。你知道,她仍然是个清醒的女人。有那么一会儿,当我闭上眼睛,那个女人的机灵坚决的眼睛就会看着我。我就会心神荡漾,然后很快地睁开眼睛我再一次见到那个居住在我的生活中的亲爱女人。然后我去睡觉,当我早上醒来,一切都将和那个晚上一样,也就是在我的生活最辉煌的经历的事之后我走出黑暗的公寓的那个晚上。我想说的是,你明白的,就是当我醒来的时候,另外的那个女人将会彻底消失掉。”

鸡 蛋

我的父亲,我确信,原本是一个天性乐观、和蔼可亲的人。一直到他三十四岁,他都在一个叫托马斯·布特沃斯的农场里当雇工,这个农场就在俄亥俄州的彼得威尔镇附近。那时他有一匹属于自己的马,在星期六的晚上,骑着马到镇上去和其他农场的雇工一起闲扯几个小时。在城里他喝了几杯啤酒就和其他的雇工们到拥挤的本黑德酒吧里闲逛。酒吧里洋溢着歌声和酒杯撞击吧台的砰砰声。到了十点钟,父亲独自一人沿着一条僻静的乡村小路骑着马回家。然后把马安顿得舒舒服服地过夜,自己也爬上床睡觉,那是他一生中最快乐的时光。那时他一点都没有想要在这个世界上出人头地的念头。

父亲三十五岁那年的春天,和我的母亲结了婚,当时她是一位乡村学校教师。接着在来年的春天我蠕动着,哭喊着来到了这世上。我的父母有了点改变。他们变得充满野心,美国人出人头地的激情占据了他们的头脑。

这件事母亲应该负有责任。作为一名教师,她毫无疑问读过许多书和杂志。我猜她一定读过加菲尔德、林肯以及其他一些美国人从一贫如洗到功成名就的奋斗史。在母亲坐月子期间,我躺在她身边,她可能就梦想着我有朝一日会成为人民和城市的统治者。无论如何,她说服父亲放弃农场雇工的工作,卖掉了他的马,并着手创立一个属于自己的独立企业。母亲是个高个、娴静,有着一个高鼻子和一双忧郁的灰眼睛的女人。对她自己来说,她别无所求。对于父亲和我,她却极具抱负。

父母的第一次投资后来证实是很糟糕的。他们在格里格斯路租了十英亩贫瘠的石子地,距离彼得威尔有八英里远,在那里他们开始养鸡。我在那里度过了我的童年,留下了我生命中的第一个印象。从一开始,父母的事业就面临着灾难。

至于我,如果说我是个忧郁的人,更倾向于看见生活的阴暗面,那么我就要把这点归咎于那时本该让我有快乐幸福的童年却在鸡场里度过了。

一个对这种事情毫无经验的人,是不会想到许多悲惨的事情会发生在一只只小鸡身上的。从一个蛋里孵化出来,几周后变成一只毛茸茸的小东西,就像你在复活节的明信片上看到过的那样。接着吃了父亲汗流浃背买来的大量玉米和粗粉后,小鸡变成了可怕的脱毛动物,接着得了喉舌炎、霍乱或其他一些什么名字的疾病后,就站在那儿用愚蠢的眼睛望着太阳,然后病得越来越严重直至死亡。一些母鸡和公鸡借助神的神秘力量,挣扎着长大。这些母鸡生下了能孵出其他小鸡的蛋,然后这种可怕的循环就完成了。那简直是令人无法相信的复杂。大多数的哲学家想必都是在鸡场成长起来的。一个人对小鸡寄予了这么多希望,可是又那么可怕地破灭了。小小的一只只鸡,刚刚开始生命旅途时,看上去是如此的灿烂和活泼,但事实上它们是如此的蠢笨,它们同人类是如此的相似,总是混淆了一个人对生活的判断。如果疾病没有夺去它们的生命,那么它们会等到你的期望被彻底激发时,接着走到车轮底下去结束它们的生命,回到造物主那里。寄生虫滋生和寄居在它们幼小的身上,得花很多钱去买那些有用的药来治疗。在以后的日子里,我看到一些文学作品建立在养鸡致富的主题上。这应该拿给那些吃了智慧树果实,懂得辨别正义与邪恶的神去阅读。它只是一种带着希望的文学作品和宣言,极有可能被一些养着几只母鸡,抱着淳朴希望的人们所奉行。不要被这些作品误导了,它们不是为你而写的。到冰冻的阿拉斯加山去寻找黄金吧,把你的信任放在政客的诚实正直上,并相信日子会一天天好起来,善良终将战胜邪恶。但不要去读和相信那些与母鸡有关的文学作品,它们不是为你而写的。

然而我有些离题了,我的故事并不主要和母鸡本身有关,确切地说是以“鸡蛋”为中心。我父母在养鸡场奋斗了十年,想要赚钱,但最后放弃了,转向其他目标。他们搬到了俄亥俄州的比德韦尔镇,开始从事饭店生意。经过了十年的担惊受怕,担心那些不能孵化的孵化器,担心那些孵化出的毛茸茸的小雏鸡,担心它们而后变成半裸小鸡,从那时起一直到死亡。我们将一切都抛到了一边,把属于我们的东西打好包,装上车就沿着格里格斯大道朝经德韦尔镇进发了。一辆满载着希望的小篷车去寻找着一个新的地方,希望从那儿能开始我们人生旅途中新的希望。

我们那时看起来一定很悲壮,不过,我想,不至于像逃离战争的难民。母亲和我走在路上,载着我们东西的马车是那天从邻居阿尔伯特·格里格斯那儿借来的。马车的边上伸出廉价的椅子脚,在一堆床铺、桌子和装满厨具的箱子后面的柳条箱里装着活的小鸡，顶上是我幼时用的婴儿车，我不知道为什么我们会带上这辆婴儿车。不可能再有其他孩子出生了，轮子也破了。只有没有什么财产的人才会紧紧地抓着他们所拥有的东西，这也是让生活变得如此沮丧的一个原因吧。

父亲在顶上架着马车。他那时是个四十五岁秃顶的男人，有点发福。也许是跟母亲和鸡场待的时间长了，他已习惯于沉默和沮丧。在鸡场的这十年间，他就像当初在附近农场里当苦力一样地辛劳，而他所挣的钱大多都花在了给鸡治病买药上，花在了《威尔默·怀特特效霍乱治疗》和《彼得罗教授的产蛋专家》或母亲在家禽报纸广告里找到的其他一些治疗方法上。父亲的耳朵正上方有两片头发。我记得儿时，在冬天的周日下午，在火炉前，我常常坐在那里望着躺在椅子上睡着的父亲。在那时候我已经开始念书了，并有了自己的想法。父亲头上的秃顶有点像条宽阔的马路，我幻想着，这条路就像凯撒大帝率领着他的军团离开罗马时从这条大道上进入一个未知世界的奇境。父亲耳朵上的两簇头发，就像是一片森林。我进入了半梦半醒的状态，并且梦见我变成一个小东西从这条大道上进入一个非常遥远美丽的地方，在那儿没有鸡场，没有鸡蛋的事情，生活是愉快的。

也许应该写一本关于我们从鸡场到镇上的事的书。母亲和我走了整整有八英里，她是为了确保没有东西从车上掉下来，而我是为了欣赏这世上的美景。在马车上父亲的旁边是他最宝贵的财产，我会告诉你这件事。

在鸡场里，那儿有成百上千的小鸡从蛋中孵化出来，有时怪事也会发生。畸形的东西从蛋中孵出来就像人类一样。这种事情不常发生，也许一千例中才有这么一例。你看一只小鸡，长着四条腿，两对翅膀，两个脑袋，或者其他什么的，这种东西无法活下来，它们只有一阵子的挣扎很快就回到了造物主身边。事实上这些可怜的小东西无法生存下来，也是我父亲生活中的一个悲剧。他的想法是只要把这些五条腿的母鸡或两个脑袋的公鸡带着，那么他就可以发财。他梦想着带上这些怪物参加镇上的集会，通过向其他的农场主展示来发财致富。

无论如何，他把鸡场里生出来的所有的小怪物都保存了下来，用酒精泡起来，每一只都放进一个瓶子里面。这些瓶子他都细心地放进了一个箱子里。在我们进镇的途中被放在了马车座上的旁边紧靠着他。他一只手赶着马，另一只手紧紧地按着箱子。当我们到达目的地后，箱子立刻被搬了下来，那些瓶子也拿了出来。在比德韦尔镇上开餐馆的日子里，那些装着怪物的小玻璃瓶就放在柜台后面的一个架子上，母亲有时提出抗议，但父亲在他的珍宝这个问题上坚定不移。他宣称，这些奇怪的东西是很有价值的。他说，人们喜欢看非同寻常的奇怪东西。

前面我说过我们在俄亥俄州的比德韦尔镇开始经营饭店的事，对不？我夸张了点,小镇坐落在一座小山脚下,靠着一条小河。铁路没有穿过小镇,车站是在一个叫匹克尼威尔的地方,离镇北一英里远。那里有一个苹果酒厂和一个腌菜厂,但在我们来到这镇之前它们就倒闭了。在早晨和傍晚,公共汽车沿着一条叫特勒斯派克的路从比德韦尔大街上的那家饭店一直到车站。我们打算在这个偏僻的地方开餐馆是母亲的主意。她已经提到这件事有一年了,然后有一天她跑出去在火车站对面租了一间空的店面。在她看来,开餐馆是有钱可赚的。她说,来往的行人会来镇上等着搭火车出城,而镇上的人也会来火车站等车。他们会到餐馆里来买几个馅饼、喝几杯咖啡。现在我长大了,我知道她又有了另一个为将来的打算。她对我期望极高,她想让我在这世界上出人头地,到镇里的学校读书而后变成镇里人。

父亲和母亲在匹克尼威尔努力地工作着,就像他们从前那样。首先要把这个地方改造成一个餐馆的模样,这花费了一个月的时间,父亲建了一个放菜肴盒子的架子。他用大大的红色字母把他的名字刷在一个招牌上,在他的名字下面,是一个醒目的命令"这里吃饭",但却很少人服从这个命令。父亲还买了一个橱柜并放上了雪茄和烟叶,母亲擦洗了房间的地板和墙壁。我在镇里上学并且很高兴能脱离养鸡场和沮丧的气氛以及丑陋的小鸡,然而我还是不太愉快。傍晚我从学校沿着特斬斯派克路走回家。我记得我看见镇里的小孩都在学校操场上玩耍,一群小女孩唱着歌,蹦蹦跳跳高兴地回家去。我也想那样,沿着冰冷的路用一条腿蹦跳地走着。"嬉笑着跳过理发店",我尖声唱着。接着我停了下来,疑惑地看着周围,我害怕被别人看见我高兴的行为。对我而言,我是在做一件本不该做的事。因为在养鸡场,死亡是每天的家常便饭。

母亲决定我们的餐馆应该一直营业到晚上。晚上十点钟有一列客车跟在本地的一列货车后面向北经过我们的家门口。货车乘务员在匹克尼威尔要换班,当交接工作做完之后他们来到我们的餐馆喝几杯热咖啡,吃一些东西。有时他们中的一些人会要一个煎蛋吃。凌晨四点他们转回北方,接着又返回。小小的生意便慢慢地开始了。母亲晚上睡觉,白天照看餐馆和顾客的吃喝,而父亲则去睡觉,他睡在晚上母亲睡过的同一张床上,而我则出发前往比德韦尔镇去上学。在漫长的夜晚中,当母亲和我去睡觉的时候,父亲准备做三明治用的肉以供顾客午餐食用。然后一个出人头地的主意在父亲的脑子里产生了。美国人的发财梦占据了他的整个心灵,他也变得雄心勃勃。

在漫长的夜里如果无事可干,父亲就有时间思考,这就是他的祸根。他认为他在过去没有成为一名成功的人,是因为他在生活中没有高兴的表情。大清早他来到楼上同母亲一起睡,母亲醒了,接着两个人就开始谈话。我是在墙角我的床上听到的。

这是父亲的主意,他和母亲都要款待那些来店里吃饭的人。现在,我记不清他的话了,唯一的印象是他想通过一些不太清楚的方式使小店成为公众的娱乐场所。当人们特别是从比德韦尔镇的年轻人到这个他们很少来的地方时,可以在这里聊一些轻松、愉快的话题。从父亲的话里,我可以猜到父亲想要追求快乐的目的。母亲起先对这个想法还半信半疑,但她没有说一句丧气的话。父亲认为他和母亲的热情招待,也一定会激起比德韦尔镇年轻人胸中同样的热情。傍晚,欢乐的人群将唱着歌儿来到特勒斯派克街,他们成群结队的,高兴地叫着、笑着走进我们店里。在这里他们可以唱歌,可以庆祝。父亲详细描述的这件事没有给我留下多少印象,正如我曾说过的那样,父亲是个内向、不善言词的人,他所能做的也只是一遍又一遍地说"他们想有个地方去,我告诉你,他们想有个地方去"。而我自己的想象力是一片空白。

此后的两三个星期里,父亲的这个想法占据了整个家里,我们对此事却谈得很少,但在日常生活里,我们都努力地用微笑来替代郁闷的心情。母亲对着顾客微笑,我受了她的感染,对着我们的猫咪微笑。父亲对快乐的急切期盼,使他显得有点兴奋不安。毫无疑问,在他身上的某个地方潜伏着一点点的演员特性。他从不在晚上所服务的铁路工人身上浪费太多的弹药,却好像在等从比德韦尔镇来的青年男女,好向他们演示他的本领。在饭店的柜台上放着一个用铁丝做的篮子,里面装满了鸡蛋,它们一定是在那个主意在他脑子里产生之前就放在那儿了,这些想法从这些鸡蛋上萌发并发展,与蛋保持着紧密的联系。但无论如何,后来一个鸡蛋就毁了他生命中的这个新冲动。

一个深夜,我被父亲的一声怒吼吵醒,我和母亲都从床上坐了起来,母亲用颤抖的手点亮床头边桌上的油灯。楼下饭店的前门被"砰"的一声关上了,过了好一会儿,父亲踏着楼梯走了上来,他手上拿着一个鸡蛋,双手颤抖着,好像正打着冷战,眼里透射着半疯狂的目光。当他站在那儿,瞪着我们的时候,我确信他要把鸡蛋扔向我或母亲。然而,他轻轻地把鸡蛋放在桌上的灯旁,在母亲床边跪了下来,开始像个孩子一样地哭了起来。我受到他悲伤的感染,也跟着大放悲声。楼上的小房间里充满了我俩恸哭的声音,这是很可笑的。但当时的情形,我唯一能记得的,是母亲的手不停地抚摸着他的秃顶。我忘了母亲对他说了什么,又是怎样说服他说出楼下发生的事情,我也不记得他是怎么解释的,只记得我的悲伤和恐惧以及他跪在床边时,被灯光照得闪闪发亮的秃顶。

至于楼下发生了什么,由于一些无法解释的原因,我了解事情的经过就好像亲眼目睹了父亲的失败。一个人最后总会知道许多无法解释的事情。那天傍晚,年轻人乔·肯,一个比德韦尔镇商人的儿子,到匹克尼威尔来接他的父亲,火车从南方来,晚上十点钟到。但火车晚点了三个小时,乔就到店里来闲逛,等着火车到站。当地的货车到站后,搬运工们都吃饱走了,店里只剩下乔和父亲。

从到店里的那刻起,这个比德韦尔镇的年轻人就被父亲的行为搞得莫名其妙,他认为父亲正在因为他的闲逛而生气。他注意到他的在场明显地打搅了店主,于是他想离开。但是,开始下雨了,而他又不想走一段长路到镇上,然后再回来,于是,他买了5分钱的雪茄烟并要了一杯咖啡。他从口袋里拿出一张报纸看了起来,他抱歉地说:"我在等晚上的火车,它晚点了。"

好长一段时间,父亲,一个乔·肯从没见过的人,一直静静地注视着他的客人。毫无疑问,他的内心正因为怯场而做着剧烈的斗争。这种场面在生活里经常发生,而且对这样的情形他想得很多,也经常想到,但现在真的就在眼前,他却显得紧张不安了。

首先,他不知道该把手放在哪儿。他紧张地从柜台后伸出一只手和乔·肯招手:"你好!"乔·肯放下报纸看着他,父亲的目光正落在柜台上那篮鸡蛋上。他接着说道:"嗯,你听说过克里斯托夫·哥伦布吗?"他看上去有点生气:"那个克里斯托夫·哥伦布是个骗子。"他大声地宣布:"他说他可以使鸡蛋站立起来,他这么说,也这么做了,但他却是把蛋的一端敲碎了。"

父亲似乎要向客人摆明与虚伪的克里斯托夫·哥伦布的界线,他低声诅咒着。他断言教导孩子们说克里斯托夫·哥伦布是个伟大的人物是错误的,毕竟他在关键的时候欺骗了人们。他宣称他可以使鸡蛋站立起来,并且当他的这种虚张声势被人们要求示范的时候,他只是在要诡计而已。父亲一边抱怨着哥伦布,一边从柜台上的篮子里拿出一个鸡蛋,开始来回地走着,把鸡蛋放在双手的掌心滚动着。他亲切地微笑着,咕哝着来自人体的电力对鸡蛋的作用。他断言不用打破蛋壳而是通过放在手心来回滚动,就能使鸡蛋站立起来。他解释道这是由于他双手的热量及缓慢的滚动,能使鸡蛋形成一种新的中心引力的缘故。乔·肯开始对此产生了一点兴趣。父亲接着说道:"我拿过的蛋成千上万,没有人比我更了解蛋了。"

他把鸡蛋竖立在柜台上,但它却滚到了一边。他一次又一次的试着,每次都把鸡蛋放在掌心滚动并说着电的奇妙及引力的规律。经过半个小时的努力,他终于使鸡蛋站立了一会儿,他抬头发现他的客人已经不再看他的表演了。当他成功地说服乔·肯把注意力放在他努力的结果上时,蛋已经滚在一边,横躺着了。

带着表演者的满腔热情,也为了掩盖他由于第一次努力的失败带来的巨大尴尬,父亲从架子上拿下那些装着畸形小鸡的瓶子,向客人展示:“你觉得这个有七条腿和两个头的东西怎么样?”他一边问一边展示着他的珍宝中最奇特的东西,脸上洋溢着快乐的笑容。他从柜台上探出身来,想拍打乔·肯的肩膀,就像他还是个年轻的农场主的帮工的时候,每个星期六的傍晚骑马到镇上,看到本黑德的酒店里的人所做的那样。但是,当他的客人看到瓶子里浮在酒精上的可怕的畸形的小鸡时,感到有点恶心,站起来想离开。父亲赶紧从柜台后走出来,抓住年轻人的胳臂并让他回到座位上。他有点生气,但只是一会儿,他又不得不换了个脸色,强迫自己微笑起来,他把瓶子放回架子上。他慷慨地免费为乔·肯添了一杯咖啡和一支雪茄烟。然后,他取出一个盘子,从柜台下拿出装醋的罐子,往盘子里倒满醋,然后宣布他要做一个新把戏,“我将把蛋放在这个装醋的盘子里加热,然后把它装进一个小口颈的瓶子里而不会把蛋壳打碎,当蛋放进瓶子以后,将恢复原状,也就是说,壳会重新变硬。我会把这个装着蛋的瓶子给你,无论你走到哪里都可以带着它,当别人问你是怎么把蛋放进瓶子里的,不要告诉他们,让他们去猜,这就是这个把戏的有趣之处。”

父亲咧嘴笑着,向他的客人眨着眼睛。乔·肯断定他面前的这个人有点精神病,但却不会伤人,他喝着给他添的咖啡又看起报纸来。当蛋在醋里被加热了以后,父亲用勺子将它舀出来放在柜台上,到后屋拿出一个空瓶。他对客人在他开始表演时没有看他,有点生气,尽管如此他还是很开心地做着。用了好长的时间,他努力试着让蛋通过瓶颈,都没成功。他把盘子放回炉上重新把蛋加热,然后把蛋捡起来,不小心还烫了手指。在热醋里重新浸泡以后,蛋壳更软了点,但仍然没有达到他的目的。他一直不断地做着,一种不达到目的誓不罢休的决心占据了他的心。当他认为把戏终于要成功的时候,晚点的火车到站了,乔·肯漫不经心地走到门外,父亲想用最后努力来征服鸡蛋,并通过它来做点能建立威望的事情,希望大家都知道他,一个能使到他的店里来的顾客快乐的人。他对蛋不耐烦了,甚至想稍微用点劲,他诅咒着,前额冒出了汗珠,这时蛋在他的手上破了。当蛋液溅到他的衣服上的时候,站在门口的乔·肯转过身来,大笑起来。

一声怒吼从父亲的喉咙爆发出来,他跳起来,嘴里喊着一串串含糊不清的话,从柜台上的篮子里抓起一个鸡蛋,向乔·肯扔了过去,蛋正好从他头顶飞过,这个年轻人巧妙地闪到门边,飞快地跑了。

父亲上楼到我和母亲的身边时手里还拿着一个鸡蛋,我不知道他要干什么,我想他想要捣碎它,甚至所有的鸡蛋,并且想让母亲和我看到他要开始这么做了。然而,当他到母亲面前的时候,想法却改变了,他轻轻地把鸡蛋放在桌上,在床边跪了下来,就像我起先解释的那样。最后他决定晚上关了店门,上楼睡觉。当他做完这些事后吹熄了灯,和母亲小声地谈了一阵子后睡着了。我想我也睡着了,却一夜没睡好。我在黎明时醒来,久久地看着放在桌上的鸡蛋。我很想知道为什么会有鸡蛋,为什么鸡又是从鸡蛋里孵出来的,孵出来的鸡又会下蛋,这个问题融入我的血液里,并一直留在那儿,我想是因为我是父亲的儿子的缘故。无论如何,这个问题在我心里一直没有解决。因此,我得出了另一个结论:对鸡蛋来说是获得完全、最后的胜利,至少是对我们全家而言。

没有点亮的灯

一个星期天的傍晚七点钟，玛丽·科克伦和她父亲莱斯特·科克伦医生从他们居住的房子里走出来。这是1908年6月，玛丽18岁。她沿着特雷蒙街走至梅恩街，然后穿过铁轨来到梅恩北街，沿街两旁尽是一些小店铺和破破烂烂的房子。星期天这地方没有什么人来往，是个安静但缺少人气的地方。她告诉父亲她要去做礼拜，但实际上并不想做这类的事情，她也不知道自己要做什么。"我要独自出去思考一下。"她慢慢走着，自个儿想着。她想今天晚上天气一定会很好的，我不能坐在一个闷热的教堂里听一个人讲着显然与自己的问题毫无关系的事来消磨时光。她自己的事情就要到紧要的关头，现在该是她认真考虑自己前途的时候了。

玛丽的这种心事重重、认真思索的心境是在前一天晚上与父亲的一次谈话后开始的。没有任何开场白，很突然和出乎意料地，父亲告诉她自己患了心脏病，并可能随时死去。当时父女俩一起站在医生的诊所里，父亲向她宣布了这个消息。诊所后面就是他们居住的那些房间。

当她走进诊所时，天就要黑了，她发现父亲独自一人坐着。诊所和起居室位于伊利诺斯州亨特斯堡镇的一幢陈旧的木构房子的二楼上。父亲与她谈话时就站在她的身旁，正好靠近一扇往下可以看见特雷蒙街的窗子。星期六晚上梅恩街呢呢喃喃的夜生活就在周围上演着，开往东面五十英里外芝加哥的晚间列车刚刚过去。旅馆的马车从林肯街出来，叮叮当当地绕过特雷蒙街朝着梅恩南街的旅馆驶去，马蹄扬起的一片尘土飘浮在静谧的夜空中。一些散落的人群跟在马车后面。那些农民与他们的妻子们在傍晚赶着马车进小镇来买东西、闲聊，特雷蒙街的那排拴马的木桩上已经拴满了进城的轻便马车。

从火车站上驶来的那辆马车过去后，又有三四辆轻便马车来到大街上。他们中有一位年轻人搀扶着他的情人从一辆马车上下来，他带着温柔的神态握住她的手臂。玛丽以前曾多次渴望自己也会被一个男人的手如此温柔地扶着，几乎就在父亲宣布他即将临近死亡的那一刻，她心中又涌出了这种愿望。

当医生开始说话的时候，巴尼·史密斯菲尔德刚吃完晚餐回到他做生意的地方。他拥有一个直接朝着特雷蒙街，与科克伦父女居住的房子正对面的出租马车房。他停住了脚步，开始给一群聚集在出租马车房前的男人讲故事，逗得他们哈哈大笑。这时大街上一个吊儿郎当穿着花格衫，体格健壮的年轻人从人群中走出来，站在马车出租行老板的前面。看到玛丽后，他想引起她的注意。他也开始讲述一个故事，指手画脚地挥动着胳膊，还时不时地回头看看那女孩是否仍站在窗前，是否在看着他。

科克伦医生用一种冷淡又平静的口吻告诉女儿他临近的死亡。在女儿看来，一切与她的父亲相关的事情都是冷淡和平静的。“我患了心脏病。”他直截了当地说，“很长一段时间我早就怀疑自己有这类的病。星期四，我去芝加哥时作了检查，事实是我可能随时死去。要不是为了一个原因的话，我本不想告诉你，我几乎没有什么钱留给你，你该为自己的将来打算打算了。”

医生向窗口靠得更近一点，他女儿站在窗前，一只手倚在窗框子上。这个消息使她的脸色有些苍白，手也在颤抖。尽管医生外表冷漠，但他还是被感动了，想消除她的疑虑：“目前，”他有些犹豫地说，“很可能一切都没有问题，别担心，我当了三十年的医生，对那些专家的断言中有许多是无稽之谈这一点深有体会。像这种情况，换句话说一个人得了心脏病也还可能拖上许多年。”他有点不自然地笑了笑，“我甚至还听说要想确保人的长寿，最好的方法就是得些心脏病之类的。”

他说完这些话就转身离开他的诊所，走下楼梯到街上去了。他本想在说这些话的时候把手放在女儿的肩膀上，可是由于他在与女儿相处的日子里从来没有表示过任何的情感，使他无法把深藏在自己心中的情感充分地表达出来。

玛丽站在那里很久，低头盯着大街。那个穿花格衫的年轻人的名字叫杜克·耶特，此时已经讲完了他的故事，一阵哄笑随之而起。她转身从那个父亲刚经过的门口望出去，恐惧笼罩着她。在她一生中从来没有温暖与亲密可言，尽管夜晚挺暖和的，她还是在发抖。她抬起手来，以女孩子特有的动作很快地抹了一下眼睛。

这个手势仅仅是想抹去那像云雾似的笼罩在她心灵上的恐惧，但是却被杜克·耶特误解了。此时他就站在出租马车房前与其他男人不远的地方，当他看到玛丽扬了扬手时,他很快地转身,微笑着点头朝她做手势,希望她下楼到街上来,这样他就有机会和她在一起。

* * *

星期天的傍晚,玛丽穿过梅恩北街,拐进威尔莫特街,这是一条工人居住的街区。在那一年中,芝加哥的工厂向西部草原城镇推进的先兆迹象已出现在了亨特斯堡。一个芝加哥家具制造商在这沉睡的小农镇盖了个工厂,为的是逃避在城里工会组织给他们制造的麻烦。大多数工厂的工人住在小镇北部,也就是在威尔莫特街、斯威夫特街、哈里森街、切斯纳特街和一些便宜、盖得很差的木构房子里。在暖和的夏日傍晚,他们都聚集在房子前面的门廊里,一群孩子在尘土飞扬的街头玩耍,红脸的男子汉们穿着白衬衣,没有戴领子,也没有穿外套,有的睡在椅子上,有的四脚朝天地躺在狭长的草地上或是房子门前硬邦邦的泥地上。

工人的妻子们在隔开院子的栅栏前扎堆闲聊,娓娓而谈的声音如同一条潺潺的河流穿过那条炎热的小街道,间或会响起一个女人的声音,清脆而响亮。

马路上有两个小孩正在打架,胳膊粗壮的那个红头发男孩一拳击中了另一个瘦白脸男孩的肩膀,其他的小孩都跑了过来,终于,那个红头发男孩的母亲结束了这场看起来像是还要继续下去的打架。那女人尖叫道:"住手,约翰尼!我叫你给我住手,不然就掐断你的脖子!"

那个瘦白脸男孩转身离开了他的对手。他悄悄地挨着人行道走,当他从玛丽身旁经过时,他抬起头用尖锐的、充满憎恨的眼神盯了她一眼。

玛丽急匆匆地往前走,她家乡的这个陌生而又充满喧哗生活的新区总是激动人心又不可抗拒的,对她有一种强烈的吸引力。她天性中的某种阴郁和怨恨使她在这种拥挤的地方感到无拘无束,因为这儿的人们也在阴郁中生活着,时不时地有打架和咒骂。她父亲习惯性的沉默寡言以及关于她父母那段不幸的婚姻生活的谜,都影响了小镇上的人们对她的态度,造成她这种孤僻的性格,也使她产生了一种相当固执的决心,在某种程度上按照自己的想法来应对她所不能理解的生活中的种种事情。

在玛丽的思想深处有一种对事物的强烈好奇心和对冒险勇敢果断的精神。她像一只在森林中被持枪猎人带走了母亲的小动物,由于饥饿而不得不出来寻找食物。那年她已经二十次独自在傍晚踽踽独行在这个小镇中新兴的、快速成长的工厂区。她 18 岁了,开始像个成熟的女人。她知道小镇中像她这样大的女孩是不敢在这样的地方独自行走的,这使她感到有点骄傲。因此她一边走,一边大胆地东张西望。

在威尔莫特街的工人中，凡是那个家具制造商从外地招来的男男女女大都说外国话。玛丽喜欢从他们当中走过时听到的这种陌生的口音。置身于这条街道，她觉得自己已经离开了她的小镇并来到了一个陌生的国度。在小镇东部的梅恩南街和居民住宅街上住着她熟知的青年男女，那里也居住着商人、职员、律师和更多亨特斯堡镇中较富裕的美国工人。她总是感到他们对自己有一种无形的敌意，这种敌意倒不是由于她自己人格上的什么毛病，这点她很清楚。她如此地不愿与人交往，以至于人们很少真正地了解她。"所有这些都是因为我是我母亲的女儿。"她这样想着，并且很少行走在与她年龄相仿的那些女孩子们住的街区。

由于玛丽常在威尔莫特街出现，许多人开始认识了她。"她是某个农场主的女儿，习惯了在镇上走来走去。"他们这样说。一个红头发大屁股的女人从一幢房子的前门走出来，向她点了点头。在另一幢房子旁边的一块狭长草地上坐着个年轻人，他的背靠在一棵树上，正在抽烟斗。当他抬头看到玛丽时，就从嘴上取下了烟斗。她想他一定是个意大利人，他的头发与眼睛的颜色很黑。"漂亮女孩，很荣幸你能从我们这里经过。"（意大利语）他边招手边微笑地说。

玛丽走到了威尔莫特街的尽头，来到了一条通往乡村的公路上。虽然她离开父亲后只走了不过一会儿的时间，但她却感觉仿佛过了很久似的。在路的一边，那座小山顶上，有一个废弃的牲口棚。在牲口棚的前面有一个巨大的洞，里面填满了烧焦的木材，这里一度曾是一间农舍。洞旁有一堆石头，石头上爬满了藤蔓。在这个房子和牲口棚之间有一个旧果园，里头长满了缠绕在一起的野草。

玛丽艰难地在野草丛中穿过，很多杂草正密密麻麻地开着花，她坐在了一块靠在一棵老苹果树干旁的石头上。野草半遮掩着她，在公路上只能看到她的头部。这样半隐藏在野草中，她看起来有些像在高高的杂草中掠飞的、听到一些不寻常的声响停了下来，猛然环顾四周的鹌鹑。

这位医生的女儿以前曾多次来过这个废弃的旧果园，在山脚下的大街就是小镇的起点。坐在石头上，她能听到从威尔莫特街传来的隐隐约约的喊叫声。一道树篱将果园和山坡上的田地分隔了出来，玛丽想靠在树边直到夜幕悄悄地降临，然后开始思索自己未来的计划。父亲即将死去的念头亦真亦幻，但她的心里无法想象到他肉体上的死亡。眼下，死与她父亲的关系并不是埋葬在土里的冰冷的没有生命的尸体，相反，对她来说似乎她的父亲并不是将要死去，而是出门去某地作个旅行。很久以前她的母亲也是这样做的。她的想法里有种奇怪的、朦胧的欣慰感。"好吧，"她这样对自己说，"当时间到了我也要出发，我将离开这里到外面的世界去。”有几回玛丽和父亲在芝加哥待过一整天，她为自己很快能在那里生活的想法而着迷，在她眼前浮现出一幅在长长的大街上挤满了数以千计的陌生人的景象。在这样的街道生活，置身于那些陌生人中，就像从一个缺水的沙漠中走出，来到一个铺满细嫩小草的凉爽森林里一样。

在亨特斯堡，她总是生活在阴影之下。现在她已经成年，她过去一直呼吸着的周围沉闷的、令人窒息的空气正变得越来越压抑。虽然从来没有人直接向她提出过触及她在社会生活中的地位的问题，但她却感到对她的存在有一种偏见。当她还很小的时候，她的父母亲就卷入一场传闻中，这事曾轰动了整个亨特斯堡镇。当她还是个小姑娘时，人们有时会用嘲弄的同情眼神看着她说：“可怜的孩子！事情真是糟糕透了。”有一次在一个阴云密布的夏夜，父亲驱车到乡下去了，她独自一人在黑夜中坐在父亲诊所的窗前，她听到街上有一男一女提到她的名字。那两口子在诊所窗下边黑暗的人行道上磕磕绊绊地走着，那个男的说道：“科克伦医生的女儿是个好姑娘！”那个女的大声笑了起来，“她就要长大成人了，现在就会吸引男人的注意，你最好还是不要想入非非，她会变坏的，有其母必有其女。”那个女人回答道。

玛丽在果园里那棵树下的石头上坐了约10至15分钟，想着镇里的人对她和她父亲的态度，“肯定会把我们牵扯在一块的。”她想着。是否即将来临的父亲的死亡，会带来多年一直笼罩在他们头上的阴云所没有能给他们带来的事。此刻她并不觉得有多残忍地认为死神很快会降临她父亲。在某种程度上，死神眼下对她来说好像变成了一个可爱优雅的做好事的形象。死神之手将打开她父亲的房门而降临人间的话，带着年轻人的残忍，她首先想到的是新生活可能带来的冒险性。

玛丽静静地坐着。在高高的草丛里，被黄昏打搅的小虫们又开始了它们的鸣唱。一只知更鸟飞到她坐的那棵树上，发出一阵惊恐的叫声，清脆又尖锐。小镇里新工厂区的人们的声音隐隐约约地从山边传来，犹如远处教堂呼唤人们来做礼拜的钟声。女孩的胸口似有什么东西被打破，她用双手抱着头，前后慢慢地摇动着。突然间，一种对生活在亨特斯堡的男人和女人们的冲动情绪涌上心来，她流泪了。

这时路边传来了喊话声：“你好，那边的女孩。”玛丽迅速跳了起来，她那温柔的心绪如一阵风般地吹走了，心头立刻涌上强烈的怒火。

路边站着杜克·耶特，他从自己游荡的地方过来，在出租马车房前他就看见玛丽周末傍晚出来散步，就跟在她的后面。当她穿过梅恩北街并来到新厂区时他就肯定自己已经赢得了她的欢心。“她不想被人看见和我一起散步，这是对的。”

他告诉自己，“她知道得很清楚我会跟着她，只是不想让我在她的朋友面前丢人现眼。她自己觉得有点了不起，必须有人杀一下她的威风，但我怕什么？她已经特意给了我这个机会，也许她只是害怕她父亲而已。”

杜克·耶特离开公路，爬上小斜坡，来到了果园。当他走近爬满藤蔓的石堆时被绊倒了，他爬了起来，哈哈大笑。玛丽没等他接近，径直向他走了过去，当他的笑声打破笼罩在整个果园的寂静时，她跳了过去，张开手往他脸上狠狠地打了一个耳光，然后转身就向公路跑去，而他的双脚还缠在藤条里。“如果你再跟着我或者和我说话，我会找人杀了你！”她对他吼着。

玛丽沿着公路走下小山，朝威尔莫特街走去。在小镇上流传多年关于她母亲的零碎片断的传说早就传到了她的耳朵里。据说她母亲在很久以前的一个夏夜和镇上的一个年轻无赖私奔了，那个无赖也是一天到晚地在巴尼·史密斯菲尔德出租马车房前消磨时光。现在，另一个同样的年轻无赖也正在试图巴结讨好她，一想到这她便勃然大怒。

她的脑海里竭力搜索着想拿起一样什么武器，这样她能够更狠狠地揍杜克·耶特一下。绝望之中，她脑子里突然出现了她父亲已经病倒，并即将死去的身影。“我父亲正想找个机会杀了像你这样的人。”她吼着，转过头看着那年轻人，他已除掉了他脚上果园里的藤蔓，并跟着她来到公路。“我父亲正想杀个什么人的，因为镇上流传着关于母亲的谣言。”

玛丽一时让自己威吓杜克·耶特的冲动占了上风，马上对自己的发作感到羞愧。她一路走得很快，眼里不断地流着泪。杜克耷拉着脑袋，紧跟在她后面，“我并没有什么恶意，科克伦小姐。”他哀求道，“我并不想伤害你，请别告诉你父亲，我只是想和你开开玩笑，我真的并不想伤害你。”

* * *

夏季傍晚的天开始暗了下来，人们三五成群地站在威尔莫特大街边上黑暗的门廊或篱笆墙边聊天时，他们的脸变成一个个带着柔和光圈的小椭圆形。孩子们站在人群中，他们的声音也变得很小声。当玛丽经过时，人们都不做声，抬起头来朝玛丽瞪着眼。“这位小姐住得不远，她差不多也是我们的邻居。”她听见一个女人用英语说话的声音。当她转过头时，她只看见一群黑肤色男人站在一座房屋前，屋子里传来一个女人哄孩子入睡的唱歌声。

刚才在傍晚叫她的那个年轻的意大利人，现在显然是外出去进行周末探险活动，他正沿着人行道一路走去，很快地消失在夜色中。他已经穿上周末礼服，戴了一顶圆顶礼帽和白色笔挺的衣领,还显眼地衬着一条红色的领带,那白得发亮的衣领,使他的棕色皮肤看起来几乎是黑的,他孩子气地微笑着,笨拙地举起帽子,但一句话也没说。

玛丽时不时地往回看杜克·耶特是否还跟着她,但灯光太暗,她一点也看不见他的影子,她气愤激动的心情总算平静了下来。

她并不想回家,但想这会儿去教堂又太迟了。从梅恩北街有一条很短的街道向东拐去,一个急转弯就到了山边的一条小溪,溪上有一座桥标志着小镇的这个方向的发展已到了尽头。她沿着大街过去来到桥上,站在越来越浓的夜色中看着两个小男孩正在溪边钓鱼。

一个肩膀宽阔穿着粗布衣衫的男人从大街来到桥上,他停下来和玛丽说话,这是她第一次听小镇上的人带着感激之情谈论她的父亲,"你是科克伦医生的女儿吧?"他犹豫地问她,"我想你并不知道我是谁,但你父亲知道。"他用手指着坐在小溪边草地上手握着鱼竿的两个男孩,说:"他们是我的儿子,我还有四个孩子,"他解释道,"还有一个男孩和三个女儿。我的一个女儿在店铺里干活,她和你一样大。"这个人就谈起和科克伦医生的关系。他原是一个农场的雇工,他说,只是最近才搬到这个小镇上,在那个家具厂工作。在上一年的冬天,他病了很长一段时间而且身无分文。当他躺在病床上时,他的一个儿子从草棚的阁楼上摔了下来,头上摔了一道可怕的大口子。

"你父亲每天都来看我们,并且缝好了汤姆的头上的伤口。"那个工人从玛丽面前转身过去站着,手里拿着帽子,看着他的两个儿子,"我是个穷困潦倒的人,你父亲不仅照顾我和我的孩子们,而且还拿钱给我老婆到这儿的小镇上买生活必需品和药品。"这个男人说话声音很低沉,以致玛丽不得不探出身子才能听清他的话,她的脸几乎要碰到那个人肩膀。"你父亲是个好人,但我感到他并不快乐。"他继续说道,"儿子和我一天天好起来,然后我来到镇上上班,但他从不向我要钱。"他只跟我说:"你知道该怎样和老婆、孩子一起生活,你知道怎么让他们快乐,留着你的钱花在他们身上吧。"

这位工人说完走过桥,沿着小溪的岸边走到他儿子坐着钓鱼的地方,玛丽扒在桥的栏杆上,看着桥下缓缓的流水。在桥下阴影处几乎是漆黑的,她想她父亲的生活就是如此,"就好像一条永远流淌在黑影里的小溪,从来没有流到阳光下。"她想着,一种害怕她自己的一生也将在黑暗中度过的恐惧心情笼罩着她。一种新的对她父亲的巨大的爱涌上心头,她想象着父亲拥抱着她。在孩提时代她就梦想着父亲双手的爱抚,如今这个梦想又出现了。她站了很久看着小溪流水,她决心今晚不能白白虚度，一定要尽力使旧梦成真。当她再次抬头看那个工人时，他们已在溪边生起了一堆小篝火，"我们在这儿钓鮰鱼，"他大声说道，"火光会吸引它们来到岸边，如果你要来试试钓鱼的话，我儿子会借一根鱼竿给你的。"

"哦，谢谢，今晚不了。"玛丽说。她害怕自己也许会突然哭出来，如果那人再说下去的话她不知道该如何回答，于是她慌忙离开。"再见！"那人和他儿子们齐声说，声音是那么同时地从他们三个人的喉咙中发出，就像尖声的小号发出的轻快乐音从她沉重的心情中穿过。

* * *

当女儿玛丽傍晚出去散步时，科克伦医生一个人在办公室里坐了一个小时。天渐渐黑了，整个下午都坐在对面街边出租马车房前椅子和木箱上的男人们都回家吃晚饭去了。喧哗声渐渐消失，有时持续了五至十分钟的寂静。然后，远处街上传来小孩的哭声，这时，教堂的钟声开始敲响。

医生并不是一个打扮很整洁的人，有时好几天都忘了刮胡子，用他那又瘦又长的手抚摸着半长的胡须。他的病甚至比他自己承认的还要来得重，他的思绪好像要从他的肉体中飘逸出去。他坐着时常将两只手放在腿上并像孩子一样专注地看着它们，好像它们是属于别人的，他变得越来越喜欢探究哲理了。"我的肉体是个很奇怪的东西，我在这里头待了这么多年，却几乎没有怎么使用它，现在，还从来没有用旧的它就将死去并腐烂，我真奇怪它为什么没有去另找一个房客。"对这种想象他悲哀地苦笑着，但继续想象着。"行了，关心别人我已经想得太多了，我已经使用过自己的嘴唇和舌头，但我已经让它们闲着。当我的艾伦和我在一起的时候，我被她认为是个冷酷无情的人，而实际上我心里却有一种东西拼命挣扎着，挣扎着，想摆脱出来。"

他想起当年他年轻时，就在这间诊所里，在傍晚时他常静静地坐在妻子的身旁，他的双手多么渴望能够越过阻隔他们的狭小的空间，去抚摸她的双手、她的脸和她的头发。

是的，小镇里的每个人早就预言他们的婚姻不会有好结局。他的妻子原是一家公司的演员，随着公司来到亨特斯堡并流落在此，与此同时她生了病而且没有钱付旅馆的房租。年轻的医生照料她，当她康复后用他的轻便马车带她到乡村各处游玩。她的生活一直是非常艰苦的，从而产生了在这个小镇里过安静生活的念头。

结婚以后，尤其在有了孩子后，她突然发现自己无法与这么一个冷漠寡言的人生活在一块。传说中关于她和那个年轻的无赖私奔的故事并不是真实的,那个年轻人是一个酒吧老板的儿子,和她在同一时间从镇上消失。是莱斯特·科克伦亲自送她到了芝加哥,在那儿她找到一家将去遥远的西部工作的公司,然后带她到了住的旅馆门口,把钱放到她手中,默默地甚至离别时也没有吻一下转身就走了。

医生坐在他的诊所里重温着那个时刻和其他激动的时刻,当时他曾经是那么深深地激动和曾经是那么冷淡而镇定的外表。他不知道她是否知道,不知有多少次他问自己这个问题。自从那天晚上在旅馆门口和她分手以后,她从未写信给他。"也许她已经死了。"他想了有上千百次了。

一年多来,有一件事情总是一直时不时地发生。在科克伦医生的脑海里,妻子的模样已同女儿的模样混杂在一起了。每当这时候,他总想把两人的模样分开,使她们两个人能清楚地分开,可他总是办不到。他轻轻地转过头,想象着从他和女儿住的房子的门口走进来一个穿着白衣的女孩模样。门被漆成白色的,被一扇开着的窗户的微风吹得轻轻摇摆,风轻轻地吹着,悄悄地穿过房间,翻动着书桌角落的几张纸。那轻轻的沙沙声像是女人的裙子摆动声。医生站起来浑身颤抖,"是谁?是玛丽还是艾伦?"他声音沙哑地问。

从通往街边的楼梯上传来很重的脚步声,接着外边的门开了。医生衰弱的心脏一阵颤动,他又沉重地坐回到他的椅子上。

有个男人走进房间,是个农场主,一个医生的病人。他走到房子中间,擦亮一根火柴,举到头上并大叫,"你好!"当医生从椅子上站起来回答他时,他吓了一大跳,火柴从他手上掉下来,在脚底下微弱地燃烧着。

那个年轻的农场主有一双粗壮大腿,就像两根石柱支撑着一座沉重的房子。在他脚下的地上燃烧的小火柴在微风中闪烁着,照在墙壁上浮现出不停舞动的影子。医生混淆不清的脑海里排除不掉自己的那些幻想,现在又开始加入新的场景。

他忘记了站在面前的农场主,思路迅速回到自己当新郎的时候。墙上闪烁不定的火光唤起了他对另一个跳跃火光的记忆。那是婚后的第一年夏季的一个黄昏,他和妻子艾伦一起驾车来到乡下,那时他们正忙着添置新房里的家具。在一个农场主的家里,艾伦看到了一面旧镜子,主人不用了,放在一个杂物间的墙角里。精致的花纹图案令艾伦爱不释手,于是农场主的妻子就把这面镜子送给了她。在驱车回家的路上,年轻的妻子告诉丈夫自己怀孕的消息,医生感到了一生中从未有过的激动。当艾伦一边驾车一边遥望着远方的田野,宣布这个即将到来的孩子时,他坐在旁边把镜子放在自己的膝盖上。

那一幕景象深深地烙在了他的脑海里！金色的夕阳正在从青青的玉米和燕麦的田野上悄悄落下,大草原上一片郁郁葱葱,马路偶尔穿过的那一排排小树林,在落日的余晖中也显得黑幽幽的。

膝盖上的镜子不时地捕捉着落日的余晖,映射出一团金色的圆球,闪耀着跳动在田野与树梢枝间。现在当他站在那个农场主的面前,随着地上的火柴燃烧发出的微光残焰,勾起了他对另一个黄昏的跳跃亮光的回忆,他认为已经明白了自己的婚姻和生活的失败。在很久以前的那个黄昏,当艾伦告诉他他们的婚姻将是一种极大的冒险时,他保持了沉默,因为他认为自己实在无法用语言来表达自己内心的感觉。他给自己找了辩解的借口。"我自己在想,艾伦要是能理解这无言就好了,而我这一辈子告诉自己也是用同样的方式对待玛丽。我是一个傻瓜和懦夫。我总是保持沉默,就因为害怕表达出自己真实的感情,像个一直犯错误的大傻瓜,我是一个既自大又懦弱的男人。"

"今晚就告诉她一切,哪怕这会要了我的命,我也要亲口告诉孩子一切。"他大声地喊了出来,脑海里又浮现出女儿的身影。

"喂！怎么啦?"农场主手拿帽子站着问道,他正在一旁等待着说明来意。

医生从巴尼·史密斯菲尔德的出租马车房里牵出自己的马,匆匆赶往乡下为农场主的妻子接生她的第一个孩子。这位孕妇身材苗条、臀部狭窄,可是婴儿却蛮大的,医生激动的身体也硬朗了起来,他拼命地忙碌起来。这位母亲吓坏了,呻吟着,挣扎着。她的丈夫不停地进进出出,两位邻居妇女也赶来,默默地站在旁边,等着帮忙。一直忙过了晚上十点钟,一切处理妥当后,医生准备告别赶回镇里去。

农场主套好马车拉到屋门前,医生驱车回家,他感到自己是如此的疲惫虚弱同时却又是那么的坚强。他要做的事现在看起来似乎是多么的简单啊。或许当他赶到家里时,女儿早已上床睡觉了,可是他必须叫醒她,到诊所里来,然后毫不留情地告诉她关于自己婚姻及其失败的所有的事情,不给自己留下哪怕一点点面子。"我要让玛丽知道,我的艾伦身上有一种珍贵与美好的性格,这会帮助玛丽成为一个美丽的女人。"他想着,对自己的决心和力量充满了信心。

当他匆匆赶回出租马车房门口时,已经是深夜十一点了,巴尼·史密斯菲尔德和年轻的杜克·耶特、还有另外两个男人正坐在那里聊天。马车房老板将他的马牵进阴暗的马厩里,医生靠在马厩的墙上歇了歇脚。在门口,小镇的更夫站在马车房前的人群中,与杜克·耶特争吵起来。医生没有听到他们之间骂来骂去的激烈争吵或是杜克对更夫生气模样的大声嘲笑。一种奇怪的踌躇不决的心情涌上心头，有一件他非常想做的事情却记不起来是什么，那是否同妻子艾伦或是和他的女儿玛丽有关？在他脑海里，这时两个女人的身影又混在了一起，并且又增加了第三个身影，他刚刚去接生的那个女人的影子也掺和进来，一切都乱成了一团。他开始穿过大街，朝着诊所楼梯口走去。走到街心，他停了下来，环顾四周。巴尼·史密斯菲尔德把马牵进马厩后又出来了，并且关上了大门。高悬在门上方的灯笼不停地来回摇摆着，照得门前闲谈的人们的脸上晃动着奇形怪状的阴影，照得马车房墙壁上浮现出站着争吵的人们的各种形状。

* * *

玛丽坐在诊所窗前等待着父亲回来。她沉浸在自己的心思里，根本没有注意到杜克·耶特在街那头与别人大声的闲聊。

看见杜克走进街道，玛丽又想起了那个令她十分生气的早些时候的黄昏时刻，她仿佛又看到在果园，这个眼里充满了傲慢自信的男人正向自己走来。可眼下她已忘掉了他，一心只惦记着自己的父亲。少女时代的一件往事又一次萦绕在玛丽的心头，那是玛丽 15 岁那年五月的一个下午，父亲问她是否愿意陪他在傍晚时骑马到乡下去。他要到小镇 5 英里外的一个农舍给一位病妇出诊，当时正下着大雨，道路十分泥泞难行。当他们赶到那个农舍时，天已经开始暗下来，他们走进厨房，坐在餐桌旁吃了一顿冰冷的食物。不知为什么，那天晚上，父亲愉快得像一个小男孩，一路上他说了一些话。那时的玛丽虽然仅是一个 15 岁的少女，长得却是如此的高挑，体形看起来就像一个成年女人。饭后，父亲又带着她在农舍四周走了走，然后玛丽坐在狭窄的门廊上。父亲站在她面前好一阵子，他的双手插在裤袋里，仰起头几乎是尽情地大笑起来。“真不可思议，你很快就要长大成人了。”父亲说，“当你长成大姑娘时，你会希望怎样呢？嗯？你会过上什么样的生活呢？你的命运将会怎样呢？”

父亲挨着玛丽在门廊上坐下，有一阵子，玛丽以为父亲会马上张开双臂拥抱自己。可是他却突然起身走进屋里，把她一个人孤零零地丢在黑暗之中。

当她回忆起这件事时，玛丽就想到少女时代的那个黄昏，她沉默地对待父亲对她的爱的表示。对她来说，应该是她自己，而不是父亲，为他们过去的共同生活受到责备。在桥上遇到的那个农场工人没有感觉到父亲的冷漠。这是因为他对自己穷病潦倒时，帮助和照顾了他的父亲是热情和宽容的。父亲曾说过，那个工人懂得怎样做一个父亲。玛丽还记得那两个在溪边钓鱼的小男孩热情地邀请自己时,自己却走开躲进了夜幕之中。“他们的父亲懂得如何做一个父亲,因为他的孩子们也懂得如何关心别人。”玛丽内疚地想着。她也会关心别人的,今晚之前,她一定要这样做。在很久前的那个晚上,当父亲和她一起坐马车从农舍返回时,父亲又做了一次不成功的努力,试图打破横在他们父女俩之间的那堵墙。在快到小镇边的一座木桥前,父亲勒住马,大雨把他们必经的小河的水涨得老高。马紧张不安地挣跳着,父亲紧紧地抓住缰绳,偶尔吆喝一两声。桥下,汹涌的河水发出巨大的咆哮声;路旁,宽阔平坦的田野被淹成了一片汪洋,这时月亮也从云层后钻了出来,一阵清风扫过水面,漾起点点涟漪,洪水淹没的田野上泛起点点闪光。“我要告诉你我和你母亲之间的一切事情。”她的父亲用沙哑的声音说。就在这时,桥上的木梁突然发出危险的爆裂声。那匹马猛地向前冲去,当父亲重新控制住受惊的马后,他们已经在小镇的街道上了,而父亲的踌躇沉默的性格也再一次占据了上风。

玛丽坐在黑暗的诊所窗前,看着父亲赶着马车进了街道。当他把马安置好后,他不像惯常那样立即上楼回到诊所,而是在马厩门前的黑暗中徘徊。有会儿他开始想穿过大街,然而又返回到黑暗中。

已闲坐了两个多小时正安静地交谈的人群里,突然爆发了争吵。镇上的守夜人杰克·弗希尔原本正在给人们讲述自己在南北战争中经历过的一个打仗故事,杜克·耶特却开始取笑他。守夜人生气起来,他紧紧抓住他的警棍,一拐一拐地来回走着,而杜克·耶特的大嗓门盖过了这位被他取笑者的尖锐愤怒的声音。“你应当从侧面撵上那家伙!我告诉你杰克。是!长官!你瞧,你应当从侧翼追上那个南方佬,当你从侧面得手后,揍他个稀巴烂!要是我早就这么做了。”杜克·耶特一边叫喊着一边狂笑起来。“你会闹翻天的,你会的。”守夜人回答着,充满了无奈的愤怒。

在杜克和他的伙伴们的嘲笑声中,这位老兵转身沿着街道走了。巴尼·史密斯菲尔德将医生的马安置妥当后,出来关上了马房的大门。悬挂在门上的灯笼不停地来回摇摆着。科克伦医生再次穿过街道,当走到楼梯口时,他转过身,愉快地冲着人群喊道“晚安”。夏夜的微风拂过玛丽的脸颊,撩起一缕青丝。玛丽像被黑夜中伸出的一只手触摸到似的惊跳了起来。是的,她曾经上百次看着父亲在夜色中驱车归来,可是从未见过他对待在马房门前的那帮闲人说过什么,她半信半疑想,那个正在上楼的人不是她父亲,而是别人。

木梯上传来沉重而又响亮的拖曳脚步声,接着玛丽听到父亲放下了随身携带的小药箱。医生心中的那股奇妙的欢乐情绪仍在持续着,但他的脑子里却是乱糟糟的一片。玛丽似乎从门道看到了他模糊的身影。“那个女人生下了一个孩子，”门外楼梯平台上传来父亲亲切的声音，“到底是谁生孩子呢？是艾伦，是别的女人，还是我的小玛丽？”

一连串的话语从医生的嘴里脱口而出：“谁生了个小孩？我想知道，谁已经有了孩子？生命不可捉摸，为什么总有这么多的小生命出生。”他自问道。

医生发出一阵笑声，他的女儿身体前倾，紧紧地握住椅子的扶手。“一个孩子降生了。”他又说，“真是奇怪，嗯，我张开双手，一边迎接着生命的降生，一边死神却一直就在我的身边。”

医生跺了跺平台上的楼板。“为了从一个生命中接生另个小生命，我的双脚都等得那么的冰冷麻木。”他费劲地说，“那个女人挣扎过了，现在该轮到我挣扎了。”在跺脚声和疲惫费劲地发出议论后是一阵沉寂，下面街上又传来的杜克·耶特响亮的笑声。

就在这时，医生径直向后倒去，摔在通往街道的狭小楼梯上。他没有呼喊，只有皮鞋磕碰在楼梯上的乒乓声，然后是可怕的沉闷的身体着地声。

玛丽并没有从椅子上站起来，而是紧闭着双眼等待着，她的心在剧烈地跳动，一种不可克服的虚弱完全占据了她，她浑身上下有一种毛骨悚然的感觉，好像许多细脚的小毛虫爬满了她的全身。

正是杜克扛着死去的医生走上楼来，把他放在诊所后面房间的一张床上。紧随其后的是另一个在马房门前闲谈的男人，他神经质般地举起双手又放了下来，手指间被遗忘的烟头火光在黑夜里闪烁着，上下挥舞着。

兄　弟

我现在住在我的乡村的房子里,已经十月底了,又到了雨季。我房子的后面是一片森林,房子的前面是一条马路。在马路的另一边是一片开阔的田野。这乡村其实是坐落在一片丘陵之中,丘陵前面突然地出现一片广阔的平原。在大约二十英里外的地方,越过这个平坦的乡村,就是大城市芝加哥。

在这个下雨天里,排列在我窗前的马路边上的树木的叶子,也像雨水般地落下,黄的、红的和金色的叶子很沉重地笔直地落了下来。是这场雨无情地将它们打了下来。它们的最后一道金光被拒绝划过长空,在十月里所有的叶子都要离去,离开这片大平原,在风中,它们是伴随着舞步而去的。

昨天早晨,我在黎明时分就醒来了,出门散步。那时雾很大,我迷失在茫茫的大雾中。我往下走并进入了这片大平原,之后我又回到了山里,无论在哪,这雾就像一堵墙一样挡在我面前。走出来之后,树林又以奇异的姿态伸展着,就如同人们在午夜的街道从黑暗走到明亮的路灯底下一样。头上白昼的亮光正慢慢地透过大雾,大雾在慢慢地移动着,这树林的顶部也在缓缓地移动着。在树林下方的雾很浓,紫色的,就如同工业城镇大街上的烟一样。

在大雾中,有一位老人朝我走了过来。我很了解他,这儿的人们都叫他疯子。"他有一点古怪。"他们都这么说。他独自住在林子深处的一间小房子里,而且怀里总是抱着一只小狗。在很多时候的早上,我都看到他在马路上散步。他还告诉我谁是他的兄弟、姐妹、堂表兄弟、姑姨、叔伯、姐妹夫等男男女女们,真是令人感到一头雾水。他无法拉近与身边人们的关系,所以他从报纸上抓到了一个名字,心里想就这个名字嬉闹一番。一天早上,他告诉我他是考克思的表兄,当我写出这个人的姓名时,此人却是一位总统候选人。在另一个早上,他又告诉我歌手卡鲁索和他的小姨结了婚。“她是我妻子的妹妹。”他紧紧地抱着他的那只小狗说道。他那灰色的水汪汪的眼睛看起来就像在恳求我,他要我相信他。“我妻子是一个甜美且身材苗条的女孩,”他声称,“我们曾共同住在一幢大房子里。在早晨,我们一起手挽着手去散步。如今她的妹妹又嫁给了歌手卡鲁索,所以现在卡鲁索也成了我的家人。”

由于以前有人曾告诉我这位老人没有结过婚,所以我抱着疑惑的心情离开了。九月初的一个早上,我无意间看到他坐在他家小路旁的树下,他的狗朝着我叫了几声后就跑到他的怀里去了。那个时候芝加哥的报纸尽是一些关于一位百万富翁由于和一位女演员传出绯闻而和自己的老婆发生感情危机的事情。而这老人对我说这位女演员就是他的妹妹。他已经 60 岁了,而出现在报纸上的这位女演员只有 20 岁。而且他还谈到了他们共同生活的那一段童年时代。他说:“看到现在的我们,你一定想象不到当时我们很穷。但这是真的,我们住在山边的一间小房子里。一旦风暴来临,我们的房子就几乎会被风吹掉。风真的太大了！我们的父亲是一位木匠,他为别人建造的房子非常坚固,但是我们自己的房子却没有建得很坚固!”他悲伤地摇着他的头,“我的妹妹——这个女演员陷入了麻烦,我们房子建得不牢固。”他说着,而我沿着那条小道离开了。

* * *

过了一两个月,每天早上送到我们村里的芝加哥报纸连篇累牍地报道了一桩凶杀案,一个家伙似乎是无缘无故地杀了他的妻子。这个故事大致上是这样的:

现在正在法庭受审的这个人,毫无疑问地将会被判处绞刑。这个人曾在一个自行车工厂上班,他是那儿的工头。他和他的妻子、岳母住在一起,在 32 号大街的一幢公寓内。他爱上了一个女孩,这个女孩也在他被雇用的这家工厂的办公室里工作。她来自衣阿华州的一个城镇,她第一次来到这座城市时是和现在已经过世的姑姑住在一起。对于这个工头,这位感觉迟钝的灰眼睛男人来说,她似乎是这个世界上最美丽的女人。她的办公桌靠着窗户,处于这座大楼的侧面房间,视线角度刚好对着这座工厂。而这位工头,他的办公桌在下面车间内另一扇窗户旁。他坐在他的办公桌上计算他的部门内每一位员工完成的工作报表。当他抬起头的时候,他可以看到这位女孩在她的办公桌前工作,这给他的感觉就是这个女孩身上有种与众不同的可爱之处。可他并没有考虑去拉近和这女孩之间的关系,或是去赢得她的芳心。他看着她就像在望着星星一样,或者像在十月的夜空,穿越过丘陵的山村,树叶变红,变黄,变成金色时,仰望着星星一样。“她是纯洁,纯贞的姑娘,”他暧昧地想着,“当她坐在窗旁那儿工作的时候,在想些什么呢?”

他幻想着自己当着岳母和妻子的面把她从衣阿华带到他的32号大街的公寓里。白天一整天在车间里和晚上在家里,他满脑子都是她的倩影。当他站在他公寓窗户旁边的时候,他朝着伊利诺斯州中央铁路的车轨望去,而且还望到了车轨对面的那条湖上。在那儿那位女孩就待在他的身边。他家窗户的下方,走在这条街上的每一位妇女在他眼中似乎都是那位衣阿华女孩。一个女人像她一样走路,而另一人只是用手做了一些动作也让他联想到了那个女孩。除了他的老婆和岳母外,所有的女人似乎都像他已经迷上了的那个女孩。

住在他家的这两个女人使他感到非常的疑惑不解,她们突然间变得不可爱和平庸。特别是他的老婆,就好像是长在他身上的某种奇怪可恶的瘤一样。

在工厂待了一天之后,晚上回到他自己的家中吃饭时,他总是很沉默。他不说话,没人会在意。饭后他同妻子去看电影,两个小孩和他的妻子想看不同的电影。他们回到公寓就坐了下来,爬了两段的楼梯后已经使他的妻子感到很累了,于是她在母亲旁边坐下并发出疲劳的呻吟声。

这位岳母是一个心地善良的人。她在这个家里就像仆人一样,而且没有要求任何报酬。当她的女儿要去看电影时,她微笑着挥着手说:“你去吧,我不想去,我更喜欢坐在这里。”她弄了一本书坐到那儿看。九岁的小男孩醒来并哭喊着,他要拉大便,于是岳母便去照料他。

在这个男人和他妻子回到家之后,在睡觉前这三个人沉默地坐了一两个小时。这个男人假装在看报纸。他看了看自己的双手,尽管他已经很仔细地把指甲中从自行车车架上所沾到的黑色油污给洗掉了,但他一想到那位衣阿华女孩以及她敲打打字机按键的洁白灵巧的手,他就觉得自己的手肮脏和令人不舒服。

这家工厂的女孩知道这位工头已经爱上了她,这种想法使她有一点激动。自从她的姑姑死后她就住进了一个暂寄宿舍,并且晚上无事可做。虽然这位工头对她来说算不上什么,但她可以在某种程度上利用他一下。对她而言这位工头只是一个象征,有时他会走进办公室靠着门小站一会儿,他的大手被黑色油污所覆盖,而她则是对他视而不见。

在她的想象中,那儿只是站着一个高而瘦的年轻男子,关于这位工头她所能看到的只是一双开始燃烧着奇怪火焰的灰色眼睛。这双眼睛表达着一种渴望,一种谦逊且虔诚的渴望。这种眼神的男人站在跟前,她觉得没必要感到害怕。

她想要一个能拥有着这样眼神的情人来到她身边。偶然地,也许两周才一次,她在办公室待迟一些,装作好像有必须完成的工作一样。透过窗户,她可以看到这位工头在那儿等候着。当大家都走了之后,她收拾好办公桌就走到大街上来。这时,这位工头也在工厂大门口出现了。

他们沿着这条大街走着,要走过好几条街道,直到她乘上车为止。这家工厂在一个称为南芝加哥的地方。当他们往前走的同时,天也已经开始黑了下来。这条街排列着没有油漆的小木板房,还有在充满灰尘的马路上跑闹的脏脸小孩。他们走过了一座桥,有两条已废弃不用的煤船在河流中腐烂。

他沉重地在她身旁走着,并竭力去掩藏他的双手。尽管在离开工厂前,他已经很仔细地擦洗了他的双手,但这手仍旧像是肮脏而沉重的废料碎片般悬挂在他的身边。他们的共同的行走只有几次并且是在一个夏天里。"太热了。"他说道。除了天气他从未跟她说过别的什么。"太热了,"他说,"也许会下雨吧。"

她梦想的情人将会在某个时刻来到。一个高大白皙的小伙子,一个拥有很多房子与土地的男人。而这个走在她身旁的工头根本就与她梦中的情人风马牛不相及。她和他一块走着,或待在办公室,直到别人都走光了,不会看见他,这是因为他的眼神,这双急切的眼睛里同时还含着谦逊和对她的卑躬。所以他在身边,可以说是没有危险的,一点危险都没有。而他也从未去试着太亲密地靠近她和用手来触摸她,和他在一起很安全。

晚上他在自个儿的公寓和自己的妻子、岳母坐在电灯下,他的两个孩子在隔壁房间里已经睡着了。他的妻子很快将会再生一个小孩。他已经和妻子看完了一场电影,而且很快他们就要一块去睡觉了。

他将会醒着躺在那儿思考事情,他甚至还能听到他躺着的床的弹簧所发出的吱吱嘎嘎的响声。在另一个房间,她的岳母蜷缩在被单之中。生活太熟悉了,他被另一种渴望所唤醒。期待,他在期待什么呢?

什么事都没有期待到。过了一会儿,其中一个小孩就要哭了,他想下床拉大便。没有什么奇怪、不寻常,有趣的事情将会发生。生活太亲近太熟悉了,在这所公寓里没有什么事情能以任何形式使你激动。他的妻子偶尔借着半心半意的激情会同他讲几句话,还有他那善良的岳母做着佣人的工作而且不要求任何报酬。

在公寓里他坐在电灯下假装在看报纸,在想心事。他看着他的那双手,它们是又大又粗糙,不成样子的,一双劳动人的手。

那位来自衣阿华的女孩的倩影在这个房间里走动着。他和她走出了这所公寓,沉默地走过了几英里的大街,没有说话的必要。他和她在海边散步着,沿着一座山顶走着。这个夜晚非常明朗寂静,星星也非常的明亮。她也是一颗星星。没有必要说些什么。

她的眼睛像星星，嘴唇像是在昏暗中升起的柔和的小山，星星照亮了这片平原。“她是遥不可及，就像星星般的遥远，”他想着，“她虽然像星星般遥不可及，但又不像星星，她呼吸着，她生活着，就像我一样也是人。”

大约六周前的一个晚上，这位在自行车厂上班的工头把他的妻子给杀了。目前也因被指控谋杀罪而在法庭上接受审讯。每天的报纸都在成篇累牍地报道着这件事情。

谋杀发生的当晚，他就像往常一样带着妻子去看电影，并在 9 点时回家。在 32 号大街，在他们公寓大楼附近的一个拐角，一个人的身影突然从一个胡同中窜了出来，然后又窜了回去。这件小事或许使这个男人想到了杀他妻子的主意。

他们走到了公寓大楼的入口，并随之走进了一个阴暗的过道。接着非常突然地，而且显然没有经过思考，这个男人从口袋中掏出了一把刀子。“假如方才冲进胡同的那个男人打算要杀死我们。”他想着，就旋开了刀子，转身向他妻子捅去。他捅了两刀，十二刀，发疯了。然后伴随着尖叫，他的妻子倒下了。

看门人忘了去点亮底层大堂的煤气灯。过后这位工头决定以此作为他的证词，事实是那个在黑暗中从一个胡同里冲出来并随后又跑了回去的人干的。“一定是这样，”他自言自语道，“我决不会这么做，如果煤气灯被点亮的话。”

他站在过道上思索着。他的妻子死了，还有那未出生的孩子也死了。上面的公寓传出了开门的声音，几分钟内又寂静无声了。只有他那死去的妻子以及未出生的孩子，仅此而已。

他跑上楼去很快地思考着，随后打扫的时候他又将黑暗中的在底层楼梯处的刀子收进他的口袋，后来才发现他的手和衣服都没有沾到血。当他激动情绪稳定一些后，他随后又将刀子放在浴室中很仔细地进行了清洗。他告诉所有人同样的故事。“那儿发生了抢劫，”他解释道，“一个从胡同中的鬼鬼祟祟冒出来的家伙跟着我和我的妻子回了家。他跟着我们一起走进这座大楼的过道。那儿没有灯，看门人忘了去点亮煤气灯。”唉——那儿发生了一场搏斗，在黑暗中他妻子被杀了。但他无法说出他的妻子是怎样被杀的，“没有灯，看门人忘了去点亮煤气灯。”他不断地重复着。

过了一两天，人们并没有向他特别地质问什么事情。这样他就有了丢弃那把刀子的时间。他走了很远的路并把刀子丢弃到桥下，也就是丢弃在了那两条被遗弃的腐烂煤船所在的那条南芝加哥的河里。这位贞洁清纯的，如星星般遥不可及然而又不是星星的女孩，曾在夏天晚上和他一同走过这条河上的桥去坐电车。

接着，他被逮捕了，随后他立刻就招认了一切，他说他也不知道自己为什么要杀死妻子，并很小心地对那位办公室女孩只字未提。各大报纸尽力想发现杀人的动机，他们仍然在努力着。有人曾见到在那几个晚上他和那个女孩走在一起。她也因此卷入了这起事件，甚至她的相片还被刊登到了报纸上。这令她非常恼火，当然，她也能够证明她和这个男人之间并无任何瓜葛。

* * *

昨天早上一场大雾弥漫在我们这个位于城市边缘的乡村，一大早我就出去长时间地散步了。当我从低地回到我们山村的时候，我遇到了这位有着众多奇怪家族分支的老人。有一段时间他走到了我的身旁，抱着他的那只小狗，由于冷的缘故，这只狗哆嗦着并发出了哀鸣声。这位老人的脸在雾中显得很模糊，他的脸随着树林顶端和高空中的雾层缓慢地移来移去。他提到了那位杀了妻子，并且名字在每天早上送到我们村里来的城市报纸专栏上引人注目的家伙。当他走到我身旁时，他开始长篇大论地讲述，关于他与他的弟弟曾经共同生活的故事，但现在他弟弟已成了一个杀人犯。"他是我的弟弟。"他一遍又一遍地说着，摇着头，似乎是担心我不相信。有一个事实必须确定，"我和那个人从小就在一起，"他又开始了。"你看我们在父亲房子后面的仓库里一起玩耍，我们的父亲坐船出海去了，这也是成为我们名字容易让人混淆的原因。你会理解的，虽然我们有着不同的名字，但我们是俩兄弟。我们是同一个父亲所生的。我们在我们父亲房子后面的仓棚里一起玩耍，我们在那间仓棚里的干草堆上躺在一起好几个小时，那儿非常的暖和。"

在雾中，这位老人的瘦小身材变得像一颗饱经风霜的小树，接着又成了悬浮在空中的物体，就像一具尸体在绞刑架上来回摇摆一样。他的脸色像是在哀求我去相信他正在讲述的故事。而在我心中，这些男人和女人的所有关系都变得混乱不清。那位杀死妻子的男人的灵魂进入了在这路旁的小老头的身体里，它尽力告诉我那永远不能在这座城市的法庭里当着法官的面所说出来的故事。这是一个人类孤独的故事，一个努力去追求那遥不可及的美丽的故事，一个由于寂寞而疯狂的故事。它尝试着让它自己从一个嘀咕着的老人的口中说出来，一位站在乡村马路边上，一个雾蒙蒙的早上怀中抱着一条小狗的老人。

这位老人的双臂紧紧抱着那条狗，以致这狗都开始痛得发出哀鸣声。狗在抽搐着扭动着，这个灵魂似乎在努力地将它自己从这个躯体中扭动出来，飞离这片迷雾，飞越这片平原，飞到那座城市，飞到那位歌手旁，那位政治家旁，那位百万富翁旁，那位杀人犯旁，还有飞到他的兄弟、表兄、姐妹旁，降落在这座城市里。这位老人灼热的欲望非常的可怕,出于同情我的身体开始颤抖。他的双手紧抱着这只小狗的身体,以致这狗由于疼痛而又开始哭叫着。我走向前将他的双臂弄开,让这只狗落到地上。这狗躺着并哀号着,毫无疑问,它受伤了,也许肋骨已经断了。这位老人注视着这只躺在他脚边的狗,就像那位在自行车工厂上班的工人一样,注视着在公寓大楼的过道里死去的妻子。“我们是兄弟,”他又开始了,“我们虽然名字不同,但我们是兄弟,我们的父亲,你明白的,出海去了。”

* * *

我坐在乡村的家中,天下着雨。在我的眼前群山突然坍塌,出现了一片大平原,平原的那一边是大城市。在一小时前,那个住在森林房子里的那位老人走过我的门前,他的那只小狗已经不再与他在一起了。也许我们在雾中谈话时,他就把他伴侣的生命给毁了。这狗现在也许像那位工人的妻子以及她肚里未出生的孩子一样死了。我家窗前公路旁的树叶现在正像雨点般落下,黄的、红的和金色的叶子笔直地沉重地落下。是雨水无情地将它们打了下来,它们的最后一道的金光被拒绝划过长空,在十月里所有的叶子都要离去,离开这片大平原,在风中,它们是伴随着舞步而去的。

陷阱之门

威尼弗雷德·沃克非常清楚地明白一些事。她明白当一个男人被关在监狱里时,那他就是坐牢了,对她来说婚姻就是婚姻。

正是她的丈夫休·沃克,他也发现了,可他还是不明白。他明白了可能更好,他至少可能已经找到他自己,但他没有。自从他结婚后五六年了,就像风掠过褐色的树投射在墙上的影子一样,他在寂静的状态下沉醉着。每天早晨和晚上,他都看到妻子。有时他心中一阵冲动,他吻了她,三个孩子出生了。他在伊利诺斯州尤尼恩谷的一所很小的大学里教数学,等待着。

等什么?他开始问自己这个问题。起初这个问题模糊得就像一个回声,闯进了他的思想。然后,它变成了一个显著的问题。"我想要回答。"这个问题似乎在说。"停止欺骗,请注意我吧。"

休走过伊利诺斯镇的街道。"好,我已经结婚了,我有孩子了。"他喃喃着。

他回到他自己的房子。他不靠从大学赚来的收入生活,所以他的房子相当大而且家具布置得很舒适。有一个黑人女佣照料小孩,另一个煮饭做家务。其中一个女佣习惯低声哼唱着那些低音、柔和的黑人歌曲。有时,休停在他家门口,聆听着。他能透过门玻璃看到家人在一起的房间,两个孩子在地板上玩滑轮,他的妻子在做针线活,年纪大的黑人坐在摇椅上,孩子在她的怀里。整个房间似乎在低吟的歌声中入迷了,休也入迷了,他静静地等待着。声音把他带到遥远的地方,带到森林,一直到沼泽地的边缘。他的想法没有非常明确,他本应该要想出一个法子来弄明确的。

他走到屋子边,"好,我回来了,"他的心里似乎在说,"我属于这里,这是我的家,这是我的孩子。"

他看着他的妻子威尼弗雷德,自从他们结婚以来,她变得有点丰满。“也许是因为她是生过孩子的母亲,她有三个孩子了。”他想。

那位低声哼唱的黑人老妇出去了,带着那个最小的孩子。他和威尼弗雷德进行着断断续续的谈话。“亲爱的,你今天过得好吗?”她问。“是的。”他回答。

如果两个大孩子能够专心玩他们的,他的思路就不会被打断。每次当孩子们跑过来拉扯他时,妻子从不制止。整个晚上,孩子们去睡觉后,他的矜持一直没有被打破。一位兄弟学院的教授和他的妻子进来,或是他和威尼弗雷德去邻居家,总是谈话。当他和威尼弗雷德单独一起在家时,也只有谈话。“百叶窗越来越松了。”她说。这是一幢旧的、有绿色百叶窗的房子。百叶窗越来越不牢固了,晚上,风吹得转来转去发出很大的砰砰声。

休说了起来,他说他要去找一个木匠修修百叶窗。然后,他的思维又开始飘到很远,飘出他妻子的面前,飘出屋子,飘到另一个空间。“我就是一所房子,我的百叶窗松了。”他心里说。他把自己想象成一个壳里边的生物,正试图敲碎,让它出来。为了避免使人分心的谈话,他拿了一本书,假装在读。当他的妻子也开始读时,他亲切地看着她,专心地。她的鼻子是这样的,她的眼睛是这样的。她的手有一个小习惯,当她翻书时,手掠过她的脸颊,碰一下,然后再放下。她的头发梳得不是非常整齐,结婚后以及孩子们的到来,她没有好好照顾身体。当她看书时她的整个身子倒在椅子里,像个布袋。她是一个跑完赛程的运动员。

休的心里已经想遍了他妻子的整个身体,但没有真正靠近坐在他前面的女人,他和孩子们也是这样。有时,只是那么一会儿,对他来说是活着的生物,和他自己的身体一样活着的生物。然而很长时间以来,他们似乎走得很遥远,就像那个女黑人低声哼唱的声音一样。

奇怪的是,这个女黑人总是觉得很真实。他感觉一种理解存在于他和这个女黑人之间。她在他的生活之外,他看她时就像看一棵树。有时,晚上,当她把孩子们抱到楼上睡觉时,当他手拿一本书坐在那儿假装看书时,这位黑人老妇温柔地穿过房间,走向厨房。她没有看威尼弗雷德,而是看了休。他想在她那一双苍老的眼睛里,有一道奇怪的、柔和的光。“我理解你,我的儿子。”她的眼睛似乎在说。

休下决心想把自己的生活清理干净,如果他能做到的话。“好吧,那么。”他说,好像在对屋里的第三个人说。他非常确信那里有第三个人,这第三个人就在他心里,在他身体内。他对这第三个人说:“喂,有这样一个女人,这个人和我结婚了,她摆着一副已经完事的神情。”他说,好像说得很大声。有时,他好像说得很大声,他很快地、尖刻地看着他妻子。她继续在看书,沉浸在她的书里面。“可能,”

他继续,“她已经有这些孩子们了,他们对她来说已成事实,他们从她体内出来,而不是从我的,她的身体已经生过孩子,现在它要休息了,如果她变得像个小袋子一样,那就对了。”

他站起来,找了一个小借口,走出房间,走出屋子。在他少年和青年时,他有长时间地走路,一直走到乡村的这种习惯,现在像旧病复发又来到了他的身上一样,过去这习惯都能起作用。现在散步解决不了什么,只会让他的身体感到有点累。只有当他的身体很疲惫时,他才会睡觉。步行了许多天后,他睡了一些觉。真实的生活以某种奇怪的方式在他的头脑里重建。发生了一件小事,有个人在他前面走着,那个人朝一只叫着跑出农场屋子的狗扔了一块石头。可能是晚上了,他走在乡村的丘陵中。突然他跑上其中一座山顶,他前面这条路落入了黑暗之中,然后往西去,穿过田野,有一座农舍。太阳已经下山了,一道暗淡的光映在西边的地平线上。一个女人从农场屋子里出来,朝畜口棚走去。他不能清楚地看见她的身影,她好像提着什么东西,毫无疑问是一个牛奶桶,她去牲口棚挤牛奶。

朝农场的狗扔石头的那个走在路上的人,回头看了一下,看到休在他后面。他感到有一点羞愧,因为害怕那只狗。过了一会儿,他好像在等着,想要对休说些什么,然后又感到尴尬,很快地走了。他是一个中年男人,但是非常突然的,出乎意料的是,他看上去像一个男孩。

至于这个农场的女人,休模糊地看到她朝远处一个牲口棚走去,她也停下来,朝他看了看。她不可能看见他。她穿着白色的衣服,他能看见她,但是不清楚,正好衬着她后面果园里那些墨绿色的树。她仍站在那儿看,似乎直接看到他的眼里。他有一种奇怪的感觉,她被一只看不见的手托着,带到他面前。他似乎了解她的生活的全部,和朝狗扔石头的那个男人生活的全部。

在他少年时,当生活超出他的控制范围时,休就走呀走,直到几件这样的事情发生,然后突然他又恢复了,能再度好好地工作,生活在那些男人中。

结婚后,在家里只待了一个夜晚,他就开始离开房子快速地行走,尽可能快地出了城,沿着穿过起伏的大草原的公路一直走。“噢,我不能像从前那样日复一日地走,”他想,“当然,生活中有一些是事实,我必须面对现实。威尼弗雷德,我的妻子,这是事实,我的孩子们是事实,我必须活在现实中,我必须和他们一起生活,生活的方式就是活着。”

休出了城,走在玉米地中间的公路上。他是一个看上去健康的人,穿着宽松合身的衣服。他异常激动和困惑地一直走着。在某种程度上,他觉得一个人在生活中能够取代另一个人,而从另一种程度上说他一点能力也没有。

广阔的乡村展现在眼前,向四面八方展开。晚上,当他这样走着,看不见周围景物,但他能感觉到距离实实在在地存在着。“每件事都在继续着,而我仍然停滞不前。”他想着。他在这所小学院任教授已经六年了,青年男女来到教室里,他教他们。什么都没有,只是玩着文字和数字的游戏,努力地唤醒他们的心灵。

为了什么呢?

这是个老问题,总是回来,像一只小动物总想着食物一样,总是想得到答案。休放弃了努力想得到的答案。他迅速地走着,试图让身体疲劳。他让他的心专注到小事上,努力地忘记距离。有一个夜晚,他走出这条路,完全地绕着玉米地走。他合计着每一座种玉米丘陵上的茎有多少,计算着整块地里茎的数量。“它将产出一千两百蒲耳式的玉米,那块地。”他默默地对自己说,好像与他有关似的。他拔了一小撮玉米丝,从玉米穗的顶端拔出来,拿在手中玩着。他试着把他自己打扮成一个留着黄色小胡子的人。“我要成为一个留着整齐黄色小胡子的家伙。”他想着。

一天,在教室里,休突然开始很有兴趣地看着他的学生们。一个小女孩引起他的注意,她坐在一个尤尼恩谷商人儿子的旁边,这位年轻人正在一本书的背面写着什么。她看了一眼,然后转过她的头,这位年轻人等待着。

正是冬天时节,商人的儿子要这个女孩跟他一起去参加滑雪聚会。休,当然,不知道这些。他感觉突然变老了,当他问那个女孩一个她困惑的问题时,她的声音颤抖了。

上课结束时,一件令人惊异的事情发生了。他要这个商人的儿子留下一会儿,当两人单独在教室时,他突然变得狂怒起来。然而,他的声音又冷又坚定,“年轻人,”他说,“你不要进到这间教室里,在书背面写东西,浪费你的时间。如果我再看到这样的事情,我将做出你料想不到的事,我将把你扔到窗外,那就是我要做的。”

休做了一个手势,这个年轻人出去了,他的脸色苍白,默不作声,休感到很痛苦。一连好几天,他都在想这个非常偶然地引起他注意的女孩。“我要认识她一下,我要查明她的情况。”他想着。

对于在尤尼恩谷大学里的教授们来说,带着学生们回到他们的家,这是一件再平常不过的事情。休决定将带着这个女孩到他家,他想了几天,最近的一个下午,看到她在他前面走下学校的小山。

女孩的名字叫玛丽·科克伦,她从伊利诺斯州一个叫亨特斯堡的地方来学校只有几个月。不用怀疑,那就像尤尼恩谷一样的另一个地方。除了知道她的父母亲可能已经死了外,对于她的其他情况他一无所知。他迅速地走下小山,追上她。“科克伦小姐。”他叫道,奇怪地发现自己的声音有一点点颤抖。“我是这么渴望什么呢?”他问自己。

在休·沃克的家里开始了一段新生活。这个男人拥有了一个不属于他的人,对他来说是很好的。威尼弗雷德·沃克和孩子们接受了这个女孩的到来。威尼弗雷德极力叫她再来,她一周真的来了几次。

对玛丽·科克伦来说,在一个有孩子的家庭里是很温馨的。在冬天的下午,她带着休的两个儿子和一个雪橇,去屋子附近的一座小山丘。玛丽·科克伦拉着雪橇上了小山丘,孩子们跟着。他们大声地呼喊着,然后他们一起从山丘上冲下来。

这个女孩,很快长成女人,把休·沃克看作是完全在她自己生活圈之外的人。她和这个对她突然变得有强烈兴趣的男人,彼此没有什么要说的。威尼弗雷德似乎已经无条件地接受了她,作为这个家庭新增加的人口。经常在下午,当两个女黑人很忙的时候,她们出去,就留下两个大孩子给玛丽看管。

这是很迟的一个下午,休可能和玛丽是一起从学校走回家的。春天,他在这个被忽视的花园里干活。花园已经被犁过、种过,但他仍然带了锄头和耙子,闲度时光。孩子们和这个女大学生在屋里玩。休没有去看孩子们,而是看着这个女孩子。“她是和我住在一起的世界上的一个人,我假设和她在这儿干活。”他想着。“和威尼弗雷德与这些孩子们不同的是,她不属于我。我现在能靠近她,接触她的手指头,看着她,然后走开,以后再也看不到了。”

那个想法对这个异常激动的男人来说是一个安慰。在夜晚,当他出去散步时,在他周围远距离的感觉,并没有任何诱惑地让他走了又走,近乎疯狂地朝前走了几个小时,仿佛正努力地突破一堵无形的墙。

他想着玛丽·科克伦,她是一个从乡村城镇来的女孩,她肯定和几百万的美国女孩一样。他想知道当她坐在他的教室里,当她沿着尤尼恩谷的街道走在他旁边时,当她和孩子们在屋子旁的院子里玩耍时,她的心里想些什么。

在冬天的一个很迟的下午,天变暗了。玛丽和孩子们在院子里堆了一个雪人,他上楼,站在黑暗中看着窗外。这个女孩高挑的身材,能模糊地看到,在周围很快地跑来跑去。“哦,她什么事都没有发生,她也许是无足轻重的。她的身材像一棵没有结出果子的小树。”他想着。他走到他自己的房间,在黑暗中坐了很长时间。晚上,当他离开屋子去散步,他没有待很长时间,而是匆忙地回家,走进他自己的房间。他锁上门。无意识地,他不想让威尼弗雷德进门来打断他的思路。有时,她会这么做。

所有的时间,她都在看小说。她看的是罗伯特·路易斯·史蒂文森的小说。当她全部看完了,她又从头开始看。

有时,她上楼来站在门边和他谈话。她说了一些故事,反复地说着一些让人想不到是从孩子们口中说出来的聪明的话语。偶尔,她走进房间,关了灯。窗户旁有一张沙发,她走过去坐在沙发旁边,事情发生了,在结婚前他们就已经这样了。她的身上就孕育了新的生命,他也过来一样坐在沙发旁,她举起手抚摸着他的脸。

休现在不想再发生那样的事。他站在房间里一会儿,然后打开门走到楼梯口。"你上来时轻点,威尼弗雷德,我有点头痛,正准备睡觉。"他撒谎道。

他回到自己的房间,再次锁上门,他感到安全了。他没有脱衣服,而是一下子倒在了沙发上,关掉了灯。

他想着玛丽·科克伦,这个学校的女孩,但他确信是以一种非个人的想法想着她。她就像他当年在山上看到的那个准备去挤牛奶的女人,那时的他很年轻,在乡村里到处闲逛来消除内心的烦燥。在他的生活里,她就像朝着狗扔石头的那个人。

"哦,她还尚未长成,她像一棵小树。"他再一次告诉自己。"人们都喜欢那样。他们突然长大,不再是孩子。这也将发生在我自己的孩子身上,我的小威尼弗雷德现在还不会说话,也将突然像这个女孩一样。我没有选择她来考虑任何特殊的原因。由于一些原因,我已经从我的生活中退却,她又带回给我。这种事可能发生在当我看到一个小孩在大街上玩,或是一个老人上楼梯进屋时。她不属于我,她将远离我的视线。威尼弗雷德和这些孩子们将继续在这儿待下去,我将继续在这儿待下去。我们被这个事实所困住,我们属于彼此。玛丽·科克伦是自由的,至少就这个监狱而言她是自由的。不用怀疑,她将会这样,一段时间后,她会自己造了监狱并生活在里面,但这件事将和我毫无关系。"

玛丽·科克伦在尤尼恩谷大学里第三年的这段时间,她几乎成为沃克家里的一个固定成员。她仍不了解休,她了解孩子们比了解他更多,可能比他们的母亲更多。秋天,她和两个男孩去树林里一起采干果,冬天,他们在屋子附近的小池塘溜冰。

威尼弗雷德接受她,就像她接受任何事,两个黑人的服侍,孩子们的到来,她丈夫习惯性的沉默。

非常突然地,出乎意料地,持续了整个他的婚姻生活的沉默,被打破了。他和一位学校里教现代语言的德国教授向家走来,陷入一场狂暴的争吵。他停下来,在街上和人说话。当他在花园里闲逛时,他吹着口哨、唱着歌。

秋天的一个下午,他回到家,发现全家人都聚集在屋子的起居室,孩子们在地上玩,女黑人手上抱着他最小的孩子,坐在窗户旁的椅子上,低声哼唱着一首黑人歌曲。玛丽·科克伦也在那儿,她坐在那儿看书。

休直接朝她走去,从她的肩膀上看过去,就在这时,威尼弗雷德走进房间。他上前从女孩的手中一把夺过那本书,她惊讶地抬起头来。带着诅咒,他把书扔进房间旁边开着的壁炉里燃烧的火中,一大堆的话从他口中冒出来,他诅咒着书本、人们和学校。"都该死。"他说,"什么使你想了解生活?什么使人们想思考生活?为什么他们不生活?为什么他们单单留下书本、思想和学校?"

他转头看着他的妻子,她的脸色变得苍白,用一种奇怪的、不确定的眼神盯着他。那个黑人老妇起来,很快地离开,两个大孩子开始哭起来,休非常痛苦。他看着椅子上这个眼睛里凝满了泪水的吃惊的女孩,也看着他的妻子。他的手紧张地拉了一下大衣,对两个女人,他看起来像个在食品室偷食物被抓住的男孩,"我现在是愚蠢、烦躁的时候。"他说着,看着他的妻子,但实际上是对着那个女孩说,"你看,我是比你所看到的更认真,我不是被你的书激怒,而是另外一些事。我明白生活中能做的事太多了,我只做了一点点。"

他到楼上自己的房间,想知道为什么他要对两个女人撒谎,为什么要持续对自己撒谎。

他对自己撒谎了吗?他努力地想回答这个问题,但是不能。他就像走在黑暗的大厅走廊里,来到一堵空白的墙面前。古老的欲望从生活中逃走,穿出他自己身体,他像一个疯子一样回到了从前。

很长一段时间,他站在自己房间里的阴暗处,孩子们停止了哭泣,屋子里安静了下来。他能听到妻子温柔的说话声,这时房子后门砰的一声,他知道这个女孩已经走了。

屋子里的生活再度开始,什么都没有发生,休安静地吃着他的晚餐,出去长时间地散步。两个星期,玛丽·科克伦没有来他的家。一天他在大学的操场上看到她。她已不再是他学生中的一个,"请不要因为我的鲁莽而遗弃我们。"他说。这个女孩脸红了,没有说话。当他晚上回到家时,她正在屋子旁的院子里和孩子们玩。他马上走进他自己的房间,脸上露出僵硬的笑容。"她再也不像一棵小树了,她几乎就像威尼弗雷德,她几乎就像我们家的一个成员,属于我和我的生活中的人。"他想着。

玛丽·科克伦在沃克家的日子,结束的非常突然。有个夜晚,当休在自己房间时,她和两个男孩从楼梯上来。她和家人一起吃过了晚餐,把两个男孩放到他们的床上,这是她和沃克一家人一起吃晚餐时,要求到的特权。

晚饭后,休立刻匆忙地上了楼。他知道他的妻子在那儿,她在楼下,坐在灯下,正读着罗伯特·路易斯·史蒂文森的一本书。

很长时间,休能听到孩子们在地板上玩的声音。随后,事情发生了。

玛丽·科克伦走下楼梯,路过他房间的门口,她停住了,转身又上楼梯到了上面的房间。休站了起来,步入走廊。女孩重返孩子们的房间,因为她突然渴望吻一下休的大儿子,现在是一个九岁的男孩。她蹑手蹑脚地走进房间,站在那儿很长时间看着两个男孩,孩子们不知道她的到来,已经进入了梦乡。然后她偷偷地向前,轻轻地吻了这个男孩。当她走出房间,休站在黑暗中等着她。他抓住她的手,把她拖下楼到他自己的房间。

她非常害怕,她奇怪的害怕方式使他感到高兴。"噢,"他低声地说,"你现在不能理解这里将发生什么,但以后你会明白的。我要吻你,然后我要你从这个屋子出去,再也不要回来。"

他紧紧地抱住女孩,吻她的脸颊和嘴唇,当他把她拖到门口,她由于恐惧而非常虚弱,带着一种新的、奇怪的、颤抖的欲望,她困难地挣扎下楼,走到他妻子面前。"她现在要撒谎了。"他想,听到她的声音从楼下传来,就像一个对他想法的回声一样。"我的头非常痛,我必须赶紧回去。"他听到她说,声音阴沉厚重,不是一个年轻女孩的声音。

"她不再像一棵小树。"他想着。他很高兴并为自己所做的事感到骄傲,当他听到屋子后门轻轻地关上,他的心跳了一下,眼里闪现一道奇怪的颤动的亮光,"她将被监禁起来,但我却无能为力。她将永远不属于我,我的手决不再为她建一座监狱。"他带着残忍的快意想着。

新英格兰人

她的名字叫埃尔西·利安德,她的少女时代是在弗蒙特州她父亲的农场里度过的。利安德家族几代人都生活在这样的农场并且都是娶瘦小的女人,所以她也是瘦瘦的。这农场位于一座山的阴影下,土地也不肥沃。起初的几代家族中有许多儿子,而女儿却不多,儿子们都去了西部或纽约城,而女儿们则待在家中与来到新英格兰的妇女们一样,有着同样的想法,当她们看见父辈邻居们的儿子一个接一个溜去了西部。

她父亲的房屋是一幢很小的白色木头房子,当你从后门走出来,经过一个小小的牲口棚和鸡舍,你会走上一条小路,它通向一座小山的一侧,并能进入一个果园。那些树都很老,扭扭歪歪的。在这片果园的背后,小山逐渐变小,显现出光秃秃的岩石。

在篱笆里有一块巨大的灰色岩石从地面高高地伸出。当埃尔西背靠着岩石坐下时,她的脚下是一座杂乱的山腰,她能看到好几座大山,显然并不远,在她和大山之间,坐落着许多小田地,被用石头砌成的墙整齐地包围着。石头到处可见,一块块大石头,太重了以至不能移动,在田地中央的地面凸出来。这田地像个装满了绿色液体的杯子,秋天变成灰色,而冬天则变成白色。大山如此遥远但看起来又近在咫尺,像一个巨人随时准备伸出他们的双手端起杯子,一杯接一杯喝光那绿色的液体,而在田地里的大石头就像巨人的大拇指。

埃尔西有三个家族兄弟,都比她大,但他们都离家走了。他们中的两个去西部同她的叔叔一起生活,她最大的哥哥去了纽约城,已经在那儿结婚并且混得不错。她父亲在少年时期和中年时期都在辛勤工作,生活十分艰苦,当在纽约城工作的侄儿开始寄钱回家后,状况才有所改善。虽然他仍然每天围着牲口棚或田地转,但他不必为将来的生活而担忧了。埃尔西的母亲早晨做家务,下午就坐在她那极小的起居室的摇椅上,一边编织着桌罩和椅套,一边想念着孩子们。她是一个安静的女人,很瘦,有一双瘦骨嶙峋的手。她不能使自己在摇椅上闲下来,不是坐下来就是突然站起来,当她勾织时她的后背就像操练士兵的背一样直。

母亲很少同女儿讲话。有时下午,当这年轻女人爬上山腰到属于自己的地方——果园后面的那块石头旁时,她的父亲从牲口棚中走出来叫住她,把手放在她的肩上问她去哪里。“去石头那儿。”她回答道,她的父亲笑了,他的笑声像牲口棚那生锈了的门铰链的嘎嘎响声。搭在她肩上的手同她自己的双手和她母亲的双手一样瘦。她的父亲摇着头走进牲口棚。“她像她的母亲,她自己本身就像一块石头。”他想着。那条从房子到果园的小路尽头是一片很大的茂密杨梅树丛。这新英格兰农民从自己的牲口棚走出来想看他的女儿沿着小路走去,但她已消失在灌木丛后面了。他的目光从他的房子转到农田和远处的大山,他也看到绿色的像茶杯一样的田野和狰狞的大山。他那半老疲惫的身躯的肌肉有一种几乎难以察觉到的紧张。因为他默默地站了很久,以往漫长的经历告诉他,有许多想法是很危险的,他返回牲口棚埋头修补一件以前他已修理了许多次的农具。

利安德家族中去纽约城生活的那个孩子,是他父亲兄弟的儿子中的一个,他是一个瘦小敏感,长得很像埃尔西的男孩。这个儿子在 23 岁时就死了,并且几年后他父亲也死了,给新英格兰农场的两位老人留了一笔钱。另两位利安德的男孩去了西部和她的叔叔——一个农场主一起生活直到他们长大成人。然后,威尔,这年轻的弟弟在铁路上找了一份工作。他在一个冬天的早晨也死了。那是个寒冷的下雪天,他是一列从得梅因出发的货物运输火车上的列车员,他在车厢顶上开始跑动时,他的双脚一滑,掉进了两节车厢的间隙之中,这便是他生命的终点。

在这新一代中,只有埃尔西和她那从未见过面的哥哥还活着。她的父亲和母亲花了两年时间谈论去西部找汤姆,最后作出了决定,之后他们又花了一年时间来安排农场并且做着准备。在这整个期间,埃尔西都没有过多地考虑即将发生在她生活中的转变。

在去西部的铁路上,颠簸的火车使埃尔西疲惫不堪。尽管她对生活的态度是超然的,但她仍然变得很兴奋。她的母亲直直地、僵硬地坐在卧铺车厢的坐椅上,她的父亲则在走廊里走来走去。夜晚,两个女人中的年轻的那个睡不着,双颊绯红躺在卧铺床上用她那纤细的手指不停地扯着床单,当火车穿越小镇和城市,爬上山坡,驶下密林覆盖的山谷时,她起床穿好衣服坐着看了一整天的这一片新的大地。火车行驶了一天,在一片平原上又穿越了一个不眠之夜,这片平原上的每一块田地都同她自己镇上的那座农场一样大。一个个城镇接连不断地出现和消失。整个大地一点也不像她曾经知道的那样，以至她觉得自己也不像她自己了。在她出生并一直生活着的山谷中的每件东西都带着最后的神气，没有任何改变。小小的田地连接着大地，它们被固定在它们的地方，被年久的石墙所包围。田野同俯视它们的大山一样随着岁月的流逝而不曾改变。她有一个感觉，它们以前是这样的，以后也是这样的。

埃尔西像她母亲一样直直地坐在车椅上，后背同一个操练的士兵的背一样直。火车疾速地穿越俄亥俄州和印第安纳州，她纤瘦的双手同她母亲一样交叉固定着。一个偶然穿过车厢的旅客很可能认为这是两个女囚犯被铐着手铐，捆绑在她们的椅子上。夜幕降临时，她再次爬进了她的床铺。又是躺着睡不着，她弱小的脸颊变成赤色，但她考虑着新的想法，她的双手不再紧握在一起，她也不去扯床单了。这个晚上她两次放松自己并打了呵欠，这是一件在她生命中从未做过的事情。火车停靠在大草原的一个小镇上，她躺的那节火车车厢的一个轮子可能出现了什么故障，列车乘务员举着燃烧的火把来修理它，传来很大的敲击声和喊叫声。当火车继续上路时，她打算从床铺爬起来在车厢的走廊里走动。她又开始幻想那些修理车轮的男人是一个个来自新大陆的陌生人，用一把强大的锤子砸破她的监狱之门，他们永远地摧毁了她曾经给自己计划好的生活日程。

想到火车仍然继续驶入西部，埃尔西充满了喜悦。她想永远地沿着笔直的铁路前往不熟悉的地方，她想象自己不在火车上，想象自己变成一只有翅膀的物体飞在空中。她长年独自坐在新英格兰农场的石头旁，养成了在表达自己想法时大声说出来的习惯。她细细的声音打破了笼罩在卧铺车厢的宁静，以至躺在铺位上没有睡着的父亲和母亲，都坐起来在床铺上倾听。

汤姆·利安德是唯一代表着利安德家族的新一代的男性，是一个四十多岁、体格并不结实开始发胖的人。他在二十多岁时便同邻近的一个农场主的女儿结婚，当他的妻子继承了一笔钱，她便和汤姆移居到阿普江克欣，衣阿华州的一个城里，在那儿汤姆开了一家食品杂货店，这冒险就跟汤姆婚姻冒险一样的成功。他在新纽约城的弟弟死后，他的父亲和母亲、妹妹决定来西部时，汤姆已是有一个女儿和四个儿子的父亲了。

在大草原的城北，在一片水平延伸的玉米地正中央，有一幢完全用砖砌的房子，它属于一个名叫拉塞尔的富有的农场主，他起初建造这房子时打算使它成为乡间最壮丽的地方，但在快完工时他发现自己没钱了并重债缠身。这农场包括了好几百英亩的玉米地，被分割成了三个农场出售，没人想要这巨大的没有完工的砖房。几年了都是空荡荡的立在那儿,房子的窗户向外凝视着这片植物快要长到门口的田野上。

买拉塞尔家的房子,打动汤姆的有两个动机。他有一个想法,在新英格兰利安德家族曾是相当优秀的人,弗蒙特州山谷中父亲的地方在他记忆中是阴暗的,在同妻子谈到这些时他变得相当的坚定,“我们的身上有着良好的血统,我们利安德家族。”他说,挺直了他的肩,“我们要住在大房子里,我们是重要的人物。”

除了让他的父亲和母亲在新地方有家的感觉,汤姆还有另一个动机。他不是一个很有活力的男人,虽然作为一个食品杂货店的主人他做得足够好了,他的成功相当大要归功于他那位精力充沛的妻子。她不是很会料理家务和关心她的孩子们,像小动物们一样,他们不得不自己照顾自己。但在任何与店铺有关的事情上,她的话便是法律。

一旦他父亲成为拉塞尔地方的主人,汤姆感到将奠定他在邻居眼中是一个成功男人的地位。“我能告诉你为什么,他们习惯了住大房子。”他对他的妻子说,“我告诉你为什么,我的家人习惯住这种式样的房子。”

埃尔西过来时在火车上的亢奋减低了,取代它的是灰色空旷的俄亥俄州田野,但有些事物对她的影响持续了几个月。在大砖房的生活基本上持续着她过去一直居住的新英格兰小屋的方式,利安德家在一楼安置了三到四个房间。几个星期以后家具被船运到,并用汤姆杂货店中的一辆四轮运货马车从城中拖了过来。地面上覆盖着三到四英亩的大型木板堆,失败的农场主本打算用来建马棚。汤姆叫人拖走木板,其空地埃尔西的父亲准备种一个花园。他们四月来到西部就被安置住进大房子,就在附近的田地里开始犁地和种植庄稼,房子中的女儿又回到了原来的生活习惯。在新的地方没有一个被半废墟的石头篱笆围绕的歪扭的果园。所有的田地的篱笆,延伸至视线之外的北、南、东至西部用铁丝围起来,看上去像蜘蛛网衬托在被刚刚犁过的黑油油土地上。

房子本身不管怎样,它始终像一座海面上升起的一个岛屿。很奇怪的是这房子,虽然它不到10年,却很破旧了。它那没必要的巨大体格却代表一个男人昔日的冲动,埃尔西感觉到了这点。在东侧有一扇门通向楼梯,楼梯通入房子楼上的部分始终锁着。两三个石台阶通向那扇门。埃尔西能够坐在最高一层台阶上,背靠在门上不被打扰地凝视着远方。几乎是从她脚边开始,田野就像海水一样不断地涌动。男人们过来犁地和种植庄稼,巨大的马儿像游行的队伍一样穿越大草原。一个年轻男人驱赶着6匹马径直向她走来。她被吸引住了,当它们弯曲着头向她走来,马的胸部看上去像巨人的胸膛。柔软的春天气息笼罩在田地上像一片海洋,马像巨人般地走在海面上,用它们的胸部推动着它们前面的海水,它们正在把水从像盆子一样的海洋中推出,驱赶它们的年轻人也是个巨人。

埃尔西的身体紧靠在最上面的台阶关闭着的门上。她能听到她的父亲在房子后面的花园里干活的声音。他正在用耙子除掉地面上大面积的干枯野草,准备为自家的花园铲平地面。他总是在一个很狭窄的地方干活并在那儿做着同样的事情。在这宽广、空旷的地方,他却用小工具干活,极小心地做些琐碎的事,他正在种植些小蔬菜。她的母亲在房间里织小椅套。她自己也是小小的,她把身子紧靠在房子的门上,试图使自己不被别人看到。只有这种感觉有时候占据着她,而且在想象中并没有形成大的感觉。

六匹马转过篱笆前,外面的那匹马被缰绳缠住了。赶马的人精力充沛地骂了一句,然后他转变方向开始在英格兰人的栏杆旁,又骂了一句,拉紧这几匹马的头,赶向远方。他正在犁的这片土地约有200英亩。埃尔西没有等他返回就回到了房中,抱着双臂在房间中坐着。在她看来,这幢房屋就是海面上一艘漂浮的船,巨人们在海面上走来走去。

五月过后,六月接踵而来,辽阔田野里的农活仍在继续,埃尔西有一点习惯了,当她下楼来到台阶时便能看见那个年轻的小伙正在地里忙活。有时这个年轻人赶着他的马儿从铁篱笆旁走过,还会冲她点头微笑。

八月到来,天气酷热,衣阿华州玉米地里的玉米一直在长,直至根茎粗壮得像棵小树,玉米地成了森林。耕种玉米的时间已过了,玉米行中间长满了茂密的野草,小伙子和他的高头大马已经离开,一望无际的田野上空鸟儿寂静无声。

当收割庄稼的时候,正是埃尔西到达西部之后的第一个夏天,她的心中一部分被当时火车奇异的旅行唤醒,这时被再一次唤醒了。她不再感觉自己是一个稳重瘦弱、后背像操练士兵一样板直的女人,而是喜欢新事物,对她来到的新地方的生活一样好奇,很长时间她不知道这是怎么回事。田地里的玉米已长得如此之高,以致她没法看到远处。那一片玉米像堵墙,而陆地上的一个小点是她父亲的房子,立在那里犹如建在监狱大墙之内的一幢屋子。有一段时间她很郁闷,想到自己来到西部,进入一个空旷、辽阔的乡村,却发现自己比以前更封闭了。

一种冲动涌上心头。她站起来走下三四个台阶,自己坐在一个几乎同地面水平的台阶上,马上她有了一种放松的感觉。她不能透过玉米地向外看,但能看到玉米茎的下面。一排排又长又宽的玉米叶紧挨着,一排排的玉米行变成了长长的隧道,连绵不断地无止境地延伸着。黑色土地上生长的野草,像一张柔软的绿地毯。从叶子间筛下的阳光,使玉米行变得神秘而又迷人。它们是跑向生活的温暖通道。她从台阶上站了起来，小心翼翼地走向铁篱笆，那篱笆把她同田地隔开了，她把手放在铁网中，紧紧地抓住其中一根玉米茎。由于某种原因，她触摸那强壮、未成熟的玉米茎并用手紧握一会儿后，她害怕起来。很快地跑回台阶，坐下用双手掩住脸颊，浑身颤抖。她尽力想象着自己爬进篱笆，沿着其中一条隧道漫游。这种跃跃欲试的想法吸引着她，但同时也很可怕。她快速地站起来，走进了房子。

在八月的一个星期六晚上，埃尔西发现自己无法入睡。许多想法比她以前所知道的更肯定地涌现在她的脑海。那是一个静谧炎热的夜晚，她的床靠窗户很近。她的房间是利安德家唯一一间设在二楼的房间。午夜的微风从南面吹来，当她坐在床上，楼下的玉米穗花正好位于她视线之下，在月光下犹如海面刚被微风吹过，泛起阵阵的涟漪。

一种沙沙声在玉米地里开始响起，喃喃自语的许多想法和记忆在她心中被唤醒。在八月强烈日光烘烤下，长长宽宽的新鲜叶子已经开始枯萎。当风吹进玉米田，叶子互相摩擦着，一种遥远的呼喊如几千人的声音同时响起。她想象中这声音就像孩子们的声音，但不像是她哥哥汤姆家的孩子们的声音，是一群小动物们喧嚣的吵吵嚷嚷声，而且有着很大的不同，小小的东西长着一双大眼睛，和一双纤瘦、敏感的手，一个接一个爬进她的怀里。她边想象边变得激动起来，从床上坐起来，双手抱着一个枕头揽在胸前。她堂哥的身影出现在她的脑海中，利安德家一个苍白、敏感的年轻人，和他的父亲住在纽约城，在23岁时就死了。仿佛这年轻人忽然走进房间，她放下枕头，焦急地坐着、期盼地等待着。

年轻的哈里·利安德在他去世前一年的夏末去新英格兰农场看望了他的堂妹。他在那儿住了近一个月，几乎每天下午都和埃尔西去果园后面的石头边坐着。一天下午在他们俩沉默了许久后，他开始说话了。“我想去西部生活，”他说，“我想去西部生活。我想长得强壮些，成为一个男子汉。”他反复说着，眼泪流了下来。

他们站起来返回家里，埃尔西沉默地走在这位年轻人身旁。这一时刻在她生命中烙下了一个永恒的印记，那是一种在她以往生活经验中从没有过的感觉，一种奇怪颤抖的渴望此时占据着她。他们在沉默中穿过果园，当他们来到杨梅灌木丛时，她的堂哥在小路上停了下来并把脸转向她。“我想让你亲我一下。”他急切地说，脚步向她迈了过来。

一种不明的惊恐占据着埃尔西，而且被传递给了她的堂哥。在他提了这种突然、出人预料的要求后，他向她走来，距离是如此之近以至她的脸颊能感到他的呼吸，他自己的双颊变成了深红色，他的手颤抖地紧握着她的手。“唉，我要是强壮些就好了,我要是强壮些就好了。”他犹豫地说着,转身沿着小路向房子的方向走去。

陌生的新房子,就像坐落在玉米海洋中的一个岛屿,哈里·利安德再次提高的声音,似乎盖过了田地中传来的孩子们欢快的声音。埃尔西从床上下来,在透过窗户的昏暗光线中到处走动。她身体剧烈地颤抖着。“我想让你亲我”这个声音再次响起,为了使它安静,她自己的回答声也变轻声了。她跪在床旁,怀里又抱着枕头,脸靠在上面。

通常在星期天汤姆·利安德带着他的妻子和孩子来看望他的父母,全家大约在早晨10点就来了,四轮马车在公路尽头转弯来到拉塞尔的地方时汤姆就大声喊叫。这块地在房子和公路的中间,当马车沿着狭窄的小路穿过玉米地时,它不能够被看见。在汤姆大叫之后,他的女儿伊丽莎白,一个十六岁的高个女孩,从马车中跳出来,五个孩子全都穿过玉米地向房子狂奔,一连串狂野的呼喊声在早晨平静的上空回荡。

这位杂货铺店主从店铺中带来了食物。当马被松开并关进马棚后,他的妻子开始把包裹提进房子。利安德家的四个男孩由他们的姐姐陪伴,消失在附近的田地里。三只从城里奔跑出来的小狗在四轮马车下一路陪伴着孩子们,两三个孩子和一个有时过来的隔壁农场年轻小伙,一同加入了嬉戏。埃尔西的嫂子挥手把他们打发了,她也挥手把埃尔西撇在一边。炊烟已被点燃,房子里弥漫着烹饪的气味。埃尔西走去坐到了房子侧面的台阶上。一直很安静的玉米地响起了喊叫声和小狗的吠叫声。

汤姆·利安德最大的孩子伊丽莎白像她的母亲一样精力充沛,她同她父亲家族的女人们一样又高又瘦但十分健壮和活跃。私下她想当一位夫人,但当她拿她的弟弟做实验时,却被她的爸爸妈妈所取笑。“不要摆架子。”他们说。当她来到田野除了她的弟弟们和两三个隔壁农场的男孩没有其他人时,她便成了一个男孩,和男孩们飞奔着穿过田野,跟着小狗们追赶着兔子。有时附近农场的一个年轻人带着孩子过来找男孩们一起玩,那时她不知道自己该怎么办。她想装成端庄的样子沿着玉米行穿过玉米地,却怕她的弟弟们会嘲笑她,在绝望中,她的粗鲁、吵闹会超过了男孩们。她喊叫着狂跑,当她攀爬着追赶着小狗们时,在铁篱笆上撕破了连衣裙。当一只兔子被抓住将要咬死时,她冲了进去抓住小狗把兔子扯了出来。垂死小动物的鲜血滴落在她的衣服上,她把它举过头顶晃动着大叫着。

整个夏天埃尔西都看到在田地里劳动的那个农场帮工开始迷恋上了这位来自城里的年轻姑娘。当杂货铺店主一家星期天早晨出现后,他也出现了,只是没有进屋。当男孩们和小狗飞奔穿过田地时,他也加入其中。他也是一个害羞的人,不想让男孩们知道他加入的目的。当他和伊丽莎白发现只有独自两人时,他变得十分难为情。他们默默地在一起走了一会儿,一个宽广的圆圈包围着他们,在森林似的玉米地之中,在奔跑的男孩和小狗们之中。这年轻人有话想说,当他竭力寻找话题时,他的舌头变得很厚并且双唇变得又干又涩。"嗯,"他开始说话了,"让我们……"

他的话说不出来,伊丽莎白转身去追逐她的弟弟们了。在接下来的几天,他没办法使她走出别人的视线之外。当他过去加入他们中时,她变成了队伍中喧闹声最大的一员。一种狂热的活力占据着她,她的头发散在后背上,衣服被扯裂,双颊和双手有抓痕并正在流血,她带领着她的几个弟弟,在无边的田野中追逐着兔子。

八月接下来的那个星期天,埃尔西·利安德度过了一个炎热、多云的无眠之夜。在早晨她就有点不舒服,当城里的客人一到,她就蹑手蹑脚地离开,到房子侧面的台阶上坐着。孩子们跑着进了田地。一种几乎无法抵抗地想跟随着他们,沿着玉米排喊叫玩耍的渴望占据着她。她起身返回来屋子的后面。她的父亲正在花园里干活,拔着蔬菜行中间的野草。她能听见她的嫂嫂在屋子里走来走去。她的哥哥汤姆在前廊里睡觉,母亲就在他旁边。埃尔西回到台阶之后站了起来,走向通往玉米地的篱笆。她笨拙地爬过去,顺着其中的一排玉米向前走了一小段。伸手触摸那结实根茎后开始害怕起来,她的双膝跌倒在野草覆盖的像地毯一样的地上。很长一段时间里,她都这样待着倾听远处孩子们的声音。

一个小时过去了。此时已是晚饭时间,她的嫂子来到后门叫着孩子们。远处传来了一个回应的呼喊声,孩子们穿过田野跑了回来。他们翻过篱笆,边跑边叫着穿过她父亲的花园。埃尔西也站了起来,就在她准备爬过篱笆回去时,无意中听见玉米地中沙沙的声音。年轻的伊丽莎白·利安德出现了,走在她身旁的犁地男孩是那个几个月前在埃尔西现在站的田地里种玉米的人。她能看见两个人顺着玉米行慢慢走过来。他们之间已经建立了一种理解,这个男人穿过玉米径,走到笑起来极不雅观的女孩那儿触摸着她的手,然后女孩跑到篱笆旁很快地翻了过去,她的手里拎着一只被狗咬死了的软塌塌的兔子。

当伊丽莎白进入房子后,那农场帮工便离开了,埃尔西也翻过篱笆。她的侄女正站在厨房门前提着死兔的一只脚,兔子的另一只脚已被狗撕掉了。看到这位新英格兰女人似乎用一种严厉的冷漠的目光看着她,女孩羞愧地快速跑进了房间。她把兔子扔在餐厅的一张桌子上,然后跑出了房间。兔子的血流在了一块由埃尔西母亲钩织的有精美花朵的白桌布上。

星期天的晚餐聚集了所有在世的利安德家人，餐桌上异常沉重的安静。晚饭后汤姆和他的妻子在洗完盘子后走到前廊坐在两位老人的身旁，一会儿他们都睡着了。埃尔西返回到了房子侧面的台阶上，但当她想再次进入玉米地的想法袭击着她时，她站起来走进了屋里。

这位35岁的女人像一个被吓着的孩子，踮着脚尖在大房子里走动。躺在客厅桌子上的死兔子已经冰冷僵硬了，在白色桌布上的血迹已经干了。她走上楼但没有走进自己的房间，一种冒险的勇气占据着她。房子的上面一层有很多房间，有一些的窗户尚未装上玻璃，那些窗户已被木板条围上了，一条条细细的光线穿过木板间的裂缝照了进来。

埃尔西踮着脚尖爬上楼梯，穿过了她睡觉的房间，她打开房门走进了其他房间。地板上积了厚厚的一层灰尘，在寂静中她能听见躺在前廊椅子上睡觉的哥哥打呼噜的声音。从遥远的地方似乎传来孩子们的尖叫哭声，哭声变柔和了，它们像尚未出生的孩子的哭声，在前天夜里从田野中向她呼唤。

映入她的脑海的是她母亲坐在前廊儿子的身旁，等着时光从白天到黑夜那极平静的形体，这种想法使她的喉咙哽咽。她需要某种东西但不知道是什么。她自己的情绪使她感到恐惧。在房子后面的一间没有窗户玻璃的房间里，镶在一扇窗户上的一根木条坏了，一只鸟儿飞了进来被囚禁住了。

这女人的出现吓坏了这只鸟，它在到处乱飞，扇动着的翅膀搅得尘土飞扬。埃尔西一动不动地站在那里，也害怕了，并不是由于这只鸟而是因为当前的生活，和鸟一样她也是一个囚犯。这种想法紧紧缠绕着她。她想走到室外去，到她的侄女伊丽莎白和那个年轻的庄稼汉穿过的玉米地，但她像房间里的鸟儿一样——一个囚犯。她不安地在房间里走动，鸟儿在房间来回飞蹿。在窗槛附近木板脱落的地方有亮光。她紧盯着鸟儿恐惧的双眼，反过来，鸟儿也盯着她的眼睛。然后鸟儿穿过窗户飞走了，埃尔西转身紧张地跑下楼出了院子，她爬过铁丝篱笆，拱着双肩顺着一条隧道向前跑。

埃尔西跑进了广阔的玉米地，心里只有一个愿望，她想走出自己的生活，进入新的更甜美的人生，她感到自己必须远远地躲到田里的某个地方。跑了很长一段路后，她来到了一处铁篱笆爬了过去，她的头发松开了散落在肩膀上，她的双颊绯红，此时她看上去像一个年轻的女孩。当她翻过篱笆时，裙子前面撕了一个大口子，此时她瘦小的胸部全暴露了，然后她的手紧张地抓住撕裂的地方。她能听见远处男孩们和狗叫的声音。一场夏季的暴风雨威胁此地好几天了，现在乌云在空中开始扩散。当她紧张地向前跑时停下来听了一会儿,然后再跑。干玉米叶尖扫着她的双肩,从玉米穗上掉下来的一阵阵黄色粉末洒落在她的头上。一阵持久的爆裂声伴随着她的步伐。花粉在她头上形成了一顶金色皇冠。头顶上空传来低沉的隆隆声,像大狗的吠声进入她的双耳。

最后决定冒险进入玉米地的她想到的是这回难以逃脱出去,这念头固定在了她心中。剧痛遍及全身,此时她被迫停下来坐在地上,她闭着双眼坐了很久。她的连衣裙弄脏了,生活在玉米地土壤里的小昆虫们爬出了它们的洞穴并且爬上了她的双腿。

在无名冲动的驱使下,这位疲劳的女人一下子仰躺在地上,闭着双眼一动不动。她的恐惧过去了。这是一个温和、密闭着的像房间一样的通道。双肩的疼痛远离了她。她睁开眼睛,在宽大的绿色玉米叶中能看见一片被乌云威胁着的天空。不想使自己不安,所以再次闭上了她的双眼。她纤弱的手不再去紧扯连衣裙破口处,她小小的胸部暴露了,它们膨胀和收缩在间歇性的痉挛中。她把双手放在脑袋后一动不动地躺着。

对埃尔西来说好像过了好几个小时,当她安静无力地躺在玉米地上,在她内心深处感到有什么事情即将发生。什么东西可能将她举起使她脱离自己,那东西可能使她与过去和过去她身边的人分开。她的想法不明确。她一动不动地躺着等待着,就像她还是个小女孩时,在弗蒙特州农场果园背后的石头旁边她曾等待了几天几个月一样。一阵低沉的隆隆声在头顶的天空中持续着,但天空和那些她曾经知道的所有事似乎离她都很遥远,不再是她的一部分。

在安静了许久后,当她像进入梦乡一样脱离自己时,埃尔西听见一个男人的叫喊声。“喂、喂、喂”叫喊声在平静了一段时间后,那边响起了回应的声音。然后是身体在穿越玉米地时碰撞的声音和孩子们兴奋时的喋喋不休声。一只狗沿着玉米行跑过来在她躺着的地方旁站着,它冷冷的鼻子嗅着她的脸,于是她坐了起来,狗便跑了。利安德家的男孩们跑了过去,她能看见他们光着的双腿在一条遂道中进进出出地闪动。随着暴风雨的即将来临,她的哥哥变得恐慌起来,他想带着全家返回城里,他持续的叫喊声从屋中传出,田地里也传来孩子们的回应声。

埃尔西双手紧抱着坐在地上,一种奇怪的失落感占据着她。她站了起来,慢慢地沿着孩子们跑过去的方向走去。她来到篱笆旁边爬了过去,她的连衣裙又撕裂了一个新地方。她的一只长筒袜变松了并滑到了她的鞋面上。长长的锐利的野草划伤了她的腿以致腿上都是红色交叉的划痕,但她没有意识到疼痛。

这个心神错乱的女人跟随着孩子们,直到她看见她父亲的房子后才停了下来又坐到了地上。另一个低沉的隆隆雷声响起,于是汤姆·利安德的喊叫声也再次响起,这次的声音略带怒气。一个叫着女孩伊丽莎白名字的强劲有力的高喊声,像雷声一样顺着玉米下面的遂道滚动回响着。

而这时伊丽莎白由那个年轻人陪伴着进入了她的视线。他们在埃尔西附近停了下来,然后男孩把女孩搂在怀里。随着他们声音的靠近,埃尔西把自己的脸贴近地面并且使自己的脸转到一个她能看见别人而自己却不被发现的位置。当他们的双唇贴在一起时,她紧张的双手抓住了一棵玉米茎。她的双唇在尘土里紧抿着,当他们继续赶路后,她才抬起了头,她的嘴唇上覆盖着尘土。

似乎又是一段很长时间的寂静笼罩在田野上。尚未出生的孩子喃喃低语声,在发着沙沙声响的田野里她的幻想又出现了,它变成巨大的呼喊声。风越刮越猛,玉米茎扭转着弯曲了。伊丽莎白若有所思地走出了玉米地,爬过篱笆面对着她的父亲。“你上哪儿去了？你在干什么?”他问道,“你不认为我们该离开这儿了吗?”

当伊丽莎白向房子走去时,埃尔西跟在后面,用她的双手和膝盖像小动物一样爬着,当她看见包围着房子的篱笆时,她坐在地上双手捂住脸。她内心的什么东西正被扭曲打转着,正如玉米茎的顶端正被大风扭曲旋转着。她坐着以便当睁开眼睛就能再次看见那悠长神秘的“走廊”,而不会看到那座房子。

她的哥哥带着他的妻子和孩子们离开了。埃尔西转过头能看见他们已驱车匆匆地驶出了她父亲房子的后院上路了。随着那位年轻姑娘的离开,在玉米地中央的农场房子在风中摇摆着,似乎成了世上最荒凉的地方。

她的母亲从房子的后门走出来,她跑到台阶上,知道女儿有坐在台阶上的习惯并惊慌地开始喊叫。埃尔西并不想回答,那老女人的声音似乎和她没有什么关系。那微弱的声音很快淹没在风中田地里传出的碰撞声中。埃尔西把头转向房子,盯着她母亲,看着她绕着房子大跑,然后进入了屋内,房子的后门呼的一声关上了。

一直威胁着的暴风雨突然又发出咆哮,滂沱大雨席卷着玉米地,大片的雨水冲洗着这个女人的身体。在她身上聚集了很多年的暴雨也爆发了,她呜咽地哭泣着,她把自己抛弃在悲伤的风暴中,但那仅仅是她部分的悲伤。眼泪从眼中流淌出来,在她那满是尘土的脸上汇成了一条条小沟。在暴风雨偶尔暂停时她抬起头倾听着,透过覆盖在她耳朵上的大片凌乱湿发,透过无数的雨滴飞落在地面上和玉米地中的房子上的声音,她父母叫喊她的微弱的声音从利安德房子中传了出来。

来无踪去无影

I

罗莎琳德·韦斯科特,27岁,一个看上去高大强壮的女人,正走在衣阿华州威洛斯普林斯小镇附近的铁轨上。这是八月里的一天大约下午四点钟,是她从那个被雇用的地方芝加哥市回到家乡后的第三天。

那时的威洛斯普林斯是一个大约有三千人的小镇,就从那时起它开始发展。这里有一个公共广场,广场中央有一个会议厅,四周是商业公司面对着它。广场上空荡荡的,寸草不生。广场外面是两边有木头房子的大街,一条长长的笔直的大街最后成了一条乡村道路,通往平坦的大草原。

她告诉每一个人,她只是由于有点想家所以才回来小住几天。虽然她特别想就某些事情和她的妈妈谈谈,但罗莎琳德却一直无法与任何人交谈。实际上她觉得很难和她的父母一直待在那个屋子里,她头脑中日日夜夜总萦绕着离开镇子的想法。在那个烈日当空的炎热的下午,当她沿着铁轨走着的时候,她一直不停地责备自己。她想:"我变得很忧郁了,这没有好处,如果我想做这件事为什么不直接去做,不要这么大惊小怪。"

铁轨朝东延伸了两英里,穿过一片平原上的玉米地,在那里地面略有下沉,有一座桥横跨威洛斯普林斯小溪。那溪现在已完全地干枯了,秋天那些树沿着那些灰色裂痕的泥土边缘生长,这些泥土冬天和春天就会变成河床。罗莎琳德离开了铁轨,坐在其中一棵树下。她的面颊通红,前额布满汗珠。当她脱下帽子,头发零乱地散下,粘在了她通红的满是汗珠的脸上。她坐在一块宽阔的平坦的盆地上,旁边生长着一排排的玉米。在她面前,沿着河床,有一条满是尘土的小路,在夜晚时有来自远处的牧场的牛群从这儿走过。附近有一块像煎饼形状的牛粪,上面覆盖着灰白的尘土,蠕动着有光泽的黑甲虫,它们正把牛粪卷成球,为繁殖新一代的甲虫做准备。

罗莎琳德回家乡探亲的时候,正是一年中镇上每个人都想逃离那个又热又脏的地方的时候。没有人想到她会回来,并且她此前没有写信告诉大家她要回来。在芝加哥的一个闷热的早晨,她起床后突然开始收拾行李,就在同一天晚上她就到了威洛斯普林斯,回到了那个屋子,在那里她一直住到了21岁。她坐旅馆的车从车站回来,没有通知家人她就走进韦斯科特房子,当时她的父亲正在厨房门旁的水泵边,她的母亲围着油乎乎的围裙走进客厅迎接她。家里的一切都跟从前一模一样。“我就是想要回来住几天。”她说着放下她的包,吻了吻她母亲。

妈妈和爸爸韦斯科特很高兴见到他们的女儿,在她到达的第一个晚上,他们非常兴奋并准备了一顿特别的晚餐。晚餐过后爸爸韦斯科特像往常一样去镇里走走,但他只待了几分钟,“我只是想去邮局拿晚报。”他抱歉地说。罗莎琳德的妈妈穿上了一身干净的衣服,他们都坐在昏暗的走廊上谈话,诸如:“芝加哥热吗?今年秋天我准备做好多的罐头,我想迟些时候给你寄一箱水果罐头,你还住在北部的老地方吗?晚上能去湖边的公园散步一定不错吧。”

* * *

罗莎琳德坐在铁路桥不远处的一棵树下,离威洛斯普林斯两英里,她看着那些小虫在忙碌着。在太阳下走了一会儿,她整个身子都冒汗了。她薄薄的裙子粘在了腿上,裙子被树下草上的尘土弄脏了。她从镇里跑出来,从她妈妈的家里跑出来,在她回来的这三天她一直都这么做。她没有挨家挨户地去拜访她以前的女同学,这些女孩不像她那样,她们待在威洛斯普林斯结婚定居。当她在早上看见她们中的某一个在街上推着婴儿车,并且后面或许还跟着一个小孩时,她会停下来跟她们聊上几分钟。“天气很热,你现在住在芝加哥的老地方吗?我丈夫和我希望能带着小孩出去一两周,住在那么靠近湖的芝加哥一定很好吧。”罗莎琳德便匆忙离去。

在她探望妈妈和家乡期间,她一直极力想匆匆离开。

要逃避什么呢?罗莎琳德为自己辩解。她从芝加哥回来是有些事希望能对她妈妈说,她真的想跟她妈妈谈那些事情吗?如果她想过,她是想通过再一次呼吸到家乡的空气,她可以获取力量来面对生活和其中的艰辛吗?

这一趟从芝加哥回来的炎热、不舒服的旅行,就为了把时间花在满是灰尘的乡村路上或在沉闷炎热的玉米地里穿行,可真没有意义。

“我一定曾经期待过,这个未能实现的愿望。”她含糊地想着。

威洛斯普林斯是一座相当无聊的小镇,沉闷的小镇,是印地安纳州、伊利诺斯州、威斯康星州、堪萨斯州、衣阿华州中成千个小镇中一个,但她的心思使它觉得更加的沉闷。

她坐在威洛斯普林斯小溪干枯的河床边的一棵树下,想着她父母生活的那个小镇的街道,她住在那里直到成人。仅仅因为一系列的情况她现在没住在那儿。她的一个哥哥,比她大十岁,已经结婚移居到芝加哥了。他邀请她去他那儿玩,后来她就待在那儿了。她的哥哥是个成天旅行的推销员,相当多的时间都是离开家的。“你为何不和贝丝待在一起,学点速记法。”他问道,“如果你不想学也并非要学,爸爸会很好地照料你的,我只是认为你可能想学。”

* * *

“那是六年前的事,”罗莎琳德疲倦地想着,“我已经是个都市女人六年了。”她的思绪跳跃着,各种想法来来往往。在芝加哥市,她成了速记员后,一些事情曾一度唤醒她。她想成为一名演员,去一个戏剧学院上夜校,在她工作的办公室里有一个年轻小伙子,是个职员,他们晚上一起出去,去看戏或去公园散步,他们还接吻。

她的思绪突然又回到了她的父母,回到了在威洛斯普林斯的家,回到了她生活了 21 年的那条街。

家就在街的尽头,从她母亲房子的窗户望出去能看到前面有六座房子。她是多么熟悉那条街和房子里的人们！她了解他们吗？从 18 岁到 21 岁她一直待在家里,帮助母亲做家务,期待着什么。镇里的其他姑娘也像她一样在期待着什么。她们和她一样从镇里的高中毕业,她们的父母没有打算把她们送去上大学。除了等待无事可做,这些姑娘中(她们的母亲们和她们母亲的朋友们仍然叫她们姑娘)有些人有了男朋友,她们的男朋友会在星期天,也可能在星期三或星期四晚上来看她们,而其他姑娘会去教堂参加祈祷会,成为某些教堂组织的积极分子,她们过于操心这些事。

罗莎琳德从不做这些事,只是等待着在威洛斯普林斯度过了令人难受的三年。在早上家里有点活要干,然后,在某种程度上,这一天就过去了。到晚上,她父亲到镇里去,她和妈妈一起待着,也没有太多的话要说。上床后,她躺着却睡不着,莫名地紧张,渴望着一些永远不会发生的事情发生。韦斯科特房子传来的嘈杂声打乱了她的思绪,她想的都是些什么啊！

有一个队列的人总是从她身边走过去，有时候她俯卧在峡谷边缘，嗯，那不是峡谷，是有两面大理石的墙，在大理石面上刻着奇怪的雕像。宽广的阶梯向下延伸，无止境地向下、向远处延伸。人们沿着阶梯，在两面大理石墙中往下走，渐渐远离她。

这都是些什么人，他们是谁？他们从哪里来？又到哪里去？她没有睡着而是很清醒，她的房间一片漆黑，房间的墙壁和天花板好像向后退，而她好像悬空在那峡谷上，那峡谷有面大理石墙，那上面闪耀着奇怪美丽的灯光。

那些人走下宽宽的阶梯，向无限远处走去——男人和女人们。有时一个像她一样的年轻女孩，但比她更可爱更纯洁，一个人独自走过。这个年轻女孩大步如飞，轻快自由地行走就像一只美丽的小动物。她的腿和手就像在微风中摇摆的树梢顶上的嫩枝，她也一样走下去然后离开。

其他人跟随着沿大理石台阶走下去，年轻的男孩独自走着，一个威严的老人经过了，后面跟着一个面容甜美的女人。多么不寻常的人！让人觉得在他苍老的脸上有无穷的力量，他的脸上有深深的皱纹，眼睛很忧愁。让人觉得他知道生活中的每件事情，但他却保留着一些珍贵的事在他内心深处。正是这些珍藏的事使跟在他后面的女人眼睛中燃烧着奇异的火焰，他们也顺着台阶走下去离开。

其他人也都沿着那个台阶走下去，然后离开，有多少人啊，男人女人，男孩女孩，单身老人，拄着拐杖步履蹒跚的老妇人。

当她醒来躺在自己的床上时，罗莎琳德的头变得很轻，她试着抓住些思绪，明白些事理。

她做不到，屋里的噪音打断了她的白日梦。她的父亲站在厨房门边的水泵旁，他正在抽一桶水，很快他就会把水提到屋内，倒在厨房水槽旁的一个水箱里。有一些水会溅到地板上，这声音就像一个小孩光着脚拍击地板。然后她的父亲会去旋紧闹钟，一天就过去了。不久将会从上面卧室的地板上传来他沉重的脚步声，然后他上床躺在罗莎琳德母亲的旁边。

在她长大成人的那些年，有时，在晚上，从他父亲房间里传出对一个女孩来说很可怕的声音。有机会到城里后她再也不愿想这些事了。即使在芝加哥，晚上的寂静被上千种声音打破，汽车穿过街道的声音，在午夜过后晚归的男人们沿着水泥人行道的脚步声，夏天夜里喝醉酒的男人们的吵闹声，甚至大声的叫嚷声，这些声音相对的都显得安静。城市的夜晚持续不断的叮当声不像她父亲房间里不拘束的持续不断的噪音。生活中可怕的现实是他们难以忍受的，他们不那么贴近生活，也不害怕生活，就像面对从威洛斯普林斯小镇一条安静街道上一所房屋里传出的噪音一样。置身在城市巨大的噪音中,她经常能设法逃避那些小噪音!她父亲的脚走在厨房楼梯上,这时他正把一桶水倒在厨房水槽边的水箱里,楼上,她母亲的身体重重地躺在了床上。那有着巨大的大理石条纹的峡谷,美丽的人们沿着其中走下的幻影消失了。有一些水溅到了厨房的地板上,就像光着脚丫的小孩在地板上跑。罗莎琳德想哭出来,她的父亲关上了厨房的门,现在他正旋紧闹钟,一会儿后他就会上楼……

从韦斯科特房子的窗户向外看去可以看到六座房子,在冬天,炊烟钻出六个砖砌的烟囱升上天空去。在韦斯科特房屋旁有一座小木构房,住着一位35岁的男人,那年当罗莎琳德长成了一个21岁的女人,去了城里时,这个男人未婚,他那位一直帮他管家的母亲,在罗莎琳德高中毕业那年去世了。从那以来,这个男人独自生活,他在镇里广场的那个酒店里吃午餐和晚餐,但他自己做早餐,铺床铺,打扫自己的房子。有时当罗莎琳德一个人坐在前廊的时候,他也一个人慢慢地沿着街道散步经过韦斯科特房子,他会摘下他的帽子和她说话,他们的眼睛对视着。他有一个长长的鹰钩鼻子和长长的杂乱的头发。

罗莎琳德有时会想他,在罗莎琳德的白日梦里,他有时会温柔地闯进来,这给罗莎琳德造成了点困扰,但好像又没有打扰到她。

当那天罗莎琳德坐在那干燥的河床上时,她想起了那个单身汉,他已经四十多岁了,还是住在她是女孩时住的那条街上。他的房子和韦斯科特房子之间被尖桩篱笆隔离起来,有时早上他忘了拉上窗帘,罗莎琳德忙着在她父亲的房里做家务时,就会看见他穿着内衣走动。那是……嗯,一个女孩不能去想那些事。

这个男人的名字叫梅尔维尔·斯托纳,他有点微薄的收入,不必去工作,有些日子他不会离开他的屋子去旅馆吃饭,而是一整天坐在椅子上埋头读书。

那条街上有座房子是属于一位养鸡的寡妇,她的两三只母鸡被住在那条街上的人们称作“高飞行者”。它们会飞出养鸡院子的篱笆逃跑,差不多总是立即跑到那个单身汉的院子里。邻居们笑话这事,他们觉得这事意味深长。当母鸡跑到单身汉斯托纳的院子里时,那个寡妇手里拿着根棍子跟在它们后面跑。梅尔维尔·斯托纳走出他的屋子,站在屋前的小走廊上,那寡妇跑过前门,粗鲁地挥舞着她的手臂。母鸡制造了一阵骚乱后飞过篱笆,它们跑到街上朝那寡妇的屋子走去。她会在斯托纳的门边站一会儿,在夏天当韦斯科特屋子的窗户打开时,罗莎琳德能够听见那个男人和女人交谈的内容。在威洛斯普林斯,一个单身妇女和一个单身男人站在他的单身公寓门口谈天是被视为不正当的。寡妇想遵守习俗,但她仍逗留了一会儿,她把赤裸的手臂靠在门柱上,她那明亮的小眼睛里充满了渴望!“如果我的那些母鸡打扰了你,我希望你能抓住它们并且杀了它们。”她凶狠地说。“我总是很高兴看到它们沿着这条路走过来。”梅尔维尔·斯托纳回答着,鞠了一躬。罗莎琳德觉得他是在取笑寡妇,她喜欢他这点。“如果你不是要跟在你的母鸡后面来这儿的话,我决不会见到你的,不要再让它们发生什么事了。”他说着再次鞠了个躬。

有一会儿那个男人和女人相互看着对方的眼睛,从韦斯科特房子的一扇窗户罗莎琳德观察着那个妇人。他们没有再说什么,关于那个妇人的一些事情她还不懂——那寡妇的感官正得到满足,而在她隔壁房子里的这位正在成长的女人已经开始恨她了。

* * *

罗莎琳德从树下突然起立,爬过铁路路基,感谢上帝,她已经脱离威洛斯普林斯小镇的生活,并且有机会住在城市里。“芝加哥一点儿都不美丽,人们说它只是一个嘈杂的肮脏的大乡村,可能它就是这样,但那里有些充满活力的东西。”她想着。在芝加哥,或者至少是在她生活在那儿的近两三年,罗莎琳德觉得领悟了一些关于生活的道理。她为了一件事而读书,像这样的书在威洛斯普林斯没有出现过,威洛斯普林斯的人对这些书一无所知。她开始去听管弦乐队演奏,她开始明白音乐中的一些道理,听过聪明的、明白事理的男人们谈论的这些事。在芝加哥,在扭曲蠕动的数百万的男男女女中间都是嘈杂声。一个人偶尔看到或者至少听说过那样的男人的存在,像在她少女时期夜晚出现在梦境中的走下大理石阶梯并走远那个美妙的老人,在他们身上有着一些宝贵的东西。

还有其他的东西——是所有事情中最重要的。她生活在芝加哥的最近两年时间里,她曾经花了很多时间在一个在他面前能谈得上话的男人,那些谈话唤醒了她。她觉得他们使她变成了妇人,使她成熟了。

“我知道那些在威洛斯普林斯的人们是什么样的人,我如果一直待在那儿的话我会变成什么样的人呢?”她想。她感到一种宽慰甚至是快乐,在她自己生命的一个关键时刻她回到家里,希望能和她母亲谈谈,或者如果谈话不可能的话,也希望母亲能以姐妹关系对待她的出现。她认为在每一个女人的内心深处都掩埋了些事情,在某种呼唤下就会跑向其他的女人。现在她觉得她怀抱的希望,梦想,愿望都化为乌有了。坐在玉米地中间的一个大的凹陷处,离她沉闷的家乡两英里远,看着那些忙碌工作准备繁殖下一代的甲虫,想起小镇及其居民,她心里有点安定下来了。毕竟从这次的威洛斯普林斯之行得到了点什么。

罗莎琳德的体型仍然保持着青春和内在的活力，她的腿很壮，肩很挺。她愉快地沿着铁轨朝西往镇子走，太阳开始很快地西沉，她的目光越过玉米地看见远处有一个人在一条积满灰尘的路上驾驶着摩托车，车轮卷起尘土在日光下特别显眼，尘土形成漂浮的云烟像一片金子一样洒落在田间。“当一个女人很想要从另一个女人身上找到最好的最真实的东西，即使是在自己的母亲身上，她都不可能找到。”她冷漠地想，“有一些事情是每个女人自己都要认识到，有一条路她必须独自行走，这条路可能只通往更丑陋更可怕的地方，但如果她不想被死亡压倒，就得在她还活着的时候，必须动身出发走上那条路。”

罗莎琳德沿着铁轨上走了一英里后停了下来。当她坐在干涸的溪边的一棵树下时，一列载货火车朝东开了过去。这时在铁轨边的草地里出现了一具男人的尸体，他一动不动地躺在那儿，脸深深地埋在烤焦的草丛中。她立刻推断那个男人是被火车撞死的，因此尸体被甩到一旁，她所有杂乱的思绪立刻消失了，她转过身踮着脚离开，一步一步小心翼翼地沿着铁路枕木走得悄无声音。然后她又停了下来，那个草地里的男人也许还没死，只是受伤了，伤得很重，不能就这样让他躺在那儿。她设想他伤残了，但仍苦苦挣扎求生，她得设法帮助他。她蹑手蹑脚地沿着枕木往回走，那个男人的腿没有扭曲，他的帽子在他旁边，这好像是在他躺下睡觉前放在那儿的，但是一个人睡觉时不会把头埋在草丛里这样一个又热又不舒服的地方。她走得更近一点。“哦，先生，你，”她叫道，“哦，你……你受伤了吗？”

草丛里那个男人坐起来看着她大笑起来，是梅尔维尔·斯托纳，那个她刚才正想起的人，想起这个人她定下这样的结论，关于这次无用的威洛斯普林斯之行。他站了起来拾起他的帽子，“喂，你好，罗莎琳德·韦斯科特小姐。”他热情地打着招呼，爬过了小堤坝站到她身旁。“我知道你回来探亲的，但你在这外面做什么呢？”他问道，然后又说，“多么幸运啊！我将很荣幸和你一块步行回家。在你刚才那样朝我大叫后，你很难拒绝让我与你同行。”

他手里拿着帽子与她一同沿着铁轨往前走，罗莎琳德觉得他看起来像是一只巨大的鸟，一只上了年纪的聪明的老鸟，“或许是只秃鹰。”她想。他沉默了一会儿然后开始说话，他解释之所以把脸埋在草丛里的原因，他的眼里闪烁着光芒，罗莎琳德很想知道他是否是在取笑她，就像他以前取笑那个养鸡的寡妇一样。

他并没有直接谈到正题，罗莎琳德觉得他们会在一起散步聊天是很奇怪的。但很快地他的谈吐吸引了她，他比她年长那么多毫无疑问地比她聪明。她曾经多么愚蠢地认为自己比威洛斯普林斯小镇上的人懂得都多，但是这个正在说话的男人，他的谈吐并不像她曾经期望的从她家乡人口中说的任何言语那样。“我想为自己解释一下,但要等会儿。多年来我一直想能接近你,与你谈谈话,现在我的机会来了。你曾经离开了五六年,现在已经长大成人了。”

“你知道并不是有什么私人的特别原因,我想接近你,多了解一点你的情况。”他马上补充道,“我对待每个人都是这样的。也许这就是我还未婚,没有知心朋友,独居的原因吧。我太渴望了解别人了,有我这样的人在身边,别人会感到不舒服的。”

罗莎琳德被这个男人的新见解迷住了,她很惊讶,沿着铁路往远处看,可以看到镇里的房子。梅尔维尔·斯托纳试图走在一条铁轨上,但才走了几步,他就失去平衡掉了下来,他长长的手臂挥舞着。一种奇怪的强烈的感觉涌向罗莎琳德,梅尔维尔·斯托纳一会儿像一个老人一会儿又像一个孩子,和他在一起,使整个下午她一直在转的思绪,比以往任何时候转得都快了。

当他又开始谈话时,他似乎已经忘了刚才试图想做的解释。“我们就住在隔壁,但我们几乎没有和对方说过话。”他说,“当你还是小女孩时,我已经是青年人了,我经常坐在屋子里想你,我们已经是朋友了,我是指我们有着相同的看法。”

他开始谈论她一直居住的那个城市的生活,他抱怨道,“这儿的生活是愚昧乏味的,但在城市里你也有自己的某种愚蠢行为,”他抱怨,“我很高兴我没有住在那儿。”

她刚到芝加哥生活时,一件使罗莎琳德感到惊讶的事时常发生。除了她的哥哥和嫂子以外,她不认识任何其他人,她有时很孤独。当她再也无法忍受哥哥家里的那些没完没了的千篇一律的谈话时,她就跑去听音乐会或去剧院看戏。有一两次当她没有钱买戏票,她便逐渐大胆地独自一人走在大街上,没有左顾右盼地疾走着。当她坐在剧院里或走在大街上时,一件奇怪的事有时会发生,有人在说她的名字,一个呼声朝她传来。这事发生在音乐会上,她立刻四处观望。她看到的那些人的脸的表情都很奇特,半是厌烦半是期待,这是在听音乐的人脸上常看到的那种表情。整个剧院里好像没有人注意到她。当她非常孤独时在大街上或公园里这种呼声就会传来,像是从公园里的一棵树后面的空中飘来。

现在当她和梅尔维尔·斯托纳一起走在铁轨上时,那个呼声似乎是来自于他。他显然沉浸在自己的思想中,所有的思绪在试图找话语表达,他的腿很长,走起路来步法奇特。罗莎琳德觉得他像某种巨鸟,或许是被困在陆地上的海鸟,但这呼声不是来自他的鸟的那部分,还有其他的,另一个性格被隐藏。罗莎琳德设想这个时候的呼声是来自一个少年,是来自当时她在父亲家里做的梦中见到的一个眼睛清澈的少年,来自一个走在大理石阶梯上的少年,走下去然后离开。突然有一种想法冒出震惊了她:“那少年就隐藏在这个奇怪的像鸟一样的人的身上。”她对自己说。这种想法唤醒了她心中的想象,它解释了很多过着这种生活的男男女女,她想起了孩提时在威洛斯普林斯上周日学校时学的一个语法,一个短语,“上帝对我说要离开燃烧的灌木丛。”她差点把这句话说了出来。

梅尔维尔·斯托纳快步走着,在铁轨枕木上边走边聊。他似乎已经忘了他俯在草丛中的事了,正说着他孤独地住在镇上屋子的生活。罗莎琳德试图把自己的思绪抛到一边来听他说话,但没有怎么成功。“我回来几天是想更贴近生活,我摆脱了一个男人的陪伴,这样我可以考虑他。我想象能通过亲近母亲来得到我想要的,但没有起作用。如果我通过这次和另一个男人相遇的机会得到了要寻找的东西,这将很奇怪。”她想,她的头脑在继续记录着自己的思绪。她听着站在她旁边的那个男人说话,但她自己的思想在继续,也在谈论,有时在她自己心里感觉突然放松自由了。她下火车到威洛斯普林斯已有三天,在这之前她相当紧张,现在已烟消云散。她看着梅尔维尔·斯托纳,梅尔维尔·斯托纳偶尔也看着她。在他的眼里有某种东西,是一种笑,一种嘲笑。他的眼睛是灰色的,一种冷灰色,像鸟的眼睛。

“我有一种想法,我一直这样想,你看自从你去城里生活六年以来我尚未结婚。这很怪也有点可笑,你是否像我,你是否不能结婚或是无法与任何其他人相处。”他说。

他又说到了自己在屋子里的生活,“我有时一整天都坐在我的屋子里,即使外面的天气很好。”他说,“毫无疑问,你一定见过我坐在那里,有时我会忘记吃饭,我一整天都在看书,努力地忘记自己,夜晚来临时我还无法入睡。”

“如果我能写作或作画或是作曲,如果我有兴趣把我头脑里所想的表达出来,情况就不同了。当然,我写得没有别人好,我只会说一点人们在做的事情,他们在做什么呢?从哪种程度来说有关系呢?你看他们所建的城市就像你住的城市,所建的小镇就像威洛斯普林斯一样,我们走在他们铺的铁轨上,他们结婚生子,犯谋杀罪,偷盗,做善事等等。有什么不同呢?我们在骄阳下行走,再过五分多钟我们就会到达镇里,你会去你的家我去我的家。你将和你的父母共进晚餐,然后你的父亲会去镇里,你和你的母亲将会一起坐在前廊,几乎不说什么话,你的母亲将会说她想做水果罐头。一会儿你的父亲回来了,你们全家都去睡觉。你的父亲将会在厨房门边的水泵抽一桶水,他会提到房里,倒在厨房水槽旁的一个水箱里。有一些水溅到了厨房的地板上,就会发出小小的一声柔和的拍击声。”

“哈!”

梅尔维尔·斯托纳转头用锐利的眼光看着脸色变得有点苍白的罗莎琳德,她的思想发狂地飞转,就像一部失去控制的发动机。梅尔维尔·斯托纳身上有种使她害怕的力量。在讲述了一些日常生活行为后,他突然侵袭到她的心中秘密。这就像他亲临了她父亲家里的那间她躺着想问题的卧室,事实上他走到了她的床边。他又笑了,一种不愉快的笑。“我会告诉你在美国的这个地方,我们了解得很不够,无论是在镇里或是在城里。”他飞快地说,“我们每个人都是匆匆忙忙,我们都是为了战斗。我坐着不动思考着。如果我想写作我就得做点什么,我能说出每个人的思想,这会使人们震惊,使他们受到点惊吓,啊?我能说出你下午和我一起在铁轨上走时都想了些什么,我也知道你的母亲在同一时刻想的是什么,以及她想跟你说什么。”

罗莎琳德的脸变得像粉笔一样白,她的手在颤抖。他们离开铁轨走向威洛斯普林斯的街道。梅尔维尔·斯托纳改变了主意,突然间他就像个四十岁的男人,在这个年轻妇人面前有点困窘,有点犹豫,“我现在要回酒店了,我要在这里和你分开了。”他说。他拖着沉重的脚走在人行道上。“我想告诉你,为什么你会看见我把头俯卧在草丛里。”他说。一种新的气质进入他的声音,这是当他们走在铁轨枕木上谈天时,从这个男人的身体中发出的少年的声音在叫喊罗莎琳德。“有时我不能忍受这里的生活,”他几乎是暴躁地说,他挥舞着他那长长的手臂,“我太孤独了,我变得恨自己,我得逃离这小镇。”

那男人低着头不看罗莎琳德而是看着地面,他的大脚继续在紧张地摆来摆去,“有一年的冬天我感觉到我要发疯了,”他说,“我偶然想起了一个果园,距小镇五英里远,深秋当梨子成熟的时候,有一天我散步到了那儿。我有了一个想法,天气非常冷,但我步行五英里走进了果园。地面有结冰,上面覆盖着雪,但我把雪掸到了一边,我把脸埋进草中。秋天当我去那儿时,地上都是成熟的梨子,发出阵阵芳香,蜜蜂爬在上面,吮吸着,欣喜若狂。我还记得那芳香,这就是为什么我去那儿把脸贴着结冰的草丛的原因。蜜蜂过着入迷的生活,我却错过了生活。我总是错过生活,它总是和我擦肩而过,我总想象着人们从我身边走开。今年春天我走在一座横跨威洛斯普林斯小溪的铁轨桥上,草地里盛开着紫罗兰,那时我根本没有注意到它们,但今天我却想起了,那些紫罗兰就像从我身边走开的人们一样,我冒出了一种追赶它们的疯狂渴望,我觉得像一只在空中飞翔的鸟,某种信念逃离了我,那种我必须追赶它的信念占据了我。”

梅尔维尔·斯托纳停止了说话,他的脸也渐渐变得苍白,他的手也在颤抖。罗莎琳德有一种几乎不可抵抗的愿望想伸出她的手,然后接近他的手。她想喊,想哭——“我在这里,我没有死,我还活着。”可是她却安静地站在那里,凝视着他,就像那个养高飞母鸡的寡妇曾经凝视的那样。梅尔维尔·斯托纳挣扎着从他那种入迷中出来,恢复到他自己的言语中来,他笑着鞠了个躬。“我希望你养成去铁轨上散步的习惯。”他说,“我将来会知道该怎样过我的生活,当你回到镇里的时候,我会在铁轨边露营,毫无疑问就像紫罗兰一样,你已经把你的芳香留在了那里。”罗莎琳德看着他,他在嘲笑她,就像他与站在他的门边的那个寡妇说话时那样的笑。她并不介意,在他离开她后,她慢慢地走在大街上。当他们在铁路上走时的那句话又浮现在她脑海里,她反复地说,“上帝对我说要离开燃烧的灌木丛。”她一直重复着这句话,直到回到韦斯科特的房子。

* * *

罗莎琳德坐在屋子的前廊,小时候她经常坐在那儿。她的父亲还没回来做晚饭,他经营煤和木材,拥有很多未上漆的货棚,面对着小镇西面的铁轨。那是一间小办公室,里面有炉子,还有一张桌子放在靠近窗户的拐角,桌子上放着高高的一叠未回复的信,还有矿业和木材公司的函件,上面覆盖着一层厚厚的煤灰。他一整天都坐在他的办公室里,就像一只被关在笼子里的动物一样,但是与关在笼中的动物不同的是,他显然感到很满意和自在。他是威洛斯普林斯唯一经营煤和木材的。当人们需要其中一种日用品时不得不到他那儿去买,没有其他地方可去。他感到很满足。早上他一到办公室就看《得梅因报》,如果没人来打扰他的话,他就会在那儿坐一整天,冬天坐在炉子旁,炎热的夏天就坐在敞开的窗户边,显然不像田地里勾画的那样受四季变化的影响,没有思想,没有希望,没有遗憾,生活对他来说正在变成一件破旧不堪的东西。

在韦斯科特屋子里罗莎琳德的母亲已经开始做罐头,这事她已说过好几遍了,她正在做醋栗罐头。罗莎琳德听见从厨房传来锅里沸腾的声音,她的母亲步伐沉重,随着年龄渐渐增大她也开始渐渐变胖了。

太多的思虑使女儿罗莎琳德厌烦了,这是多愁善感的一天。她脱下帽子放在她旁边的走廊上。梅尔维尔·斯托纳的房子在隔壁,房子的窗户就像双眼睛在盯着她,责备她,“现在你看你走得太快了。”房子宣告。它在嘲笑她,“你以为你了解人,但其实你什么都不知道。”罗莎琳德用手支着头,她真的误解了,住在房子里的人毫无疑问就像威洛斯普林斯的其他人那样,他不像她推测的那样是这个沉闷的小镇里无趣的一点不懂得生活的人。如果他没有说那些使她震惊的话,她也不会极度伤心?

对于罗莎琳德来说，这种使人感到疲惫和紧张的经历并不少见。她的头脑疲劳地思考，没有停止反而比以前转得更快。一种新水平的思想到来了，她的思绪就像一部飞行机器，离开了地面翱翔在蓝天中。

梅尔维尔·斯托纳似乎有一种思想要表达或是暗示，他说，“每个人心里都有两种声音，每一种声音都想让自己被听见。”

一个新的思想世界呈现在她面前。毕竟人类是会被理解的，会有人理解她的母亲及其生活，她的父亲，她所爱的人和她自己。有个声音在说话，话语涌出嘴唇，它们顺从了，落入某一个模子中。因为这些话语大部分本身没有生命，它们来自于古代，毫无疑问它们曾经是活生生的话语，出自那些有内涵的人，是人们的肺腑之言。这些话逃离了闭塞的地方，它们曾经表达了生活的真谛，然后它们继续反复地，通过许多人的嘴唇，不断地，无聊地被传讲。

她想起她所见过的那些在一起的男男女女们，当他们坐在停在街上的车子里，或在公寓里，或是在芝加哥的公园散步时，她听到他们在一起的聊天。她的哥哥，一个到处奔波的推销商，他和妻子谈些无聊的话直到深夜，她就这样在他们的公寓中和他们一起度过，和他们在一起就像和其他人在一起一样。一件事发生了，人们嘴上说着某些话但眼里却说着其他话，有时嘴上说着爱时眼里却闪烁着仇恨，有时是其他意思，真令人迷惑不解！

很显然除了意外，那些藏在人们心里的话是不会表达出来的。一个人感到震惊或受到惊吓，这些话就从嘴里说出，成了富有意义的话，有生命的话。

晚上当她躺在床上时，那些少女时代有时会想起的想象又回来了，她又一次看到了那些走在大理石阶梯上的人们，走下去离开然后走远。她自己的思想开始整理话语，争着想通过她的嘴唇表达出来，她渴望对某人说话，多半是渴望向她母亲说，她走到厨房，她母亲在那儿做醋栗果酱，她又坐下了。“它们是走向走廊的隐藏的声音。”她小声地自言自语，那些从梅尔维尔·斯托纳嘴里说出来的话，使她很兴奋陶醉，她觉得自己好像从精神上甚至是身体里，突然变得令人吃惊。她觉得放松了，年轻了，惊人的强壮。她想象自己和曾经在想象中出现的那个年轻的女孩一样走路，挥舞优美的手臂，走下大理石阶梯——走向人们的内心深处，走向走廊的渺小声音。“这之后我会明白的，有什么我会不明白的呢？”她问自己。

许多疑问使她有点颤抖，当她和梅尔维尔·斯托纳一起走在铁轨上时，她感觉他走进了她心里，她的身体就像一间屋子，他穿过了那道门走了进来。他知道那个夜晚从她父亲屋里传出的噪音——她的父亲在厨房旁的井边，那种水滴溅到地板的拍击声。甚至当她还是少女时，她觉得自己孤独地在楼上黑暗的房间里的床上，就是她现在坐的地方，其实她并不孤独。那个住在她隔壁的像鸟一样的男人一直与她在一起，在她的房间里，在她的床上。过几年他还会记得这房子里的可怕的声音，还知道它们是怎样吓着她的。他的见闻中也有可怕的，他说着发表着他的见闻，但当他这样做的时候，他的眼里就会有笑意，也许是一种嘲笑。

从韦斯科特的屋里传来做家务事的声音在继续着。有个男人一直在远处的田地里干活，他早已开始了秋耕，他正在从犁上解开牵马的绳子。他在远处，在街的尽头以外，在平原向外延伸了一点的田地里。罗莎琳德凝视着，那个人把马拖向四轮马车。她看着他就像是通过望远镜看一样，他驾着马车奔向远处的农舍，把它们赶进马棚。然后他会走进那间屋子，有个妇女在干活。也许这妇女像她的母亲那样会做醋栗果酱。他会像他的父亲那样，当晚上从那个铁路旁的小小的闷热的办事处回来时咕噜，“你好！”他会有气无力地说，冷淡地愚蠢地。生活就是这样。

罗莎琳德开始变得厌倦思考，那个在远处田野里的男人坐上他的四轮马车走了，他立刻消失了，只留下飘散在空中的尘土形成的一片薄云。屋里的醋栗果酱已经煮得够久了，她的母亲正准备把果酱往瓶里装。这个动作产生了一种清新的水流声，她又一次想起了梅尔维尔·斯托纳。多年来他一直坐着听这声音，这是一种疯狂的行为。

她使自己进入一种半疯狂的状态，“我必须停止，”她自语，“我像是一个弦乐器上面的弦一直被拉得太紧。”她疲倦地把脸埋在双手中。

她的身体一阵发抖，梅尔维尔·斯托纳变成这样肯定有某种的原因。那个通往大理石阶梯的大门上了锁，那条阶梯是通往远处，通往无限的远方，通往微小声音的走廊，那把打开这扇门的钥匙就是爱。温暖回到了罗莎琳德的身体。“理解不会导致厌烦。”她想。生活毕竟是丰富多彩、喜悦欢心的，她可以把她的这次威洛斯普林斯之行看做是她生命中一件有重大意义的事，有一件事她可以真正亲近她的母亲，可以走进她母亲的生活。“这将是我第一次走下大理石阶梯。”她想着想着眼泪涌出了她的眼睛。她父亲马上就会回来吃晚饭，但吃完饭他又会出去，这两个女人又将孤独地待在一起，在一起探讨生活的些许奥秘，她们会像姐妹一样。她想和另一个知心女人谈的事到那时就可以谈，对于她此次威洛斯普林斯之行，对于她的母亲来说，这将会是一个美丽的结果。

Ⅱ

罗莎琳德在芝加哥六年的故事是生活在这个城市里在办公室工作的成千上

万未婚女子的写照。促使她去工作的不是来自生活的需要,也没有人要她去工作,而且她也不认为自己是一个打工的。自从速记学校出来后的一段时间里,罗莎琳德就一直从这个公司跳到那个公司,总是想能够学到更多的技能,而对她所做的工作并没有特别地感兴趣。她就用这个方法来打发漫长的白天。她的父亲不但拥有煤矿、木材场,还拥有三个农场,每个月寄给罗莎琳德100美元。她所挣的钱都花在买衣服上,所以她的穿着打扮比与她一起的女同事要好得多。

有一件事情罗莎琳德非常清楚:她不想回到威洛斯普林斯和她的父母住在一起。而且一段时间后,她也明白不能继续和她的哥哥及嫂嫂住在一起。她第一次开始观察展现在她眼前的这个城市。不管是中午走在密执安大街或进入一家餐厅,还是晚上坐有轨电车回家途中,她都看见男男女女在一起。在夏天周日下午到公园里,湖边散步时也是如此。在电车上,罗莎琳德看到一位小圆脸的女人,先是谨慎地看了一下周围,然后用她的手紧挽着她男伴侣的手,对车子里的其他女人,对罗莎琳德和其他人,这个动作有着某些含义,就像是那个女人在大声宣扬:"他是我的,别太靠近他。"

毫无疑问,罗莎琳德正在从懵懵懂懂地度过了她少女时代的威洛斯普林斯中苏醒过来。对她而言,这个城市至少已经做到了这点。这个城市很大,它向四面延伸,人们放大脚步,重重地踩在人行道上,走进陌生的街道,总是看到新的面孔。

周六下午及周日一整天是休息,在夏天,该去公园走走,或在穿着五颜六色的霍尔斯特德大街人群中散散步了。和来自办公室的六个年轻人一起在密执安湖边上的沙丘待上一天,对于交往来说,一个人变得兴奋变得渴望,渴望,并总是渴望着伴侣。一个人想要拥有某些东西——一个男人——在郊游时带着他,深信他,是的——拥有他。

罗莎琳德看的书,一般是由男人写的或是像男人一样的女人写的。书里描述的关于生活的观点,有个本质的错误,这个错误一直在犯着。在罗莎琳德的生活中,这个错误的观点变得更加明显。有人持有可以打开生命奥秘之门的钥匙,却被其他人取走并冲了进来。因此生命奥秘的房间里挤满了嘈杂的粗俗的人群。所有这些书叙述的关于生活的意义都是通过那些新进到这个神圣地方的人群说出来的。作家紧紧握住这把钥匙,该是人们听他说的时候了。"性,"他叫喊着,"只有通过理解性,我才能解开生活的奥秘。"

性这个话题一直很好,有时也令人感兴趣,但渐渐地也令人生厌。

在一个夏日周末的晚上,在哥哥的房子里,罗莎琳德躺在她房间的床上。下午,她去散步,并在西北边的一条街上碰到一支宗教游行队伍。他们带着圣母玛丽亚的雕像穿过整条街。房子已点缀过,妇女们倚在窗口。牧师们身着白色长袍,蹒跚地行走着。强壮的年轻人扛着圣母玛丽亚雕像的撑架平台。当队伍停下时,有人开始用响亮清晰的嗓音唱起圣歌,其他人跟随着。孩子们跑来跑去在收钱。很大的嗡嗡的交谈声一直持续着,妇女们隔着街道相互呼喊着。姑娘们走在人行道上,当那些穿着白色衣服的年轻小伙,被成群的圣母玛丽亚的雕像包围着,并扭头注视着她们时,她们温柔地笑着。在每条街的角落里,小商人卖着糖果、坚果及冷饮等。

夜晚,躺在床上的罗莎琳德放下正在看的书,念道:"对圣母玛丽亚的崇拜是性的一种表达方式。"

"哦,性是什么? 如果是真的那又怎样呢?"

她起床脱下睡袍,她自己就是个处女。这重要吗? 她慢慢转动着身体,看着自己年轻健美的胴体,"这就是性存在的地方,性存在在别人这样的身体中可能会自己表达出来,这很重要吗?"

罗莎琳德的哥哥与嫂子就在隔壁的房间里睡觉。而此时,她的爸爸在衣阿华州的威洛斯普林斯,正在厨房门边的一口井中抽水。一会儿后,他就把水桶搬进厨房,放在洗碗池边的箱子上。

罗莎琳德的脸颊泛起红晕,她赤身裸体地站在芝加哥自己房间里的镜子面前,做了一个奇怪可爱的姿势。尽管她不活泼但还是很有活力的,她的眼睛闪烁着兴奋的光芒。她不停地慢慢地来回扭转着她的头,看着自己赤裸的背。"或许我正在学会思考。"她下了结论。在人们的生活观念中有一些根本的错误。有些东西她知道,并且这些东西同聪明人所知道的并写进书里的东西一样重要。同时她也了解一些有关生活的事情。她的身体仍然是被称为处女的身体,这是什么? "如果在身体内性冲动会得到满足,那我该用什么方法来解决我的问题呢? 我现在孤单一人。显而易见,在解决之后我仍是孤单的。"

Ⅲ

罗莎琳德在芝加哥的生活就像是一条很明显朝着源头流回去的溪流,它向前流动,然后停止,转弯,扭曲。就在她有所感觉到并正在苏醒的这段时间里,她去了一个新的地方上班——一个坐落在西北边,紧靠着芝加哥河支流的一家钢琴制造厂。在这家公司里,她是财务主任的秘书。他是个瘦弱的38岁的男人,有着一双纤细、白皙的从不停息的手,和愁云密布的灰色眼睛。第一次,她开始真正对能消磨她日子的工作感兴趣。罗莎琳德的雇主是负责鉴定公司客户在信用方面的责任,但他并不很适合这份工作。他不是个精明的人,在短短的一段时间内,就犯了两次严重的错误,给公司带来了经济损失。“我有太多事情要做,我的时间都花在处理那些烦琐的事情上,我这儿需要帮忙。”他解释着,显得很烦躁,因此罗莎琳德就这样被雇用进来以减少他的琐碎之事。

罗莎琳德的新雇主名叫沃尔特·塞耶斯,是个独生子。他的父亲是一位闻名于芝加哥上流社会和俱乐部生活圈的人,因此每个人都认为他很有钱,而他也尽量按人们估计他所拥有财富的方式生活。沃尔特本想成为一名歌唱家并期待继承丰厚的财产。在他30岁时他结婚了,三年后他的父亲去世,而那时他已是两个孩子的父亲了。

突然,他发现自己身无分文。他能唱歌,但音量不够大,这使他不能依靠嗓子体面地挣到钱。幸运的是,他的妻子有一些私房钱。正是用了她的钱,投资了这个钢琴制造厂,从而使他拥有了这家公司的财务主任的职位。沃尔特和他的妻子从社交生活中脱离出来,住在郊区的一座舒适的房子里。

沃尔特放弃了音乐,显然,他甚至放弃了对它的兴趣。在周五下午,住在他那个郊区的许多男男女女去听交响乐队演奏,但是他没去。他心想:“我折磨自己去想着一种无法过的生活有什么用呢?”在妻子面前,他装出一副对工厂的工作日益感兴趣的样子。“这真令人着迷,是一场游戏,像把男人们放在国际象棋盘上移来移去。我将慢慢地爱上它。”他说道。

沃尔特试图建立起对工作的兴趣,但没有成功。有些东西没有潜入到他的意识里。虽然他努力尝试着,但无法弄清这个事实:公司是赢是亏,依靠他自己的判断,对他来说,看起来很重要。事实上是赢利还是亏损,钱对他来说没有任何意义。“这是父亲的错。”他想,“他在世的时候,钱对我来说没有任何意义,我从小受到的教育是错误的。我就没有准备好这场生活的战斗。”他变得太胆小,而且也丢失了那些本应十分顺利该属于他公司的生意。后来他又变得大胆,扩大他的信用,但其他的损失也就随之而来。

他的妻子非常幸福也很满意她的生活。郊区房子周围有四五英亩的地,她开始热衷于种一些花与蔬菜,因为孩子们的缘故,她还养了一头母牛。她整天都和一位年轻的黑人园丁一起瞎忙:在地里挖土,给树丛和灌木的根部施肥,种植或移植。晚上当沃尔特开车从公司回来,她挽着他的手,急切地带着他四处看。他们的两个小孩在他们后面小跑着,她兴致勃勃地谈论着。他们站在花园边的一个地势较低的地方,她说着要铺上瓦沟的必要性,这个前景似乎令她兴奋。“当水排干时,将是这地方最好的土地。”她说着,弯腰用泥铲翻开黑色柔软的土壤。一股气味飘来，“瞧！这土多肥沃多黑啊！”她急切地呼喊着，“现在有点酸是因为水还在里面。”她像个任性的孩子道歉着。“水一排出，我就用石灰给它去味。”她继续说着，就像一个母亲俯身靠向摇篮中熟睡的孩子，她的热情使他感到了烦躁。

当罗莎琳德在他的办公室接下这个职位时，在沃尔特日常生活表面之下已经燃烧的憎恨之火正慢慢地消耗着他的精力和健康。他整个人陷在办公椅中，嘴角密布的线条沮丧地松垂着。尽管表面上他还是那么友善和快乐，但在愁云密布的双眼背后，怀恨的火焰一直在持续不断地慢慢燃烧着。他似乎一直在努力地从紧紧抓着他的噩梦中惊醒，这梦似乎毫无止境，但却有点令人害怕。他已养成一些习惯小动作：他的桌上有一把锋利的裁纸刀，当他看来自公司客户的信件时，他就拿起裁纸刀在皮制的桌罩上戳个小洞。如果他有文件要签时，他就会拿起他的笔狠狠地插进墨水瓶中，在签之前，再插一次，有时他会连续地重复做十几次。

有时候，在沃尔特·塞耶斯外表之下发生的这些事情令他自己感到害怕。为了要做他所谓“填满星期六下午和星期天”，他开始去摄影。照相机使他远离了自己的房子和花园里他的妻子及黑奴挖地的一片繁忙景象，来到田野，来到郊外村庄宽阔森林的边上。这也让他远离了他妻子对花园未来的永恒计划的谈话。先是房里的郁金花茎应在秋天种下，然后在丁香花周围围上一个树篱以切断房子通向公路。住在沿街的其他房子里的几个男人在周六下午及周日上午都在修理汽车。而在星期天下午，他们会带着家人一起驾车出去，他们直直地坐着，安静地驾车。他们整个下午快速地穿梭于乡村小路上，汽车耗尽了周末时间。周一早上，在路的尽头，到城里的工作的地方就在那里，他们向那边狂奔。

有好一段时间，照相机的使用让沃尔特高兴了不少。研究光线，在树干上或在田地里的草坪上摄影，符合内在某一种的本性，这是项不可确定而又精细的事情。晚上，他把自己关在楼上的一个暗房里度过他的一个晚上，一个人把胶卷浸泡在显影液中，然后对着灯光，再浸在液体中。控制着眼睛的小神经都被唤醒了，感觉自己的视线变得有点丰富多彩起来。

一个周日下午，他去狭长的森林地带散步，突然走到一座小山的斜坡上。他曾经在那本书中看到过：在郊区的芝加哥西南部的小丘陵山村，以前还是密歇根湖的湖岸。这座低矮的小山延伸出一片平地并被森林所覆盖，从远处开始又是平地。大草原无限延伸，人们的生活就像这样持续着。生命如此之长，却花在无休止的重复着做那些令人不满意的工作上。他坐在斜坡上，望着远处的大地。

他想起他的妻子，她回到那儿，在郊区，在山上，或在花园里学栽花种草。这是在做件高尚的事情，不应该对此发怒。

是啊,他娶她就是为了钱,那时他本应该做其他的工作。钱不应该卷入此事,而成功也不是每个人一定要追求的东西。他曾渴望自己的生活充满激情,不管他工作了多少或多努力地工作,他都不可能成为一个伟大的歌手。那又怎样呢?他想,哪有一种与此事不相关的生活方式。事情的细微差别可能会被找到。在他眼前,平地上覆盖着草坪,午后的阳光照耀着。就像一种气味,突然从红色的嘴唇吐出的一股彩色热气,喷洒在灰色的被烧枯的草地之上。歌应该就是这样,美来自于他自己本身,来自于他的躯体。

再一次,他想到了他的妻子。在他眼中沉寂的火花又猛烈地燃烧起来,成了大火。他觉得自己很卑鄙,很不公平。这没关系,但真理在哪里呢?是他妻子在花园里耕地,随着季节的变化而收获着一点点的成功呢?还是她变得有点老,有点瘦,有点尖刻,或有点庸俗呢?

对他来说,确实是这样的。她对能够以这样的方式在黑色的土地上撒绿色会开花的种子而感到满意。显然,她对自己所能做的事而且做得非常满意,觉得这有点像经营一家公司并靠它赚钱。在整个事情中,有很深沉的粗俗。他妻子把手插入黑色土壤中,感受着,抚摸着正在成长的作物的根。她用某种方式抓着一棵幼苗小小的茎,仿佛它是属于她的。

谁也不能否认有一些美好的东西被破坏掉。长在花园中的杂草,已长得纤细笔直,但她却不假思索地把它们拔掉。他就看她这样做过。

而对他自己,他也曾拔掉过一些东西。难道他就没有屈从于他的妻子及慢慢长大的孩子们吗?难道他没有一天天做他憎恨的工作?怨恨之火在他心里熊熊燃烧,这火焰潜入到他的意识中。为什么一颗野草原本应该被除去却还装成蔬菜而存在?至于玩照相机,这是不是也是一种欺骗的方式?他不想成为一位摄影师。他曾经想成为一名歌手。

他起身沿着山坡走着,仍然望着投在下面平原上的影子。夜晚,他和妻子躺在床上——嗯,他有时没和她在一起,她是在花园里吗?他身上的一些东西被拔掉了,并在它的原来位置种上别的东西,一些她想要种的东西。他们做爱就像他玩相机只是为了消磨周末的时光。她朝他走近了一点——当然是很果断地。为了蔬菜能够成长,她正在拔去娇嫩的杂草,这是为了她已经决定的东西——"蔬菜",他厌恶地呼喊着。爱是一种芬芳,是来自喉咙,通过双唇发出的柔和音调,像午后的阳光洒在烧焦的草地上。打理花园与种植花朵跟爱情没有任何关系。

沃尔特的手指一阵抽搐。相机用皮带挂在他的肩膀上。他抓住皮带朝一棵树走去,晃动着他头上的盒子,放下来时砰地撞在树干上。这尖锐的撞击声是机器的精密部件被撞坏的声音,在他听来很惬意,就像是从他双唇间突然唱出的一首歌。于是,他又摇着盒子,把它取下再朝树干撞击过去。

Ⅳ

罗莎琳德从一开始在沃尔特办公室工作时就有点不同,不像当时那个来自衣阿华州的年轻女子,在芝加哥北边,从这个办公室跳到另一个办公室,从这个单身公寓搬到另一个公寓,通过阅读书籍来无力地奋斗,去发现一些关于生活的真谛,去剧院或独自散步于各街道。在新的地方,罗莎琳德的生活立刻开始变得有意义有目标,但同时困惑也在她的身上出现,后来产生了促使她跑去威洛斯普林斯,去见一下她妈妈的想法。

沃尔特的办公室很大,在工厂的三楼。工厂的墙壁沿着河的边上直直竖起。早上罗莎琳德 8 点到达公司,走进办公室就关上门。穿过狭窄的走廊,被她的办公室关在外面的大房间里,用两块厚厚的花纹玻璃隔开的房间是公司的大办公室。里面排着销售员、几个职员、一位簿记员及两位速记员的桌子。罗莎琳德避开与这些人认识。她喜欢独自一人的心境,用尽可能多的时间来独自思考。

她 8 点到达办公室,但她的老板却直到 9:30 或 10 点才到。在早上或下午的迟些时候,有一两个小时的时间她可以单独待在办公室。很快地,她就关上通往走廊的门,一个人就感觉像在家里。即使是在她爸爸的房子里,也从来没有这种感觉。她脱下围巾,在房里走来走去,触摸着房里的东西,并把东西放在正确的位置。在夜晚时,一位黑人妇女已擦过地板及抹过她老板桌子的灰尘,但她还是拿了块布重新擦了一下桌子。然后她打开收到的信件,读完后她就按顺序放在一个小堆中。她决定花一些工资去买一些花,并想象着成束花朵放在小吊篮挂在灰白的墙壁上。"或许,以后我会那样做的。"她想着。

办公室的墙壁包围着她。"是什么使我在这儿如此开心?"她问自己。是因为她的老板,她觉得她几乎不了解他,他是个腼腆又相当矮小的男人。

她走到窗户前站在那儿望着外面,在工厂附近有一座桥跨过河,桥上穿梭着一连串的载货很重的卡车和机动车。天空因为烟雾变成灰色。下午,当她的老板上完一天班回去时,她又会倚窗而站。当她站在那里,她的脸就会朝向西边。下午时候就可以看到太阳落山的景象。在傍晚时分,能单独在那儿待着真令人愉快。她能来这个城市生活是件多么精彩的事情。她来这个城市为沃尔特工作的理由,似乎就是因为她上班的办公室,能接受她,容纳她。黄昏,渐渐降落的太阳光透过厚厚的云层洒落下来。整个城市似乎是与天相接,似乎离开地面上升到空中。这给人产生一种幻觉。荒凉的令人讨厌的工厂烟囱,高耸入云,都是些僵硬冰冷的东西,一天到晚向外喷出黑烟,而现在正细细地形成一束束的光向上延伸并摇摆着色彩。高高的烟囱从大楼中自我分离出来,突然升到空中。罗莎琳德站的这个工厂就有一根这样的烟囱。它也是朝上升的。她觉得自己被举起,有一种奇妙的漂浮的感觉。伴随着多么庄严的步伐,一天结束了,黄昏降临到这个城市的上空!而这个城市,就像是这个工厂的烟囱所向往追随着,渴望着它的到来。

早上从密执安湖飞来的海鸥在小河的下水沟里寻找食物。河水的颜色就像绿玉髓矿石的颜色。海鸥在河面上漂浮,就像有时候晚上整个城市似乎都在她的眼前漂浮着。海鸥是优美的、充满活力的、自由的生灵,它们非常欢快,即使是叼着食物,或吸着污水,都是非常优美漂亮的。海鸥在空中旋转,打滚,盘旋,漂浮着,然后划着长长的弧线落在水面上,轻触拍打着水面然后再飞起。

罗莎琳德踮着脚,站了起来。其他的男人与女人在她身后两个玻璃隔间内,但是在这个房间里,只有她一人,她属于这儿。多么奇妙的感觉啊。她也属于她的老板,沃尔特·塞耶斯。她几乎不了解这个男人,但仍然是属于他的。她把手高举过头,试图笨拙地模仿鸟的一些飞行动作。

她的笨拙令她有点害羞,她转身在房里走动着。"我已经25岁了,现在开始想学鸟的优美动作已经有点迟了。"她想。她憎恨当她还是个孩子时从她的父母那儿模仿来的愚蠢而笨拙的动作。"为什么我没有在思想和身体上都被教成优雅的女人,为什么我来自的地方没有人觉得努力成为一个优雅美丽的女人是值得的。"她喃喃自语着。

罗莎琳德的内心开始变得清醒起来!她试着轻柔地优美地在办公室里走来走去。突然玻璃隔间有人讲话,她吓了一跳,傻傻地笑了。在沃尔特办公室工作后的好长一段时间里,她想的这个愿望就是在自己的身体上能更加优雅和美丽,而思想上能从她年轻女人的气质中脱离去愚昧及懒惰,这要归功于工厂的窗户朝着小河和西边的天空,在早上她可以看到海鸥觅食,下午可以看到太阳透过云层光芒四射的落山景象。

V

在八月的夜晚,在威洛斯普林斯,当罗莎琳德坐在她父亲房子前的走廊上时,沃尔特·塞耶斯从河边的工厂回来,回到了他妻子郊外的花园。当全家吃完饭后,他带着两个男孩在小路上散步,但一会儿他们就厌倦了他的沉默,寻找母亲去了。年轻的黑人沿着厨房门口的小路走来加入他们之中。沃尔特朝一个隐蔽在花园树丛后面的椅子走去，坐在那里。他点了香烟但没有抽，烟从指间静悄悄地冉冉升起，它自己燃烧着。

沃尔特闭着眼一动不动地坐着，试着不去思考问题。温柔的夜幕开始降临并笼罩着他，他一动不动地坐了很久，如同在花园长椅上的一尊雕像。他坐在那儿，活着又好像死了。紧张的身体通常是如此的活跃与机灵，现在变成一个消极的东西。它被扔在一边，扔在椅子上，扔在灌木丛中，坐在那儿，等待再被灵魂栖居。

这种悬挂在有意识与无意识之间的事情不经常发生。在他与一个女人之间有一件事情要解决的时候，而那女人却已离开了。他整个的生活计划都被打乱了，现在他想休息，他的生活细节被遗忘。至于这个女人，他不去想她也不想去想她。他如此地需要她，这看起来似乎很可笑。他很奇怪对他妻子是否也有过这样的感受，也许有过。现在她就在附近，不过几码远。天几乎黑了，但她和那个黑人仍在干活，在地里挖土——就在附近的某处——精心耕耘着土地让植物成长。

当他的头脑没有被那些想法打扰时，躺着像在安静夏夜里小山中的湖，小小的一些想法确实出现过。“我要你作为一个遥远的情人，并让你自己远离我。”当烟雾慢慢地从他的指缝中流出并往上飘着时，他的脑子也飘出这个想法。这些话是指向罗莎琳德·韦斯科特的吗？她已经离开他三天了。他是希望她永远不要回来还是这些话只针对他的妻子？

他的妻子在尖声说话。其中的一个孩子在周围玩耍，已经踩在一颗植物上。“如果你们不小心的话，我只好让你们全部待在花园外面。”她提高嗓音大叫，“玛丽安”，一个女佣从房子里走出来然后将孩子们带走。他们沿着小路朝房子的屋檐走去，然后他们往回跑向母亲身边并亲了她一下。先有一阵挣扎而后是接受，亲吻就是对他们命运的接受和顺从。“哦，沃尔特，”母亲叫着，但坐在椅子上的男人没有应答。树上的雨蛙开始叫。他沉思着，“亲吻可以被接受，与其他人任何肉体上的接触都会被接受。”

小小的声音在沃尔特·塞耶斯的体内以最快的速度说出，突然间他想唱歌。他曾被告知他唱歌的声音很小，并起不了什么作用，他将永远不会成为歌星。但毫无疑问在这样安静的夏夜花园里，这样的声音与这样的地点和时间还是很合适的，就像有时当他安静休息时他会把心里所想的小声说出来。有一个夜晚当他与罗莎琳德在一起时，当他用小车载着她到乡村时，他突然间觉得他可以唱歌了，就像现在这样。他们一起坐在他开进田野中的车上，很长时间他们都没有说话。几头牛跑过来并且站在他们周围，它们的轮廓在夜晚显得很柔和。突然间他觉得自己如同一个新的男人来到新的世界，他开始唱歌。他反复地唱一首歌，然后沉默地坐一会儿,之后他开车离开田野穿过大门来到公路上,将那个女人送回城里的住处。

在这安静的夏夜花园里,他张嘴开始唱同样的歌。他将与藏在树杈上某个地方的雨蛙一起唱歌。他的歌声从地上升起,透过树枝和树林,离开那个他妻子与年轻黑人正在挖土的地方。

歌声并没有传开,他妻子开始讲话,她的声音赶走了他唱歌的欲望。为什么她不能像另外那个女人那样保持安静呢?

他开始玩一种游戏。有时,当他一个人时发生的事现在又发生了,他的身体如同一棵树或一棵草,生命顺畅地穿过他的身体。他梦想成为一名歌星但现在他还想成为一名舞蹈家。那将是最甜蜜的事情——好像微风吹来,小树的树梢在摇摆,就像自己成为云彩飘过太阳晒焦的田野里灰色的野草产生的阴影一样,不断地改变着颜色,变成每时每刻都有新的事物。活在生活中也在死亡中,但总是活着,不要害怕生活,让它流过他的身体,让它的血液流过他的身体,不要挣扎,不要抵触,跳舞吧!

沃尔特的孩子们和保姆女孩玛丽安一起进入房子中。天已很黑了,妻子无法在花园中挖土。已经是八月,农场及花园里一年中收获的季节已经到了,但他的妻子似乎已经忘记了秋收。她正为下一年制订计划。她跟着黑人沿花园的小路走着,她说:“我们将在那儿种上草莓。”年轻黑人温柔的嘀咕声表示了他的赞同。很明显年轻的黑人生活在她对花园的看法中,他的心里追随着她的愿望并向它屈服。

通过他妻子科拉的身体出生的沃尔特家的孩子们已经进入了他的生活。他们现在已经进了屋并上了床,他们束缚着他的生活,束缚着他的妻子,他所坐的花园,以及城里河边的办公室。

他们不是他的孩子。他突然十分清楚地意识到。他自己的孩子和他们是完全不同的。“男人有了孩子如同女人一样,孩子从他们自己的身体出来,他们到处玩耍着。”他想,在他看来,那些孩子从他的想象中出生,此刻正在他坐过的长椅上玩耍。与他一起的孩子是鲜活的生命,此刻正用从他那里分离出来的力量沿着小路跑,在树梢中摇摆,在柔和的光亮中舞蹈。

他的心里在搜寻着罗莎琳德·韦斯科特的身影。她已经走了,回到衣阿华州的自己家中。在她的办公室里她留了纸条说她可能要去好几天。自从两人分手以来,在他与她之间的普通雇主与雇员的关系已经持续很长时间了,作为一个男人应该具备的用来维持男人与女人之间关系的某种东西他却没有。

此刻他想忘掉罗莎琳德。在她的身上斗争也在进行着。两个人都想成为对方的情人,但他反对这样。他们曾经谈到这件事,他说,“噢,这不行的,我们会给自己带来许多不必要的不快乐。”

他对摆脱他们之间的强化关系表现得足够诚实。“如果她现在还跟我在一起,那在花园里就没有问题了,我们能做情人然后忘记彼此是情人。”他对自己说。

他的妻子沿着小路走过来并停在附近,她仍然小声地嘀咕着,规划着来年的花园蓝图。黑人站在她附近,他的身影落在低矮树丛中的叶子上,形成一团黑暗晃动的影子。他妻子穿着一件白色的连衣裙,他可以很清楚地看到她的身影,在摇曳不定的灯光中,她看上去像个女孩并显得很年轻,她把手举了起来抓住一颗小树的树干,那只手好像从她身上分开。她苗条的身体压得小树摇摆了一下,白色的手慢慢地在空中前后移动着。

罗莎琳德·韦斯科特已经回家向她妈妈诉说她的爱情。在纸条上她对这事什么也没有说,但沃尔特知道她这次回衣阿华的目的。这是一件她想做的奇特的事——去告诉别人自己的爱情,并努力去向别人解释爱情。

夜晚是从沃尔特·塞耶斯家分离出来的物体,这个男人正静静地坐在花园里。只有他的想象中的孩子了解他。黑夜是活生生的东西,它就在他面前并包围着他,“黑夜是死神的可爱小弟弟。”他想着。

他的妻子离他很近地站着,她的声音很温柔且很低,旁边黑人回答她的来年计划的评论声也很低很温柔。黑人嘴里哼着音乐,也许是一支舞曲。沃尔特想起了关于这个黑人的事情。

这个年轻的黑人来到塞耶斯家以前就陷入了麻烦。他是个有抱负的黑人青年,他倾听人们的声音,倾听弥漫在美国上空的声音,倾听响彻美国房子里的声音。他设法自学想要成功地生活。这个黑人想成为一个律师。

他已经远离他的族人,远离非洲森林中的黑人们。他想成为美国城市中的一个律师,多么好的想法!

然而他陷入了麻烦。他已从大学毕业然后自己开一家律师事务所。在一个晚上,他外出散步时,碰巧进入了一条街,那条街上有个白种女人被谋杀已有一个小时。女人的尸体被找到时,他被发现正在这条街上散步。沃尔特·塞耶斯妻子的弟弟是一个律师,为这个被指控为杀人犯的黑人辩护。在审讯后,这个黑人被无罪释放,弟弟劝姐姐收下这个黑人做园丁。想在这个城市作为一个职业人,这个黑人的运气不好。“他有可怕的经历并侥幸逃脱。”他的弟弟说。科拉·塞耶斯接受了这个年轻黑人,把他带在自己的身边,限制在她的花园里。

很明显两个人一起被束缚住了，一个人没有被束缚他就不可能去束缚别人，他的妻子对于那个正往厨房走的黑人不再多说什么，他在花园边上的一座小房子里有一个小房间，房间里有许多书和一架钢琴，他有时晚上会唱歌。他现在正往他的房间走去，通过自学他已经割断了与自己族人的来往。

科拉·塞耶斯走进了屋子，但沃尔特仍独自坐着。过了一会儿，那个年轻的黑人静悄悄地从小路走来，他在一棵树旁停了下来，就在这棵树下他刚刚和那个白人妇女在这里讲过话，他把手放在树干上，那个女人曾经也把手放在这个地方，然后轻轻地离开，他的脚步轻得在花园小路上听不到任何声音。

一个小时过去了，花园边上的小房子里的黑人开始轻声地唱歌，他有时在半夜里唱歌。他过得是多么好的生活！他已经从那些黑人中走出，从深黑色的皮肤上闪动着金色光泽的热情的黑人女孩中走出，经过努力完成北部一所大学的学业，并接受着与他没有任何关系但想提高黑人地位的人的帮助，并束缚住自己，听从于他们，设法遵循他们提出的方式生活着。

现在他住在塞耶斯花园角落的一个小房间里。沃尔特记得他妻子曾经谈起这个人的一些事情。在法庭大厅的经历吓坏了他，他再也不想离开塞耶斯的家。教育和书籍对他来说很重要，他不能再回到他自己人中去了。在芝加哥，大部分黑人就挤在南边的几条拥挤的大街上。“我想成为一个奴隶，”他曾对科拉·塞耶斯说，“也许付钱给我你会觉得好受些，但钱对我来说一点用处也没有。我想成为你的奴隶，如果我知道我将永远不用离开这里我会很高兴的。”

这位黑人唱着一首低沉的歌曲，就像一阵轻风吹过池塘水面。没有歌词，他记得这首歌是从他的爸爸，爸爸是从他的爸爸那里学来的。在南方，在亚拉巴马州及密西西比州，当他们把打包好的棉花装上河里的小汽轮时就唱这首歌。他们也是从那些死去的棉花打包黑人那里学会的。很久以前，只要有棉花要打包，在非洲河边的小船上，黑人就会唱这首歌。年轻的黑人们坐着小船沿河漂到一个镇上，他们准备在黎明前进攻，然后唱着这首歌为自己壮胆鼓劲，告诉镇上被攻击的妇女们，其中包含爱抚和恐吓。“明天早上你们的丈夫，兄弟，情人将会被杀害。我们将占领你们的城镇。我们将紧紧地抓住你们，我们将会让你们忘记一切。我们会用我们强烈的爱和力量让你们忘记一切。”这就是这首歌的古老意义。

沃尔特·塞耶斯想起了很多的事情。有几个晚上，当他躺在房子楼上的房间时，黑人开始歌唱，他的妻子来到他身边。他的房间里有两张床，她直直地坐在她床铺上说。“你听到了吗，沃尔特？”她问，她开始坐在他的床铺上，她不时地悄悄地钻进他的怀抱里。在很久以前非洲的村子里，当这首歌从河上响起来时，男人就要起身准备战斗,歌声代表着挑战,辱骂,现在一切已经结束。年轻黑人的房子就在花园边上,沃尔特与妻子正躺在建在地面高处的大房子的楼上。这是一首充满种族悲伤的哀歌,深埋在地下的某些东西想要慢慢地生长,科拉·塞耶斯明白这些,她的本能感受到这些东西。她伸手抚摸着丈夫的脸和身体,歌声让她想紧紧抱着他并拥有他。

夜晚悄悄地过去,花园里有点冷了,这个黑人停止了唱歌。沃尔特起身沿着小路向房子走去,但没有进屋。相反,他穿过大门走向大路,走向郊外的大街,一直走到开阔的田野上。天上没有月亮,但星星闪闪发亮。有一段时间他走得很快,不时地往后看,仿佛担心有人跟踪,但走到一片广阔平坦的草地时就放慢了脚步。他走了一个小时,然后停下来,坐在一堆干草上。由于某些原因,他知道晚上他不能回到他郊区的房子。而早上他将去办公室等在那儿直到罗莎琳德回来。然后呢?他不知道接下来他将做什么?"我只得编几个故事,早上我只能打电话给科拉,编一些愚蠢的故事。"他想。没有必要的理由,他,一个成年人不能在野外田地里待一个晚上,这是多么可笑的事啊。这个想法刺激了他并使他感到焦躁,于是又起身开始走。在这温柔的夜晚,满天的繁星在闪烁,在这空阔的草原上,焦躁很快就消失了。于是他开始轻轻地唱起歌来,但是这首歌不是那天晚上他和罗莎琳德一起坐在车里并有牛群围着的时候一直重复唱的那首歌。这是一首黑人的歌,被奴役的年轻黑人勇士们在河上唱的歌,它带出了一种柔和与悲伤的色彩,但从沃尔特的嘴里唱出来却几乎失去了那份悲伤。他几乎是欢快地走着,从他嘴里唱出来的那首歌似乎是一种嘲弄,一种挑战。

Ⅵ

在威洛斯普林斯韦斯科特家居住的那条短街的尽头,是一片玉米地。当罗莎琳德还是孩提时代,那里是一片草地,那边还有一片果园。

在夏天的下午,那个小女孩经常去那儿单独地坐在一条很小的溪流岸边,这条小溪向东流向威洛河,沿路灌溉着农民的田地。小溪看上去略低于地面水平线,而她正背靠着一棵老苹果树,光着脚丫几乎放进了小溪水中。她的母亲不允许她光着脚丫在街上跑动,但她一到果园,便脱下了鞋子,这给她带来愉快的赤脚之感。

抬头透过树枝,女孩能够看见浩瀚的天空。大片的白云化作片片小云,然后这些小云又聚集在一起。太阳躲在了一大片云彩的后面,灰色的阴影悄悄地滑过远方田地的表面。这就是她孩提时代所生活的世界,在韦斯科特家中做家务,梅尔维尔·斯托纳坐在自己家中,还有住在她住的这条街上其他孩子的叫喊声,她所知道的全部生活已经远去。坐在那个安静的地方就像在夜晚清醒地躺在床上,更增添了几分甜和美。没有单调家务事的声音,她呼吸的空气更甜,更干净。小女孩玩着小游戏,在果园的所有苹果树是苍老而多节的,她给所有的树都取了名字。曾有一个想象带给她一点点惊吓但同时也带着甜美。她想象着到了晚上在她上床入睡并且威洛斯普林斯的所有人都入睡的时候,所有的树都拔地而起四处走动。树下的青草,栅栏旁边生长的灌木丛,也都拔地而起四处疯狂地跑动。他们疯狂地跳舞。老树,像庄严老人一样,他们的头聚在一起谈话。当他们谈论时,来回轻微地前后摇摆着他们的身体,灌木和开花的野草在小草地中间绕着成一个大圈跑动着,草地上上下下地跳跃着。

有时当她在一个温暖明亮的下午背靠树坐着的时候,小女孩罗莎琳德就在一边玩着跳舞的游戏,直到她渐渐害怕了并不得不放弃它。附近田间男人们在栽种玉米。马的胸膛和它们宽阔强壮的肩部把玉米苗推到旁边并发出沙沙的声音。不时地一个男人提高嗓子喊道:“嗨,乔去那里!来这里,弗兰克!”那个养母鸡的寡妇养了一只长毛小狗,偶尔会突然发出一阵吠叫声,显然没有原因,没有意义,没有渴望地乱叫。罗莎琳德把所有的声音都关闭在外面,她闭上眼睛,努力地尝试进入没有人类声响的地方。过了一段时间她的愿望实现了,有一种低沉的甜美声音就像远处传来的喃喃低语声。这时那种事情正在发生。伴随着一种撕裂的声音,树木都出现在地面上。他们迈着庄严的步伐朝着彼此走去。现在发疯的灌木和开花的杂草疯狂地奔跑,跳舞,欢乐的草地在跳跃。罗莎琳德不能长时间地待在她的想象的世界里。这太疯狂,太欢乐了。她睁开眼睛跳了起来,一切都是完好的。树牢牢地扎根在地面上,杂草和灌木丛退回到他们的篱笆后面的地方,草地安静地躺在地面上睡觉。她感觉到她的父亲和母亲,她的兄弟,她认识的每个人都不准许她和它们在一起。她知道跳舞的生命世界是可爱的但也是邪恶的。她有时稍稍地放纵自己,而后便遭到鞭打或责骂。她必须去掉想象中的疯狂世界,它使她有点害怕。一次在想象后她哭了,走到栅栏边哭泣。一个耕种玉米的人路过,停下了马:“怎么了?”他尖声地问道。她不能告诉他真相,所以她撒了一个谎。“一只蜜蜂蛰了我。”她说。那人笑了,“这会好的。你最好穿上鞋子。”他劝告道。

行进的树林和跳舞的草地的想象都是在罗莎琳德的童年时代。然后她从威洛斯普林斯的中学毕业了,在她等待去芝加哥市的三年时间里她都在家中,她在那个果园有着其他的经历。然后她就一直看小说并讲给其他年轻的女人听。她知道毕竟还有很多事情她并不知道。在她母亲房子的阁楼里,有她和她哥哥还是婴儿时睡过的一个摇篮。有一天她爬上去找到它。用于摇篮的被褥装在一个大箱子里,她拿了出来。她为一个孩子的到来整理摇篮,做完以后她感到害羞,她的母亲可能会走上阁楼楼梯看到它。她迅速地把被褥放回箱子里并走下楼梯,她的脸颊因害羞感到发烫。

多么不可理解!一天她去即将结婚的一个中学女同学的家里。其他几个女孩也来了,她们都被带到卧室里,新娘的嫁妆都放在床上。多么温柔可爱的东西啊!所有女孩都走上前去站在那里,罗莎琳德也在其中。其中一些女孩害羞,另外有的大胆。有一个没有胸部的瘦小女孩,她的身体扁平得就像一扇门并且声音细细尖锐的,脸很消瘦。她开始奇怪地大声呼喊,"多么甜蜜啊,真甜蜜,真甜蜜!"她一遍又一遍地叫喊,那声音不像是人的声音,就像什么正在伤痛,好比在森林的一只动物,远离自己的领域正在受到伤害。然后女孩一下子跪在床边开始悲伤地抽泣。她说一想到她那些正准备结婚的女同学她就受不了。"别这样!噢,玛莉别这样!"她请求道。其他女孩大笑着,但是罗莎琳德受不了,她赶紧跑到了房子外面。

那只是发生在罗莎琳德身上的一件事,还有其他的一些事情。一次她在街上看见一个年轻人,他是一家商店的办事员,罗莎琳德不认识他。可是,在她想象中出现了和他结婚的念头,这种的念头使她感到羞愧。

一切都使她感到羞耻。每当她在夏天的中午走进果园,她像孩提时那样把背靠在苹果树上,脱下她的鞋和长袜坐着,但是她童年时的想象世界已经逝去,没有什么能够带回它。

罗莎琳德的身体是柔软的,但是她全部的肌肉是结实和强壮的。她离开了那棵树,躺在地上。她把身体压在草地上,压在坚实的地上。对她来说好像除了她的身体伴随着她,她的思想、她的想象和内在的所有生命似乎都已消失。大地向上压着她的身体,她的身体也紧紧地压着大地。一片黑暗,她被囚禁了。她压着禁锢着她的监狱的墙。一切都在黑暗中,整个大地一片宁静。她的手指抓住一把小草,在草地上玩弄着。

随后她渐渐地安静了,但没有睡着。那些东西与她身下的大地毫无关系,仅有那些树和天空中的云,好像试图想靠近她,走进她,好似一种白色的生命奇观。

那件事情不会发生了。她睁开她的眼睛,天空依然在头顶,树也安静地站在周围。她再次坐起来把背靠在一棵树上。她恐惧地想象着夜晚的到来,她必须离开果园,回到韦斯科特的住所。她疲倦了,正是这样疲倦会使她被别人看成是个相当单调愚蠢的年轻女人。生活的奇迹在那儿？不在她自己身上，不在地面上，它应该在头顶上的天空中。夜晚即将来临，星星就会出现。或许奇迹真的不存在生活中，它和上帝有关。她想向上攀升，立刻升到上帝的屋子中，在那儿，到那些已经去世的轻盈的、强壮的男人和女人中，他们已经把那些忧愁、沉重的负担留在地球上。她想的这些使她减轻了点疲惫，有时在很迟的下午，她还会走出果园轻轻地散步，好像有些美好的东西进入了她高大强壮的身体。

* * *

罗莎琳德当初离开衣阿华州的威洛斯普林斯韦斯科特的房子时，她觉得生活本质上是丑陋的。在某种程度上，她讨厌生活和人们。在芝加哥有时世界变得丑陋得令人难以置信。她想摆脱这种情感，但是它紧缠着她。她步行穿过的拥挤街道和那些大楼是丑陋的。许许多多的脸在她面前漂浮着，他们都是死人的脸。阴郁的死亡在他们身上，也在她身上，他们也不能冲破他们自己的墙到白色的生活奇迹中。也许生活终究没有白色奇迹之类的事情，也许那只是心里的一种想法。生活中有些东西本质上是肮脏的，这种肮脏也在她的身上，在她的心里。有一次当她在晚上走过拉什街桥回到她北区的房子，她突然抬头看，看到绿玉髓色的河水从湖里流进内陆。就在附近耸立着一家肥皂厂，城市里的人们已经把河流改变了方向，让它从湖里流回内陆。有人在河的城市入口处，在人们的居住地附近建了一家巨大的肥皂厂。罗莎琳德停了下来，站在那儿，望着流向大湖的河。男人和女人，货车，汽车匆匆而过。他们是肮脏的，她也是肮脏的。“整个大海的水和成百万块的肥皂也无法将我洗净。”她想。生活的污秽似乎成了她身体的一部分，一种非常强烈的欲望让她想爬上桥的栏杆跳到绿玉髓色的河中，让河水淹没了她。她的身体剧烈地发抖着并低下了头，凝视着桥面，她匆忙地离开了桥。

现在的罗莎琳德，一个长大的女人，和她父母亲一起坐在韦斯科特的房子里的晚餐桌子旁，三个人都没有吃东西。他们在抱怨韦斯科特妈妈做的食物。罗莎琳德看着她的母亲想起了梅尔维尔·斯托纳所说的话。

“如果我想写，我会写些东西出来。我会告诉每个人在想什么。这会惊吓人们的，惊吓他们一点点，呃？我会告诉你今天下午你在这里跟我一起在这条铁路上散步时你在想什么。我会告诉你，你的母亲同时也一直在想什么，她想要对你说什么。”

罗莎琳德的母亲这三天来一直在想什么，自从她的女儿意外地从芝加哥回到家里。母亲们对生活的看法会不会引导她们的女儿？如果母亲们有什么重要的事情想对女儿说，如果时机到了，她们要说，她们会准备在什么时候说？

她目光敏锐地看着母亲，老母亲的脸是松弛和下垂的。她有一双像罗莎琳德那样的灰色眼睛，但是单调得像躺在某个城里肉市场窗口中厚冰板上的一条鱼的眼睛。女儿在看到母亲的脸时有一点点惊讶，好像有什么堵在了喉头。这是使人困窘的时刻，一种奇怪的紧张进入房间中，三个人都突然地离开餐桌。

罗莎琳德帮助母亲拿盘子，而她的父亲在一扇窗户旁边坐在一把椅子上看报纸。女儿避免再次看到她母亲的脸。“我必须集中注意力做我自己想做的事。”她想。真奇怪，她看到想象中梅尔维尔·斯托纳瘦得像鸟似的面孔和沃尔特·塞耶斯急切疲劳的面孔，都漂浮在洗碗池旁正在洗盘子的母亲的头上。两个人的面孔嘲笑着她。“你想你能，但是你不能。你是一个年轻的傻瓜。”那两个人的嘴唇好像在说着。

罗莎琳德的父亲不知道女儿的探望要持续多久。在晚餐之后他想清扫房子，然后进城，他有种内疚感，因为这样做对于他的女儿是不礼貌的。当两个女人在洗盘子时，他戴上帽子，走进后院开始砍木头。罗莎琳德坐在前面的门廊上。盘子都被洗净并晾干了，但在接下来的半小时里她母亲会一直在厨房走来走去。她经常这样做，她会整理一遍又一遍，拿起盘子并再度放下。她待在厨房，她似乎害怕必须度过的这几个小时后才能上楼睡觉，进入忘记一切的梦乡。

亨利·韦斯科特拐过房角的时候遇到了他的女儿，他感到有点惊讶。他不知道到底怎么了，他觉得不舒服。他停下一会儿看着她。生命力从她的身上放射出来，她那灰色深邃的眼中燃烧着火焰，她的头发像玉米穗丝色那样的黄。此刻，她是玉米地上一个完整的、值得深爱的女儿，完全胜过他的玉米地上的某个儿子——在那里的土地上，有一个曾经跟这个女儿一样充满活力的儿子夭折了。父亲希望不被人注意地逃离房子。“我要去城里一会儿。”他吞吞吐吐地说。他还是徘徊了一会。原本埋藏内心的一些陈年旧事在他心里唤醒，被他的女儿惊人的美貌唤醒。他心中的小火花开始被点燃，就像是这老屋烧焦的椽又被点燃一样。“你看起来很漂亮。”他胆怯地说，然后转身沿着小路走向大门和大街。

罗莎琳德跟着父亲到大门口，站在那儿看着他缓慢地沿着短街绕过一个拐角。和梅尔维尔·斯托纳谈话时的心情已经消失了。父亲有时的感受也和梅尔维尔·斯托纳一样吗？是寂寞驱逐他到疯狂的门口，使他也整晚寻找一些失落的、隐藏的和半忘却的爱？

当她的父亲消失在拐角的时候，她穿过大门，走到街上。“我要去果园的那棵树下坐着，直到母亲不再在厨房里转悠。”她想。

亨利·韦斯科特沿街一直走到他镇中央广场的商店附近,然后进入伊曼纽尔·威尔逊的五金商店。两三个其他男人也很快加入进来。每个晚上他坐在这些镇上的男人中但都没有说什么,这是一种逃脱自己的房子和妻子的方式。其他人也是为同样的原因而来的,这是一种怯懦的有背人之常情的男人聚会。在这些人中,其有个做房子油漆生意的小老头,未婚,和他的母亲住在一起。他自己将近六十岁,但是他的母亲还活着。这是一件令人惊奇的事情。每当夜晚,房子油漆工总会迟一点点出现在会合地点,不慌不忙地出现,停在那里一会儿像灰尘一样落在空荡荡的房子中。这个老油漆工在他自己的家里做家务事吗?他要洗盘子,煮饭,扫地,整理床铺,或者是他的虚弱老母亲做这些事情?伊曼纽尔·威尔逊在讲他以前经常讲的一个故事,年轻时住在俄亥俄州一个小镇的他曾经听到的一个故事。有一个像房子油漆工那样的一个老人,他母亲也还活着和他住在一起。他们很穷,在冬天没有足够被褥给他们两个保暖,他们一起爬进一张床。这是一件相当清白的事情,就像一个母亲把她的孩子抱到她的床上。

亨利·韦斯科特坐在商店里听伊曼纽尔·威尔逊第二十次谈到的故事,心里在想着女儿。她的美丽使他觉得有点骄傲,觉得比和他在一起的男人要好一点。他以前从来没有想到他的女儿是一个美丽的女人。为什么他以前从来就没有注意到她的美丽?为什么她要从芝加哥湖畔回来,在这么热的八月,回到威洛斯普林斯?她从芝加哥回家难道是因为她真的想见到她的父母亲?有一阵子他对自己破旧的衣服和未剃须的脸以及笨重的身躯感到惭愧,小火花在他心里燃烧起来。房子油漆工走了进来,这位男伙伴身上固有的淡淡的气味又被重新闻到。

在果园里罗莎琳德坐在同样的地点,背靠在同样的树上,她想起孩提时想象创造出的跳舞的生命,那时她还是个刚从威洛斯普林斯高中毕业的年轻女生,尝试着突破禁锢生活的城墙。太阳下山了,夜晚的灰色的阴影正在草地上爬动,使得树木投下的影子变长。这个果园长期被遗弃,很多树都枯死了,光秃秃的没有叶子。干枯的树枝的影子像伸出的消瘦的长手臂一样,摸索着正向前爬行在灰色的草地上,长瘦的手指抓到就攫住。没有风,没有月亮,这准是一个漆黑的夜晚,闷热,没有星光的大草原之夜。

一会儿天会变得更黑。在草地上的爬动的阴影已经几乎看不见了。罗莎琳德感觉死亡就在她四周,在果园里,在小镇里。沃尔特·塞耶斯曾对她说过的话一下子又回到了她的心里。“当你夜晚独自在乡村的时候,有时你可以尝试着把自己送给夜晚,送给黑暗,送给树枝的阴影。如果你真的把自己给了,经历将告诉你一个令人吃惊的故事。你会发现,尽管白人现在已经几代人拥有了这片大陆,尽管他们处处建造了城市，从地下勘探出煤炭，还有遍布陆地的铁路，城镇和大城市，但他们在整个的大陆并没有拥有一英寸的土地。这里还属于一个在他们的物质生活中现在已经死亡的那个种族——红种人，尽管他们实际上都不在了，但他们仍然拥有这片美国的陆地。他们的想象还和鬼魂、众神和魔鬼一起栖居在这里，因为他们那时候热爱这片土地。我说的证据是处处都可以看到的。我们没有给我们的城市美丽的名字是因为我们没有建造成美丽的城市。当一座美国城市拥有一个美丽的名字时，它是从别的种族偷过来的。我们都是这里的陌生人。当你晚上单独在乡村的时候，在美国的任何地方，尝试把你自己交给那个夜晚。你将发现死亡都留在了那些白人征服者中，而生命都留在了那些已经走掉的红种人中。"

沃尔特·塞耶斯和梅尔维尔·斯托纳这两个男人的灵魂，占据着罗莎琳德的头脑，她感觉到了这点。好像他们就在她身旁，在果园里的草地上就坐在她身旁。她很肯定梅尔维尔·斯托纳已经回到了他的房子并坐在能听到她的声音的地方，只要她抬高嗓门叫喊。他们要她干什么？如果她突然开始爱上这两个人，两个都比自己大？树枝的影子在果园的地上变成了一片地毯，用精细的材料织出来的柔软的毛毯，能够使男人的脚步变得无声。两个男人朝着她走来，正在接近地毯。梅尔维尔·斯托纳就在身边，而沃尔特正从遥远的地方走来，在遥远距离之外。他的灵魂向着她慢慢走来。两个男人很相似。他们都有男人生活方面的一些知识，他们都想给她一些东西。

她起来站在树边，发抖着。她让自己进入了一个什么状况！这会忍受多久？她会被引领进入怎样的对生与死的认识？她带着简单的使命回家。她爱沃尔特·塞耶斯，想把自己交给他，但是在这样做之前觉得必须回家告诉她母亲。她认为她能够大胆地告诉母亲关于自己的爱情故事。她会告诉她，然后采纳长辈人的建议。如果她母亲理解并同情，那么将有一件美丽的事情要发生。如果她母亲不理解，不管怎样她不得不偿还一些旧的债务，她不得不忠实于一些旧的、无法表达的义务。

这两个男人——他们想要她什么？梅尔维尔·斯托纳与这件事有什么关系？她把他的影子置之她的脑外。另一个男人的身影，沃尔特·塞耶斯在某种程度上有更少的进攻性，更少的武断性，她应该把握住。

她把手放在老苹果树的树干上并把她的面颊靠着粗糙的树皮。她的内心是这样热情，这样激动，以至她想在树皮上摩擦脸颊直到流出血来，直到身上的疼痛出现来抵挡内心的紧张而产生的疼痛。

因为在果园和街的尽头之间的草地栽种了玉米,她要通过一条小巷爬过一道铁丝栅栏,穿过养母鸡寡妇的院子才能到达街道。一种深沉的寂静笼罩着果园,当她在栅栏下面爬动的时候,当她走到寡妇的后院时,她得用手摸着钉在上面粗糙的木板通过狭窄的鸡棚与谷仓之间的通道。

她母亲坐在门廊等候着。在她房子前的隔壁狭窄的走廊,她看到了梅尔维尔·斯托纳坐在那儿。当她匆匆地经过看见他时,全身轻微颤抖着。"他的样子是多么的像一头黑秃鹰!他靠死亡而生活,靠死亡的美丽眼睛,靠夜晚听到古老的死亡的声响而生活。"她想。当她到达韦斯科特房子的时候,她一下子坐在门廊上,伸出手臂放在头上仰躺下,她母亲在她身旁坐在摇椅上。在街头的拐角处有一盏街灯,点点的灯光透过树枝照在她母亲的脸上。她的脸是多么的僵硬,苍白,像死人的脸一样。当她看到罗莎琳德时就闭上了她的眼睛。"我决不能。我将失去勇气。"她想。

她也不急着向母亲说她回来想说的事,还有两个钟头她父亲才能回来。静谧的村庄街道被街对面的房子里发出的吵闹声打破了。玩某种游戏的两个男孩从房子的这间跑到那间,用力砰地关上门,叫喊着。一个婴儿开始哭叫,然后一个女人的抗议声。"停止!停止!"高声叫喊。"你们没看见把孩子弄醒了吗?现在我还要花时间让他再睡着。"

罗莎琳德合拢手指头握紧她的拳头。"我回家来想告诉你一些事。我爱上了一个男人但不能跟他结婚。他比我大很多而且早已结婚,他已有两个孩子。我爱他而且我认为他也爱我——我知道他会爱我。我也需要他要我。我想回到家里在事情发生之前告诉你。"她用一种很低很清楚的声音说话,她怀疑梅尔维尔·斯托纳是否能够听到她的倾诉。

什么事都没发生。罗莎琳德的母亲坐的摇椅继续缓慢地来回摇摆,发出一种轻轻的嘎吱作响的声音,声音还在继续着。街对面房子里的孩子不再哭叫。来自芝加哥的罗莎琳德想和她母亲说的话说完了,她觉得轻松和几乎快乐。两个女人之间的沉默在继续着。罗莎琳德的思想已经迷失了,现在她母亲可能会有些反应。也许她会被斥责,也许她母亲什么都不会说,直到她父亲回到家里然后告诉他。她会被责骂是一个坏女人,命令她离开这个家,那倒没什么关系。

罗莎琳德等待着。像沃尔特·塞耶斯一样,坐在他的花园里,她的思绪好像要漂浮走,游离到她的身体之外,远离她的母亲去找她所爱的人。

一天晚上,也是在像这样另一个相当安静的夏天晚上,她跟沃尔特·塞耶斯一起走到乡村。在那之前他和她谈了话,跟作报告似的,在许多其他的晚上和长时间在办公室的时候。他发现她是一个谈得来的人,他想和她谈。他为她打开了许多生活之门!这种谈话一直在继续着。在她面前的这个男人感到宽慰,他放松掉在他的身上已经习惯的紧张。他告诉过她,他是多么想成为一位歌唱家但最后放弃了这个念头。“不是我的妻子的过错也不是孩子的过错,”他说,“他们没有我照样能活下去。问题是没有他们我活不下去。我是一个失败的人,从一开始就打算成为一个被打败的人,我需要紧紧抓住一些东西,这些东西能为我的失败辩护。我现在实现了。我是一个要靠别人的人。我现在再也不敢尝试唱歌,因为我是一个至少有一点长处的人,我知道失败,我能够接受失败。”

那是沃尔特·塞耶斯说的,然后在乡村夏天的那个晚上,当她在他的汽车里坐在他旁边时,他突然开始唱歌。他打开了一扇农场大门并沿着被一种青草覆盖的小巷安静地驾驶汽车到一片草地中。车灯熄灭了,汽车向前爬动,当它停止的时候一群牛走近并站在附近。

然后他开始唱歌,起初轻柔地,随着胆子的增大,他一遍又一遍地重复着歌曲。罗莎琳德是如此的快乐,以至她想大声呼喊。“正是因为我,他现在能唱歌了。”她骄傲地想。当时她是多么热切地爱上这个男人,也许她觉得这根本就不是爱。这是一种骄傲,她的片刻的胜利。他从一个黑暗的地方爬出,从一个黑暗的失败洞穴中爬出,向她走来。她要伸出她的手给他勇气。

她仰躺着,就在她母亲的脚边,在韦斯科特房子的门廊上努力地想着,努力地使自己心里的冲动清晰。她刚刚告诉了母亲她想把自己给那个男人,沃尔特·塞耶斯。说完这席话,她就已经怀疑这是否是真的。她是一个女人,她母亲也是一个女人。她母亲会跟她说什么?母亲们会向自己的女儿说什么?男人在生活中的作用——要它有什么用?她并没有很清楚地感觉到自己内心的渴望和冲动。也许她在生活中想要的是能够和另一个女人,和她的母亲进行某种交流。如果母亲能够突然开始对他们的女儿唱歌,如果老人们的歌声能够带走黑暗和沉默,那它会是一件多么奇妙而美丽的事情。

男人们迷惑了罗莎琳德,他们总是使她感到迷惘。就是在那个晚上她父亲多年来头一回真正地看着她。他停下来站在她面前,当时她坐在门廊上,他的眼睛里似乎有什么东西。一团火焰在他的老眼中燃烧,就像有时在沃尔特眼里燃烧一样。这火焰是为了要毁灭她吗?难道女人的命运就是被男人毁灭,还是男人被女人毁灭?

在果园,一小时以前她清楚地感觉到有两个人,梅尔维尔·斯托纳和沃尔特·塞耶斯,朝着她走来,安静地走在树的阴影铺就的柔软的地毯上。

他们再次朝着她走来。在对他们的想象中,他们越来越靠近她,走近她的真实内心。大街上和威洛斯普林斯镇笼罩在一片寂静中。它是死亡的寂静吗？她母亲死了吗？她母亲现在还坐在她旁边的椅子上，死了吗？

摇椅的轻轻的吱吱声继续地响着，响着。两个男人的灵魂看起来就像是盘旋在一起。梅尔维尔·斯托纳大胆又狡猾，他太接近她了，太了解她了，他什么都不怕。沃尔特·塞耶斯的灵魂是仁慈的。他文雅、善解人意。她变得害怕梅尔维尔·斯托纳。他太接近她，对她的生活中阴暗、愚昧的一面知道得太多。她转过身来，盯着黑暗中斯托纳的房子，想起了自己的少女时代。这个男人离自己太近了。遥远的街灯发出的昏暗灯光照亮了她母亲的脸，灯光在树枝间晃动，透过灌木丛的上方她在昏暗中能够看到梅尔维尔·斯托纳坐在他的房子前。她希望能够用一种思想摧毁他，把他消灭掉，使他停止存在。他在等待，当她的母亲睡觉的时候，当她上了楼到她自己的房间躺下睡着的时候，他就来侵犯她的隐私。她的父亲会回到家里，拖拽着脚步走在人行道上。他会进入自己的房子走向后门，他会用抽水机抽一桶水带进屋子，把它倒在厨房洗碗槽旁的水箱里。然后他会上好时钟的弦。他会……

罗莎琳德的内心激动不安。她生活在梅尔维尔·斯托纳的身影里，它紧紧地夹住她，她无法逃跑。他会进入她的卧室并侵犯她的秘密想法，她无处可逃。她想起他那嘲笑声响彻在安静的房子里，响彻在每天生活的可怕平凡的声音之中。她不想要这种事发生。如果梅尔维尔·斯托纳突然死掉会带来甜蜜的寂静。她希望能够用一个想法消灭他，消灭所有的男人。她要她的母亲靠近她，从那些男人堆中救出她。在夜晚过去之前她母亲肯定有什么话要说，一些有用的实话。

罗莎琳德强迫自己把梅尔维尔·斯托纳的影子抛出脑外。就好像她离开了楼上房间里的床，拉着那个男人的手臂，带他到门口，把他推到房间外面并关上门。

她的心里正想着一个计划。梅尔维尔·斯托纳一被赶出她的头脑，沃尔特·塞耶斯就进来。在想象中她在那个夏天的晚上，在草原上的汽车里，沃尔特正在唱歌。牛儿们柔软而宽阔的鼻子带着芳香的青草气息聚集在周围。

现在这些芳香还在罗莎琳德的头脑中。她休息和等待着，等待她的母亲开口说话。在她面前沃尔特·塞耶斯打破了他长久的沉默，母亲和女儿之间的沉默很快也会被打破的。

不会唱歌的歌唱家开始唱歌是因为她在面前。歌曲是生活的真实音符，它是生命战胜死亡的胜利标志。

当沃尔特·塞耶斯唱歌时，对她来说是多么甜美的安慰，生命的活力在她身上流淌！她突然间觉得自己多么有活力！在那个时候她做出了最后的肯定决定，她要和这个人更亲密，她想要跟他一起穿越最后的身体警戒线，发现他的歌声里，他从她身上正在寻找的确确实实要表达的意义。

正是在确确实实地表达对这个男人的爱中，她会发现那个生活的幸运奇迹，当她还是一个笨拙和粗野的小女孩时，在果园里躺在草地上时梦想的那个奇迹，通过她可以接近的那个歌唱家的身体，接触到了生活的幸运奇迹。“在要发生的时候，我将愿意牺牲其他的一切，”她想。

这个夏天的夜晚变得多么安宁和寂静！现在她多么清楚地理解了生活！沃尔特·塞耶斯在田野上在牛群面前唱的歌，以前是她不理解的一种语言，但是现在她理解了一切，甚至那些奇怪的外国单词的意思。

这首歌是关于生命和死亡。还唱了些其他的什么呢？突然间对歌曲内容的领悟还没有走出她的头脑，沃尔特的灵魂就朝着她走来，他把梅尔维尔·斯托纳嘲笑的灵魂推向一边。沃尔特·塞耶斯心里没有想到的什么东西已经对她的心里起了作用，对她心中的那个正在苏醒的女人。现在他的灵魂正在告诉她那首歌里面的故事。歌中的歌词仿佛自己飘浮落在衣阿华州小镇上寂静的街道上，歌词描述了在城市的尘云中渐落的太阳和来自湖里飞翔在城市上空的海鸥。

现在海鸥飘浮在一条河上，河水是绿玉髓的颜色。她，罗莎琳德·韦斯科特站在市中心的一座桥上，她现在完全相信了生活的污秽和丑陋。她就要将自己投入河中，努力摧毁自己，使自己变得干净。

这没什么关系。陌生尖锐的叫喊来自那些鸟儿，鸟儿的叫喊声很像是梅尔维尔·斯托纳的声音。它们在头上的空中盘旋和打转。她很快地就会把自己投身到河里，然后这些鸟儿会排成一条优美的长线径直地降落下来，她的身体就会离开，被河水冲走，死掉并且腐烂，但她内心真正的灵魂却能和鸟儿一起飞，划成一条优美的长线上升和鸟儿一起飞翔。

罗莎琳德紧张地一动不动地躺在门廊上她母亲的脚旁。在炎热中熟睡的小镇的空气里，在深埋在所有城镇的地下，生命正在继续歌唱，持续地歌唱。生命的歌曲在河里的船上给棉花打包的黑人的咽喉里，在树上的雨蛙的呼唤里，在蜜蜂嗡嗡的声音里。

歌曲是一个指令，一次又一次诉说着生与死的故事，生命永远被死亡征服，死亡永远被生活所征服。

* * *

罗莎琳德的母亲长久的沉默被打破,罗莎琳德想脱离这首开始在她心里歌唱的歌曲的折磨,——

太阳在一座城市的西边下沉——
生命被死亡征服,
死亡被生活所征服。
工厂的烟囱成为光亮的画笔——
生命被死亡征服,
死亡被生活所征服。

罗莎琳德的母亲坐的摇椅继续嘎吱作响,话语断断续续地来自她的白色嘴唇之间。韦斯科特妈妈的生活考验又来了。过去总是她被打败,现在她必须让罗莎琳德胜利,这是从她身上生下的女儿,她必须和女儿讲清楚所有女人的命运。年轻的女孩在成长时总是带着梦想、希望、信仰,这是一种阴谋。男人们制造言语,写书和唱歌称赞一种称为爱情的东西。年轻的女孩相信了,她们嫁给或者还没有结婚就和这些男人打得火热。在结婚的晚上遭到残忍的攻击,在那之后女人必须尽她最大的力量来拯救自己。她内心在退缩,退得越来越远。韦斯科特妈妈一生的生活都被局限在了她的房子之内,在她自己的厨房之内。随着岁月的流逝,有了孩子以后她的男人对她的要求越来越少。现在这个新的麻烦来了。她的女儿仍是有同样的经历,她经受这个经历的话就会毁了她的一生。

她当时多么骄傲有了罗莎琳德,全靠自己成功地走进这个社会。她的女儿穿戴带着一种神气,走路也带着一种神气。她是一个骄傲的、正直的、成功的人物,她不需要一个男人。

"上帝,罗莎琳德,不能做这事,不能做。"她一次又一次喃喃低语着。

她多么想要罗莎琳德保持清白和干净!从前她也是一个年轻的女人,骄傲,正直。谁会想到她会变成韦斯科特妈妈,又胖,又笨又老?结婚这么多年来,她就一直待在自己的家里和自己家的厨房里,但她用自己的方式观察着,她看到女人的事情该怎么做。她的男人知道该如何赚钱,他总是给她提供舒适的房子。他是一个迟钝、沉默的人,但是他以自己的方式和威洛斯普林斯任何男人一样的棒。男人为了钱工作,他们吃得很厉害,然后夜晚回到家和他们娶的女人在一起。

在结婚之前,韦斯科特妈妈是一个农场主的女儿。她见过在野兽中的那些事情,公的怎样追母的。这里有某种艰难的坚持和残忍,生活本来就是这样。她自己的婚姻就是一段暗淡可怕的时光,为什么她还要结婚?她想告诉罗莎琳德这件事。“我在这里的镇上大街看见他，是在一个星期六的晚上，当时我和父亲一起来到了这个城镇。两周后，我再次在镇外的一个乡村的舞会上见到他。”她说。她说话时就像一直在长跑似的，有一些重要的、紧急的信息要传送似的。“他要我嫁给他，我同意了。他要我跟他结婚，我同意了。”

她没有了解婚姻以外的真相。她的女儿认为她就没有关于男人和女人的关系的重要事情要说？结婚这么多年来，她一直待在丈夫的房子里，像一只野兽似的干活，洗肮脏的衣服，肮脏的盘碟，做饭。

她一直在想着，这么多年来她一直在想着。在生活中有一个可怕的谎言，生活的整个真相是一个谎言。

她竭尽全力地把这事想个遍。如果有一个世界的某个地方不像她所居住的这个世界，那儿是一个神圣的地方，那儿没有婚姻或者屈从的婚姻，一个没有性别、平静、无风浪的地方，那里的人们都过着极乐的生活。人类是因为一些未知的原因而被扔在了那个地方之外，被扔在了地球上。这是因为对不可宽恕的原罪的惩罚，性的原罪。

原罪在她身上，也在那个和她结婚的男人身上。她想要结婚。为什么她不想做其他的事？男人和女人被惩罚是因为犯下了毁灭他们的原罪。除了一些稀有神圣的人外，没有一个男人或者女人能够逃脱。

她都想了些什么？当她刚刚结婚的时候，当她的男人做了要和她做的事之后就熟睡了，但她却没有睡。她从床上起来，走到窗子旁看着星星，星星是安静的。迈着缓慢庄严的步子，月亮在天空中移动着。星星没有原罪，他们没有彼此接触。每颗星星都是远离其他的星星，每一颗都是神圣未被亵渎的东西。在星星下面，在地球上一切都是腐败的，树木，花儿，青草，田野上的野兽，男人和女人，他们全都堕落了。他们生活了一段后就走向了腐烂。她自己也正在腐烂。生活是一个谎言。生活本身就靠着称作爱情的谎言永存了下来。事实的真相是生活本身就是从原罪而来，就靠着原罪永存了下来。

“根本就没有爱情这样的东西，这个字眼就是一个谎言。你告诉我的这个要你的男人只是为了原罪的目的。”她说着，沉重地站起来走进屋子。

罗莎琳德听到她在黑暗中走动。她来到纱门，站在那儿看着女儿躺得直直的在门廊上等候。她心中否定的激情是如此的强烈，使她感到窒息。对女儿而言，她母亲就像是变成了站在她身后的黑暗中的一只大蜘蛛，努力地带领她向下进入黑暗的某种网。“男人只会伤害女人，”她说，“他们忍不住地想要伤害女人，他们就是那样做。他们所说的爱情是不存在的，这是一个谎言。”

“生活是肮脏的。让一个男人触摸一个女人,只会使女人肮脏。”韦斯科特妈妈相当大声喊出了这些话。这些话好像从她身上撕裂出来,来自她内心的某个深处。说完这些话她就走进了黑暗中,罗莎琳德听到她慢慢地走上通往楼上卧室的楼梯。她正在用一种奇特的半窒息的方式哭泣着,这是胖女人们的哭泣。韦斯科特妈妈沉重的脚步声开始登上楼梯,接着一片的寂静。韦斯科特妈妈心中怎么想的都没有说出来,她把这件事全部想了个遍,但她要对女儿说些什么呢。为什么这些话说不出来呢?她心中否定的欲望并不满意。“没有爱。生活是一个谎言,它导致原罪,死亡和腐烂。”她对黑暗中叫喊着。

一件奇怪的,几乎离奇的事情发生在罗莎琳德身上。她母亲的影子走出她的头脑,她再次想起一个年轻的女孩和其他年轻的女孩一起去拜访一个即将结婚的朋友。她跟其他的女孩一起站在一个房间里,白色的婚纱铺在床上。她的同伴之一,一个瘦小的、胸部扁平的女孩在床边跪下,一声哭喊顿起。这哭喊是来自那个女孩或者是来自韦斯科特房中疲倦失败的老女人?“别这样。噢,罗莎琳德,别这样。”恳求的声音被一阵呜咽所打断。

韦斯科特的房子变得安安静静就像外面的街道,就像罗莎琳德凝视的闪烁着星星的夜空。她心中的紧张放松了,她又再次思索了起来。有一件用来平衡的东西,在前前后后摇摆着,这仅仅是她的心跳?她的头脑很清醒。

来自沃尔特·塞耶斯嘴里的歌仍然在她心中唱着——

生活是死亡的征服者,
死亡是生命的征服者。

她坐了起来,双手抱住脑袋,“我来这儿到威洛斯普林斯给自己做一次测试。它是测试生还是死呢?”她问自己。她的母亲已经走上了楼梯,走进了楼上黑暗的卧室中。

罗莎琳德心中的歌在继续唱着——

生活是死亡的征服者,
死亡是生命的征服者。

这首歌是讲一个男人的事情,男人对女人的呼唤,一个谎言,就像她母亲所说的?听起来不像是一个谎言。这首歌来自于那个男人沃尔特的嘴中,她已经离开了他,来到自己母亲身边。然后梅尔维尔·斯托纳,另一个男人走近她。他的心中也在唱着这首生与死的歌。当这首歌在一个人的心中停止歌唱时,死亡就会来临?是死亡还是否认?歌曲正在她自己内心歌唱。真是迷惑不解!

在最后的呼喊后,韦斯科特妈妈哭泣着上楼去了她自己的房间,上去睡觉了。

过了一会儿，罗莎琳德也跟了上去，她没有脱衣服一下子躺在自己的床上。两个女人都躺着等待。在外面在黑暗中，梅尔维尔·斯托纳坐在他房子的前面，这个男性，这个男人他知道在那些母亲和女儿之间的所有谈话。罗莎琳德想起了城市工厂附近的河上的桥，想起了那些飞翔在河面上空的海鸥。她希望自己在那里，站在桥上。"现在把我的身子扔到河里一定会甜美。"她想。她想象自己飞快地落下而鸟儿也从天空更快地落下来。它们飞下来捡起她准备扔掉的生命，飞快地掠过，漂亮地落下。那就是沃尔特所唱的那首歌曲的内容。

亨利·韦斯科特傍晚从伊曼纽尔·威尔逊的商店回到家里。他迈着沉重的步伐走过房间到后门的水泵旁。水泵工作时发出一种慢悠悠的吱吱嘎嘎声，然后他走进房子并把一桶水倒在厨房的洗碗池旁的水箱上。一些水溅了出来，轻轻的拍打声，像一个孩子赤裸的双脚拍打着地板……

罗莎琳德爬了起来，降落在她身上的死亡和冷酷的疲倦已经走开。冷酷的死亡之手一直紧紧地抓着她，现在它们被清扫到了一旁。她的包放在一个橱子里，但是她忘记了。她迅速地脱下自己的鞋子握在手中，穿着袜子走到客厅里。她父亲迈着沉重的步伐走上楼梯，当父亲从她身边经过时，她屏住呼吸把身子贴在过道的墙上。

她的大脑变得多么警觉和敏捷！有一列向东开往芝加哥的火车在凌晨两点经过威洛斯普林斯，但她等不及了，她要步行八英里到往东的另一座城市。这样她就能走出小镇，这会给她一些事情做。"我现在需要走动。"她想着，跑下楼梯，静悄悄地离开了房子。

她走在人行道旁的草地上，到梅尔维尔·斯托纳的房子大门前，他走到大门口来迎接她。他讥讽地笑道，"我想我可能有另一次机会在夜晚消失之前跟你一起散步。"他鞠躬地说。罗莎琳德不知道他听到多少自己和母亲之间的谈话。这没什么关系。他知道所有韦斯科特妈妈说的话，她能够说的，所有罗莎琳德能够说或者能够理解的。这个想法给罗莎琳德带来无穷的甜美。正是这个梅尔维尔·斯托纳把威洛斯普林斯从死亡的阴影中拎了出来。言语是不必要的，和他一起她已经建立一种超越语言的东西，超越情欲之外，活着的伴侣，生活中的伴侣。

他们默默地走到小镇的边缘，然后梅尔维尔·斯托纳伸出他的手。"你要跟我一起走吗？"她问道，但是他摇了摇头笑了。"不，"他说，"我就待在这里，我要走的时间已经过去很久了。我将在这里一直待到我死掉，我将在这里跟我的思想在一起。"

他转身离开，走进黑暗中，走出大街上最后一盏路灯投下的光晕外，大街现在变成了向东面往另一座城的乡村道路。罗莎琳德站在那儿目送着他走,他那种大步慢跑的姿态使她心里又一次想到一只巨鸟的身影。“他像飞翔在芝加哥河上空的海鸥,”她想,“他的灵魂飞翔在威洛斯普林斯镇的天空。当生活中的死亡来到这里人们的身边时,他猛扑下来,用他的心灵,抓出他们的美。”

她起初慢慢地沿着玉米地之间的马路走着。她平静地走在极其安静的广袤大地夜晚中。微风吹着玉米叶片沙沙作响,但是没有那些可怕的人类的大声响,那些声响是肉体还活着而灵魂已经死了的人,已经接受了死亡,只是相信死亡的人发出的。玉米叶片相互摩擦发出一种低柔甜蜜的声音,好像什么东西正在出生,老掉死去的肉体生命正在依依不舍地离去,被抛在一边。也许新的生命就要诞生在这块土地上。

罗莎琳德开始跑起来。她甩掉了这个小镇和她的父母亲,就像一个奔跑者甩掉一件厚而不必要的衣服。她也希望能甩掉穿在她身上的衣服。她想赤身裸体,就像刚出生时一样。小镇的两英里外有座桥跨过威洛河。现在已干枯得空荡荡的,但是在黑暗中她想象它充满了河水,急速奔流的河水,水是绿玉髓石的颜色。她刚才一直急速地奔跑,现在停了下来,站在桥上,她的呼吸快速地小喘着。

过了一段时间她又继续往前走,步行直到她恢复了均匀呼吸,然后再次奔跑。她的身体充满了活力。她没有问自己将要做什么,怎样去面对她回威洛斯普林斯多半指望母亲的谈话来帮忙解决的问题。她往前奔跑,黑暗中土灰色的路不断在她眼前出现。她向前奔跑,在昏暗的光线中一直往前跑。黑暗展现在她眼前,喜悦伴随着她奔跑,她跑的每一步,都使她获得一种新的意义上的逃脱。一个有趣的想法进入她的头脑。当她奔跑时,她觉得她脚下的光亮变得更加清晰。她想,这就好像黑暗在她面前变得害怕并跳到旁边,跳到了她的道路之外。有一种大胆的感觉,她让自己成为某种本身会发光的东西。她是一个光明的创造者。随着她的到来,黑暗害怕得逃之夭夭。当这个想法来临的时候,她发现自己能一直跑,不用停下来休息,她真希望自己能够永远地跑下去,穿过大地,穿过小镇和城市,随着她的到来把黑暗驱散。

一个现代派画家的胜利

——或者，请我的律师来

鉴于我得让自己尽力地完成这个任务，也就是告诉你一个与我自己有关的奇妙故事，当然，用的是一种你肯定能理解的严格的间接方式，我将开始和你先谈谈我的某些看法。

那么好吧，我今年32岁，男性，个头很矮小，浅棕色的头发，还戴着一副眼镜。我住在芝加哥，一直到两年前。我在那儿的一个办公室里当职员，赚的钱足够养活我自己，我没有结过婚，这是因为有点害怕女人，怕见到女人，还有点害怕和女人说话。在幻觉和想象中我总是非常胆大勇敢，但一见女人面就总是被吓得屁滚尿流。她们总是带着一种文静的微笑，似乎要说……但我们现在不谈这个话题。

打小时候起，我就有一个抱负，长大后要成为一个画家，说实话，并不是因为我有创作艺术杰作的欲望，而仅仅是因为我总觉得画家的生活更适合我。

我总是喜欢这样的想法（只要有可能，让我们诚实一点），戴一顶帽子，稍微斜歪在脑袋的一边，留着触目的小胡子，拿着一根手杖，到处溜达。然后，信口开河地即兴说一些关于形体啦、匀称啦、光线的效果啦、还有块面、外观等等，诸如这类的话题。在过去的岁月里，我读了许许多多有关画家和他们的作品，他们的友谊，他们的爱情等书籍。我在芝加哥的时候，由于贫穷，我被迫独自一人住在一个小房间里。我向你保证，那时我就是靠想象自己是一个旷世稀有，广为人知的大画家，来打发掉许许多多枯燥无味、疲惫不堪的夜晚。

这天下午，干完了一天手头上的活，我出门溜达到另一个画家的画室里。他还在工作，有两个裸体女模特在画室里，就坐在旁边。其中的一个朝着我笑了笑，搞得我还真有点心动的感觉，但是，呸，我这人对这类事情早已无动于衷了。

我走过房间来到我朋友的画布旁,站在那儿看着画布。

现在他有点焦急不安地看着我。你明白,我是一个更伟大的人,这得到了大家的坦率确切的承认。不管其他人怎么说我的朋友坏话,他从来没有声称能与我并驾齐驱。事实上这是大家都明白的,不管我走到哪儿,我都是一个更伟大的人。

“怎么样?”我的朋友问道。正如俗话所说的,你看,他正在全神贯注地倾听我的发言。总之,他正等着我开口,带着那种就要开画展的神气。

嗨,这个臭家伙!为什么他凡事总是爱推到我头上?把这样的责任扛在肩上,人家会讨厌的。一个画家应该学会评判自己的作品,不要老提问题让同行画家感到为难,这就是我的创作方针。

那么,好吧。如果我说得太尖锐,那你只能怪自己了。“你一直用的这种黄颜色有点模糊不清,这个女人的手臂没有感觉。在画画时,你应该去摸摸女人的手臂。我的建议是你要换掉这组颜色,你用得太散了,要集中起来。一幅画应该紧凑简练,就像一团被小孩子扔出的潮湿的雪球,能紧紧地粘在墙上。”

当我三十岁的时候,也就是说在两年前,我收到姑妈的来信。确切地说,她是我父亲的姐姐,她有一笔小财产我一直渴望着能够继承。

我从来没有见过这位姑妈,但我总是对自己说:“我一定要去见见姑妈。老太太肯定会生我的气,当她去世时,她就不会留给我一分钱。”

当时,也是我运气好,就在她去世前,我真的去看了她。下定决心要完成这件事,我从芝加哥出发,虽然没有和姑妈在一起度过一天。但这并不是我的过错。尽管姑妈是我最愿意花那天时间陪她的女人(因为我还没有傻到连你都知道的道理都不明白),但却是不可能做到的。

我姑妈住在威斯康星州的麦迪逊,我在星期六早上去了那儿。房子的门锁着,窗户也用木板封了起来。很幸运的是,就在这时,一个邮递员走了过来。当我告诉他我是我姑妈的侄儿之后,他给了我姑妈的地址,他还告诉了我一些姑妈的情况。

多年来姑妈一直患有枯草热病,每到夏季她都得出去换一换气候。

这对我来说是一次很好的机会。我立即回到饭店,给姑妈写了一封信,告诉她我的来访。我尽最大的努力,在信中表达了没有找到她的伤感之情。我暗自在想:“很久以来,我一直在想做这件事,现在正在做,我想,我要把它做得更好。”

可以这么说,有一种情感注入到了我的手中。我说不出这到底是一种什么情感,但一坐下来,我就很清楚自己必须要能说会道。这一刻,我完全成了一个诗人。

首先,当你写信给一个贵妇人时,在信中应该写的一件事,我提到了天空。"天空中布满了斑驳的云彩。"我写道。然后,用一种极其随意的口吻,我坦率地承认,并说到自己的那种几乎是悲痛欲绝的感受。说实话,我根本不知道当时我在写些什么。你看,我只是非常激动地写下那些话,它们简直是从我的笔尖喷涌而出。

我写道,经过漫长和疲惫的旅途,我来到了我唯一的女亲人的家门口。我还在信中伤感地提到我是个孤儿这件事。"想想看,"我写道,"当我发现这幢房子没有人住,连窗户都用木板封了起来时,我的心中是多么的悲哀和凄凉。"

就是坐在威斯康星州的麦迪逊市的那个饭店里,我手上拿着笔,做着我的发财梦。某些异常大胆的想法潜入我激动的情绪中,没有丝毫的犹豫,我在信中提到了对其他女人绝对不能提到的事情,除非她是我自己家族中年长的老太太,或许只能由内科医生提到。我谈到了我姑妈的乳房,而且还用了复数。

我说,我真希望能把我那疲惫的头颅靠在她的胸前。说真的,我当时都被自己的这些话陶醉了。对自己当时的所作所为我到现在还感到非常的高兴。乔治·穆尔,克莱夫·贝尔,保罗·罗森菲尔德这些老先生,和我们英语中写作技巧非常高超的其他那些作家,他们写了有关画家的大量作品。正如我已经解释过的,那些只要是用英语写的,有关画家的生活和作品的书或杂志上的文章,只要在芝加哥能弄到手的,没有一本或一篇是我没有读过的。

我现在正在努力地向你表达的是,当时我在威斯康星州麦迪逊市的那个饭店里,我对自己的文学成就的自豪感。确实,如果当时我是个艺术家的话,还真没有其他的艺术家能够如此快速地和全心全意地得到承认。

说完了要把我疲惫的头颅靠在我姑妈的胸前(可怜的姑妈,她已经去世了,从来没有见到过我),我继续描述我的总体印象,用的是一种相当诚实和正确的手法。我谈到了有点稚气的体形。相当困惑地,徘徊在一条难以辨认的人生道路上。这虽说是想象,但却是非常准确地描绘出了我自己的形象。当时在我的想象中产生的这个形象,他已经走过了那片阴沉忧郁的沼泽地,翻越了那些崎岖不平的逆境山峰,穿过了那一片片干燥孤独的荒漠,正朝着这整个世界上唯一有希望找到安宁祥和的地方走来,也就是说来到他姑妈的怀抱里。不过,正如我已经解释过的,为了体现完全的新潮和充满时代的胆识,我没有用"怀抱"这个单词,那是过时的作家才用的。我用了"乳房"这个单词。当我写完这封信时,泪水在我的眼里直打转。

那天我写的那封信满满当当地用了七张饭店的信笺,而且工工整整地写到了页边上,还花了四美分寄了出去。

“我要不要把信寄出去或是不寄?”当我走出饭店的办公室,站在邮箱前时暗自思忖着。信在我的食指和大拇指之间掂量着。

“伊尼,米尼,麦尼,莫

抓住了个黑鬼的脚趾头。”

我右手抓着那封信……左手的食指,先摸了一下我的鼻子,然后嘴巴、额头、眼睛、下巴、脖子、肩膀、手臂、手掌,最后轻轻地拍了一下那封信。毫无疑问,从一开始,我就完全打算把这封信寄出去。我一直在干着一个艺术家的工作。当然,艺术家们也总是说着要毁掉他们的作品,但几乎没人这么做,那些真的这么做的人或许是生活中的真正的英雄。

随着“啪”的一声,信落在了邮箱里,我的财运也就来了。我姑妈收到这封信时,由于那种摧毁她的疾病,她正躺在床上。除了枯草热这病的困扰之外,她似乎还有其他的事情要做,后来,她改写了她的遗嘱,让我受益。她本来打算把她的全部财产,每年有5000美元的一笔可观的收益,全部用作建立一个基金,用来研究能治愈枯草热病的方法。也就是说,说真的,你看,她把钱留给了其他的同类患者,而不是留给我。我姑妈那时还找不到她的眼镜,她的那个保姆(愿众神带给她美好的未来和一个好丈夫)把信念给了我姑妈听。两个女人都被深深地打动了,我姑妈还流下了眼泪。你要明白,我现在告诉你的都是事实,但我想说明的是,这整个事情或许可以用来证明现代艺术的力量。从一开始,我就一直是现代派的坚定信仰者。我是一个,正如那些艺术批评家所说的那样,各种各样的潮流全都经历过了。起初我是一个印象派画家,后来成了一个立体派,后印象派,甚至漩涡画派。在我作为一个画家的想象生活中,我一次次地成为非常狂热之徒。比如说,我还记得毕加索的蓝色时期……但我们今天不谈这个。

我现在正在努力地说的是这件事,只有对现代性如此忠实,一个人才有可能这样地使用这个单词。当我坐在威斯康星州麦迪逊市的那个饭店的写字间里,我确实发现自己的内心特贼胆包天。我使用了“乳房”这个单词(而且用了复数,这你知道的),而且每个人都会承认,在写给一个从未谋面的姑妈的信中,居然敢用如此大胆和现代的单词。就是这个单词使我的姑妈和我成了一家人,她的端庄稳重使她决不会承认除此之外的任何字眼。

而在当时,我姑妈确实被打动了。后来我和那个保姆谈起了这件事并送了一份相当可观的礼物给她,感谢她在这件事情中所起的作用。当我的那封信念给我姑妈听后,她无法抗拒地被我的信吸引住了。她把脸转向墙壁,肩膀在抖动着。在写这封信时,我也没有想到它会如此地动人。“可怜的孩子,”我姑妈对保姆说道,“我要让他过得更好些,去请我的律师来。”

我是个傻瓜

对我来说这是一次重大的打击，这是我要面对的最严重的一次打击。而这一切也都是由于我自己的愚蠢造成的。有时候每当我想起这件事，我仍然想放声痛哭，想破口大骂，想胖揍自己一顿，即使是过了这么久，直到现在，一提起这件事来，我或许还是面带愧色，心中仍有一种负罪感。

事情的开始是在俄亥俄州的桑达斯基秋季赛马会上，那是十月的一个下午三点钟，那时我正坐在大看台上。

说实话，我怎么会坐在大看台上我觉得真有点傻。夏天的时候，在我和哈里·怀特里德，还有一个叫伯特的黑人离开家乡之前，我已经找到了一个当马夫的活计，去照看哈里在那年秋季赛马大会上遴选出的两匹马中的一匹。母亲哭哭啼啼的，还有我的姐姐米尔德里德，她想那年秋天能在镇上找一个当老师的工作，在我离家前的一整个星期里，在家里大发雷霆，破口大骂。她们都认为家里出了一个看管赛马的马夫是件很不光彩的事情，我知道米尔德里德觉得我做了马夫会妨碍她长久以来一直想得到的这份工作。

但不管怎么说我得干活，再说了，我也找不到其他的活干。一个十九岁的大小伙子总不能一天到晚在家里闲逛，再说了，我给别人家割草坪或卖报纸年纪又太大了。小个子们容易得到人们的同情，也因为他们的个子小，他们总是把我的活给抢走了。就有这么一个家伙逢人便问谁家的草坪要割或者蓄水池要清洗，他说他要攒钱，边工作边读完大学。我过去常常夜不能寐，挖空心思想办法，搞他一家伙又不让他知道是谁干的。我一直在想着当他在大街上走的时候让马车碾过他的身子，砖头砸在他的脑袋上。但这小子从不在意。

我在哈里那儿找到了活干，而且我非常喜欢伯特。我们相处得非常好。他是个大块头黑人,有着笨拙懒散的身躯,一双温柔慈祥的眼睛。但每当打起架来,他的出拳就像杰克·约翰逊。他照看着一匹叫布塞弗勒斯的赛马,一匹高大黑色的快步良种马,如果需要,每英里只要跑两分零九秒或十秒。我照看那匹叫弗里茨大夫的去势的小公马,当哈里要它赢的时候,整个秋季它就没有输过一场。

我们是在7月底赶着一辆两匹马拉的大车从家里出发。从那时起一直到11月底,我们一直在各大赛马场和集市间转悠。当然,那时节我过得可真痛快。现在有时候我还在想那些一直在家里长大的男孩子们,而且从来没有像伯特这么好的黑人作为知己朋友,然后就去上高中、上大学,从来没有偷过东西或者稍微酒醉过,或者从会骂人的家伙那里学会骂人,或者当赛马正在进行时只穿着衬衫和肮脏的赛马短裤走上正面大看台,而大看台上人山人海,个个都打扮得人模狗样的。说这个有什么用呢?这些家伙什么都不知道,他们也从来没有过任何机会。

但是我有。伯特教我怎样才能把马梳洗得光滑,比赛完后怎样给马扎绷带,怎样把马遛透,还有许多任何人都应该知道的重要事情。他会把绷带平平整整地裹在马腿上,如果是相同颜色的话,你会觉得这就是马的皮肤。我想他肯定还是个很棒的骑师,如果他不是个黑人的话,他准会像墨菲和沃尔特·考克斯和其他人一样达到自己事业的高峰。

哎呀,这真好玩。假如说你是在一个星期六或星期天到达一个县府所在地,赛马会是在下个星期二开始,一直持续到星期五下午。在星期二下午和星期四下午自由参加赛马会上,弗里茨大夫肯定会跑出2分25秒的速度,布塞弗勒斯肯定会狠狠地压倒所有的赛马。这会让你有充分的时间到处逛荡,听听马经,然后再看伯特击败某个得意忘形的乡巴佬。你会发现许多好马和好男人,你会学到许多的东西,够你一辈子使用,只要你有某种鉴赏力,把你听到的、感觉到的和看到的都能消化吸收。

到了那个星期的周末当赛马会结束的时候,哈里就急匆匆赶回家去料理他的出租马车行的生意。你和伯特把两匹马套上车,一路上慢慢吞吞地走过乡村,去下一个赛马会的地方,这样不会使马跑得太热,等等,等等,你知道的。

哎呀,这真是太棒了。路两旁那些漂亮的山核桃,山毛榉,还有橡树和其他种类的树,叶子都转成了棕色或红色,散发着芳香。伯特一路上唱着一首叫《深深的河》的歌曲,还有乡下的女孩子们站在屋子的窗前,所有这一切,尽管你把上大学说得多么了不起,但我可不稀罕,我想我知道我在哪儿能得到教育。

瞧,在一个星期六下午,你在路上经过了这些城镇中的一个小镇,伯特说,“我们就住在这儿吧。”你就住下了。

你把两匹马牵到马棚里喂食,然后从箱子里掏出最好的衣服,穿戴好。

镇上挤满了种田的人,对你瞪着大眼,因为他们看到你是赛马的人。当我们俩从大街上走过时,孩子们可能从没有见过黑人,有点害怕,跑掉了。

这都是禁酒前的事,一切都显得荒唐可笑。当你走进一家酒吧,就你们两个,所有的乡巴佬都围了过来,站在四周。人群中总会有一个人装得很懂得养马这行的样子,满腹经纶,夸夸其谈,开始提问题。这时你所能做的就是撒谎,尽可能地说你有什么样的马,接着我就说这两匹马都是我的,这时有个家伙就问道:"你愿意喝一杯威士忌吗?"伯特漫不经心地说了一番话使他惊奇得眼珠子都掉了出来:"哦,好吧,我很乐意喝一点,我这里分一夸脱给你。"天哪。

但这不是我想说的故事。我们在 11 月底才回到家,而且我答应母亲以后再也不去赛马了。有许多事情你可以对母亲许下诺言,因为她也不明底细。

因此,当时城里没有什么工作能比我离开这里去参加赛马更好的了。我离家去了桑达斯基,找到了一份为别人看马的很不错的差使,那个人在桑达斯基有好几匹马,一个投递公司,一座仓库,一个煤矿,还有房地产生意。这是一份伙食不错的好差使,而且每星期休假一天,睡在一个大马棚的一间小屋里,主要的活就是添加干草、燕麦给许多匹大个头老马,这些马已经不能再为主人参加比赛了。我没有什么不满意的,何况我还能寄钱回家呢。

当时,正如我在开头告诉你的,桑达斯基秋季赛马会开始了,我那天没有干活就直接去看比赛。我在中午搁下手头干的活,穿上我最好的衣服,戴上上星期六新买的棕色大礼帽,还有一条大翻领。

我到了城里,先和几个花花公子一起逛街,我常常暗自告诉自己,"出去要摆个好门面",我就这样做了。我口袋里有 40 美元,因此我到了城里的一家大饭店,西屋大饭店,走到雪茄柜,"给我拿三根二十五美分的雪茄。"我说道。在大厅和酒吧间周围站着许多赛马人、陌生人和从其他城镇来的打扮得挺时髦的人,我也混在他们中间。在酒吧里有个家伙拿着一根手杖,打着松散蝴蝶结式阔领带,看他这副样子真使我感到恶心。我喜欢这个有男子汉气概的家伙和他的衣着打扮,但不喜欢他摆出的那副神气。因此我把他推到一边,动作有点粗暴,我给自己要了一杯威士忌。这时他看着我,似乎他在想也许他可以放肆一下,但他改变了主意,什么都没说。这时我又喝了一杯威士忌,也只是给他露一手罢了。然后,我走了出去,叫了一辆出租马车,独自一人去看赛马。到了赛马场,我给自己买了一张能够坐在大看台上最好的座位的票,但我不喜欢坐在包厢里,那样也太摆架子了。

就这样我得意洋洋地坐在看台上,看着下面的马倌们和他们的赛马走了出来,这些马倌们穿着肮脏的马裤,肩膀上的赛马毯衣在飘荡着,就像我以前一年到头所干的那样。我和其他人一样喜欢做一件事,就是坐在上面觉得挺开心的。如果坐在那儿下面,看着上面的那些乡巴佬,觉得更开心,也更伟大。如果你正确地看待一件事情,这件事就会和另一件事一样好,这是我常说的。

好了,那天坐在大看台上,就在我前面,有一个家伙带着两个女孩子,他们的年龄都和我差不多大,这个年轻人是一个挺不错的家伙。他大概是那种要去上大学,然后将成为一个律师或者报社编辑或者诸如此类的人,但他并不自负。这类人中有一些是不错的,他就是其中的一个。

他带着他的妹妹和另外一个女孩。他妹妹坐在他身旁东张西望,起初是偶然地,不是有意地要开始什么,她不是那种人,她的眼光和我的碰巧相遇在一块。

你知道这是怎么回事。天哪,她是个大美人!她穿着一件柔软的连衣裙,一种蓝色的面料。裙子看起来好像是随随便便做的,但实际上整条的裁剪和做工都很考究,这个我知道的不少。当她眼睛直盯着我时,我脸红了,她也一样。她是我所见过的最端庄的女孩。她一点儿也不骄傲,能用恰当的语法交谈,却不像学校的老师或者那类的人那样咬文嚼字。我的意思是,她真棒。我想她父亲可能比较有钱,但又没有富到让她骄傲,因为她是他的女儿,就像有些人那样。也许她的父亲在他的家乡开着一家杂货店或者成衣店之类的商铺。她从来没有告诉我,我也没问。

我自己的家里人也都混得不错,如果你要问的话。我爷爷是威尔士人,在欧洲那边,在威尔士,他也是个……但这无关紧要。

第一场赛马的首次预赛开始了,坐在前面带着两个女孩的那个年轻人站起来去下赌注。我知道他心里的打算,但他没有像有些人那样大吹大擂,吵吵嚷嚷地,搞得周围的每个人都知道你是个时髦的人物。他不是那种人。好了,他回来了,我听他在告诉两个女孩他下赌注在哪匹马上。当预赛开始时,他们差不多全站了起来,非常激动。当人们看到赛马的赌注钱降低时,他们往往更会激动得浑身是汗。那个年轻人下赌注的那匹马就在接近末尾的位置上,他们以为它可能会冲刺一下赶上来,但它根本就没有精力冲上去,干脆地说。

这时,很快地,其他的赛马以两分十八秒的速度冲了出来,我知道其中的一匹马。他是鲍勃·弗伦奇的一群赛马中的一匹,但它不是属于鲍勃的。这匹马是俄亥俄州马里塔的马瑟斯先生的。

这个马瑟斯先生很有钱,拥有几座煤矿之类的产业,而且在乡下有一个非常漂亮的地方。他迷上了赛马,但他又是一个长老会信徒什么的,而且我想很有可能他的老婆也是，而且很可能比他更铁杆。所以他自己从来不参加赛马。在俄亥俄州的几个赛马场上都这样传说，如果他的某一匹马准备参加比赛的话，他就把它交给鲍勃·弗伦奇去料理，然后假装对老婆说马已经卖掉了。

就这样鲍勃有了一群马，而且可以随意地尽情使用。但至少你不能责备鲍勃，我就从来没有。他出去有时候赢了，有时候没有。当我猛抽一匹马的时候，我就从来不介意是否会赢。我所要知道的是我的马是最快的，如果我要它冲，它就能冲到前面。

正像我告诉你的那样，鲍勃在这次赛马中动用了马瑟斯先生的一匹马，名字叫“阿布特·本·阿亨”什么的，快得跟闪电一样。它是一匹去势的公马，成绩是2分21秒，但可以跑到2分8秒或9秒。

正如我已经告诉你的，一年前，每当我和伯特出去时，有个黑人，伯特认识他，为马瑟斯先生干活。当我们没有赛马的时候，我们就去马里塔赛马会那儿一天，而我们的老板哈里就回家去了。

就这样大家都去了赛马会，就剩下这个黑人。他带我们大家逛遍了马瑟斯先生漂亮的房子，他和伯特开了一瓶葡萄酒，这瓶酒马瑟斯先生藏在他卧室的衣橱后面，不让他老婆知道。他还带我们看了阿亨这匹马。伯特一直想着要当一名骑师，但由于是一个黑人，他没有什么机会能够成功。他和另外这个黑人把整瓶酒喝个精光，伯特就有点醉了。

这个黑人就让伯特牵着这匹阿布特·本·阿亨出去，到原来都是马瑟斯先生自己用的跑道上跑了一英里，这跑道也就在农场里。马瑟斯先生就一个孩子，是个女儿，有点儿毛病，长得不怎么好看。她一回来，我们就赶紧把阿布特·本·阿亨牵回到马厩里。

我现在这么说只是让你把所有的事搞明白。那天下午在桑达斯基赛马场上遇到了那个带了两个女孩子的年轻人，他看上去有点烦，可能是带了两个女孩子又输了赌注，你知道一个人烦的时候的样子。其中一个女孩是他的女朋友，另一个是他的妹妹，这是我猜的。

“好吧，”我在想，“我要给他透露点内部情报。”

我拍了一下他的肩膀，他显得非常友好。从一开始到最后，他和那两个女孩对我都非常友好，我不能怪他们。他的身子往后倾，我告诉了他有关阿布特·本·阿亨的内部情报。“不要在第一场预赛就下赌注，因为它会跑得就像老牛拉破车似的，要等第一场预赛完了，你就赶紧下去下赌注。”这就是我告诉他的。

好了，我还真没见过待人比他更好的家伙。有个胖子坐在那个小女孩的旁边,那个女孩这时已经看了我两次了,我也看了她两次,两个人都脸红了。那个年轻人所做的事情是,大胆地转过身去叫那个胖子站起来,和我换个位置,这样我就和他们坐在了一块。

哎呀,我这个人坐在那儿真是糟透了。我真是个大傻瓜,会去西屋饭店的酒吧放肆一回,就因为那个花花公子拿着一根手杖,戴了那种领带站在那儿,我也就进去喝了几杯威士忌,把自己搞得稀里糊涂的,不就是为了显摆一下。

她当然也知道,我就坐在她身旁,她会闻到我的酒气。我真应该把自己从大看台上径直地扔下去,绕着那个跑道,创造出比那一年那儿大多数的老马更快的纪录。

因为这女孩也不是一个什么傻丫头,我当时也没有什么能递过去,诸如一块口香糖、一块菱形糖或者一些甘草糖之类的东西。我很高兴口袋里有几根二十五美分的雪茄,马上就递给了那个家伙一根,自己点了一根。然后就是那个胖子站了起来,我们交换了座位,然后我就一屁股坐在了她的身旁。

他们作了自我介绍,那个家伙带来的那个挺棒的女孩名字叫埃莉诺·伍德伯里小姐,她父亲是一个酒桶制造商,俄亥俄州一个叫蒂芬的地方的人。而那个家伙自己的名字叫威尔伯·韦森,他妹妹叫露西·韦森小姐。

我想正是因为他们这么棒的名字才使我失去了理智。一个人,并不仅仅因为他是一个赛马的马夫,和一伙人为某个老板干伺候赛马的活,搬东西或储存东西什么的,他并不会比其他任何人好或差到哪里去,我是经常这样想的,也是这样说的。

但你知道那个女孩是个什么样的家伙,她穿的那套漂亮的衣服有种高雅的气质,还有她那双漂亮的眼睛,就在刚才,她从她哥哥的肩膀上看我的那个神态,我也回看了她一眼,我们俩都脸红了。

我不能让她像傻瓜似的丢人现眼,对吧!

我开始出洋相,这是我所能做到的。我说我的名字叫沃尔特·马瑟斯,是俄亥俄州马里塔人。接着我对他们三个编了个你们从没听说的弥天大谎。我说的是我父亲拥有一匹叫阿布特·本·阿亨的赛马,这回他把这匹马租给鲍勃·弗伦奇参加比赛,因为我们的家族很骄傲,从来没有以我们自己的名义,我是说,参加过赛马。这时,我打开了话匣子,他们都身子前倾,洗耳恭听。露西·韦森小姐听得两眼放光,我只好把谎话编了下去。

我谈了我们在马里塔的家,谈了我们的大牲口棚和在山上俯视着俄亥俄河的雄伟壮观的砖房,但我深知不能这样吹牛,不能这样干,我所做的只能是开个头,其余的让他们自己去问。我装得好像很勉强地说了这些。其实打我记事以来,我们家就没有任何酒桶工厂之类,我们一直很贫穷,但从来没有问过任何人这类的事情。至于我的祖父嘛,在威尔士那边……但这无关紧要。

我们坐在那儿聊天就好像我们已经认识了许多许多年。我继续告诉他们我父亲预料鲍勃·弗伦奇这家伙办事可能会不公道,就偷偷地派我来桑达斯基看看我能发现些什么。

接着我继续编了下去,说我已经发现了阿布特·本·阿亨起跑的速度是 2 分 18 秒。

我说它在第一轮的预赛中肯定会输掉,因为它跑得像一头瘸脚的母牛。然后它准会恢复过来,后面就会打败所有的赛马。为了证实我所说的话,我从口袋里掏出 30 美元递给了威尔伯·韦森先生,并告诉他如果不介意的话,在第一场预赛结束后,走下去把钱压在阿布特·本·阿享上,不管有多少的胜算。我之所以这么说是不愿意让鲍勃·弗伦奇看到我,还有其他的马夫们。

第一次预赛果然开始进行了,阿布特·本·阿享跑得很差劲,落在了队伍的后面,看起来就像是一匹木马或病马,只拿到了最后一名。这时这个威尔伯·韦森走向大看台下边下赌注的地方去,就我和两个女孩在那儿。当伍德伯里小姐看往别处去的时候,露西·韦森用她的肩膀,你知道,轻轻地,轻轻地碰了碰我。我的意思是说不是撞过来,你知道一个女孩会怎么做的。她们俩挨得很近,不会放肆乱来,你知道她们会做些什么,哎呀!

这时他们给了我一个出其不意。我还不知道,他们所要做的是一起下赌注。他们已经决定威尔伯·韦森下 50 美元。两个女孩也去下,各下 10 美元,掏的是她们自己的钱。我当时就晕了,后来就更晕了。

关于那匹去势的雄马阿布特·本·阿亨,和他们的赢钱,我并没有太多的忧虑。最后的结果是阿亨在紧接下来的三场预赛中跑得就像一蒲式耳的臭鸡蛋,他们还没有来得及发现就被送到市场去了,棒极了。威尔伯·韦森赢得了 9 比 2 的赌注。但是还有其他的什么事让我感到心烦。

因为威尔伯下完赌注回来后,大部分时间就一直和那位伍德伯里小姐和他妹妹露西·韦森谈话,把我一个人撂在一旁就好像被抛在荒弃的孤岛上。唉,如果我能够堂堂正正地,如果有什么办法能让我堂堂正正地做人就好了。根本就没有什么沃尔特·马瑟斯,我对她和他们说的那个人,从来就没有过。如果有,我肯定会去俄亥俄州的马里塔,明天就把他给崩了。

我真是一个大傻瓜,现在还是。赛马很快就结束了,威尔伯走下看台去拿钱,接着我们乘了一辆出租马车到城里，威尔伯请我们到西屋饭店美美地吃了一顿晚餐，还要了一瓶香槟。

我和那个女孩坐在一起，她没说什么话，我也没有多说什么。有一件事我知道，她对我没有起什么疑心，这是因为关于我父亲是个富翁和其他的谎言，你知道有一种办法……真是糟透了。有一种女孩，在你的一生中只见过一次，如果你不动手抓紧时机的话，那么你将永远失去机会，你很可能会后悔得从一座桥上跳下去。她们给你一个了解她们的情况的机会，这并不是什么勾引，而这种事情的意思是，你要那个女孩做你的老婆，你要把好的东西都给她，比如鲜花啦，漂亮的衣服啦。你要她给你生下你想要的孩子，你要请人来演奏好听的音乐，但不要雷格泰姆爵士乐。哎呀，真是的。

在桑达斯基附近，渡过一个海湾，就到了一个叫塞达角的地方。那天吃完晚餐后我们乘上一艘游艇去了那个地方，都是我们自己驾驶。威尔伯·露西小姐，还有那位伍德伯里小姐，要赶10点钟的火车返回俄亥俄州的蒂芬。因为当你和这些女孩子们出门在外时你不可粗心大意，不能误过火车在外头隔夜，不像你和一些普通的姑娘在一起那样。

威尔伯自己花钱租了这艘游艇，这花了他15块大洋。如果我没听到的话，我根本就不知道这事。他不是个带着铅皮喇叭自吹自擂的时髦人物。

到了塞达角哪个地方，我们没有待在那儿多久，那里只有一群普普通通的乡巴佬而已。

那里有几个为乡巴佬们开的大舞厅和吃饭的地方，还有一个可供散步的海滩，到了那儿时天已经暗了下来，我们就在海滩上玩。

她几乎都没有说话，我也没有。我一直在想我母亲的贤惠让我多么高兴。她总是要我们这些孩子吃饭的时候学会用叉子，不能大口地喝汤，不能吵闹和粗野，像你在赛马场上所看到的那帮人那样。

这时威尔伯和他的女朋友到沙滩上玩去了，露西和我坐在一个黑暗的地方，那儿有一些海水冲刷过的老树根。坐了一阵子，一直到我们要回到游艇上，他们要去赶火车了，我们俩啥事都没有发生。一眨眼的工夫时间就过去了。

事情经过是这样的：我们坐的地方很暗，正如我所说的，从一个老树桩上伸出许多的树根，突出来就像手臂一样。空气中充满了水气。这夜晚就像，仿佛你伸出手来就能触摸到似的，就像橙子一样，如此的暖和，温柔，漆黑和甜蜜。

我几乎要哭出来了，我很想骂人，很想跳起来狂舞一番，我是如此的疯狂，如此的高兴和如此的悲哀。

当威尔伯和他的女朋友一路走回时，露西看到他们回来，就说道："我们现在要去赶火车了。"她说着，几乎也要哭了起来，但她压根儿就不知道我的心里在想什么，她也不会就这么一下子分手走了。就在威尔伯和伍德伯里小姐走到我们这儿之前，她扬起脸来，很快地亲了我一下，然后她就把脸转开了，她浑身都在颤抖，天哪。

有时候我真希望自己得了癌症死掉算了，我想你会明白我的意思。我们爬上游艇，渡过海湾，直奔火车站，天也很黑了。她在小声地说着最好我能和她一起爬出游艇走到水里去散步，这话听起来有点傻，但我明白她的意思。

我们很快地就来到了火车站。那里有一大帮子的乡巴佬，好像都是来看赛马的，像一群牛似的挤成一堆，来回乱转悠。我怎么告诉她呢？"过不了多久你就会写信给我，我也会写信给你。"这就是她所说的。

这个机会就像是干草仓库着火一样地难得，真是千载难逢的机遇。

也许她会写信给我，直接就寄到马里塔，但那封信会被退回去的。信封上盖着美利坚合众国的邮戳："查无此人"或诸如此类的，不管他们在信封上盖了什么。

而我在她面前一直把自己冒充为一个大款和了不起的人物，上帝创造出的最体面的小大人。真是糟透了，我失去了一个多么好的机会。

火车进站了，她走了上去。威尔伯走了过来和我握了握手，伍德伯里小姐也不错，对我鞠了一躬。我看着她，火车开走了，我像一个小孩似的放声大哭起来。

咳，我要是能追赶上那列火车，让丹·帕奇看起来像一列失事后的货车就好了。真是糟透了，说这有什么用呢？你有见过我这样的傻瓜吗？

我敢说如果当时我的一条胳膊摔断了，或是火车碾过我的一条腿，我决不会去找医生，我会坐在那儿，让它一直疼，一直疼着，我就是这样做。

我敢说如果当时我没有喝那么多的酒，我绝不会是这样一个撒谎的大傻瓜，绝不会这样直来直去地对待像她这样的淑女。

那个打着松散蝴蝶结阔领带，拿着手杖的家伙在这里就好了，我肯定会废了他，该死的他那双眼睛。他是个大傻瓜，他就是个大傻瓜。

还有，如果我不能脱胎换骨的话，你尽管可以去找我，我将辞去工作，去做一个流浪汉，把我的工作给他干。我一点儿都不喜欢为我自己这样的一个大傻瓜去工作，去挣钱和攒钱。

“从未用过的”

——一个在俄亥俄州生活的故事

“从未用过的”,这是在那天谈到她的时候,医生讲的其中一句话。这个医生,是一个身材异常高大又非常干净整洁的人。当时他正雇用我在他那里干活。我要打扫他的办公室,修剪他的大房子前面的草坪,照料他马厩里的两匹马。还要干些在院子里和厨房里的杂活,比如像搬柴火,提水倒满在葡萄架后面露天的浴缸,用来给医生洗澡。有时候在他洗澡时,甚至还要帮他擦洗他宽阔后背一些他自己够不着的地方。

医生热爱生活,他是最早感染我的人。他喜欢钓鱼,他对城西几英里外的那条小河上所有钓鱼的好地方都了如指掌。还有往北大约十九或二十英里远的桑达斯基湾,我们经常一起去那儿,度过许多漫长快乐的日子。

那天也是这样的一个钓鱼日子,是在六月末的一个下午较晚的时候,当时医生和我一起在桑达斯基湾的一条船上,有个农场主一路跑到岸边,挥舞着手臂,不断地叫喊着医生。利特尔·梅·埃奇利的尸体被人发现漂浮在离河口大约半英里附近的水面上。由于她已经死了好几天了,还有由于当时医生的鱼饵刚刚有大鱼上钩,再加上医生已经无能为力,毫无办法了,所以一直喊叫他根本是没有任何作用的。我还记得他当时很气愤地抱怨和发牢骚。他当时还不知道到底发生了什么事,但鱼儿刚刚开始漂亮地咬上钩,我也刚钓上来一条特大的鲈鱼,一个丰收的钓鱼黄昏就在我们的眼前。不过,你也知道这是怎么回事,一个医生总是要随时听从任何一个人的召唤。

“真是该死的!每次都这样!你看我们现在这儿,这是整个夏季我们能找到的一个最好的钓鱼傍晚,风向刚顺过来,天空阴云密布,你看我这他妈的运气?有个医生住在邻居，那个农场主知道了这事，所以他就给我提供食宿。他是想万一他出门踢了脚趾头，或者他的儿子从牲口棚的阁楼上滚落下来，或者他老婆牙疼什么的，好有个照应。很有可能这个人是他老婆的一个亲戚，我认识她们！他老婆有个没出嫁的妹妹和她住在一起。去他妈的那个多愁善感的老处女！她总是在令人心烦地抱怨着，一天到晚神经兮兮的，总是认为她就要死掉。死个屁！我知道这种人，他们中许多人都喜欢有个医生陪伴左右，叫个医生来，这样他们就能和医生单独待在一个房间里。如果医生允许的话，他们会一连花上好几个小时谈论他们自己的事。”

医生一边收卷着钓鱼线，一边发牢骚抱怨着，这时，突然，带着他那种特有的笑容，他拿起双桨，精力十足地向岸边划去。我曾经在他整天整夜地工作的时候，在冬天的夜晚驱车行驶在崎岖不平的冰冻土路上时，看到过他的嘴边挂着这种的笑容。当我要接过双桨时，他摇了摇头。“不，孩子，这对我减肥有好处。”他说着，低头看了看他的便便大腹，笑了笑，“我要保持一个好体型啦，不然的话，有些还没有结婚的女人就不找我看病了。”

至于这次的上岸公事，是我们镇上有个叫梅·埃奇利的女孩淹死在那个偏僻的地方，她的尸体已经在水里泡了好几天了。尸体是在一条流入海湾的很深的小河口附近的柳树丛中被发现的，卡在了柳树的根茎中。当我们上岸时，那个农场主和他的儿子，还有个雇工，已经把尸体打捞上来，放在几块木板上，就搁在一个朝向海湾的牲口棚附近。

这是我头一回见到死亡，我忘不了那恐怖的一刻，当我跟着医生，走进站在附近沉默的人群中，看到了那具死亡的、被浸泡得变色和发胀的女尸躺在那儿。

医生对这类事情已经司空见惯了，但对我来说是头一回，太令人恐惧了。我记得我只看了一眼，就赶紧逃之夭夭。我急忙冲进那个牲口棚，靠在马厩的饲料槽上，有一匹农场的老马正在那儿吃着干草。外边暖和的天气似乎一下子变得冷森森的，但在牲口棚里又变得暖和了。哦，对一个小男孩来说，最可爱的东西就是牲口棚，里面充满了芬芳馥郁，有沁人心脾的干草香味，还有可爱的老马，躺在草垫上就像躺在柔软的床垫上。在我住在医生家里干活期间，冬夜里，他妻子常常给我铺床，用一种叫“舒适牌”的柔软暖和的被褥。当我们那天刚找到梅·埃奇利的尸体时，在那个牲口棚里，对我来说有着在家里的相同感觉。

至于那具尸体，喔，梅·埃奇利本来就是个有一双结实小手的小个子女人，当他们发现她的时候，她的一只手上紧紧地抓着一顶女人的帽子。这原本肯定是一顶艳丽夺目的宽边大帽子，帽子顶上还插着一根巨大的鸵鸟羽毛，这种鸵鸟羽毛你可以在赛马场上,或者在城市附近那些二流的夏季常去的地方,在那些大个头艳俗女人头顶的帽子上,有时可以看到。

这个情景一直留在我的心里,当死亡来临的时候,小梅·埃奇利的手却能如此坚定地紧紧抓住那根湿漉漉的鸵鸟羽毛。当我浑身发抖地站在牲口棚里时,我还能看见它,因为我经常看见大胆的莉莲·埃奇利的头上也插着一根这样的羽毛。莉莲·埃奇利是梅·埃奇利的姐姐,她总是带着一种目空一切的样子,穿过我们俄亥俄州比德韦尔城里的大街。

当时,在那个破旧的牲口棚里,由于孩子般的对死亡的恐惧,我站在那儿一直发抖。农场的那匹老马从敞开的马厩前面探出头来,用它那柔软湿润的鼻子蹭着我的脸颊。我们所在的那个地方的那个农场主,一定是个善待牲口的人。那匹老马用它的鼻子在我的脸颊上蹭来蹭去,“我的孩子,你离死亡还远着呢。就是当死亡来临的时候,你也用不着这样发抖。我老啦,但我知道,死亡对于那些曾经沧海的人来说,是一件令人欣慰的事情。”

农场的那匹老马似乎对我诉说着诸如此类的话语,不管怎样,它使我安宁下来,也带走了我心中所有的恐惧和战栗。

安排好派人把梅·埃奇利的尸体送回城里给她的家人后,医生和我才一起赶着马车回家,此时已是暮色苍茫。路上医生谈起了梅·埃奇利,他用了我现在用来作为她故事名称的这个单词。那天晚上医生说了许许多多的事,我现在都想不起来了。我只记得夜色温柔地降临,灰色的马路在视野中逐渐地消失,然后月亮升起来了,在原本是灰蒙蒙的马路上洒下银白的月光,也把一团团漆黑的树影投射在马路中。医生是一个很明智的人,并没有以居高临下、高人一等的口气和一个孩子说话。他是多么经常亲密地告诉我,他对那些人和事的看法！他的病人对这位胖胖的老医生心里的许多事一无所知,但他的这位小马倌却都知道。

医生的那匹枣红色的老马不紧不慢地往前跑着,它干起活来总是高高兴兴,就像医生给人看病一样。医生抽着一根雪茄,他谈起那个死去的女人,梅·埃奇利,他说她曾经是个多么聪明伶俐的姑娘。

至于她的故事,医生并没有说得很完整。倒是那天晚上我自己非常活跃,就是说我自己的想象力非常活跃。而医生是一个播种者,把种子撒播在一片肥沃的田野上。他也是个耕耘者,当他走过那片宽阔漫长的,刚刚被死神之手犁过的田野上时,他一路走一路上四处撒播着梅·埃奇利故事的种子,到处撒播在这片宽阔遥远的,一个想象力正在被唤醒的小男孩那肥沃富饶的心田上。

第一章

俄亥俄州比德韦尔的埃奇利家中共有三个男孩和同样多的三个女孩。在女孩中，莉莲和凯特，在克利夫兰和托莱多之间的铁路沿线的十几个城镇里是出了名的。大姐莉莲的名声传得更远。在附近几个城镇的大街上，像克莱德，诺沃克，弗里蒙特，蒂芬，甚至在托莱多和克利夫兰，她都是很出名的。在夏季的傍晚，她在我们的这条大街上走来走去，头上戴着一顶大帽子，上面插着一根几乎要垂到她肩膀上的白色鸵鸟羽毛。她和她的妹妹凯特长得一个模样，满头的金发，一双冷冰冰直勾勾的蓝眼睛，但她的妹妹从来没有成功地在我们城镇的生活中占过一席重要之地。几乎在每一个星期五的傍晚，人们都可能看到莉莲出发去进行某种探险，而且她要一直到下星期一或星期二才能回来。很显然这些探险是有利可图的，因为埃奇利一家子都是普通的劳动者，她的兄弟们毫无疑问不会给她买那些无穷无尽的新衣服，让她整天打扮自己。

这是夏季的一个星期五的傍晚，莉莲出现在比德韦尔大街的北端。几十个男人和孩子在火车站站台上荡来荡去，等待着驶向东方的纽约中央火车站的火车到来。他们大眼小眼地瞪着莉莲，莉莲也朝着他们瞪眼。从西边来的火车很快就要到站了，落日悬挂在青玉米田野的上方，金光灿烂的晚霞照亮了整个天空。那些游手好闲的家伙看着这美丽的傍晚景色和莉莲那挑衅的目光，一个个敬畏得说不出话来，安静地站在那儿。

这时火车到站了，短暂的沉寂被打破。列车长和司闸员都跳到站台上，他们都向莉莲挥了挥手，火车司机也从驾驶室里探出头来。

上了火车，莉莲自己找了个座位坐了下来，火车一开动，收完费的列车长就走了过来，坐在莉莲的旁边。当火车到达下一个城镇时，列车长不得不去处理自己的事务，司闸员就过来靠在莉莲的座位旁。两个男人低声地和她谈着话，不时爆发出的阵阵笑声打破了车厢的宁静。从比德韦尔一起出来的其他女人都感到很难堪，她们打算到远方的城镇走亲访友的。她们只好把头转向车厢的窗户，看着外面，脸上涨得通红。

在比德韦尔火车站的站台上，夜幕正在悄悄地降临。那几个男人和孩子仍然在站台上磨磨蹭蹭地谈论莉莲和她的探险。“她可以随心所欲地乘车到任何一个地方，而且从来不花一分钱的车费。”一个靠在车站大门上，留着络腮胡子的高个子男人断言道。这家伙是做猪和牛的买卖的，每个星期都得往克利夫兰市场跑一趟。一提到莉莲，这个水性杨花的女人坐火车不要钱这事，就使他的心里充满了忌妒和愤怒。

在比德韦尔,埃奇利家族中所有的人,除了最小的女儿梅之外,个个都是声名狼藉。他们都是些很懂得怎样照料自己的人。多年来,男孩中的老大杰克,一直在大街南端的查利·舒特的酒馆中看管酒吧。可是后来,使大家都大吃一惊的是,他居然全部买下了整个酒吧。“要么是莉莲给的钱,要么就是他从查利那儿偷来的。”那些人都这么说。但不管怎样,撇开道德标准,他们还是走进了酒吧买酒喝。在比德韦尔,罪恶的行为尽管受到公开的谴责,但背地里却被看做是在年轻人中有男子汉气概的标志。

和他们的父亲约翰一样,弗兰克和威尔也是马车手和运货马车车夫,都属于辛劳一族。他们都有自己的马和车,用不着求人帮忙。当他们不干活的时候,也不去与人交往。每个星期六下午的傍晚时分,一个星期的活儿干完了,马儿也已经洗刷干净,喂饱,找个地方让它们过夜。他们就穿上黑色的西装,套上白色的领子,戴上黑色的圆顶帽,然后就走上我们那条大街纵情狂饮。到了晚上十点钟,他们已经吃饱喝足了,然后才踉踉跄跄地往家走。在瓦因或沃尔纳特大街的枫树黑影中,他们遇到比德韦尔的另一个市民,同样也是回家的,他们就吵了起来,“去你妈,别挡了我们的路,滚出人行道。”弗兰克·埃奇利吼道,两人就冲上前去准备打架。

六月份的一个晚上,月亮高挂,在人行道和公路之间的高高的草丛中,虫儿们在高声歌唱。埃奇利兄弟俩半道上遇到了一个年轻的德国人农场主埃德·佩施,他正在和比德韦尔卖纺织品商人的女儿卡罗琳·杜皮一起出来晚间散步。埃奇利兄弟俩久久盼望的打架终于来到了,弗兰克·埃奇利大声吼叫着,和他弟弟冲上前去,但埃德·佩施并没有跑到马路中间,让他们兄弟俩得意扬扬地回家去。他出手就打,把兄弟俩狠狠地揍了一顿。星期一早上,赶着他们的马车出来时,兄弟俩的脸都被打得变了样,鼻青眼肿的。整整一个星期里,当他们在住宅区和大街小巷来来往往,送冰块和煤到各家各户,送货到各家店铺时,都不敢抬起头来和人家说话。全镇的人都高兴坏了,那些伙计在商铺间窜来窜去地说长道短,迫不及待地故意在兄弟俩中某个能听到的地方重复着议论。“你看到埃奇利兄弟俩了吗?”他们在问着对方,“兄弟俩遭报应了,埃德·佩施给了他们应有的惩罚。”这些小伙计们说起那天晚上的打架来兴奋不已,个个添油加醋,好像他们就在现场,看到了出手的每一拳。“他们兄弟俩横行霸道,每个想维护自己权利的人都要揍他们,”一个瘦个子、神经质的年轻人宣布道。他叫沃尔特·威尔斯,在一个叫艾伯特·特威斯特的杂货店里干活。这小伙计也渴望着能成为像埃德·佩施那样的打架高手来证明自己。晚上,当他在温柔的夜色中从店里回家时,他总希望自己能遇上埃奇利兄弟俩。“我要露一手给你们看看，你们这两个大恶霸。”他小声咕哝着，刷地伸出拳头，空荡荡地比划着。一种热切紧张的感觉布满了他后背和手臂的肌肉，但他夜晚的这种勇气在白天却荡然无存。星期三那天，威尔·埃奇利来到他店铺的后门，马车上拉载着一桶桶的盐。沃尔特走进小巷幸灾乐祸地看着威尔被打得开裂的嘴唇和乌黑的眼睛，威尔手插在口袋里站在那儿看着地上。紧接下来的是一阵不愉快的沉默，最后，还是这位伙计打破了沉默。“既然这儿没人，这些木桶又重，”他热心地说道，“我就让自己派上用场，帮你卸货。”沃尔特脱掉大衣，主动地帮助干起本应该属于马夫威尔·埃奇利的活。

如果说在少女时期的梅·埃奇利比起她家族中任何人都更有出息的话，但她后来堕落得更惨。“她本来有机会，但被抛弃了。”这是普遍流传的说法。当然，她的家族中没有一个人能比得上她那样，能得到全镇人的一致同情。莉莲·埃奇利的放荡为全镇人所不容，凯特活像她的姐姐，但没有那么糟糕。她先是在福恩斯比小酒店做招待员，而且几乎每天傍晚人们都能看到她和某个游客出来散步。她也乘晚上的火车到邻近的城镇去，但在当天晚上的迟些时候就回到比德韦尔，或者最多到第二天早上天亮时。她没有像莉莲那么招蜂引蝶，并且厌倦了小城镇枯燥的生活。二十二岁时她搬到了克利夫兰，并在那儿的一家大商场找到了个当披风模特的工作。后来，她又到一个滑稽剧团当女演员，到处演出，从此比德韦尔镇的人再也没有听到她的任何消息。

至于梅·埃奇利，从儿童时期一直到十七岁，她都是品学兼优的楷模，每个人都这样说。不像其他的埃奇利家族成员，她长得小个头，黑皮肤。也不像她的两个姐姐，她只穿整洁合身的普通衣服。作为公立学校的一个小女孩，她之所以开始引人注目是因为她在课堂上的进步好学。莉莲和凯特都是懒散的学生，上课时只懂得色迷迷地盯着小男生或者男老师。但梅却谁都不理，下午学校一放学，她就径直回家找妈妈，她妈妈是个高个子、满面倦容的女人，很少走出自己的家门。

在比德韦尔镇，汤姆·米恩斯在学校里也是个优秀学生。他后来成了一名战士，最近在部队里获得了高级军衔，是因为他为世界大战新兵训练中的出色表现。他正在获得任命的西点军校工作，而且他不像其他的年轻人，晚上他从不到大街上闲逛，只待在自己的家里，专心致志地努力学习。汤姆的父亲是个律师，他母亲是一个肯塔基州女人的第三个堂妹，那个女人嫁给了一个英国的准男爵。汤姆从小就渴望成为一个士兵，成为一个有身份的人，靠自己的知识水平生活。他非常看不起那些同班同学的智力水平，所以当埃奇利家族中的一个人成为他的竞争对手时，他感到愤怒和难堪，而班上的其他同学却很高兴。日复一日，年复一年地，他和梅·埃奇利之间的竞争在持续着,从某种意义上说,比德韦尔全镇的人都支持梅·埃奇利。在历史和英国文学这些科目上,汤姆技高一筹,所向无敌,但在拼写、算术和地理等科目,梅毫不费劲地就能打败他。坐在课桌前,梅就像一只面对着充满老鼠陷阱的小猎犬。每当老师在黑板上写出一个问题或一道算术难题时,她就会像小猎犬一样跳了起来。她举起手,敏感的嘴唇在抖动着,手指头充满活力地发出劈啪声。"我知道。"她说,整个班上都知道她会。当她回答了这个问题,或者走到黑板前解出这道难题时,那些坐在一排排长凳上半大不小的孩子们都大笑了起来。只有汤姆·米恩斯的眼睛盯着窗外,梅回到自己的座位上,对自己的胜利,她既感到得意,又感到羞愧。

比德韦尔镇的西面有大片的田野,就像俄亥俄州所有的偏远土地,用来种植小型水果和草莓,每年的六月份,学校放假后,所有的年轻人,男孩和女孩,和镇上绝大部分的女人一起去采摘水果。每天早饭后,这些人就立即成群结队地走向田野。中午饭都是用篮子带着,每个人都待在田野里劳动,一直到太阳下山。

在草莓地里和在学校教室一样,梅总是个引人注目的人物。她没有和其他年轻的姑娘一起走或坐马车来地里干活,中午吃饭时也不加入别人的团伙。但大家都明白其中的原因,这主要是因为她的家庭。"我知道她是怎么想的,如果我出身于这样的家庭,我也不会让别人关注我。"有个女人说道,她是个木匠的老婆,正在和其他人一起疲惫地走在暮色中的公路上。

在一块属于一个叫彼得·肖特的农场主的草莓地里,大约有三十个的女人和青年男子。那些高个头的男孩子得笨拙地趴在地上,才能采摘到那些鲜红芳香的草莓。梅一个人自成一行,走在他们的前面,她也是唯一自己单独走的女孩子。她的两只手在草莓的藤蔓上轻快地进进出出,就好像在树林中跳跃嬉戏的松鼠的尾巴,飞快地出没在树叶丛中。其他的采莓人都走得很慢,不时地停下来吃几颗草莓,谈话。当其中的某个人比其他人趴得前面了一点,他就会停下来,一屁股坐在地上等着。这些采莓人是按在一天中采摘的多少夸脱来付钱的,但他们经常说,"工钱并不是最重要的东西。"采摘草莓从某种意义上说是一个社交聚会,那些采莓人都是富裕工匠们的妻子或儿女,难道他们会为了微不足道的几块钱累死累活吗?

至于梅·埃奇利,他们都懂得情况是不一样的。每个人都知道她母亲和她实际上没有从她父亲约翰·埃奇利那里得到任何钱,也没有从三个男孩子,杰克、弗兰克、威尔那儿拿到钱。还有两个女孩子,莉莲和凯特,她们把所有的收入都花在了自己的穿着打扮上。如果梅想要打扮得像样一些,那么在没有上课的假期,她就得为自己的这个目的去赚钱。后来人们才知道,她想成为一名学校的老师,因为只有得到这个职位,她才有可能使自己穿上漂亮的衣服,另外也能显示出她对处理事情的干练和敏捷。

因此,梅干起活来不知疲倦。她那格外灵巧的手指采摘的一箱箱的草莓堆得跟山似的。彼得·肖特和他的儿子来到草莓地里,一行行地收集装满的板条箱,然后装上马车再运到城里去。他用骄傲的眼光看着梅,其他那些在慢吞吞地移动的人都成了他轻蔑的对象。“啊,你们这些嚼舌根的女人,还有你们这些大块头的懒汉,你们干得可不怎么好。”他喊道。“你们就不感到害臊吗？你看你,西尔威斯特,还有阿尔,你们居然输给了个头这么小的女孩,你们差不多可以把她装在你们的口袋里带回家去,但人家采摘的是你们的两倍多。”

这是在梅十七岁那年的夏天,她从比德韦尔镇人们心中的高处跌落了下来。那年,在她身上发生了两件非常重要和出人意料的事件。她的母亲在四月份去世,六月份,她以优异的成绩高中毕业,仅次于汤姆·米恩斯。由于汤姆的父亲多年来一直是学校董事会的成员,镇上的人对于把汤姆摆在梅之前这个决定都直摇头。在每个人的眼里,梅确实能轻而易举地获得冠军。当梅走进田野里,人们就会想到她的母亲刚刚去世。甚至连那些女人都愿意忘掉或饶恕她是埃奇利家族的一员这个事实。至于梅自己,眼下对她来说,似乎不会再发生什么很重要的事情。

这时,一件意料不到的事情发生了,所以后来不止一个比德韦尔的女人对自己的老公说,“在这个关键时刻就看出一个人的血统本色来了。”

有一个叫杰罗姆·哈德利的男人首先盯上了梅。那年他也来到彼得·肖特的草莓地里,正如他自己说的,“只是来玩玩而已。”他很快地就注意到了梅。杰罗姆是比德韦尔镇棒球队 9 号,投球手。他在火车站工作,是个邮件分拣员。每次他跑完一趟后回家总能休息上几天,他就到草莓地里来,因为镇上空无一人。当看到梅一个人独来独往地干活,他朝其他的年轻人眨了眨眼,然后走到梅的旁边蹲了下来,开始以几乎和梅一样快的速度采摘草莓。“到这儿来,小姑娘。”他说道,“我是个邮件分拣员,能够很熟练地分拣信件,我的手指能做得非常快。现在来吧,让我们看看,你是否能跟得上我。”

整整一个小时,杰罗姆和梅来来回回地穿梭在一行行草莓间。接着发生的事使全镇的人都惶惶不安了起来,这个从来没有和别人说话的女孩子,开始和杰罗姆交谈起来。搞得其他的采莓人都转过来看,感到纳闷。她不再飞快地采摘草莓,而是磨磨蹭蹭地,不时地停下来休息,选上几颗草莓塞进口中。“吃这个吧。”

她说,并大胆地递过一颗又大又红的草莓给行那边的杰罗姆。她还捧了一把草莓倒进他的箱子里,“你要不快点的话,你一整天都赚不上七十五美分。”她说着,害羞地笑了。

在正午的时候,其他的采莓人发现了事情的真相。那些疲惫的采莓人去过彼得·肖特房子旁的水泵间之后,他们就到附近一个果园里。吃过午饭后,就坐在树下休息。

毫无疑问,梅肯定出了什么事情,大家都能感觉到。后来大家才明白,在六月的那天中午时候,梅从容镇定地决定也要成为像她两个姐姐那样的人,去城里谋生。

那些采莓人和往常一样,成群结队地坐在一起吃午饭。那些女人和女孩子坐在一棵树下,青年男子和男孩坐在另一棵树下。彼得·肖特的妻子送来了热咖啡,并把那些铁杯子全都倒满。大家此起彼伏地开着玩笑,女孩子们咯咯地笑个不停。

尽管梅对于单身汉杰罗姆的态度出人意料,但对于那些未婚的女人来说却是合情合理的游戏,没人怀疑说会发生什么严重的事情。在草莓地里,男女间总是在打情骂俏。他们就像六月天空的流云,涌来退去,为的是把自己宣泄一番,但到了夜晚,当那些年轻小伙子洗净了田野里的汗尘,穿上了自己最好的衣服,情况就不一样了。这时女孩子就得要当心自己了,因为当她在夜晚和一个年轻男子一起出去在树林里或在乡间小路散步时,这时什么事情都可能发生。

但在草莓地里,有那些年纪大些的女人在附近,大家以为一对青年男女在一块干活,说得面红耳赤,哈哈大笑,根本不会有什么事,在采莓季节的整个心态也不会产生什么误解。

但很明显地梅已经误解了。后来,没有一个人责备杰罗姆,至少没有一个年轻人这么做。当那些采莓人吃午饭时,梅坐在离其他人一段距离的地方,这是她的习惯。杰罗姆躺在果园边上的茂密的草地上,也和大家拉开一段距离。坐在树下的人群不知不觉地突然紧张了起来。当梅从草莓地里出来,她没有和大家一起去水泵那儿洗手脸,而是就坐下来,后背紧靠在一棵树上。她拿着的那块三明治被干了一上午活的手上的土弄黑了。她的手在颤抖着,三明治还从她手中掉下来一次。

她突然站了起来,把午餐篮子挂在一根树杈子上。然后,眼里带着一种反抗的神色,她爬过栅栏,开始沿着彼得·肖特的牲口棚旁边的那条小路走去。这条小路穿过一片草地,跨过一座小桥,然后沿着波浪滚滚的麦田旁,一直通到一座小森林里。

梅沿着小路走了一小段,然后又回过头来看了看,大家都在盯着她,都在纳闷到底怎么回事。这时杰罗姆也站了起来,他感到羞愧,笨拙地翻过栅栏,头也不回地走了。

每个人都相信,这肯定是事先约定好的。当那些女孩子和女人都站起来看的时候,梅和杰罗姆消失在小路上,走进了树林里。那些年纪大的女人在摇着头,“唉,唉。”她们在感叹着。而那些男孩子和年轻人则开始互相拍肩捶背,莫明其妙地在四周又蹦又跳。

真是令人难以置信。他们俩还没有走出站在树底下的那些人的视线时,杰罗姆就伸出手臂一把揽在梅的细腰上,梅则把她的头靠在杰罗姆的肩膀上。那些所有的老女人都一致认为,梅·埃奇利好像和她家族中所有的人没什么两样,在大家的眼皮底下都敢干出丢人现眼的事来。

杰罗姆和梅在树林子里足足待了两个小时,然后才一起回到大家伙正在干活的草莓地里。梅的脸颊苍白,看上去好像哭过一阵子,她还是像往常那样独自一人采摘着草莓。在一阵难堪的沉默之后,杰罗姆穿上外套,沿着回镇上的公路走了。那天下午,梅采摘的装满草莓的箱子堆得跟小山似的,但有两三次,满满的箱子从她手上摔了下来。洒落在黑褐色地上的草莓,个个都是鲜艳红亮。

自从那天以后,再也没有人在草莓地里看到梅。杰罗姆·哈德利这回有东西可吹了。傍晚时分,当他来到那伙年轻人中间时,就详详尽尽地说起他的风流韵事。“当我有了这种机会,你们可不能说我是趁火打劫。”他说着,哈哈大笑。他详细地描述了在树林子里发生的事情,搞得站在周围的年轻人羡慕得要死。说起自己的风流韵事,杰罗姆既感到自豪,但也为自己的事情如此地引人注目而感到有点羞愧。“这事太容易了,”他吹道,“这位梅·埃奇利是我们这个镇上最容易搞到手的女孩。你都不要说出你想要干的事,搞定这事太容易了。”

第二章

自从那天中午和杰罗姆一块走进树林子中,公然奋不顾身地冲破乡村的清规戒律的围墙之后,梅就一直待在比德韦尔的家里,拣起过去她母亲在埃奇利大宅中所做的家务活,洗衣,做饭,整理床铺等。可眼下,一想到做这些杂七杂八的家务活,她就感到一种温馨。洗衣服,然后熨平莉莲和凯特穿戴的衣服,还有她父亲和几个哥哥的沉重的工装裤,干这些活,她有一种满足感。“干活使我感到疲劳,这样我就不会胡思乱想,才会睡得着。”她心里在想着。当她在洗衣盆里忙活着,为前天夜里或许喝醉酒回家鼾睡的几个哥哥洗涮他们弄脏的床单时,或者在厨房里站在火热的炉子前时,她总是在想念着去世的母亲。"我不知道母亲会怎么认为。"她暗自问自己,然后又想到,"如果母亲没有去世的话,这事就不会发生了。如果我有个伴,我就会去和她聊天,那情况就不一样了。"

白日里,当大宅里的男人们赶着他们的马车出去了,莉莲也出城去了,家里就只剩梅一个人。这是一幢两层楼的木板房,坐落在一片田野的边上,靠近小镇的外围。房子原来是漆成黄色,但现在,由于从屋顶流下来的雨水的冲刷,使油漆退了色,房子四周破旧的墙面都已经斑驳陆离,条纹道道。房子建在一个小山包上,从厨房门出来,有一个向下倾斜的陡坡。在小山包下,有一条小河,在小河的对岸,有一片田野,这片田野在每年的一定时期就成为沼泽地。在小河的岸边,长着许多的柳树和接骨木树。每天下午,当周围没人时,梅常常悄悄地从厨房的后门溜出来,看看从大门前经过的那条马路上是否有人来往。如果四下确实没有人时,她便走下小山包,悄悄地躲进芳香的接骨木树和柳树丛中。"我在这儿消失了,没人能看见我或找到我。"她在想着。这种想法给她一种极大的满足感。她的双颊涨得通红,她就把柳树冰凉的绿叶紧紧地贴在自己的脸上。当有马车从路上经过,或是有人沿着路边的木板人行道走过来时,她就把自己缩成一小团,然后闭上眼睛。路过的声音似乎远去了,对她来说,这好像在某种程度上逃离了生活。藏身在这些杨柳树的绿荫丛中,是多么的温馨和亲密。那些卷曲拐扭的枝干就像人的臂膀,但决不像那天和她一起躺在小树林里的那个男人的臂膀,这些枝干不会用那种可怕的、狂暴的力气紧紧地抱住她。一连几个小时她安安静静地躺在绿荫中,没有任何的惊吓,她那被撕裂的心灵开始得到些许的愈合。"我让自己成了一个人群中的叛逆,但在这儿我可不是一个叛逆。"她在暗自想着。

听到梅和杰罗姆·哈德利两人在草莓地里的风流韵事,莉莲和凯特大为恼火。有一天晚上,当她们两人都在家时,就谈起了这件事,而梅正在厨房里忙活着。莉莲非常生气,决定给梅一个她所说的"严厉的责备"。"她想得到什么去跟这样的烂仔?"她问道,"我一想起这事,就觉得恶心,像杰罗姆·哈德利这样的家伙算是什么东西!如果梅是想摆脱这个家的话,也犯不着这么作践自己去跟这个烂仔,对吗?"

在埃奇利家人中,大家一直认为梅是个有天资的另类女孩。老约翰·埃奇利和几个男孩子总是对她有一种直率的尊重。他们不会像有时骂莉莲和凯特那样骂她。在私下里他们都认为梅是他们和更受人尊重的城镇生活的纽带。他们的母亲很受大家尊敬,但她老了,累了,而且从来没有迈出家门一步。全家就靠梅能让他们抬起头来做人。两个哥哥为自己的妹妹在镇中学的学习成绩感到骄傲。他们自己只是普通劳动者，从来没有奢望其他的东西，但他们觉得，“我们的妹妹已经向全镇人表明，一个埃奇利就能在比赛规则中打败所有人。她比镇上任何人都更聪明，你看她已经让全镇的人都对她刮目相看。”

至于莉莲，在梅和杰罗姆·哈德利发生那事之前，她总是不断地谈到自己的妹妹。在去过的诺沃克、弗里蒙特、克莱德和其他城市里，她有许多朋友。男人们都很喜欢她，正如他们经常所说的，她是个值得信赖的女人。你可以和她谈任何事情，而她总是守口如瓶。和她在一起，你会感到无拘无束，自由自在。和她秘密交往的人中，有教会的牧师，律师，生意兴隆的企业老板，体面家族的族长等。当然，他们都是私下来找莉莲，莉莲似乎也理解他们的苦衷，尊重他们保密的要求。“这事你们不必对我直言不讳，我知道你们得小心翼翼。”她说。

一个夏日的傍晚，在一个莉莲经常去的城市里，已经定好一个约会。要和她一起共度良宵的那个男人一直等到天黑才来，然后到出租马房租一辆马车，驱车前往约定的地点。四轮轻便马车的四周都挂上了帘布，两人向着幽暗和人烟稀少的乡村公路驶去。随着夜晚的来临，更加热烈的激情时刻过去了。一种突然的自由感涌上这个男人的心头。“最好不要和年轻的女孩或有夫之妇胡来乱搞。和莉莲在一起，既不会被人发现，也不会卷入任何麻烦。”他在想着。

马车沿着偏僻的公路慢悠悠地往前走，所有的帐子都放了下来，俩人驱车进入了一片田野中。一连几个小时他们坐在轻便马车里谈话。这些男人会告诉莉莲许多事情，而这些事情他们是不会告诉其他认识的女人。莉莲人很机灵，有她自己特有的才能。那些男人经常谈到他们的私事，然后向她讨教。“你是怎么认为的，莉，如果你是我的话，你是买进还卖出？”他们其中一个会这样问道。

其他的，更加私密的许多事情开始掺和在谈话中，“我说，莉，我和妻子的关系还不错，我们相处得挺好的，但或许不是你所说的那种恩爱夫妻。”莉莲的这位临时知己说道。“当我抽烟抽得太多，或者当我不想去做礼拜的时候，她就会唠唠叨叨个没完，另外，你看，我们挺担心几个孩子，我的大女儿和那个小哈里·加夫纳东奔西跑，过从甚密。我总是不断地问自己，‘这小子到底有什么好的？’我下不了决心，你在附近见过他，莉，你觉得怎么样？”

参与了许多次这样的谈话，莉莲已经学会了抬出妹妹梅来加入话题中，“我知道你的感受，对于梅我也有相同的感受。”她说道。她不止上百次地解释过梅与埃奇利家族中其他人的不同之处。“她很聪明。”她解释道，“我跟你说，她是比德韦尔中学里所有女生中最聪明的一个。”

由于如此经常地把梅作为埃奇利家中的楷模，当莉莲听到草莓地里的那件事时，她感到非常震惊。一连好几个星期她什么都没说，到了7月份的一个晚上当两个姐妹都在家时，她才数落了几句。她本打算，即使严格要求，也要像慈母般地和蔼，直截了当地说，但话一出口，她就开始气得全身发抖。“梅，我听说你和一个男的乱搞。”当她们俩一起坐在屋前的门廊时，她开口问道。这是一个闷热昏暗的夜晚，一场雷暴即将来临。莉莲开口问完之后，俩人沉默了很长一段时间。然后，梅把脑袋埋在自己的双手中，向前伏着，开始轻声地哭了起来。梅的身子前后摇晃着，抽抽搭搭的哭泣声不时地打破沉寂。“好啦，”莉莲尖声地又说，本来打算不再说了，但她自己也失声痛哭起来，“唉，梅，你这是在作践自己，当众出丑。我没想到你会干这事，我没想到你会变得这么傻。”

原本打算压住自己心头的怒火并掩藏起来，莉莲却越来越生气，她的声音一直在颤抖。为了压住火气，她站了起来，走进屋里。当她再次出来时，看到梅仍然坐在门廊边的椅子上，头依旧埋在自己的手里面。莉莲不禁心生怜悯。“好啦，别为这事伤心了，小妹，我也只是个老傻瓜而已，别太在意我的话。我想这也是我和凯特没有给你带个好头。”她温柔地说道。

莉莲也在门廊边上坐下，把手放在梅的膝盖上。她感觉到妹妹的身体在颤抖着，心中不禁油然升起强烈的母爱之情。“我跟你说，小妹，”她又开口说道，“一个女孩子应该要有自己的主见，我就有自己的看法。一个女孩子想要找一个男人这本身是没错的，但她所梦想的那种男人是不存在的。她想要一个称心如意的，但同时她还想要其他的东西。我想我知道你是怎么想的，但你要相信我，小妹，这都是瞎编的。我说的肯定没错，小妹，我知道我在说些什么，我和足够多的男人打过交道，我想我应该知道一些。”

一心想着劝说妹妹，也是头一回明确地把妹妹当做自己的亲密姐妹，莉莲却没有感觉到，她现在所说的这些话比她发火更伤梅的心。“我时常对母亲感到纳闷，”她回想着往事说道，“她总是那样地闷闷不乐，沉默寡言。当凯特和我去看赛马时，她没说过一句。甚至当我还是小女孩时，晚上就开始和男人们到处疯跑，她仍然保持沉默。我记得我第一次和一个男人一起去了弗里蒙特，在外头整整待了一个晚上。回到家里，我感到很羞愧，‘我要挨顿臭骂了。’我在想，但她一句话也没说。对凯特她也是这样，她从来就没有说过一句。我想凯特和我都觉得她喜欢家里的其他人，她是把希望寄托在你的身上。”

“和老爸及几个哥哥一起去巴利哈克，”莉莲又尖声说道，“他们是男人，什么都不在乎，只知道把自己灌得烂醉。当他们累了，就像狗一样地睡着了，他们和其他男人一样,都不怎么爱惜自己。"

莉莲的火气又大了起来。"我以前很为你感到骄傲,梅,但现在我都不知道该怎么办。"她说,"我曾经上千次地吹嘘过你,我想凯特也是这样。但现在我一想到这事就痛心疾首,你一个埃奇利家族的人,又是一个这么聪明的人,怎么会看上像杰罗姆·哈德利这样的烂仔。我敢肯定,他既没有给你一分钱,也没有答应要娶你。"

梅从椅子上站了起来,由于打冷战,她全身都在颤抖着。莉莲也站了起来,走到她的身旁。这位大姐这时才开始认真地说出她想说的要点,"你不该那样做,妹,你不会有孩子了吧?"她问道。梅站在门旁边,倚着门框。一直要下不下的雨开始倾盆而下。"没有,莉莲。"她说着,像个孩子乞求宽恕似的举起了一只手。梅的脸色苍白,在闪电光亮中莉莲看得清清楚楚,就好像从黑暗中向她跳出来似的。"别再谈这件事了,莉莲,请别说了,我再也不会做这种事了。"她乞求道。

但莉莲决意要说。当梅走进大门内,走上楼梯到上面自己的房间时,莉莲一直跟到楼梯口,一口气说完她觉得必须说的话,"我不是要你去做这种事,梅,"她说道,"我不是要你去做这种事。我是希望看到我们埃奇利家族中有个人能够走正道,如果你想走那些歪门邪道,那就太傻了。别跟像杰罗姆·哈德利这样卑鄙的小人来往,他只会给你灌迷魂汤。如果你真想做这种事的话,你可以跟我一起去。我会让你认识那些有钱的男人,我会为你安排好,你就不会有任何的麻烦。如果你要去找那些赛马赌徒的话,就像凯特和我那样,就跟我去,别再犯傻了。"

在梅的一生中,她从来没有和另一个女人结为好友过,虽然她常常梦想过这样的可能性。当她还是个读中学的少女时,傍晚她总能看到其他的女孩成群结队地回家去。她们手拉着手,一路上磨磨蹭蹭,相互间有着多少说不完的悄悄话。当她们走到路口要分手的时候,总是不忍散伙离去。"今天晚上你送我一段路,明天晚上我也送你一段路。"她们中一个这样说道。

形单影只的梅独自急匆匆地回家,心中充满了忌妒。在学校的日子结束后,特别是在草莓地里的那件事发生后,在那段烦恼的日子里,莉莲又总是在数落她,能和另外的某个女人结为好友的梦想比以往任何时候都来得更加强烈。

梅在比德韦尔镇的生命的最后那一年的夏季,有个年轻的女人从另外一个城镇搬到了她住的那条大街的一幢房子里。那个女人的父亲在尼克尔·普拉特铁路公司工作,而比德韦尔镇是在这个铁路公司管辖区段的最末端。这个在铁路公司的男人很少在家,他的妻子在几个月前已经去世。他的女儿名叫莫德,身体不好,都没有和另一个年轻的女人一起出来逛街。每天下午和傍晚,她都坐在他父亲房子前的门廊里。梅有时候不得不出来到某个商店买东西时，经常看到她坐在那儿。这个刚来到比德韦尔镇的女孩个头高挑，身材苗条，但看上去像是一副弱不禁风的样子。她脸色苍白，看起来疲惫不堪。就在去年，她动了手术，体内器官的某个部分被切除掉了。她那苍白和疲惫的脸色看得梅于心不忍，“她看上去似乎需要一个伴侣。”梅满怀希望想着。

妻子死后，那位在铁路工作的男人的一个尚未结婚的妹妹成了他家里的管家。她是一个身材矮小、非常强壮的女人，一双灰色锐利的眼睛，加上一个坚毅的下巴。她有时候和那个新来的女孩坐在一块，这时梅就很快地走过，连看都不敢看。但是，当莫德独自一人坐在那儿时，梅就慢慢走过，偷偷地看着坐在摇椅上那女孩苍白的脸和衰弱的身躯。有一天梅朝她笑了笑，那女孩也报以微笑。梅逗留了一会儿，“天气真热。”梅靠在栅栏上说道。但俩人谈话还没有开始，梅就担忧起来，赶紧走了。

当每天傍晚把家里的活全干完时，当埃奇利家中的男人们进城以后，梅就来到大街上。莉莲已经离家走了，大街再往北的人行道上空无一人。埃奇利的房子在这条大街上是最后一幢，往镇中心方向，靠埃奇利房子相同的街道旁，先是一块空地，然后是一个曾经作过铁匠铺的工棚，但现在已经荒废了。这个工棚再过去，就是那个新搬来的女孩住的房子。

夏日傍晚，温柔的夜色徐徐地降临了。梅沿着街道走了一小段，在废弃的工棚前停住了脚步。坐在门廊里摇椅上的女孩看到梅站在那儿，她似乎明白梅是害怕她的姑妈。她从椅子上站了起来，先推开门，探头往屋子里看了看，确信自己没有被监视时，然后才走过砖铺的门廊来到大门口，沿街走向梅。她还不时地往后看，确定没有人注意到自己跑出来。在工棚前的人行道边上横着一块大石头，梅赶紧请这位新来的女孩坐在她的身旁歇一歇。

梅激动得满脸通红，“不知道她会不会认识我，不知道她是否听说过我的事情?”梅在暗自想着。

“我看到你想和我交朋友，我想我应该过来和你谈谈。”新来的女孩说道，她的心里充满了一种模糊的好奇。“我听说了有关你的一些事情，但我知道那不是真的。”她说道。

梅的心狂跳起来，双手也开始发抖。“我又给自己惹出麻烦来了。”梅在想，她真想跳起来，沿着人行道跑掉，立刻逃离这个她自己营造的渴望寻找伴侣的地方。这个想法几乎占据了她全身。她从石头上站了起来，但站了一半又坐了下来。她突然感到气愤，心中充满了怒火，但她仍然声音沉着地开口说话。“我知道你的意思,”她尖声地说道,“你是说那个关于我和杰罗姆·哈德利在林子中的无聊的故事?”那个新来的女孩点了点头,“我不相信,”她说,“是我的姑妈从一个女人那里听说的。”

既然莫德已经大胆地提到了这件事,梅知道,这件事曾使她成为小镇生活中的叛逆者,这时的梅突然感到一种释然和勇气,能够面对可能出现的任何情况,但她也不知道自己的这种勇气是从哪里来的。对了,她本来想能喜欢上这个新来的女孩,把她当作一个朋友,但现在这种冲动已化作另一种传遍她全身的激情。她要去征服,要大获全胜地走出目前的困境。带着另一个莉莲的大胆,梅开始说了起来,开始瞎编故事。“事情的发生是这样的。”她说得很快。一个重新编造的与杰罗姆在林子中的故事很快地在她心中形成,就像在阴天里阳光的闪现。“我为什么要和杰罗姆·哈德利到林子中去呢? 我说了也许你会不相信。”她补充道。

梅开始铺垫她瞎编的故事,“他说他陷入了困境,想要和我说一说,但要到一个没有人能听得见,一个秘密的地方。”她解释道,“我就说,如果你遇到了麻烦,让我们中午一起到林子中去谈。这是我的主意,我们就这样一起离开了。当他告诉我他遇上了麻烦时,他的双眼看上去是如此的痛苦不堪,以至我根本就没有去想自己的名声或其他的什么。我只是说我会去,但我为这事付出了代价。我想一个女孩子如果对一个男人太好,她总会为此付出代价的。”

梅尽力装出一副明智的女人的样子,她一边在想象着莉莲在这样的场合会怎么说。“我本来打算告诉你我和杰罗姆·哈德利在那儿,在树林子里时他告诉我的所有事情,但我不会说。”她声明道。“他后来对我撒谎,因为我没有做他要我做的事情,但我会信守诺言。我不会告诉你任何人的姓名,但有一点我可以告诉你,我所知道的事情足够把杰罗姆·哈德利送进监狱,如果我想这么做的话。”

梅盯着她的伙伴,对莫德来说,她的生活一直就是一件很枯燥的事,可今天晚上就像去看戏,简直比看戏还要精彩。这就像你去看戏,演戏的明星是你的朋友。虽然你坐在一群陌生人中间,但你的心中会油然生出一种优越感,因为你知道,这位穿着天鹅绒长袍,身边的佩剑叮当响的主人公,也是和你一样的一个人。“噢,你一定要告诉我你所能够说的,我想知道。”莫德说道。

“他是因为一个女人才惹上麻烦的。”梅回答道,“过些日子的某一天,或许全镇的人最后都会知道我一个人现在知道的事情。”她俯身向前,拍了拍莫德的胳膊。正在编造的谎言使她觉得痛快和释放,就像在阴天,太阳突然穿过云层,生活中的一切似乎都被照得金光闪闪,她的想象力也向前飞跃了一大步。她一直在杜撰着一个故事来拯救自己,她还要高兴地看着自己会怎么对付这个突如其来的,没有料想到的,脱口而出的故事。因为当她还在念中学,是个小女孩的时候,她的脑子就转得又快又急。"听着,"她令人难忘地说道,"但你不能告诉任何人。杰罗姆·哈德利想杀掉这镇上的一个男人,因为他爱上了这个男人的女人。他弄到了一些毒药,准备给这个女人,这女人已经结婚并且很富有,她的丈夫也是比德韦尔镇的一个大人物。杰罗姆要把毒药给这个女人,然后这个女人要把毒药放进她丈夫的咖啡里,等她丈夫死后,她就要嫁给杰罗姆。我阻止了这包毒药,我也制止了这场谋杀。现在你会明白为什么我要跟这个人一起走进林子里了?"

洋溢在梅身上的那种极度兴奋感染了她的伙伴,使她们俩靠得更近了,现在莫德伸出她的手抱住梅的腰。"这家伙真是狗胆包天,"梅大胆地说道,"他要我把那包东西带到那个女人的家里,他还要给我钱。他说那个富婆会给我1000美元,我就挖苦他道,如果那个人发生了什么事,我就去告发你,你得为这桩谋杀案被处绞刑,这就是我当时对他说的话。"

梅描述了和那个一心想谋杀的男人一起在幽暗的林子深处所发生的事情。她和他打了起来,她说,足足打了两个多小时,因为那个人想杀掉她。她真想叫人来立刻把他抓起来,她解释道,但那样做的话就得要把整个关于毒药的情节说出来。她答应过要救他,如果他能悔过自新的话,她就不去告发他。经过长时间的搏斗,当这个男人看到她毫不动摇,既不答应帮忙又不参与谋杀时,他逐渐平静了下来。后来,当他们一起从树林子中走出来时,他又向她扑了过来,想掐死她。几个在草莓地里,整个早上一直和她一起摘草莓的人,看到了他们俩的搏斗。

"他们到处编造我的谣言。"梅强调说,"他们看到我们两个在打架,他们就到处说他正在向我求爱。有个女孩也在那儿,她自己爱上了杰罗姆,当她看到我们在一起时,妒忌死了,就开始散布谣言,搞得满城风雨,弄得我害臊死了,我现在几乎不敢抛头露面了。"

带着一种毫无办法的恼怒神色,梅站了起来。"好了,"她说道,"我答应过他,我不会说出他想谋杀的那个人的名字,或其他的任何情况,我不会说的。但就这样,我已经和你说的太多了。你要答应我,不要告诉任何人,这只能是我们俩知道的秘密。"梅开始沿着人行道走向自己的房子,突然她又转身跑了过来,她的新伙伴差不多已经走进了大门口,"你一定要守口如瓶,"梅像演戏一样地小声说道,"如果你现在说出去的话,你要记住你或许会送一个人上绞刑架的。"

第三章

一种新的生活开始向梅·埃奇利徐徐地展开。在草莓地里的那件事情之后,一直到她和莫德·韦利弗谈话之前，梅觉得自己就像个死人。当她在埃奇利大宅里到处走动，做着每天的家务事时，有时候她会在楼梯上或者在厨房的炉子旁停住脚步，一动不动地站在那儿。当她这样站立的时候，一股的旋风似乎总是围绕着她，让她止步不前，恐惧使她全身发抖。甚至当她藏身在小河旁的接骨木花丛中时，也会发生同样的事情。在这种时候，柳树的枝条和接骨木的花香使她得到几分慰藉，但还远远不够。还缺些什么，因为它们太不近人情，又过于自信。

在这样的时刻，对梅来说，就好像自己是一个被关在密闭的玻璃器皿里的人。每天的阳光照耀在她身上，生活的喧闹声从四面八方不断地传来，而她自己却没有活着。她只会呼吸，会吃食物，会睡觉，会醒来，但她想从生活中索取的东西对她似乎麻木不仁，渐行渐远。在某种程度上，自从她为自己感到难为情的那时起，一直就是这样的感觉。

她还记得她所见过的那些人的脸色，当她在大街上从他们的身边走过时，各种各样的表情突然出现在那些人的脸上。特别是那些一直对她很和蔼的老人，他们停下脚步和她说话，“你好，小女孩！”他们说道。为了她的缘故，他们的眼睛抬了起来，嘴上堆着微笑，说着些客气话。这样的时刻对梅来说，就好像在人类生活的巨大溪流中朝她开了某个很小的闸口。这条溪流在远方的某个地方流淌着，在墙的另一边，在一大堆的铁后面流淌着，就是看不见，听不见，但有几滴充满活力的生活之水溅到了她，冲刷了她。在她心中对神秘的事物进行理解不是不可能的，会有的。

在和莉莲谈话后的那些日子里，这位住在黄色屋子里的困惑女人对生活思考了很多，很多。她的头脑本来就是积极活跃的，从来就没有消极被动过。只是眼下她不敢对自己和自己的未来想得太多，只能进行抽象的思考。

她已经做了一件事，做这件事是多么的自然而然，但又是多么的奇怪。那时她正在草莓地里忙着干活，这是在早上，太阳照耀着，那些男孩子，女孩子，还有年龄较大的女人成群结队地在她的后面又说又笑。她的十指飞快地忙着采摘，但她的耳朵却在听着一个女人的声音在谈论着水果罐头的制造。“草莓要费许多的白糖。”那个声音说道。一个年轻女孩的声音在无休止地谈论着某个男孩子与女孩的风流韵事。还有一个故事说的是一辆装着干草的马车驶向乡村，加上一连串复杂难懂的“他说”和“我说”的叙述。

然后那个男人就从一排排的草莓中走了过来，趴在她梅·埃奇利的身边干起活来。他是一个来自外地的男人，就这样突如其来，意想不到地来到她的身边。从来没有人会这样地来到她的身边，当然，人们都很友善，他们微笑着点点头，然后就各走各的路。

梅没有看到杰罗姆·哈德利朝着其他的采莓姑娘俏皮地眨过眼睛,把他的一时冲动来到自己身边看做是生活中的一种真诚和友善的事情,或许他也和她一样地感到孤单。开头一阵子两个人只是默默地一起干活,然后开始相互戏谑交谈。梅发现自己能够把一个话题说个透,能和这个男人平起平坐,毫不逊色。她还嘲笑他,因为虽然他的手指很灵活,但他填满草莓箱子的速度没有她那么快。

后来,很突然地,那个家伙的话题语调都转了向。这个男人的胆子变大起来,他的大胆也使梅兴奋起来。你看他说的都是些什么话。"我真想把你抱在我的怀里。我想和你单独在一起,好好地亲亲你。我想就和你一起到树林子中或其他什么地方去。"其他那些正在干活的,沿着一排排的草莓已经走远了的年轻姑娘和女人们,也肯定从那些男人的嘴里听到过这些话。她们听到过这些话是客观事实,但对这些话的反应却与梅有着本质上的区别。正是由于对这些话的反应,一个女人得到了自己的恋人,然后结婚,把自己融入了生活的洪流中。她听到了这些话,唤醒了她心中的某些情感,就像现在在唤醒梅自己一样。这就像是一朵花,把自己绽放开来迎接生活。新奇美妙的事情发生了,她的经历成了所有的生命,树木,花儿,绿草和绝大多数其他女人的经历。她心中涌起某种情感,然后绽放出来,生活之墙被冲破了。她的身上充满了生命力,接受了生活,散发出生活的气息,一个充满活力的人。

那天早上在草莓地里,听过那些甜言蜜语之后,梅照样继续干自己的活。她的十指下意识地采摘着草莓,然后缓慢地迟疑不决地放入箱子里。她转向那个男人,咯咯地笑着。她能这样控制住自己觉得真棒。

但她早已心猿意马。也不知她这心里是怎么搞的,一直就是这样,狂奔乱跳地,有点失控了。她的手指移动得更慢了。她摘下的草莓,却扔进了那个男人的箱子里。她还不时地给那个男人那些又大又圆的新鲜草莓让他吃。她注意到了地里的其他人都朝着她这边看,大家都在侧耳细听,疑惑不解。她感到愤恨不已,"他们想干什么?所有这些关他们什么事?"

她的想法有了新的转变。"被一个男人紧紧地抱在怀里,让他的嘴唇紧紧地贴在自己的嘴唇,那会是一种什么样的感觉。所有的女人,只要是过来人,都有过这样的经历。她自己的母亲有过,那些结过婚的女人有过,和她一起在草莓地里干活的这些年轻姑娘有过,那些比她小许多的姑娘们也有过。"她想象着那双臂膀是温柔的,也是坚定,强有力的,紧紧地抱着她,一起堕入那朦胧的,美妙的情感世界。她一直想要自由漂浮的生活洪流接受了她,带着她一路往前走,生活变得多彩多姿。箱子里的红色草莓,它们是多么的鲜红!绿色的藤蔓,它们是多么的翠绿!这些的五颜六色融合在一块,它们一起往前跑。生活的洪流正在漫过它们,也漫过她。

对梅来说那是多么可怕的一天。后来她一直不堪回首此事,也不敢细想此事。和那个男人在树林子里的实际经历是很残忍的,是对她的人身侵犯。当然,她自己允许,但没有允许发生那样的事情。她为什么要和他走进树林子里呢?是的,她先走,然后用她的方式邀请,催促他跟在后面,但她并没有预料到真的会发生什么事。

这是她自己的过错,所有这一切都是她自己的过错。她从采草莓的人群中站了起来,怒目而视,愤懑不已。这些人知道的太多,但又不够多。她恨他们的知根知底,油嘴滑舌。她站了起来,离开这些人,一边往回看,期待着他跟来。

她要期待什么?她所期待的又不能自己用言语说出来。而她对诗人和他们的努力,对他们活着想要做的事情,对人们想要画到帆布画布上的东西,想要转译成歌曲的东西,都一无所知。她只是一个俄亥俄州的女人,埃奇利家族的一员,一个驾驭大马车人的女儿,一个爱去跑马场、叫莉莲·埃奇利的妹妹。梅希望能够步入一个新的世界,能够走进生活中,她希望自己能沐浴在生活的洪流中。生活中还是有一些温暖人心的,亲密无间的,令人欣慰和无忧无虑的东西。这好比从黑暗中伸出了一双手,这双手紧紧地拉住了她的双手,虽然她的双手布满了红色草莓和田野上黄色泥土的斑斑点点。在那个温馨的地方,她会被紧紧地拥抱,那时,她就会像一朵鲜花一样蓦然绽放,把自己的美丽和芳香洒向人间。

她和她的生活观念到底出了什么问题?梅问自己这个问题已经上千遍了,她问得直到厌倦为止,不再问了。她了解自己的母亲,她认为自己了解,如果她不了解,那么埃奇利家中就没人会了解了。是不是其他人都不在意?她母亲曾遇到一个男人,也曾被抱在他的怀抱里。后来她成了几个儿子和女儿的母亲,几个儿子和女儿都各走各的路,艰难地活着。他们各自追求着他们想从生活中获取的东西,直截了当地,野蛮冷酷地,就像一群野兽。而她的母亲却无动于衷。多久之前她的母亲就应该是心死神散了,真的,从那时候起就只剩下一个血肉之躯在继续活着,干活,整理床铺,煮饭,和丈夫躺在一起。

很显然这的确是她母亲的真实写照,肯定是真的。如果不是真的,那为什么她不说话,为什么她总是不开口。日复一日,梅和母亲一起干家务活。哦,那时候她还是个少女,年轻,脆弱,而她母亲从不亲吻她,也没有拥抱过她,从来没有说过一句话。莉莲曾说过她母亲指望着她,这不是真的。当莉莲,后来是凯特都去跑马场时,就是因为心死,她母亲才保持沉默。死人才会无动于衷!死人就是心死了!

梅感到纳闷,自己是否已从生活中消失了,是否自己已经死了。“或许是这样,”她想着,“或许我从来就没有活过,而且我觉得自己活着纯粹只是大脑的一种幻觉。”

“我很聪明,”梅在想。莉莲曾经这么说过,她的几个哥哥也曾经这么说过,整个镇的人也都这么说,但她是多么痛恨自己的聪明。

其他人都为聪明感到骄傲,感到高兴。整个镇的人都为她感到骄傲,都热情地和她打招呼。这是因为她聪明,因为她的思维比别人更快更敏捷,还因为学校的女老师都朝着她微笑,大街上的老人都和她说话。

有一次,有个老人在一家杂货店前面的人行道上遇见她,拉着她的手走进店里,给她买了一袋糖果。这个老人是比德韦尔镇上的一个商人,他有个女儿在学校当老师,但梅以前从来没有见过他,也从来没有听说过,对他一无所知,但他却从虚无缥缈中,从生活的洪流中向她走来,他听说过梅,听说过她那敏捷活跃的头脑,在班上总是打败其他的孩子,在每次的考试中总是名列前茅。在梅的想象中闪现着这位老人的身影。

那时候,每个星期天的早上梅都要去普雷斯比特里安主日学校。因为这是埃奇利家族中的一个传统。梅的母亲也曾是普雷斯比特里安的一个学生。家里的其他的孩子没有一个有去过,但梅去了一段时间,而且他们似乎都要梅去。梅还记得那些男人,就是主日学校的老师们,他们总是在说着一个故事。过去有个叫亚伯拉罕,身材高大结实的老人,他一直遵循着上帝的旨意。他肯定也是一个巨大的、坚强的和慈善的人。他的孩子们在数量上就像海洋里的沙砾一样多,但这却不是一种力量的象征。这么多的孩子!整个世界上所有的孩子加起来都不会超过他。那位牵着她的手,把她带进杂货店买糖果给她的老人,在她的想象中,就是这样的另一位老人。他肯定还拥有许多国家,肯定还是个拥有无数孩子们的父亲。毫无疑问,他会骑上一匹千里马奔驰一整天,但却从来没有走出过他自己的领地。很有可能他认为梅也是他无数孩子中的一个。

毫无疑问他还是个伟大的老人,他看起来就像是。他还称赞她,“我现在给你这袋糖果是因为我女儿说你是学校里最聪明的女孩。”他说。她记得当时在杂货店里还有一个人,当她把那袋糖果抓在细小的手里跑走时,那位老人,伟大的老人,转身向那个人说了句什么,“除了她之外,他们都是一群牛,简直就是一群牛。”他说。后来她才想明白他这句话的意思,他是指她的家里人,那些叫埃奇利的男男女女们。

当她总是独自一人来来往往上学时，她想明白了许多的事情。总会有充分的时间把那些事情想个明白——在每天的傍晚当她帮助母亲干家务活时，在漫长的冬夜当她早早地上床睡觉，却又长时间地睡不着时。在杂货店里那个老人称赞了她敏捷的头脑，为此他宽恕了她也是埃奇利家族的人，牛群中的一员。她的思绪一直在原地打着转转。即使早在孩提的时候，她就总觉得自己被禁锢了起来，被围墙关在了生活之外。她尽力挣扎着让自己逃脱出来，投身到外面的生活中。

而现在她已经成为一个经过生活的考验，有过生活经历的女人。她常常默默地站在埃奇利大屋子的楼梯上或站在厨房的炉子旁呆若木鸡，要费上很大的劲才能让自己停止胡思乱想。在另一条大街上，在另一幢的屋子，门“砰”的一声关上。她的听力特别敏感，对她来说似乎能听到镇上每个男人、每个女人和孩子发出的每个声响。思维的怪圈又开始了，她又要同胡思乱想进行搏斗，从自己的身上摸索着走出来。在另一条大街上，在另一幢房子里，有个女人正在做着家务活，就像她一直在做的这些事，整理床铺，洗盘子，煮饭等。这个女人刚从她屋子里的一个房间走到另一个房间，“砰”的一声关上了一扇门。“哦，”梅在想着，“她也是人，和我一样地触摸东西，她会思考，吃东西，睡觉，做梦，在她家里走来走去。”

这个女人是谁无关紧要，是不是埃奇利家族的一员也没有关系。为了梅的这些想法，任何一个女人都会这样做，所有的人都得生活，生活！男人们也得到处走动，也有各种想法，年轻的女孩子也会哈哈大笑。在学校里她就听到一个女孩子，当没有人和她说话，没有人注意到她时，她就突然间爆发出哈哈大笑。她哈哈大笑什么？

镇上的人以恩赐的态度对待梅，这是多么的残忍，称她很聪明，把她与其他人分隔开来。他们关心她只因为她的聪明。她是聪明，头脑敏捷，远近闻名。但她也是埃奇利家族——“牛群”中的一员，那个大胡子老人在杂货店里就这么说过。

那又怎么样？埃奇利家的人又怎么样，为什么他们就是牛群？埃奇利家的人也要吃饭，睡觉，也要做梦，也要到处走走。莉莲曾说过埃奇利家的男人和其他的男人都一样，只是忍耐性稍差一些。

为了能在天底下的人群中实现自我，梅的头脑又开动了起来。她要成为全部生活中的一个组成部分，在生活中发挥作用，而不想成为一种特别的东西——聪明——就是拍拍她的脑袋，朝着她微笑，因为她聪明。

聪明是什么？在学校，她能快速、敏捷地解出许多数学难题，但每个问题一解完，她就全忘了，这对她毫无意义。一个埃及商人要运送货物穿过沙漠，他有 370

磅的茶叶，还有数量同样多的干果和香料。这里牵涉到一道数学题，需要许多匹的骆驼来驮货物，它们之间距离要多远？她能够很快地想出的答案，要比其他同学来得快，大约的数字是 12 或 18。这里有个小窍门。就是你要把其他所有的东西都抛到头脑以外，注意力集中在这一件事情上——这就是聪明。

但是骆驼驮货物跟她又有什么关系？这或许意味着她能够领会那个所有货物的拥有者心里所想的某些东西，以及他打算要把货物运送多远。要是她能够理解他，要是她能够理解任何一个人，要是任何一个人也都理解她，那该多好啊。

梅默默无言，神情专注地站在埃奇利大宅的厨房里持续了有十分钟，或半个小时。有一次她拿在手里的一个盘子掉在了地上破碎了，她才突然惊醒过来。这种惊醒就好像她是经过了长途的旅行又回到了埃奇利大宅中，在旅行中她走得很远，翻过了许多高山，穿越了许多江河大海，就好像她又回到了她想永远离开的地方。

“而生活是一直奔流不息的，”她在暗自想着，“其他人他们的生活都充满了欢声笑语，如愿以偿。”

而当时，通过给莫德·韦利弗编造连篇的谎言，梅步入了一个新的世界，一个无限舒展开心的世界。靠着谎言和撒谎，她发现了一点，如果她不能过上像周围人那样的生活，她可以创造一种生活。如果她被高墙封闭了起来，无法融入这座俄亥俄州小镇的生活之中，因而被这个小镇的人痛恨、畏惧，那么她可以走出这个小镇。人们不会真正地去察看她，不会真正地尽力去理解她，他们也不会让她看透他们自己。

她所说的谎言就是奠基石，第一块奠基石。一座塔就要建造起来，一座她能站在上面的高塔。从这座高塔的顶上，她能俯瞰到她自己创造的世界，是由她的头脑创造出来的。如果她的头脑真的像莉莲，学校的老师，以及所有其他人所说的那样，那她就要加以利用，它就要成为她手中的工具，就要让那些的石头一块一块地添加到她的塔上去。

在埃奇利的大宅里，梅有一个自己的房间，在屋子后面一个很小的房间。房间有一扇窗户，可以俯瞰一片田野。每年的春天和秋天，这片田野就成了沼泽地。在冬天，有时候田野被冰层覆盖了，男孩子们就来这儿溜冰。在那天晚上，她对莫德·韦利弗编造了一个大谎言，重编了她和杰罗姆·哈德利在树林子中的故事。说完之后她急忙逃回家里，跑进自己的房间，拉了一把椅子坐在了窗前。她都干了一件什么事！在树林子中和杰罗姆·哈德利相会是多么的可怕。以至她不能去回想，也不敢去回想这件事，尽力地不去想又几乎搅乱了她的理智。

现在这件事已经过去了，这整个事情就好像真的从来没有发生过，所发生的就是说的另一件事，或大致如此，一件不为人知的事情。似乎真的就是一件有预谋的谋杀案。梅坐在窗前苦笑着，“我把这事夸大了一点，”她在想，“我当然把这事夸大了，但竭力地说出所发生的事情又有什么用呢？我当时就没有把这事说个明白，我现在自己对这事还是搞不清楚。”

自从那天走进树林子后的一连几个星期里，梅的心里一直被一个念头占据着，她已经不干净了，肉体变得肮脏。干家务活时，她穿着一套印花棉布衣服。她有好几套这样的衣服，在一天里她要换上好几回衣服。那天那件弄脏的衣服她当然不能放在壁橱里，一直放到洗衣日，她马上就把这件衣服洗了，挂在后院的一根晒衣绳上晾。当风吹过这件衣服时，仿佛给她一种安慰的感觉。

埃奇利的家中没有浴室或浴缸。那时候整个小镇很少有人家里拥有如此奢侈的生活附属物。一般就是在厨房门边的柴火间里放一个澡盆，要洗澡时就在澡盆里洗。平时家里人不是很经常地洗澡，要洗澡时，就从贮水箱里提水把澡盆灌满，放到太阳下晒暖，然后搬进柴火间，要洗澡的人走进柴火间，关上门。冬天就得在厨房里洗澡，埃奇利老妈在最后一刻走进来，提一壶烧开的热水倒进澡盆的冷水中。夏天在柴火间里就没必要了，要洗澡的人脱下衣服，放在附近的柴堆上，因为洗澡水会溅泼得到处都是。

那年的夏天梅在每天下午都要洗澡，但却懒得把水放到外面的太阳底下晒。浸泡在凉水中的感觉是多么的爽！当附近没人的时候，她经常把澡盆灌满，在睡觉前再洗一回。她小巧的身子又黑又结实，浸泡在冷水中，然后拿起一块高效肥皂，使劲地擦洗双腿，乳房，脖子，这些被杰罗姆·哈德利亲吻过的地方，她真希望能把自己的脖子和乳房都擦洗掉。

她的身体精瘦却很壮实。所有埃奇利家族的人，甚至包括埃奇利老妈，身体都很强壮，除了梅，他们都是大个子，另外，似乎全家人的力气都集中在了梅的身上，她从来不会觉得体力上的疲倦。自从她开始深思熟虑以来，晚上经常睡得很少，但她的身体似乎一直是越来越强壮。她的乳房变得更大，她的体型也有点改变，更少了一点孩子气，她正在成为一个女人。

在撒过那个弥天大谎之后，梅的身子一下子就成了她走过的那个树林子中正在成长的一棵树。这是通过生活能变得显而易见的东西。正是在她所生活的这个屋子里，尽管全镇的人都有敌意，但在这个屋子里的生活仍在持续着。“我还不像那些行尸走肉，他们死了以后身子仍然活着。”梅在想着，这对她的想象是一种极大的安慰。

黑暗中,她坐在自己房间的窗户旁,沉思着。杰罗姆·哈德利想要进行一桩谋杀。历史上许多其他的男人和女人也肯定经常地有过这样的企图,他们肯定经常获得成功。这里面的实质就是杀人。男孩子和女孩子长大后都充满了许多念头,当然也有勇敢的念头。在比德韦尔,就像在其他城镇一样,这些孩子去上学,去主日学校。人们总是在说话,他们听到许多勇敢的话语,但在他们的内心,在他们自己的小屋子里,生活的一切都是难以预料的,迟疑不决的。他们朝户外看,看见许许多多的男人和女人,留络腮胡的男人,和蔼强壮的女人。有多少人已经死了!有多少屋子空荡荡的,成了鬼魂出没的地方。他们的城镇已经不是他们过去认为的那样,总有一天他们会发现这一点的。他们的城镇已经不是一个温暖、友好、亲密无间的地方。当本能地感觉到生活的难以预料,真理的难以达到,人们并没有团结起来。面对着这个生活的巨大秘密,他们不再谦逊。他们用谎言来解开这个秘密,而把真理抛弃不顾。肯定会发出巨大的噪音,一切都被掩盖住了。肯定会有巨大的响声和忙碌声,大炮的开火声,隆隆的战鼓声,许多话语的喊叫声。其内在的实质肯定是杀戮,"人们都是些什么样的骗子。"梅呼吸急促地想着,对她来说似乎全镇的人都站在她的面前,从某种程度上都正在接受她的审判。至于她自己的那个谎言,说出来是为了战胜那个人人都知道的谎言,而现在似乎是一个诚实且单纯,微不足道的东西。

有一种非常脆弱、微妙的东西在她的心中,这就是许多人都曾想过要杀人,这是肯定的。去掉内心的这个微妙的东西是困扰人类的一种激情。所有的男人和女人都想要做这件事。首先,一个男人或女人先去掉他自己内心的这个东西,然后再设法去掉别人心里的。男人和女人都害怕让这种东西活在心中。

梅坐在埃奇利大宅里自己房间的黑暗中,思考着以前从来没有过的如此多的想法。今天晚上她似乎比以往生活中的任何一个夜晚都更有活力,众神们正在户外的乡村里为她奔走着。埃奇利大宅只不过是一幢破旧矮小的木板平房——几面薄木板墙而已。在昏暗摇曳的夜色中,她看到窗外的荒野上,每年的这个时候这里都成为一片沼泽地,一群牛正陷在没膝深的黑色淤泥中。她住的这个小镇在她国家的巨大地图上只是一个小点,她知道这一点。这没有必要去旅游才能知道,她在班上地理的成绩不是名列前茅吗?就单单在她的国家里住着大约就有六千万,八千万,或一个亿的人,她记不得这个数字了,因为每年都在改变。当这个国家还是成百万陌生的美洲野牛在大平原上走来走去的时候,她是其中的一头母野牛。但她已经在一个城镇里找到了住宿之处,一幢漆成黄色的,用木板建造的屋子。屋子旁边的田地现在是干燥的,长着高高的杂草。不管怎样,那些小水池还在,青蛙住在里面,呱呱地高声叫喊着,而蟋蟀们则躲在干草丛中唱着歌儿。她的生活是神圣的,她住的这幢房子,她坐的这个房间成了一座教堂,一座神殿,一个高塔。她所说的那个谎言已经开始在她心中形成一种新的力量,一座她将要住的新的神殿现在正在建造。

许多的想法,就像昏暗夜空中看到的那些巨大的云朵一样,飘浮过她的心头,泪水涌上她的双眼,她的喉咙似乎也在肿胀着。她把头伏在窗台上,抽抽搭搭地哭泣着。

她知道,这是因为她以足够的勇气和敏捷的思维撒了那个谎,重新塑造了存在她心中的那件风流韵事,建造那座神殿的基石已经打下。

梅并没有把什么事情想明白,她也不想弄明白。她觉得知道自己的真实情况。听到的那些话,在学校的课本里看到的,在学校的老师借给她的书里看到的,从那些薄嘴唇,扁平胸,在主日学校的年轻女老师那里听到的,这些话都说得漫不经心,毫无情感。当时听到那些话时似乎觉得和她毫无关系,但现在这些话在她的心里却发出了巨大的响声。这些话被在她身外的某种力量,以一种庄重的口气对她重复着,就好像一支军队在公路上行军时的节奏稳健的脚步声。不,它们就像雨点落在她头上的屋顶,落在她自己房子的屋顶上。她的一生都住在一个屋子里,从来就没有注意到大雨的来临。她听过的那些话,现在回想起来,就像雨点落在屋顶上,仍然留有淡雅的清香。"那块建筑工人拒绝采用的石头,现在已成了在角落里的墙基石。"

当这些想法从梅的心头跑过去时,她瘦小的肩膀由于哭泣而抽动着。但她感到高兴,一种莫名其妙的高兴,她心里的某个想法正在唱歌。这歌声是来自总是活跃在世界某个地方的一首歌,是一首生命之歌,是一首蟋蟀们的齐唱之歌,是一首青蛙们粗哑着嗓子的呱呱之歌。歌声飞出她的房间,穿过黑暗的夜空,超越时代,来到遥远的国土——这是一首古老的歌,一首甜美的歌。

梅一直在思考着楼房和建筑工人,"那块被建筑工人拒绝采用的石头,现在已成了在角落里的墓碑。"有人曾经说过这话,其他的人也曾感受过她现在的感觉,他们也有过像她这样难以用言语表达的情感,而他们已尽力将这种情感表达了出来。在这个世界上她并不孤独。她在生活中走过的这条路并不是一条陌生的小路,而是许多人都走过,还有许多人现在正在走。甚至当她坐在窗前,如此地胡思乱想时,在许多的地方和国家,也有着许多的男人和女人坐在其他的窗前,有着同样的胡思乱想。在这个世界上,有许多的男人和女人都已经灭掉了他们心中的那个念头,那条被摈弃的小路恰恰是条真正可行的小路,有多少人已经走过了那条小路！沿着这条路两旁的树上已打了标记，许多的告示牌已由那些想给其他人指路的人挂了出来。“那块被建筑工人拒绝采用的石头，现在已成了在角落里的墓碑。”

莉莲曾说过，“男人都不是好东西。”很显然莉莲也已经灭掉了她自己心中的那个念头，被灭掉的。她被某个杰罗姆·哈德利灭掉了这个念头，然后她缓慢而稳步地对生活变得越来越愤怒，最后痛恨生活，抛弃生活。同样的事情也发生在她母亲身上，这就是她母亲沉默地生活的原因——像死人一样走来走去。“死人站了起来打死人。”

梅告诉莫德·韦利弗的故事不是谎言，它是生活的真理。杰罗姆曾经想杀人，而且差一点就成功了。梅曾经走过死亡阴影所笼罩的幽谷。她现在懂得这一点，当她和死神一起走，又想要生命的时候，她的姐姐，莉莲向她走来。“如果你要去赛马场的话，我可以给你介绍几个有钱的男人。”莉莲曾这么说过，她的理解就没有超过这些。

梅决定她现在毕竟还不能和莫德·韦利弗成为朋友。她会去看望她、和她交谈，但眼下还不能与她过从甚密。她心中的生活信念已经受到了伤害，需要时间来愈合。那天晚上，她在柴火间的澡盆里正要准备洗澡时，她想清洗一下自己的身子。突然，在所有的情感中，最强烈的那种，掠过她的全身，净化了她的内心。一种冲动急切地脱口而出，“我要单枪匹马地大干一场，这就是我要做的。”她坐在窗前，双手支着脑袋，听着在黑暗的田野中小虫儿们甜美的生命之歌大合唱。在抽泣中，她喃喃自语着。

第四章

“这儿有一个男人，就在我们家里，一连几个星期他生病躺在床上，快要死了。这段时间我一直不敢睡觉，没日没夜地都在看守着。在夜晚，我经常悄悄地走下来，就是穿过这片田野，在夜半三更，在一片漆黑中寻找那个黑人，尽力地去看看，他是否还能找得到。”

正值初夏，梅和莫德·韦利弗坐在埃奇利房子后面厨房门外的田野上的一棵树旁，正在稳步地建造她的浪漫之塔。自从在铁匠铺旁的第一次谈话之后，莫德每个星期总要两三次，想办法不让她姑妈看到，跑到埃奇利大房子来。由于狂热地崇拜这位黑皮肤小个子的女人，也因为她在生活中经历了如此多的浪漫探险，莫德愿意冒任何风险，甚至不惜面对她父亲的那位意志极其坚强的管家的大发雷霆。

莫德总是在晚上到埃奇利家来,这就需要得到梅的理解,或许莉莲·埃奇利更能理解这点。在铁匠铺旁见面后的第二天,莫德的父亲坦率地说了对于埃奇利一家人的看法。正是傍晚时分,韦利弗一家人正坐着吃晚饭。"莫德,"约翰·韦利弗开始说话,他严厉地盯着女儿,"我希望你不要和住在这条街上的埃奇利家人有任何的往来。"这位铁路工人诅咒着厄运让他在这条畜牲居住的大街上买下了这座房子。他说,他的一个在铁路上干活的兄弟告诉了他埃奇利一家子的事情。"他们是一个团伙,"他愤怒地断言,"天晓得他们怎么会住在这儿,他们应该被刷上柏油,粘上羽毛,然后赶出城去。天哪,和他们住在同一条街上,就好像住在牲口群中。"

这位铁路工人狠狠地盯了他女儿一眼,对他来说,女儿还是个年轻的姑娘和处女,这些都表明她正走在人生的危险小道上。在漆黑的街头,那些爱冒险的男人埋伏在那儿等待袭击这样的女人。他们还会雇用像埃奇利家的那样女人来诱骗那些单纯的少女落入他们的手心。他有许多话本想要对女儿说,但他又说不出多少来。在男人堆里,他们可以公开地谈论像埃奇利家的姐妹这样的女人。当然,他们也都是一个德性。说实话,在他们年轻力壮的时候,几乎每个男人都去找过这样的女人。和其他的男人一起去有这样的女人住的房子里,去这样的地方一个男人需要喝一点酒,然后才行。几个年轻人凑在一块,从一个地方到另一个地方到处喝酒。"我们就这么说定了。"他们中一个说道。这几个男人零零散散地走过大街,成双成对地走。他们都很少说话,都为他们的使命感到有点羞愧。然后他们来到一幢房子前,这样的房子总是在肮脏幽暗的街道。这伙年轻人中胆子较大的一个,走上前敲了敲门,一个满脸麻木不仁的胖女人出来开门让他们进去,他们走进一个房间,闲站着,一个个呆头呆脑的样子。"噢,姑娘们,陪客人啦。"那个胖女人喊道。几个女人走了出来,四散开来,一个个都是憔悴不堪的样子。

约翰·韦利弗自己也曾去过这样的地方。当然,那时候他还是个年轻的工人。后来,他遇到了一个好女人,和她结了婚,就尽力地想忘掉其他的女人,真的就忘掉了。尽管有所说的这些不端品行,大多数的男人在结婚后都能改邪归正。他们得谋生,孩子们正在成长,他们也没有时间再去胡闹了。和他的同事在一起时,这位铁路工人经常提到的那种女人,他想就是像埃奇利家的那三个女人。"这是我的看法。"他说,"最好有这样的地方,能够让那些好女人不受到惊扰,但她们应该自己离开到什么地方去。一个好女人决不应该看到或知道这样的母牛。"

在女儿和他的那位管家妹妹的面前,现在所提到的埃奇利家的女人的话题使这位铁路工人感到有点难堪。他的眼睛一直紧盯着面前的盘子,偶尔偷看一下女儿的脸色。女儿的脸色是多么的苍白和纯洁！“我要是闭嘴不说话就好了。”他在想,但一种机会难得的感觉使他又继续往下说。“我的莫德可能是对她们一无所知,才导致她和这些埃奇利家的女人开始交往。”他在想着,“咳,”他又开口说道,“那个家里的三个女人都是一丘之貉。一个呢,在饭店工作,在哪儿尽是遇见来来往往的男人。最大的那个干脆什么活都不干。还有另一个最小的,每个人都认为她最终会成正果,因为她在学校里很拔尖,大家都说她很聪明。每个人都认为她和她的二个姐姐大不相同,但她也没有。你看,当着那么多人的面,就在她干活的草莓地里,她居然和一个男人一起走进树林里。”

“我知道这件事,我已经告诉了莫德。”这位铁路工人的妹妹尖声说道,“我们没必要再谈论这个话题了。”

莫德·韦利弗面红耳赤地听着她父亲的一顿数说,但就在他还在说的时候,莫德就已下定决心要尽快地再见到梅一次。自从来到比德韦尔,莫德在晚上还从来没有离开过家一步,但现在她突然强烈地感觉到很有必要这样做。吃完晚饭,夜幕就开始降临了。莫德从门廊的椅子上站了起来,对正在屋子里忙活的姑妈说道,“这几个月以来我觉得好多了,姑妈,我想出去走一走。你知道医生说过,我要尽可能地多走动走动。白天由于太热我不可能出去走动,我就想现在去城外走一会儿。”

莫德小心翼翼地沿着人行道向镇里的商业区走去,然后穿过大街,到对面的人行道又转回头,沿着草坪的边上悄悄地往回走。这是多么激动人心的冒险！她觉得自己就像一个被允许进入某个充满了浪漫神奇的陌生世界的人,对她来说,梅·埃奇利的故事已变成了传说中的金苹果,她愿意冒任何的风险去尝一尝。“这真是个非同寻常的女人!”她一边想着,一边在昏暗中悄悄地往前走。她蹑手蹑脚地走在草地上,就好像一只小猫迫不得已地走在水面上。她想起了梅·埃奇利和杰罗姆·哈德利在树林中的冒险经历。她的父亲真傻,比德韦尔镇上的每个人也都一样地傻！“不管在哪儿,男人和女人在一起肯定都这样。”她模模糊糊地想着。他们一直认为他们知道所发生的事情,但他们实际上什么都不知道。她想起梅·埃奇利,这位小个头的女人,胆敢孤身一人和一个阴险,顽固不化,一心想杀人的男人待在树林里。这个男人的手上捏着一小包白色粉末,只要几粒这样的白色粉末放进一杯咖啡里,就会让一个人的生命消失掉。一个能在比德韦尔大街到处乱跑,能和其他人说话的汉子转眼间就会变成一抔没有生命的白土。莫德的一生中好几次就差一点进了鬼门关。她想象着一种情景。有个富人家里,地上铺着用珍贵的毛料织成的柔软地毯,是从东方国家带回来的。一个人走在这样的地毯上悄无声息。两只脚陷在那丝绒的毛料中,那些悄声低语的仆人们在四周走动的。一个男人走了进来,坐在那儿吃早饭。那时候电影还没有来到比德韦尔,但莫德已经看过很多的流行小说,而且在韦恩堡时,她还去看过几次戏。

这个有钱人的家里还有个女人,就是他那罪恶的妻子。他妻子长得修长苗条,但身上有一种阴险恶毒之气。在莫德的想象中,他妻子躺在桌子旁一张柔软的沙发上,而这个有钱人现在正坐在桌子旁吃早饭。柴火在壁炉里燃烧着。这个女人的手悄悄地伸了出去,把一小撮白色的粉末倒进咖啡杯里,然后她抬起一只洁白的手轻轻地抚摸了一下她男人的脸颊。她闭上眼睛,又躺倒在那张柔软的沙发上。卑劣的事情已经干完了,这女人却是满不在乎。她甚至连对死神是如何降临的好奇都没有,只是打了个呵欠在等待着。

那个人喝完咖啡,站了起来,在房间里走动着。这时,他的脸色突然变得苍白起来。这很明显,因为他原来脸色红润,有一头柔软的灰色头发。他是一个身体结实、外表威严的人,一个男人中的领袖人物。莫德把他想象为一个铁路大系统的总裁。她虽然从来没有见过这个铁路总裁,但她父亲却经常提到那个叫尼克尔·普拉特的总裁,并描述他是个个头很大、长得很帅的家伙。

有一种东西叫狂热的激情,是如此的可怕,如此的奇怪,它能带来那些难以想象的转变。这个躺在柔软沙发上的女人,这个身材苗条但阴险邪恶的女人,已经背叛了丈夫,背叛了这位男人中的领袖,背叛了这位身体健壮、所向无敌的强大的男人。为了那种强烈地吸引人的情欲,她已经和一个铁路邮件分拣员通奸。

莫德见过杰罗姆·哈德利。当韦利弗一家人刚来到比德韦尔镇时,莫德和父亲及姑妈,还有一个房地产经纪人和他的妻子,一起坐马车在镇上到处逛,他们在寻找一处合适的房子。当他们在逛街的时候,那个房地产经纪人的妻子,刚好和莫德以及她的姑妈坐在那辆萨里式四轮马车的后排座位上,她指着正在穿过大街的杰罗姆·哈德利,低声地给她们讲述了这个人和梅·埃奇利一块待在树林子中的故事。莫德那天身体有点不舒服,根本没有听。从韦恩堡到比德韦尔的一路火车旅途,使她感到头疼不已。

不管怎样,莫德见到了杰罗姆。他的肩膀歪歪斜斜,一双灰白色的眼睛,一头浅棕色的头发。他的裤子穿得松松垮垮的,走路时两只脚尖朝外翻得很厉害。那个铁路总裁的老婆,就是躺在柔软沙发上的那个女人,为这样的男人居然准备去谋杀亲夫。情爱是个多么奇怪的东西,是多么的不可思议!人生道路的迂回曲折怎么也赶不上人心的花花肠子。

这些情景在莫德·韦利弗的头脑里一幕幕地自动演出来。在那个家具摆设得富丽堂皇的房间,那个身体强壮的男人的手按在自己的喉咙上,身体在摇晃着。他跌跌撞撞地歪来歪去,突然地抓住一张椅子的靠背。仆人们都悄无声息地已经离开了这个房间。那个女人从沙发上欠了欠身,看着她男人倒在地上。在倒下去的时候,他的头撞在了桌角上,血流了出来,流在柔软的地毯上。这个女人嘲讽地笑了。这太可怕了,她对这个世界毫不在乎。她的脸上慢慢地出现了一种凶狠的狞笑,并保持在脸上。这时,外面传来奔跑的脚步声。仆人们都跑了过来,他们在绝望地奔跑着,奔跑着。这个女人躺回到沙发上,又打了一个呵欠。"我最好尖叫一声,然后昏迷过去。"她想着,而且真的做了这两件事,带着一种像一个疲惫不堪的演员在排练一部戏剧中著名角色的神情。这一切都是为了情爱,为了那件奇怪的,神秘的,称为激情的东西。她这样做可都是为了杰罗姆·哈德利,这样,她就能够和他自由地漫步在那条邪恶的情爱小道上。

莫德·韦利弗踮着脚尖小心翼翼地走在比德韦尔镇杜安大街人行道边上的草坪上,不时地看看街对面她住的那座黑漆漆的房屋。在韦恩堡,她对这样的事情一无所知。要不是梅·埃奇利,在比德韦尔镇或许会发生一件非常可怕的事情！在那个有钱人家里的情景消失了,另一个情景取而代之。她仿佛看见梅和杰罗姆·哈德利一起站在树林里。他变得太坏了！他警觉地,急切地,决意地站在那儿,手里拿着那一包毒药,他一直在威胁、恳求着梅。他拿着一大沓的钞票在另一只手上,他把钞票硬往前推,恳求着梅·埃奇利,然后勃然大怒,接下来又是威胁。

站在他面前的这位脸色苍白、个头矮小的女人,现在感到有点害怕,但也是异常的坚定。从她嘴里吐出的字眼是"决不"。接下来那个男人把那沓钱扔进了灌木丛中,扑了过来。他一把掐住那个女人的咽喉,用的是这个勃然大怒的邮件分拣员的那只杀人的手。他掐得很紧,梅倒在了地上。

杰罗姆·哈德利并不敢让这个女人死掉,刚才有太多的人看到他们两个一起走进树林里。他监视着她,直到她有点恢复过来,然后又开始威胁和恳求她。但这个小个子女人一直立场艰定,不断地摇头拒绝和重复着那个字眼"决不"。"如果你愿意,你杀了我吧,"她说道,"但我决不参与这个谋杀。我就是身败名裂,成了男人和女人中的亡命之徒,我也不会参与这个谋杀。如果你要一意孤行的话,我就去告发你。"

九月份的那天晚上,当梅说出了那些令人心惊肉跳的话,牵涉到了一个陌生的男人和一个神秘的黑人,写下了她自己冒险故事开头的那个部分。当晚的天气暖和且晴朗,明亮的星星在夜空中闪烁着,埃奇利家厨房门后面的田野里所有小池塘都干涸了。自从遇到梅的第一个晚上以来，莫德发生了很大的变化。梅已经把她领上浪漫之塔的顶上。现在她们俩尽可能经常地一起坐在田野里的一棵树下，或者一起坐在梅的房间里敞开的窗户旁的地板上。他们穿过厨房的门来到田野上，沿着长满接骨木和杨柳树的小溪漫步，从小溪河床的石头上走过，一直走到铁丝网旁。夜晚她们在田野里觉得城镇的生活离得是多么遥远，她们是多么的孤单！几辆比德韦尔镇的四轮轻便马车和汽车从远处的公路上驶过。镇上那边柔和的灯光映射在夜空中，这些柔和的灯光似乎也照射在两个女人的心灵上。在远处那条通往镇中央喷泉的大街上，一群年轻人正脚步重重地走在木板人行道上，他们正在唱歌。“你听，梅。”莫德说。歌声渐渐地消失了，传来另一种声音。杰里·黑登，一个靠拐杖走路的跛子，他要去分发晚报，走得很快，他的拐杖在木板人行道上发出刺耳的咔哒声，他走得又急又快，“咔哒，咔哒。”拐杖声一路响个不停。

这正是增添浪漫情怀的时间和地点。一种想抓住生活、驾驭生活的欲望在莫德心中越来越强烈。有一个晚上，她也孤身一人爬上了那个浪漫之塔。她告诉梅，在韦恩堡，有一个年轻人一直想和她结婚。“他是铁路公司总裁的儿子。”她说，当然，这件事无关紧要，她之所以提起只是想说明男人都是什么样的。有很长的一段时间，那个年轻人几乎是天天晚上来她家里，如果他没来，他就叫人送来鲜花和糖果。莫德一点也不喜欢他，他的某种神情让她感到讨厌。他似乎认定自己在血统上总比韦利弗一家人高贵一等，这种想法其实是愚蠢可笑的。莫德的父亲了解他的父亲，当初他的父亲也只不过是一个铁路上的工段养路工。他的这种虚荣让莫德感到厌恶，莫德后来把他打发走了。

一连几个晚上，莫德和梅谈的都是那个虚构的年轻人，由于为自己的血统而感到骄傲，被她抛弃掉了。在九月份的那个晚上，莫德很想谈点别的事情。有两三个晚上，她都差一点说出了心里所想的事情，但那件事情她实在说不出口。那件事情就像被捉到的一只野鸟，被她紧紧地抓在手中，却在她的心中扑腾着。在暗淡的光线中，她看着梅。“她不会做这样的事，我也决不让她做这样的事。”她心里想着。

在韦恩堡，在搬到比德韦尔镇之前，那时莫德刚从中学毕业，有一段时间，她一直徘徊在爱情的起跑线上，就站在丘比特爱情之箭的射程内。当时，就在他们韦利弗一家子住的房子的附近，有一家食品杂货店，是一个动作敏捷、挺着腰板的四十五岁小个子男人开的，他的老婆已经死了。莫德经常去他店里为家里买些日常用品。有一天晚上，莫德刚到他的店门口，就看到那个杂货店老板，名叫亨特的那个人正在锁店门准备回家过夜。他又开了门,让她进去。“我没有再开许多盏灯,你不介意吧。”他说道。接着他解释说,韦恩堡的所有杂货店老板都达成一个协议,晚上七点钟以后不再卖东西了。“如果我开了很多盏灯,别人看到我们在这里,他们也想进来,也要我接待他们。”他向莫德解释道。

在昏暗的灯光中,莫德站在柜台旁,杂货店老板正忙着给她的东西打包。在店铺后面,有一盏光线暗淡的灯固定在墙上的一个支架上。柔和的黄色灯光照射在莫德的头发和笑眯眯的洁白脸上。当老板在昏暗中摸索着返回到柜台时,他还不时地抬头看着莫德。她那苍白的瓜子脸在灯光中是多么的漂亮!他觉得怦然心动,放慢了手中打包的活。“我和妻子在一起的时候,我并不觉得很快乐,但当我单身一人和母亲生活在一起时却很快乐。”他在想。他让莫德走到门口,锁了门,提着大包小包和她一起走。“我和你是同路。”他含糊其辞地说。他开始说起在俄亥俄州的一个小镇的少年时代。谈到了他在二十三岁就结了婚,然后就来到了韦恩堡,到他岳父开的这家店铺里,现在这个店铺是他自己的了。他和莫德说起话来,就好像莫德很了解他生活的方方面面似的。“唉,我的妻子和岳父都去世了,我拥有了这个店铺——我已经熬出头了。”他说道。“我一直在纳闷为什么我要离开自己的母亲。在这世界上,我最想念的人就是她了。但我结婚后,就搬了出来,就离开了她。搬了出来,离开了她,让她孤身一人直到去世。”他说着,他们来到了一个拐角处,他把大包小包都放在莫德手上。“你让我开始想起我的母亲,你长得像她。”他突然加了这一句,然后就急匆匆地走了。

那段时间莫德养成了去那家杂货店的习惯,而且都是在晚上就要关门的时候。如果她没去,那个杂货店老板就会心绪烦乱。他关好店铺,走到附近的一个拐角处,站在一家也已经关好门的五金店前面的遮阳篷下面,望着莫德居住的那条大街。然后,从口袋里掏出一块沉重的银怀表,他看了看。“唉!”他发出一声感叹,然后沿着另一条街走向自己的住所。在第一个街口,他还停下来好几次,回头观望。

这是六月初,韦利弗一家子来到比德韦尔镇已经整整四个月了。在韦恩堡生活的最后那年,莫德一直在生病,因此她很少见到那个杂货店老板,而现在他却寄来了一封信。信是从克利夫兰市寄来的,他在信中写道:“我现在在这儿参加皮西厄斯骑士大会,我遇到一个人,他和我一样也是个鳏夫,我们住在饭店里的同一个房间。回家路上,我想带着我的这位朋友一起拐过去看看你。你能否再带一个女孩来,我们大家一起共度一个良宵。如果你能办得到,你就去租一辆四轮双座马车,在下星期五晚上来接我们这趟七点五十分的火车。当然,我会付马车的钱。

我们一起去乡下的某个地方,我有一些非常重要的事情想对你说。你回信到我这儿来,告诉我这事是否能行。"

莫德紧挨着梅坐在田野上,又想起了那封信,答复得立刻寄出去。在想象中,她仿佛看到那个小个子亮眼睛的杂货店老板站在梅跟前,这位和杰罗姆·哈德利在树林子中风流的女主角,这位成天生活在自己想象的浪漫故事中的女人。当天下午在邮局里,她听到两个年轻人在谈论即将在一个叫迪尤德罗普的地方举行的舞会,在星期五晚上举行。一时的大胆冲动使她走到出租马房,询问了那个地方。别人告诉她那个地方有二十英里远,在桑达斯基湾的岸边。"我们就去那儿。"她在盘算着,并订下了一辆轻便马车和马。现在,她和梅面对面地坐在一起,但一想到那个小个子杂货店老板和他的伙伴,她感到有些害怕。弗里曼·亨特,这个鳏夫是个秃头,留着灰色的小胡子。他的朋友会长得什么样?恐惧使莫德的全身发抖,她很想说出来,告诉梅她的打算,但这些话她不会说出来。"她决不会做这事,我也决不让她做这事。"她又这么想着。

"我们家里有个男人,生病躺在床上好几个星期了,眼看就要死了,这一段我一直不敢睡觉。"

梅·埃奇利正在增高自己的浪漫之塔。听了几次莫德告诉她的那个虚构的铁路总裁的儿子铁心要娶莫德的故事,她也开始构建自己的浪漫情侣。看过的小说,少女时听过的爱情故事和浪漫冒险的记忆,全都不断地涌上她的心头。"有个男人,他才刚刚二十四岁,可过得都是什么样的日子。"她心不在焉地说着。她似乎陷入了沉思之中,好长一段时间都不说话。然后,她突然站了起来,跑向田野中间的一个小山包,那儿有两棵巨大的槭树。莫德也站了起来,由于新的恐惧,她的身子在发抖着,全然忘掉了那个杂货店老板。梅转了回来,又坐在了草地上。"我还以为看到有人在那棵大树后面探头探脑。"她说道,"你看我这个人很小心谨慎,和男人在一起就是要靠我这样的小心谨慎。"

在警告过莫德无论发生什么事都不能说出这个秘密之后,现在是第一次,梅开始讲她的故事给另一个人听。在一个漆黑的夜晚,天下着大雨,树枝在狂风中摇曳着,她从埃奇利老屋的床上爬了起来。她打开窗户,想看看这场暴风雨。她也不知道到底是什么使她这么做,这是她以前从来没有做过的事。说实话,就好像外面有个声音正在呼唤着她,命令着她。天哪,她把窗子猛地推开,站在窗前朝外看着。大风在狂啸怒号!狂风暴雨在黑夜中似乎四处奔跑,整座房子在地基上颤抖着,大树几乎被压弯在地面上。不时地会亮起一道闪电,她能看到外面像白天一样的清清楚楚,——"我甚至能看清树上的叶子。"梅觉得这个世界的末日肯定到了,但由于某种奇怪的原因,她一点儿也不感到害怕。要解释她在那天晚上的情感是不可能的,当然,她无法入睡。外面黑暗中的什么东西似乎一直在呼唤着,呼唤着她。“这是两年多前所发生的一切,那时我还只是个上中学的小女孩。”她解释道。

那天晚上狂风暴雨肆虐的时候,在一道闪电的亮光中,梅看到有个人绝望地跑过这片田野,就是她现在和莫德安静地坐着的地方。即使是从她所站的楼上房间的窗户旁,她都能看清那是个白人。由于长时间的奔跑,他的脸色既憔悴又疲惫。在他的后面,大约只有十几步之遥,有一个大块头的黑人,手里拿着一根大头棒。就在那一刻,梅明白了,她的心里豁然醒悟,明白了一切,就像一道闪电照亮了田野中的景象。那个拿着棍棒的大个子黑人想杀掉那个在田野上奔跑的白人。在那一刻她明白她将看到一场谋杀。那个奔跑的人无处可躲,那个黑人在步步逼紧。在紧接而来的另一道闪电中,那个白人突然绊了一跤,摔倒了。梅猛地举起双手,惊叫了一声,昏倒在地。她总是羞于提到这件事,但为什么要否认她昏倒在地呢。

那天晚上的结局十分恐怖!即使只是提到这事也会让梅浑身战栗,现在仍然是这样。她父亲听到她的尖叫声,立即跑到她的房间来。她已经醒了过来,坐在那儿,她用几句话很快地告诉父亲她所看到的情景。

好了,你看,她和父亲不知怎么搞的,两人就走出了屋子。他们俩还都穿着睡衣。在屋子后面的柴火间里,她父亲摸索了半天,抓了一把斧头,这也是他在附近能找到的唯一的一种武器。

他们的四周黑黢黢的,再没有雷电闪光的照亮,开始下起雨来。雨越下越大,大雨如注,奔泻而来。大风凶猛地刮着,一棵棵树似乎都在相互呼喊着,就像几个朋友迷失在黑暗的山洞里那样相互呼唤着。

尽管大风在呼啸怒吼着,梅和她的父亲都没有感到害怕。或许是他们太激动了,恐惧无法占据他们的心。梅也不知道当时她是什么样的感觉,也无法用话语来描述当时的感觉。

她只是跟在父亲后面跑,跑下了厨房后面的那个小山包,趟过了那条小溪,一路上磕磕绊绊,摔了好几跤,自己爬了起来,又跟着跑。他们来到了这片田野边上的栅栏旁。好了,他们也不知怎么地就翻了过去。这真是一片非常奇怪的田野,他们父女俩在白天已经不知道有多少次穿过这片田野了(打小开始梅就经常在这里玩耍,而且她觉得自己熟悉这里的每一棵草,每一个小池塘和小山丘),真的奇怪,在黑夜里全都变了,就好像她和父亲逃离到一个没有树木的荒野平原上。他们跑啊跑啊,一连跑了几个小时,可他们仍然在这片田野上。后来,当梅回想起那天晚上的经历,她才明白了人们是怎样地编写神话故事。你看,这片田野大地就好像是橡皮做的一样,会随着他们的奔跑而拉长。

他们看不到任何的树木,任何的房子,什么都没有。有一阵子,她和她父亲紧挨在一起,绝望地奔跑着,跑向虚无缥缈中,跑向黑暗的围墙中。

然后,她和父亲俩人走丢了,她父亲被黑夜吞噬了。

不知道是什么声音的吼叫一直在持续着,那些大树在远处的什么地方正在互相呼唤着,那些野草的每一片叶子似乎都在说话——都在兴奋地窃窃私语,你或许听到过。

真是太可怕了! 梅不时地能听到父亲的声音,他一直在咒骂着,“天罚你!”他一遍又一遍喊着,咕哝着。

这时又传来另一种可怕的声音,这肯定是那个一心想杀人的黑人的声音。梅听不懂他所说的话,当然,他的话是用某种陌生的外语喊出来的,一种莫名其妙的语言。

后来梅停止了奔跑。她已经筋疲力尽,再也跑不动了。她就坐在一个小池塘边的地上,她的头发全部散落下来,可是她并不感到害怕。刚刚发生的这件事太恐怖了,以致她都不感到害怕。这就像一个人站在上帝的面前并不会感到害怕一样,怎么会害怕呢? 一片正在破土发芽的野草叶子在太阳面前是不会感到害怕的。在茫茫的黑夜中,你什么都看不见,你也变得非常渺小,甚至不存在,这就是梅那天晚上的感觉。

她的全身被雨浇得湿淋淋的,湿透了的衣服紧紧地粘在身上。周围各种各样的声音都在继续着,暴风雨还在肆虐。她坐在那儿,两脚浸在小池塘的水中。周围的东西似乎都要从她的身边飞过,黑色的人影在奔跑,在尖叫,在咒骂,在说着奇怪的言语。在事情过去后,当她回想起整个情景时,她自己都深信不疑,那个巨大的黑人和她的父亲两人都从她身边跑过去,不下十几回,而且经过她身边时几乎是贴身而过,她只要举起手就能碰到他们。

在黑暗中她坐在那儿有多久? 这是她永远弄不明白的事情,她父亲也和她一样。她父亲后来也说不清楚,因为他怎么也想不起来,在黑暗中他到底东奔西跑了多久,手里还拿着一把斧头想砸什么东西。有一次他撞到了一棵树上,嘿,他退了一步,把斧头狠狠地砸进树干中。以后白天什么时候梅会带莫德去看看那棵树上的深长切口。她父亲把斧头砍进树干中太深了,他费了老大的劲才把斧头拔了出来。即使是在他激动的时候,每当他想起自己当时是个怎样的大笨蛋时,他都会笑出声来。

梅坐在那儿,两只脚浸在小池塘中,她的头发全都粘在赤裸的肩膀上,她的双手支着脑袋,她想努力地思索一番,或许她想捕捉那些陌生的吼声中某个有意义的单词。噢,她到底在想些什么?她也不知道。

就在这时,有只手拍了她一下,这是一只白色的结实有力的手。它就从黑暗中悄悄地伸了出来,好像就是从梅坐的地方的地底下钻了出来。有一件事情是肯定的,即使能活到一千岁,梅也永远弄不明白她为什么没有尖叫,没有吓晕过去,没有站起来狂跑,没有让自己的头撞上什么东西。

在那个暖和、晴朗,星光灿烂的夜晚,她们俩一起坐在那片田野上时,梅告诉莫德·韦利弗,“爱情是个奇妙的东西。”她的声音颤抖着,“我知道,一个值得我信赖一辈子的男人来了。”她解释道。

这是梅的一生中最奇妙和最令人激动的时刻的开端。她从来没有想过要把这件事告诉世界上的任何一个人,至少要等到她结婚的时刻到来之后,或者要等到她所爱的那个男人所面临的所有危险像云彩一样飘走之后。

在那个可怕的夜晚,当暴风雨还在肆虐的时候,那只手悄然而至,如此的奇妙和意想不到的手抚摸了她之后,立刻就使她安静和安心了下来。由于夜太黑,她看不见这只手后面的这个男人的面容和身躯,但出于某种原因,她立刻知道他是一个英俊善良的男人,她一下子就完全地爱上了这个男人,这是真的。后来这个男人告诉她,他也有着相同的感受。在那个风雨怒吼的黑夜,当他的手摸到了她之后,对他来说同样是一种极大的欣慰。

不知怎么地,他们离开了那片田野,两人一起慢慢地走进了埃奇利大房子里。他们进屋后,既没有开灯,也没有点亮什么,而是手拉手地坐在梅房间的地板上,说着悄悄话。过了很长时间,或许有一个钟头,梅的父亲也回来了。他走出了那片田野,迷失在乡间的一条路上。当他往前走的时候,他听到身后有悄悄的脚步声跟来。这是那个黑人跟踪错了人,但奇怪的还是他没有杀掉约翰·埃奇利。当时的情况是这位板车车夫开始狂跑,窜进了一个密集的林子里,这样才甩掉了那个追击者。然后他脱掉鞋子,打着赤脚设法找到了回家的路。那个黑人跟踪错人成了一件好事,那个跑到梅房间里来的男人自由了,这是两年多来他第一次获得了自由。

后来才知道那个男人受的伤很重。那个黑人,在追赶的兴奋中,曾对准他的脑袋猛击一下,如果被击中了就够他受的。还好,这一击只是擦边而过,只是擦伤了他的头,流出血来。当他在黑暗中和梅手拉手坐在她房间的地板上,告诉她自己的故事时，他头上的血一直不停地啪啪滴在地板上。梅当时还以为是她头发上的水滴下来，这也刚好表明了他是个什么样的男人，他是个无所畏惧，能够忍耐一切而毫无怨言的男人。后来他发高烧病了几个星期，梅一直没有离开他住的房间，照料他逐渐地恢复了体力。在比德韦尔没人知道他来过这幢房子。后来，在一个漆黑的夜晚，他离开了小镇。为了保护自己，你得在一个伸手不见五指的漆黑夜晚离开。

至于这个男人的故事，梅还从来没有告诉过别人。她之所以说给莫德·韦利弗听，是因为她至少必须让一个朋友知道这个故事的来龙去脉。即使是她那位曾冒过生命危险的父亲，也不知道这件事情。

梅的身子前倾，双手掩在脸上，好长一阵子都不说话。草丛中的小虫儿一直在唱着歌，莫德还能听到在远处大街上人们走路的脚步声。自从她离开韦恩堡来到比德韦尔，她就走进了另一个天地中。印第安纳州和俄亥俄州大不相同，这里连空气都不一样。她深深地吸了一口气，环顾着四周的温柔夜色。如果她只身一人的话，她就不会站在会发生刚才所描述的这些奇妙事情的这个地方，但现在这片田野是多么的静谧！她轻轻地伸出一只手，拍了拍梅的衣服。她想好好地思考一下，但她的思绪都是模糊不清的，老是漂到一个奇怪的世界中。在认识梅之前，她就是去看看戏，读读书，听听其他人说的那些寻常百姓事，当时她的生活是多么的枯燥无味和平淡无奇。有一次她父亲在铁路上干活时遇到火车失事，居然能毫发无损地逃脱真是奇迹，当有同事来到韦利弗家，他总是讲起那次的火车失事。车厢是怎样地叠在一起，在漆黑的雨夜中，当他走在车厢顶上时，被撞飞了起来，一个跟斗栽了下来。但却是脚先落地在茂密的灌木丛中，没有任何损伤，只是受了严重的惊吓，这完全是一个奇迹。莫德当时认为这个故事很刺激，傻乎乎地以为惊心动魄。她现在对这样的鸡毛蒜皮的小事简直不屑一顾，认识梅·埃奇利使她的生活发生了巨大的变化。

“你不要说出来，你对生活作出的承诺不要说出来。”梅紧紧地抓着莫德的手，两个女人默默地神情专注地坐在那儿，心中都被某种巨大的情感震撼着。这情感似乎从田野的干草上掠过，穿过远处树林中的枝叶，似乎也震撼了天上的星星。对莫德来说，星星似乎就要开口说话。它们亲密地从天上下来，“要当心。”它们似乎在互相叮嘱着。如果她生活在古代的朱迪亚，如果能让她走进耶稣和他的门徒们共进最后晚餐的房间，她觉得也不会比让全世界的人们来到她眼下所坐的地方来得更加完全地令人谦逊和感激。

“他是他那个国家的一个王子。”梅突然打破令人窒息的沉默。要是换个时候,莫德觉得自己肯定会惊叫起来。"哦,他住在非常遥远的地方。在他自己的国家,他的国王父亲已经决定要王子娶邻国的那个公主,而且在同一天,他的妹妹要嫁给他未婚妻的弟弟。他和他的妹妹从来都没有见过要和他们结婚的那个女人和男人。这些王子和公主都不认识,你看,这些王子和公主的终身大事就是用这样的方式来安排。"

"他对这桩一切都已包办好的婚姻一点都不在乎。后来有一个晚上他突然想起一件事,他有一种几乎难以抑制的欲望,想见一下那个即将成为他妻子的女人,和那位即将成为他妹妹丈夫的男人。好了,他趁着黑夜出去,沿着一堵高大的城墙爬到一座高楼的窗户旁。透过窗户,他看到了那个男人和那个女人。他们俩长得奇丑无比,简直是可怕极了！他浑身颤抖,有一阵子他真想松开抓在石头墙面上的双手,让自己落到下面的岩石上摔个粉身碎骨。他愿意这样惨烈地死去,他并不在乎。"

"就在这时他想起了自己的妹妹,那位美丽的公主。无论发生什么事情,都应该把她从这桩婚姻中拯救出来。"

"因此,这位王子回到家里就和父亲对着干,这是一幅可怕的情景。他父亲发誓一定要让这桩婚姻成功,因为这个邻国非常强大,而且幅员辽阔。他的儿子会因为这桩婚姻成为世界上最强大的国王。王子和国王在城堡中对峙,互相盯着,谁也不让对方一步。"

"有一件事情王子很清楚,如果他不结婚,那么他妹妹也没有必要出嫁。如果他出走的话,两个老国王一定会吵起来,他很肯定这一点。"

"尽管一开始他就给了他那位国王父亲机会。'我不会干这事的!'他宣布并坚持己见。老国王勃然大怒,'我要剥夺你的继承权!'他大声地说道。然后,他命令儿子从他眼前离开,等到下决心接受这桩婚姻时再回来。"

"这位老国王没有料想到的是他儿子会如此地固执己见。你看这位年轻的王子迈步就走出了城堡,径直向外面的世界走去。"

"可怜的家伙,当时他的手就跟女人的手一样柔嫩。"梅解释道。"你看,在他以前的生活中,他从来没有自己动手做过一件事,甚至穿衣服时他都用不着自己扣扣子,作为一个王子从来用不着自己动手。"

"就这样这位王子逃跑了出来,经过许多难以想象的艰难困苦,设法一路跑到了一个港口,在那儿的一艘即将开往国外的船上,找到了一个当水手的工作。这艘船的船长一点都不知道,其他的水手也不知道,他是一个国王的儿子。他们也不知道这事引起了一片巨大的哗然,许多骑着马的人在全国各地狂跑,都想找到这个失踪的王子。”

“就这样他跑了出来，成了一个水手。而在城堡里他父亲成天大发雷霆，不和任何人说话。老国王把自己关在城堡的一个房间里，一天到晚就知道骂骂咧咧。”

“然后有一天，他把一个身材巨大的黑人叫到身边。这个黑人从一生下来就是国王的奴隶，在国王所有的仆人中，这个黑人是最强壮的，最精明的，也是跑得最快的。‘你给我走遍陆地和海洋，’国王大声地说道，‘到所有那些遥远的陌生国家去，到所有的人群中去。直到你找到我的儿子，把他带回来和我许配给他的那个女人结婚，否则你别回来见我。如果你找到他，他不愿意回来，有必要你就把他打倒在地，但不要杀了他。把他打昏过去，带回来见我。没有完成我交给你的使命，就别让我再见到你的脸。’他扔了一把金币到那个黑人的脚下，这是给他旅途的车马费和住店的伙食费。”梅解释道。

“那个国王的儿子在陌生的海洋上一直不断地航行，他经过许多的冰山，岛屿和大陆，见过许多巨大的鲸鱼，夜晚听到过在陌生的海岸线上野兽的巨大吼叫声。”

“他一点都不害怕，害怕就不是他了。在那段时间里，他的身体越来越强壮，双手越来越结实，他能干越来越多的活，而且比船上几乎所有的人都要来得快。船长差不多每天都要把他叫到身边，‘好啊！’他说，‘你是我最勇敢、最出色的水手。我应该怎么嘉奖你？’”

“可是那位年轻的王子不要任何的奖赏，能够逃脱那位可怕的国王女儿他已经很高兴了。她长得是多么丑陋啊，为什么她的牙齿会像大象的长牙一样从嘴里突出来，为什么她会有满脸的皱纹，模样憔悴。”

“这艘船一直在大海上航行，可它撞上了一块竖立在海底的暗礁，船被撕裂成两半。除了王子，其他人都被淹死了。”

“他在海里游啊游，最后游到了一个孤岛上。这个岛上有一座大山，却没有人居住，山上到处都是黄金。过了很久以后，才有一艘过路的船把他带走，但他没有告诉任何人那座金山的事情。他继续一直航行，来到了美国。他开始攒钱，想自己买一艘船去运回那些黄金，然后再回到他自己的国家。这样，他就可以富有到想娶谁就娶谁。他到处打工攒钱，可是就在这时那个大个子黑人追踪到他的踪迹，他想逃跑，一次又一次地拼命想逃脱。就是在那次的逃跑中，梅发现他半死不活地躺在这里的田野上。”

“事情的发生是这样的，那天晚上他乘的那列火车正在经过比德韦尔，时间是9:50。但火车没有停，只扔了一袋邮件下来。那个黑人也在他乘的这列火车上。

当火车在可怕的暴风雨中飞快地驶过比德韦尔镇时，王子拉开一扇门跳了下去，那个黑人紧跟着他也跳了下去。他们两人就开始跑了起来。”

“两个人从火车上跳下来时都没有受伤，这真是奇迹。然后他们就跑进了梅看到他们的那片田野里。”

“我不明白那天晚上到底是什么让我一直保持着清醒的头脑。”梅又说了起来。她站了起来，朝着埃奇利大宅走去。“我们已经订婚了。他已经去赚钱买船了，然后去取回那些黄金，等到那时候，他就会来接我。”她用煞有介事的语调述说着。

两个女人来到铁丝网前，爬了过去，进入埃奇利家的后院。这时已将近午夜，莫德·韦利弗以前从来没有出来得这么迟过。在韦利弗的家里，她姑妈和父亲都坐着等她，既紧张又害怕。“如果她没有很快回家的话，我就去报警找她。我担心发生了什么可怕的事情。”

但是莫德没有想到父亲会在家里等着她回来。其他更加忧郁的念头占据着她的心。她今天晚上来埃奇利家是打算邀请梅和她一起去远足，和那两个杂货铺老板一起去迪尤德罗普，但现在看起来这是不可能的。一个被王子爱上，并且已经和他秘密订婚的女人，她绝对不会让人看到自己和一个杂货店老板混在一起。但是，除了梅，莫德不知道在比德韦尔她还能邀请到哪个其他的女人一起去远足，而这样的远足她觉得不能一个人单独前往。这件事情看来得全部放弃掉了。当她意识到这次的旅行对她是多么重要时，她的嗓子眼哽得说不出话来。在韦恩堡，在那位杂货商亨特面前，她有一种在其他男人面前从来没有的感觉。对，他是老了点，但当他看着她时，他眼睛里的那种神色，使她的心里有一种奇妙的感觉。他来信说他有话要对她说，但恐怕永远没有机会说了。

两个女人在黑暗中绕过埃奇利大宅，来到大门前。这时，莫德抑制不住内心一直想表达的悲伤，失声哭了起来。梅感到很惊讶，尽力想安慰她。“怎么啦，到底怎么回事?”她焦急地问道。走进大门，她伸出一只胳膊抱住莫德·韦利弗的肩膀。两个人的身影在黑暗中轻轻地晃动了很久，然后梅设法拉着莫德走进埃奇利家前面的门廊里，一起坐下。莫德告诉梅拟议中的旅行这件事，以及这个旅行对她来说有多么的重要。但莫德就像谈起一件过去的往事，一个破灭的依稀梦幻。“我不敢邀请你一起去。”她最后说。

大约十分钟后，莫德起身就要回家了，梅仍然保持着沉默，沉浸在自己的思绪中。王子的故事已经忘记了。她现在唯一所想的就是这个小镇，这个镇上的人都是怎么对待她的。如果有机会，他们还会这样做的。但这两个杂货店老板都是其他地方的人，对她一无所知。她想起到桑达斯基湾海滩要坐很长时间的马车。莫德已经向她转达了这次旅行对她意味着什么的想法。梅的心里在急速地翻腾着，“我不能单独和一个男人在一起，我也不敢这样做。”她在想着。莫德说过他们要乘坐一辆萨里式浏览马车前往，那么她所讲过的王子故事中的一些东西现在倒是可以加以利用。由于有了这个王子，她可以坚持不让莫德离开她一步，留下她单独和另一个男人，那个陌生的杂货店老板，一刻都不让她离开。

梅站了起来，犹豫不决地站在自己的家门口，看着莫德走出了大门，她的肩膀弯得多么厉害。“噢，对了，我去。你来安排这件事，但不要告诉任何人，我和你一块去。”梅突然说道，然后，没等莫德·韦利弗从惊讶中回过神来，没等她的高兴劲传遍全身，梅已经拉开了门，消失在埃奇利的大宅中。

第五章

迪尤德罗普，就是即将举行莫德和梅要参加的那个舞会的地方，在梅·埃奇利的那个时候，毫无疑问现在还是，一个非常阴郁的地方。这里有一条东西走向的铁路主干道几乎一直延伸到了海边，与小岛连接，然后又从岛上突然转出来。在主干道中间的那块狭长地带和海湾边建有几座巨大的冰库，在这些冰库的西面有四座其他的楼房。这四座楼房没有冰库那么大，但同样地没有装饰和难看。转过这几座冰库，就是海湾的岸边，那后面的四座楼房耸立在铁路的远处，由于这些楼房在一年中有十个月都没有人住，你看着那些没有窗帘的窗户，看起来就像一只只死亡的大眼睛，朝外俯看着大海。

这些楼房是由一个总部在克利夫兰的制冰公司建造的，用来在制冰季节时给公司的工人们居住。楼上的几层都是由外面的楼梯上去，每层的四周都有摇摇欲坠的阳台。这些阳台是用来作为进入那些一间间小卧室的通道，每个小卧室都有一个床铺，靠在里面的墙上，并铺满了稻草。

再往西走就是迪尤德罗普村了，这里大约有八到十幢没有油漆过的小木板房，里面住着一些既打鱼又干些农活的村民。在每家每户前的海边，都拴着一只小帆船，用来在冬季的那几个月，往北到那个遥远的、风景达不到的沙洲上。

整个漫长的夏天，迪尤德罗普一直是个寂静的、死气沉沉的地方。在遥远的海湾另一边，黑色的浓烟从新兴的工业城市桑达斯基的那些工厂的烟囱冒出来，站在海湾的边上，你就能看到一大片的浓烟缓慢地飘过地平线，然后被风吹得摇摇晃晃，七零八落。在夏日里，一些渔民把船放下水，沿着漫长的海峡去巡查他们的鱼网，而他们的孩子就在海边的沙滩上玩耍。在内陆乡村的农田里，庄稼长势并不怎么茂盛。这是因为在这片黑土地上,在一年中的一些季节里,总有部分的田地被滞留的海水淹没。从弗里蒙特、贝尔维尤、克莱德、蒂芬和比德韦尔等城镇来迪尤德罗普的公路,经常无法通行。

但在六月的日子里,在梅·埃奇利来的时候,就有一拨又一拨的人沿着公路来到海边。沙滩上充满了城里来的孩子们的尖叫声,女人们的笑声和男人们粗哑的说话声。他们待上一天一夜就走了,在沙滩上留下许多空的铁罐子,锈迹斑斑的炊具。从海边回来的一路上,到处都是碎纸片,扔在树底下和灌木丛中慢慢地腐烂。

当炎热的七月和八月来临时,这里就不再怎么热闹了。只有夏季的工人来,把冰库里的冰块搬出来,装进一个个的车厢。他们早上来,傍晚离开。由于他们都是有家有口的沉默工人,不会做任何打扰这个地方宁静的事情。中午的时候他们坐在冰库的阴凉地方,边吃午饭边讨论一些像这样的问题,比如说,对一个工人来说,是租房子还是买一座自己的房子,然后欠债,慢慢地还清分期付款。

当夜晚悄然而降,一个爱冒险的女孩,这里一个渔民的女儿,来到沙滩上散步。多亏了风风雨雨,沙滩上才能总是保持着干干净净。由冬天的风暴推上沙滩的大树桩和原木,又被大风和海水增添上了喜悦的色彩,使它们的颜色变得更加柔和。在月光明媚的夜晚,那些缠在树干上的老藤,就像一只只瘦骨嶙峋的手臂伸向天空。在暴风雨的夜晚,这些在风雨中摇摆的老藤使这位女孩的心里感到一阵阵的恐惧。她把身子紧紧地贴在冰库的一堵墙上,倾听着。在海湾遥远的对面,是大城市桑达斯基大片的灯光。在她的背后,是她的那个小渔村的微弱的灯光。那天下午,有一群流浪汉从一列货车上下来,准备在空荡荡的工人宿舍里痛痛快快地闹一晚上。他们把门从铰链上使劲地扯下来,然后从阳台上扔了下来。很快地,他们生起了一堆大火。今晚这里的渔民们肯定会被这些人的咒骂声和喊叫声滋扰一个晚上。那个爱冒险的女孩沿着沙滩飞快地跑走,但还是被其中的一个流浪汉看到了。大火堆已经燃烧起来,他手上拿着一根燃烧的木棍,朝着那个女孩的头上猛地扔了过去。“快跑吧,小兔子。”他喊道,那根燃烧的木棍呈弧形在空中划过,刺的一声落入了海水中。

这是冬天,那个恐怖时期即将到来的序曲。在艰难的一月份,当整个海湾都覆盖着厚厚冰层的时候,一个穿着沉重的毛皮大衣的大胖子,从停在冰库旁的一列火车上下来。从火车前面的一节车厢里,大量的箱子、小桶和板条箱,扔在了铁轨旁厚厚的积雪中。许多城里人的到来,打破了迪尤德罗普冬天的宁静。那个穿着毛皮大衣的人和他的助手们就是来搭建起这出戏剧的舞台的。成千上万吨的冰将被切割成块,储存在这几个巨大冰库的锯末中。一连几个星期,这个偏僻宁静的地方将会充满了生机。这里的静谧将会被喊叫声、咒骂声和许许多多的醉酒歌所打破,还有肯定会开始打架,会开始流血。

那个胖子艰难地走过雪地,来到那四座空荡荡的房子前,开始四处察看。从挤在一起的几处当地房子屋顶上,淡淡的炊烟冉冉地上升到冬日的天空中。他问他的一个助手道:“谁住在这些的棚屋里?”他在迪尤德罗普投资了许多钱,但一年只来这个地方一次,每次只待上几天。他穿过大饭厅,沿着冰块切割工睡觉的宿舍前面的阳台走过,一边在轻声地咒骂着。在这一年里,他的很多财产都被毁掉了。窗户被打破了,门从铰链上被拆了下来。他从口袋里掏出铅笔和纸,开始计算修理费用。“今年我们总共得花三百美元。”他在考虑着。一想到钱被这样扔掉,他就气得满脸通红。他又看了看那些沿着海边的小棚屋。几乎每年他都想去那些小棚屋那儿,按他自己话说,就是去大吵大闹一番。门被从铰链上扯下来,窗户被砸得粉碎,肯定是这些人干的,没有其他的人住在迪尤德罗普。“好了,我想这些人都是一群野蛮人,我最好还是别去惹他们。”他最后决定,“明天我就叫几个木匠来,该修理的叫他们修一修。我宁可让这些冰块切割工灌满啤酒,也不愿把钱浪费在他们那些过于奢华的宿舍中。”

那个胖子走了,其他的人来了。宿舍大楼厨房里的火升了起来,木匠们把门又钉到了铰链上,破损的窗户补上了。迪尤德罗普又要准备开始它的紧张而又繁忙的季节了。

渔民们全都躲藏了起来。当第一批冰块切割工到达的那天,其中的一个渔民就把全家人聚在一起商议。他看着自己有几分姿色的十五岁女儿,她现在已经能够驾着一只小船,穿行在袭击海湾的最猛烈的暴风雨中。“我要你销声匿迹,深藏远循。”他对女儿说。在一个冬天的夜晚,那些冰块切割工住宿的楼房里,有个最小的餐厅突然发生大火。那些渔民和他们的妻子都跑来帮助灭火,这件事他们永远忘不掉。正当这些渔民从海湾的一个凿冰窟窿里提来一桶桶水的时候,一群从克利夫兰来的年轻恶棍,想把他们的妻子拉到另外一幢楼房里去。尖叫声和哭喊声顿时响彻冬日的夜空中,男人们都跑过来保护自己的女人,一场搏斗开始了,有些冰块切割工站在渔民一边帮助打架,有些人则站在那群年轻恶棍那边,但那些渔民永远不知道会有人帮他们打架。在一片咒骂声中,那些成功地拉回自己女人的男人面露喜悦,急忙逃回自己的家中。一想到如果他们不成功的话将会发生的事情,他们的心头压上了和那个男人一样的恐惧。“我要你销声匿迹。”这位渔民对聚在一起的全家人说,但说这话时他看了看女儿。他不敢想象如果自己的女儿被拉到宿舍大楼的阳台上，在那群城里来的男人手中传来抱去，这样的事差点儿就发生在她母亲的身上。他狠狠地盯着自己的女儿。女儿看着他的眼睛就感到害怕。“你，”他又开始说道，“好了，从现在起，你要给我深藏不露，那些男人正在到处找像你这样的女孩。”说完，那位渔民走出了房间，他女儿却站在窗户旁想着心思。在挖冰时期的星期天，有时候，那些没有去城里消磨时间的男人，在下午沿着沙滩散步时就会从这些渔民房子前经过。她不止一次地从窗帘后面偷看过这些男人。有时候他们会停在一幢房子前，大喊大叫，他们中有个巧言令色的家伙还会施展一下他的魅力。“喂，这座屋子里有没有哪个女人愿意找一只虱子做情人？”他大喊道。这个油嘴滑舌的家伙跳上他的一个伙伴的肩膀，用牙齿一口咬下他头上的帽子。然后转身朝着这幢房子，做一个漂亮的鞠躬。“我只是一只小虱子，我觉得好冷，让我钻进你的被窝里。”他大喊道。

六月份的那个晚上，梅和莫德一起去参加在迪尤德罗普举行的舞会，和那两个单身的杂货店老板会面。他们刚开完在克利夫兰举行的皮西厄斯骑士年会，正在回家的路上。还有六个比德韦尔镇的年轻人也去参加舞会。舞会在一幢宿舍楼一楼的一个大房间里举行，这个大房间在一二月份时是给那些冰块切割工用来吃饭喝酒的地方。舞会是由几个农场主的儿子举办的，一个从克莱德来的，叫拉特·古尔德的独眼龙小提琴手，和另外两个小提琴手一起担当音乐伴奏。舞会向所有人开放，只要在门口付上50美分，而女人是免费的。拉特·古尔德在克莱德、贝尔维尤、卡斯塔利亚的各种场地以及新建的谷仓戏院所举行的其他舞会上都曾经宣布过这点。这是他的一个主意。只要是拉特主持的所有的舞会，早在几个星期之前，就把布告发了出去。“下个星期五晚上后的两个星期，我们将在迪尤德罗普举办一场舞会。”他用尖嗓子喊叫道，“我们将设立一个奖项，打扮最漂亮的女士将获得一件新的印花棉布连衣裙。”

从比德韦尔来参加舞会的年轻人中有三个是铁路职工，他们都是货车上的司闸员。和约翰·韦利弗一样，他们都在尼克尔·普拉特公司里干活。他们的名字是锡德·古尔德、赫尔曼·桑福德和威尔·史密斯。和他们一起来参加舞会的还有哈里·金斯利、迈克尔·汤普金斯以及考尔·莫舍，他们在比德韦尔是众所周知的年轻玩伴。考尔·莫舍在比德韦尔的尼克尔·拉普特车站附近的克雷森特·萨隆做酒吧服务员，而迈克尔·汤普金斯和哈里·金斯利两人都是房子油漆工。

这六个年轻人来参加这场舞会是出乎意料的。在六月份的那个晚上，他们很早就聚会在克雷森特·萨隆酒吧，那里有很多各种各样的酒。一个星期前，这里进行了一场棒球赛,克莱德棒球队对比德韦尔棒球队。大家还都在谈论,探讨着比德韦尔队败北之事,搞得这六个年轻人怒火万丈。"我们去克莱德吧。"考尔·莫舍提议道。这几个年轻人就去了代养马房,租了一组马和一辆萨里式游览马车,往车上装了大量的瓶装威士忌,然后就出发了,他们准备痛痛快快地玩它一个晚上。他们驱车沿着特纳·派克公路前往,在比德韦尔和克莱德之间,在一排农舍前他们停了下来。"喂,上床去吧,你们这群乡巴佬,挤完母牛的奶,上床去吧。"他们在那里大喊大叫。迈克尔·汤普金斯,大家都叫他迈克,是几个年轻人中最尖嘴薄舌的家伙。他准备露一手,来赢得大家喝彩。在一座农舍前,他走上前敲门并告诉出来开门的那个女人说,她的一个朋友站在路中央想和她说说话。这个双颊红润、身材丰满的女人是个农民的妻子,她大胆地走出来,站在马路中间的萨里式游览马车的旁边。迈克悄悄地从她后面走上去,张开双臂搂住她的脖子,猛地把她往后拉。当迈克强吻她的脸颊时,这个女人吓得尖叫起来。迈克跳上马车,和他的伙伴一起哈哈大笑。"告诉你老公,你的情人来啦!"他对着正在逃往自家屋子的女人大声喊道。考尔·莫舍拍了拍他的背上,"你真是狗胆包天,迈克。"他的话里充满了钦佩。他双手拍着自己的膝盖说,"这回她有话头够谈上十年八载的,嗯?迈克给她的这一吻她十年也讲不完。"

到了克莱德,这几个比德韦尔的年轻人走进了查利·舒特酒吧,在那儿又惹起了事端。锡德·古尔德是比德韦尔队的投球手,在一个星期前的那场在克莱德的比赛中,当时他站在投手旁边,被一记快速的投球砸伤了脑袋的侧面。他无法继续投球,而替补他的那个人技术又不够熟练,那次比赛输了。现在他在这个查利·舒特酒吧里,锡德想起那天的受伤,就开始大声谈了起来,故意挑衅在酒吧另一头的那群年轻人。查利·舒特酒吧的掌柜警觉起来,"嘿,你们该不是要挑起事端吧?你们不要在这个地方惹是生非。"他低声地怒吼道。

锡德转身向他的朋友说,"对了,就是这个卑鄙的小子,他砸伤了我的脑袋。你们看,我的这个棒球队连这个镇的人都说很不错,而且完全在我的掌握之中。一连五局下来,他们一点分都没有捞到。然后你看他们干什么,嗯?他们就安排了这个卑鄙的投球手来砸我的脑袋,这就是他们干的好事。"

有一个克莱德镇的年轻人,刚好也在这家酒吧里消磨晚上时光,他是克莱德镇棒球队的一个外场手。当锡德在高谈阔论的时候,他从前门溜了出去。他飞快地跑着,从一家店铺到另一家,从一个酒吧又到另一个,挨门挨户地,小声地向四处传递着消息。他是个蓝眼睛,说话声音柔和的高个子,但现在他却变得异常兴奋。十几个年轻人聚集在他的周围,这伙人开始向舒特酒吧进发。但当他们到了那儿时,从比德韦尔来的那伙年轻人已经走出来到了人行道上,已经从酒吧门口的栏杆上解下了他们的马匹,正准备离开。“嗬,你们这伙人,”这位蓝眼睛的外场手声嘶力竭地大叫道,“别以为你们撒了谎就可以偷偷摸摸地溜出城去,你们给我站住,接受你们应得的惩罚。”

克莱德的这场架打得急促而激烈,只持续了三分钟。当锡德·古尔德丢了两颗牙齿,他的两个伙伴被打得头破血流时,他们就挣扎着爬上马车,赶起了马儿。那个蓝眼睛的外场手,愤怒加失望,气得脸色苍白,他也跳上了马车的脚踏板。“回来,你们这群卑鄙的小人!”他大喊道。马车行驶在大卵石的路面发出噼噼啪啪的震动声,几个克莱德的年轻人在后面追赶着,锡德·古尔德缩回他的一只胳膊,有力的一击打中了那个外场手的鼻子,这一拳把他打下了马车,摔倒在马路上,刚好一只轮子从他的双腿碾过。锡德高兴坏了,探出身子,向他们发出挑战。“到我们比德韦尔来吧,一次来一个,我一个人就能把你们全镇的家伙都修理一遍。我最想干的就是每次收拾一两个你们这样的家伙。”他挑衅道。

在克莱德镇北的公路上,赶车的考尔·莫舍把马停住。大家正在商量,这次的旅程是否继续到弗里莱特镇,去寻找或许更加诱人的冒险,还是最好回到比德韦尔镇去补一补打掉的牙齿,看一看开裂的嘴唇和乌黑的眼圈。锡德·古尔德是这伙人中受伤最重的家伙,他最后一锤定音。“今晚在迪尤德罗普有一场舞会,我们去那儿吧,去搅和搅和那些乡巴佬。今天晚上就是因为我才动手打起来的。”他说道。紧接着马儿就掉头往北而去。在马车的后座上,威尔·史密斯和哈里·金斯利已经进入了不宁的睡梦中。赫尔曼·桑福德和迈克尔·汤普金斯正哼着一首歌。考尔·莫舍和锡德说着话。“我们要安排和克莱德那帮家伙再比赛一次。”他说,“现在你听着,我来告诉你应该怎么做。你还是做这场比赛的投手,你明白吗?对了,你要煽动面对你的每一个人连续打它八局,这会让他们感到难堪,显示出他们是多么的笨蛋。然后,等到第九局的时候,你就开始用球击他们的脑袋。在比赛结束,开始打架之前,你最好能放倒那帮家伙中的三到四个人。到那个时候,我们也会有自己的一帮人在场。”

当那六个从比德韦尔来的年轻人到达迪尤德罗普时,已经大约十一点钟,舞会正在热火朝天地进行中。那座框架宿舍大楼的餐厅的所有门和窗都已经全部打开,地板仔细地打扫过,在所有窗户和门道的上面都悬挂上了绿树枝。夜色美好,月亮高挂。在白色沙滩的二十多英尺外,海湾里的海水发出细细的涛声。舞厅的一个角落有一个凸起的小平台,上面坐着拉特·古尔德和他的弟弟威尔,一个长着灰头发的小个子,他拉一把比他自己个头还大的低音提琴。另外两个男人,和拉特一样是小提琴手,组成了这支管弦乐队。几乎宣布的每一场舞会都是方块舞会,拉特总是担任舞步指示的歌唱人。他的尖声歌唱盖过了舞步的拖曳声和不绝于耳的嗡嗡谈话声。“把你们的舞伴转起来,转起来。把你们的脑袋低下来,扬起你们的脚跟来,让你们的舞伴飞起来,飞起来。良宵美景奈何天,把那月儿高高地挂起来,挂起来。”他总是这样唱。

梅·埃奇利和她的陪伴人,那位来自印第安纳州芒西镇的杂货商,一起坐在大房间的一个角落里。他是一个相当肥胖沉重的中年人,四十五岁。他的妻子在前年去世了,这是他妻子去世后第一次和一个女人在一起,他感到很兴奋。他的头顶上有一块圆圆的秃顶,激动的红晕不断地爬上他的脸颊,爬上他的发梢,再爬到他头上秃顶的地方,就像海水的波浪一直打到沙滩上。梅穿着一件白色的连衣裙,这件连衣裙当时是专门为参加比德韦尔高中典礼买的。梅的头上戴着一顶白色的大帽子,帽子上装饰着一根长长的鸵鸟羽毛,就是那种著名的柳羽饰。帽子是从莉莲那里借来的,她出城去了,还不知道这事。

梅以前从来没有参加过舞会,她的那位陪伴人打小起就没有跳过舞。但在莫德·韦利弗的建议下,他们试了试加入方块舞中。“这很容易,”莫德对他们说,“你们所要做的就是认真看,跟着其他人跳。”

他们的尝试最终还是失败了。当这位从芒西来的大胖子蹦蹦跳跳地四处乱转的时候,所有其他跳舞的人都咯咯直笑,嘲笑他。他要么走错了方向,抓住别的男人的舞伴,揪着人家到处乱转,要么甚至走错了基本队形。他感到非常难堪,朝着梅冲了过去,就像是暴雨突然来临时一个人急匆匆地冲进家里。他一把抓住梅的胳膊想离开舞场,想从正在嘲笑他的那些人的视野中消失,但拉特·古尔德对着他尖声地大喝一声:“回来,胖子。”搞得这位杂货商手足无措,只好又开始拉着梅乱转。梅也在笑,不愿意再跳了。但在她尚未说出她不愿意再跳舞时,这位杂货商的脚底滑了一下,一屁股坐了下去,拉着梅也坐在了他那又大又圆的肚子上。

那天晚上对梅来说是糟透了,在舞场上的时光就像一把很久没有使用,生满铁锈的旧枪,怎么也打不响。流逝的每一分钟对她来说似乎都是在增加发生不幸的可能性的沉重负担。从比德韦尔出来的马车上,梅一直保持着沉默,心中充满了一种莫名其妙的恐惧。莫德·韦利弗也一直沉默,从某种意义上说,她希望梅不要来。在这样的夜晚,如果能够单独和格罗弗·亨特在一起,她觉得她会有些重要的话和他说。但在她的心里一直浮现着梅的模糊的幻想,单独和杰罗姆·哈德利待在森林里,在那儿梅为了生存而进行的搏斗。在另一个夜晚,也是在这片黑暗的田野上,梅紧紧地拉着王子的手。现在格罗弗·亨特也紧紧地抓着她的手,由于感到难堪,他也沉默起来。当他们到了迪尤德罗普,跳了两场方块舞之后,莫德就走到梅的面前。"我和亨特先生想一起去散一会儿步。"她说,"我们不会去太久。"透过窗户,梅看到在月光下有两个身影沿着沙滩走去。

带梅来舞会的那个男人叫怀尔德,他也想叫梅和他一起到外面的月光下去散步,但他还没有胆大到敢开口请她去的地步。他点了一根雪茄,然后叼着朝窗户外面,一口一口地在那儿吞云吐雾,还不时地把烟雾吹到外面。他告诉梅有关在克利夫兰的这次皮西厄斯骑士大会的情况,比如代表们都是坐汽车,克利夫兰的工商界设宴招待他们等。"这是在这个城市里举办的一件大事。"他说。市长亲自来了,还有一位美国参议员先生也来到会场。对了,还有一个人,他是个大胖子,能说会道,尽说些有趣的故事让在场的每个人都笑得前俯后仰。他是个仪式主持人,整个晚上都一直在讲那些最有趣的故事。至于那个芒西来的杂货商,他不会吃东西。哦,他笑得直到两肋疼痛。格罗泽·怀尔德想复述那个克利夫兰滑稽家伙所讲的其中一个故事,"以前有两个农夫,"他开始讲起来,"他们一起去费城参加一个教堂集会。但在同样的时间,同一个城市另一个啤酒商大会也在召开。这两个农夫走错了地方。"

梅的这位陪护人说到这里突然打住了,他的脸涨得通红,身子探出窗户,狠狠地吸了一大口雪茄。"噢,我想不起来了。"他说道。他突然想起来,他刚才开始讲的这个故事是不能说给女人听的。"哎呀,我差点儿让自己陷入窘境,差点儿就一时失言了。"他暗自想着。

梅从她的陪护人的身旁看着舞场上正在跳舞的那些男男女女们,眼里潜藏着恐惧。"我不知道这里有没有人会认识我,有没有人知道我和杰罗姆·哈德利的事情。"她在想着。恐惧,像一只饥饿的小老鼠,在啃咬着梅的心灵。两个脸颊红润的乡下姑娘坐在附近的一条长板凳上,脑袋凑在一块,正在低声地说着什么。"噢,我不相信有这种事。"其中一人大声说道,她们禁不住爆发出一阵吃吃的笑声。梅转身看着她们,心中充满了某种的恐惧。还有个年轻的农场工人,长着一张油光满面的红脸,脖子上系着一块白手帕,他向另一个年轻人做了个手势,俩人一起走到外面的月光里。他们也在低声地说着什么,然后一起哈哈大笑。其中一个家伙还转过头来看了一眼梅那张苍白的脸,然后他们各点燃了一根雪茄,走开了。梅再也听不见那位杂货商怀尔德关于克利夫兰大会的奇闻趣事。"他们认识我,我敢肯定他们认得我,他们听说过那件事。今天晚上过去之前,会有一些可怕的事情发生在我身上。"她在心里想着。

梅一直想去像她现在来的这样的地方生活,有许多的陌生人聚集的地方,她可以在那些陌生人中自由地到处走动的地方。在和杰罗姆·哈德利的那件事发生之前，在放弃想当个老师的想法之前，她曾经想过很多很多，当她成为老师时要做的事情。每件事情都经过精心的计划。她会去一个远离比德韦尔，远离埃奇利家族的小镇或是乡下，去谋得一个老师的职位。在那里她可以过自己想过的生活，然后获得成功。再也没有那些出身家庭的不利条件，她可以独立自主，自强自立。是啊，那或许是个机遇。她那聪明的天性最后肯定会有真正的价值。在新的地方，她会到处去跳舞，去参加其他的社交聚会。作为学校老师，从某种意义上说要为孩子们的将来负责，家长们一定会很高兴地邀请她去拜访他们的家。而她所要的就是这样的一个机遇，有机会走进那些素不相识的人家，面对那些从来没去过比德韦尔，从来没有听说过埃奇利家族的人们。

然后，她就会露一手自己的本领！她会去……对了，去参加舞会，去有许多人聚集的家里玩个痛痛快快。她会到处乱跑，夸夸其谈，哈哈大笑，让大家都对她翘首以待。她那聪明的头脑会编造出多少事情来说啊！那些话语会变成她要弄的一把把锋利的小剑。身处这些聚在一块的人群中，她为自己构思了多少幅的图画。如果她发现自己成了众目所归的目标的话，那也不是她的过错。无论她走到哪一个人群中，她总是一个引人注目的人物，尽管这是个事实，但她会一直保持着谦逊。不管怎么样，她不会说那些伤人的话。她真的不会做这样的事，也没必要做这种事。所有的一切都是非常美好的。有几个人在一块就会交谈，她就会走上前去。她会先听一会儿，听懂了他们所谈的内容，然后再说出她自己的看法。那肯定是惊人妙语，她能够就他们所谈论的任何话题，提出她自己新颖的，独特的，惊人的，但又是吸引人的观点来。她的脑袋转得特别快，足够应付这些事情。

带着满脑子的种种幻想，想象着自己很有可能会成为一个走红的社交人物，梅转身朝向她的陪护人。他正为她的显而易见的冷漠感到纳闷，但他仍颇有男子汉风度地努力回忆着那个克利夫兰男人在皮西厄斯骑士大会的宴会上讲的那些有趣的故事。许多男人讲的故事是不能再讲给女士听的，只能在被称为单身汉的宴会上说说而已，但有些可以。有些故事可以到处说的，比如那些被称为闲扯的故事。他想起了一个，便立即开始说了起来。梅有点可怜他，因为他又忘了故事的要点，想不起来这个故事是怎么开头和结尾的。“对了，”他开始说道，“有一个男人和一个女人在同一列火车上，是从波士顿到俄勒冈州的一列火车上。不，我想那个人说的是从肖尔湖到密执安州南部，或许他们是乘坐驰骋在宾夕法尼亚州铁路的一列火车上。我忘记了那个女人对那个男人说了些什么，大概是说另一个女人想把一只狗藏在篮子里的事。你知道，铁路部门是不允许在客车上携带狗的。很有趣的事情发生了，我想那个人在讲这个故事时我差点儿笑死了。”

“要是我来讲这个故事的话，我肯定会搞出点名堂来。”梅在想着。她想象自己来讲这个男人、女人和狗的故事，她会怎样地添油加醋。克利夫兰的那个胖子或许很滑稽，但如果让她来讲这个故事的话，她敢肯定，那个胖子会恼火的。她在脑子里开始改写这个故事，突然，整个晚上一直暗藏在她心里的那种恐惧又冒了出来。她顿时忘掉了那个男人、女人和狗在火车上的故事。她的眼睛又开始搜寻舞场里的那些面孔，每当看到新进来的男人或女人，她都会发抖。“假如今晚杰罗姆·哈德利也来这里的话。”她在想着，这个念头使她感到恶心，但这是有可能发生的事。杰罗姆是个年轻人，又是个单身汉，毫无疑问他会去这些地方到处乱逛，去舞会啦，去比德韦尔剧场看演出啦。他现在随时都有可能走进她坐的这个舞会大房间，径直地向她走来。在那片草莓地里，他就是狗胆包天，根本不在乎自己说了些什么。如果他来到这个舞会，他会直接走到她面前，甚至还会拉住她的胳膊。“我要你和我一起到外面去。”他肯定会这样说。

梅在绞尽脑汁地想着，如果发生这样的事情，她该怎么办。如果她抗争，拒绝出去，势必会引起在场的每个人的注意。倒不如静悄悄地出去，到外面的黑暗中再单枪匹马地和这个男人搏斗一番。她的头脑被这些想法弄得乱糟糟的。杰罗姆·哈德利的确对她做了伤天害理之事，还想抹杀掉她心里最重要的东西，但毕竟是她自己屈服于他。她已经委身给了这个男人，当然是充满了恐惧和战栗，但这种事情迫不得已。从某种奇怪的方式上说，她已经属于杰罗姆·哈德利。假如他又来了，还强求她做她屈从过的事情，她会拒绝吗？难道说她已经身不由己地成了这个男人的私有财产？

带着满脑子这些乱七八糟的想法，梅近乎疯狂地扫视着周围的人。如果在埃奇利大宅自己的房间里，还有当她把自己藏身于小溪边的柳树丛中时，她为自己建立了能够躲藏其中的浪漫之塔。从这个塔里的窗户向外看去，她可以蔑视生活，尽力地去理解生活，去理解那些芸芸众生。可这个塔现在正在被摧毁掉，许多双强壮的、坚定的手正在撕扯着它。当她和莫德以及那两个杂货商坐在马车里，从比德韦尔往外跑的时候，她能感觉到那些手。从那时到现在，她都在纳闷为什么自己会同意来舞场。当然，她之所以来是因为如果不来的话会使莫德·韦利弗大失所望，而且无论如何莫德是和她走得最亲近的唯一女人。但现在她在舞场，莫德却消失在外面的黑夜中。莫德和一个男人一起走了，按理说这样的事情是不应该发生的。还有她的情人，那位王子的事情。不用说，要不是因为王子，莫德也不会扔下她一个人和另一个男人在一起。莫德自己和一个杂货商走去外面了，留下另一个杂货商坐在她身旁。

许多双手正在撕裂着她的浪漫之塔。这塔是她费尽时日、历尽艰辛才建造起来的。尽管现实社会丑陋不堪,她在塔里仍然找到了自己的王子,找到了生存之道,感到了幸福。可是塔墙外烟尘四起,一大群的男人和女人,公杰罗姆·哈德利和母杰罗姆·哈德利们正在向浪漫之塔发起猛攻。这些人到处奸淫滥杀,她一个人怎么能抵挡得住他们的进攻?王子已经走远了,他现在已经走得很远,很远。那些侵犯者会吵吵嚷嚷地翻墙而入,他们会把她从塔墙上扔下去。塔里的那些漂亮的悬挂物,色彩鲜艳的丝绸礼服,来自异国他乡的石头,以及塔里所有的珍宝都会被毁掉。

梅的心情变得激动起来,她真想尖声地大喊大叫。大房间里的跳舞还在继续着,拉特·古尔德的尖声喊叫已经停了下来。大小提琴拉着舞曲,伴随着沉重的脚步在粗糙的地板上刮出刺耳的声音。坐在梅身边的格罗泽·怀尔德还在谈着克利夫兰的皮西厄斯骑士大会。在梅看来,来参加这个舞会,就像有人举起了一把刀子,随时都会插入自己的胸膛。她站起身来,想走出这个大房间,走进外面的夜色中,走出人们的视线。但她只是犹豫不决地站了一会儿,茫然地环顾着四周,然后又重重地坐了下来。格罗泽·怀尔德也站了起来,脸色涨得通红。“我已经停了一会儿了。”他想着,他感到纳闷,自己到底说了些什么使梅生气。“或许她不喜欢我抽烟。”他暗自想着,把手中的雪茄蒂扔出了窗外。这一刻使他想起了和已故妻子婚后的许多时候,就好像是他的妻子又回来了,这种感觉就是你冒犯了一个女人,却不知道到底是什么地方冒犯了她。

这时,从比德韦尔来的那六个年轻人从前面的门口走了进来。他们在外面逗留了一会儿,是为了把插在裤子后袋的酒瓶子里的酒全部喝光。他们好酒贪杯的欲望得到了满足,另一种欲望又占了上风,他们想要女人。

考尔·莫舍扶着锡德·古尔德,带着他走进了舞厅。从克莱德驱车往北的路上,古尔德的脸肿得越来越厉害,走起路来都摇摇晃晃的。

他径直地走向梅,梅把脸转向墙壁,想躲藏起来。梅看起来像一只被一群狗逼入困境的兔子,但当她在座位上半跪着转过身去,想把脸藏起来时,莉莲·埃奇利的那顶白色羽毛装饰帽的边沿却碰在了墙上,帽子被撞掉在地板上。她胆战心惊地颤抖着又转过身来拣起帽子,脸色变得煞白。

锡德·古尔德的名字对埃奇利一家子来说早已臭名昭著。在梅的母亲去世前一年的一个夏天晚上,古尔德和埃奇利一家人吵了一架。多半由于喝酒的缘故,他想找个女人玩玩,他就对着正在和一个游客从比德韦尔大街上走过的凯特·埃奇利大喊大叫。接下来就开始了一场打架,那个游客把锡德打得眼青鼻肿。后来,锡德被带到市长办公室,罚了款。这件事让埃奇利家的男男女女着实扬眉吐气了一回,以致在饭桌上谈论了很长的一段时间。老约翰·埃奇利和两个儿子不仅破口大骂,他们还想胖揍一顿这个棒球手小子。“要是让我单独在什么地方逮住他,我才不会要什么罚款,我要敲碎这小子的狗头。”他们都这样宣称。

在舞厅里,当他的目光偶然发现了梅·埃奇利的身影,锡德·古尔德立刻想起了从那个游客那里得到的那一顿猛揍,还有为这场街头斗殴被迫付出的十美元的罚款。“嗨,看这儿来。”他转身向那几个伙伴喊道,他们现在也正在摇摇晃晃地走进舞厅。“这儿有一只埃奇利家的小母鸡,从家里的笼子中大老远地跑到这里来。”

“她就在那边,那边靠墙的那只小母鸡。”锡德哈哈大笑,俯身用双手拍打着膝盖。肿胀扭曲的脸使他笑起来像一头恐怖的怪物。他的那几个狐朋狗友紧挨在他的身边。“她在那儿。”他伸出一根颤抖的食指又指着说,“她就是那个埃奇利家从事卖淫的团伙中最年轻的那个,就是大家都说她在学校里是最聪明的那个。杰罗姆·哈德利说她很不错,我说她是我的,我第一个看到她。”

舞厅里的人都安静了下来,大家的眼睛都转向正在哈哈大笑的这个男人和在墙边索索发抖的那个女人。梅很想站起身来,反抗一下,但她的腿在发抖,因此又一屁股坐在了长凳上。格罗泽·怀尔德现在完全被搞糊涂了,他拍了一下梅的胳膊,想问一下她的奇怪行为的原因。但他的手指这一拍,使梅又跳了起来。梅这时就像某种自动小玩具,当你触动玩具的某根隐藏的弹簧时,它就会做出某些机械的动作。“怎么回事,到底是怎么回事?”格罗泽·怀尔德怒气冲冲地问道。

锡德·古尔德走到梅站的地方,一把抓住她的胳膊。当锡德拉着她向门口走去时,她温顺地跟着,迈着娴静的步子走在锡德身边。锡德感到非常惊讶,他本以为会有一番的挣扎打斗。“嘿,”他在想,“凯特·埃奇利的事给我招来麻烦,可这位却大不一样,她知道要怎样乖乖地听话。今晚我要和这位小姑娘共度良宵。”他想起了那次处罚,为了第一次试图博得埃奇利家的一个女人的欢心而被迫付出了十美元的罚款。“现在我觉得这钱花得值,这个女人我就不花一分钱。”他想着。他仍然步履蹒跚地转身向那几个伙伴喊道:“走开,去找你们自己的女人。我先看到这个的,你们去找一个自己的女人。”

锡德和梅走到了外面,差不多快走到沙滩时,力量又回到了梅的身上和脑子里。她紧挨着锡德走在白色的沙地上,朝着沙滩走去。“别害怕小姑娘,我不会伤害你的。”锡德说道。梅神经质地笑了笑,锡德松开了紧紧地抓在她胳膊上的手。

就在这时,梅高兴地大叫一声,突然从锡德身边跑开。她俯身很快地抓起一根粘满泥沙的漂流木棍,棍子呼啸着从空中划过,正好落在锡德的脑袋上,把他砸得一下子跪在地上。"你,你!"他结结巴巴地说,然后大喊大叫起来,"嘿,你们这些乡巴佬!"他喊着。他的两个同伙,一直站在舞厅的门口看着,这时向他跑了过来,梅在头顶上挥舞着棍子从他们身边跑开,在极度的惊恐中又砸中了锡德。在梅的心里,正在发生的这件事情以某种奇怪的方式和在树林子里同杰罗姆·哈德利的事情联系了起来,都是干同样的勾当。锡德·古尔德和杰罗姆是同一个男人,他们代表着相同的勾当,他们是一丘之貉。他们是她迫不得已遇上的奇怪的可怕的东西,她得和这个东西搏斗一番。他们代表的这个东西曾经打败过她一次,曾经战胜过她。她也曾屈服过,曾经打开了大门让它进入本属于她自己的浪漫之塔,塔墙里包围着她自己的秘密和珍贵的生活。当时一件难以理解的、非常粗暴的事情发生了。这样的事情再也不应该,再也不会发生了!梅还是个孩子时,对此一无所知,但现在确实明白了。在她心中有一样东西绝不应该被那些肮脏的手触摸的。一种普通人的极端恐惧掠过她的全身。还有莫德·韦利弗,梅是想把她当作一个朋友。还有莉莲,一直想做个好姐姐,想帮助她获得真正的生活。至于莫德,她什么都不知道,她还是个孩子。莉莲是个粗人,她什么都不懂。

在梅的心里,所有的男人和杰罗姆·哈德利都是一路货色。男人总想从女人身上占到便宜,杰罗姆想得到的,现在这个叫锡德·古尔德的男人也想得到。他们都像埃奇利的家里人——莉莲,凯特和两个男人——这些人追求起自己想要的东西来都是野蛮残忍,直截了当。这不是梅的生活方式,她拿定主意不和这些人有任何瓜葛,对他们一无所求。"我将永远不回到比德韦尔去了。"在朦朦胧胧的灯光中沿着海滩奔跑时,她一遍又一遍地重复着这句话。

从舞厅里跑了出来,锡德·古尔德的几个同伙简直搞不懂,他怎么会被一个已经带到黑暗之处的瘦小女子打倒在地。当他们听到他的咒骂和呻吟声,看到他疼得跌跌撞撞地满地打转,尤其是受不了梅对准他脑袋的第二棍,再加上肚子里的烈酒,他们以为有人跑来援救梅了。当他们跑上前去,看到梅的手中仍然抓着那根棍子在疯狂地挥舞着。他们并不怎么在意梅,而是立即开始寻找锡德·古尔德。看到梅沿着海滩跑走时,他们中的两个人跟着,其他人则返回舞厅。一群年轻农民正围在门口,考尔·莫舍挥起拳头砸在其中的一个人身上。"都给我滚开,"他喊道,"我们要清洗这个地方。"

梅像一只受惊的兔子沿着海滩奔跑,只是偶尔停下来听听动静。从舞厅那边传来一阵的吵闹声,咒骂声和喊叫声,打破了夜晚的沉寂。两个男人紧跟在她的后面,一路上迈着缓慢又沉重的步子。由于肚子里的烈酒起作用,其中的一个倒了下去。梅一路急步匆匆,此刻来到了一个堆满了被冬天的风暴拔起的巨大树桩和树干的地方。她看到莫德·韦利弗正在和那个杂货商亨特一起站在海边,亨特的胳膊揽在莫德的腰上。这位受惊吓的女人从他们身旁几乎是擦边而过,以至于她甚至可以摸到莫德的裙子,但他们对她跑过却毫无知觉。至于梅,她也在奇怪地害怕他们,她对所有的人都感到害怕。"所有这些人全都是丑陋可怕的怪物。"她发疯似的想着。

梅沿着海滩跑了大约两英里。在拔起的树桩堆中,向上突出的树根伸向空中,就像一只只伸出的胳膊向着月亮祈求。或许正是这些干枯的老树枝向上突出的样子,使她身上的恐惧持续着,但实际上并没有像锡德·古尔德那两个喝醉酒的同伙远远地跟着她时那样害怕。她一边跑一边紧紧地抓住莉莲的那顶帽子,这是她未经主人允许就借来的。另外,我想,对她来说这似乎是一件漂亮的宝贝。她身上的那种小心谨慎,敏感细心的秉性使她死死地抓着那顶帽子,为了确保安全,她把帽子抓在左手,即使是在拿着那根漂流木棍痛打锡德·古尔德的时候。

现在她在奔跑,仍然紧紧地抓着那顶帽子,她现在的害怕不再是那种来自身体上的恐惧。那种传遍全身的新的恐惧是来自她对某些事情的领悟,而她已不再害怕那一片奇形怪状的树根。这些树根现在似乎是在月光下疯狂地跳舞,而且要比锡德·古尔德,考尔·莫舍,以及杰罗姆·哈德利更胜一筹。此情此景变成了对生活本身的一种恐惧,是她所了解的所有的生活,她所允许看到的所有的生活,这种恐惧现在沉甸甸地压在她的心头。

利特尔·梅·埃奇利不想再活下去了。"死亡对于那些走完人生道路的人来说是一种愉快和舒适的事情。"一匹农场的老马似乎曾经对一个男孩这样说过。那个男孩,在几天之后,从看到梅·埃奇利尸体的地方惊恐万状地跑进马棚,浑身颤抖地倚靠在那匹老马的食槽上。

在那个可怕的夜晚所发生的实际情况就是,梅一路狂跑,最后逃到了那条小河流入海湾的河口那个地方。这个河口的外面有几个钓鱼的好地方。河水在这个河口处四散流开,所以,从远处看,这条小河看起来像一条大河。但如果你沿着海滩走来,或沿着海滩跑过来,比如说,在月光下,你似乎可以从河口的西岸一直跑到东岸,因为水很浅,只到你的鞋面上。

你也可以这样跑,从浅浅的河水中,然后洁白的海滩,再到小河口的东岸,看起来好像只有几步之遥。然后,你会突然纵身陷入一道窄小的急流中,这是从东岸底下冲出来的,这道急流汇集了这条小河的大部分流水。

梅·埃奇利就是从这儿纵身跳入河中,手上仍然紧紧地抓着莉莲的那顶白色的帽子,那根白色的长羽饰在激流中上下漂浮着,最后被冲到海湾里。梅的尸体被一个旋涡卷住,被卡在了淹没在水里的树根丛中,钩在了那儿,一直到那个农民和他的雇工偶然发现了尸体,然后才被小心翼翼地抬到那个农民牲口棚旁边的几块木板上。

她那僵硬的小拳头仍然紧紧地抓着那顶帽子,那顶白色的,奇形怪状的帽子,当莉莲想让自己看起来最美时,她就习惯地戴上它。我想,也只是她想打扮得更漂亮时。

梅或许觉得这顶帽子确实漂亮。她或许认为这顶帽子是在她的现实生活中所见到的最漂亮的东西。

至于这一点你很难确切地说清楚,但我只知道,如果说这顶帽子曾经漂亮过,那么在几天之后,那个男孩子所看到的,紧握在那个淹死的女人手中的这顶帽子,已经在污泥中拖脏了,它已经失去了往日靓丽的风采。

芝加哥的哈姆雷特

在汤姆的一生中有段时间他差点儿翘了辫子，一连好几天他是如此地接近死神，他把命悬在自己的手里，就像一个孩子手里抓着一个球，只要松开自己的手指就会让它溜掉。

我还清楚地记得他告诉我那个故事的夜晚，我们一起去芝加哥现在叫做威尔斯大街的一个既是沙龙又是餐馆的小店里吃晚饭。这是一个又潮又冷的十月初夜晚。在芝加哥，通常十月和十一月是一年中最令人赏心悦目的月份，但那年十月份的最初几个星期又寒冷又多雨，住在我们那儿工业湖区的每个人的鼻子都出了毛病。一个星期这样的天气下来，大家都开始咳嗽，打喷嚏。我和汤姆走进的那个暖和的小房间似乎让人感到很舒适。我们喝了几杯威士忌来驱赶走体内的寒冷，后来，吃完饭后，汤姆开始谈了起来。

有一种叫疲惫不堪的东西悄悄进入我们坐的地方，弥漫在空气中。所有的芝加哥人有时都会对芝加哥的那种几乎是普遍的丑陋感到厌倦，个个都萎靡不振。你可以在大街上，在店铺里，在家里感觉到这种丑陋。人们的躯体都是疲疲沓沓的，从成千上万人的喉咙中似乎都要发出一声呐喊："我们被降生在这里，这种喧嚣不止，肮脏丑陋的地方，你为什么把我们放在这儿？没有休息，我们总是匆匆忙忙地从一个地方到另一个地方，没完没了。我们中成千上万的人住在广袤的芝加哥西部地区，那里所有的街道都是一样的丑陋，那里所有的街道都是永远走不完，不知从哪儿来，也不知到哪儿去。我们累累若丧家之犬。这一切究竟是为了什么？你为什么把我们降生在这儿，我们的老祖宗？"在大街上，所有那些正在走动的躯体，似乎都在诉说着我们上面写下的这些话语。或许总有一天，那位芝加哥的诗人，卡尔·桑德堡会为此谱写出一首歌曲。噢，他会使你感觉到那些疲惫的人们发出的疲惫的声音，然后，或许我们都会开始唱起来，意识到在我们中久已忘怀的某些东西。

我变得过于饶舌了，我要回到汤姆和威尔斯大街的那家小餐馆。卡尔·桑德堡在一家报社工作，整日伏案写着一部芝加哥威尔斯大街的电影剧本。

在餐馆里，有两个男人站在吧台旁，正在和那个男招待谈话。他们想进行一场友好的谈话，但在空气中的某种东西使友好交谈成为不可能。这个招待看起来就像画中的那些著名将军，他的长相就属于这种类型——红润的脸庞，胖乎乎的身材，留着一对灰色的八字胡。

两个男人把脚放在吧台的横档上，面对着那个招待，开始了一场毫无意义的争论，关于麦金利总统和他的朋友马克·汉纳的关系。到底是马克·汉纳控制住了麦金利，还是麦金利只是利用马克·汉纳以达到他自己的目的。这场争论对这几个参与者来说，毫无特别的利害关系，但他们不在乎。在当时，全国的各大报纸和政治刊物也都在为这个相同的话题进行着争论，我想，能填的篇幅都被连篇累牍地填满了。

不管怎样，这两个人开始对这个话题发生了兴趣，把它作为对付他们的疲惫和生活的厌恶的一种手段，他们谈到麦金利和汉纳时用了比尔和马克。

“比尔是一个圆滑的人，我告诉你说，他会让马克俯首帖耳地听命于他的。”

“俯首帖耳地听命于他，去你的吧！马克一声口哨，比尔就会像什么来着，就会像一条小狗似的跑来。”

毫无意义的恶毒话语和看法从疲惫的大脑中随口说出。其中有个人突然发起火来，“我告诉你，不要这样看着我，我能容忍一个朋友的许多事情，但不能容忍这样的眼光。我是个容易发脾气的人，有时我会打碎别人的下巴。”

那个招待正在控制这种局势，他想改换一下话题。“谁能够打败那个菲茨西蒙斯？他们还要让这个澳大利亚人在这个国家横行霸道多久？难道就没有人能把他给撵走？”他满怀豪情地问道。

我坐在那儿，把头埋在自己的手里。“男人和男人吵吵嚷嚷！在房子里和公寓中男人和女人吵吵嚷嚷！疲惫的人们正在回到芝加哥西部地区的家中，正在从工厂走向家里！孩子们正在烦躁不安地哭喊着！”

汤姆拍了拍了我的肩膀，然后又用他的空酒杯碰了碰桌面，他哈哈笑了起来。

“瓢虫，瓢虫，你为什么到处闲逛？

瓢虫，瓢虫，飞回家吧！”

他背诵着这首小诗。当威士忌送来时，他俯首向前，发表了一种对生活奇特和坦率的看法,他总是在一些出其不意的时候发表这些看法。“我要你注意一件事。”他开始说道,“你也见过许许多多的男招待,对了,如果你注意过的话,在这些招待中,他们的外貌都有一种显著的相似之处,他们长得很像那些伟大的将军,外交家,总统这一类的人。我刚好想到这到底是为什么,这是因为他们都在从事着相同的行业。他们得把生命时光花在对付那些身心疲惫、愤恨不满的人们,他们学会了处理许多事情的小花招,从一个单调、毫无意义的渠道转入另一个这样的渠道。这就是他们干的行当,职业的习惯使他们看起来都像是一丘之貉。”

我赞同地笑了笑,既然我要写我朋友的事,我发现在某种程度上很难能够如实地描述他多愁善感的一面。我已经忘记了有多少次我和他在一起时,他那种说不出的愚钝,以及他也会经常一连几个小时谈论那些毫无意义的事情。他经常说一切都蠢透了,想要做一个举足轻重的人,但却是一个愚钝的生意人。他声称他和我都是傻瓜。正如他所说的,我们俩要是能变得更聪明一些,更圆滑一些就好了,但事实上我们俩是一对大傻瓜,我们会一起加入芝加哥健身俱乐部,一起去打高尔夫球,开着车到处兜风,结识那些穿着艳俗的年轻姑娘,并带她们到路边餐馆吃晚饭,回家迟了,就编造一些荒诞无稽的故事糊弄一下我们的老婆。星期天去做个礼拜,继续谈论赚钱之道,女人和高尔夫球。总之,充分地享受我们的生活乐趣。有时,他几乎要说服我,他认为他描述的那些家伙过着快乐而丰富的生活。

也有许多次,作为一个活生生的人,他似乎就在我的眼前完全崩溃,他那巨大肥硕的身躯变得有点松弛而不结实。他不停地说啊,谈啊,都毫无意义。

然后,总会发生一些事情。当我痛下决心的时候,他又回到了我和我周围的人毫无疑问要走的相同老路上,一条屈从于丑陋和毫无意义的疲惫生活之路,整个漫长的晚上,就像我刚才所描述的那样,他也会漫无目标地这样谈话。然后我们互道晚安分手时,他总会在一张小纸条上信手涂上几个字,笨拙地塞进我的口袋。我看着他摇摇晃晃的身影沿着大街走远时,我就走到路灯底下,看看他写的是些什么。

“我非常的疲惫,我不是那种看上去像头蠢驴的人,我只是累得要命,我一直想知道我到底是什么东西。”这就是他涂鸦的几个字。

再回到那天晚上威尔斯大街的那个地方。威士忌送来后,我们俩一饮而尽,然后坐在那儿相互对视着。这时他把一只手放在桌面上,屈拢手指,形成一个小杯子状,然后,再慢慢地,没精打采地摊开。“我曾经有过,就像这样,把生命攥在手中,当然是我自己的生命。我本来可以像这么容易地放弃掉它,为什么没有这么做,我自己也永远搞不明白。我也不知道我为什么老是把自己的手指窝成杯状,而不是摊开手把它放弃。”他说道。如果说在几分钟之前这个男人的内心还很不健全的话,那么现在却体现出了足够的健全。

他开始说起在他年轻时的一个傍晚和夜晚的故事。

那时,他还在他父亲的农场里,一个在俄亥俄州东南部租赁的小农场,那时候他只有十八岁。也就是说是在他离家出走,开始闯荡江湖的前一年秋天,我多少知道一点他的历史。

这是十月底的一天,他和父亲一直在田野里挖马铃薯。我想他们父子俩应该都穿着破鞋子,因为在讲这个故事时,汤姆特别提到他们的脚很冷,还有那些黑色泥土都钻进他们的鞋里,把脚都染黑了。

那天天气很冷,汤姆的身体感到不大舒服,心情就格外地糟糕。他和父亲拼命地干活,两人都不说话。他父亲是个高个子,蜡黄的肤色,留着络腮胡子,在我的脑海里浮现出他的形象就是这样。他总是爱停下来,当他在农场晒谷场上走动时,或在地里干活时,他总爱停下来,用他的手指有力地捋了一下他的络腮胡子。

至于汤姆,大家当时对他的看法是他一直是个很好的孩子。对于生活中那些较好的孩子,人们有个普遍倾向就是,不知道他们也有自己的情感,当然只是没有机会表达而已。

汤姆身体不舒服,或许是有点着凉发烧。有时在干活时,由于打寒战他浑身都在颤抖,一会儿后,他又感到全身发热。整个下午父子俩一直在挖马铃薯,当夜幕开始降临在田野时,他们开始收拾东西。他们中一人把马铃薯拣到篮子里,提到一行行田垄的尽头,然后一起装进一只只两蒲式耳大的粮袋中。

汤姆的继母走到厨房的门外,向着他们喊叫:“吃晚饭啦!”她用她那种特别枯燥乏味的嗓子喊道。她的丈夫有点生气和烦躁起来,或许是因为很长时间以来他一直对儿子怀有深深的敌意。“知道啦,”他喊了回去,“我们马上就来,我们得把手头的活干完。”他的声音中很像带着某种哀叹。“你把我们的饭菜保温一会儿。”他大声地喊叫着。

汤姆和他的父亲俩人都急匆匆地加快了手中的活,好像要尽力超过对方似的,汤姆每次弯下腰来捡起一把马铃薯,他就感到头晕,他觉得自己就要摔倒。一种可怕的自尊占据着他的头脑,他使出吃奶的力气,决心不让他的父亲超过他。他父亲如果说没什么能耐的话,但有时干起活来仍然很快很利落。他们正在收拾马铃薯,这就是眼下摆在他们面前的任务,在天黑之前,要把所有的马铃薯都捡起来放进大袋子里。汤姆不相信他父亲的能力,也决不让这样一个没有用的人在干任何活时超过他,不管自己病的怎么样。

这大概就是当时汤姆心里的真实想法和感觉。

然后天黑下来了,可活也干完了。一个个装满马铃薯的大袋子沿着地头的栅栏一字摆开。又是一个严寒的夜晚,现在月亮正在升上天空。那些鼓鼓囊囊的大袋子看上去就像一个个奇形怪状的人,歪斜着灰不溜秋的身影沿着栅栏站在那儿,这很像汤姆的继母,歪斜的身子和一双暗淡无光的眼睛,站在那儿,十分惊奇地看着这两个男人彼此间是如此的不相像。

父子俩穿过田地时,汤姆让他的父亲走在前面。他当心自己走路会摇摇晃晃,不愿意让父亲看到自己的身体有什么不舒服。在某种程度上这还和他孩子般的自尊心有关,"他以为用干活就能把我累垮掉。"汤姆暗自想着。远处冉冉上升的月亮就像一个金黄色的大球,比他们正在走向的房子还要大,汤姆父亲的身影似乎就要直接走进金黄色的月亮中。

当他们走到自己的房子前,汤姆父亲第二次婚姻得到的那些孩子,就是那个女人带来免费赠送的,可以这么说,都站在门口的周围。汤姆离开家以后,他再也想不起这几个孩子的其他任何事情来,除了记得他们总是穿着破烂肮脏的衣服,加上污垢的脸蛋,还有那个最小的婴儿,身体不太好,总是烦躁不安地啼哭。

父子俩走进屋子时,由于晚饭推迟而一直朝着他们母亲抱怨的孩子们安静了下来。凭着孩子的敏锐直觉,他们立刻觉察出父子俩之间的不对劲。汤姆直接穿过狭小的餐厅,拉开一扇门,走上通往自己卧室的楼梯。"你不吃点晚饭吗?"他父亲问道,这是几个小时以来父子间交流的第一句话。

"不吃了。"汤姆答道,走上了楼梯。眼下他的心思都集中在如何不让家里的任何人知道他病了,他父亲一声不吭地让他上楼去了,毫无疑问,所有家里的其他人都很高兴地看到汤姆不在他们面前碍手碍脚。

汤姆上了楼梯,走进自己的房间,没脱衣服就爬到了床上,仅仅脱掉那双破旧的鞋子。他悄悄地上了床,拉起被子盖在身上。这是一床旧被子,不怎么干净。

他的头脑清醒了一点,由于房子很小,他能听到楼下所有在做的事情。现在全家人都坐在餐桌旁,他父亲正在做称为"饭前祷告"这件事。他父亲一直都有做饭前祷告的习惯,有时候,其他人都在等着他吃饭,他却在断断续续地祈祷。

汤姆正在思考着,绞尽脑汁地想,他父亲这样子的祈祷,究竟是为了些什么?当他做祈祷时,他似乎忘掉了世界上的所有其他人,就他一个人和上帝,一个人面对着上帝,他周围的那些人好像都不存在了。关于食物他只祈祷一会儿,然后紧接着就以一种奇特的信任方式继续向上帝诉说其他的事情,主要是他自己那些受挫的愿望。

他的终生愿望就是要做一个循道宗牧师,但不可能被委任,因为他没受过什么教育。他从来没有上过小学,中学或者大学。因此他根本就没有机会做他自己想要做的事,可是他仍然不断地为这事祈祷。从某种意义上说,他似乎认为很有可能那天上帝会坚定地认为需要更多的循道宗牧师,会离开审判庭,或许可以这么说,突然从天上降临到人间。然后上帝会走到循道宗教会管理委员会,或者随便这样的名称那里,说道:“喂,你是负责什么的?让这个人做一个循道宗牧师吧,尽快办理此事,我不想多耽搁时间。”

汤姆躺在楼上的床上,听着他父亲在楼下祈祷。当他还是个小孩子,他的生母还活着的时候,他总是被迫在星期天和他父亲一起去教堂,在星期三晚上一起去祷告会。他父亲不仅总是在祈祷,而且还给那些假借祈祷的名义坐在周围,一个个愁眉苦脸的男男女女们布道。汤姆坐在那儿听着,毫无疑问,就是从那时起,他就萌生了对他父亲的憎恨。当时,在那个乡村及教堂的牧师是一个高个子,骨瘦如柴的年轻人,尚未结婚,有时候他会提到汤姆的父亲是一个热情的祈祷者。

有件事情一直藏在汤姆的心里,是他远远地看到的一件事。有一天,他从城里打着赤脚回农场,当他独自一人穿过一片狭长的树林时,他看到了那件事,但他从来没跟任何人说过。那位牧师在树林里,一个人坐在一根原木上。这事关系重大,汤姆心里的某种相当美好的生活感觉被深深地伤害了,他没让牧师看到就悄悄地溜走了。

在昏暗中,汤姆现在正躺在他父亲房子楼上的床上,由于打着冷战而全身发抖。他父亲正在楼下祈祷,有一句话他总是要不知不觉地插入祷告中,“给我这种才华吧,噢,上帝,给我这种伟大的才华吧。”汤姆觉得他知道这是什么意思,就是指“口才”,嗯,还有运用这种口才的机会?

在汤姆的床脚边有一扇门,门的对面是另一个房间,就在楼梯口的前面。他父亲和那位新娶来的女人就睡在这个房间,那三个孩子就睡在紧挨他们的隔壁一个小房间。那个婴儿和他们夫妻俩一起睡。人真的很奇怪,有时候头脑里会钻进一些可怕的想法。这个婴儿身体不怎么好,一天到晚总是哭哭啼啼的,长大后很有可能像他的母亲那样,发黄的皮肤,一双暗淡无光的眼睛。假如……嗯,只是假如,某个夜晚,你会不由自主地冒出这些念头,假如老公或者是老婆,有可能一不留神,翻身压在这个婴儿身上,把他压伤了,当然最好把他给闷死掉。

汤姆的思绪有点像断了线的风筝,简直收不住了。他正在努力地想牢牢抓住什么东西——这东西是什么?是他自己的生命吗?这是个奇怪的想法。他父亲现在已经做完了祈祷,楼下的一家人正在吃晚饭。整个屋子里静悄悄,所有的人,甚至包括那几个浑身肮脏的,病恹恹的孩子,吃饭时也默不作声了。这是件好事,有时候默不作声就是好。

汤姆的思绪现在又回到了那片树林里,他正光着脚丫穿过树林。那个人就在那儿,那个牧师,独自一人坐在那根原木上。汤姆的父亲想当一个牧师,他要上帝能遂他心愿让他当个牧师,他要上帝打破规则,破坏事物正常的顺序,就为了能让他当个牧师。而他只是一个仅靠一个小农场谋生的人,他做任何事情都是马马虎虎的。当他觉得应该娶第二个老婆时,他就出去弄了一个有四个病恹恹孩子的女人。这女人烹调的手艺也不怎么样,干起家务活来也是懒懒散散的。

汤姆很快陷入了昏迷状态,一动不动地躺了很长时间,或许他是睡着了。

当他醒来时,或者说是恢复了知觉时,他听到他父亲还在做祷告,汤姆觉得饭前祷告应该做完了,他仍然一动不动地躺着听。他父亲的声音很大,持续不断,好像就在耳旁。屋子里的其他人都静悄悄的,也没有孩子在哭闹。

这时,传来一种声音,在楼下厨房里盘子乒乒乓乓的碰击声。汤姆从床上坐了起来,把身子探得老长,透过敞开的门,看到他父亲和新婚妻子住的房间里,他心里的疑团才解开了。

晚饭确实已经吃完了,孩子们已经安顿到床上,楼下的那个女人已经把三个大一点的孩子弄到床上去了,她此刻正在厨房的炉灶旁洗盘子。汤姆的父亲已经上了楼,脱掉了外套,换上了一件肮脏的白色长睡衣,正准备去睡觉,然后他走到房间前面敞开的窗户旁,跪了下来,又开始祈祷。

一种憋屈的怒火在汤姆的心中燃烧,他毫不犹豫地从床上悄悄爬了起来。他的病现在无影无踪,觉得自己非常强壮。在他的床尾,有一根车前横木靠墙斜立着。这是一根圆圆的硬木,形状有点像一根棒球球棒,但两头尖细,每一头都有一个铁环。这根横木是他父亲扔在那儿的,他父亲总是到处乱扔东西,扔在你想都想不到的奇奇怪怪的地方。他父亲把这根横木靠在儿子卧室的墙上,然后,在第二天,当他要用这根横木套马挂上犁的时候,他就会花上几个小时,紧张不安地到处寻找,一边用手指捋着自己的胡须。

汤姆把那根横木抓在手中,赤着脚穿过敞开的门,悄悄地走进他父亲的房间。"他想做一个像在树林里的那个家伙一样的人,这就是他一天到晚祈祷的内容。"在汤姆心里有某种的想法,从一开始在他身上就肯定有一种非常独断专行的禀性,好了,你看,他想要灭掉软弱和懒散。

汤姆已狠下决心要用那根横木杀死他的父亲,他静悄悄地走过地板,右手紧紧地抓着这根硬木棒。那个看起来病恹恹的婴儿早已经被放在房间的一张床上睡着了，小脸蛋从另一床肮脏的被子上头露出来。清冷的月光照进房间，照在这张床上，照在正跪在窗户旁的地板上的那个人身上。

汤姆差不多已穿过了整个房间，突然，他注意到了一件事，他父亲的一双光脚丫从白色的长睡衣底下钻了出来。他的脚后跟和脚趾头下的一个个小肉球都被田野里的泥土染得黑黑的，但每只脚板的中间部位却不黑，在月光下是黄白色的。

汤姆静悄悄地又退回到自己的房间里，轻轻地关上了和父亲房间之间的门。无论如何，他并不想杀任何人。他父亲居然没有想到应该洗一下脚，再跪着向他的上帝祈祷，而他自己上楼来上床睡觉时也没有洗脚。

他的双手现在开始发抖，他的身子由于打冷战也在发抖，但他坐在床沿正在努力地思考着。小时候当他和父母亲一起去做礼拜时，他听人说过一个故事。有一个男人，在尘土弥漫的公路上走了很长的时间后，来参加一个盛宴，坐在筵席旁。有个女人走了进来，洗净他的双脚，并涂上许多珍贵的油膏，然后用她的头发把那个人的脚擦干。

当时，他听到这个故事的时候，对一个小男孩来说没有什么特别的意义，但现在……他坐在床沿傻乎乎地笑了。一个人要是能让自己的双手成为很久以前在那个重大场合，如同那个女人双手般的象征的话，那一定是很有意义的。难道说一个人就不能让自己的双手成为自己肮脏的脚和身子的卑贱的仆人吗？

这是一种奇怪的想法，一个人要让自己成为一个洁净整体的监护人，这是一种职责。一个人生病时，就会把事情弄得乱七八糟。在汤姆的房间里有个铁脸盆，还有一桶水，这是他自己每天早晨从屋子后面的贮水池里打来的。他一直就是一个老想着伺候自己的人，或许，在那时他身上的一些美好东西都丢失了，或者说，在隔了很长时间才又抓住，就是对自己的年轻身体的价值感，把自己的身体看做是一座神殿的崇拜感，或许可以这么说。

不管怎么说，在少年时期的那个晚上，他肯定有过某种这样的感觉。我永远忘不掉在那个威尔斯大街餐馆，当他告诉我这个故事时，我对他产生的某种错觉，在那一刻，从他那庞大笨重的身躯里似乎有种东西喷涌而出，年轻，强壮，洁白的东西。

但我得小心翼翼地走来，或许我最好紧扣我的故事，尽量简明扼要地叙述，就像他说的那样。

无论如何他从床沿站了起来，站在房间的中央，脱光了衣服，这是在那个出奇地杂乱无章和软弱无力的一家子的楼上的房间里。墙上的一个钩子挂着一条毛巾，但不太干净。

不过，他刚好还有一件没有穿过的白色睡衣，他立即从立在墙边的一个摇摇晃晃的小衣橱的抽屉里把睡衣取了出来，胡乱地扯了一块布下来当作浴巾。然后他站到放在脚边地板上的铁盆里，浸在冰冷的水中认真地洗起澡来。

在威尔斯大街的那天晚上，当他告诉我这个故事时，不管我对他产生了什么样的错觉，在他少年时的那个晚上，他肯定是一个，正像我已经描述过的，年轻，强壮，洁白的人，在那一刻，他的身躯毫无疑问地就是一座神殿。

至于他用自己的双手紧紧地抓住自己生命这件事，那是他又回到床上以后发生的事情，而且他的故事的这个部分我不太能确切理解。或许是他在讲的时候笨嘴拙舌地讲漏了，或许是我自己笨拙地理解错了。

我记得那天在威尔斯餐馆他老是把他的一只手平放在桌面上，而且不停地把他的手指摊开又合拢，好像这样就能解释所有的一切。这动作对我不行，至少在当时不行，或许你在读到这个故事时可以。

“我又钻进被窝里，”他说道，“把自己的生命抓在手中，想要决定一下自己是否要紧紧地抓住它。那天的整个晚上我都像这样攥着它，我是说我自己的生命。”他说。

很显然，有某种想法他正在尽力地想解释清楚，就是关于他自己之外的其他那些有生命的物体，这些物体既不能触摸，也不能戏弄。在很久前的这个少年时的夜晚，这个想法在他心里到底有多少分量，后来又增加了多少，我都不知道，你也可以理所当然地认为他自己也不知道。

不管怎样，那天晚上他似乎接连几个小时都在考虑这个想法。他的继母上楼以后，两个大人睡觉去了，屋子里安静了下来。那时候，有好几个小时他自己的生命属于他掌握或放弃，就像在芝加哥威尔斯大街的那家酒馆里，摊开放在桌面上的手指一样的容易。

“我也想不做这个动作，”他说道，“不要摊开手指，不要伸出手来，你看，我感觉不到生活中的确切目标，但这里面有些道理。当我赤裸着身子站在冷水中清洗自己的时候，我有一种感觉，或许在什么时候我还要体验一下这种清洗自己的感觉。你知道我的意思，那天晚上，在月光下，我真的是在净化自己。”

“后来我回到床上，就一直把手指攥得紧紧的，就像这样，像一个杯子。我记得在月光下清洗自己的时候，我把自己的生命紧紧地抓在手中，因为我觉得如果我摊开手指，就会让我的生命流失掉。”

“因此，我就没有松开我的手指，我一直像这样握紧手指，像个杯子。”他说着，又慢慢地把手指握紧起来。

第二部

多年以来,汤姆和我受雇于芝加哥的同一家公司,撰写广告。他已经人到中年,但尚未结婚。到了晚上和星期天他就坐在自己的公寓里看书或者乱弹钢琴。除了上班时间以外,他几乎没有什么朋友。在少年和青年时期经历过一段艰难困苦岁月的他,仍然活在过去的想象中。

我和他亲密无间,我们以一种自由独立的方式,保持了许多年的友谊。虽然我比他小很多,但我们经常在一起喝得醉醺醺的。

他个人往事许多支离破碎的小片断总是源源不断地从他身上飘出来。在我所认识的所有男人女人中,他给了我最多的故事素材。他的谈话,回忆或想象的事情从来没有完整地讲完,它们只是一些捕捉到的碎片,像风儿一样在空中飘荡,然后突然地坠落下来。

那天的整个傍晚,我们俩都一直一起站在吧台旁喝着酒。我们谈到我们的工作,随着汤姆越来越醉,他开始摆弄起撰写广告重要性这个概念。在那时,他那更加成熟的观点令我有点不解。"你听我说,你现在致力撰写的许多广告是非常重要的,你一定要全身心投入到工作中去。美国的家庭主妇要买星牌洗衣皂,而不是箭牌洗衣皂,这是非常重要的。还有另外一件事,那个拥有这家肥皂厂的人的女儿,就是现在间接雇用你的人,是一个非常漂亮的女孩子,我见过她一次。她今年十九岁,但很快就要大学毕业了。如果她父亲能够赚许多钱的话,这将极大地影响到她的一生。她以后要嫁的那个男人或许就取决于你现在撰写的这些广告成功与否。你正在以一种默默无闻的方式为她进行奋斗。就像古代的一名骑士,你要扛起你的长矛,或者说是打字机,为她服务。今天,当我从你的办公室旁经过时,看到你坐在那儿,正在挠着自己的头。你正在竭尽全力地考虑是否是这样说,'买星牌洗衣皂,质量最佳。'或是说得更加通俗一点,'买星牌,你就赢!'啊,我说,我心里对你,以及对那位你从未见过的,或许永远都见不上的美丽姑娘深表同情。你听我说,我很感动。"他打了个嗝儿,俯身向前,深情地拍了拍我的肩膀。"你听我说,年轻人,"他微笑着又说道,"我想起那些中年人,想起那些曾经前往圣地侍奉圣母玛丽亚的男人、女人和孩子们。他们可没有拿你这么高的薪水。你听我说,我们这些广告人报酬太高了。如果我们打着赤脚,穿着破旧的披风,手里拿着拐杖到处走动的话,那么我们这个行业将会有更多的尊严。我们手上拿着乞丐的碗或许会更加仪态万方,嗯!"

说到这,他开心地哈哈大笑,但突然又打住了笑声,在汤姆的欢笑中总带着一种忧伤的成分。

我们走出了那家餐馆,他有点摇摇晃晃地往前走,因为即使喝得很少,他的脚步也是踉踉跄跄的。生活在他的身上得不到确切的表达,他笨拙地哈哈大笑,有好几次他那肥胖的身躯差点儿把过路人撞倒在人行道上。

在芝加哥的拉萨尔和莱克大街的拐角处,我们站了好一阵子。下班回家的人群从我们的身边蜂拥而过,高架电车哐啷哐啷地从我们头上驶过。大风扬起报纸小碎片和滚滚尘埃打在我们的脸上,灰尘飞进我们的眼睛里,我们俩有点神经质地一起哈哈大笑。

不管怎样,夜晚对我们来说只是刚刚开始,我们还会到处逛荡,晚些时我们还要一起吃晚饭。汤姆又一头钻进我们刚刚走出来的那家餐馆,不一会儿出来时口袋里多了一瓶威士忌酒。

“这威士忌酒是一种可怕的东西,嗯,但毕竟这是一个可怕的城市。你不能在这儿喝酒,酒应该属于充满阳光和欢笑的人们和地区。”他说道,他认为在我们现在居住的这样一个现代工业城市,酗酒对男人来说是必要的。“等着吧。”他说,“你会看到将要发生的事情。总有一天,那些改革者会想方设法从我们这儿把威士忌酒全拿走,那会怎样呢?我们都会瘫倒的,你瞧。我们都会变成像那些生了太多孩子的老太婆。我们都会变得神志委靡,然后,你会看到将要发生的事情。没有威士忌酒,没人能抵御得了所有这些丑陋,这做不到,我说。我们都会变得像袋子一样地空空如也,我们都会,所有的人。我们都会变成那些从来没有被人爱过,但却生了太多孩子的老女人。”

我们走过许多条大街,来到了一座跨过一条河的桥上。现在天已经开始黑了下来,在暮色中,我们站了一会儿。在昏暗的光线中,那些就建在河边的建筑物,巨大的仓库,巨大的厂房,开始呈现出奇奇怪怪的形状。河水从一座座大楼形成的峡谷中流过,有几只小船来来往往。在远处其他几座桥上,不时有电车经过,这些电车就像一串串的星星从暗紫色的天空中划过。

他不时地举起威士忌酒瓶咂上一口,偶尔他也会让我喝一口,但更多的时候他全然把我忘掉了,独自畅饮。当酒瓶离开他的嘴边,他就把酒瓶举在面前,轻声细语地对着酒瓶说话。“小妈妈,”他说道,“我总是依偎在你的怀抱中,对吗?你不会扔下我吧,对不对?”

他说着有点生气起来,“那么,你为什么把我扔在这个地方?母亲应该把孩子扔在男人们已经学会谋生的地方,你看这儿只是一个高楼大厦的荒漠。”

他又从酒瓶里喝了一口酒,然后在递给我之前,他把酒瓶举起贴在脸颊一会儿。“这威士忌酒瓶真有点像个女人,”他断言道,“只要里面有酒,你就很难和它分开。把它递给你的朋友,还真有点像邀请你的朋友来家里接近你的妻子。我听说在一些东方国家他们就这么做,这是一种相当微妙的习俗。或许他们比我们这些人更加文明,还有,你知道,或许,这仅仅是可能,他们已经发现那些女人有时候也喜欢这样,嗯?"

我想放声大笑,但却笑不起来。由于我正在写我的这位朋友,我发现我终究很难把他写得惟妙惟肖。或许这是因为我在描写他时过于夸张了那种悲情伤感的调子,这原本是自古以来人之常情,但他已经能够将它淡然置之,而我在描写他的时候似乎还不能看淡这种悲伤情怀。

有一件事情他办得不是很聪明,而我似乎一直都把他描写成一个相当聪明的家伙。在许多个夜晚,我和他在一起时,他总是沉默寡言,是个十足的大傻瓜。他会笨拙地接连走上几个小时,一边谈论着办公室里的某件事情。在底特律时,他曾经和公司的总裁以及另外两个人去拜访过一个广告商。他冗长枯燥地描述了他们当时的谈话,充满了"他说"和"我说。"

或者他又会讲起在步入广告业之前,作为一个报社记者时,自己亲身经历的一个故事。他那时在芝加哥一家报社的文字编辑部工作,可能是《论坛报》。你得慢慢地适应他的这种小小的怪癖,有时候一个故事兜来兜去的,那些经常讲的故事总是突然地蹦出来。有个人走进报社办公室,一个菜鸟记者带来一条重要的新闻,因为他还是个年轻人。有一个杀人犯,全城都在通缉他,被这位菜鸟记者偶然找到,就把他带到了报社办公室。

那个危险的凶手就坐在那儿,菜鸟记者是在一个酒馆里看到他的,然后就走上前对他说,"你还是去投案自首吧。他们总会抓到你的,如果你主动去自首,你会得到宽大处理的。"

就这样这位危险的杀人犯决定跟来,菜鸟记者一直陪着他,他们不是去警察局,而是来到了报社办公室。这是一条重大的独家新闻,但这时排版马上就要结束了,报纸就要开印了。离截稿时间越来越近了,菜鸟记者在办公室里乱蹿,找了一个又一个人。他不停地指着那个杀人犯,那个蓝眼睛,面容温和的小个子,正坐在长椅上等着。菜鸟记者几乎要发疯了,他上蹿下跳,大喊大叫,"我告诉你们,他就是默多克,就坐在那儿,别他妈的犯傻了,我告诉你们,他就是默多克,就坐在那儿。"

这时,有一个编辑无精打采地穿过办公室走过来,和这位蓝眼睛的小个子说了几句话。突然,整个报社办公室的口气都变了,"我的天!真的是这样!把手头所有的活都停下来,清理头版!我的上帝!真的是默多克!真悬哪!我们差一点失之交臂！我的上帝，真的是默多克！”

这件发生在报社办公室里的事情一直记在我朋友的心里，而且一直在他心里打转，就像在游泳池里那样。每隔一段时间，大约是每六个月一次，他都要再讲一遍这个故事，总是用着相同的措辞，当时在报社办公室里的那种紧张气氛，在他心里一遍又一遍地重现，他慢慢地激动起来。当时办公室里所有的人都围在这个蓝眼睛小个头默多克的身旁。他杀了他妻子，她的情人以及三个孩子。然后他跑到大街上，相当放肆地又射杀了两个经过他房子旁的无辜路人。他坐在那儿若无其事地说着，而全城的警官和其他报社的所有记者都在找他。他坐在那儿说着，神经质地讲着自己的故事。其实也算不了什么故事，他只是不停地说着，“我干的，就是我干的，我想我当时发疯了。”

“好啦，这故事应该这样展开。”把杀人犯带来的那位菜鸟记者自豪地踱来踱去。“是我做的，是我做的！我证实自己是这个城市里最伟大的新闻记者。”几个年纪大的人都哈哈大笑起来，“这个傻瓜！真是傻人有傻福，如果他不是个傻瓜，他永远都不会干这事。为什么他会径直地走上前去问，‘你是默多克吗？’他已经走遍了整个城市的酒馆里，问了许多人，‘你是默多克吗？’上帝真的是善待这些傻瓜和酒鬼！”

我的朋友和我讲这个故事有十遍，十二遍，十五遍，也不懂得这些故事已经成为老生常谈了。每次当他重温报社办公室的情景时，他总是要做出相同的评论，“这真是个天下奇闻，对不？但却是真的，我就在那儿。应该有人把这故事详细地写出来，寄给某个杂志社。”

我常常看着他，当他讲这个故事时，我就仔细地观察他。随着年龄的增长，和一直不断地听这个杀人犯的故事，当然还有一些其他的故事，他也常常不知不觉地讲一些他以前已经讲过的故事，我的头脑冒出一种想法。“他是一个没有听众的讲故事的人，”我思考着，“他是一条被筑坝拦住的河流，在他的肚子里充满那些打着旋涡和转转的故事。对了，他不是一条被筑坝拦住的河流，他是一条充溢的河流。”当我走在他身边，一遍遍地听着那个菜鸟记者和杀人犯的故事时，我就想起了在俄亥俄州的一个小镇上，我父亲房子后面的一条小溪。春天一到，河水就淹没了我们家附近的一大片田野，浑浊的溪水，在一个个弯弯曲曲的圆圈里流来流去。你扔一根棍子到水里，就会漂到很远的地方，但只要一会儿，它又会转回到你站着看它的那块高地。

让我感兴趣的是我的朋友肚子里的那些尚未说出来，或者说那些尚未完整的故事，好像并没有在打转转。当一个故事成熟完整时，每隔一段时间就要说上一遍。但那些尚未成熟的故事片断，只满足于偶尔探头探脑地看你一下，然后就退回去，再也没有出来。

春天的一个傍晚，我和他一起去杰克逊公园散步。我们一起乘上一辆有轨电车，当我们下车的时候，电车突然开动，我的这位笨拙的朋友被甩到地上，在肮脏的大街上打了好几个滚。电车司机，售票员，还有几个男乘客都下了车，围了过来。不过，他没有受伤，就是不肯把他的名字和地址告诉给那位焦急的售票员。“我没有受伤，我不会对你的电车公司提出诉讼。呸，去你妈的，我就是不想把名字和地址给你们，我倒要看看你们会怎么样。”

他装出一副自尊心受到伤害的样子。“现在假如说我刚好是某个大人物，微行来到国外，来到这个国家到处旅游，可以这么说，让我们假定我是一个伟大的王子或是一个达官贵人，你们看我的个头有多大。”他指了指自己又圆又大的肚子。“我要说出我是谁的话，你们肯定会发出欢呼声。可我不想这样，你们看，我和你们是截然不同的，对这类事情我已经司空见惯了，我讨厌这样。假如说我现在刚好正在研究你们这个迷人的国家的习俗的话，我自己情愿从电车上摔下来，这是我的事情，我不怪罪任何人。”

我们俩离开了，让那个售票员、电车司机和那几个乘客感到几分神秘莫测。“噢，他真是个怪人。”我听到其中一位乘客对另一位说道。

至于那次摔倒，倒是唤醒了我朋友身上的一些东西。后来当我们一起坐在公园里的一条长凳上时，一个片断，他个人历史的许多颇有启发性的片断中的一个，有时候会从他身上流露出来。这对我来说也是他主要的魅力，这个片断似乎被震松了，从他身上落了下来，就像一个成熟的苹果在风中从树上掉落下来。

带着点迟疑不决，他开始谈了起来，就好像夜晚在一个陌生的屋子里，在黑暗中摸索着走过走廊。碰巧我从来没见过他和女人在一块，他也很少谈到女人，除了有时几个恢谐和几乎轻蔑的手势。但现在他却开始谈起和一个女人的经历。

故事牵扯到他年轻时的一次非同寻常的经历，事情发生在他母亲去世，他父亲又结了婚以后。事实上，是在他做出离家出走、不再回来的决定之后。

他和他父亲之间似乎一直就存在着一种敌意，而他继续住在家里时，这种敌意就变得越来越明显。但我的这位朋友，作为一个儿子，从来没有在言语上，或采取轻蔑的形式来表示对他父亲的不喜欢，即使是在他父亲糟糕的第二次婚姻之后。这位新来的女人在家里似乎是一个非常差劲的主妇，屋子里总是非常脏，她带来的前夫的几个孩子总是在身边碍手碍脚的。两个男人在田地里干了一整天的活，回到家里想吃饭，饭菜却煮得非常难吃。

他父亲的愿望就是继续祈求上帝,以某种神秘的方式,让他做个循道宗牧师。随着年龄的增长,他儿子很难再压抑住想表达对家里事情尖锐意见的冲动。“这循道宗牧师到底是什么?”他儿子的心里充满了年轻人的偏执。他父亲只是一个劳动者,一个从来没有上过学的人。难道他认为用这种没完没了的祈祷,上帝就会突然让他做另外的事情,而不需要任何自己的努力?如果他真的想成为一个牧师,为什么不早做准备?他紧赶慢赶地结了婚,而且当他第一个妻子刚刚去世,尸骨未寒,他就迫不及待地又结了婚,找的这个老婆又是个怎样差劲的女人。

儿子的目光看到饭桌对面害怕他的那个继母,两人的目光相遇,那个女人的双手开始发抖,“你想要什么吗?”她焦急地问道。“不要。”他回答,然后默不作声地开始吃饭。

春季里的一天,他和父亲在田地干活的时候,他就决定出去闯一闯世界。他和父亲正在种玉米,他们没有玉米种植机,他父亲用自家做的挖槽机先划出一行行来,然后光着脚丫,边走边把玉米种子扔下,儿子手上拿着把锄头跟在后面,把土撒在玉米粒上,然后用锄背轻轻地拍了拍面上。这样做是为了让面上的土粒更加结实,在乌鸦飞下来找到玉米粒之前,玉米粒就已经深根发芽。

整个上午父子俩都在默默地干着活,到了中午,当他们来到地头时,才停了下来休息,他父亲走到栅栏的一个角落里。

儿子紧张不安起来,他先是坐了下来,然后又站了起来,走来走去。他不愿意朝着栅栏的角落看,他父亲毫无疑问正跪在那里祈祷,他父亲总是在一些奇怪的时候做这事,就像现在这样。恐惧爬上了他的心头。他父亲正跪着默默地祈祷,他又可以看到他父亲那两只光秃秃的脚掌,从低矮的灌木丛中露了出来。汤姆在发抖,他又看到了脚后跟和脚底板,以及脚趾头下面的两个像球似的肉团。两只脚板黑溜溜的,但每只脚的中间足弓却是白的,一种奇怪的白色,很像鱼肚皮上的那种白色。

读者会明白汤姆的心里在想些什么,尽是些回忆。

没有和他父亲或继母说一句话,他穿过田野回到家里,打包了几件自己的东西就走了,没有和任何人说再见。在家里的继母看着他走出去,但什么也没说。直到他消失在马路的拐弯处时,她才穿过田野跑向她那位还在祈祷的丈夫,很显然是想告诉她丈夫所发生的事情。她跑过去时也看到了那双从灌木丛中突出来的光脚丫,吓得尖叫起来。当她丈夫站起来时,她开始歇斯底里地大哭。“我以为发生了可怕的事情,噢,我以为发生了可怕的事情。”她呜咽着说。

“嗨,怎么回事,怎么回事?”她丈夫问道,但她没有回答,只是跑过去,投入他的怀抱中。两个人就这样站着,像两个奇形怪状的粮袋,在灰色的天空下,在新耕的黑色田野中,紧紧地拥抱着。他们的儿子,正站在一小丛绿树下看着他们。然后,他迈步走向一片树林边,站了一会儿,再沿着公路走远了。从此后,他再也没有见到或听到他们的任何消息。

关于汤姆和女人的冒险经历,他说起这事时就像我刚才告诉你的他离家出走的故事那样,也就是说是断断续续的。这个故事,就像我刚才要讲的那个故事,或许给你的感觉就是,用的是只言片语,中间还隔着长时间的沉默。当我的朋友在说的时候,我坐在那儿看着他。我得承认有时候我觉得他应该是我认识的人里最伟大的一个。"他能感觉到更多的东西,运用他那种默默地感觉事物的本领,比起我所认识的其他人,他对人类生活有更深的洞察力,或许比我同时代活着的其他人更深刻一些。"我想着,也被深深地打动了。

他就这样上路了,一路上边走边打工,慢慢地穿过俄亥俄州的南部。他打算前往某个大城市,然后开始自学。在少年时的一个冬季,他曾上过一个乡村学校,但在乡下他想要找的某些东西却找不到,比如说,书籍。"我当时就懂的,就像我现在懂的一样,书籍的某种重要性,这当然是指那些真正的好书。在这个世界上只有少量这样的好书,要花很长时间才能找到。几乎没有人知道这是些什么书,这也是我一直不结婚的一个原因,因为我不想让某个女人介入到我和寻找这些真正言之有物的书籍之间。"他解释道。他总是这样,用一些这类的小评论把故事的线索掐断。

那一年的整个夏季,他都在各个农场里打工,有时候待上两三个星期,然后再往前走。六月份时他来到一个地方,离辛辛那提西部大约二十英里。在那儿他到一个德国人的农场里打工,也就是在那个农场,那天晚上在公园的长凳上,他告诉了我他自己的冒险经历。

汤姆干活的那个农场属于一个高个头、身材结实、年龄五十左右的德国人。这个德国人二十年前来到美国,经过艰苦奋斗,获得了成功,已经拥有大量的土地。三年前,他决定娶一个好老婆,于是就写信给一个在德国的朋友,帮他找一个老婆。"我不想在这里找一个美国姑娘,我想找一个年轻的女人,而不是年龄太大的。"他在信中写道。他解释说,所有的美国姑娘的头脑里都有那种想法,就是她们能够驾驭自己的丈夫,而且绝大部分人都获得了成功。"现在她们都开始变得想要做的事情就是,打扮得漂漂亮亮地去到处兜风,或者赶着马车去城里逛。"他说道。即使是他雇来做女管家的那些年纪较大的美国女人也是这样,没有一个人能定下心来,帮助料理农场,喂牲口,做那些欧洲农民妻子应该要做的事情。他雇了一个女管家,但她只干家务活,仅此而已。然后她就坐在前面的门廊里,做针线活或是看书,"真是胡闹！你给我找一个德国的好姑娘,健康,漂亮的。我会寄一笔钱过去,这样她就可以来我这里,做我的妻子。"他在信里写道。

这封信寄给了他年轻时代的一个朋友,现住在德国一个小镇的一个小商人。这事经过和妻子商量之后,这位商人决定叫自己的二十四岁的女儿去美国。她女儿原本已订婚,要嫁给一个男人,那个男人后来生病,在部队服役期间死掉了。她父亲觉得她闲居在家太久了。这位商人把女儿叫进他和妻子的房间里,告诉了她这个决定。她女儿坐在那儿盯着地板很长时间,她会立刻表示反对吗？一个拥有大农场的美国富裕丈夫是不可等闲视之的。女儿举起手笨拙地捋了捋自己的头发,她有一头浓密的黑发。她毕竟已经是个身材高大健壮的女人了,她的准丈夫应该不会骗她。"好吧,我去。"她平静地说,然后站了起来,走出了房间。

这个女人后来在美国的情况很不错,但她的丈夫认为她有点过于沉默寡言。尽管她生活的主要任务就是干家里和农场的活,喂牲口,把男人的衣物整理得井井有条,这样他就不用老是去买新衣服,还有很多时候要把其他的东西整理清楚。当他在田地里干活的时候,这个农场主常常喃喃自语。"所有的东西都各就各位,因为所有的东西都有自己的期限和位置。"他自言自语道。干完活,时间到了,你也得放松一下。时常找几个朋友来聚一聚,喝喝啤酒,吃上一顿丰盛的食物,然后乐和乐和,大家友好相处,其乐无穷。但你不能太过火,如果聚会上有女人,有人就会去逗乐其中一个,她就会咯咯地笑。你可以说说大腿,但不能说什么出格的话。"大腿就是大腿,在马的身上和女人的身上都起到非常重要的作用。"大家都哈哈大笑,你度过一个快乐的夜晚,你会玩得很开心。

自从这女人来了以后,这个农场主在田地里干活时经常绞尽脑汁想着,这女人到底是怎么回事。她倒是一直在干活,屋子收拾得井井有条。还有,她还喂牲口,因此他就用不着操心这事。她还是个烹调高手,她甚至在家里自己酿造啤酒,用传统的德国方式,而且味道也相当不错。

所有的烦恼就在于她不爱说话,太沉默寡言了。有人和她说话,她的回答倒令人满意,但她不和别人交谈,夜晚躺在床上也是一言不发。这个德国人感到纳闷,这是否是她很快将有孩子的征兆。"这是两码事嘛。"他认为,他停下手中的活,目光越过田野,看到远处的一片草地,他家的母牛都在那儿安静地吃草。"即使是母牛,毫无疑问母牛是最安静和沉默的动物,但即使是母牛也有发作的时候。有时候,母牛也会魔鬼附身。当你牵着一头母牛沿着公路或一条小路正走的时候,它会突然间发起疯来。如果你不注意,它会用头挤过栅栏把别人拱翻,它几乎会干出任何坏事来。如果饿得很厉害,它会什么都想吃。即使是一头母牛也不会总是温顺和安静的。"这个德国人感到上当受骗了,他想起在德国的那位叫他女儿来的朋友,"啊呀,活见鬼,他应该送一个更活泼可爱的女人来。"他在想着。

汤姆到这个农场时刚好六月份,就要开镰收割了。那个德国人种了好几大片麦子,产量都挺高的。农场里已经雇用了一个人干了整整一个夏季了,但汤姆也照样用得着。汤姆得睡在牲口棚里的干草堆里,但他不在乎,他立马就干起活来。

任何一个认识汤姆的人,看到他那巨大和相当笨拙的身躯,肯定会觉得他年轻时一定是非同寻常地强壮。有一件事情他做得很少,因为他肯定是后来才做的,那就是思考。另外他也没有连续多年地伏案读书。他和另外两个人在田地里干活,到了吃饭的时间就和他们一起回到屋子里吃饭。他和那个德国人的妻子肯定是有许多的相似之处。汤姆的心里藏着一些事情,他少年时的一些想法,还有他对未来的事情一直想得很多。你看,他在往西的路上不停地打工,一路上边走边赚些小钱,而且把赚来的每一分钱都积攒了起来。他还没有进入美国的大城市,有意地避开像斯普林菲尔德、代顿、辛辛那提这样的大地方,而是一直往小地方,去小农场打工。

一段时间以后,他就会有所积累,然后就到大城市里,读书,学习,生活。他当时对美国的大城市抱着一种幻想,"大城市是一大堆对孤独和隔阂产生了厌倦的人的聚集地,他们已经逐渐地认识到只有靠一起劳动,才能过上更好的生活。许多的能人聚在一起工作或许能创造出奇迹,许多的智者集中在一起工作或许能够想得更加透彻,许多的动力加在一块工作或许能使整个人生倾注在对更加美好事物的表达上。"

如果我给你一种印象,汤姆,这个从俄亥俄州农场来的孩子,只有这些有限的想法的话,那我就正在犯错误。他还有一种相同的情感,心里埋有一种无声的希望。在他心里甚至还有一种其他的东西,一种几乎是神圣的内在谦逊,我敢确信,这种品质他后来就一直保留着。这是他作为一个男人的主要魅力之处,但或许正是这种魅力阻碍了他成为那种我们所有美国人都十分珍惜的,能出人头地和充满自信的男子汉。

不管怎么说,他留在了那个农场,那儿还有那个已经二十七岁的沉默寡言的女人。当三个男人坐在桌子旁吃饭时,她就在旁边侍候着。他们在农场的厨房里吃饭,这是一间旧式的大房间,她就站在炉灶旁,或者安静地往桌上添上被吃掉的饭菜。

晚上,这几个男人很迟才吃饭,有时候他们上桌时天已经黑下来了,这时,她就给他们端来点亮的油灯。那些有翅的大虫子疯狂地扑向纱门,还有一些飞蛾想办法钻进屋子里来,绕着油灯飞来飞去。这几个男人吃完饭,他们就坐在桌旁喝啤酒,那个女人就去洗盘碟。

雇来做夏季农场工的那个人大约三十五岁,瘦瘦的一个大个子,留着下垂的八字胡。他和那个德国人谈了起来。能打破他屋子里的沉寂,那个德国人感到高兴。两个男人谈到即将到来的打谷时期,还有刚刚结束的干草收割。有一头母牛下星期要生小牛了,它的产期即将到来。留着八字胡的男人喝了一大口啤酒,然后用他那只长满了又长又黑的汗毛的手背擦了擦八字胡。

汤姆拖了一张椅子靠在墙上,安静地坐在那儿。当那个德国人沉浸在谈话中时,他看了一眼那个女人,那个正在洗盘子的女人偶尔也转过头来看他一眼。

他有一个心思,有时候他会有某种情感,她或许也会有,但都不能对房间里的这两个男人说。她不会说英语真是太糟糕了,但即使她会说他的语言,他或许也很难向她说清楚要表达的意思。呸,他心里或许什么想法都没有,也没有任何要说出来的话。她丈夫时不时地用德语和她说几句,她轻声地回答着。然后,两个男人又继续用英语交谈,又拿来更多的啤酒,德国人感到开朗起来,屋里有人谈话多好啊!德国人劝汤姆喝一杯啤酒,汤姆接过来一饮而尽。“你也是个沉默寡言的人,嗯?”德国人哈哈大笑。

汤姆的冒险经历发生在他在农场的第二个星期。那天晚上,附近所有的人都睡着了,可他睡不着。他静悄悄地爬了起来,拿着毛毯从存放干草的厩楼上走下来,这是一个暖和平静的夜晚,天上没有月亮。他走到一块一直延伸到牲口棚的小草地上,铺开毛毯坐下,背靠在牲口棚的墙上。

他觉得睡不着没有关系,自己还年轻力壮。“如果今晚我睡不着,明天晚上就会睡。”他这么想着,觉得空气中有什么东西只和他有牵挂,让他会感到如此地清醒和精神,让他坐在门外,看着牲口棚附近的一个苹果园里那些影影绰绰的远处树林,看着天上的星星,看着农场的房子,大约在几百英尺外朦朦胧胧的。或许这就是此时此刻和他最相近最相像的东西,或许就是这个宁静的夜晚。

他觉察到有什么东西,在黑暗中焦躁不安地移动着。在果园和晒谷场之间有一道栅栏,沿着栅栏旁种着草莓灌木丛,有什么东西在黑暗中正沿着草莓灌木丛移动。是一头母牛从牛棚里跑出来,还是灌木丛被风吹着在晃动?他玩了一个乡下孩子们都知道的把戏。他站了起来,把一根手指插入嘴里,然后把浸湿的手指伸到面前。这根暖湿手指的一面会很快地被风吹干,然后变得冰冷。这样,你自己就能判断一些情况,不仅仅是风力,还有风向。对了,根本就没有大风吹动草莓灌木丛，一点儿风都没有。他是光着脚板从厩楼上走下来的，走路时没有声音，现在他静悄悄地站在毛毯上，背靠在牲口棚的墙上。

灌木丛中的动静越来越清晰，但不是在灌木中。有什么东西正在沿着他和果园之间的栅栏移动。沿着栅栏有一块地方，是旧栏杆围着，没有灌木丛，现在那个在静悄悄移动的东西正在穿过这块空地。

原来是房子的女主人，那个德国人的妻子。这是怎么回事？难道她也在想着悄无声息地接近和她自己相似的东西，能有些让人理解的东西？种种想法在汤姆的脑海中掠过，他的心里升起一种无声的欲望。他开始有一种模糊的希望，希望这个女人是来找他的。

当他后来告诉我那天晚上所发生的事情时，他非常肯定当时占据他全身的那种感觉，并不是对一个女人肉体的欲望。他自己的母亲在几年前就去世了，后来他父亲找的这个女人对他来说仅仅就是家里的一件东西，一件不太合格的东西。一副身躯，一绺短发，身子骨也没有一般人所应有的那样好。“我这人对所有的女人都非常挑剔，也许我一直就是这样，但在那时，我敢肯定，我就像一个古怪的乡下土老帽。我觉得自己很了不起，是人世间的一个奇才。而那个女人，还有我所见过或认识的所有女人，和我父亲一样贫穷的邻居们的妻子，一些乡下的女孩子，我对她们都不屑一顾，视如粪土。”

“至于那个德国人的妻子，我却没有这种感觉，我也不知道为什么。或许是因为她那时和我一样保持缄默无言，但打那以后，我就打破了这个习惯。”

就这样汤姆站在那儿等着，那个女人沿着栅栏走得很慢，一直躲在灌木丛的阴影中，直到这时才穿过那块空地朝着牲口棚走过来。

现在她正慢慢地沿着牲口棚的墙根走来，直接朝着汤姆。汤姆站在黑影中，屏住呼吸，等着她过来。

后来，当他回想起当时所发生的事情时，他也绝对搞不清楚当她向他走来时，她到底是在梦游还是清醒着。他们说的语言不一样，而且自从那天晚上之后他们再也没有见过面。或许她只是由于焦躁不安才从丈夫身旁的床上起来，摸索着走出屋子，根本就没有意识到自己正在做什么。

当她走到他站立的地方时，她清醒了过来，不管怎样，感到难为情和害怕。他朝她迈了一步，她停了下来。他们的脸靠得非常近，她的眼睛由于惊恐睁得老大。“瞳孔都变得很大。”谈起当时的情景他说道。他一直强调那双眼睛，“两只眼睛里面有什么东西在颤动。我敢肯定我决没有夸大当时的情景，我把一切看得清清楚楚，就好像我们是在大白天时站在一起。或许我自己的眼睛里也发生了一些事情,嗯?这是有可能的。我也不会和她说话,安慰她,我说不来,‘别害怕,女人。’我什么都不会说,我的眼睛得表达我所要说的所有的话。”

很显然有什么事要说,但不管怎样,我的朋友站在那儿,在那个年轻时令人难忘的夜晚。他的脸和那个女人的脸越靠越近,越靠越近。最后,他们的嘴唇相遇了,他把她揽在怀里,抱了一会儿。

仅此而已。他们相拥在一起,一个二十七岁的女人和一个十九岁的年轻人,而他只是一个乡下男孩,感到很害怕,这或许是对当时其他什么事都没有发生的解释。

至于这件事,我也不太清楚,但在讲述这个故事时,我有你们看故事的人所没有的优势。我是听我的这位朋友断断续续地讲完这个故事,我正在想把他的经历描述出来。过去的那些讲故事的人,他们从一个地方到另一个地方讲述着那些奇妙的故事,比起我们这些生活在印刷文字时代的人来说有着更多的优势。他们既是讲故事的人又是演员。他们讲故事时声情并茂,做着各种各样的手势。他们常常就是只靠自己的说服力来令人信服,我们这些在写作文体上过分讲究的现代人也是希望能达到同样的效果。

我现在想要表达的是在那天晚上我的感觉,当我的朋友在公园里和我谈起的,在俄亥俄州的那个牲口棚旁的黑暗阴影中所发生的两个人的拥抱。这两个人的拥抱并不是偷偷摸摸的,它既牵涉到他们的肉体,同时又没有牵涉到他们的肉体,这样的事情只能意会,而不能用思维的大脑去理解。

不管怎样他们站在那儿好几分钟,可能有五分钟吧,他们的身体紧贴着牲口棚的墙,他们的手围拢着,紧紧地拥抱在一起。他们中的一个时而离开牲口棚一点,直接地面对着另一个站了一会儿。你可以说在牲口棚旁的黑暗中是欧洲面向美国。你或许会产生种种想象,然后鹦鹉学舌,胡说一气。但我现在所说的是,他们就像我所描述的那样站在那儿,而且很奇怪地把脸朝向牲口棚的墙上,本能地背过脸去不看德国人的房子,我是这样想的。他们中一个人还时而跨出来,面对另一个站了一会儿,他们的嘴唇从最初的一刻以后再也没有碰在一块。

另一件事发生了。在屋子里的那个德国人醒来了,开始喊叫起来,然后手里提着一盏灯笼出现在厨房的门口。正是这盏灯笼,他提着的这盏灯笼,解救了他妻子和我的朋友的尴尬局面。在灯笼前面出现的一道小光圈使他什么都看不见,但他不断地喊着他妻子的名字,凯瑟琳,用一种心烦意乱,担惊受怕的口气。“噢,凯瑟琳,你在哪儿?噢,凯瑟琳!”他这样喊着。

我的朋友立刻做出了反应,抓住那个女人的手,他悄无声息地沿着牲口棚的阴影跑过去,穿过牲口棚和栅栏之间的那块空地。两个人模糊的身影沿着空荡荡的牲口棚黑暗的墙根一闪而过,在没有灌木丛的栅栏前,他先把她高举过去,然后跟在后面翻过栅栏。紧接着他穿过果园,来到大房子前的公路上,把双手放在那个女人的肩膀上摇了摇。她似乎理解了他的意思,立即回答了她丈夫的呼唤。当摇摇晃晃的灯笼来到她跟前时,我的朋友已闪身躲回到果园里。

那个德国人和他的妻子走向他们的屋子,德国人精力充沛地说着话,女人轻声地回答他,就像往常那样。汤姆感到迷惑不解,那天晚上发生的一切当时就使他迷惑不解,很久以后当他告诉我这件事时仍然是迷惑不解。后来他想出了对这件事的一种解释,就像所有的男人在这种情况下都会做的那样。但那是另外一个故事了,现在还不是说它的时候。

关键是当时我的朋友有一种完全拥有这个女人的感觉,而且他知道,也是他了解到,她的丈夫将永远不会拥有她,或许永远不能拥有她。一种巨大的柔情掠过他的全身,他只一个愿望,保护好这个女人,决不能让她现在的和将来的生活变得可能更加艰辛。

因此他飞快地跑向牲口棚,找到那条毛毯,然后悄悄地爬进厩楼里。

那个留着下垂八字胡的农场工正安静地躺在干草堆上睡大觉,汤姆躺在他旁边,闭上眼睛。正如他所料的,那个德国人几乎是紧跟在他脚后就来厩楼上,闪着灯笼,不照那个年龄大的人的脸,却照在汤姆的脸上。然后那个德国人就离开了,汤姆躺在那儿睡不着,心里乐开了花。那时他还年轻,觉得有点了不起,对那个德国人当时总算报了一箭之仇。“她丈夫知道,但同时又不知道,我拉着他老婆从他身边跑开了。”很久之后,他和我谈起这件事时告诉我,“我不知道为什么当时那件事使我那么高兴,但确实很高兴。当时我觉得自己之所以高兴就是因为我们俩人设法跑掉了,但现在我才知道事情未必是这样。”

很肯定地说我的朋友确实有一种不祥的预感。第二天早上他走进大房子时,早饭已经摆在桌子上了,但那个女人却不在跟前伺候他们。食物放在桌子上,咖啡在炉子上,三个男人默默地吃完早饭。然后汤姆和那个德国人一起走出屋子,就好像事先安排好的计划,俩人一起来到牲口棚旁的场地上。那个德国人其实是一无所知,他的妻子昨天夜里变得烦躁不安,从床上爬了起来,走到外面的大路上,另外两个男人都在牲口棚里睡大觉。他从来没有任何理由怀疑她干过什么出格的事,她正是他想要的那种女人,从来没有到城里去闲逛,没有花许多的钱在衣服上,愿意做家里的任何事情,从来不惹是生非,他不明白自己为什么会突然强烈地不喜欢这个年轻的雇工。

汤姆先开口说道,“我想辞工不干了,我觉得我最好还是快点走吧。”很显然汤姆离开的不是时候,肯定会打乱这个德国人在这个农忙季节里安排要干的活。但他没有反对,立即答应了汤姆的离开。汤姆已经把活安排了一整周,但这个德国人却倒回到上个星期六,想骗回一点钱。“我只欠你一个星期的工钱,嗯?”他说道,如果有可能,他想能少算汤姆两天的工钱也好。

但汤姆没有上当受骗,“一个星期零四天。”他回答道,故意又加了额外一天,“如果你不愿意付这四天的钱,我将待过这星期。”

那个德国人走进屋子,拿出如数的工钱,汤姆立刻动身沿着马路离开了。

他走了大约二三英里就打住了,然后拐进一片树林里,在那儿他待了一整天,思考着所发生的事情。

或许他并没有思考太多。在芝加哥公园里的那天晚上,当他告诉我这个故事的时候,他说的是,那天一整天有几个人物一直在他脑海里走来走去。他就坐在一根原木上,任凭他们走来走去。难道他心里就没有对已经到来的新生活的某种打算,这种冲动还会再来吗?

当他坐在那根原木上时,脑海里出现了许多的人物,他父亲,他去世的母亲,还有几个人是住在他度过童年的俄亥俄州乡下。他们一直在不停地干活,说着各种各样的事情。对于我的读者来说应该很明白,我以为我的朋友是一个讲故事的人,但由于某种的原因,他一直未能把他的许多故事讲出来。就像你会说的那样,这或许能解释在树林里的那天,他自己觉得他是处在一种昏昏欲睡的状态。昨天夜里他都没有睡,虽然他没有说的太多,但发生在他身上的那件事情确实有点不可思议。

他告诉我那天梦境中一件奇特的事情,在他的恍惚中,一而再、再而三地出现了一个女人的身影,他从未见过她本人,打那以后也再没有出现过,但无论如何不是那个德国人的妻子,他表白道。

“那个身影就是一个女人的身影,但我说不出她的年龄。”他说道,“她正在离我而去,她穿着一条蓝色洒满黑点的连衣裙。她身材苗条,看上去很强壮,但不完整,就是这样。她正走在我那时还从来没见过的一个国家的一条小路上,我从来没见过。那个国家有许多非常矮的小山包,都没有树木,也没有绿草,只有到那个女人膝盖高的矮灌木丛。你或许会想那可能是一个北极的国家,那里有夏天,但每年只有短短的几个星期。她把袖子卷到了肩膀上,露出一双纤细的手臂,而且她把脸埋在自己的右臂弯里。她的左臂悬挂着,像一个破碎的东西,她的两条腿也像破碎的东西,她的身体也是破碎的东西。”

“但是你看,她沿着那条小路,在低矮的灌木丛中,一直在走着,走着,翻过那一座座光秃秃的小山包。她在充满活力地走着,说起来这似乎是一件不可能的且傻透的事情,但那天一整天我就坐在树林里的那根木头上,每次一闭上眼睛,我就看见那个女人这样地走着,简直是飞奔向前。但是你看,她又全部破碎成了小碎片了。”

变成女人的男人

我父亲是我们镇上的一个杂货零售店老板,我们的这个小镇在内布拉斯加之外,和其他成千上万的小镇一样,因此,用不着占用和浪费你我的时间来描述一番。

不管怎么说,我成了杂货店的伙计。父亲去世后,店铺被卖掉,母亲拿了400块钱给我,让我自己出去闯世界,她拿走了其余的钱,去西部的加利福尼亚州找她姐姐去了,那时我刚刚十九岁。

我来到芝加哥,做了一阵子杂货店的伙计。由于当时我的身体突然变得越来越差了——这可能是因为我已经厌倦了城市的孤独生活,厌倦了城市的景色和杂货店的气味,我决定自己出去闯一闯。当时这对我来说似乎是极大的冒险。有一阵子我成了一个流浪汉,没钱时,才时不时地打点工。所有的时间我都在外头闲逛,或是爬上运货火车,到处乱跑,想看看这个世界。在几个小镇孤独的夜晚,我甚至还偷了几回东西。一次是偷了人家忘在外面晾衣绳上的一套相当好的西装,另一次是偷了放在货车车厢外面的几双鞋子。但我总是非常害怕被人逮着,关进监狱,所以我从来就没有过做小偷成功的感觉。

我在那段时期最快乐的经历就是我曾经当过养马人,或者叫马夫,和赛马在一起的日子。正是在那时候,我遇到了一个和我年龄差不多的年轻人,他现在已经成了一个颇有名气的作家。

我刚才说到的这个年轻人也是作为一个马夫进入赛马这一行当的。他过去常说,当马夫给他的生活带来了一种兴奋和亮点。

他当时还没有结婚,也还没有成为一个成功的作家,我的意思是当时他是自由的。另外,他和我都有几分喜欢那些在赛马场上转悠的人,那些赛马刺探,马夫，骑师，黑人和赌棍们。你知道，这些家伙都是一群华而不实，靠不住的人。如果你经常待在赛马场上的话，那你就是我所见过的最棒的骗子。他们和大多数的杂货店老板，成衣商人，和我父亲过去在内布拉斯加城里的其他朋友们不一样，他们不想攒钱或给你讲道德规范之类，他们也不想向那些比他们更重要的、更有钱的或更有权势的人卑躬屈膝，或者磕头跪拜。

我的意思是，他们是一大帮无拘无束的，堕落的，爱酗酒的家伙。当其中有人赢了赛马赌注，“花光它”，我们都这样说。这时他的钱放在那里对他来说就像粪土一样，没有一个国王、总统或是肥皂制造商能比他更加挥金如土了。他会带着他的家人去欧洲旅行，手上戴着大钻戒，领带上别着钻石马掌吉祥物，以及其他等等。

我相当喜欢这一大帮该死的家伙，他也是。

他当时为一匹叫卢姆彼·乔的去势公赛马做临时的马夫，这马属于一个高个子，留着黑色小胡子，叫阿尔弗雷德·克兰伯格的人，他竭力为自己虚张声势，说自己是一个养马的行家里手。那年的整个秋天，在西宾夕法尼亚县的赛马会上，刚好我们又都在同一个赛场，天气晴朗的夜晚，我们在一起长时间地散步和交谈。

让我们假定那天是星期一或星期二的晚上，我们的马儿在晚上都关起来了，比赛要在那个周的迟一些时候才开始，通常也许是在星期三。赛场上总有一个叫餐厅的小地方，大部分都是由城里的妇女基督教禁欲协会经营的。我们总是去那里吃饭，只要花 25 美分我们就能吃得相当不错，至少我们当时认为相当不错。

我总是想方设法能够坐在那个家伙的旁边，他的名字叫汤姆·米恩斯，我们吃完饭后还得回去看看我们的那两匹马。我们到了那儿，卢姆彼·乔总是在它的分隔厩里吃草，阿尔弗雷德·克兰伯格总是站在那儿，捋着他的小胡子，看起来就像一只病鹤似的悲伤。

但他不是真正的悲伤，“你们两个小伙子想到城里找女孩子玩吧，我是个老不中用的东西啦，也过了那个时期，你们去吧，我一定会坐在这儿，替你们照看好这两匹马。”他总会这样说。

所以我们就出发了，但不是进城去找几个城里的女孩子，她们也许会和我们交上朋友，因为我们是外地人，是赛马场上的人，但我们是到城外的乡下去。有时候我们去一个丘陵小山村，那里有明月。树上的叶子纷纷落下，铺在小路上，当我们走过时，我们踏起树叶，扬起尘土。

说真的，我想我开始爱上汤姆·米恩斯了，他比我大五岁，虽然当时我不敢说出来。美国人在说这样的事情时都害羞和胆小，我发现这里的男人不敢承认自己爱上了另一个男人,他们甚至自己都害怕承认有这种情感。我想他们害怕的可能是一些根本不必要承担的东西。

不管怎样我们往前走着,有些树已经光秃了,看起来就好像一个个人严肃地站在路边,听着我们的谈话,只是我说的不多,大都是汤姆·米恩斯在说。

有时候,我们回到赛马场时已经很迟了,月亮已经下山了,一片漆黑。这时,我们经常沿着跑道一圈圈地走,有时要走上十来圈,然后我们才蜷缩进干草堆里去睡觉。

汤姆总是谈论两个话题,写作和赛马,但大部分谈论都有关赛马。赛马跑道上静悄悄的声响,赛马的各种气味,还有赛马的各种用具,这些话题似乎都能使他激动起来。"噢,天哪,赫尔曼·达德利,"他总是突然喊出来,"别和我谈这些,我知道我的想法,我走过的路比你多,我见过许许多多的人。没有任何一个男人或女人,甚至没有一个人自己的母亲能够像马那样完美,这当然说的是良种马。"

有时候,他会持续谈论很长一段时间,谈论他所见过的人以及他们的特点。他想以后成为一个作家,他所说的是当他成为一个作家时,他要去描写那些饲养得很好的马的赛跑、小跑以及侧对跑步的方式。他有没有这样去描写我说不上。他写了很多,但我没有那么高的能力去评判那些东西。不管怎么说,我认为他没有这样写。

但当他谈起马的话题的时候,他确实非常棒。要是没有他的话,我到头来也绝不会有一半像这样对马的感觉并喜欢和马待在一块。他经常有可能会连续谈上一个小时,谈到马的身躯,马的思想,和马的意志,好像它们是人似的。"上帝帮助我们,赫尔曼,"他总是这样说,紧紧地抓住我的胳膊,"难道这样的话题不会涌上你的喉头吗?我说,当一匹好马,就像我照看的这匹卢姆彼·乔,当它拉直身躯奔跑在终点直道的前头时,它飞奔而来,你知道它飞奔过来了,你知道它的心跳声,它赢啦,它根本就不用鞭子抽打,赫尔曼,难道你就不会对它着迷吗?难道它就不会像老哈里一样,让你感到激动吗?"

这就是他谈话的方式,后来,他有时候也谈到了写作,一谈起写作他也是浑身热血沸腾。他有一些关于写作的看法,我是从来也没有去多想过的,但也许就是他谈论的那些看法,逐渐地影响了我,引导我自己也想开始写这个故事。

* * *

当时在跑马场上的一次经历,由于我内心的某种情感,我不得不说一说。

噢,我也不知道为什么,但我也是刚想到的。我想,这有点儿像对一个善良的天主教徒的忏悔,或许更好一些,就像收拾干净你所住的房间。如果你是个单身汉的话,就像我许久以来这样,房间总是相当的凌乱,好多天都没有整理床铺,衣服和东西乱扔在小卧室的地板上,或许还扔在床底下。然后,你把所有东西都整理干净,铺上新的床单。接下来你脱掉身上所有的衣服,手脚并用地趴了下来,把地板擦洗得干干净净,你甚至可以在地板上吃面包。然后你出去散步,过一会儿回来,房间里香味清新,你会感到愉快,甚至可以说是心旷神怡。

我的意思是,这个故事我已经胸有成竹了,而且我经常梦见在故事里发生的事情,即使在我和杰西恩恩爱爱地结婚之后。有时候在夜晚我甚至会尖声喊叫,所以我想,"我要写这个该死的故事。"我的这个故事就这样开始了。

秋天来临了,每天早上,当我们从铺在马棚上面小阁楼干草堆上的毛毯里悄悄爬起来的时候,我们总要探头到窗外看看,只见地面上铺满一层薄薄的白霜。我们醒来时,马儿也醒了。你知道在跑马场上的马厩是个什么模样,像仓库似的小马厩,上面是小厩楼,一字长蛇阵似地摆成一排。每个小马厩的门分成上下两部分,下面的门只到马的胸部高,而上面的门只有在晚上和恶劣天气时才关上。

每天早上,上面的门先打开,然后固定在后面,马儿就探出头来了。灰色的椭圆形跑道里面,草地上铺着一层白霜。通常一排马厩里有六匹,十匹,甚至十二匹的马,或许还有一个黑人厨子在那一排马厩前的空旷地上用火盒来煮饭,他现在就正在煮饭。马儿们睁着它们漂亮的大眼睛东看西瞧,嘶叫着。有一匹种马正探出头来看着一个马厩的门里,它看到一匹含情脉脉的母马正看着它,它立即发出紧急召唤的号角。有一个男人大笑起来,跑马场里一个女人都看不到,到处也找不到。只要谁想笑,他就可以大笑一通。

这是相当美妙的情景,但在我认识汤姆·米恩斯和听到他谈论过这事之前,我却一点儿都不懂得其中的美妙之处。

我现在要讲的就是当时发生的那件事,可汤姆已经不再和我在一起了。一个星期前,他的主人,艾尔弗雷德·克兰伯格,带着他的赛马卢姆彼·乔去参加俄亥俄州年度联赛。在这里的跑马场上,我再也看不到汤姆的身影了。

有一种说法在我们的跑马场上流传着,那匹四肢修长的大块头棕色骟马卢姆彼·乔,其实它真名根本不叫卢姆彼·乔,它是一个冒名顶替者。它曾在衣阿华州创下最快的纪录,在前年就声名远扬到了西北内陆地区。克兰伯格选中它,整个冬天都为它保密,并用这个新名字把它带到了宾州的乡下,大家都知道克兰伯格这家伙因此发了大财。

我对这件事一无所知,也从来没有和汤姆谈起过,但不管怎么说,汤姆,卢姆彼·乔,还有克兰伯格,他们现在都走了。

我想我将会永远记住那些日子,和汤姆在夜晚的谈话,还有在这之前九月初的那些夜晚,我们围坐在跑马道的前面,克兰伯格坐在一个翻转过来的饲料箱上,一边捋着他那又长又黑的小胡子。有时候他还哼着一首谁也听不懂的小调,这支小调大概意思是有一口深井,有一只灰色的小松鼠爬上了井栏杆。他从来没有放声大笑或微笑,但在他那一本正经的灰色眼睛里有一种神色,不能用闪闪发亮来形容,却比闪闪发亮更加意味深长。

其他人都在低声地谈话,汤姆和我默默地坐着听。汤姆只有单独和我在一起的时候,他的话才会最多。

为了他的缘故,如果他能看到我的这篇故事,我也应该提到我们看过的唯一的最大的赛马场,它在宾州的雷德镇,我们还亲眼见到了伟大的赛马手,老波普·吉尔斯。他的赛马都在远离我们驻扎的赛马场的另外一个地方,我想,像他这样的人喜欢为他的赛马挑选最好的地方。

有一天晚上,我们去了那里,就在我们站的附近,吉尔斯也在那儿,他坐在一个马厩前的一只箱子上,正拿着一根马鞭轻轻地敲打着地面。在赛马场里,人们都称他为“从田纳西州来的沉默的人”,他也真的很沉默,至少是在那天晚上。我们所做的就是站在那儿看着他,大概看了半个小时,然后我们才离开。那天晚上,汤姆的话特多,我还从来没听他说过那么多的话。他说他一生的志向就是等波普·吉尔斯去世后,为他写一本书。他将在书中指出,至少有一个美国人从来没有迷恋过发财致富,或者想成为拥有一个大工厂的某个行业的巨头。“我想,他就是满足于像那样坐着没事干,等待着他的人生中辉煌时刻的到来。当驾驭着一匹快马驰骋在终点直道的前头时,他全神贯注地,把自己所有的一切都奉献给就在他前面的目标上。”汤姆说着,就浑身激动了起来,然后就开始哭泣。我们当时在跑马场内正沿着栅栏散步,天色已近黄昏。在附近的几棵树上,有几只鸟儿,或许就是几只麻雀,正在叽叽喳喳吵个不停,你还可以听到小虫子们的歌唱似的鸣叫声。在西面远处的树丛中,已经几乎没有了亮光,只见到尘埃在空气中飞舞着。汤姆又谈起了波普·吉尔斯,虽然我觉得他所想的绝大部分是他自己想要的东西,而不是波普·吉尔斯。然后,他走过去,站在栅栏旁,几乎又要哭泣起来。我也开始哭泣,虽然我不知道是为了什么。

但结果或许是我确实知道。我想,当汤姆成为一个作家的时候,他应该会认为当老波普的赛马转过上头的弯道时,终点的直道就在他前面,老波普一定会感觉到,如果他想让他的赛马冲过前面的终点,他必须立即就去做到。汤姆所说的意思是任何一个男人都是胸有大志，而且能够像这样熟知一个行业。但没有一个女人会这样胸有大志，除非硬装进她的脑子里。他经常说笑谈起女人们的胸无大志，但我注意到他后来恰恰就找了一个这样的女人。

还是言归正传，说说我自己的事情。汤姆走了以后，我和看管的那匹赛马一直在宾州那些漂亮的小县城里漂泊。我的主人，从俄亥俄州过来，是一个奇怪的、易激动类型的人。他在赌马上输了很多钱，但他总是认为在某个大发利市，他或许能把所有的钱赚回来，因为那年他的运气一直很好。我看管的马，是一匹强壮的小骗马，今年五岁，一直是相当有规则地跑到前面的终点。因此，我的主人用他赢得的一些钱买了一匹三岁大的侧对步黑牡马，名叫"奥麦门"。我的那匹小骟马叫"快跑男孩"，因为当它在比赛中进入终点直道时，我的主人总是激动得几乎疯狂，你在离一英里半外都能听到他的喊叫声。"跑啊，快跑男孩，快跑男孩，快跑男孩。"他不停地大声喊叫着。当时他得到这匹优良的小骟马时，就给它取了这个名字。

这骟马确实是一匹快马，正如赛马场上的小马倌们过去常说的，"它加速非常快，停下来也是干净利落。"另外，它是我们所谓天生的赛马，用不着太多的训练，一下子就能达到它所能跑的最高速度。"你所要做的就是把它放在跑道上，它自己就会跑。"当我的主人吹嘘起自己的赛马时，他总是对其他人这么说。

你看，汤姆离开以后，晚上我就没有多少事可干。而新来的这匹三岁大的牡马，是由一个叫伯特的黑人马倌照料。

我很喜欢伯特，他也喜欢我，但比起汤姆和我的关系却不一样，我们的确成了好朋友，我想伯特会为我做许多事，也许我也一样，这是汤姆和我之间相互做不到的。

但你和一个黑人就不能够像你和一个白人那样成为亲密的朋友，这里有某种你难以理解的道理，但却是真的。关于白人和黑人之间的差别已经有过太多的谈论，搞得两者都有戒心，无论怎么努力都是白搭。我想我和伯特两人都知道这点，因此，我感到相当地孤单寂寞。

当我还是个年轻的小伙子时，发生在我身上的一些事情接连发生了好多次，我永远都无法彻底搞明白是怎么回事。现在有时候我会想这都是因为我即将成为一个男人，还有就是从来都没有接触过女人。我不知道自己到底是怎么啦，我又不能够去问某个女人。在我一生中我已经试过许许多多次，但每次都是发生同样的事。

当然，现在和杰西在一起，情况就大不相同了，可是在我谈起这事的那个时候,杰西却还远在天边。在我遇到她之前,已经有许许多多的事情发生在我身上了。

或许正像你所想到的,在跑马场周围的那些家伙,净是些马倌、骑手,还有许多陌生人,没有女人的话他们在城里是待不下去的,非得有不可。在任何一座城里总会有一些不三不四的女人来到像这样的地方,我想她们会认为她们正在玩弄那些想过浪漫夜生活的男人。这些女人会来到那些赛马居住的马厩前,如果你的目光真的有关注她们的话,她们就会凑上来,对你的赛马评头论足,小题大做。她们会用小手揉擦你的赛马的鼻子,这时就看你的啦。如果你是一个不像我这样胆小如鼠的人的话,这时你就该微笑着打招呼,"你好,小姐。"然后和她们其中的一个定下约会,晚饭后进城去。这种事我做不来,虽然上帝都知道我已经很努力地尝试过了,而且常常是竭尽全力。一个女孩子会单独走过来,她必定是长得娇小玲珑,并对我脉脉含情。我会努力再三,但什么都说不出来。汤姆和伯特后来常常拿这事嘲笑我,但我的想法是这样的,如果我能坦率地告诉他们俩中的一人,即使我能和那位姑娘定下约会的话,也不会有任何的结果。我们或许只会在城里漫步,然后一起在黑夜中走到城里的某个尽头,再后来她会拿起一根棍棒把我打翻在地,因为她再也不肯多走一步了。

由于习惯了和汤姆在一起聊天,我就在那儿待了下来。当然,伯特在黑人中也有自己的朋友。我变得懒懒散散,没精打采的,干起活来也是力不从心。

事情是这样的,傍晚时分,当一天的赛马结束,人群散尽后,我有时或许会一直坐在一棵树下。每次总会有许多其他人和孩子们,在当天的赛马中他们没有自己的马参赛,他们就会站在或坐在马厩前面周围闲谈着。

我会侧耳细听他们的谈话一阵子,然后他们的谈话声似乎渐行渐远,我正在盯着看的东西也会变得越来越远。或许那边有一棵树,在不超过100码远的地方,它会拔地而起,就像一棵大蓟一样漂浮走了。它会变得越来越小,消失在天际。然后突然"砰"的一声,它又回到地面上原来的地方。这时,我又会开始听到那些男人的谈话声。

我和汤姆在一起的那个夏季,每个夜晚都是美好的。我们通常在周围散步和谈话一直到很晚,然后,我才爬进自己的草窝去睡觉。我独自离开后,蜷曲在毛毯里,回想汤姆的谈话,我总会从中得到一些东西并记在心头。我觉得汤姆在谈话时,他有一种描述图画的方法,而这些图画会留在我的身边,就像伯特总是说猪排留在他身边一样。"把那些老猪排给我,它们就粘在肋骨上。"伯特总是这样说,他的话中总是带着想象,很像汤姆的谈话方式。他会从你心里想说的某种事情开始,然后就一直谈下去。你会跟着他的话题心驰神往,就好像走在一座陌生的城镇里,看到各种各样的景色。然后你就不知不觉地进入了梦乡,你会做上许多香甜的美梦,早上醒来时仍然会觉得回味无穷。

然而他却走了,再也听不到他的那种方式的谈话,可我已经迷上了我所描述的那种谈话。在夜晚的梦中,我老是看到女人的身子和双唇,以及女人的其他地方,早上醒来时我觉得自己就像魔王撒旦。

伯特对我相当好。每次比赛完后他总是帮助我遛"快跑男孩",他抢着干那些需要熟练技巧的活,而且做得很快。比如像给马的腿平整地扎上绷带,要注意把每条带子扎好,每一处弯曲包好,一直包到脚窝,这样才能让你的马走上跑道参加预赛。

伯特知道我出了点毛病,因此他尽最大的努力不让老板知道。每当老板在他身边时,他总是吹嘘我,"这位是在跑马场上和我一起干过活的最好的小伙子。"在每次我干活不称职的时候,这家伙总是会咧着嘴笑着这样说。

当你和赛马一块出去的时候,有一样活总是要花费许多的时间。傍晚的时候,你的马儿比赛完后,你给它洗过澡,全身擦干后,它得慢慢地去散步。有时候得花上好几个小时,这样马儿才会慢慢地放松下来,不然会患上肌肉僵大症。我就是为我们俩的赛马干这个活,伯特去干更重要的其他事情。这样能让他有空和其他的黑人们闲聊或掷骰子赌博,我并不介意。我相当喜欢干这活,在激烈的比赛之后,即使是周围有母马时,像"奥麦门"这样的种马也显得相当地温驯。

你走啊,走啊走,绕着一个小圆圈,你的赛马的头就在你的肩膀旁。你所在的这个地方的生活的方方面面正在持续着,很奇怪的是你有这样的感觉,你并没有真正地成为生活的一部分。或许没有人会有我当时的这种感受,除了那些尚未长成男子汉的小男孩,还有就是像我这样从来没有接触过女孩子或女人的人,我这里指的是那些确实一点儿都没有接触过女人的人。我过去常常纳闷,那些年轻的女孩子,在她们结婚之前,是否也有过这种感受,或者已经做过我们过去常常称为"寻欢作乐"的那些事。

如果我没有记错的话,我当时没有作太多的思考。那时如果没有伯特朝我大声嚷嚷,提醒我的话,我常常会忘掉吃晚饭。有时候他也忘了,他会和另一个黑人进城去,那么,我真的就忘了。

我就和我的马儿在一块,绕着一个圆圈,就那样慢慢地,慢慢地走啊走。人们此时正在离开跑马场,有些人走路,有些人赶着四轮或两轮的马车回自己的农场。空气中飘浮着一团团的尘土。遥远的西边,那是县城所在地,太阳或许正在下山,一团红色的火球正在穿过尘土而下。就在几个小时前,人们还都充满激动之情,每个人都在大喊大叫。让我们假定那天下午我的马有参加比赛,我就会站在大看台前,肩上披着盖马的毛毯,也许是站在伯特的旁边。当赛马进入终点直道时,我的主人就开始用他那奇怪的大嗓门喊叫,他的喊叫声似乎飘浮在大看台所有的喊叫声之上。而且他的话重复着一遍又一遍,“跑啊,快跑男孩,快跑男孩,快跑男孩。”他喊叫的方式总是这样。我的心怦怦直跳,几乎不能呼吸了。伯特探出他的身子,嘴里咬着他的手指,轻声低语地咕哝着:“来,我的宝贝,回家吧,你妈妈在等你呢。回家吃你的好料和面包,我的快跑男孩。”

好啦,这一切现在都结束了,周围的人们乱哄哄的声音都低沉了下去。还有“快跑男孩”,我正牵着它慢悠悠地绕着一个小圈子,让它慢慢地放松下来,正如我所说的,它也是一匹与众不同的好马。当它竭尽全力地跨越前面的终点线时,或者想冲出那儿到前面时,它或许已经几乎心力交瘁了。但现在它心里的一切都平静了下来,只感到身心疲惫,就和我这段日子以来几乎差不多,只是我感到身心疲惫却无法平静。

你还记得我跟你说过我们总是绕着一个圈子散步,转啊,转啊,转悠着。我想我心里的一些事情也是这样转啊,转啊,转悠着。太阳有时候也是这样,还有树林啦,尘雾啦,也都是这样。我有时不得不考虑怎样迈出我的脚步,这样才能走在合适的地方,但我不是像醉汉那样摇摇晃晃。

我有一种滑稽的感觉,但却很难加以描述。这种感觉与生活中我的那匹马和我自己有关。最近几年以来,有时候我一直在想,或许黑人们对我现在正在尽心竭力地谈论的事情的理解要比任何一个白人会好得多。我的意思是关于男人和动物之间的某些事,只是在他们之间的事,这种事或许只发生在白人身上,当他有点偏离了起跑点的时候,就像我当时认为自己那样。我想许多爱马的人或许都有这种感觉,虽然只是有时候。这种事情是这样,你会认为这种事情只有我们白人才会有,而且看得很重,很引以为荣,你却会认为这种事情毕竟不怎么好?

这在我们之间应该算是一件巨大宏伟,或许还是非常重要的事情,它不会让我们就像一匹马或一条狗或一只鸟能做的那样,比如说“快跑男孩”哪天赢了比赛,它在那年夏天经常赢。好啦,它既没有骄傲,换了是我的话我肯定会,也没有说在哪一方面的脾气变坏了,它还是老样子,带着某种纯朴干出了一番成绩来。这就是“快跑男孩”的禀性,在渐浓的夜色中,当我和它缓缓漫步时,我能感受到它内心的这种禀性。以一种难以解释的方式,我能理解它的心思,它也理解我的心思。我们经常毫无原因地停下脚步,它会用它的鼻子在我的脸上蹭来蹭去。

有时候我真希望它是个女孩,或者我是个女孩,它是个男人。这想法说起来挺奇怪的,但却是真的。由于和它以这样默默无语的方式相处,时间长了,使我心里的古怪想法好了一点。像这样的晚上散步之后,我常常睡得很香,没有做我讲过的那些噩梦。

但我并没有好多长时间,心病也很难治愈,我的身体似乎好好的,和以前没什么两样,但内心就是一点活力都没有。

当时是深秋时节,一天比一天更凉了。我们来到了我们将要举行赛马的最后一个城镇,然后我的主人就要把他的赛马全部关起来休养猫冬了。这最后的城镇是穿过俄亥俄州的边界,在他自己的家乡。赛马场在一个小山丘上,或者说是在这个城镇的某个高地上。

这是个不怎么样的地方。马厩摇晃得相当厉害,跑道也很差劲,特别是弯道。我们一到那个地方,马刚住进棚子,天就开始下雨,而且不停地下了一整个星期,因此,赛马会只得推迟了。

由于钱包不是很鼓,许多赛马的主人很快运走了赛马,但我们的主人留了下来。赛马会的老板们许诺不管下星期的比赛是否举行,他们将保证出所有的费用。

伯特和我整个星期都没有什么事情可做,除了每天早上到马厩里清理出粪便。然后就是等待时机,当雨下得小点时,把马儿拉出来,绕着泥泞的跑道散散步。然后把它们洗刷干净,披上毛毯,再把它们牵回马厩里。

对我来说,这是一段最艰难的时期。伯特的景况不算很差,那儿附近有十几二十个黑人,晚上他们就进城去,个个喝得微醺,即使在寒冷的大雨中,他们也很迟才回来,一路上又说又唱。

后来有一天晚上,我卷入了我现在就要告诉你的这件事情中。

那是星期六的晚上,现在我回想起来那天好像大家都离开了赛马场,只剩下我一个人。傍晚的早些时候,马倌们一个接一个地来到我马厩,问我是否就留在赛马场里。我说是的,他就要我替他多留意一下他的赛马,别让它出什么事。“就是时不时地沿着这条路溜达溜达,嗯,小伙子,”他们其中一个就这么说,“我进城去只逗留一两个小时。”

我肯定会说“可以”,很快地,这个有点破败不堪的赛马场就成了漆黑一片,除了我和那些赛马,附近没有一个活人的身影。

我站在那儿很久很久,在雨中和泥泞中到处走来走去。我一直在想着,我要是别人,不是我自己就好了。“如果我是别人,”我在想,“我就不会站在这儿,而是和其他人一起进城去了。”我甚至看到自己走进好几家酒馆，喝了不少酒，然后从酒馆出来，或许又走进一家妓院，给自己找了个女人。

我想得如此痴迷，以至在一片漆黑中我跌跌撞撞地在那儿走来走去，就好像在我心里所想的事情真的正在发生似的。

只是我不是和那种廉价的女人在一起，那种我过去曾经找过，却没有勇气和她做我想做的事的女人。这回是和当时我认为在这世上我从来没有遇到过的女人在一起。她身材苗条，面若桃花，她的内在气质就像一匹赛马，我想，就像“快跑男孩”奔驰在终点直道上时那样地可爱。

我在想念她，一直在想念她，直到我无法容忍自己再想下去。“不管怎样我得做点事情。”我暗自想道。

虽然我答应了所有的马倌们要留下来看管他们的赛马，但我还是走出了赛马场，向着山下走了很长的一段路。我一直往山下走，来到了一家低矮的小酒馆。这家小酒馆不在县城的中心城区，而是在半山腰上。这家小酒馆过去曾经是一幢住宅，或许是一幢农舍，但如果是一幢农舍的话，我敢肯定，住在这儿的农场主，耕作在半山坡的这片土地上，那他的日子过得一定不是很好。这里的乡村看起来不像是能适合耕种的地方，就像在刚过去的整个夏天和秋天，我们一路过来看到的其他县城各地一样。你所看到的到处都是突出裸露在地面的石头，绝大部分树木都是长得短短粗粗，极其矮小。我的意思是这些树木长得零乱荒芜，很不整齐。在山顶的那片平地上，赛马场就在那儿，有几块田地和牧草地，有一些羊正在吃草。在紧挨着赛马场的那块田地上，也就是在终点直道的后面，离城镇最远的那一边，那里曾经有过一个屠宰场，它的废墟至今仍然堆在那儿。这个屠宰场已经废弃相当长的时间了，但在田地里仍然到处都是动物的骨头，从破旧厂房里散发出一种难闻的气味，它会使你感到毛骨悚然。

就和我们这些马倌们一样，那些赛马也不喜欢这个地方。为了使赛马能够保持竞赛状态，每天早晨我们都得让它们绕着泥泞的跑道进行有节奏的慢跑，“快跑男孩”和“奥麦门”，每次都能惊起“老内德”。每次我们都要牵着它们经过终点直道的后面，靠近破旧屠宰场的地方。两匹赛马总要用后腿站立起来，烦躁不安地急欲挣脱缰绳，然后大跨步跑开，一直跑到它们闻不到腐烂臭味的地方，我和伯特都没有办法制止它们。“来到这样的小镇真是糟糕透了，这种跑道用来比赛真是烂透了。”伯特一直这么说，“他们用这种该死的破烂场地，如果有人从马上摔下来，会摔死在这儿后面的。”他们有没有人摔下来我不知道，因为我不再待在这个赛马场了，等会儿我就告诉你原因，但伯特说的话是很有道理的。赛马和我们人不一样,它忍受不了妨碍它比赛的任何腐烂肮脏的垃圾类东西,而我们却能忍受,它也忍受不了我们能忍受的那些臭味。

再回到我的故事上来。在黑暗中,我冒着冰冷的滂沱大雨走下山坡,违背了对所有的人许下的要留在山上看守赛马的诺言。当我走到那家小酒馆时,我决定停下来,喝它一两杯酒,很早前我就知道大约只要两杯酒就能使自己感到难受,差不多就会喝醉了,走起路来东倒西歪的,但在那天晚上我却毫不在乎。

因此,我离开大路,拐进了一条小路模样,朝着那家酒馆的前门走去。这家酒馆所在的地方原来肯定是一幢农舍的客厅,外面有一个小门廊。

我在拉开门之前站在门廊那儿,稍稍地往四周看了看,从我站的这个地方,我能一直看到这个小镇的大街上,就好像在纽约或者芝加哥这样的大城市里,从办公楼的第 15 层,往下一直看到大街上。

这里的山坡非常陡峭,盘山的公路不得不迂回曲折,三弯九转地爬上山来,根本就没有人会从镇上爬上来,到这个该死的破旧的赛马场。

这个城镇不像我见过的那么好——大街上有许多正在营业的酒馆和一些商店,一两个漂亮的电影院,几部汽车等等。这里几乎见不到女人或女孩子,只有许多的男人。我竭力地回想起当我住在那个地方的泥泞的赛马场里,在黑暗中绕圈走的时候一直梦想的那个女孩,但没有成功。这就好像努力地想起"快跑男孩",让自己鼓起勇气来达到我当时想要的状态,然后走进我想进去的那个丑恶的下流地方,但没能成功。

尽管如此,我知道这城镇并不是像我站在那儿所看到的那样。在那些山丘的背后,或者在山谷的拐角处,也就是大街所在的地方,一定有许许多多种类的房子,里面住着从宾州来的矿工们。

我的看法是这样,因为是星期六晚上再加上下雨,女人和孩子们都待在家里,只有男人们跑出来,打算让自己一醉方休。我以前曾在其他的一些矿工城待过,如果我是一个矿工,也只得住在其中的一个矿工城,或者像他们那样和女人孩子一起住在其中的一幢房子里,我也会出来,也会让自己喝个痛快。

我就站在那儿看着,好像一个病入膏肓的人,好像一只钻进污水管的老鼠,全身又湿又冷。我能看到许多的黑影子在下面走来走去,在那条大街的另一边,有一条大河,河水发出的哗哗声,我站在半山腰那儿都能听得很清楚。大河再过去那边是一些铁路,许多调车机车在那儿正忙着来来往往,我想这些机车和镇上男人们干活的矿场有关。就在我站在那儿看和听的时候,不时地传来像空中滚雷似的巨大响声。我想那是因为要搬运许多的煤,或许是满满的一卡车煤,重重地倾泻在火车的敞篷运煤车厢里。

除了这些之外,在远处的一个山坡上还有一排长长的炼焦炉。炼焦炉上有一个个小门,里面的火光透过小门映射出来。由于这些炼焦炉一个挨一个地靠得很近,它们看起来就像是某个吃人的巨人的牙齿,它躺在那儿,在山上等待着。

就是这样的景象,在这种地狱般可怕的地方,那些男人们却心满意足地继续住在这儿,这使我从心髓里感到烦躁不安和不寒而栗。我想,就是在那天晚上,我打心眼里有了一种对所有男人们的轻蔑,也包括对我自己,我以前从来没有过这么绝望的感觉。这事归根到底,我想,女人们不应当受到男人们这么多的责备,因为她们没有掌管所有这一切。

然后我推开门,走进酒馆。酒馆里大约十几个人,我想都是些矿工,在一个肮脏狭长的小房间里,正围在几张桌子旁打牌。在房间的一边有个酒柜,一个留着小胡子的红脸大汉站在酒柜的后面。

酒馆里臭气熏天,这种男人成堆的地方都这样。臭味来自这些男人身上的衣服,他们穿着这些衣服去干活,流汗,或许还穿着这些衣服睡觉,而且这些衣服从来不洗,就这么一直穿在身上。我想如果你去过大城市,你就会明白我所说的。你在大城市里,在雨夜中的公交车上,当许多工人挤上车时,你就会闻到这种臭味。我在到处流浪期间,就已经很习惯这种臭味,但我也很讨厌这种臭味。

我现在就是在这种地方,手里拿着一杯威士忌酒。我觉得所有那些矿工的眼睛都在盯着我,但实际上他们根本没有,这只是我自己的感觉,我觉得他们似乎一直在盯着我。就在这时,我抬起头来,看到柜台后面那块又破又旧的大镜子里自己的脸。当我看到自己的模样时,我觉得如果这些矿工们刚才一直在盯着我或嘲笑我的话,我一点都不觉得奇怪。

镜子里的模样,我的意思是说我自己的脸,憔悴苍白,而且由于某种原因,我也说不出到底是为什么,那根本不是我自己的脸。我现在要和你谈的是一件见不得人的事,我知道除了你想听之外,或许你还会在想我是一个怎么样的人,但你也不必认为我是幼稚或害臊,我只是觉得奇怪。从那时起我对这事想了很多,但我怎么也想不明白。我知道在那天晚上之前,我从来没有这样过,我也知道从那以后我再也没有那样过,也许是孤独寂寞吧,就是孤独寂寞伴随着我太久了。我常常想知道,女人是否普遍地比男人们更孤独寂寞。

问题在于我在柜台后面的那面镜子里所看到的那张脸。那天晚上,当我喝威士忌酒时抬起头来,我从镜子里看到的那张脸根本不是我自己的,而是一张女人的脸。那是一张女孩子的脸,这就是我的意思。在镜子上的脸就是这样,是一张女孩子的脸,也是一张孤独寂寞和受惊吓的女孩的脸,她在镜子里只是个孩子。

当我看到手上的那杯威士忌酒快要倒出来时,就赶紧一饮而尽。我放了一块钱柜台上,要了另一杯酒,“我在这儿要小心为妙,我正面临着新的情况。”我在暗自思忖,“如果在这儿的男人有人察觉到我,那我就麻烦了。”把第二杯酒倒进肚子里时,我又要了第三杯。我在想,“喝完这第三杯酒,我要赶快离开这里。在我开始喝醉出洋相之前,我要赶快回到山上的赛马场。”

就在这时,正当我在想心事和喝第三杯威士忌酒时,酒馆里的男人们开始哄堂大笑。我理所当然地认为他们是在嘲笑我,但他们不是,酒馆里根本没有人会注意到我。

他们正在嘲笑的人是一个刚刚迈进大门的家伙,我从来没有见过像这样的家伙。他个头巨大,满头的红头发像鬃毛似地直挺挺地竖立在脑袋上,而且怀里还抱着一个红头发的孩子。那孩子就像他一样大个头,我的意思是就小孩的年龄而言,另外,也是满头粗硬的红头发。

他走到靠我很近的地方,把孩子放在柜台上,给自己要了一杯威士忌酒,酒馆里所有的人都开始朝着他和孩子又喊又笑。只有当他的眼睛盯着他们时,喊叫声才停止,因为这时他会知道谁在喊叫。但当他的头转到另一边时,他们就又大喊大笑。他们不断地喊他是“疯子”,“旧铁锅上的裂缝越来越大了。”有人唱了起来,这时他们又都哄堂大笑。

你看,我感到很伤脑筋的是,怎样才能使你感觉到我那天晚上的感觉。我想,这篇已经开始写的故事,正是我现在所面临的难事,就是尽力地把这种感觉写出来。我并没有声称能够告诉你或对你有什么好处,我只是努力地让你了解我的一些事情,就像如果我有机会的话,我也想了解一些你的,或者其他任何人的一些事情。不管怎么说,这整个该死的事情,我是说在那个星期六下雨的晚上,在那个小酒馆里发生的事情,并不像是一件完全真实的事情。我已经跟你说过,当我看到在柜台后面的镜子里时,我看到里面不是自己的脸,而是一张受惊吓的年轻女孩的脸。可不是吗,那些男人,就是那些矿工,正坐在昏暗的酒馆里的桌子旁,还有那个红脸膛的伙计,那个刚进来的外貌可怕的大块头和他的那个现在正坐在柜台上相貌奇怪的孩子,所有这些人看起来就像是某出戏剧中的各色人物,完全不像真实的人。

还有我自己,也不是我自己,我也不是什么神仙,任何一个认识我的人对这事都知道得很清楚。

而这时那个大块头的家伙已经进来站在那儿了,从他的身上显露出一种感觉，这种感觉和你从其他男人身上得到的根本不一样，它或许更像你从一匹马那儿得到的那样，只是那家伙的眼睛不像马的眼睛。在马的眼睛里有一种宁静，而他却没有。如果你曾经在夜晚提着个灯笼，沿着小路，穿过一片树林的话，你会突然感觉到在远处有什么奇怪的东西，你停住脚步，看到在你的前面某个地方有一双某种小动物的眼睛，从一个僻静的墙脚正幽幽地盯着你。发亮的眼睛又大又镇定，在每只眼睛的正中间都有个亮点，在忽悠忽悠地闪动着。你并不害怕这只小动物会向你扑过来，你却害怕这双小眼睛会向你扑过来，这就是你所担心的。

当然，你夜晚走进马厩时的那匹马，和在树林中半路上遇到的被你惊扰的小动物，它们是不会说话的。但抱着孩子走进小酒馆的那个大块头却正在说话，他一直不停地说话，一直小声地说着什么，他说的话，我只能偶尔地听懂几句。正是他不停地说话，使他成了某种可怕的怪物。他的眼睛说着一件事，他的嘴巴说着另一件事，两者似乎凑不到一块，好像眼睛和嘴巴不属于同一个人似的。

首先是这个人的块头太大了，浑身上下异常地大。这种巨大体现在他的手，胳膊，肩膀，身躯，脑袋上，就好像你或许去过热带国家所见到的巨大的树林和灌木。我从来没去过热带国家，但我从图片上看到过。只有他的一双眼睛是小的，那双眼睛在他的大脑袋上看起来就像是鸟的眼睛。还有我记得他的嘴唇很厚，就像黑人的嘴唇。

他根本没有注意到我或者酒馆里的其他人，他只是不停地自言自语，或是对坐在柜台上的孩子说话，我也说不清楚他是对谁说。

他先是喝了一杯，然后很快地又喝下第二杯。我站在那儿一边盯着他，一边在胡思乱想着。

我那时一直在想的肯定是像这样的一些事情，“你看，他是你经常能在城里附近看到的那种人中的一个。”我在想。我是说他是那种疯子中的一个。在你去过的几乎任何一个小镇上，你都能找到一个这样的人，有时候还两三个这样的疯子在到处逛荡。他们穿过大街，一路上自言自语着。人们通常对待他们很残忍。他们自己的家里人都吓唬他们，但家里人并没有动真格的。城里的其他人，像那些男人和小孩子，都爱取笑他们。这些人会指使一个不太傻的疯子，去跑上一圈广场，或者去挖上十几个埋桩子的洞，或者在他的背上挂几张卡片，上面写着“踢踢我”之类的话，看他白跑一趟后，再继续胡闹、取笑，好像他们干了一件很有趣的事情似的。

就是这样的一个疯子现在就在这个酒馆里，我看到酒馆里的那些人都在想着如何捉弄他来寻开心，但他们还没有足够的胆量。毫无疑问，这家伙不是那种温柔型的疯子。我一直盯着这个人和他的孩子,然后抬起头来看到了在柜台后面那块破镜子中自己奇怪的不真实的影像,"老鼠,老鼠,打地洞,矿工老鼠也打洞,就像长耳小野兔。"我听到那个人唱着这首儿歌给他的那个神情严肃的孩子听,我想,这家伙毕竟还不是疯得很厉害。

坐在柜台上的那个小孩一直眨着眼睛看着他父亲,就像一只大白天被逮住的猫头鹰。而这时他父亲正在喝另一杯威士忌,他已经喝了六杯,一杯紧接着另一杯,而且都是那种非常便宜的劣酒,他肯定有着一副铁打的肠胃。

在酒馆里的所有人中,有两三个人(或许他们实际上比别人更加害怕,所以不得不虚张声势地卖弄自己的勇敢)一直在哈哈大笑,一直在取笑那个大块头和他的孩子来逗乐。人群中有一个家伙最恶劣,我永远忘不了这家伙,也因为他的长相和后来发生在他身上的事情。

他确实是一个爱卖弄自己的人,也是第一个唱起"旧铁锅上的裂缝越来越大"的人。这首歌他先唱了两三遍,然后狗胆包天地站了起来,开始在酒馆里走来走去,一遍又一遍地唱着这首歌。他是个爱炫耀的家伙,穿着一件花哨的马甲,上面印着褐色的烟叶斑点,还戴了一副眼镜。每次他嘲弄完了后都觉得很好玩,还朝着大伙眨眼睛,好像在说,"你们看我,我就不怕这个大块头。"然后,其他的人又哄堂大笑起来。

酒馆的老板应该知道将会发生的事情和其中的危险,因为他一直靠在柜台上,不断地朝着那个卖弄的家伙说,"嘘,现在别说啦。"但一点作用都没有,这家伙活像一只雄火鸡,一直在活蹦乱跳,把头上的帽子推向一边,就站在那个大块头的背后,唱着那首旧铁锅裂缝之歌。他是那种非得让人给胖揍一顿才能安静下来的人中的一个,不过,这家伙也没等多久,至少这回就让他挨上了。

那个大块头家伙只是一直不停地和他的孩子嘀嘀咕咕轻声说话,一直不停地喝着威士忌酒,好像他什么都没有听到似的。突然,他转过身来,一下子亮出他的大手,一把就把我给揪住了,而不是那个一直在卖弄的家伙。然后,他猛地把我推了过去,把我的胸部紧紧地按在柜台上,正对着他孩子的脸。他对我说,"现在你给我看着他,如果你让他摔了下来,我就宰了你。"他说话的声调细声慢语,就好像正在和某个邻居说"早上好。"

这时,他的孩子靠了过来,摊开双臂,一把抱住我的脑袋。尽管这样,我还是设法把脑袋钻了出来,看看会发生什么事。

当时的情景我永远都忘不掉。那个大块头猛地转过身去,他一把就抓住了那个卖弄家伙的肩膀,那个家伙脸色一下子变得非常难看。这个大块头在城里作为一个亡命之徒肯定是臭名远扬的,虽然他现在是被穿着花哨马甲张着大嘴的这家伙逼疯的。那家伙的帽子从头上掉了下来,被吓得呆若木鸡。当我在到处流浪时,有一次我看到一个小孩被火车撞死。那个小孩走在铁轨上,在其他孩子面前炫耀自己的本领,让他们瞧着他能等火车靠得非常近时才从铁轨上离开。火车呼啸而来,一个女人在附近一座房子的门廊上急得直跳并尖声喊叫着,而那个小孩却让火车靠得越来越近,想更多地炫耀自己。突然,他绊了一下,跌倒了。天哪,我永远忘不了就在他被撞上死去那一刻脸上的表情。现在,在这个酒馆,同样那种可怕的表情出现在另一张脸上。

我闭上了一会儿眼睛,浑身上下都感到难受。当我睁开眼睛时,大块头的拳头正好落在了那个家伙的脸上。就这么一拳把那个家伙打昏了过去,他就像一头遭到斧头痛击的牲畜一样倒了下去。

这时,最可怕的事情发生了。那个大块头穿着一双沉重的靴子,他抬起一只脚,狠狠地踩在了那个家伙的肩膀上,那家伙正脸色苍白地躺在地上呻吟着。我能听到骨头碎裂发出的嘎吱声,此情此景使我感到非常愤怒。我几乎站不住脚,但我必须站稳脚跟,并抓紧那个人的孩子,不然的话,我知道下一个该轮到我了。

这个大块头似乎并没有激动或怎么样,只是不停地嘀嘀咕咕自言自语,就像他刚才安静地站在柜台旁喝威士忌时所做的那样。现在,大块头又抬起了他的一只脚,也许这回他会踩在那个人的脸上。"就是要把他的那张脸永远地给毁了。"正像那些体育爱好者和职业拳击手常说的那样。我浑身发抖,就好像正在打摆子似的。但是,感谢上帝,就在这时候,那个孩子,他一直双手抱着我,其中一只手紧紧地抓住我的鼻子,所以在第二天的早上,我的鼻子上留下了许多他的指甲痕。就在这时候,感谢上帝,这孩子开始大喊大叫。他的父亲也就不再和躺在地板上的那个人再计较下去,转过身,一把把我推开,然后把孩子抱在怀里,迈着沉重的步子走出了酒馆,一边还不停地喃喃自语,就像他进来后一直在嘀嘀咕咕的那样。

我也走了出来,但没有昂首阔步带着任何尊严,我会告诉你这事。我像一个小偷或者说一个懦夫那样鬼鬼祟祟地走了出来,或许我觉得至少有点像。

就这样我走了出来,走在外面漆黑的夜晚中。这是一个你所能见到的最糟糕的夜晚,寒冷,潮湿,漆黑,凄凉。一想到晚上的那些人我就感到很难受,哪怕想到他们中的随便哪个我都会呕吐。我在泥泞的路上跌跌撞撞地走了好一阵子,爬上山顶,回到赛马场。我自己几乎都不知道走到了那里,突然,我发现自己已经在"快跑男孩"的马厩里。

那是我一生中曾拥有过的一种最美好和最温馨的情感,因为那天晚上我独自一人和“快跑男孩”在暖和的马厩里待了一夜。我曾经答应过其他的马夫,我会在这一排马厩前不时地来回走动,照看其他赛马,但我现在已经全然忘记了我的许诺。在马厩里,我背靠在一堵墙上,站在那儿一直在想着,人的道德怎么会变得这么低劣卑微,精神怎么会变得如此紊乱扭曲,他们中最优秀的分子也都随时有可能变成这样。这或许就因为他们是人,他们本身的胸怀心境不像那些动物那样单纯明净的缘故。

也许你知道一个人在这种时候的感觉是怎样的。你会想起许多事情,有些你以为早就忘掉的零星小事。比如说,当你还是个孩子的时候,有一次,你和你的父亲一起,他拉着你的手走在大街上。你父亲浑身上下打扮得漂漂亮亮,就好像要去参加一个葬礼或者独立纪念日。当你们经过火车站时,有个女人站在那儿。她是第一次来到你们的镇上,你以前也从来没有见到这样打扮的女人,你也从来不曾想到会见到打扮得这么漂亮的女人。很久以后你才明白,这是因为那个女人对服装有着高雅的审美力。这样的女人确实不多见,当时你还以为她肯定是个皇后。你曾在神话书里读到过皇后的故事,而且一想起她们你就激动不已。这个陌生的女士有着一双多么迷人的眼睛,她的手指上戴的几个戒指是多么漂亮。

这时你的父亲从火车站里走了出来,他进去或许是到车站的大钟旁对手表,然后他拉着你的手,和那个女人相互笑了笑,两人都有点不好意思,而你却一直恋恋不舍地回头去看她。当你走到她听不见的地方时,你问你的父亲,她是否真的是个皇后。或许你的父亲是个并不怎么热衷于民主和自由的国度的人,也不善于谈论那些有关自由平民的空话。他说,他希望她是个皇后,就他所知,或许她就是个皇后。

或者,当你像我那天晚上那样被围困住的话,你也许就会弄不明白你自己或其他的人。你弄不明白你为什么活着,你搞不清楚你能想到的那些人为了什么活着。这时,你能想到的根本不是那些人,而是你所看到的和感觉到的其他一些事情。比如在冬天的大雪中你正走在一条公路上,或许是在衣阿华,你能听到靠近公路旁的仓库里传出的温柔热情的声音。或者在其他时候,当你在一座山顶上时,太阳就要下山了,这时天空突然变成一个晶莹透亮的大碗,一个镶满宝石的、金光闪烁的巨大的碗。在遥远的某个伟大国家,有一位伟大的皇后或许在大树下已经铺好了一张长长的餐桌,她邀请了所有的皇室成员和可爱的臣民,来和她一起参加一年一度的盛宴。

当然,我不知道当你像我那天晚上那样孤独凄凉的时候,你会努力地去想些什么。也许你和我一样,很可能想到女人。也许你像有次我在路上遇到的一个男人，他告诉我每当他遇到艰难困苦的时候，他什么都不想，只想能大吃一顿，然后躺到一张漂亮、干净、暖和的大床上去睡觉。“我什么都不在乎，我从来不让自己去想其他的任何东西。”他说道，“如果我像你这样一天到晚想女人的话，总有一天我会发现自己被某个娘们给勾住了，她会在我的身上故伎重施，那么，我得在某个工厂为她和她的孩子打一辈子的工。”

正如我所说的，那天晚上，我就随便地一个人和那匹赛马一起在山上那个暖和的马厩里，孤零零地待在那个黑暗的赛马场上。但一想到那些人和他们的丑样子，我就会有一种非常恶心的感觉。

对了，我突然又有了过去曾经对这匹马有过那么一两回的那种感觉，我是指那种我也说不上来的，我们俩之间在某种程度上能够相互理解的感觉。

因为又有了这种感觉，我走了过去，来到马儿站立的地方，开始用我的手抚摸它的全身上下。我就是喜欢抚摸它，说句老实话，我时常感觉到我的手就像抚摸在一个我见过的，觉得很可爱的女人的身上。我的手从它的头上抚摸起，接着脖子，然后到它那坚硬结实，圆滚滚的身躯，然后再到它的侧身，最后摸到它的腿上。我记得它的侧身有点抖动，有一回它还转过头来，把它那冰凉的鼻子放在我的脖子上蹭了蹭，然后，闹着玩似的，轻轻地一点点咬住我的肩膀。肩膀被它咬得有点疼，但我毫不在乎。

然后，我穿过楼板上的洞口，爬到上面的小阁楼，一边在想着今晚终于过去了，值得庆幸。但今晚并不令人高兴，一点儿都不。

由于我的衣服全都湿透了，我们这些跑马场上的马夫，从来就没有像睡衣睡裤这样的东西，当然，我只好光溜溜地爬上床睡觉。

但我们有很多盖马的毛毯，所以我把自己裹在厚厚的毛毯中，尽量不再去想那天晚上发生的事情。因为和“快跑男孩”在一起，它就在我的下面，这使我心里感觉好了一些。

然后，我沉沉大睡，做起梦来。“砰”的一声，就像有人偷偷地站在你的背后，用棍棒狠狠地敲了你一下，接着，我又挨了重重一击。

我猜想事情是这样的，由于那天晚上我心绪烦乱，忘记了把下面“快跑男孩”的马棚的门闩上，两个黑人走了进来，还以为就是他们自己住的地方，而且穿过洞口爬了上来，来到我躺的地方。他们只是喝得微醺半醉，但又不是你说的那种酩酊大醉。另外我想，他们碰上了几个白人马夫们碰上的事，但白人马夫兜里有的是钱，那就根本不算回事。

我的意思是那几个白人马夫，喝得醉醺醺之后，总要到城里那地方去寻欢作乐。如果他们想要一个女人，那么好几个女人就会找上他们。在我所到过的或听说过的任何一个城镇里，总能找到一些这样的女人。当然，该去哪儿，酒店的伙计总会给她们一些指点。

但是，一个黑人到那样的地方，他就找不到，或者说你能找到的那种黑人妓女非常少。当你想寻欢作乐时，你就不知道该怎么办，你就得要难受了。

事情总是这样，跟我非常熟悉的伯特和其他几个黑人都和我谈过这事，而且谈了很多次。你现在带上一个年轻的黑人，不是跑马场里的马夫，或者流浪汉，也不是其他那种低贱的家伙，而是，比如说，一个上过大学的黑人。他尽可能地做到举止规矩，努力做一个好人，衣冠整洁，正像他们所说的那样。他还没有富裕起来，对吗？如果他赚了一些钱，想到一个高级的餐馆去坐坐，或者想去听几场优美的音乐会，或者想到剧院去看一出精彩的歌剧，他就会得到我们过去在跑马场经常称为"肮脏的粪叉齿"的称号，可不是吗？

即使是在人们称为"臭窑子"这样的烂地方，情况也是这样。那些白人马夫和其他人可以走进去，他们很快地就能弄到黑人妓女，他们也照干不误。但你如果让一个黑人马夫倒过来去找一个白人妓女试试看，你看他会有什么结局。

你看，我现在在自己家里，坐在这儿，能够把这整个事情清楚地想个明白，然后写下来，而我的妻子杰西正在厨房做馅饼或者什么的。我能描述出那两个爬到我正在睡觉的阁楼上的黑人，他们为什么有理由这样做。我还会提倡，在这个地区的黑人们遇到这类问题时，应该怎么办，比如用同性恋。但我告诉你，那天晚上，我压根就没有这么想。

由于他们都喝得醉醺醺的，你会明白，他们想干什么。当他们中的一个猛地扯掉包在我身上的毛毯时，俩人都认为我是一个女人。其中一个手上拎个提灯，但提灯被熏得又黑又脏，没有多少亮光。因此，他们肯定是这样认为的，我的裸体那时候又白又苗条，就像一个年轻女孩子的胴体，我想他们会认为是某个白人马夫把我带到那儿的。这种女孩子在城里有的是，在下雨天的晚上有时会跟着某个马夫来到跑马场，这些女孩都很贱，但你在城里找到的这种女孩都生活得不错，我那时候就看到过许多这样的女孩。

就这样，我想，这两头公的大个子老黑，由于看到了这种情况，就决心把我从那个白人马夫那里夺走。那个白人马夫把我带到跑马场，就让我随便地到处乱躺。

"你就这么安静地躺着，啊，宝贝，我们不会伤害你的。"其中一个家伙说道，一边咯咯地轻笑着，笑声里有着某种邪恶，这笑声也会让你感到不寒而栗。

最糟糕的是我什么都说不出来,一个字都说不出来,为什么我不大声地喊出来,"你们到底想干什么!"或者就和他们开些小玩笑,然后把他们从那儿赶跑。我也不知道为什么,就是做不来,我一直使劲地想喊出来,把嗓子都弄疼了,可就是喊不出来一个字,我只能躺在那儿,直瞪瞪地看着他们俩人。

这是一个乱七八糟的夜晚,我从来没有经历过另一个像这样的夜晚。

我害怕了吗? 全能的主啊,我告诉你,我被吓坏了。

由于那两个黑人的大脸紧靠在我的上方,我都能感觉到他们喝醉的臭气喷洒在我的脸上。他们的眼睛在那盏熏黑的提灯的昏暗灯光中闪闪发亮,在他们眼睛的正中有一团跳跃闪烁的亮光,就好像我告诉过你,当你在夜晚提着个灯笼穿过森林时,你所看到的那些野兽的眼睛一样。

这真是令人费解! 你看,我的一生中就没有任何的姐姐妹妹,当时也没有自己的恋人,我一直渴望和想象着女人,我一直梦想着给自己找一个单纯天真的女人,或许是上帝为我创造的。男人总是这个德性。不管他们怎样地吹大牛说"让女人滚一边去吧",但他们总是把想女人的这个念头埋藏在心里的某个地方。我想,这是一种骄傲的男人的念头,他们总会有的。我们现在所遇到的那种积极进取的女人,她们总是说,"我和男人一样棒,男人能做的我也能做。"如果她们真的想这么做的话,那她们就是误入歧途,你会说的是,她们捆绑住了自己的手脚。

所以我创造了某一个公主,我想象她有着乌黑的长发,苗条娇小的身材。另外,在我想象中她由于腼腆,除了我之外,她不敢把自己真实的感受告诉给其他人。我想,我要是真能找到想象中的这种活着的女人的话,我将是一个最棒的男人,而她则是一个胆小、羞答答的女人。

而现在,我就是那个女人,或者说,我自己在某些方面像她那样。

我扭动了几下,就像一条刚从鱼钩上挣脱下来的鱼。接下来我做的事没有仔细考虑好,我被逮住了,只能够扭来扭去。

两个黑人都向我扑过来,但不知怎么搞的,提灯被踢翻了。他们刚想扑过来时,也不知怎么回事,灯熄灭了,他们两个扑过来,都没有扑到我身上。

非常幸运的是我的脚摸到了那个洞口,从这个洞口我们把干草扔到下面的马厩里给马吃,想睡觉时我们从这个洞口爬上来,躺到铺在干草上的毛毯中。我也不去找梯子了,就这么滑了下来,顺着自己的脚,就溜到下面。

不到一会儿工夫,我就摸黑跑到了门外,外面正下着大雨。两个黑人也从那个洞口爬了下来,赶到马厩的门外来追我。

他们两人追我追了到底有多久和多远,我想我是永远不知道的。外面一片漆黑,正下着大雨,风已开始呼呼地刮着。当然,由于我的身子是光溜溜的,当我奔跑时,在黑暗中肯定仍然能看到一条模糊的光影。不管怎么说,我想他们两人能看到我,而我却看不到他们,这使我感到十分地害怕,每时每刻我总觉得他们会抓住我。

你知道,当一个人像我那样整个地心慌意乱、内心充满恐惧的时候是个什么样子。我想那两个黑人或许追了我一阵子,穿过泥泞的跑道,跑进跑马场中央椭圆形的小树林中。但很有可能,在这之后的几分钟,他们放弃了追赶,折了回去,找到他们自己的窝,睡觉去了。我给你说过,他们喝得醉醺醺的,或许大半也是闹着玩儿的。

但我不知道这个,他们是否是闹着玩儿的。当我一路狂奔的时候,我一直听到各种的声音。这些声音或许是雨水打在树林中的枯枝败叶上,或是被大风吹落下来发出的。最令我感到恐怖的声音,或许就是我自己的赤脚踩在那些枯枝上发出的断裂声,或者诸如此类的声音。

还有一种奇怪的、持续不断的、令人毛骨悚然的声音,像是一个大胖子就在我的身旁奔跑,使劲地喘气的声音,这或许只是我自己一路狂奔的急促呼吸声。我还觉得我又听到了在阁楼上听到的那种咯咯的笑声,这笑声使我浑身上下打寒战。当然,我靠近的每棵树看起来都像是一个人站在那儿,等着要抓我。我只好不断地躲闪着,"呼呼"地不断撞上其他的树。我的肩膀就这样一直不断地撞上树干,肩膀上的皮肤都被刮破了。每次被刮时,我总觉得像有一只巨大的黑手落下来,紧紧地揪着我,撕开我的皮肉。

我不知道这样的奔跑持续了多久,也许有一个小时,也许只有五分钟。但不管怎么样,黑夜没有退去,恐惧也没有停止,为了救自己的性命,我既没有尖声呼喊,也没有发出任何的声响。

究竟为什么喊不出来,我也不知道。是否因为在那时我是一个女人,但同时我又不是一个女人?这或许是因为变成了一个女人我感到太害羞了,还是因为害怕作为男人还发出什么声响。我不知道这是怎么回事,我也无法理解这事。

但不管怎么说,我喊不出来,我尽力地试了又试,把嗓子都弄疼了,就是喊不出来。

后来,过了很长时间以后,或者似乎是过了很长时间后,我从跑道里面的小树林中跑了出来,又回到了跑道上。我还以为那两个黑人还在后头追赶我,你会理解这点,我还是像疯子一样地狂奔。

当然,那样地沿着跑道狂奔,肯定会跑到后面的直道上。不一会儿,我就来到了紧挨着跑道的那个地方,那个破旧的屠宰场外面。我是由于闻到了那种可怕的气味,感到毛骨悚然,才知道来到了这个地方。接着,我不知用了什么法子,居然翻过了那个高高的跑马场的旧栅栏,来到了屠宰场里面。

一路上我一直都想使劲地喊出来或大声尖叫,或心平气和地告诉那两个黑人,我是个男人而不是女人,但我就是做不来。就在这时,我听到了一种像木板开裂或者是栅栏断裂的声音,我还以为那两个黑人还在追我。

所以,我在屠宰场里还是一直地像个疯子一样狂跑。就在这时,我被什么东西绊了一下,摔倒在地。我告诉过你,在这个破旧的屠宰场空地上有许许多多的骨头,由于放的时间太长,都被冲刷得雪白。里面有牛羊的头骨,还有各种各样其他的骨头。

当我摔倒的时候,我向前扑倒,刚好摔倒在什么东西的正中间,那东西一动不动,冷冰冰的,白色的。

那东西很可能是一匹马的骨架子被扔在那儿。在这样的小镇里,一匹老朽不堪的马死掉后,人们就会把它拖到城外的某个空地上,然后剥下它的皮,卖上一两块钱。不管这匹马过去曾经怎么样过,这通常就是它的结局。甚至像"快跑男孩"或"奥麦门",以及我所见过或知道的那些许许多多的快跑好马,到时候它们的下场恐怕都是这样。

因此我在想,这恐怕就是一匹这样的马的骨骼扔在那里,而且它肯定是一直仰躺着。鸟儿和野兽把它身上的肉都叼光了,大雨把它的骨头冲刷得干干净净。

不知怎么回事,我绊一跤,向前扑倒在地。我的肋部被割了一个很深的口子,我的双手紧紧抓住了什么东西。我刚好摔在这匹马的肋骨中间,这些肋骨似乎把我紧紧地包了起来。我的两只手紧紧地往上抓住,正好抓住了这匹死马的颧骨,这个颧骨在大雨的冲刷下冷冰冰的。一堆的白骨包围住我,我的手上抓住的也是白骨。

现在有一种新的恐惧似乎窜入了我的心里,我是说,窜入我的内心深处。就像在马棚里看到一只被狗撵出来的大老鼠一样,感到惊慌恐惧。这种的恐惧就好像当你在海滩漫步时,你看到一排巨浪向你袭来。你看到巨浪正在靠近,你想逃跑,你想摆脱。但当你开始向岸边奔跑时,你却发现你面前是一堵无法攀爬的陡峭悬崖。如高山般的巨浪滚滚而来,就在你的眼前,这世界上的任何东西都无法阻挡住。现在你已被巨浪撞倒在地,又被卷起,你不断地翻滚着,你被海浪冲刷得干干净净,但或许你已经死了。

这就是我当时的感觉,我似乎被这种莫明其妙的恐惧吓死了。我是说,这种感觉就像是上帝的手指往我背上压下来,把我燃烧得干干净净。

这把火也把我认为自己是个女人身的愚蠢的无稽之谈烧得一干二净。

我终于能尖声地喊叫了出来,套在我身上的魔法被破除了。我敢肯定,我发出的那一声尖叫在一英里半内都能听得到。

我立马感觉好多了,并从那一堆骨头中爬了起来,然后,我又站立了起来。我不再是个女人或者年轻的女孩,而是一个男人,是我自己。就我所知,从那以后我一直都这样。现在,我即使是在漆黑的夜晚似乎也觉得温暖和热闹,就像黑暗中的孩子依偎在母亲的怀抱里。

只是我不能再回到跑马场去了,因为我正在抽泣,正在放声大哭。我为自己感到羞愧,为自己的愚蠢行为感到羞愧。如果有人看到我那样,我会难以忍受,至少眼下不行。

因此,我穿过那片空地,现在是慢走了,而不是像疯子那样狂跑。很快地我来到栅栏边,爬了过去,来到了另一片田地里。在这片田地中,有一个稻草堆,这是我在漆黑的夜色中碰巧发现的。

这个稻草堆放那儿已经很久了,有些羊已经把稻草堆中间的稻草啃光,从旁边开始掏了一个很深的洞,就像一个窑洞似的。我发现了这个洞,爬了进去,有几只羊在里面,大约有十来只。

当我手脚并用地爬进去时,羊群并没有大惊小怪,只是骚动了一会儿,很快就安静了下来。

我在它们中间也平静了下来。它们既温柔暖和,又和蔼可亲,就像"快跑男孩"。和它们在一起,感觉好多了,比我当时所认识的任何人在一起都要好。

因此,我就平静了下来,睡了一会儿。当我醒来的时候,天已经大亮了,雨已经停了,也不太冷。天空的乌云现在正在散去,或许下星期天气就要放晴了。但我知道,我不会再待在那儿看到天晴了。

因为我所期待的要发生的事情真的发生了,我不得不要穿过那几片空地,返回到跑马场。我得一丝不挂地,在光天化日之下,走回到我放衣服的地方。当然我知道有些人已经起床了,他们会发出一声惊叫,然后所有的马夫和骑手都会伸长脖子,探出头来,他们肯定会哄堂大笑。

他们肯定会有成千上万的问题要问,而我一定会非常恼怒和害羞,不予回答。或许这会使我又开始大哭起来,那会使我比过去更加羞愧难当。

后来所发生的一切正如我所预料的那样,只是当那些人的喧哗声和哄堂大笑声震耳欲聋的时候,伯特从关着"奥麦门"的马棚中走了出来。当他看到我时,他不知道到底是怎么回事,但他知道肯定是发生了一些在跑马场以外的,也不能全怪我的事情。

因此他感到非常的愤怒,一时说不出话来,然后他抓起一把干草叉,开始在其他人的马棚前气势汹汹地走来走去,用一种你从来没听说过的,最古老的咒语,狠狠地训斥了那一帮马夫和骑手,你听了一定会开心的。

当伯特在使劲地骂那些人的时候,我悄悄地溜进了那个小阁楼。我一直在抽泣着,因为听到伯特那样地咒骂,我感到很开心和高兴。我很快地穿上自己的那套湿衣服,下了楼,我在"快跑男孩"的脸颊上留了一个离别的吻,然后就匆匆地离开了跑马场。

伯特是我那时在自己的跑马场生涯中所见到的最后一个人,他还在起劲地骂人,大声喊叫着要那个捉弄我的人走出来,得到应该的报应。他左右挥舞着手上的那把干草叉,还不时地做出某种对准树木或什么东西的冲刺动作。他是如此的愤怒,以至没有一个人敢露出自己的脑袋来。伯特甚至没有看到我沿着栅栏,穿过大门匆匆地离开。我告别了心爱的赛马,走下山去,开始了我余生浪迹天涯的生活。

牛奶瓶

那年的整个夏天，我都住在芝加哥北部一栋旧楼顶层的一个大房间里。当时是八月份，那天晚上非常热。我坐在灯下一直到后半夜，汗水不断地从我的背上滴下。我正在艰难地探索着走进那些想象中人物的生活中，他们也在尽力地想生活在我正在创作的这个故事中。

这是一件不抱希望的事情。

我被卷入了这群虚无人物的努力之中，反过来他们也卷入了这个炎热难受的房间的事实之中。事实是，虽然说这是被中西部的农民称为"玉米生长的好天气"，但对于生活在芝加哥的人来说是不折不扣的地狱。和我想象世界中的虚构人物手拉着手，我们摸索着穿过一片森林。在这片森林中，所有树木的叶子都被烧掉了，滚烫的地面把我们脚上的鞋子也烧掉了。我们正在努力地摸索着穿过森林，来到一个凉爽美丽的城市。当你完全理解的时候，事实上，我却有点昏头昏脑了。

当我放弃了这场艰难的行进时，我把脚踩到房间里的椅子上，到处乱跳。这些椅子也在漫无目标地跑过这片燃烧的大地，努力地想到达某个虚构的城市。"我最好从这儿走出去，去散散步，或者去跳进湖里，凉快凉快自己。"我在想。

我走出房间下了楼，来到大街上。在屋子的楼下一层住着两个滑稽歌舞杂剧的女演员，她们刚从夜场回到家里，现在正坐在房间里谈话。我刚走到大街上，就看到有个什么重物打着转转从我的头顶飞过，砸烂在石头铺的人行道上，白色的液体溅了我一身。一个女演员的声音从一个亮着灯的房间里传了出来。"真该死！我们怎么会过着这种讨厌的生活，我们怎么会在这样的城市工作！比狗都不如！现在他们也将要从我们这儿把酒拿走！在这么热的晚上，在那么热的剧场里演出完回到家,我能看到什么?我只能看到半瓶子变馊的牛奶放在窗台上!”

“我受不了啦!我要把所有的东西都砸烂!”她大喊大叫着。

从家里出来,我向东走去。从这个城市的西北端,有一大群一大群的男男女女和孩子们走出家门,来到这里的湖滨纳凉过夜。但这儿也是令人窒息的炎热,空气中充满了搏斗的感觉。在一个几百英亩的平地上,原本是一片沼泽地,现在却有两百多万人为了和平和睡觉的安宁而斗争,但却没有得到。透过朦胧的夜色,在湖边那块狭长的小公园对面,那些芝加哥时尚人物的巨大空房子,映着天空,形成一片灰蓝色的阴影。“谢天谢地,”我在想,“还有一些人能从这里走出去,他们能走进大山里,或到海边去,或到欧洲去。”在浓暗的夜色中,我被一个女人的双腿绊了一跤,她躺在草地上,正想睡觉。一个婴儿躺在她身边,当她坐起来时,婴儿开始哭了起来。我小声地说了句抱歉,然后走向旁边。正走过去时,脚又碰到一个装了半瓶牛奶的瓶子,我一脚就把它踢翻了,牛奶全倒在了草地上。“噢,很抱歉,请原谅。”我大声说道。“没关系,”那女人回答,“牛奶已经酸了。”

他是一个高个子,背有点驼,头发过早地灰白了。他在芝加哥的一家广告代理公司做广告文字撰稿人,我也经常为这家公司撰稿。在八月份的那个晚上我遇到他时,他正迈着急匆匆的步伐沿着湖滨走来,从那些疲惫和粗野的人们身旁经过。其他人看起来似乎都是半死不活的样子,我很惊讶生活在他身上留下的痕迹。他起初没有看到我,但是在车行道旁的一盏高悬的路灯把光亮洒满了我的脸上,他扑了过来。“你在这儿,走,去我那个地方。”他尖声地大喊道。“我有些东西要给你看一看,我就是要去找你,去看看你。”他一边撒谎一边催促我跟他走。

我们来到通往大湖和公园后面的一条大街上他的公寓里。这里的德国人、波兰人、意大利人和犹太人,一家子一家子的,拿着肮脏的毛毯和总是随身携带的半瓶子的牛奶,已经来到大街上准备在户外过夜了。但在人群中的那些美国人,他们正在放弃去努力地寻找一个凉爽的地方,一个沿着人行道有小溪流淌的地方,正准备回到闷热的屋子里的滚烫的床上。

已经是下半夜一点多了,我的朋友的公寓里又热又乱。他向我解释说他的妻子带着两个孩子,回到伊利诺斯州斯普林菲尔德附近的一个农场老家,去看望她的母亲。

我们脱掉外衣坐了下来。我的朋友消瘦的脸上通红,两眼闪光。“你知道,嗯,你看。”他开始说道,然后又停顿下来,像个局促不安的小学生似的笑了笑。“嗯,你看。”他又开始说道,“很长时间以来,我一直想写一些现实的东西,除了广告之外的一些东西。我想我这人很傻,但就是这个德性。我的梦想就是写出一些激动人心和大受欢迎的作品来。我想这也是许许多多的广告撰稿人的梦想,嗯?看着我,别一直笑,我想,我已经实现了。”

他解释说他已经写了一些关于芝加哥的文章,正如他所说的,芝加哥是整个中西部的首都和心脏。他变得生气起来。“从东部,或者从农场,或者像我这样从小地方城镇来这儿的人,他们以为把芝加哥吹得神乎其神是精明的,”他宣称道,“我认为我比他们更胜一筹。”他补充道。他跳了起来,激动地在房间里走来走去。

他递给我一叠草稿纸,上面写满了急匆匆涂写的文字,但我没有接过来,而是要他自己大声念。他站在那儿,脸背着我,真的大声念起来。他的声音在发抖。他写的东西是关于某个我从来没有见过的虚构城市,他也称之为芝加哥,但同时又提到每条大街都在燃烧着红色的火焰,幽灵似的大楼直插夜空中,一条大河流过一条黄金小路,直奔一望无际的西部。就是这个城市,我对自己说,我和我故事中的人物在那个相同的夜晚,一直在努力地想早日找到。但由于当时的炎热天气,我有点失去了理智,不能再写下去。他所描写的这个城市的人民都是些头脑冷静、勇敢出众的人们,迈着大步向着某种精神胜利前进,这是这个城市本身所具有的外在方面的成功迹象。

我的性格中的一些特点经过精心的培养,现在已经成功地构建起我的性格中更加残忍的一面。但我不会为了登上芝加哥市内有轨电车而把妇女和孩子撞倒在地,也不会当着一个作家的面说我认为他的作品烂透了。

“你是对的,埃德。你真棒。你已经轻松地写出了一部挺不错的有关这儿社会底层的杰作。为什么你的作品听起来和亨利·门肯的把芝加哥作为美国文学中心的作品一样好,是因为你已经住在了芝加哥,而他却从来没有。我能看到你唯一没有提到的是关于牲畜饲养场的一些小事,这以后你可以补上。”我补充道,并准备离开。

“这是什么?”我问道,我捡起几张放在我椅子旁边地板上的纸张,急切地看了起来。我刚看完,他就结结巴巴地道歉,走过房间,从我手里一把夺走这几张纸,然后扔到敞开的窗户外面。“但愿你没有看到这些东西。这是我写的关于芝加哥的另外一些事情。”他解释道。他有点激动紧张起来。

“你看今天晚上是这么地炎热,在办公室里,我得写一个浓缩牛奶的广告。好不容易偷偷地溜回家来做点像这样的事情,电车是如此拥挤,人们又是如此糟糕。当我终于回到这儿的家里,老婆又走了,屋子里乱七八糟的。你看,我也写不下去,我感到痛苦不堪。这是个机会,你知道,老婆孩子都走了,家里静悄悄的。我出去散步,我觉得自己有点发疯了。然后,我回到家里就写了我刚才扔到窗户外面的那些东西。”

他又高兴起来。“噢,对了,不要紧。写那种愚蠢的东西让我激动了起来,但也使我能够写出其他的东西来,我起初给你看的就是关于芝加哥的真正东西。”

就这样我就回家睡觉去了,心里在想着,以这种奇怪的方式我又偶然遇上了另一篇这样的小作品,不管写得好坏,却真正描述了在这些小镇和大城市里的人们的生活,有时候是散文,有时候是激动人心、有声有色的歌曲。这也是桑德堡先生或者马斯特斯先生,在炎热的夜晚,比如说,到芝加哥城里的西国会大街散完步后所写的那类作品。

我所看到的埃德的作品,主要是围绕着一个装着半瓶变质牛奶的瓶子,在朦胧的月光中放在窗台上的故事。那个八月的夜晚月亮很早就升起了,一弯新月,细细的月牙在空中放射出金色的光芒。我的那位广告撰稿人朋友所写出的事情,大致是这样的,这是我和他谈话之后,整夜躺在床上睡不着时想明白的。

我确信,但不知道真假,所有的广告撰写人和报社记者都想写一些其他的东西,但埃德的确是这样。八月那个炎热的夜晚的白天,对他来说是非常难熬的一天。那一整天,他都一直想回到他那安静的公寓家里进行创作,而不愿意坐在办公室里写那些广告。那天傍晚时,他正要打算清理办公桌回家,他们的老板走了进来,要他就浓缩牛奶为题写一个广告,刊登在各个杂志上。“如果我们能够尽快地写出某种优质广告的话,我们就有机会得到一项新的广告业务。”他说道,“我很抱歉在这样异常炎热的天气把这个任务交给你,埃德,但我们都得面对困难。让我们看看你身上是否有这份敬业的热情。现在就动手开始写吧,在你回家之前,尽快的写出一些别出心裁的广告词来。”

埃德只得尽力而为。他把心里一直在思考的关于这个城市的美丽,这个大平原上绚丽多彩的城市的种种想法统统抛到脑后,开始认真地干起活来。他思考着牛奶,给小孩子们喝的牛奶,他们是芝加哥人的未来。牛奶还可以提炼出可爱的奶油,在早上放入广告撰写人的咖啡中。香甜新鲜的牛奶还可以让所有芝加哥的兄弟姐妹们保持着身强力壮。埃德现在真正想要的是大量的冷饮,那种特有劲的冷饮料。但他尽量让自己想着要喝一杯牛奶,他让自己纵情于牛奶的各种想象中,浓缩的,黄色的牛奶。小时候他父亲养的母牛身上刚挤下来的温馨的牛奶——他的心海放出一只小船,他要在一片牛奶的海洋中开始荡漾。

在这一片牛奶海洋中,他最想要的就是被称为原创的广告。他正扬帆行驶的牛奶海洋突然变成了一座堆满了浓缩牛奶罐的高山,从这个想象中他得到了启迪。他画了一张粗略的草图,图上勾勒出广阔的、绵延起伏的绿色山野,还有白色的农舍。许多母牛在绿色的山坡上吃草。在图的另一边有个打着赤脚的男孩正赶着一群泽西乳牛从芳香的仙境中出来,走下一条小路,进入一个漏斗中,在漏斗的另一个尖头端是一罐浓缩牛奶。在图的上方,他写下一行标题:"整个乡村的清新与健康都凝聚入一罐惠特尼·韦尔斯牌的浓缩牛奶中。"他的顶头上司看了之后说这是一个非同凡响的广告。

然后埃德就回家了。他想立刻就开始写这个城市的美,因此就没有出去吃晚饭。他在冰箱里搜寻了一番,找到了一些冷肉,给自己做了一块三明治。他还给自己倒了一杯牛奶,但牛奶酸了。"噢,去你的!"他说着就把牛奶倒进厨房的洗碗槽里。

后来埃德告诉我,他坐了下来,立刻努力地开始写他的真正作品,但又似乎一直不能进入写作状态。在办公室的最后那个钟头,坐又热又臭的电车回家,还有嘴里酸牛奶的臭味等扰乱了他的神经。事实上埃德这人非常敏感,能敏锐地感觉到大自然的细微变化,这使这一切都打乱了。

他出去散散步,想要好好地思考一番,但他的心思一直不能集中在他想要的地方。埃德现在已经是个年近四十岁的人了。那天晚上,他又回想起待在这个城市里的青春岁月,和在芝加哥的那些已经成为中年人的男孩一样,他也是从一个草原边远小镇的农场来到这个城市的。和所有那些来自这样的小镇农场的孩子一样,他的心里充满着对未来模糊的憧憬。

来到了芝加哥,有多少他渴望要做的事情!你可以猜想到他已经做过的那些事情,其中一样就是成家立业,现在住在北区的一套公寓里。如果要从他年轻时到现在,已经悄然流逝的十几年里的生活给出一副真实画面的话,那得要写一本小说,可那不是我的目的。

不管怎么说,他现在已经散完步回到家里,在他自己的房间里。天气炎热,四周静谧,他却无法进入他的杰作创作中。妻子和孩子们不在家,公寓里是多么的安静!他的头脑里仍然在思考着他年轻时在这个城市的主题。

他回想起在年轻时一个人出去散步的夜晚,就像在那个八月份的夜晚。由于那时还没有妻子和孩子,他的生活还不太复杂,他独自一个人住在一个房间里,但当时也有什么事情使他感到心神不宁。很久前的那个夜晚,他在房间里感到焦躁不安,于是就出去散步。当时正是夏季,他头一回沿着河边一路走去,河旁的船只都正在装货,然后他来到一个拥挤的公园里,许多姑娘和小伙子在四处走来走去。

他的胆子大了起来,跟一个独自一人坐在一张公园长凳上的女人说起话来。她让他坐在她的旁边,因为天黑,她沉默寡言,他却开始谈了起来。夜晚使他变得多愁善感。“人类是一种难以理解的东西,我希望能够和某人亲密接触一下。”他说道。“噢,你接着说！你想做什么？你不会是想调戏某个人吧?”那个女人问道。

埃德跳了起来,走开了。他走进一条长长的大街,两旁林立着黑乎乎无言的高楼大厦,然后他又停住脚步,四处观望。他所想要知道的是,相信住在这些公寓大楼里的人都是些过着紧张而又热切生活的人,他们有许多伟大的梦想,也能够进行极大的冒险。“他们和我真的只是几堵砖墙之隔啊。”这就是在那天晚上他告诉自己的感触。

就是在那时,牛奶瓶这个主题第一次占据了他的心里。他走进一条小巷子,想去看看这些公寓大楼的背面。那天晚上也有月光,月光照在长长的一溜儿放在窗台上,装着大半瓶牛奶的瓶子上。

他心里的什么东西使他感到有点恶心,他赶紧走出小巷子,又来到大街上。有个男人和女人从他身旁走过,停在了一栋大楼的入口处。希望他们或许是一对情侣,他隐藏在另一栋大楼的入口处偷听他们的谈话。

这一对实际上是一个男人和他的妻子,两口子正在吵架。埃德听到那个女的说:“你到这儿来。你不要又用那事来骗我。你说你就是想出来散散步,但我知道,你又想出去乱花钱。我想知道的是你为什么不会对我大方一点点。”

这就是发生在埃德身上的故事。当他年轻的时候,在那个晚上他到城里去散步。当他成了四十岁的中年人时,他走出自己的房子,想要想象和思考一下一个城市的美,非常类似的事情又发生了。也许是浓缩牛奶广告的创作和他从冰箱里拿出来的酸牛奶的滋味与他的心情有关,但不管怎样,牛奶瓶子就像一首歌的副歌一样,进入他的头脑中。在所有的大街上和所有公寓大楼里都有的这些牛奶瓶子,好像就坐在窗台上嘲笑他。当他掉头看来往的行人时,他看到成群结队的从西区和西北区来的人们,正走向那座公园和那片大湖。在每一小群人的前头,总有一个在阔步行走的女人,她的手上拎着一个牛奶瓶。

就这样,在那个八月的夜晚,埃德怒气冲冲,烦躁不安地回到家中,并在怒火中写到了他的那个城市。就像住在我的那座公寓楼里的那个滑稽歌舞杂剧女演员,他也想要摔碎什么东西。但由于这些牛奶瓶子是在他的心里,他也想摔碎这些牛奶瓶子。“我会抓住一个牛奶瓶的细颈,它非常适合我的手抓。我可以用这样的东西来杀掉一个男人或女人。”他绝望地想象着。

你看,他写了五六张纸,我当时在郁闷中看了之后觉得不错。后来他又写了一群勇敢爱冒险的人们,用双手建造起幽灵似的大楼直插云霄,还有那条流过黄金小路的大河,直奔一望无际的西部。

正如你已经推断出的那样，他在那部杰作中所描写的那个城市是没有生命的，但他以一种奇怪的方式所描写的那个城市中的牛奶瓶子却令人难忘。它使你感到有点害怕，但确有其事。尽管他带着怒火，或许正因为如此，才使这东西成为了绕梁歌声。在那几张乱涂的草稿中，有一种神奇的魅力。我当时真傻，没有把那几张纸放入口袋中。那天晚上当我从他公寓下来时，在暗淡无光的小巷里再也找不到了。它们消失在一大片的垃圾堆中，这些垃圾是从放在通往公寓楼后门的楼梯脚下，一排长长的马口铁桶上洒落下来的。

悲伤的吹号人

对威尔一家人来说,那是一个灾难年。阿普尔顿一家子住在比德韦尔一条边远的大街上,威尔的父亲是个房屋油漆工。二月初,地上还铺着一层厚厚的积雪,凛冽的寒风在房屋的四周呼啸,威尔的母亲突然去世了。那年他十七岁,就年龄而言,他的个头长得已经相当大了。

他母亲的去世发生得很突然,没有任何征兆,就像在夏天的一个闷热的房间里,一个昏昏欲睡的人用手拍死一只苍蝇一样。在二月的一天,她在后院把洗好的衣服晾在绳子上,然后就走进厨房,伸出她那一双布满青筋的长手,放在厨房的炉子上暖和,一边带着她那种难以觉察到的腼腆微笑看着三个孩子。她就是这样,三个孩子也都知道。可是一个星期以后,她却冷冰冰地躺在棺材里,死了,那个里面被全家人含糊地说成是"另外的房间"。

从那以后,每当夏季来临,一家人都要尽力去适应家里的新境况,但又一场灾难接踵而来。一直到这场灾难发生的那一刻,汤姆·阿普尔顿,这位房屋油漆工,看起来似乎肯定会有一个繁忙的旺季。家里的两个男孩子,弗雷德和威尔,那一年都成了他的助手。

弗雷德虽然才十五岁,但不管干什么活,他差不多都是一个敏捷的帮手。比如说,当有糊墙纸的活要干时,他就是那个刷浆糊的人,他父亲只是偶尔大声吆喝几句帮助他。

从梯凳上爬下来,汤姆·阿普尔顿跳了跳,跑向那块铺着墙纸的长木板。他喜欢干这活,还有两个助手在身旁。对了,你看,一个人得有处理事情和干某种活的领头的感觉。他从弗雷德的手中一把夺过浆糊刷,"不要节省浆糊,"他大声说道,"要像这样把浆糊涂抹开来,把它匀开,像这样。一定要注意边边角角都要涂到。”

三四月天里在屋内干糊墙纸这活，天气一直是很暖和，舒适，令人愉快的。如果外面下起雨或是很冷的话，那么在正在盖的屋子里就要生起炉子，已经有人住的屋子，要贴墙纸的房间人也得搬出去。得用报纸铺在地板的地毯上，用床单罩在留在房间里的家具上。不管外面是在下雨还是下雪，房间里面却是暖和舒适的。

那时，对阿普尔顿一家子来说，母亲的去世使他们似乎更加团结友爱了。威尔和弗雷德都感觉到了这一点，或许威尔感觉更深一些。家里正处在艰难的经济困境之中，母亲的葬礼花了一大笔钱。弗雷德被允许辍学在家，这让弗雷德很高兴。当他们在一幢房屋里干活时，那儿的其他孩子，在傍晚放学回家后，总要从门外探头探脑地往里看，看着弗雷德把浆糊刷在一张张墙纸上，弗雷德的刷子发出刷刷的响声，但他没有去看那些孩子。“噢，看吧，你们这些孩子。”他在想着。他干的是大人的活。威尔和父亲站在梯凳上，小心翼翼地把一张张的墙纸贴到天花板和墙上。“会刚好吗？”他父亲尖声问道。“很好，继续贴。”威尔回答。当一张墙纸贴好后，弗雷德就跑过去，用一把木头小墙纸辊把墙纸碾平。搞得房东的那些孩子羡慕死了，他们也想离开学校，像弗雷德这样干起大人的活，但还早着呢。

而且到了傍晚走路回家，这也是令人愉快的。威尔和弗雷德都有一套白色的工作服，现在工作服上尽是浆糊巴和油漆斑，看起来还挺专业的。他们老穿着这套工作服，外面再套上大衣。他们的双手也给浆糊搞得硬邦邦的。大街上的路灯已经亮了，过路的男人都和汤姆·阿普尔顿打招呼。在镇上，大家都叫他托尼。“你好，托尼！”几个店老板大声地喊道。这太糟糕了，威尔觉得他父亲一点尊严都没有，太孩子气了。小男孩长大了，渐渐地变成了男子汉，他们并不希望自己的父亲一直太稚气。汤姆·阿普尔顿在比德韦尔银色管乐队里演奏短号，但演奏技术并不是很好，尤其是在大规模的独奏演出时，经常乱了套。但乐队里的其他成员都很喜欢他，没有人会说三道四。还有他会很神气地谈论起音乐，谈到一个短号吹奏者的嘴唇，搞得大家都觉得他一定很不错。“他受过教育，你听我说，汤姆·阿普尔顿知道许多东西，他是个聪明人。”乐队里的其他人总是相互这样说着。

“噢，这家伙！一个男人或许应该是过一段时间更成熟一点。当一个男人的妻子就在不久前刚刚去世，他走在大街上不妨带着更多一些的尊严，不管怎样，哪怕是暂时的。”

在大街上，汤姆·阿普尔顿有一种向遇到的过路男人使眼色的本领，好像在说：“嘿，我现在有两个孩子在身边，我们啥也不能说，但你和我在上星期三晚上不是玩得很痛快吗,嗯?别声张,老伙计,一切都要保密。你和我以后会有许多的快乐时光的。下次你和我一起出去时,我们一定要尽情作乐一番。"

威尔对一些他不能确切搞明白的事情感到有点生气。他父亲的脚步停在了杰克·曼的肉店前,"你们两个孩子先回家,告诉凯特我会带一块牛排回家,我就跟在你们后面。"他说道。

他会先去买牛排,然后就拐进阿尔夫·盖格的酒馆里,喝上一杯满满的、浓烈的威士忌。等下回到家里,现在也没有人会不厌其烦地去从他呼出的口气中闻到酒味。其实他要喝酒,他妻子从来也没有说过什么,但你知道,家里有个女人时,男人的感觉会怎样。"嘿,你好,比尔达德·史密斯,你的老寒腿怎么样啦?来,来,和我一起喝一点酒。昨天晚上你有没有到大街上看最后一场管乐队晚会?你有没有听到我们的演奏有了新的飞跃?真的非常精彩。特基·怀特的长号独奏简直是棒极了。"

威尔和弗雷德现在走过大街,威尔从他大衣的口袋里掏出一个有弯曲的烟斗柄的小烟斗并点上火。"我敢说即使父亲不在身边,我也能一个人把一个天花板吊起来,只要有人给我机会。"他说道。由于他父亲不再当场使他感到难堪和丢面子,他感到舒坦和快乐。还有就是可以没人阻拦地抽起小烟斗。他母亲还活着的时候,当他晚上回家时,母亲总是会亲吻他,那时谁想抽烟就得要格外的小心。现在不一样了,他已经长大成人,成为一个敢作敢当的男子汉。"它会不会使你感到恶心?"弗雷德问道。"嘿,不会!"威尔轻蔑地回答。

在八月底,一场新的灾难再次降临到这家人的头上。当时,秋天的活计即将开始,前景也很有奔头。A. P. 赖利,那位珠宝商,在他一年前买的一个农场里刚盖了一座新的大房子和仓库,农场在离城一英里远的特纳山顶上。

就这个农场的活足以让阿普尔顿一家人整个冬天都有钱赚。这座房子的外面要刷三层漆,还有屋子里面也都要刷。仓库要刷两层漆,两个男孩子跟着父亲来干活也就有了固定的工钱拿。

只要想一想在那座房子里要干的那些活就会让汤姆·阿普尔顿垂涎三尺,他一直在谈论这件事。到了晚上,他喜欢坐在自己房子前面的院子里的一张椅子上,有邻居经过时,就继续谈论这件事。说起房屋油漆工的行话,他头头是道!门和橱柜要漆成仿旧橡木纹,前门要漆成波纹枫树色,也可以漆成黑胡桃色。是啊,镇上还没有另一个油漆工能够像汤姆这样,能够模仿所有的各种各样的木纹色。只要给他看一下那种木头,或者就告诉他一下,你用不着给他看什么东西,告诉他你想要的名称,这就足够了。务必让一个人有恰当的工具,但给了他这些工具后,就可以走开,把所有的事情都留给他做。真是个了不起的家伙!当 A. P. 赖利把这座新房子交给他去打理时,他就显示出胸有成竹,知道自己该怎么做。

至于这件事的实际利益方面,家里的每个人都知道,赖利家的活意味着一个安稳的冬天。当一切活按合约上的计划按部就班时,就没有任何的投机。所有的活都是按天付钱,孩子们也会有了每天的工钱。对两个男孩子来说意味着有新的套装,对凯特来说意味着新的连衣裙,或许还有新帽子,还有整个冬天的房租钱,地窖里的马铃薯钱。它意味着安稳——这倒是真的。

有时候晚上,汤姆会把他的所有工具拿出来看一看。许多的刷子和漆木纹工具都摆在厨房的桌子上,凯特和两个男孩子站在周围。这是弗雷德的任务,要逐把地检查所有的刷子,看看是否保持着整洁干净。汤姆的手指很快地掠过一把把刷子,然后把刷子在手掌上来回刷。“这是骆驼毛刷子。”他说,他拿起一把柔软的细毛刷子递给威尔。“这把刷子花了我 4 美元 80 美分。”威尔也把刷子在手掌上来回地刷了刷,就像他父亲所做的那样。然后,凯特也把刷子拿起来,同样地刷了刷。“它和猫背上的毛一样的柔软。”她说。威尔觉得这句话说得太傻,他盼望着将来有一天,当他有了自己的刷油漆梯子和罐子,他也会展示给别人看。他的心里掠过那些从他父亲谈话中学到的单词,比如说刷子的“根部”和“尖头”,刷清漆的方式是要让它“流动”。威尔现在已经学会了他这个行当的所有单词,说起话来也不像有一种笨蛋那样,那些人只懂得偶尔在油漆房屋时打打杂工。

在那个不幸的夜晚,原本打算为巴德沙尔夫妇举办一个惊喜派对,他们就住在阿普尔顿家马路对面的虔诚山上。这对汤姆 · 阿普尔顿来说是他露一手的好机会。在筹备中,他对什么事情都喜欢插上一手。“现在来吧,我们要把这个派对办得圆满成功。晚饭后,他们会在屋子里收拾东西。比尔 · 巴德沙尔将会只穿袜子不穿鞋的,巴德沙尔太太会在洗盘子,他们不会想到会发生什么事情。我们悄悄地上去,大家都穿上自己最好的衣服,然后一起发出一声欢呼。我会带上我的小号,那时也会吹奏起来。‘这究竟是在干什么?’嘿,我会看到比尔 · 巴德沙尔一蹦三尺高,开始破口大骂,以为我们这帮家伙像万圣节前夕那样要捉弄他,或者是搞诸如此类的恶作剧。你只管去买那些吃的东西,我会在我家里煮好咖啡,趁热拿过来。我会提两大罐过来,足够让大家喝个痛快。”

阿普尔顿家里的几个人都在忙忙碌碌。汤姆、威尔和弗雷德在离城三英里的地方油漆一个仓库,但他们在下午四点钟就停止了手中的活,汤姆要房东的儿子开车送他们回到镇上。他自己得要洗手脸,在柴火间的浴缸里冲个澡,刮净胡子,所有这一切就像去做礼拜。当他执着地浑身上下进行打扮的时候,他看起来更像一个孩子而不是大人。

然后他们一家子就得吃晚饭,吃完饭后就已经六点过一些了。不到天黑,汤姆不敢走到屋子的外面。如果让巴德沙尔夫妇看到他一身这样打扮,那是不行的。今天是他们的结婚纪念日,或许他们会猜到些什么。他一直在家里走来走去,不时地从前面的窗户看一看巴德沙尔的房子。“你这个人,真是。”凯特笑着说。有时候她和父亲谈话就这么直言不讳。她说完这句话后,她父亲就上楼去了。他拿出小号轻轻地吹了起来,轻的你在楼下都几乎听不见。当他吹小号的时候,你可别说他吹得多么糟糕,因为当管乐队在大街上演奏的时候,他还得独自一人把一整段乐章吹奏完。他坐在楼上的房间里在想着,当凯特嘲笑他时,就好像他妻子又活过来了,她眼中的那种羞怯、挖苦的目光是一模一样。

是啊,自从他妻子去世以后,这是他第一次出去某个地方。或许有些人觉得如果他现在待在家里会更好些,那是看起来更好些。刮胡子时,他割破了下巴,血流了出来。过了一会儿,他下了楼,站在挂在厨房洗碗槽上的镜子前,用湿毛巾的末端轻轻地按在被割破的地方。

威尔和弗雷德站在旁边。

威尔的心里正在想入非非,或许凯特也是。“只邀请那些年纪大的人,可能吗?对了,在这样的晚会上,可以说,每次总会有两三个寡妇另外安插进来。”

凯特可不愿意有什么女人在她的厨房里晃来晃去的,她已经20岁了。

“如果没有对我们这些没娘的孩子说些恶作剧的话,那倒也无妨。”只是这样汤姆会沉溺进去,甚至弗雷德都想到了这一点。家里掀起了怨恨汤姆的一阵阵微澜,这是一种毫无声息的波浪,只是静悄悄地,爬上低低的沙滩上。

“寡妇们就爱去这样的地方,然后理所当然地,那些人就成双成对地回家了。”凯特和威尔俩人的心里都有着一幅相同的情景画。半夜时分,在他们的想象中,俩人都是从阿普尔顿自己屋子前面的窗户上方偷看出去的。所有的人都从巴德沙尔家的前门走了出来。比尔·巴德沙尔站在门口把门拉开着。在晚会期间,他设法偷溜了出去,满心欢喜地穿上了他最漂亮的套装。

一对对的情侣们正在走出来。“里面肯定有那个女人,那个寡妇,奇尔德斯太太。”她结过两次婚,但现在两个丈夫都死了,她住在很远的莫米派克路那边。“到底是什么使这把年纪的女人还这样地装模作样?在埋葬了两个男人之后,这个女人还能保持着如此地年轻漂亮,真是个妖精。难怪当她的第二任丈夫还活着的时候,就有人这么说她了。”

“但不管那是真是假,到底是什么使她的言谈举止那样地装模作样?”现在她的脸上容光焕发,正在和老比尔·巴德沙尔说着话,"祝你睡得好,睡得香,今夜好梦入梦乡。"

而大家所能期盼到的只是他们的父亲有失尊严的举止言谈。现在就有一个老傻瓜汤姆,像个孩子似的从巴德沙尔的屋子里一蹦而出,"我可以送您回家吗?"他说着,而其他的人都心照不宣地笑了起来。看到这种事情真使人感到恶心至极。

"好啦,灌满两个咖啡壶,让我们把这两个旧咖啡壶烧起来,凯特。现在那帮家伙很快地就要沿着大街悄悄地过来了。"汤姆做作地大声说着,匆忙地跳来跳去,打破了在屋子里的狭小思路。

事情的发生是这样的,天刚刚黑下来,当所有的人都来到了阿普尔顿房子前面的院子里,汤姆走了出来并固执地认为能够同时拿上他的小号和两个大咖啡壶。为什么不留下咖啡壶等会儿再拿?在昏暗中,人们都站在屋子的外面,在这样的时候,人群中总会有那种低声的谈话和吃吃的笑声。这时,汤姆从门里探出头来,喊了一声:"别说啦!"

当时他一定是有点急疯了,因为他跑到厨房,拎起两大壶的咖啡,同时又紧紧地抓着他的小号。在外面黑暗的马路上,他毫不足怪地绊了一下,摔倒了,两壶滚烫的咖啡理所当然地全部泼洒在了他身上。

真的是惨不忍睹。滚烫的咖啡从他那厚厚的衣服里冒出大片蒸汽,他躺在地上,疼痛得尖叫起来。一切都乱了套!他痛苦地扭动着身子,尖叫着。在昏暗中,人们像疯子一样在他身边跑了一圈又一圈。是不是这个疯狂的家伙在最后时刻又玩起什么玩笑花样?汤姆历来是一个爱出新花招的淘气鬼。"你可以到镇上的阿尔夫·盖格斯那儿瞧瞧他,有时候是在星期六晚上,看看他模仿乔·道格拉斯的截肢魔术,把自己和树一起据断。当肢体开始断裂的时候,你再看看乔脸上的表情。它会使你哈哈大笑,直到你惊叫着看到他的模仿。"

"但现在是怎么回事?我的上帝!"凯特·阿普尔顿在旁边哭喊着,抽泣着,想尽力地把她父亲身上的衣服扯掉。年轻的威尔·阿普尔顿使劲地把人们推到一边。"嘿,这人受伤了!怎么搞的?我的上帝!赶快叫人去请大夫,他被烫伤了,很严重!"

十月初的一天,威尔·阿普尔顿坐在克利夫兰和布法罗之间的当日往返火车的吸烟车厢里。他的目的地是宾夕法尼亚的伊利市,他是在俄亥俄的阿什塔比拉上的这列客车的。至于他的目的地为什么是伊利,他自己也说不清楚。他就是打算去那儿,在工厂或者到码头去找一份工作。或许他只是一时的心血来潮决定要去伊利,因为它不像克利夫兰、布法罗,托莱多或者芝加哥那么大,或者许多其他城市中他想去找工作的任何一个那么大。

在阿什塔比拉,他走进车厢,悄悄地坐在一个小老头身旁的座位上。他自己身上的衣服湿漉漉皱巴巴的,他的头发、眉毛和耳朵上都被煤灰弄得黑糊糊的。

当时在他的心里有一种对自己家乡比德韦尔苦涩的厌恶。"真是糟透了,一个人在这儿居然找不到任何工作,又不是在冬天。"他父亲出事后,毁掉了家里所有的计划。在整个九月份,他只得设法在各个农场找活干。他和一伙打麦人一起干了一段时间,后来又找到一个收割玉米的活,还算不错。"一个人一天除了吃饭赚一美元,加上由于他一直都穿着工作服,没有磨损什么衣服。不过,一个人在比德韦尔什么钱都能赚到的日子现在已经一去不复返了。他父亲身上的烫伤相当严重,他或许得卧床休息好几个月。"

有一天,威尔奔走了整整一个上午,从一个农场到另一个农场,却找不到活干,他这才下定了决心。然后,他先回到家里,把决定告诉了凯特。"去他妈的。"他还没打算马上就匆匆离开家乡,他想再待上大约一两个星期。对了,晚上他要穿上最漂亮的衣服到镇上去,闲站在那儿。"你好,哈里,这个冬天你打算做什么?我想我会去一趟宾夕法尼亚的伊利,我得到那边一个工厂的邀请。好吧,再见了——如果我再见不到你的话。"

凯特似乎并不理解,她似乎非常急着要他离开。很遗憾她没有更多一点的同情心。但凯特仍然不错,毫无疑问地也很担心。在姐弟俩谈过之后,她就说道,"是的,我觉得这样最好,你还是走吧。"说完她就去给父亲汤姆换腿上和背上的绷带,他正坐在房间前面摇椅上的几个枕头中间。

威尔走到楼上收拾自己的东西,把工作服和几件衬衫打成包。然后他走下楼梯去散步,走出家门,沿着一条通往乡村的马路走去,在一座桥上停住了。附近的一个地方他过去常和其他孩子在夏天下午来这里游泳。他突然想起一件事,有个在波西珠宝店干活的年轻人常在星期天傍晚来找凯特,然后他们一起出去散步。"难道凯特想要结婚?"如果是这样,那么他现在的离开或许将是永远的,他以前没有想到过这件事。在那天下午,突然间,比德韦尔外面的整个世界对他来说似乎变得巨大和恐惧。几滴泪水悄悄地涌出他的双眼,但他尽力地把眼泪忍住。就在那一刻,他的嘴巴奇怪地张合着,就像一条鱼被你抓出水面,拿在你手上时,它的嘴巴张合的样子。

当他在晚饭时分回到家里时,他的心情好了一些,他把自己的包裹落在了厨房的一张椅子上,凯特已经把它更加仔细地包扎好,并添加了许多他忘掉的东西。

父亲把他叫到前面的房间里，“这很好，威尔。每个年轻人都应该去外面的世界转一转。我像你这么大的时候，我自己就是这样。”汤姆带着几分炫耀说着。

这时晚饭摆好了，有苹果馅饼。这可是阿普尔顿家的奢侈品，或者在那时最好不要享受的东西。但威尔知道凯特一个下午都在烤馅饼，或许这是一种让他知道她的心情的方式。吃了两大块苹果馅饼后，他的心情就高兴了起来。

时间在他不知不觉中溜走了，十点到了，他该走了。他打算偷搭一列货运火车出城，刚好有一列当地货车在十点钟开往克利夫兰。弗雷德已经上床睡觉了，他父亲也在前面房间的摇椅上睡着了。他抓起包裹，凯特也戴好了帽子。“我去送送你。”她说。

威尔和凯特默默地沿着大街走向威尔要等车的地方，在惠利仓库的阴影处，直到货车开过来。后来当他回想起那天晚上时他感到高兴，虽然凯特比他大三岁，但他的个头却比她高。

后来发生的一切都非常清晰地记在他的脑子里。那列火车来了以后，他爬上了一节空的装煤车厢，坐在一个角落里缩成一团。他可以看到头顶上的天空，而且每当这列火车停靠在小镇车站时，总是把他藏身的这节车厢拖进一条岔线上，停在那儿。车厢外司闸员们沿着铁路走着，互相呼喊着，他们手中的提灯在黑暗中形成一个个小小的光斑。

“天空是多么的漆黑啊！”过了一阵子，天上开始下起雨来。“他的衣服肯定是脏得一塌糊涂。毕竟一个年轻的小伙子很难开口直接问自己的姐姐是否打算结婚。如果凯特结婚了，那他父亲也得再结婚。像凯特这样的年轻姑娘想结婚是理所当然的，但对于一个四十多岁的男人来说是非常困难的。为什么汤姆·阿普尔顿就不能有多一点的自尊自爱？但弗雷德毕竟还是个小孩子，如果能来一个新的女人做他的妈妈，这对一个小孩子来说或许会好些。”

在货运火车上的一整个晚上，威尔对结婚的事想了许许多多，但只是些很模糊的想法，就像鸟儿在灌木丛中飞来飞去，进进出出。这是男人和女人的事，这事对他来说是遥遥无期的，早的很呢！重要的是要有一个家，这是另一件事。家是一个人重要的后盾。当你出去到某个农场打工整个星期，晚上你可能在一个陌生的房间睡觉。但在你的心里总是浮现着阿普尔顿房子，就像一幅画。在阿普尔顿家里，凯特在走来走去。她刚才进城，现在已经回到家，正准备上楼。汤姆·阿普尔顿正手忙脚乱地钻在厨房里，晚上睡觉前他喜欢吃点东西。但他马上就要上楼，到自己的房间去。睡前他还要抽上一斗烟，有时还要拿出他的小号，低声地吹上几个悲伤的音符。

在克利夫兰，威尔从那列货车上爬了下来，然后乘有轨电车穿过城市。工人们正在走向工厂上班，威尔从他们身旁走过，没人留意他。如果说他的衣服是皱巴巴和脏兮兮的话，那些工人的衣服也好不到哪里去。他们个个都是沉默寡言，要么盯着电车的地板，要么看着电车的窗外。电车经过的街道两旁，耸立着一排排长长的工厂。

他很走运，正好又赶上了另一列在八点钟从科林斯伍德那个地方开出来的货车。但到了阿什塔比拉时，他就下决心从那列货车上跳下来，乘上一列客车，这样好多了。如果他是住在伊利，那到达时就会好多了，看上去就会更像个绅士，因为他已经付了车费。

当他坐在那列客车的吸烟车厢时，他并不觉得自己有多像个绅士。钻进头发里的许多煤灰在雨水的冲刷下，在他的脸上划出一道道长长的脏痕。他的衣服裤子脏得一塌糊涂，要洗洗刷刷了。还有那个纸袋，里面装着他扎成捆的工作服和衬衫，也变得又脏又破。

火车窗外的天空灰蒙蒙的，毫无疑问今晚天气要转冷了，或许还会下起冷冰冰的大雨。

火车在那些城镇中不断地穿行，有一件奇怪的事情，就是在这些城镇里的所有房子看起来都是冷酷无情和令人生畏的。“真该死！”在比德韦尔，在他父亲，这个大傻瓜，为了给老比尔·巴德沙尔举办晚会被严重烫伤之前的夜晚里，所有的房子似乎一直是温暖舒适的地方。当你感到孤独的时候，你可以吹着口哨到大街上走一走。夜晚，温馨的灯光从各家各户的窗子透出来。“约翰·怀亚特，那个板车车夫就住在那幢房子里，他的老婆脖子上有个囊肿。在那边的那个牲口棚里，老大夫马斯格雷夫养了一匹瘦骨嶙峋的老白马。那马看起来像个妖怪，但你别说，它居然还会跑。”

威尔在车厢的座位上扭来扭去。坐在他身旁的那位老人身材矮小，几乎跟弗雷德一样矮小。他穿着一套奇形怪状的衣服，裤子是褐色的，上衣是带格子花的深灰色。一只小皮箱子放在他脚边的地板上。

在这个老人开口说话的很久之前，威尔就知道会发生什么事情。这样的老家伙肯定是个吹小号的。他是个男人，年纪大了，但他身上却没有尊严。威尔想起了自己的父亲当时跟着乐队行走在比德韦尔大街上的情景。那是个重大的节日，或许是七月四日，所有的人都聚集在一起，人群中肯定有托尼·阿普尔顿，以极大的热忱来卖弄自己的吹小号。难道沿街看热闹的那些人会不知道他的小号吹得有多臭，还是大家秘而不宣的一场密谋，使那些大人们一直不会相互嘲笑？尽管自己的处境很严峻,威尔的脸上仍然泛起了微笑。

坐在他身旁的小老头也报以微笑。

“咳!”他开口说了起来,滔滔不绝地讲起一个他对生活感到不满的故事,任何东西都打不住。“你瞧,年轻人,在你面前的是一个陷入困境的人。”这个老头想嘲讽一下自己说的话,但却不怎么成功。他的嘴唇在颤抖,“我回到家里就像一条狗,得把尾巴夹得紧紧的。”他突然声称道。

老头子在两种冲动之间左右权衡。在火车上遇到了一个年轻人,他渴望伴侣,为自己能和其他人友好相处感到高兴,或许还有点兴奋。当一个人在火车上遇到陌生人时他就会讲故事,“顺便问一下,先生,我那天听到一个新故事,或许你还没有听过?这个故事是讲有个矿工在阿拉斯加州,他已经多年没有见到女人了。”一个人就这样开始讲起来,或许后面还会说到他自己的一些事情。

但这个老头却是直截了当地一头扎进他自己的故事中。他用悲伤、垂头丧气的词语说着故事,而他的双眼中却一直有着一种不易觉察的动人微笑。“如果我说的这些话使你感到生气或厌烦的话,那就不要去理睬它们。虽然我老了,没什么用处,但我真的是一个快乐的人。”那双眼睛正是这样说的。这是一双水汪汪的淡蓝色眼睛,被非常奇怪地安放在这个老头的头上,它们应该要属于一条迷失的狗的脑袋。那种微笑也不是一种真正的微笑。“别踢我,年轻人。如果你没有东西给我吃的话,就摸摸我的头。至少表明你是一个心地善良的人,我已经被人够粗暴地虐待了。”这就是这双眼睛非常明白地在说的它们自己的一种语言。

威尔发现自己在同情地微笑着。在这个小老头的身上确实有某种像狗一样的禀性,但威尔很高兴自己能够这么快地捕捉到他的这种感觉。“一个人能够用自己的眼睛看透事物,或许还是能和这个世界和睦相处的。”他在想,他的思绪飘游到远离这个老头的地方。在比德韦尔,有一个独居的老太太,她养着一只牧羊犬。每年的夏季,她都决定要把那只牧羊犬的厚毛剪光。但是,每次在她开始动手剪的时候,在最后一刻,她都改变了主意。你看,她手上紧紧地抓着一把长长的剪刀,开始剪那只狗侧背上的毛,她的手有点发抖。“我是继续呢,还是停下来?”两分钟后她就放弃了剪狗毛。“这会使它太难看了。”她想着,为自己的胆怯辩护。

后来大热天到了,那只狗吐着舌头到处乱跑,老太太的手上再次拿起剪刀。狗站在那儿耐心地等待着,但当老太太在它长满厚毛的背上剪了一道长长宽宽的沟渠后,她又不剪了。从某种意义上说,她看待这件事情的角度是,剪掉狗狗漂亮的浓毛,就好像是剪掉了它身上的一部分,她剪不下去。“现在你看,它比以前难看多了。”她在心里断然说道。带着果断的神情,她又把剪刀拿开了。整个夏天,这只狗都带着有点困惑和羞愧的样子到处乱跑。

威尔一直在微笑地想着那只老太太的狗,然后又看了看他火车上的这位伴侣。老头子穿的这身斑斑点点的衣服,在他看来还真有点像那只被剪了一半浓毛的牧羊犬,两个都带着同样的困惑和羞愧的神色。

威尔现在开始把这个老头当做自己的结局。他心里的一些事情得去面对,虽然他还不想去面对。自从他离开自己的家,事实上自从那天起,也就是当他从乡下回到家里,并告诉凯特自己想出去闯一闯世界的打算时,他就一直在回避着某个东西。如果一个人想到这个小老头,想到那只被剪了一半狗毛的牧羊犬,他就不必再去想自己了。

他又想起在比德韦尔的一个夏天的下午。那位养着牧羊犬的老太太站在她房子的门廊里,那只狗已经跑到大门口。在冬天,当它的狗毛又重新长满后,它就会对从大街上走过的每个男孩子大惊小怪,狺狺狂吠。但现在,它只低声吼叫了几声就打住了。"我自己看起来就像个妖怪,没必要再丢人现眼了。"这只牧羊犬似乎是突然作出决定。它咆哮着冲向大门口,张嘴吠了几声,然后突然又改变了主意,夹着尾巴跑回到屋子里。

威尔边想边微笑着,自从离开比德韦尔,这是第一次他感到心情舒畅,暖意融融。

现在这个老头正在讲着他自己生活中的一个故事,但威尔根本没听。这个年轻人的心里正涌动着几种交织在一起的冲动,就好像一个默默地站在屋子的过道上的人,听到两种从远处传来的谈话声。这两种谈话声分别来自屋子里相距甚远的两个房间,你拿不定主意到底要听哪一个。

毫无疑问,这个老头和他父亲一样,也是个吹小号的,另一个吹号手。他的小号就放在车厢地板上的那个小小的旧皮箱里。

他的第一个妻子去世时,他已人到中年,但他又结了婚。当时他手头小有积蓄,也是一时糊涂,他把这笔钱全都给了那位比他小十五岁的第二个老婆。他老婆就用这笔钱在伊利的工业区里买了一幢大房子,然后就开始招收寄膳宿者。

有这么个老头,由于在自己家里无足轻重,一直感到很失落。事情就这么发生了,你得想到那些寄膳宿者,他们的需求得满足。他老婆有两个儿子,现在差不多长大成人了,都在工厂里干活。

好啦,这也挺不错的,什么事情都得讲个公平合理,两个儿子也得交伙食费,他们的需求也得要考虑。每天晚上睡觉前他喜欢吹一会儿小号,但会打扰屋子里的其他人。他感到相当地绝望,缄默无言,到处转悠,一直躲得远远的。他还想方设法到工厂去干点活,可人家不要他,因为他的满头白发阻碍了他。所以有一天晚上他决意离家出走,到克利夫兰去,希望在那儿或许能在乐队或者电影院里找个活干。但结果是什么活都没有找到,现在他正要回到伊利他老婆那儿去。他给老婆写了封信,她要他赶快回家。

“他们没有拒绝我回到克利夫兰是因为我老了,这是因为我的嘴唇不再好使了。”他解释道。他那干瘪的老嘴唇在微微地颤抖着。

威尔一直在想着那只老太太的狗。当这个老头的嘴唇颤抖时,他的嘴唇也不由自主地颤抖了起来。

他到底是怎么啦?

他站在一个屋子的过道上听到了两种声音。他是不是想对其中的一种充耳不闻?之前他努力了一整天,一整夜不想听的那个第二种声音,是不是与他在比德韦尔阿普尔顿家里生活的结束有着某种关联?是不是这个声音一直想奚落他,想告诉他现在他已成了一个在空中摇摆的东西,没有他的落脚之地?他害怕了吗?他怕什么?他过去曾经非常渴望成为一个男子汉,能够自强自立,但现在他是怎么回事呢?难道他害怕成为男子汉吗?

他现在正在进行拼死搏斗。老头子的眼里泪水充盈,威尔也开始暗自哭泣,但这是一件他觉得决不能做的事情。

老头子不停地说着,说着,诉说着他自己烦恼的故事,但威尔却一句都听不进去。心里的搏斗正变得越来越清晰,他的心里仍然依恋着童年的生活,依恋着在比德韦尔阿普尔顿家中的日子。

现在弗雷德就站在那儿,站在他的想象之中。当其他的男孩子看着他在干大人活的时候,他的眼睛里就会出现一副洋洋得意的神色。一幕幕的景象浮现在威尔的脑海中。他和父亲以及弗雷德正在油漆一座仓库,两个农场主的男孩子沿着公路走了过来,站在那儿看着弗雷德,弗雷德站在梯子上正刷着油漆。他们喊他,但弗雷德没有回答。弗雷德显得一副自信的样子,先是涂抹着油漆,然后转过头来,朝地上吐了一口痰。汤姆·阿普尔顿看着威尔的眼睛,眼角泛着微笑,他儿子威尔的眼睛也是一样。父亲和大儿子就像两个男人,两个打工仔,在他们之间有个有趣的小秘密。他们俩钟爱地看着弗雷德,“上帝保佑他,他觉得自己已经是个男子汉了。”

汤姆·阿普尔顿现在正站在自己家的厨房里,他把许多把的刷子摆在厨房的桌子上。凯特正拿着一把刷子在手掌上来回地刷着,“它和猫背上的毛一样的柔软。”她说着。

就好像有什么东西卡在了威尔的喉咙里，就像在梦中，他看到姐姐凯特和那个珠宝店的小伙计在星期天晚上一起走在大街上，他们正要去做礼拜。她全身心地和他在一起意味着，是啊，或许意味着一个新的家庭的开始，意味着在阿普尔顿家的生活的结束。

威尔开始从吸烟车厢的那个老头身旁的座位上爬了起来，车厢里差不多已全黑了下来。那个老头子还在讲，把自己的故事说了一遍又一遍。“我最好还是不要有什么家。”他在说着。威尔真想在火车上大声地哭起来，在这个陌生的地方，当着许多陌生人的面。他想开口说话，说一些家常琐事，但他的嘴巴只会像刚从水里拽上来的鱼的嘴巴一样开合着。

火车现在开进了一座车棚里，四周一片漆黑。威尔的手突然在黑暗中挥动了一下，刚好落在了那个老头的肩膀上。

这时火车突然间停住了，站在那儿的两个人几乎拥抱在了一起。当有个司闸员点亮了车厢头顶上的灯时，威尔的眼里很明显地噙着泪花。世界上最幸运的事情发生了，那个老头看到了威尔的眼泪，以为这是为他在生活中不幸的遭遇而流下的同情之泪，感激之情油然出现在他那水汪汪的蓝眼中。是啊，对他来说这也是生活中的新鲜事。当他刚开始讲述自己的故事时，在一次短暂的停顿中，威尔曾经告诉他要去伊利，想在那儿的工厂找个活干。他们现在下了火车，老头一把抓住威尔的胳膊，“你还是住到我们家去吧。”他说，老头的眼里燃烧着希望的火光。如果他能把威尔带回家，给他的年轻老婆带来一个新房客，那么他自己回家的阴霾会或多或少地云散天开。“你来吧，这是最好的选择。你就和我一起去我们家吧。”他紧紧地抓着威尔恳求道。

两个星期过去了，在周围人的眼里，从外表上看，威尔已经适应了在宾夕法尼亚的伊利作为一个工人的新生活。

在一个星期六的晚上，那件事情突如其来地发生了，这是他自从在惠利仓库的阴影处爬上那列货车后无意中一直期待和害怕的。凯特的一封来信寄来了一个重大的消息。

在他离家的那个晚上，在他们分手的那一刻，在空荡荡的装煤车厢角落坐下来看不见之前，他还探出身来看了他姐姐最后一眼。她一直默默地站在仓库的阴影中，但在火车就要开动时，她朝着他跨了几步，远处的一个街灯的亮光落在了她的脸上。

哦，那张脸威尔看得不是很清楚，在影影绰绰的灯光中只有一个模模糊糊的轮廓。

她的嘴唇在张合吗？她似乎在费劲地想和他说些什么，还是那远处摇曳不定的灯光制造的效果？在普通的劳苦大众家里，生活中最重要和激动人心的时刻都是在沉默中度过的。即使在生与死这样的时刻，也绝少说话。一个工人的老婆生了一个孩子，这个工人走进房间。他老婆躺在床上，身边还有个红色小襁褓裹着的新生命。她老公笨嘴拙舌地在床边站了一会儿，两个人甚至都没有直接地对望一眼。“多保重，老婆，好好休息。”他说，然后就急忙走出了房间。

从比德韦尔的那个仓库旁的阴影里，凯特朝着威尔跨了两三步，然后停住了。在仓库和铁轨之间有一条狭长的草地，她就站在草地上。是不是当时最后的告别使她的嘴唇抖得更加厉害？一种恐惧掠过威尔的全身，毫无疑问凯特也有同样的感觉。那一刻她完全成了一个母亲，在自己的孩子面前，心里想要说出来的话语都被湮灭了，有话想要说但却说不出来。在昏暗中，她的身姿似乎在轻微地摇晃，在威尔的眼里，她变成了一个纤细模糊的身影。“再见！”他对着黑暗轻声地说道，或许凯特的嘴里也在说着同样的话。从外表看却只有沉默，在默默无言中她站在那儿，看着火车轰隆隆地开走了。

那个星期六的傍晚，威尔那时已经从工厂回到家里。从凯特的那封来信中，他知道了凯特在他离家的那个晚上不敢说出来的话。星期六工厂五点钟下班，他穿着工作服回到家，走向自己的房间。在大门旁那盏劈啪作响的油灯下的那张破烂不堪的小桌子上，他看到了那封信。把信抓在手上，他急忙走上楼梯。等待就好比从没有窗门的房间的墙里伸出一只手，揪着他的心，他迫不及待地打开信看了起来。

他父亲的身体正在好转，严重的烫伤花了很长时间才开始愈合，现在是真正的开始愈合，医生说感染的危险期已经过去。凯特弄到了一种新的镇痛方子，把红榆树皮浸在牛奶里，直到变软，然后敷在伤口处，这样能使汤姆晚上睡得更好些。

至于弗雷德，凯特和父亲决定还是让他回到学校去读书。对于一个孩子，这么小就失去了教育的机会未免太糟糕了，不管怎么说现在也没有活干。或许他可以在星期六下午到那个店铺去帮忙，找个活干。

有个妇女救济会的女人居然厚着脸皮来到阿普尔顿家，问凯特家里是否需要帮忙。还好凯特想法子阻止了她，并客气地让她知道自己心里的想法。这女人得脸红耳热一个月了，多么可笑的想法！

威尔还真不错，他一到达伊利，找到了工作，就寄了一张明信片回家。至于他寄回家的钱，当然家里很高兴收到他节省的每一分钱，但要他也不必过于难为自己。“我们在各家店铺都很容易赊购,我们都过得不错。”凯特说得很干脆。

然后凯特又说了另一件事,就是在威尔离开家的那天晚上没有说的那件事,这件事关系到她自己和将来的打算。“那天晚上你要走的时候我想告诉你,但我觉得太早告诉你有点犯傻。”但终究还是要让威尔知道,她打算在来年的春天结婚。她准备把弗雷德带走,和她及她丈夫一起生活。这样弗雷德可以继续上学,或许他们还可以供他上大学。家里总得有人应该得到体面的教育。既然威尔已经开始了自己的新生活,凯特觉得没有必要把属于自己的安排再等待下去了。

威尔手上拿着这封信,坐在这幢巨大的木板房顶层自己小房间里,这幢房子现在是属于火车上的那个老吹号手的妻子。房间是在屋顶下的三楼,是这幢屋子的厢房。紧挨着是另一个小房间,那个老头自己住。威尔要这个小房间是因为房租很低,他可以自己料理房间和三餐,自己洗衣服。除了每星期寄 3 美元给凯特,他还可以每星期剩 1 美元自己花。他可以买一点烟叶,偶尔还可以去看一场电影。

“嗐!”威尔看着凯特的来信,嘴里发出一声低低的咕哝。他穿着油腻腻的工作服,坐在一张椅子上。他手指抓过的白色信笺上留下了一小块油迹,他的手在微微地发抖。他站了起来,把水壶里的水倒进一个白色的脸盒,开始洗手脸。

威尔的衣服刚穿一半,又有个房客回来了,走廊里传来了疲惫的拖曳脚步声。那个吹小号的老头胆怯地把头探进门来,眼里仍然露出威尔在火车上就注意到的那种像狗一样的恳求神色。他现在正计划干一件事,就是对他老婆在家里的权威进行一种温和的反抗,他需要威尔道义上的支持。

整整一个星期以来,他几乎每天晚上都来威尔的房间彻夜长谈。他要做的有两件事。当他晚上坐在威尔房间里,有时要吹吹他的小号,另外他想要点零钱放在口袋里叮当作响。

威尔心里有一种感觉,这屋子里新来的房客似乎就是他的财产,不属于他老婆。每天晚上他常常都要和这位疲惫不堪、昏昏欲睡的年轻工人侃侃而谈,直到威尔双眼紧闭,发出轻微的鼾声。老头坐在房间的一张椅子上,威尔坐在自己的床沿。老头的那张老嘴巴不停地讲着一个逝去的青春故事,当然带了点自吹自擂。当威尔的身躯猛地倒在床上后,老头站了起来,蹑手蹑脚地在房间里打转,他这时候毕竟不能把声响弄得太大。威尔已经睡着了吗?这位吹号人挺了挺胸膛,更大胆的言语,几乎是耳语般的声音,从他嘴里吐出来。说实话,他当时把钱全部移交给他老婆时,就是个大傻瓜,如果说他老婆占了他的便宜,那也不能全怪她。就目前他生活中的地位来说,他也不能怪任何人,只能怪他自己。从一开始,他最缺乏的就是勇气。做一个男子汉,这是一个男人的本分。长时间以来,他一直在想,这幢出租房,毫无疑问是很赚钱的,他应该拿到自己的份额。他老婆确实是个好女人,但总的来说,所有的女人似乎都没有意识到一个男人在生活中应有的地位。

"我得和她说道说道——是的,先生,我要立即去找她说。也许我得粗野一点,因为是我的钱在经营着这幢房子,我得要回我的那份利润分成。现在没人再犯傻啦,我说,拿出钱来吧。"老头在悄声低语着,一边用他那水汪汪的蓝眼睛的眼角端详着正躺在床上睡觉的那个年轻人的身躯。

现在这个老头又站在房间的门口,焦急地往里看。铃声在持续不断地响着,通知大家晚饭已经准备好了。房客们陆续地走下楼来,威尔走在最前面。在餐厅的长桌子旁,已经聚集了几个人,楼梯上响起更多的脚步声。

桌子旁两长排的年轻工人正在默默地吃晚饭,这是星期六的晚上,两长排的年轻工人正在默不作声地吃着饭。

在这个特别日子的夜晚,吃完饭后,所有这些年轻人都将迫不及待地飞向城里,飞向城里灯红酒绿的各个地方。

威尔坐在自己位置上,紧紧地抓着椅子的边沿。

在星期六晚上,男人们有许多事情要做。一周的工作结束了,钱又在口袋里叮当作响。那些年轻的工人默默地吃完饭,一个接一个急匆匆地上城里去了。

威尔的姐姐凯特打算在来年的春天结婚。她和那位珠宝店的年轻伙计在比德韦尔大街上的漫步,终于瓜熟蒂落了。

在宾州伊利的工厂里干活的那些年轻工人,在每个星期六晚上都把自己打扮得漂漂亮亮,然后漫步在伊利灯火辉煌的大街上。他们走进各个公园。有些人站着和女孩子谈话,有些人带着女孩子一起逛大街,还有些人则进了酒吧喝酒去。在一个酒吧里,几个男人站在一起聊天。"去他妈的我的那个工头!如果他胆敢对我无礼的话,我就要砸烂他的下巴。"

从比德韦尔来的一个年轻人,正坐在宾州伊利的一幢寄膳宿的房子里的一张桌子旁。他的面前有一大盘堆得满满的土豆烧牛肉。房间里光线不是很好,灯光昏暗,灰色的墙纸上有一道道的黑色条纹。许多的阴影映在墙上,在这个年轻人的左右两旁坐着不少其他年轻人,都在急匆匆、默不作声地吃着饭。

威尔突然从桌子旁站了起来,开始向通往大街的门口走去,但其他人根本没有在意。如果威尔不想吃土豆烧牛肉的话,与他们也毫无关系。那个老吹号手的妻子,这幢屋子的女主人,当这些年轻人吃饭的时候,她在一旁伺候着他们,但现在她已经走到厨房去了。她是一个寡言少语、神情严肃的女人,老是爱穿黑色的衣服。

对于房间里的其他人来说,除了那个老吹号手外,威尔出去或待在家里与他们毫不相干。他也是个年轻的工人,在这样的地方,年轻工人们总是爱进进出出。

有个宽宽的肩膀,留着黑色小胡子的家伙,比大多数人的年龄要大一些,在埋头吃饭时抬头看了威尔一眼。他用肘轻轻地推了一下坐在旁边的人,然后把拇指举到肩膀上,做了一个急猝的动作。“这新来的家伙这么快就勾搭上了,嗯?”他边说边笑。“他甚至等不及把饭吃完。天哪,这么早就约会去了,哪个骚娘儿们正在等他。”

那个老吹号手坐在威尔位置的对面,他看着威尔走了出去,他的目光追随着,眼里充满了惊恐。他本来指望能和威尔彻夜长谈,说说自己的年轻时代,吹吹牛,用他那轻声细语、吞吞吐吐的方式。威尔现在已经走到通往大街的门口,老头子眼里的泪水开始打转,他的嘴唇也颤抖起来。老头的眼窝里总是充满了泪水,他的嘴唇有点恼怒就颤抖,难怪他现在不能在乐队里再吹小号了。

威尔现在已经走在屋子外面的夜色中。对于那个吹号手来说,今天晚上算是泡汤了,整座房子又成了荒凉空荡的地方。他本打算晚上和威尔直截了当地谈一谈,特别是想和威尔说说他的新看法。在钱的问题上,他希望能取代他的妻子。把整个事情和威尔好好地谈一谈,或许能给他新的勇气,使他胆子更大一些。是啊,如果是用他的钱买下了这栋房子,现在成了一栋寄膳宿的房子,他应该有一定的利润分成。而且肯定有利润,为什么经营一座寄膳宿房子没有利润?他娶的这个女人一点都不傻。

即使一个人老了,他的口袋里也需要有点钱。你看,一个老人,比如说像他这样,也有朋友,一个年轻的朋友。时不时地他也想能够对自己的朋友说,“来吧,我的朋友,我们一起去喝杯啤酒,我知道一个好地方,我们一起去喝杯啤酒,然后去看电影,我来埋单。”

老吹号手吃不下土豆烧肉,他盯着其他人的脑袋上方好一阵子,然后站了起来走回自己的房间。他老婆跟着他走进楼梯下面的小过道里。“怎么啦,亲爱的,你生病了吗?”她问道。

“没有,”他回答,“我就是不想吃晚饭。”他连看都不看她一眼,只是踏着缓慢且沉重的脚步走上楼梯。

威尔急匆匆地走过一条条大街,但并没有走向灯火辉煌的市区。那栋寄膳宿的房子坐落在一条工厂大街,往北拐,他穿过几条铁路,走向沿着伊利湖岸边的那几个码头。有些事情他要去面对,自己要做出决定。他能处理好这些事情吗?

他起初走得很急,然后就逐渐地慢了下来。现在已经将近十月底了,户外的风中已有了寒气逼人的秋霜。街灯之间的距离拉得很长,他在一个个黑暗的阴影中走进走出。为什么在他周围的所有东西好像突然都变得生疏和虚幻?他忘记了从比德韦尔带自己的大衣来,看来得写信叫凯特寄来。

现在他差不多快到了码头。不仅是黑夜,还有他自己的身躯,脚下的人行道和遥远夜空中的星星,甚至连他现在正在经过的那些坚固的厂房,似乎都变得陌生和虚幻。这就好像一个人伸出手来,就能把手穿透过墙壁,就像能把手伸进晨雾或浓烟中一样。从威尔身边经过的那些人似乎都很奇怪,行为也都很古怪。从黑暗中走出的那些黑影子朝着他蜂拥而来。在一个工厂的围墙旁,有个人一动不动地站在那儿。这些人的举止行为几乎都有令人不可思议的地方,就像他现在经过的这个人,在这个时候的这种奇怪举止。他朝着这个一动不动的人走得很近,这是一个人还是映在墙上的一个影子?威尔现在独身一人的生活变得奇奇怪怪,极其恐怖。也许所有的生活都像这样,茫茫无际,空虚寂寞。

他来到了一个码头,许多船只都被牢牢地系在那儿。面对着一个高墙似的船舷,他站了好一阵子。船舷看起来黑幽幽,孤零零的,当他转过头来,他发现有一男一女从路中央经过。在厚厚的尘土中,他们的脚步悄然无声。他既看不见也听不见他们,但知道他们从那儿经过。那个女人裙子的白色地方在黑暗中隐隐约约地闪现。那个男人的身影在黑漆漆的夜色中成了一团黑影。"噢,走吧,别害怕,"那个男人用粗哑的嗓音低声说道,"什么事都不会发生的。"

"你给我闭嘴。"女人回答的声音,接着爆发出一阵大笑。两个人影越飘越远。"你都不知道自己在说些什么。"女人的声音又在数落着。

既然威尔收到了凯特的来信,他就不再是一个孩子了。一个孩子嘛,很自然地,应该与这类事情毫无关系,但现在他的这种关系又被切断了。他已经被推出了自己的鸟窝,事实上,他把自己推出了鸟窝的边缘,这已经是既成事实。但问题是,他不再是一个孩子的同时,他还尚未成为一个男子汉。他是一个在空中飘荡的东西,没有一个地方能让他落脚。

威尔站在那艘轮船的阴影中,做着很奇怪的轻轻扭动自己肩膀的动作,这是一双现在差不多要成为男子汉的肩膀。现在用不着再去想在阿普尔顿家里的那些夜晚,他的父亲汤姆·阿普尔顿,把油漆刷子全都摆在厨房的桌子上,凯特和弗雷德站在一旁,用不着再去想凯特和她的珠宝店伙计男朋友出去散步到深更半夜回来时,她走上家里楼梯的脚步声。还有再去想俄亥俄家乡小镇中的那只牧羊犬来自娱自乐有什么用？那只狗被那个胆小如鼠的老太婆颤抖的手搞得荒唐可笑。

现在他得和男子汉面对面地站着，独自一人。但凡有个落脚的地方，他就能克服从空中落下，从茫茫空虚中走来时的那种情感。

“男子汉”，这个单词在他的头脑中发出一种奇怪的声响。这个单词到底是什么意思？

威尔尽力地想着自己是个男子汉，在工厂里干着男子汉的活。但在他现在被雇用的工厂里，也没有任何东西能让他踏稳自己的双脚。一天到晚他就站在一部机器旁，给一块块生铁钻洞打孔。一个男孩子推着一辆像盒子一样的四轮小推车，给他拿来那些小小短短的、毫无意义的铁块。他就一块接一块地挑出来，放在钻头下。然后他拉一下一根操纵杆，钻头就降下来，钻进铁块中。一点点像烟一样的云雾升起，他就把油注入正在钻孔的地方。然后快速地把操纵杆再拉起来，这个孔就钻好了。然后就把这些毫无意义的铁块扔进另一辆盒形四轮车中。铁块与他毫无关系，他与铁块也毫无关系。

中午在工厂里，他到处走了走，还走到工厂门口外面站着晒了一会儿太阳。在工厂里面，男人们沿着长凳子坐在一起，从装饭的桶里拿出午饭来吃。有些人洗过手，而大部分人则不屑这样的小事。他们都在默不作声地吃着饭。有个高个子朝着地板吐了一口痰，然后又用脚在吐痰的地方来回地擦。夜幕降临，他从工厂回家吃饭，又得和另外那些缄默的男人坐在一起。迟一会儿，那位夸夸其谈的老头就会走进他的房间闲聊。他躺在床上，很想听一听，但很快就睡着了。这些男人就像在上面打洞钻孔的一块块生铁，他得把它们扔进盒形四轮车里。他和他们真得毫无关系，他们和他也是毫无关系。生活变得日复一日、年复一年。或许所有的生活就是这样，就是日复一日、年复一年地重复着。

“男子汉”

他是走出了一个地方，又进入了另一个地方吗？少年与成年是两个屋子吗？在人生的不同时期要住在不同的屋子吗？很显然，人生的一些重要事情肯定就要发生在他姐姐凯特的身上。她原来是个年轻的姑娘，有父亲和两个弟弟，她和他们一起住在俄亥俄州比德韦尔的家里。

然后那一天就要到来，她要成为另一种身份。她结婚后，就住到另一栋屋子去，有了自己的丈夫，或许还要生几个孩子。显然凯特已经紧紧地抓住了什么，她的双手已经伸了出去，肯定紧紧地抓住了什么。凯特已经纵身一跃，跳出了鸟窝的边缘，现在她的双脚已经踏在了生活的另一根大树枝上——女人期。

站在黑暗中，他觉得如鲠在喉般地难受。他又在进行搏斗，但他正在搏斗什么？像他这样并没有从一座房子里搬出，再进入另一座。他曾经住过的那座房子，在突然间出乎意料地支离破碎了。他站在鸟巢的边上四处张望，有人从温暖的鸟巢中伸出了一只手，把他推向了空中。没有一个地方能让他踏上自己的双脚，他只能在空中到处飘荡。

一个身高将近六英尺的大块头，站在轮船阴影的黑暗中像孩子一样地号啕大哭，这是多么的令人心碎！他走出黑暗，心中充满坚定。沿着有许多工厂的大街，他走进另一条有许多房子的大街。当他经过一个正在营业的杂货店时，往里看了看挂在墙上的钟，已经十点了。两个醉汉从一座房子的门口出来，站在小门廊里。其中一个紧紧抓住门廊的栏杆，另一个拉着他的手臂。“放开我，账已经结清了，我要你放开我。”紧紧抓着栏杆的那个醉汉咕哝道。

威尔回到他寄膳宿的房子，疲惫不堪地爬上楼梯。要是一个人能够知道他将要面对的是些什么，他或许能面对所有的事情，但这根本不可能！

他开了灯，坐在自己房间里的床沿上。那个老吹号手立刻朝他猛冲过来，就像一头埋伏在森林小路旁灌木丛中的小动物，朝着等待来的食物猛扑过来。他拿着小号走进威尔的房间，眼里有一种几乎大胆的神色。当他的那双老腿稳稳地站在房间中央后，他就宣布，“我要吹小号，我才不管她会说些什么，我就是要吹小号。”他说道。

他把小号衔在嘴边，吹了两三个音符，吹得如此的轻声，以至威尔坐得那么近，也几乎都听不到。然后他的目光暗淡下来。“我的嘴唇不行了。”他说。他把小号猛地塞给威尔，“你来吹。”他说道。

威尔坐在床沿微笑着，他的头脑里现在浮现出一种想法。有没有什么东西，一个人一想它就能从中得到慰藉。现在就有，在他面前，就在房间里站在他面前，这个男人毕竟不能算个男人。他和威尔一样是个孩子，的的确确一直是个这样的孩子，而且会永远是这样的孩子。你不必过于害怕，孩子们到处都是，到处都有。如果你是一个孩子，迷失在茫茫无际的空虚中的话，你至少可以和另一个这样的孩子说一说。你可以多交谈交谈，或许就能理解你自己和其他人的永恒的孩子气是什么了。

威尔的这些想法不是很明确，只是在这座寄膳宿房子顶层的这个小房间里，他突然感觉到了一种温馨和慰藉。

现在这个人又在解释自己的行为，他要维护自己的男子汉尊严。“我今晚就在这儿不去睡觉了，”他解释道，“我不下楼去和我老婆睡在一个房间，因为我不想去，这是唯一的理由。如果我要去，我会去。她有支气管炎，你不要告诉其他人，女人都很讨厌别人说这事。她还不算很坏,我可以做我喜欢做的事。”

他一直催促威尔把小号放在嘴上吹起来,心里急得火烧火燎的。“你不会真正吹出什么音乐来,你不知道怎么吹,但这没有什么关系。”他说,“做这东西就是要让它发出响声来,你给我拼命吹,吹出个惊天动地的响声来。”

威尔感到自己又要哭起来,但自从那天晚上在比德韦尔爬上火车时就一直在心里的那种迷惘和空虚感消失了。“是啊,我不能永远像个孩子一样,凯特马上就要结婚了。”他在想着,一边举起小号到嘴边。他轻轻地吹了两三个音符。

“不,不,我可以肯定,不是这个样子！吹吧,别害怕！我跟你说我要你吹它,吹出个惊天动地的响声来！你听我说,这房子是我的,我们用不着害怕,我们想怎么做就怎么做。继续吹！吹出个惊天动地的响声来！”老头子不断地在恳求着。

一个男人的故事

在他因被指控杀人而受到审讯期间，以及由于那个两手有点神经质的、奇怪的秃头小个子的坦白而被证明无罪之后，我都一直在关注他，被他那种要把事情弄明白的不懈努力所吸引。

他持续不断地对某些事情感兴趣，与谋杀那个女人的指控毫无关系。这事不管真假，根据合法的诉讼程序，他被判犯有杀人罪，要被吊起脖子直到断气，但他对这事似乎不感兴趣。法律是他生活之外的东西，他一口否认与这桩谋杀案有任何的关系，就像一个人拒绝一根香烟那样。“谢谢你，我现在不想抽烟。我和一个家伙打过赌，我可以一个月不抽烟照样过得好好的。”

我的意思就是指这类的事情。这很令人费解，确实，如果他有罪，又想要拯救自己的脖子，他就不可能采取更好的方针。你看，起初大家都认为他犯有杀人罪，我们对此都深信不疑。后来，就是因为他那种动人的、漠然置之的神态，大家都开始想要拯救他。当消息传来说那个神经兮兮的小个子舞台管理员已经招供了，大家都为之欢呼了起来。

从那以后，他再没有和法律打过交道，但他的态度一点儿也没有改变。大概也有这样的男人或女人能够理解他所理解的东西，但重要的是要找到这样的人把事情详尽地讨论一番。有一段时间，就是在他被审讯期间和紧接其后，我多次见到他，并对他有一种强烈的感觉，就像是在黑暗中在地板上摸索着找东西，找一根缝衣针或大头针之类。对了，他就像一个找不到自己眼镜的老头，搜索着所有的口袋，无助地四处寻找。

有一个问题在大家心里，也在我的心里：“一个男人怎么会如此的漫不经心和残忍无情，无论从显而易见的哪个方面看，当自己最亲近和最亲爱的人就要死掉的时候,应该非常的温柔和敏感,同时,这也是自己的另一种职责。”

不管怎么说这只是个故事。男人都喜欢偶尔直截了当地讲一两个故事,不添加任何报纸上流行的那些粗俗下流的言语,关于什么继承了大笔财富的美丽小姐啦,冷血的杀手啦,诸如此类的胡说八道。

我之所以挑选这个故事,它的意义大致是这样的。

这个男人的名字叫威尔逊,埃德加·威尔逊,他从西部的某个地方来到芝加哥,很可能是来自山区。他或许曾经是西部边远地区的一个牧羊人,或者类似的职业,因为他身上有一种特别冷漠的气质,这只能是由于长期的孤独生活而形成的。关于他自己和他的过去,他讲了许多自相矛盾的故事,这样,你和他相处一段时间后,你自然而然地就会放弃他的过去。

“这个家伙,也没关系,这个人在这方面就是不说实话,这事不说了。”你会暗自这样想。大家所知道的是,他从堪萨斯州的一个小镇来到芝加哥,他是和另一个人的老婆从堪萨斯州的那个小镇私奔出来的。

至于那个女人的故事,我所知甚少。我想,她在年轻时是个相当漂亮的女人,是属于那种高大挺拔健壮类型的美。但她在遇到威尔逊之前,生活却是相当的糟糕。在堪萨斯州那些小镇上死气沉沉的公寓里,即使没有什么非常确切的事情发生,他们的生活也会变得越来越令人讨厌和凌乱不堪。你也想不出是什么原因,那就别管他了。如果真是这样,你就绝对不能相信那些西部作家写的关于那儿生活的故事。

关于这个特别的女人,有一件事是比较肯定的。在她还是个女孩子的时候,他父亲陷入麻烦之中。他父亲曾经是个某种小官员,是个旅行代理员,或是某个快递公司的,因为与一笔款项的失踪有牵连而被抓。在关进监狱被判决之前,他开枪自杀了。当时这个女孩子的母亲已经去世了。

在一两年内,她就嫁给了一个男人,一个很老实的家伙,但根据各种流传的说法,也是一个相当乏味的男人。他是一个药店的伙计,也是一个很节俭的男人,不久后就设法买下了自己的一家药店。

这个女人,正如我说过的,身体强壮,体格优美,但现在已经变瘦了,有点神经质。她身上仍然带着往日的一种优美的神态,正是她身上的这种气质强烈地吸引了许多的男人。小镇上几个下流的男人被她迷住了,写了许多的信给她,想在晚上叫她偷偷地溜出来和他们约会。你肯定知道这样的事情应该怎么做,这些信都没有署名。“星期五晚上请你到某某地方来,如果你愿意和我细谈的话,请你手上拿一本书。”

然而这个女人犯了一个大错,她把收到的其中一封信的事告诉了丈夫。他丈夫勃然大怒,在晚上拿着一把猎枪大步地走向约会的地方。等到没人出现时,他回到家里,大吵大闹,并说了一些刻薄和主观武断的话。“那个人在街上从你旁边经过时、你肯定是意味深长地看了他一眼。一个男人对结过婚的女人不会如此的狗胆包天,除非你给他机会。”

家里的生活原本应该是欢乐的,可从那以后,她丈夫把这事说了一遍又一遍。她变得习惯于沉默了,当她沉默时,家里就鸦雀无声,他们没有孩子。

后来,有个叫埃德加·威尔逊的男人来了。他要去东面,在这个小镇上逗留了两三天。当时他还有点钱,住在火车站附近的一个很小的工人寄膳房里。有一天他看到这个女人在大街上走过,就跟着她来到她家。邻居们看到他们俩一起站在大门旁,谈了大约一个钟头,第二天他又来找她。

这次他们谈了整整两个钟头,然后她走进屋里,拿了几样东西,就和他一起去了火车站。他们乘上前往芝加哥的火车,然后一起住在那儿,表面上很快乐,直到她去世。从某种意义上说,这就是我就要告诉你的故事。他们当然没有结婚,在他们住在芝加哥的三年里,他什么活都不干来赚取他们共同的生活费。他们刚来时,他身上只有一笔很少的钱,仅够他们从这儿到堪萨斯城,他们实际上一贫如洗。

从我认识他们起,他们就一直住在北区。在那个地区有许多破旧的三到四层的砖构住宅,曾经是我们称作好人家的房子,但后来就败落了。这个地区现在有某种复兴的迹象,但有很多年是相当地荒芜冷清的。那儿有许多这样的老住宅变成了供膳宿出租房,窗户上的网眼窗帘是难以置信的肮脏,不时地你还可以看到一栋完全破烂不堪的旧木板房,威尔逊和他的女人就住在其中的一栋房子里。

这地方是个什么样的情景!拥有这栋房子的人,我想一定是个非常精明的人,他知道在芝加哥这样的大城市里不会有一直被弃置的地方。这个家伙肯定会这样想的,“是的,我会把这个地方卖掉的。盖房子的这块地迟早会很值钱的,但房子却是一文不值。我要把房子低价租出去,根本就不去修缮它。也许我会从中得到足够的钱来付税收,直到地价上涨。”

因此这房子就这样扔在那里,多年都没有油漆,窗户歪歪斜斜,屋顶上的木瓦几乎都丢光了。二楼是从在外面的一部楼梯上去,楼梯的扶手已经变成油乎乎的灰黑色,这是木头在烧烟煤的城市,像芝加哥或匹兹堡所特有的颜色。你的手一摸栏杆就变黑了,楼上的房间既冷清又阴暗。

房子的前部是一个带壁炉的大房间,壁炉里有许多的砖头已经掉了下来,后面是两间小卧室。

威尔逊和他的女人就住在这样的地方，当时正是我要告诉你事情发生的时候。我想他们是在五月份租下了那套房子，他们并不怎么介意他们卧室前面的那个阴冷乏味的大房间。屋子里只有一张中间下陷的木床，一条腿还折断了，女人用一个装货箱上的木条把它修了一下。还有一张餐桌，也当作威尔逊的书桌，两三张便宜的餐椅。

这个女人还设法在伦道夫大街的一个剧院找到做戏装保管员的工作，他们的生活全靠她的收入。据说她得到这个工作是因为某个与这个剧院有关系的男人，或是某个公司在这个剧院演出的男人，非常喜欢她。但你永远可以听到许多这种故事，都是关于在剧院工作的女人，从清洁女工到女明星。不管怎么说她在剧院干得不错，并以手脚利落和沉默寡言而闻名。

至于威尔逊，他写的那种诗歌我以前从来没见过。虽然我自已，像大多数的报社记者，偶尔也会转向写一些诗歌，既有押韵的那种，也有最新式的自由诗，但我还是喜欢古典式诗歌。

对于威尔逊的诗歌，我是全然不知所云。是啊，这件事说白了，它既有是的一面也有不是的一面。

当我拿着一整本这样的诗歌，夜晚独自一人在房间看时，这东西使我真感到有点晕头转向。整本诗歌尽是谈那些高墙啦，深井啦，还有许多小树苗竖立在中间的那些巨大的碗，那些小树苗都想从碗沿跑出去找阳光和空气。

每一行的诗歌都是奇特和疯狂，但从某种意义上说，也有一定的吸引力。你带着一种新的价值观走进一个新世界，我想这是所有的诗歌应该所具有的。我们都知道，或者认为知道，有一个真实的世界。在这世界上有许多公寓大楼，有把田野用铁栅栏围起来的中西部农场，福特森拖拉机在跑来跑去，还有许多有高中学校的城镇，还有许多的广告牌，所有这一切就构成了生活，或者我们认为构成了生活。

我们都在这个世界里走来走去，然而还有一个另外的世界，我把它看作威尔逊的世界。对我来说这至少是些阴暗的地方，遥远而又邻近。在这些地方里所有的东西都呈现出新的和奇怪的形状，人们心地坦诚，眼睛看到的都是新事物，手指触摸的也都是新鲜的和奇怪的东西。

这是一个大部分是墙壁的地方。我是靠着一丝运气拿到威尔逊的整本诗集的。那天晚上当那个女人的尸体被发现后，我刚好是第一个走进那个地方的报社记者。那里摆着他的所有诗歌，很认真地写在一本类似小孩习字本的本子里。有两三个愚蠢的警察站在周围,乘他们没有注意的时候,我把这本诗集胡乱地塞进外衣里。在威尔逊受审期间,我们在报纸上还发表了几首比较简单易懂的诗歌。这是相当好的报刊材料,因为这个诗人杀死了自己的太太:

“他没有穿那件紫色的大衣,

因为鲜血和葡萄酒都是红的。”

以及诸如此类的诗歌,芝加哥人很喜欢它。

再回到诗歌的内涵来一会儿。我只是想解释一下,贯穿在整本诗集中的这个观点:人们在自己的周围竖起了高墙,或许所有的人注定要永远地站在这些墙的里面,他们不停地用拳头捶打墙面,或者用他们能拿到的所有的工具,他们是想冲破这些东西,你会明白的。但你很难弄清楚那儿是否只是一堵巨大的墙或是许多单独的小墙,威尔逊有时用这种,有时又用那种。人们自己建造了那些墙,现在站在墙的里面,却很少知道墙的那边就有温暖,阳光、空气、美丽,和真实的生活。而在同时,由于人们自身的某种疯狂,这些墙被不断地建得更高和更结实。

这种观点会给你带来一些烦躁不安,对不对?不管怎样,对我来说确实是这样。

然后还有一种关于深井的观点,人们在到处不断地挖啊,挖啊,挖出越来越深的深井把自己陷在里面。他们不想这么做,你会明白,也没人要他们这么做,但这件事就一直在重复地做着,也就是说这些井被持续不断地越挖越深,远处传来的声音越来越微弱,同样地,生活的阳光和温暖越来越远,我想,这都是因为人们的某种盲目地拒绝人与人之间的相互理解造成的。

威尔逊的诗歌,对我来说全都是非常古怪的,我的意思是,当我谈到它的时候。下面就是他的一篇作品。正如你所看到的,它并没有直接关于那些墙,碗,或者深井的主题。这是在他审讯期间我们刊登在报纸上的一篇,许多人相当喜欢它。就像我得承认,我自己也很喜欢。我把它摘录在这里,或许会给我的故事增加某种亮点。另外,通过给你们看看这个人的某种感觉,更了解这位故事的主人公。在这本书里它叫做《九十七号》,它是这样写的:

“我的手指紧紧地抓在这根香烟的薄纸上,这是我现在非常安静沉默的一种表示。有时候可不是这样。当我不安静的时候,我就很虚弱,但当我安静的时候,就像现在这样,我就非常强壮。

我刚刚沿着我们这个城市的一条街走来,迈进一个门,走上我现在所在的地方,躺在一张床上,正看着窗外。突然间有一种非常完整的感觉涌上我的心头，我觉得我可以轻而易举地抓住那些高楼的边沿，就像我现在抓住这支香烟一样容易。我可以把一座大楼抓在我的手指间，靠近我的嘴边，让烟雾吹过大楼。我可以把迷惘吹走，我可以把上千人从一座高楼里吹出屋顶，吹向天空，吹到天涯海角。我可以一座接一座地吹，就像我抽这个盒子里的香烟一样。然后，我可以把这些城市的烟蒂从我的肩头扔出窗外去。

我很少像现在这样进入状态，自己感到如此的安静和自信。当这种感觉涌上我的心头，我心里的直率和单纯使我更爱我自己。在这种时候对我来说，我说的话是坚强和好听的。

我现在躺在这个窗户旁的沙发上，我可以叫一个女人过来和我躺在一起，或者叫一个男人过来做那事。

我可以把站立在大街上的一排房子拿起来，把它们翻倒过来，把里面的人全都掏出来，然后把所有的这些人挤压成一个人，再爱上这个人。

你看到这只手了吗？假如这只手拿着一把刀，它就会砍掉你身上的所有虚假，它还能砍掉成千上万人现在正在里面躺着睡觉的那些大楼和房子的边边角角。

还有些值得考虑的事是，如果这只手的手指紧抓着一把刀的话，它就能割开和撕掉所有的包住千千万万人的那些丑陋的外壳。

好啦，这就是你所看到的想法，一种也可以再温柔一些的力量。我还要为你再摘录他的另外一篇诗歌，更加温柔的一篇，在他的那本书中被称作“八十三号”。

我是一颗长在墙边的树，我一直在向上，向上伸展，我的身上布满了伤疤。我的躯体虽然老朽不堪，但我仍然向上伸展，悄悄地爬向墙头。

我的愿望是能把花和果落在墙外头。

我要湿润一下我干燥的嘴唇。

我要伸过墙头，我要把花落在孩子们的头上。

我要用缤纷的落英去抚摸住在墙那边人家的身子。

我的枝杈正在悄悄地往上爬，从墙下的黑土地里吸出一股新的活力不断地注入我的身体。

我的果子，只有等到翻过墙头，从我的枝杈上落到别人的枝杈上时，才能算是果子。

现在来谈谈住在那栋破旧木板房楼上大房间里的这对男女的生活。凭着一次的运气，我最近的一次新发现还真了解到了不少的情况。

自从他们搬进那栋房子后，也就是从去年春天以来，那个女人干活的剧院由于长时间没有演出关门了。他们手头比往常更加的拮据，因此那个女人就想去赚一点额外的小钱，我想是为了付房租吧，她就把他们住的那一层后面的两个小房间转租出去了。

各种各样的人曾在那种阴暗肮脏的小房间里住过，但我就是搞不明白这种地方怎么住，因为都没有任何的家具。在芝加哥现在仍然有许多被称作"廉价旅馆"这样的地方，你睡在地板上一个晚上可能只要五或十美分，这些地方的入住率要比那些体面人家所知道的高得多。

我的发现却是来自一个小个子女人，她年纪已经不小了，又是个驼背，小个子，但你很难认为她还是个女孩子。她曾住在这样的小房间里好几个星期。她是附近一家小手工洗衣店里的一个衣服熨烫工，有人还送给她一张便宜的折叠床。她是一个爱管闲事又多愁善感的家伙，有一双畸形人常有的那种委屈的眼睛。我猜想她自己对那个叫威尔逊的男人也有某种爱慕之心，但不管怎样，我从她那里知道了很多事情。

自从那个女人死后，由于那个舞台管理员的坦白，威尔逊在这起谋杀指控中被宣告无罪后，我经常走到他曾经住过的房子去看看，有时是在我们当天的报纸送去付印后的傍晚。我们的报纸是一张午后报，每天下午两点以后我们大多数人就没事了。

有一天我看到了那个驼背的女孩子站在那栋房子前，就开始和她交谈起来，没想到她是部万宝全书。

在她的那双眼睛里流露出那种我已经告诉过你的委屈敏感的神色。我就和她谈了起来，我们开始谈起威尔逊。她曾在他后面的一个小房间里住过，她马上就把所知道的事情告诉了我。

有好几天她发现自己无法在洗衣店干活，因为她突然间感到浑身气力全无。因此那几天她只好待在房间里，躺在折叠床上。天昏地暗的头痛一来就要持续好几个小时，在这期间，她对周围的一切几乎完全失去感觉。然后她又清醒过来，只是长时间地觉得很虚弱。我想她这人注定活不了很长时间，她自己倒是满不在乎。

不管怎样，在多次病后那种虚弱的状态下，她只得待在房间里，但她却对住在前面房间里的那两个人感到好奇起来，因此她常常从床上爬起来，穿着袜子走到在两个房间当中的那扇门前，透过钥匙孔偷看，她还得跪在肮脏的地板上才能看到。

从一开始，在那个大房间里的生活就深深地吸引了她。有时候这个男人一个人在那个房间里，坐在餐桌旁，创作自己的诗歌，他后来把这些诗歌编辑成书，被我顺手捡来，从这本书里我摘录了前面的作品。有时候那个女人和他在一起，有时候他独自待在房间里但没有写作，这时他总是来回地走来走去。

当两个人都在房间里，男人正在写作时，女人就很少走动，只是两手交叉着坐在窗户旁的一张椅子上。他常常写上几行诗，然后就走来走去，要么自言自语，要么就和她说话。当他说话时，她除了用眼睛看之外，并没有回答，那个跛脚女孩说。这里有哪些是我和那个女孩谈话时收集来的，还有哪些是我自己想象的产品，我承认我自己也搞不太清楚。

但不管是我收集到的，还是用我自己的方法想要说的，都是向你传达在他们两个关系中的一种奇怪的感觉。无论如何，他们既不是一家子，又有些穷困潦倒。他正在想做的事情是非常难的，我指的是他的诗歌创作，但她用自己的方式一直在帮助他。

当然，我毫不怀疑你已经从我摘录的威尔逊诗歌中看出来了，这就是牵涉到人与人之间的关系的问题，并不一定是特指刚好在那个房间的男人和女人，而是指所有的人与人之间的关系。

这个家伙对所有这样的事情有着某种几乎神秘的看法。在他找到自己的女人之前，他毫无目标地满世界到处乱跑，去寻找一个伴侣。后来在堪萨斯的那个小镇，他找到了那个女人，他至少觉得，对他来说，事情已经搞定了。

是的，他的观点是，在这个世界上没人能够单独地思考或感觉到什么东西。人们想要这样做的话或要做这类事的话，那只能是自找麻烦并用围墙把自己围了起来。这里有个冲突，许多事情是令人烦恼的。这就好比某个人在真正的生命之歌开始之前，他得起个大家的嗓子都能接受的调子。请注意，我不是正在提出我自己的任何观点。我想要做的是，把我从威尔逊作品中所读到的，从我对他的认识的点滴，从我所看到的他对别人所体现出来的人格影响，给你一种我的感觉。

他很肯定地认为，在这个世界上没有一个人能够独自感觉和思考。然后就有了这个观点，那就是如果一个人想用大脑来思考，而没有把身体考虑在内的话，他就会变得稀里糊涂。真正有意识的生活应该像一座金字塔那样是逐步建立起来的。首先，身体和心灵这相亲相爱的一对应该要同时进入一个人的思想和感觉之中。然后，这世界上的所有其他人的身体和心灵，以某种神秘的方式，要加到一块来，应该像一阵席卷大地的飓风似的，或者诸如此类的东西，全部加在一块。

你读到我的威尔逊故事，是不是被这些搞得有点糊涂了，或许不会。或许你的头脑会比我更清楚,我很难理解的东西对你来说或许是非常简单的。

然而,在潜入动机和冲动的这个海洋之后,我得和你说说我所发现的那些东西,我承认,我不能确切地理解。

那个驼背女孩觉得,(或者是否是我自己的想象渲染了她所说的话?)这真的没什么关系。对这件事情的理解正是那位叫埃德加·威尔逊男人的感觉。

我想,他觉得在诗歌这个领域里,他有些要表达的东西却永远无法表达出来,只有等到他找到一个女人,这个女人能够以一种特殊和绝对的方式,在肉体上奉献出自己。然后就结合在一块,通过结合,就会把美显现出来给所有的人。他找到了一个有这种魅力的女人,而且这种的魅力,我想,还要尚未被个人的私利的所污染。你看,这真是一个完全的自私自利者,而且他认为他在堪萨斯的那个药店伙计的老婆身上找到了他所需要的东西。

他找到了她,为她做了一些事情。到底做了什么,我也不太清楚,我只知道,以某种奇怪的和难以言传的方式,她和他在一起感到完全的,全身心的快乐。

想要谈起他和他对其他人的影响,就好比想要走在一条横跨拥挤大街上两座高楼之间的绷紧的钢丝绳上。从下面传来喊叫声,嘲笑声,还有汽车的喇叭声,掉下去你就化为了子虚乌有,你简直就是丢人现眼。

他似乎想把自己的肉体和灵魂以及他的女人都压缩进他的诗歌中。你还记得我已经摘录他的其中一首诗歌中,他就谈到要把整个城市的所有人都压缩,挤压成一个人,然后再爱上这个人。

你或许会认为他是一个强大的人,几乎是一种可怕的强大。你读下去就会看到他是怎样地把我卷入他的强大之中,然后再利用我达到他的目的。

而他遇上了这个女人,便紧紧地把她抓在自己的掌控之中。他确实非常想要她,或许想要她做所有的男人想要和女人做的事,但又不够大胆。或许她也有自己方式的贪婪,因为无论白天还是黑夜,他都一直和她真的非常恩恩爱爱,不管他们是在一起,还是分开的时候。

我得承认我自己对整个事情也是稀里糊涂的。我正在努力地表达我已经感觉到的东西,不是在我身上,也不是从那个驼背女孩嘴里对我说的话。你会记得那个女孩,我让她在后面的那个房间里,跪在地板上,从锁眼里偷看。

你看,她就在那儿,那个驼背的女孩,在前面就是那个男人和女人的房间。这个驼背女孩也被卷入了那个威尔逊男人的强大之中,她也爱上了他,这一点是毫无疑问的。她跪的那个房间又暗又脏,地板上肯定积了厚厚的一层灰尘。

她所说的,或者她如果没有说那些话的话,她使我感觉到的是,那个威尔逊男人在房间里写作，或者在他的女人面前走来走去。当他这样做的时候，他的女人坐在椅子里，在她的脸上，在她的眼睛里，有一种神情……

他一直在和她做爱，但他和她的做爱只是以一种抽象的方式，一种与众不同的做爱方式。这或许是因为这个女人和他一样是一种另类的单纯肉体。如果这些对你来说毫无意义的话，但至少对那个驼背女孩可不一样。她肯定没受过什么教育，也从来没有声称自己有任何的特殊理解能力。她跪在灰尘中，透过锁眼听着、看着，到后来她竟然逐渐地感觉到，这个她从未谋面的男人，他的身体从来没有以任何方式碰过她的身体，也和她做起爱来。

她觉得这使她感到全身心的快乐，你也可以说这使她感到心满意足。她还是原来的她，但对她来说生活变得更有价值了。

房间里也发生了一些鸡毛蒜皮的小事，我们来看看。

比如说，在六月的一天，天热阴沉下着雨。那个驼背女孩在自己的房间里，正跪在地板上，威尔逊和他的女人也都在他们的房间里。

威尔逊的女人一直在家里洗衣服。由于外面很潮湿，她在房间里拉了一根绳子，把所有的衣服挂在里面晾。

衣服刚刚全部晾完，威尔逊就从外面雨中散步回来。他径直走到书桌前坐下，就开始写了起来。他写了一会儿，然后站了起来，在房间里走来走去。在走动中，一件湿漉漉的衣服刮了他的脸。

他继续直直地走来走去，一边和女人说着话，但在走动和谈话时，他把所有的衣服都收下来，放在手臂上。然后他走到外面楼梯口的小平台上，把全部的衣服都扔到下面泥泞的院子里。他做这些的时候，他的女人坐在那儿一动也不动，也不说一句话，直到他走回到书桌前。然后她走下楼梯，捡起所有的衣服，又重新洗了一遍。直到她做完这一切，又把衣服晾在房间里时，他似乎才知道自己刚才做了什么事。

当衣服还在重新洗的时候，他又出去散步。那个驼背女孩听到楼梯上的脚步声时，她跑到锁眼前。当她跪下来看时，刚好他也走进了房间，她能直接看到他的脸。"好一阵子他像个困惑不解的孩子，接着，虽然他什么都没说，眼泪却开始顺着脸颊流了下来。"她说道。这事发生时，那个女人正在那儿重新晾衣服。她转过身来，看到了他。她手上正拿着一大堆的衣服，但她把衣服全扔在地板上，向他跑过去。她半跪在地上，那个驼背女孩说，两手抱住她男人的身子，仰头看着他的脸恳求他。"别这样，别伤心了。相信我的话，我什么都知道，请别伤心了。"这就是她说的话。

现在来谈谈这个女人横死的故事,这事发生在那年的秋天。

在她经常干活的地方,也就是说在那个剧院里,还有另外一个男人,那个疯疯癫癫的小个子舞台管理员,就是他杀死了这个女人。

他爱上了这个女人,就像这个女人来的那个堪萨斯小镇上的男人,他写了好几封荒谬的短信给她,而这个女人对威尔逊只字不提此事。这些信都写得很糟糕,其中有几封最令人讨厌的,这个头脑有些变态的家伙竟然签上了威尔逊的名字。后来在那个女人身上找到了两封这样的信,在威尔逊被审讯期间曾作为证据指控他。

就这样这个女人在剧院里干活,那个夏天过去了。在那年秋天的一个晚上,剧院里将进行一次彩排,那个女人就带着威尔逊一起来到剧院看。那天是我们芝加哥常有的秋天天气,又冷又湿,大雾笼罩在整个城市上空。

那场彩排没有进行,哪个主角病了,或是发生了类似的事情。威尔逊和他的女人坐在空荡荡冷飕飕的剧院里没事干,白等了一两个钟头,后来有人告诉那个女人叫他们回家休息去。

她和威尔逊穿过整个市区,在一家小餐馆停下来吃了点东西。威尔逊沉浸在他平时那种高深莫测的默默思绪中,毫无疑问,他又在思考着在诗歌中表达我已经努力地告诉过你的那些东西。他往前走着,对身边自己的女人视而不见,对大街上向他们涌来的人群,和从他们身边走过的人群视而不见。他就这样往前走着,而她……

她当时毫无疑问地就像一贯地在他面前那样,沉默寡言,心满意足于能和他在一起。他压根儿就没有想到或感觉到没有把她放在心上这件事。在他身上流淌的热血,也是她的热血,他让她感觉到这一点。她默默无言,心满意足地和他一起往前走。他人在她身边一起走,但他的心思却跑到有许多高墙和深井的地方探索去了。

在卢普区,他们从小餐馆走了出来,走过一座桥到了北区,两人之间仍然没有说一句话。

当他们快要走到自己住的地方时,那个曾写过信的、双手神经质的小个子舞台管理员,突然出现在浓雾中,似乎是从天而降,朝着那个女人开了一枪。

就是这么一回事,事情的发生就是这么简单。

他们正在走路,就像我刚才所说的,在浓雾中突然有个人出现在那个女人面前,一只手猛然伸了出来,紧接着响起了一声短促的手枪声,然后,那个带着一副老相的、布满皱纹的小老太脸蛋的蠢货小个子舞台管理员,转身跑掉了。

所有发生的这一切,正如我刚才所写的,都没有在威尔逊的头脑里留下任何一点的印象,他照样往前走,好像什么事情都没有发生似的。那个女人,几乎摔倒在地,她自己爬了起来,硬挺着继续走在他身边,仍然不说一句话。

他们就这样走了大约两个街区,走到了通往他们住的地方外面楼梯的脚下。这时一个警察追了上来,那个女人却撒了个谎,她编了个故事告诉警察说是两个醉汉打架。谈了一会儿,那个警察就沿着她指引的,那个舞台管理员飞快逃走的相反方向离开了。

他们现在沉浸在黑暗和夜雾中,当他们上楼梯的时候,那个女人挽着他男人的手臂。他仍然没有觉察到那一声枪响,这是我至今做出的能合符逻辑的解释。事实上那个女人就要死了,虽然他看到和听到了所有的发生事情。医生们的说法是,这是他们后来的推测,那一根的带子或者肌肉或者诸如此类的东西控制着心脏的跳动,差不多被那一枪打断了。

我可以说,她同时既是死人又是活人。

不管怎样两个人很快地上了楼梯,走进了上面的房间里。接着发生了一件真正激动人心和感人的事情。我希望能把这幕情景以及它全部的内涵意义搬上舞台,而不是仅仅用文字记录下来。

两个人走进了房间,那个濒临死亡,但没有意识到死亡的人并没有突然回想起个人的和美好的事情,也就是说,那个即将死去的人仍然活着,而另一个活着但对所发生的事情却像个死人一样。

他们走进了黑咕隆咚的房间里,无疑是出于一种动物的本能,那个女人穿过房间,走向壁炉。而那个男人就站在离门口大约十英尺的地方,用他那特殊的抽象方式不断地思考着。壁炉里堆满了废弃的东西,他有许多的烟蒂,那个男人是个烟瘾很重的人,还有许多他随手涂写后不用的纸张。所以这些堆积的垃圾都是威尔逊这家伙随手乱扔后收集起来的,这些都是易燃的东西,在初秋的寒冷夜晚她把它们塞进了壁炉里。

因此这女人走到壁炉旁,从黑暗中的什么地方找到了一盒火柴,点燃了壁炉里的垃圾堆。

有一张图画将会永远地留在我的心里,那就是,在那个没有任何家具的房间里,那个视而不见的男人站在那儿,那个女人跪着,用生命的最后时光点燃了一小朵美丽的摇拽的火焰。小火焰慢慢地燃烧起来,火光爬上墙壁跳跃着。在房间的地板上,有一口黑暗的深井,那个男人站在里面,茫然不知所措。

燃烧的纸堆在房间里肯定发出了一阵子耀眼的亮光,那个女人在壁炉旁边站了一会儿,就站在那耀眼的亮光外面。

然后,她脸色苍白,摇摇晃晃地走过那片亮光,就像走过灯火明亮的舞台,轻柔地,默默地向他走去。她是否有什么话要说?永远没有人会知道了。当时的情况是她什么都没说。

她穿过房间向他走去,就在走到他身边时,她倒在地板上,死在了他的脚边,也就在这时,废纸堆里的小火焰熄灭了。如果她临死前有过挣扎的话,那也是躺在地板上,无声地挣扎,一点儿声音都没有。她倒了下来,倒在他和门之间,那扇通往外面的楼梯和大街的门。

我真的怎么思索都弄不明白,在那个时候威尔逊怎么会变得一点人情味都没有。

壁炉里的火熄灭了,他所深爱的女人也死了。

他站在那儿目光茫然,天晓得,或许他的脑袋也是空空如也。

他站了一分钟,五分钟,或许十分钟。在找到这个女人之前,他一直沉沦在疑惑和质问的深海之中。在找到这个女人之前,他从来没有表达过自己的内心。他或许只是从一个地方漂泊到另一个地方,看着人们的脸,感到奇怪,一直想和其他人接近,但却不知道怎样才行。只有这个女人能够让他浮出生活的海面一段时间,他和她浮在生活的海面上,站立在蓝天下,沐浴在阳光中。那个女人温暖的身体,不仅给了他爱情,还作为一只船让他浮在海面上。现在这只船被人毁了,他又得沉没到海水中。

所有发生的这些事情他都不知道,换句话说,他不知道的同时又什么都知道。

我想,他是一个诗人。或许在那个时候一首新诗正在他大脑里形成。

不管怎样,他站在那里一会儿,正如我说的。然后他肯定有一种感觉他应该赶快离开,尽可能让自己从即将到来的灾祸中解脱出去。

他突然产生了走向门口的冲动,从楼梯过道,走下楼梯,进入大街,但那个女人的尸体却横在他和门口之间。他当时所做的,后来当他谈起这件事时,让其他人听起来都感到极其的残忍。他当时对待那个女人的尸体,就像黑夜在森林中处理一棵倒下来的树。起初他想用脚把尸体推开,后来看到似乎推不动,他就笨拙地从尸体上踩过去。

他直接踩在女人的胳膊上,后来在尸体上找到了那块被他鞋后跟踩踏的变色伤痕。

他也几乎摔倒在地上,但他挺直了身子,继续走了出来,快步地走下摇摇欲坠的楼梯,然后走到大街上。

刚好这时的夜空已经晴朗,天气变得更冷了,寒风吹走了夜雾。他全然若无其事地走在大街上,一连走过几个街区。他完全就像读者你一样,好似和一个朋友吃完午饭后,神色镇定地走在大街上。

事实上他甚至还在一家商店停了下来买东西,我记得那个地方叫"惠普"。他走了进来,给自己买了一包烟,并点了一根,还在那里站了一会儿,很显然是在听那个地方的几个懒汉之间的闲谈。

然后他又逛荡起来,边走边抽着烟,毫无疑问又在思考着他的诗歌。这时他来到了一家电影院前面。

或许是电影院使他触景生情。他也是一个破旧的壁炉,里面塞满了古怪的想法,和许多没有写完的诗歌碎片,天晓得都是些什么胡说八道!以前他晚上经常到他女人干活的剧院来,陪她一起走回家。现在许多人正在从那个小电影院走出来,他们在里面看的是一部叫"世界之光"的电影。

威尔逊走进人群中,让自己消失在人群中。他抽着烟,然后脱下帽子,焦急地往四处张望了一会儿,突然间开始大声地喊叫起来。

他站在那儿,大喊大叫,想把所发生的事情大声地说出来。他带着一种不确定的神色,就像一个人想要回忆起某个梦境一样。他讲了一会儿,然后沿着人行道跑了一小段,停下来,又开始讲他的故事。就这样跑了一阵子,他就沿街急急忙忙地又一阵短跑,回到他住的房子,爬上摇摇欲坠的梯子,来到那个女人躺的地方,好奇的人群紧跟在他后面,直到这时,一个警察才走了上来,逮捕了他。

他起初似乎很激动,但后来就安静了下来。当他的律师为他进行辩护,想在法庭上提出申诉时,他还嘲笑说这是个精神错乱的打算。在他的审讯期间,正如我所说过的,他的行为令我们大家都困惑不解,因为他似乎对这起谋杀案和自己的命运一点儿都不感兴趣。在那个开枪射杀的人坦白之后,他似乎对他也一点儿都不感到愤恨。他所要的东西,与所发生的事情毫无关系。

你看,他在找到这个女人之前,一直在世界上到处漂泊,给自己挖了许多越来越深的,在他的诗歌中谈到的那些深井,建造那堵隔离他自己和我们其他人的不断地增高的围墙。

他知道自己正在做的事情,但无法停下来,这就是他不断地向周围的人讲述和恳求发生的事情。由于抓住了那个女人的手,他曾浮出了疑惑之海一段时间。也正是由于抓住他的这只女人的手,他才浮在了生活的海面上一段时间,但现在他感到自己又要沉入大海中。

他不停地说啊说,拦住大街上的人诉说,走进人们屋子里诉说。我想,这是他后来一直尽力要做的事,不让自己再永远地沉入大海中,这大概也是一个即将淹死的人的最后挣扎。

反正我已经把这个男人的故事说给你听了,这也是不得不说给你听的故事。在这个男人身上有一种力量,这种力量已经把我控制住了,就像控制住了从堪萨斯来的那个女人,还有那个无人知晓的驼背女孩,成天跪在积满尘土的地板上,从锁眼里偷看着。

自从那个女人死后,我们都一直在尽力地想把那个叫威尔逊的男人从疑惑和沉默的大海中重新拔上来,因为我们觉得他越陷越深了,但毫无效果。

或许我不得不讲他的故事是希望,在写他的同时,我自己也许能弄明白。但是就是不可能弄明白,也不可能有力气把胳膊插入大海中,把那个叫威尔逊的男人再拔回到海面上?

一个俄亥俄州的异教徒

汤姆·爱德华兹是威尔士人,出生在北俄亥俄州,是托马斯·爱德华兹的后裔。托马斯·爱德华兹是一位威尔士诗人,在他的那个时代被国人称之为"汤或南特",用我们现在的话来说意思是"幽谷或溪谷的汤"。

家族中的第一位托马斯·爱德华兹是威尔士精神生活史上的一位巨擘。他不仅写了许多关于生活,死亡,大地,火与水等激动人心的剧中插曲,而且作为一个男子汉,他还是他的那个坚强的和爱好音乐的民族中五行原理和所有激情的真正挚友。他的歌声优美动听,因此他还大胆且完美地扮演剧中男人的角色。在威尔士人民中流传着一个美妙的故事,也被作为诗人的他写进一本书中。故事讲的是他曾经带着一队骑兵,在三百个威尔士人无法完成这个使命后,怎样地乘上一艘大船,从陆地驶往大海深处。他还教过那些伐木工人有关起重机和滑轮的基本原理,为在森林中举起那些巨大的木头。他还曾经和一个乡村的恶霸进行过殊死的搏斗,那个人号称"残忍的斗士"而闻名于大半个威尔士。汤姆·爱德华兹就是这个人的后裔,出生在俄亥俄州我的家乡小镇比德韦尔附近。他的名字原本不叫爱德华兹,但他一出生时他父亲就去世了,他母亲出于对她血管中家族血缘的骄傲,给他取了那位老诗人的名字,后来小男孩六岁时,他母亲也去世了。有个爱好体育运动的农场主,名叫哈里·怀特里德,小男孩的父母都曾经给他打工过,他把这个小男孩领回自己家中抚养。

怀特里德的一家子都是彪形大汉。哈里自己的体重是二百七十磅,而他老婆比他还要重二十磅。大约就是在他带着小汤姆和他一起生活的那个时候,这位农场主开始对赛马感兴趣起来。他搬离自己的农场,他一共有三个农场,来到我们的小镇上。

在比德韦尔镇上有座旧的木构框架大房子,过去曾经作为制作桶板的工厂,但已荒废多年了,无窗的墙洞注视着大街。哈里低价买下了这座房子并把它改造成一座铺上木地板的豪华马厩,有两排长长的分隔式单间。在一次克利夫兰城举行的纯种马拍卖会上,他一口气买下了二十四公小马驹,全都是快步马血统,并立即着手把它们训练成赛马。

来到我们镇上的那群小马驹中,有一匹大个子黑色的家伙,名叫布塞弗勒斯。哈里是从我们镇上的诗歌爱好者约翰·特尔弗那里得到这个名字的。“这是一个非凡人物的伟大战马的名字。”特尔弗告诉他,哈里非常满意这个名字。

小汤姆被指派为布塞弗勒斯的特别看守和照管人。这匹身上有着田纳西州帕琛斯高贵血统的黑色种马,很快地成了那群小马驹中的佼佼者。这家伙天生性情极其暴躁,而且就像一个歌剧明星一样,鬼点子特多,从一开始就不断地制造麻烦。在一整年里,除了哈里·怀特里德本人和小男孩汤姆外,没人敢进它的马厩。两个人对付这匹大马的方法截然不同,但效果却是一样的。有一次大个子哈里把这匹种马解开,放到马厩的地板上,然后关上所有的门窗,手上拎着一根长长的鞭子,走进去进行征服或被征服,最后他凯旋而出。从那以后,只要他在周围,那匹马就规规矩矩的。

小男孩的方法大不一样。他很喜欢布塞弗勒斯,而这匹顽皮的种马也很喜欢他。汤姆就睡在牲口棚的一个小屋里,无论是白天或是夜晚,甚至有许多母马在周围时,他都可以毫不畏惧地走进布塞弗勒斯的单间马厩里。当这匹种马发脾气时,它有时会转向小男孩的入口处,喷着鼻息,抬起它那钉上铁掌的后蹄,砰砰地猛踢马厩四周的墙壁。但汤姆只是哈哈一笑,用简单的绳子笼头套住它的脑袋,然后牵它出来洗刷干净,或者给它套上大车,到我们镇半英里外的跑马场上练早晨慢步跑。人们可以看到这个情景,身上有着“汤或南特”血统的小男孩牵着帕琛斯高贵血统的布塞弗勒斯的鼻子。

当它六岁的时候,布塞弗勒斯就出去参加比赛,并且在俄亥俄州哥伦布市的春季大赛中大获全胜。它在自由参加的快步马驾车赛马大会中连胜两场,后面还拖着笨重的哈里在轻驾车上,一路上摇摇晃晃的。有一匹叫“东方之光”的骗马在下一场中打败了它。汤姆当时已经是个十六岁的小伙子,爬上了轻驾车,他和马两个与那匹骗马以及另一匹枣红色的小母马进行了一场决一雌雄的大混战。而布塞弗勒斯,这匹名不见经传的种马,像是突然间刮起了一阵猛烈的旋风。

这匹大个头的种马和这位瘦弱的男孩赢了。从一群咒骂,喊叫,挥舞着鞭子的男人群中,一匹黑马像箭一样地冲了出来,一个脸色苍白的男孩子,俯身向前,低声地呼喊着马儿。“快跑,宝贝！快,宝贝！快,宝贝！”在整个比赛过程中,小伙子的呼唤声说了一遍又一遍。布塞弗勒斯创下了2分6秒25的纪录,汤姆·爱德华兹成了报纸杂志上的英雄。他的相片刊登在了克利夫兰市的《领袖》和辛辛那提市的《询问者》杂志上。当他回到比德韦尔时,我们这些男孩子简直羡慕得要痛哭流涕。

然而,也就是在那时,汤姆·爱德华兹从他的辉煌位置上一落千丈。汤姆是个高个子,几乎和成年人一样高。除了每年的冬季几个月他要住在怀特里德农场里,在六岁到十三岁之间,他到一所乡村学校学习读和写,但总的来说,他没有受过什么教育。就在那年秋季他在哥伦布大获全胜之后,比德韦尔的训导员,一个白头发瘦瘦的老人,他也是浸礼会主日学校的校长,在一个下午来到怀特里德的马厩里。他告诉汤姆,如果他不继续开始上学的话,那么他和他的雇主都会陷入极大的麻烦中。

哈里·怀特里德勃然大怒,汤姆也很生气。他站在那儿是一个高个子瘦弱的家伙,他曾经和几匹赛马,就在那年的秋季,参加了北俄亥俄州和印第安纳州所有的赛马会。他刚从赛马旅途中回到家里,在一次自由参赛的赛马大会中,他获得了冠军,并且让布塞弗勒斯跑出了2分6秒25的好成绩。

难道还要这样的一个家伙再坐在教室里,手上捧着一本无聊的课本,读那些成天只讲奶油、鸡蛋、马铃薯和苹果的男人们的事情,让孩子们去弄清他们那些未必复杂的生意经？让这样的一个家伙坐在教室里,在女老师的目光注视下,和那些年龄比他小一半,一点都没有像他这样丰富的生活经历的小男孩们做伴？

很难想象汤姆还能勤奋地拿起课本。法律是没错,哈里·怀特里德说,不让那些不长进的孩子们散落在大街上。但他自己也搞不明白,应该怎样处置汤姆。那位训导员走了以后,汤姆和他的主人一块待在马棚里,两人闷闷不乐地站在那儿对视了很长一段时间。能继续得到教育当然很好,可汤姆觉得他得到的书本教育已经足够了。他现在会读,会写,还会做算术,还有其他的什么书是一个马夫所需要的？至于那些书嘛,只有等到下雨的夜晚,没有人坐在马棚的门口闲聊着赛马和比赛的事时才能派上用场。还有就是当你去一个陌生的城镇参加赛马,比如说你是星期天到达的,而比赛却要等到下星期三才开始,这时当你躺在马毯里,最好你的怀里要有一本书。在可爱的秋天下午,天气晴朗,你把所有的活都干完了,而其他的那些白人黑人马夫们都进城去了,这时你可以坐在树下,掏出一本书来,看一看在那遥远的那些地方的生活,那里的生活就和你自己的生活一样的奇特,几乎一样地吸引人。汤姆读过《鲁滨孙漂流记》,《汤姆叔叔的小屋》和《圣经的故事》,这些书他是在怀特里德的家里找到的。还有那个雅各布·弗里德曼,比德韦尔学校的校长,他也很喜欢赛马,借给了汤姆那些准备在即将来临的冬天看的书。这些书就在他的怀里,一本叫《格利佛游记》,另一本叫《莫尔·弗兰德斯》。

现在法律说他必须放弃当一个马夫,每天都要去上学,去做那些可笑的小算术,可他已经显示出是个男子汉了。学校的其他孩子们会了解他在生活中做了些什么?如果他曾经见过当今世界上最伟大的那几个人,并同他们谈过话,他们都曾经赶着赛马创下了世界纪录,他们还会不尊重他吗?当他成为赛马的一个驾车人的时候,像波普·吉尔斯、沃尔特·考克斯、约翰·斯普莱、墨菲等这些人和其他的人就不会问他读过什么书,或者问他一根标杆要多少英尺,一英里有多少根标杆。在哥伦布的大赛上,作为驾车人他旗开得胜,他已经证明,生活已经给了他所需要的那种教育。那匹骟马"东方之光"的驾车人在第三场比赛时曾经想吓唬他,但没有成功。那是个留着黑胡子的大个头,丢了一只眼睛,因此看起来既可怕又丑陋。当两匹马肩并肩地冲向直道的后面决一雌雄的时候,汤姆平稳地赶着布塞弗勒斯,毫无疑问地冲在了前面。这位年纪大的独眼龙在轻驾车上转过来盯着汤姆,"你这个该死的妄自尊大的小东西,"他大喊道,"如果你不后退的话,我要把你从轻驾车上打下来。"

他朝着汤姆喊了这句话后,就用他的鞭柄朝着汤姆打过来,或许并不是真的想要打到他,但却刚好没有打中汤姆的头。汤姆正在全神贯注地牢牢盯着自己的赛马,驾着马儿稳步地快速跑向上头的弯道,就是在这个时候,他驾着马车冲到了前面。

后来他甚至没有把这事告诉哈里·怀特里德,他隐约意识到,这事实际上也关系到作为一个男子汉的资格问题。

现在他们要把他弄回到学校里和小孩子们在一起。他正站在马棚的地板上干着活,给一匹修长漂亮的小公马擦洗它的腿。布塞弗勒斯还在它的马棚里,等着带它去参加下星期三在印第安纳波利斯举行的深秋赛马大会,但突然间祸从天降。哈里·怀特里德走来走去地骂着坐在马棚门口椅子消磨时光的那两个人。"你们也把那个称作法律,嗯,剥夺汤姆这孩子已经得到的机遇?"他问道,在他们的鼻子底下抖动着马鞭。"我从来没见过这样的法律,让我说,去他妈的这种法律吧!"

汤姆牵着那匹小公马回它自己的马棚里,然后又走进布塞弗勒斯的单独马厩里。这匹种马正处在它脾气最温柔的时候,转过身来让汤姆摸它的鼻子。但汤姆走过去,把脸埋在它的黑色大脖子上,就这样站了很长时间,浑身颤抖着。他本以为哈里或许会让他在下一季的所有比赛中再驾驭着布塞弗勒斯,但现在一切都化为泡影了,他要被扔回到孩提时代,跟个小孩一样在学校读书。“我决不去上学。”他突然决定,一种固执的目光出现在他的双眼里,作为一个赛马的驾车手的未来或许已经泡汤了,但这并不会比去上学带来的屈辱更多。他决定什么都不要跟哈里·怀特里德或者他的妻子说,自己悄悄地离开。

“我要离开这里,在他们把我弄进那所学校之前,我要偷偷地溜出城去。”他暗自想着,一边用手轻轻地抚摸着布塞弗勒斯柔软的鼻子,这匹帕琛斯高贵家族的后代。

汤姆是在晚上离开比德韦尔镇的,往东走,爬上了一列货车。从那以后,比德韦尔镇上再也没有人见到过他。那年的冬天,他住在克利夫兰市,找到了一份在工人居住区里赶送奶车的活。

紧接着春天又来了。随着春天的到来,往日的记忆历历在目。刚从黑土地里钻出来的油绿的麦苗,在雷阵雨中起伏翻滚。新犁的田野散发出甜美的芳香,还有在比德韦尔镇北边的怀特里德农场里,在牲口棚里牲口散发出的气味和响声。他是多么的深切怀念着在农场的那些日子,还有后来搬到比德韦尔的那些日子,睡在牲口棚里,每天早晨带着赛马和小马驹,到比德韦尔半英里外的跑马场上,在跑道上一圈又一圈地慢跑着。

那才是真正的生活!那些小公马和年轻的男子汉,他们一起绕着跑道走了一圈又一圈,在他们的心里只是强烈地渴望着过这样美滋滋感觉的日子,其他的都不去想。小公马的腿变得壮实起来,它们的呼吸发出响声。小伙子长时间地沉浸在某种梦幻世界中,在许多美好和勇敢的事物相伴的生活中,也充满了一种可怕的,正在等待着的生活中的惊涛骇浪。在小镇外的跑马场上,跑道的围场内长着高高的野草。小树林里不时地传来松鼠们吵架的吱吱声,伴随着那些正在筑巢的鸟儿的喳喳声。树下的草地上,蜜蜂们在早开的花朵中嗡嗡地唱着歌,躲在草丛里的虫儿们也在唧唧地合唱着。

在春天的日子里,城市大街上的生活是大不一样的!对汤姆来说,从某种程度上看只有臭不可闻。好几个月以来,他一直住在一条肮脏街道上的一座寄膳宿房子里,在窄小的房间里,和大约六个,经常是八到十个其他的年轻人住在一起。这些年轻人都没有结婚,工资收入又不错。在冬季的晚上和星期天,他们穿上最漂亮的衣服出去溜达,很迟才回来,喝得醉醺醺的,然后坐在房间里大声地吹牛扯淡上好几个小时。由于汤姆生性腼腆,常常独自一人在家。有时候他对在城里所看到和听到的感到震惊和害怕,而其他人和他都没有往来。他们对他有一种轻蔑，都把他看作一个乡巴佬。在傍晚的时候，当他把活都干完了，他常常独自一人在工人住宅区阴森森的大街上长时间地散步，呼吸着充满烟尘的空气，聆听着大工厂里机器的吼叫和撞击声。有些时候，一吃完晚饭他就走回自己的房间，躺到床上，对在他周围的生活中那些奇怪的莫名的恐惧害怕得直恶心。

因此，在他十七岁那年的初夏，汤姆离开了这座城市，回到俄亥俄北部他自己家乡的湖泊地区，并且在一个名叫约翰·博茨福特的人那儿找到了一份活干，这人拥有一整套的脱粒设备，一直在俄亥俄州伊利县的那些农场主中揽活儿。汤姆这位瘦弱的小男孩，曾经赶着布塞弗勒斯取得最伟大的胜利，赶着它跑到它生涯中最快的速度，现在他已长成了一个粗眉大眼、又高又壮的小伙子，褐色的眼睛，一双镇静从容的大手。尽管他外表粗笨，但在内心却活跃着某种了不起的东西。他现在赶着一群行动沉重缓慢的灰色农场马儿，这就是他要干的活，他要给脱粒机供应水和燃料，还要把打下的粮食从田野上拉回到农场主们的粮仓里。

这个打麦人博茨福特是一个宽肩阔背、身强力壮的六十岁老人，除了汤姆，他自己的三个长大成人的儿子也在他的麾下。他原本是个农民，一辈子都在租借来的土地上辛劳耕作，积攒了一笔钱。用这笔钱，他买了一套脱粒机。五个人就像被驱使的奴隶一样，从早干到晚，晚上就睡在东家仓库的干草堆里。当时正是那个湖泊地区的雨季，对博茨福特来说，在一开始时打麦脱粒的活没有什么生意。这位老打麦人很是担忧。这些脱粒机的投资已经花光了他的所有积蓄，他很担心会欠债。由于是个虔诚的信徒，每当夜深人静，他觉得其他人都睡了时，就从贮放干草的顶阁里悄悄走出来，来到仓库的楼下祈祷。

后来，汤姆发生了一些事情，使他生平第一次开始思考人生和它的意义。他现在是在他所热爱的乡村，在金色阳光沐浴的田野上，远离了城市生活的可怕的噪声和肮脏。这里就像有个人，像他自己这种类型的，在某种很深的程度上和他形影不离。这个人持续不断地对着他身体之外的某种力量呼喊着，这种力量是在太阳中，在云层里，在夏天伴随着大雨的隆隆雷声中。这种力量就在这些物体之中，同时，它又控制着所有的这些物体。

这位年轻的打麦学徒记忆犹新。在那些下雨的日子里，没活可干，他只好到处溜达，等待着夜幕的降临。然后，等他们都爬进了仓库的阁楼里，准备睡觉时，他却睡不着，在思考着，在聆听着，他想到了上帝，以及上帝对人类事务可能担当的职责。那个打麦人的小儿子，是个乐呵呵的小胖子，和他睡在一起。在他们爬进干草堆中很长时间后，两个人还在一起低声说话，哈哈大笑。小胖子的皮肤很敏感，那些干草梗的断节刺进他的衣服里，刺得他浑身发痒。他咯咯地笑着，扭动着身子，两条腿又蹬又踢。汤姆看着他，也跟着笑，对上帝的思考在他头脑中跑得无影无踪了。

当仓库里的一切都安静下来了，雨水低沉的滴滴答答声在头顶上响个不停，汤姆能听到阁楼下面马儿和牛儿的四处走动声。所有的气味都是芳香怡人的，特别是那些母牛的气味，唤醒了他心中的陶醉感，就好像他一直在喝着浓烈的葡萄酒，全身似乎都充满了活力。那两个大的孩子，就像他们的父亲，生性严肃，他们一动不动地躺在那儿，脚埋在干草里。他们的衣服散发出一种强烈的霉味，一种辛劳的汗臭味。那位留着胡须的老打麦人，他是自己一个人睡，现在已经小心翼翼地爬了起来，穿着袜子走过干草，然后下了梯子来到楼下。汤姆在急切地偷听着。小胖子已经鼾声四起。但他很肯定那两个大孩子，像他一样，还没有睡。楼下的每一种声音他都听得一清二楚，他听到一匹马在重重地踩踏着仓库的地板，一头母牛在饲料槽上磨它的大角。老打麦人正在热诚地祈祷，不断地呼唤着耶稣的名字，请主帮他渡过难关。汤姆听不清他全部的祈祷，但有些话却听得相当清楚。有一段话就像一首歌的副歌一样不断地在这位打麦人的祈祷中出现。“仁慈的主啊，”他大声说道，“让天气好起来吧，让好天气快点来吧，关照一下这片土地吧，给我们几天晴朗暖和的天气。”

晴朗暖和的天气还真的来了，汤姆觉得纳闷不已。每天早上快到中午时，太阳在天空已爬得老高，机器也在一堆大麦垛前摆好后，汤姆就赶着水罐车到相当远的小溪或池塘边去装水。有时他得驱车到两三英里之外的湖边取水。尘土沉积在路面上，马儿迈着沉重缓慢的步履走着。他要穿过一片小树林和一条小路，进入一个小山谷，那儿有一眼山泉。他想起了那个老头在寂静和黑暗的仓库里念叨的那些话。他把自己想象成一个耶稣似的人物，变成一个年轻的主神正走在这片土地上。这位年轻的主神穿过一条条小路，和那些阴影覆盖的地方。马儿的蹄子重重地落在尘埃四起的路面上，达达达的脚步声回响在远处的林子中。汤姆俯身向前聆听着，他的脸颊有点苍白。他不再是个正在成长的男子汉，而是又变成了那个纤巧和敏感的小男孩，驾驭着布塞弗勒斯，穿过那群愤怒和坚定的人群，冲向胜利。老诗人汤或南特的血脉第一次在他身上复苏。

这个为打麦人送水的男孩驾着那匹叫珀加索斯的马儿穿过一条条小路，回到俄亥俄州伊利县的那个农场里，在小溪旁，那些水罐必须装满。在他的身旁，在森林中柔软的土地上，走着那位年轻的主神耶稣。在那条小溪旁，珀加索斯，这匹诞生在海洋泉水中的马儿，踏在了大地上。正在缓慢行走的农家马儿停住了脚步，带着惊呆的眼神，汤姆·爱德华兹从马车的座位上站了起来，准备拉好软管，把车上的水罐灌满。主神耶稣走过大地,越走越远,挥舞着他的手,召唤着欢乐的日子。

汤姆·爱德华兹的眼中闪烁着喜悦的亮光,优雅的风度似乎也进入了他那笨重成熟的身躯中,新的冲动涌上他的心头。当他们这队打麦人在公路上,在农场与农场的村庄间到处走动时,那些女人和年轻的女孩子都会笑眯眯地看着这位年轻人。有时候,当他从田野里拉着一整车一袋袋的小麦,回到仓库时,那个农场主的女儿就会走出农舍,站在那儿看着他。汤姆看着这个女人,心里充满了一种渴望。每天傍晚,当打麦人和他的儿子们坐在仓库旁的空地上聊着他们自己的事情时,汤姆在一旁心神不宁地走来走去。他给小胖子做了个手势,小胖子也对他父亲和哥哥们的谈话毫无兴趣,两个年轻人就跑到附近的田野和公路上去散步。有时候他们在暮色中跌跌撞撞地沿着乡间的小路走去,来到镇上灯火明亮的大街上。在商店的灯光中,年轻的姑娘们来来往往,两个男孩子站在一座大楼的阴影中观看。后来,在他们摸黑回家的路上,小胖子表达了他们俩共同的感受。他们经过一个黑暗的地方,那儿有条小路弯弯曲曲地穿过一片树林。青蛙在寂静中呱呱地叫着,栖息在树上的鸟儿被他们的到来所惊动,到处飞来飞去。小胖子穿着一条厚厚的工装裤,两条胖腿不断地互相摩擦着,粗糙的裤子发出一种奇怪的嘎吱嘎吱声。他情感热烈地说,“我很想紧紧地抱住一个女人,紧紧地,紧紧地。”

有个星期天,老打麦人带着他的所有人马和他一起去做礼拜。他们一直在一个叫做卡斯塔利亚的村庄附近干活,但他们没有到城里去,而是到离这个村庄一英里远的北面,有个白色构架的小教堂。这个小教堂坐落在一片树林中,紧挨着路边,旁边还有条小溪。他们来到汤姆的水车旁,一起抬下水车上的罐子,铺上了木板当座位,还是汤姆赶着马车。

在教堂附近的一片小小的树林的树荫下,系着许多的车马。那些陌生人,农场主和他们的儿子,一小群一小群地站在周围,谈论着这个季节的庄稼。虽然天气很热,但阵阵的微风在人们的头顶上的树梢抚弄着树叶。在教堂和小树林的后面,那条小溪在乱石中蹦蹦跳跳,持续不断的潺潺流水盖过了那些人嗡嗡的谈话声。

在教堂里,汤姆就坐在小胖子的旁边,小胖子一直目不转睛地看着那些走进来的乡村姑娘。布道开始后,他就睡着了,而汤姆却是如饥似渴地听着讲道。那个牧师是一个留着大胡子,身强力壮的老人,乍一看上去,汤姆觉得很像他的雇主,那个打麦人博茨福特。

在那个乡村教堂里,牧师那次谈到了玛利亚·玛格德琳,她曾经被骗与人通奸，被一群忘掉自己原罪的男人朝她扔石头。就在这时，牧师说，在故事中，耶稣走过来救了这个女人。汤姆的心激动得怦怦直跳。然后牧师又谈到后来当耶稣站在山上的一个高处时，受到了魔鬼的诱惑，但汤姆已经没在听了。他俯身向前，透过窗户看到田野的远处，牧师的话到他的耳朵成了断断续续的句子。汤姆把刚才说的有关在山上的诱惑理解成是，玛利亚曾经紧跟耶稣，自愿把自己的身体献给他。那天下午，汤姆和其他人回到第二天早上他们就要开始打麦的农场时，他把小胖子叫到一边，问一下他的看法。

两个男孩子穿过一片麦茬田地，坐在一根小树林中的木头上。汤姆从来没有想过，一个男人会被一个女人所诱惑。在他看来似乎应该永远是另一种情况，女人总是受到男人的诱惑。"我以为总是男人有要求，"他说，"可现在看来女人有时候也会有要求。如果这事能发生在我们身上，那将是一件美妙的事情。你不这样认为吗?"

两个男孩子站了起来，漫步在树林里，脚底下的地面上已经开始有了阴影。汤姆突然间滔滔不绝地说了起来，不断地提了许多问题。小胖子是经常去教堂做礼拜的，但对于大部分已失去真实性的耶稣这个人物，他也感到有点困惑，他认为像这样的话题不要去自由讨论。因此，当汤姆的头脑里一直在想象着耶稣被一个女人追求和诱惑的看法时，他咕哝着表示不赞成。"你认为他真的会拒绝吗?"汤姆一遍又一遍地问道。小胖子想给他解释一番。"他有十二门徒，"小胖子说，"这事是不可能发生的。他们一直追随左右，噢，你看，她根本就没有任何的机会。不管耶稣走到哪儿，他们都紧跟着他。他在教他们怎样布道。后来，他们中的一个背叛了他，叫士兵把他杀掉了。"

汤姆很惊讶，"这件事是怎么发生的? 像这样的一个人怎么会被背叛呢?"他问道。"被一个吻。"小胖子回答。

在那天的傍晚，当汤姆·爱德华兹，他一生中第一次也是最后一次走进一个教堂的那一天，天上下了一场小阵雨。这是这位威尔士男孩和他们在一起的三个月来，唯一的一场落在约翰·博茨福特这个打麦队头上的阵雨。但这场阵雨一点都没有妨碍他们干活。这场阵雨来得突然，几分钟就没了。由于是星期天，没有活干，那些人都聚集在仓库里，从敞开的仓库大门往外看。从农舍里走出两三个人，和他们一起坐在仓库地板上的箱子和木桶上。由于乡下人的习惯，他们很少说话。有几个人从口袋里掏出小刀，在地板上的一个垃圾堆里找出一些小棍子，开始削了起来。老打麦人的两只手都插在裤袋里，焦躁不安地走来走去。汤姆坐在门口旁边，不时地有几滴雨水打在他的脸颊上，他一会儿看着他的老板，一会儿看着大雨飘洒的广阔乡村田野。有个农场主说雨季已经到了,恐怕连着几天天气对打麦人都不利。老打麦人没有回答,汤姆看到他的嘴唇在抖动,他的灰色胡子也在上下抖动。汤姆觉得老打麦人在抗议,只是他不想说出来。

当这群打麦人在乡下四处转悠的时候,在他们的北面、南面和东面已经下了许多场雨。有好几天乌云一天到晚就在他们头上悬着,可就是没有雨下下来。当他们到了一个新的地方,别人告诉他们这里三天前下过雨。有时候当他们离开一个农场时,汤姆站在他送水车的座位上,扭头往回看,他先瞭望一下他们干过活的田野,然后再抬头看看天空。“现在可能就要下雨。麦子打完了,也全部收进仓库了。现在下雨对我们干活毫无损害了。”他在想。

那个星期天的傍晚,当汤姆和那些人一起坐在那个仓库的地板上时,他很肯定,现在在下的这场阵雨只是匆匆过客。他觉得他的老板和耶稣的关系一定很亲密,而耶稣在掌管着天上的事情。长时间的下雨肯定不会来,因为这位打麦人不想要。他陷入出神的幻想中,这时约翰·博茨福特走了过来,站在靠他很近的地方。老打麦人把手扶在门框上,朝外看着。汤姆又看到他的灰色胡子在抖动。这个人正在祈祷,因为靠得太近,他的裤脚管碰到汤姆的手。汤姆的心里蓦然想起约翰·博茨福特晚上在仓库地板上祈祷的情景。就在那天一大早他还在做祈祷,天刚蒙蒙亮,汤姆就被弄醒了。因为这位老头在悄悄地走过干草下梯子时,他的脚碰了一下汤姆的手。

汤姆一直都很兴奋,总想听到这个老头祈祷的每一句话,他直挺挺地躺在那儿,听着从楼下传来的每句话的声音。一束朦胧的阳光,从仓库边上的一个裂缝照进阁楼里来。一只公鸡啼叫起来,关在仓库附近的圈子里的几头猪也大声地哼哼起来,它们是听到了老打麦人的走动声,以为要喂食了。它们的哼叫声,加上楼下马棚里马或母牛不时焦躁的走动声,让汤姆听到的祈祷不是很清楚。然而,汤姆还是弄清楚了他的老板正在感谢耶稣,感谢主让好天气一直伴随着他们,同时也声辩说自己并不想自私地让好天气延续下去。“主啊,”他说道,“如果你愿意的话,今天就下点小阵雨吧,因为我们对您的爱,我们没有去田里干活。让明天晴天吧,但今天,等我们做完礼拜回家后,下一场阵雨滋润大地吧。”

当汤姆坐在仓库大门边上的一个箱子上,看着他老板怎样地用贴切的话语向耶稣祈祷时,他就知道这场雨不会下的太久。对汤姆来说,为他干活的这个人似乎离上帝的御座是如此的近,以至他抬起自己的手,把碰到他的约翰·博茨福特裤脚管抓到嘴边,偷偷地吻了一下。当他再抬起头瞭望田野时,乌云正在被风吹散,傍晚的太阳正在露出脸来。对他来说,这位年轻英俊的主神耶稣似乎肯定就在附近,能听得到他的声音。"他正站在那个果园里的一棵树的后面。"汤姆暗自思忖着。雨停了,他默默地走出仓库,走向在农舍旁的那个小苹果园。当他走到栅栏前,正准备翻过去时停住了。"如果耶稣就在那儿,他会不让我去找他的。"他想到。当他又转身走向仓库时,越过一片田野,他能看到一座郁郁葱葱的小山。他认为耶稣根本不在那个果园里。夕阳的斜辉照耀在那座小山顶上,无数的雨水珠挂在野草的叶柄上,为夕阳增辉,一刹那,整座小山好像戴上了镶满珠宝的皇冠。无数的小水滴,映射着夕阳的光辉,使整个山顶就好像镶嵌了无数的宝石一样闪闪发亮。"耶稣是在那儿,"汤姆喃喃自语着,"他俯卧在草地上,越过山角,他正看着我呢。"

第二章

约翰·博茨福特带着他的打麦队来到桑达斯基城附近的一个叫巴顿的大农场干活。打麦季节正在接近尾声,天气仍然是晴朗,凉爽宜人。现在来到的这个乡村在汤姆的心里留下了深深的印象,他永远忘不了那年的夏季的最后几个星期,在巴顿农场里自己的种种想法和经历。

牵引车喷着浓烟,一路上轰隆隆地往前走,后面拖着那部沉重的红色脱粒机,吸引了许多兴奋的狗狗和孩子们。慢腾腾地在路上走了许多英里,他们来到了快到伊利湖的一个地方。汤姆和博茨福特的那个胖小子一起坐在水罐车上,紧跟在那辆轰隆隆的牵引车后面。他们来到这个新地方,要待上好几天呢。从水车的座位上,汤姆能看见在桑达斯基城里工厂的浓烟,升起在早晨清澈的天空中。

请约翰·博茨福特为他打麦的那个人拥有三个农场,一个在海湾的一个岛上,他自己也住在那儿,另外两个在陆地上。在陆地上的那个大农场里,在几座仓库边上的田野里,麦垛堆积如山。这个农场是在一个宽阔的盆地里,土地很肥沃,一条小河从北而来,穿过农场,流入桑达斯基海湾。除了在盆地里的那些麦垛外,在小河那边的高地田野上还有其他的麦垛,那边是乡村小山包的起源地。从这些高地的田野上,能看到桑达斯基湾的海水在秋天的灿烂阳光下闪闪发亮,还有许多来自桑达斯基城的轮船,正在前往一个叫塞达角的娱乐胜地。当北风或西风刮起的时候,在中午打麦机停止转动时,靠在麦垛上休息的那些人,甚至能听到其中一艘轮船上乐队的演奏声。

那年的秋天来得早,沿着河床低洼地的那条路两旁树林里的叶子已经开始变黄转红了。每天下午汤姆去河边取水时,他走在马儿的旁边,脚底下的枯叶发出劈劈啪啪的响声。

由于那个季节生意非常好，博茨福特决定让他的小儿子在秋天和冬天回城里去上学。他买了一部劈木柴的机器，打算和他的两个大儿子干这个活。“原木我们准备从林场地里去拖，在那里我们将架起锯子。”他对汤姆说，“如果你愿意，你可以跟我们一起去。”

打麦人开始和汤姆谈起学习的重要性。“这个冬天你最好自己到某个城镇去，对你来说最好还是去上学。”他尖声地说道。他变得激动起来，就在取水车的旁边走来走去。汤姆坐在车的座位上侧耳聆听。打麦人继续说道，上帝给了人类心灵和肉体，因为忽视而导致任何方面的偏废都是罪过。“我仔细地观察过你，”他说，“我想你话语不多，但很会思考。回到学校去吧，看看书上是怎么说的。你应该相信，书上所说的并不全是谎言。”

博茨福特一家人住在贝尔维尤镇附近的一栋朝向石头路的租房里，小胖子就要回到那个镇上，离他们现在干活的地方，如果走路的话，大约十八英里。在小胖子动身回去的前一天傍晚，他和汤姆从仓库走了出来，打算去最后一次散步，并在路上好好地谈一谈。

俩人一起漫步在秋日的薄暮中，各自在想着自己的心事。他们来到一座横跨山谷里的小溪的桥上，一起坐在桥栏杆上。汤姆很少说话，但他的那位伙伴却要谈论女人。随着夜幕的降临，他对这个话题的不好意思消失得无影无踪，便肆无忌惮地说了起来。他说在即将来临的冬天，他就要住在贝尔维尤镇念书，那时他一定要去找一个女人。“我不会放过这样的机会。”他宣称。他解释说，当他搬到镇上后，他父亲肯定要离家出去干活，他就能够自由地选择自己寄宿的地方。

小胖子的想象变得荒诞不经，他把自己的打算都告诉了汤姆。“我不想去结交任何的小女孩，”他精明地宣布，“那只会让自己陷入困境，因为你必须娶她。我要去住在一个寡妇的家里，这就是我要做的。每天晚上家里就我们两个人，我们就开始谈话，我要用我的手不断地去摸她，这会让她感到心慌意乱。”

小胖子跳了起来，在桥上走来走去，他有点紧张和害臊，想为自己说的话极力辩解。他渴望的事情在他的想象中变得可能，似乎已经成功在望。他站在汤姆的面前，一只手搭在他的肩膀上。“晚上我要到她的房间去，”他宣布道，“我不事先告诉她我要来，我要等她睡着了，悄悄地进去。然后我就跪在她的床前，我要狠狠地，狠狠地亲她。我要把她抱得紧紧的，这样她就跑不掉。我要亲她的嘴巴，直到她让我干我想干的事。然后我要在她家里住上一整个冬天，没有人会知道。即使她不要我了，我得要搬走，但我肯定是安全的。即使她要告发我，也没有人会相信她所说的话。我不会再像一个小男孩那样了，我告诉你，我已经跟男子汉一样高大了。我要像男子汉一样敢作敢当,这就是我想要的。”

两个年轻人回到他们要睡在干草上的那座仓库。他们现在为他干活的那个有钱的农场主有一栋很大的房子,他给打麦人和两个大儿子提供了床铺睡觉,但两个小年轻人却只能睡在仓库的干草阁上,晚上再加上一床毛毯。然而在桥上的一番谈话之后,汤姆感到心情不爽。那位又肥又胖的男子汉,年轻的博茨福特,也感到有点难堪。在回家的路上,这位名叫保罗的年轻人,一直走在他的伙伴的前面一点。当他们回到仓库,就各自在阁楼上分别找了个地方。两人都打算好好地想一想,都不愿意有另一个人在面前打扰。

汤姆的体内第一次燃烧起对异性渴望的欲火。他躺在能从那个仓库角落的裂缝看出去的地方,起初他想的尽是关于动物。他从楼下的马棚里拿了一床马毯上来,侧身蜷伏在马毯中,两只眼睛盯着离得很近的那个裂缝,脑子里想的尽是马儿和牛儿们的做爱情景。那种事情他是在怀特里德那儿干活时,在牲口棚里看到的。他的脑子里又想起了这位赛马人,一种奇特的动物欲望传遍了他的全身,两条腿被挺得硬邦邦的。他烦躁地在干草上滚来滚去,由于某种原因,他搞不明白怎么回事,他的欲火变成了一种怒火,他恨起了小胖子。他真想从干草上爬过去,对准他这位伙伴的脸猛揍一拳。虽然他当时看不清保罗·博茨福特的脸,但当他谈起那个寡妇时,汤姆能感觉到他心里有一种胜利的滋味。“他觉得自己比我更胜一筹。”年轻的爱德华兹想着。

他又转到裂缝这边,看着外面的夜色。天空升起一弯新月,田野和树丛只能看到影影绰绰的轮廓。通往桑达斯基的那条公路,看上去就像一条落在地上的黑色云彩。不知什么原因,看到这月色下朦胧静谧的山川田野的景色,他心中的怒火被抛到了九霄云外。他开始思索,不是去想那个保罗·博茨福特,两眼燃烧着渴望的欲火,在贝尔维尤城里悄悄地走进那个寡妇的房间,而是想到了主神耶稣和他的女人玛利亚,走上山顶的情景。

他的伙伴要走进正在睡觉的女人房间并要占有她的念头,当时听起来十分的意外,但现在他觉得是完全卑鄙无耻的。当时妒火中烧变成的愤怒和痛恨现在已经完全烟消云散了。他努力地在想,为什么主神要给打麦队带来这么多天的晴朗天气,一定和一个女人有关。

汤姆的身体仍然在燃烧着欲火,他的心里还在想着那些淫荡的念头。藏在云层后面的月亮露出脸来,大风开始刮了起来。此时正值夜幕初降,从桑达斯基城来的那些寻欢作乐的人们正乘着船前往海湾那边的娱乐胜地,大风把音乐声送到了汤姆的耳朵里,大风也把海湾里的浪涛一直吹到小河的盆地里。仓库附近的一个小树林里，小树的枝叶被风吹得轻轻地摇晃，黑幽幽的树影也在地面上跑来跑去。

小博茨福特在仓库阁楼远远的另一端已进入了梦乡，此时已开始鼾声如雷。汤姆两腿的僵硬已经消失了，他正准备睡觉，但在睡觉前他得嘀咕几句话。几乎是胆怯地，那些话一半是祈祷，一半是对某种黑夜幽灵的祈求。“主啊，带给我一个女人吧。”他悄悄地说道。

在仓库外面的田野上，风刮得更大了一些，吹起了许多的麦秆，散落在竖立的硬茬间。田野里发出一种轻柔的低语声，就好像众神正在回答他的祈求。

汤姆枕着自己的胳膊睡着了，由于他离房子的裂缝很近，看到了月光下田野的景色。在梦中，他听到了来自田野深处一遍又一遍的呼唤。神秘的主神耶稣已经听到并回答了他的老板约翰·博茨福特的祈求，他很确信，主也会理解和处理自己的祈求。“带给我一个女人吧，我需要她。主啊，带给我一个女人吧。”他小声地对着黑夜不断地重复着。随着睡意来袭，他很快地进入了梦乡之中。

博茨福特家最年轻的儿子离开以后，汤姆干的活发生了实质性的变化。他们这个打麦队现在到了乡下的几个大农场，那里的麦子都已经从田野上收割了上来，就堆放在仓库附近，而且在附近就有丰富的水源，一切事情都很简单了。把脱粒机拖到仓库门口很近的地方，从脱粒机上打下的麦子直接就搬到粮仓里。把成捆的麦子喂进脱粒机旋转的铁齿里，这本来就不是汤姆干的活，这个活一直都是约翰·博茨福特的两个大儿子干的，这个打麦队的赶车师傅本来就没有什么活可干。有时候，这个打麦队的机械师约翰·博茨福特不在，他去安排他们下一站要干的活，一去就是整整半天。在这样的时候，汤姆凭着平日里学来的几手技术，就去照看发动机。

但其他的时候对他来说确实是无所事事，脑子长时间地空空如也，他开始耍弄花招。早上，他的那几匹马得先喂饱，然后把它们洗刷干净，直到这几匹灰色的农场老马看起来就像参赛马似的。接着他就跑出仓库，偷溜进一个果园里。待他的所有口袋都塞满了熟苹果，才走向栅栏，并靠在上面。在一块田地里，几只小马驹正在玩耍。他拿出几个苹果，轻轻地呼唤它们过来。这几只小马驹小心翼翼地走上前来，然后又警觉地停住脚步，最后又往前几步，直到它们中有一匹胆子比其他大的，吃掉他手上的一个苹果。

在那些晴朗、温暖、阳光明媚的秋天日子里，对汤姆来说，似乎有一种烦躁不安的情绪始终伴随着他心里所想的一切。在农场里矗立着的一簇簇小林子里，枝干挺拔，树冠上闪耀着一片片红色。在一个仓库附近，有一片小枫树林，就像是一群小女孩正一起走在一个斜坡的田地上,当看到在仓库旁的晒场上有男人在干活时,警觉地停住了脚步。汤姆站在那儿看着这些小树林,一阵微风吹过,小树在轻轻地左右摇摆。有两匹马站在树林中紧挨在一块,其中一匹紧靠着另一匹的脖子,它们在那儿头靠头地摩肩擦背。

打麦队又到了另一个大农场,这是他们在这个季节的最后一站了,“我们干完了这里的活,就要回家了,要把我们自己的秋活干完。”博茨福特说。到了星期六傍晚,老打麦人和他的两个儿子牵出马,准备离去,回到他们自己家里过星期天,留下汤姆一个人。“我们在下星期一早上很早就会回来。”老打麦人在他们临走前说。星期天独自一人和那些陌生的农场人在一起,给汤姆留下一段刻骨铭心的经历。那个星期天过后,汤姆决定不等到这个打麦季节结束,就在这几天,辞掉打麦这个活,然后到城里去,再回到学校去读书。他还记得他老板说的话,“看看书上是怎么说的。你应该相信,书上所说的并不全是谎言。”

那个星期天上午,当他漫步在小巷里,穿过草地,爬上农场的小山包,走在桑达斯基湾的沙滩上时,汤姆几乎是一直在想念着自己的朋友小胖子,那位年轻的保罗·博茨福特,他已经去了贝尔维尤城,要在那里度过这个秋天和冬天。他很想知道他的朋友在那儿生活的怎么样了。他自己也曾住过这样的城镇,在比德韦尔,但很少离开过哈里·怀特里德的马棚。在这样的城里生活是怎么样的?这些城里人的家里晚上都发生了些什么事?他想起了保罗告诉他的打算,独自一人到一个寡妇的家里,晚上偷偷地溜进她的房间,然后把她紧紧地搂在怀里,直到她愿意干他想干的事。“我怀疑他是否有这个胆量,哎呀,我真怀疑他是否有这个胆量。”汤姆喃喃自语着。

自从保罗走了以后,在很长一段时间里,都没有人能和汤姆交谈,他心里的很多事情都呈现出了新的一面。当他走在树林里,脚下的枯叶在沙沙作响;树影子挥舞在地头田间;在小巷子栅栏旁的干草里虫儿们的低鸣合唱声:夜晚在牲口棚里牲口们发出的满意的细语轻声;所有这些的声音对汤姆来说已经不再甜蜜了。对他来说,年轻的主神耶稣不再和他并肩齐走,而是在看不见的小山后面,或者是在干涸的小溪河床里。他心里有些一直在沉睡的东西被唤醒了。在那些秋日的傍晚,当他从田野里散步回来时,总是想着保罗·博茨福特一个人待在贝尔维尤的那个寡妇家里的情景。他也很希望能处在相同的位置,但在温和的老打麦人面前他感到羞愧。后来他就没有再躺着不睡,偷听老人的祈祷词。从附近几个农场来帮忙打麦的那些男人,当他们把麦秸扔进大麦垛或是把装满麦子的大袋子搬进粮仓里时,相互间又笑又喊。他们的妻子和女儿也一块来,现在都在农舍的厨房里干活，从里面也不时地传出笑声来。那些姑娘和女人不断地从厨房的门出来，来到打麦场上，有高个子笨拙的姑娘，脸颊红润丰满的姑娘，显得消瘦而疲惫、乳房下垂的女人。所有这些男人和女人们似乎都很和谐般配。

他们在一起有说有笑，关系融洽。只有他孤单一人，只有他觉得没有一个人能让他感到温暖和贴近，没有一个人能够和他亲密无间。

星期天中午，博茨福特一家子都不在，一整个上午在田野里漫步回来，汤姆在一个农舍的大餐厅和许多其他人一起吃午饭。为了给即将到来的打麦日子作准备，还要为许多人的吃饭作准备，几个女人过来花了一整天帮助准备食物。那个农场主的女儿已经嫁了人，住在桑达斯基，也和她丈夫一起来。还有其他三个女人，来自附近农场的邻居。汤姆没有看他们，只是默不作声地吃着自己的饭。一吃完饭，他就迫不及待地离开屋子，走向仓库。他走进一间长长的车棚里，坐在一辆很久没有用、布满灰尘的马车辕杆上。燕子在头上的椽子间飞来飞去，在车棚上面的一个角落，很显然有一个蜂窝，黄蜂在幽暗中嗡嗡地乱飞。

从城里来的那个农场主的女儿，怀里抱个婴儿从屋子里走出来，正是喂奶的时候，她想避开屋子里的人群。由于没有看到汤姆，她就坐在车棚门口附近的一个箱子上，解开了衣服。透过马车上箱子的裂缝，汤姆感到难为情，但同时又被这个女人的乳房所吸引。他收起双腿，缩下脑袋，一直藏在那儿，直到这个女人回到屋子里。然后他又跑到田野上，没有再回到那个屋子去吃晚饭。

那个星期天下午，当他漫步时，这位威尔士诗人的孙子经历了许多新的感觉。从某种程度上来说，他开始理解保罗说要做的那些事情，就在不久前对他来说充满厌恶的这些事情现在变得可以了。过去在欲望强烈时，他想到的女人总是些健康的，像动物一样的东西，但现在这些东西有了新的形象。他体内的欲望得不到发泄，就跑到他的头脑里，他开始看到种种幻象。对他来说，女人变成了大自然中与众不同的东西，比大自然中其他任何东西都更值得拥有。而在同时，大自然中的所有东西都变成了女人。在仓库附近苹果园里的树木就像女人的胳膊，挂在树上的圆苹果就像女人的乳房，它们就是女人的乳房。当他爬上小山，围出田野边界标志的栅栏轮廓也变成了女人身体的形状，甚至天上的云彩也变成了同样的东西。

他穿过一条小巷来到一条小河边，从一座木桥上走过小河，然后他爬上另一座小山，这是在那个乡村地区中最高的地方。一直占据在他身上的那种狂热变得更活跃起来，一种奇怪的困乏悄悄地爬满了他的全身，他在山坡的草地上躺了下来，闭上了双眼。在很长的一段时间里，他一直保持着一种寂静，半睡眠、无梦的状态，然后又睁开双眼。

女人的形体又浮现在他的眼前。在他的左边就是海湾，一阵微风吹皱了海面。在遥远的海湾那边就是桑达斯基城，有两只小帆船显然正在进行比赛。小船的桅杆上扬起高大的风帆，但在大片宽阔的水面上，它们就像静止在那儿。在汤姆的眼中，海湾本身所呈现的形状就像一个女人的头和身体，两只小帆船就像这个女人的眼睛，正在看着他。

整个海湾就像一个躺着的女人，头枕在桑达斯基城方向。黑烟从停泊在这个城市的码头上的许许多多的轮船上升起，黑烟形成了大片大片的黑头发。一条小河穿过他来打麦的这个农场，蜿蜒地从他躺的这个山脚下流过，这条小河就是这个女人的一条胳膊。她的手插入大地中，她的下半部身躯消失了，消失在遥远的北方，在那儿海湾变成了伊利湖的一部分，但你可以看到她的另一条胳膊。它在海湾的遥远海岸边显现出轮廓，她的这只胳膊举了起来，她的手紧紧地贴在她的脸上。她的形体因疼痛而扭歪了，但同时这位巨大的女人正朝着在山顶上的男孩微笑。在她的微笑中有一种慈爱，就像在车棚里给孩子喂奶时的那个女人的嘴边，在不知不觉中流露出的微笑。

目光离开海湾，汤姆抬头看着天空。一朵巨大的白云出现在南方的地平线上，形成了一个巨大的男人头像。汤姆看着这朵白云慢慢地飘过天空。这个巨人的脸和头发有一种安详和高贵的气质，纯白色，和六月份肥沃的田野上的麦子一样地茂密，再加上那种的高贵。但只有脸部浮现出来，肩膀之下只是一大片没有形状的白云。

然后这一大片无形的白云也开始变化，一个巨大的女人的脸出现了。它向上升起，紧挨住那个男人的脸。在那个男人的肩膀上形成了两只手臂，紧紧地抱住了那个女人，两张脸融合在了一起。汤姆头脑里的什么东西似乎突然崩溃了。

他笔直地坐在那里，既不看海湾也不看天空。黄昏正在来临，温柔的夜色开始降临在大地上。在他的下面是农场，仓库和房子。在他躺的这座小山下面的一片田野上，还有两座更小的小山。在汤姆的眼里，这两座小山立即变成了两个丰满的女人乳房。两只白色的绵羊出现了，正站在那儿啃食着那个女人乳房上的青草，它们就像正在吸奶的婴儿。仓库附近果园里的树林就是这个女人的头发。小河的河湾往下流进海湾里。他刚才爬山时，从木桥上越过的这条小河，笔直地穿过一片草地，一直到两座小山那边。然后它扩大成一个池塘，这个池塘就是这个女人的嘴巴。她的眼睛就是两块黑洼地，那是在田野上被野猪群找根茎吃时把野草拱掉，拱出来的两个泥坑。黑泥坑里蓄满了水，它们就像两只诱人的媚眼正在向他抛爱传情。

这个女人也在微笑,而她的微笑现在是一种引诱。汤姆站了起来,急匆匆地下了山,然后偷偷摸摸地从那几个仓库和那座房子旁经过,来到一条马路上。一整夜他都漫步在星空下,思考着那些新的想法。“我现在完全被要个女人的想法迷住了,我最好到城里去,去上学,看看自己是否合适有个女人。”他想着,“我今晚不睡觉了,一直等到明天,等到博茨福特回来时,我就辞工不干了,到城里去。”他边走边做着种种的打算。像约翰·博茨福特这样的老实人都有个自己的女人,他能做得到吗?

这个想法令人激动,那一刻对他来说似乎只有到城里去,到学校去一段时间,让自己变得英俊潇洒,才会有漂亮的女人爱上自己。在这种几乎痴迷狂喜的状态中,他忘掉了自己曾经在克利夫兰城度过的冬季几个月,也忘掉了那些阴森的街道,那些长长的一排排像监狱一样的阴郁的工厂,和在这个城市里自己孤单寂寞的生活。可眼下,当他在月光下漫步在这些尘土飞扬的公路上时,他想到的是美国的那些城镇和大城市,是像他这样的年轻人最完美的、最令人向往的冒险地方。

林中之死

她是个老太婆,家就在我住的那个小镇附近的一个农场里。所有住在小镇上和乡下的人们都见过不少这样的老太婆,可谁也不知道她们的详细情况。有这么个老太婆,时常赶着一匹疲惫不堪的老马到镇上来,要不就提着个篮子走路来。她可能养着几只母鸡,常带些鸡蛋来卖。她把鸡蛋搁在篮子里,拿到杂货铺去换些吃的东西,一些咸猪肉和豆子,另外再买一两磅白糖和一些面粉。

然后她就到肉铺去要点儿狗吃的肉。她也许得花上十个或十五子儿,但当她花钱时她就得要再讨点儿什么。过去卖肉的向来是把牛肝随便送人,只要愿意拿走就行。我们家就常吃牛肝。有一次我的一个哥哥从镇上集市附近的屠宰场要来了整副牛肝,我们吃得直到腻味,这东西从来不值一分钱。自打那时起,一想到牛肝,我就感到恶心得要命。

这个农场上的老太婆讨了一些牛肝和一块熬汤的骨头。她从来都不去别人家串门,一弄到所要的东西,就急匆匆地赶路回家。这么老弱的身子骨背上这样重的东西可真够呛。没人让她搭上顺路马车。人们赶着马车在路上扬长而去,从来没有人注意到像这样的一个老太婆。

我小的时候,有一年夏天和秋天,得了种叫风湿性关节炎的病要待在家里,就见过一个这样的老太婆常路过我们家门口到镇上来。不一会儿她就背着一个沉甸甸的大包回家了,两三只精瘦的大狗紧跟在她的身后。

这老太婆平淡无奇。她是那些几乎谁都不认识的没名没姓的老太婆中的一个,但她的身影却印进了我的脑海中。在这多年后的今天,我现在才突然想起她来以及当时所发生的事。这是一段往事。这个老太婆的夫家姓格兰姆斯,她和丈夫、儿子住在小河边上一座没有刷过漆的小房子里,离镇子约四英里。

她的丈夫和儿子都是粗鲁蛮横的家伙。儿子尽管才二十一岁,却已经蹲过一回牢房了。人们私下里都传说老太婆的丈夫是个盗马贼,把偷来的马赶到别的县城去卖掉。时常会发现丢了一匹马时,那个家伙也无影无踪了。不过他从来没有被人逮住过。有一次我在汤姆·怀特里德代客养马的马棚里闲逛时,这家伙也来了,坐在房前的长凳上。另外还有两三个人也在那儿,可是谁都不理睬他。他坐了一会儿,就站起来走了。离开的时候,他转过身子狠狠地盯了那几个人一眼,眼里流露出一种挑衅的目光:"哼,老子想跟你们表示友好,你们都不理睬我。老子在这个镇子里不论走到哪儿,都是碰到这个样子。总有那么一天你们的好马会丢了一匹,哼,到时看你们又能怎么样?"他实际上并没有吭声。"老子真想砸烂你们中一个人的下巴!"这就是他的那双眼睛所说的话,想起他那可怕的目光真使我感到毛骨悚然。

这老家伙出生在曾经是个很有钱的家庭。他的名字叫杰克·格兰姆斯。现在回想起来一切都很清楚了。他的父亲约翰·格兰姆斯在这一带乡下刚开发的时候曾开过一个锯木厂,赚了不少钱。后来他酗酒,嫖女人。到他死的时候家产已经所剩无几了。杰克把剩下的那点钱都挥霍光了,很快他就没有什么木材可锯的了,地皮也几乎全变卖光了。

那年六月麦收时节的一天,他去给一个德国籍的农场主干活,在德国人那儿搞到了他的老婆。那个时候老太婆还是个年轻的姑娘,一天到晚提心吊胆的。你瞧,那农场主老是对这个姑娘存心不良。我想,这姑娘是个契约奴。农场主的老婆起了疑心,趁男人不在的时候就折磨这姑娘,把她当作出气筒。而农场主又常趁老婆到镇上买生活用品时,对这姑娘动手动脚。姑娘告诉年轻的杰克其实并没有真的出过什么事,但对她的话他只是半信半疑而已。

杰克自己第一次跟她出去游逛的时候,没费什么劲儿就占有了她。要不是那个德国农场主叫他滚蛋的话,他还不会娶她。有一天夜晚他在麦场上打麦的时候,把她叫去乘他的轻便马车兜风,并告诉她下星期天晚上来接她。

她想办法不让主人看见,从房子里溜了出来,可是当她爬上马车的时候,她的主人突然冒了出来。天几乎黑了,她的主人突如其来地站在马头前,一把抓住马笼头,于是杰克抽出了马鞭。他们俩打了起来。那德国人也是个恶棍,可能他也不在乎老婆是否会知道这件事了。杰克用鞭子抽他的脸和肩膀,马却受惊了,于是杰克不得不跳下车。

接着两个人死命地打了起来。姑娘没有看见打斗的情景。那马拉着车顺着大路狂奔一英里左右,姑娘才使它停下来。然后她想办法把马拴在路边的一棵树上。(我不知道我是怎么会知道这一切的,可能是我小时候镇子上的传说深深地印在我的脑子里了。)杰克收拾完了德国人之后,沿路找到了她。她蜷缩在车座上,呜咽着,害怕得要命。她告诉杰克好多事情,那个德国人老想着怎样把她弄到手。有一回怎样跟着她到牲口棚里去,另一次凑巧只有他俩单独在房子里时,他一下子把她的衣服从前面撕开了。她说,要不是德国人听到他老婆赶车从门口进来的话,那次他可能会得手。他老婆是到镇上购买生活用品的,回来后要把马牵进棚里去。德国人想办法不让老婆看见就偷偷摸摸地溜到地里去了。他警告姑娘如果她说出去就杀了她。她有什么办法呢?她只得撒谎说是在棚里喂牲口时把衣服撕破了。我现在回想起来了,她是个契约奴,而且不知道父母在什么地方。也许她根本就没有什么父亲,你会明白我的意思的。

这些的契约奴经常遭到很残酷的虐待,他们都是些没有父母的孩子,名副其实的奴隶。那个时候几乎没有孤儿院,他们被合法地典给人家。这些孤儿们的命运只有完全听天由命了。

二

她嫁给了杰克,生了一儿一女,可是女儿死掉了。

然后她定居下来喂养牲畜,这是她的活计。在德国人的农场时她得给德国人和他老婆做饭。

那老婆是个臀部宽大的强壮女人,大部分时间和丈夫一道在地里干活。她得给他们煮饭,要喂牲口棚里的母牛,要喂猪、马和鸡。虽然还是个年轻的姑娘,但每天不管在什么时候,她总是在喂着一些的牲畜。

后来她嫁给了杰克·格兰姆斯,也要给他做饭。她长得瘦弱,结婚三四年生了两个孩子后,她的纤弱的肩膀就耷拉了下来。

杰克总是养上好多只大狗在小河旁荒废的锯木厂附近的房子周围。他不去偷东西时一直在做贩马的买卖,因此房子周围常有许多瘦骨伶仃的马。他还养着三四口猪和一头母牛。这些牲畜都赶到格兰姆斯农场所剩下的几英亩土地上放牧,杰克几乎是不干活的。

为了买一部脱粒机,杰克负了债,机器用了好几年,还没有把债务还清。人们都不信任他,生怕他在夜里偷粮食,于是他只好到大老远的地方去揽活儿干,但搬运脱粒机花费又太大。冬天他打猎,还砍点儿柴火到附近的镇子上卖掉。儿子长大后,和他老子是一丘之貉,爷俩一块酗酒。如果他们回到家里没有吃的,老头子就在老太婆头上比划一刀。她自己喂有几只鸡,这时不得不赶紧宰一只。如果鸡都宰光了，她就没有鸡蛋拿到镇上去卖了，到那个时候她该怎么办呢？

她一辈子都得想方设法张罗着东西喂牲口。猪要喂，好让它们长膘，秋天可以屠宰。猪宰后，丈夫把大部分的猪肉拿到镇上去卖。假如他不先下手的话，儿子也会这样干。有时父子俩还打起来，这时老太婆就站在一边发抖。

她早已习惯了保持沉默，习以为常了。她开始显得苍老了，她还不到四十岁呢。在丈夫和儿子都出去贩马、喝酒、打猎或者偷盗的时候，她有时就独自一人在房子周围和牲口棚前的空地上转悠，喃喃自语着。

拿什么去喂养所有的牲畜呢？这正是她犯愁的。狗得喂，牲口棚里没有足够的干草来喂马和母牛。如果她不喂鸡，它们怎么能下蛋？要是没有鸡蛋可卖，怎么能从镇上买回东西呢？要把农场上的生活维持下去，那些东西是她不得不买的呀。谢天谢地，从某种程度上说，她现在不必养活丈夫了。有了孩子后，他们的夫妻生活没有持续多久。他出远门到她不知道的什么地方去，有时候他离开家一去就是好几个星期。儿子长大后，爷俩就一道出去。

他们把家里所有的事情都扔给她去料理，而她又没有钱。她和别人都没有来往，在镇上谁都不跟她说话。冬天她得拾些柴枝生火，得绞尽脑汁用很少的粮食喂牲畜。牲口棚里的牲畜饿得朝她嗷嗷叫，狗也老跟着她转。冬天母鸡很少下蛋，都蜷缩在牲口棚的旮旯里，她得留心看守着它们。大冷天母鸡在棚里下了个蛋，如果你没有找到的话，蛋就会冻裂的。

冬天的一个大冷天，老太婆带着几个鸡蛋到镇上去了，几只狗跟在她后面。快到三点钟她才出发，雪下得很大。几天来她一直不大舒服，所以她喃喃自语地走着，衣衫穿得很单薄，肩膀在抖索着。她把鸡蛋塞到一个旧粮袋里，再卷上袋子拿着。没有多少个蛋，不过冬天蛋的价钱高。她可以用蛋换到一点鲜肉、一些咸猪肉、一点儿白糖，也许还可以换一点儿咖啡。卖肉的也许还会给她一块牛肝。

到了镇上，她用鸡蛋换东西时，几只狗就蹲在门外。她换得挺划算，换到了她所需要的东西，比原来希望得到的还多。然后她走到肉铺那儿去，卖肉的给了她一些牛肝和狗吃的肉。

很久以来这是第一次有人对她和气地说了这么长的话。当她走进肉铺时，卖肉的正孤零零地一个人待在铺子里，没想到这么冷的天还有这样的一个病恹恹的老太婆进来，他感到心烦。天气凛冽，下午才停住的雪现在又下了起来。卖肉的说了几句她丈夫和儿子的事，然后就破口大骂他们。老太婆直瞪瞪地看着他骂，眼中流露出淡淡的惊讶神色。卖肉的说要是她丈夫和儿子想来要他放进粮袋里的牛肝和带肉的腔骨，他宁可先瞧着他们饿死掉。

饿死，嗯？算了吧，牲畜可得要喂，人也得要吃啊，那些没有任何用处的马也许可以卖掉的，那头可怜的瘦母牛已经三个月没下奶了。

马、牛、猪、狗、人。

三

老太婆得尽可能地在天黑以前赶回去。几只狗紧跟在她后面，不断地用鼻子嗅着她绑在背上的沉甸甸的粮袋。到了镇子外边时，她在栅栏旁边停了下来，掏出一根早就放在衣兜儿里准备要用的绳子，把背上的粮袋扎紧，这样背起来就更容易些了。她的胳膊疼了起来。她艰难地爬过不得不爬的栅栏时，一下子摔了下来，栽到雪地上。几只狗围着她跳来跳去。她只得挣扎着站起来，她终于站了起来。爬过栅栏，是因为有条近路从这儿越过小山和穿过树林。她也可以沿着大路走，不过那条路要多走一英里多，她担心自己吃不消。此外，还得赶回去喂牲口。家里只剩下一点儿干草和玉米了。也许丈夫和儿子回家时会带些东西回来。他们赶着格兰姆斯家唯一的那辆马车出去，一辆破玩意儿，套上了一匹瘦巴巴的马，还有另外两匹瘦得只剩下一把骨头的马用缰绳牵在后面。他们准备去贩马，如果能卖掉的话，还能赚点儿钱。他们也许会喝得醉醺醺地回家。他们回来的时候，家里有点儿吃的东西总好一点。

儿子和离家十五英里外县城里的一个女人勾搭成奸。那女人非常粗野强悍。夏天有一次儿子把她带回家来，那个女人和儿子一块喝了不少酒。杰克·格兰姆斯不在家，儿子和女人就像对佣人一样地把老太婆唤来唤去。她并不在乎，她已经习以为常了。不管出了什么事，她从来都不吭声。她就是这样地活着。当她还是个年轻的姑娘，在德国人的农场上干活儿的时候，她就是这个样子，嫁给杰克以后更是这样。那次儿子带了女人回来，他们整整混了一晚上，两人睡在一块就好像已经结过婚似的。这并没有使老太婆感到什么震惊，这类事在她早年的生活中早已司空见惯了。

背着一个大包在背上，她艰难地穿过一片空旷的田野，吃力地在深雪里走着，最后来到了树林里。

那儿有条小路，却非常难走。就在这座山顶那一边，有一片茂密的树林，树林中有一块很小的空地。是不是曾经有人想在那儿盖座房子呢？这块空地和镇上的房基一样大，足可以盖一座房子和一个花园。小路沿着空地的边上穿了过去，老太婆走到那里时，就在一棵树下坐下来歇了歇脚。

这是做了一件傻事。她找了个地方，把大包靠在树干上坐了下来休息的时候，这很舒服，但等会儿怎么站起来呢？她对这件事发了一会儿愁，然后慢慢地闭上了眼。

她一定是睡着了一会儿。这么冷的时候在外面，你不能使自己更冷了。下午变得稍微暖和点儿，但雪下得更大了。然后过了一段时间，天就转晴起来，甚至月亮都露出脸来了。

四只格兰姆斯家的狗跟着老太婆到镇上去，它们全是又高又瘦的家伙。像杰克·格兰姆斯和他儿子这样的人总养着这样的狗，他们踹它们，骂它们，可是它们还是待着不走。这些狗为了不挨饿只得自己到处寻找食物。老太婆背着大包靠在空地边上的那棵树下睡觉的时候，它们正在到处找吃的。它们在树林里和附近的田野中撵着了几只兔子，在寻找猎物时还招来了三只别的农场上的狗加入了它们的行列。

过了一阵子，那些狗都回到空旷地来了。它们都有点激动起来。这样的夜晚，寒冷、晴朗、月亮高挂，确实引起了狗的兴致。也许是它们身上的狼的旧本性，想在冬夜里成群地在树林里游逛的旧习性又在它们身上复苏了。

那些狗在老太婆面前的空旷地里又撵到了两三只兔子，它们当时的饥饿得到了满足。它们开始玩耍起来，在空旷地上兜着圈子，一圈又一圈地跑着，每只狗的鼻子紧跟着前一只狗的尾巴。在空旷地上，在覆盖着厚雪的树下，在苍冷的月光下，它们构成了一幅奇怪的画面：在一个圆圈里它们静悄悄地跑着，爪子拍打着松软的积雪。静悄悄地，它们在那圆圈里一圈又一圈地奔跑着。

也许老太婆在临死前看到了狗那样奔跑。也许她醒过来一两次，用浑浊的老眼看着这奇怪的景象。

这时她不会感到很冷，只是昏昏沉沉。生命徘徊了好久。老太婆可能已经神情恍惚了。她可能梦想到了在德国人的农场上干活儿的少女时代，再往前，她母亲尚未离家出走时的孩提时代。

她的梦不会是很愉快的，因为在她的一生中并没有多少愉快的事情。不时地会有一只格兰姆斯的大狗离开正在跑的圈子到她面前，伸出头来靠近她的脸，鲜红的舌头耷拉着。

狗的这种奔跑也许就是一种死亡的仪式。由于这样的夜晚和奔跑，狗的身上复燃起了狼的原始本性，也许正是这种本性使它们感到有点儿惊恐不安了。

“我们现在不再是狼了。我们是狗，是人类的仆从。活下去吧，主人！主人要是死了，我们就又要变成狼啦。”

一只狗来到背靠树干而坐的老太婆身边，把鼻子伸到她的脸上嗅了一下，它似乎感到满足了,又回到它奔跑的伙伴那里。在老太婆死去之前,所有格兰姆斯的狗在那个夜晚有一段时间里就这样在她面前跑来跑去。在我长大成人后,我才知道了这一切,因为有一次在另一个冬夜,在伊利诺斯州的一个树林里,我见到过一群狗正是那样奔跑的。那群狗也是等待我死去,就像当年我小时候的那天夜里格兰姆斯的狗等待老太婆死去一样。不过我碰上这种事的时候是个年轻的小伙子,根本没有任何要死掉的意思。

老太婆悄无声息地死去了。在她死后,一只格兰姆斯的狗来到她跟前发现她死了的时候,所有的狗都停止兜圈子奔跑。

它们都围绕在她的身旁。

唉,她现在死了。她活着的时候喂养过的这些格兰姆斯的狗,现在怎么办呢?

那个大包还在她的背上,粮袋里装着那块咸猪肉、卖肉的给她的那块牛肝、狗吃的肉、煮汤的骨头。镇上那个卖肉的突然起了恻隐之心,把她的粮袋装得沉甸甸的。对老太婆来说,这本是个极大的收获。

现在,对这群狗来说,也是个极大的收获。

四

突然有一只格兰姆斯家的狗从狗群中跳了起来,开始撕咬老太婆背上的大包。如果这些狗真是一群狼的话,那这一只就是它们的头领。它怎么做,其他的也就跟着做。就这样所有的狗的牙齿都咬进老太婆用绳子绑在背上的粮袋里。

它们把老太婆的尸体拖到了空旷地上。老太婆破旧的衣裳立即从肩膀上起都被撕开了。一两天后当她的尸体被人们发现时,她身上的衣服从上身直到臀部都被撕烂了。但那群狗却没有咬她的身子。它们只是从粮袋里把肉掏出来,仅此而已。她的尸体被人发现时,已经冻得僵硬了。她的肩膀是如此的窄小,身体是如此的纤细,以至在死后看上去很像是个迷人的年轻姑娘的身躯。

这些事情是在我小的时候,发生在中西部的镇子附近的农场上。一个猎人在追捕野兔时发现了老太婆的尸体,但没有去动她。是什么东西在那白雪皑皑的小空旷地上踩出圆圈跑道,寂静的山林,还有那群狗撕咬尸体,拽出粮袋并把袋子撕开的地方,这情景使猎人感到心惊肉跳,他赶紧向镇上跑去。

我正和我的一个哥哥在大街上,他是镇上的报童,手上正拿着下午的报纸要分发到各个店铺里去。天就要黑了。

那个猎人走进一家食杂店,告诉人们这件事。然后他又走进一家五金店和另一家杂货店。男人们开始聚集在人行道上,然后他们沿着大路向树林里的那个地方走去。

我哥哥本来应该要继续分送他的报纸,但他也不干了。大家都往树林里走去。殡仪员和镇警长也都去了。几个男人爬上马车,一直把车赶到大路和小道分岔的地方,然后下车走进树林里。但是马掌都没有钉好,马在滑溜溜的道上直打滑,所以他们几个人并不比我们这些走路的人快多少。

警长是个大块头,他的腿在南北战争中受过伤。他拄着一根大手杖,一瘸一拐地沿着大路走得还挺快的。哥哥和我紧跟在他后面。我们一边走着,其他的男人和小孩子也一边加入到人群里来。

我们走到老太婆离开大路的那个岔道时,天已经全黑了,不过月亮出来了。警长一路想着这可能是个谋杀案。他不断地向那个猎人提问题。猎人肩上背着猎枪,一只狗紧跟在他后面。一个打野兔的猎人很少有机会能如此引人注目的。他正充分利用这个机会,和警长一起带领着这个队伍。"我没有看到任何伤痕。她是个很漂亮的年轻姑娘。她的脸埋在雪里。不,我不认识她。"实际上,他并没有靠近仔细地观察尸体。他吓坏了。也许她是被谋杀的,弄不好有人突然从树后面跳出来杀他呢。傍晚的树林子里,所有的树枝都是光秃秃的,地面上白雪皑皑,山中万籁俱寂,这就够使你的身心感到毛骨悚然了,如果附近发生了什么奇怪或可怕的事,你所能想到的就是尽快地逃离开那个地方。

这一大群的男人和小孩跟着警长和猎人走到了老太婆穿过的那片田野,再往前走,翻过一个小山坡,就到了那片树林子。

哥哥和我都沉默不语。他的肩上还背着一只装着一捆报纸的书包,回到镇上他还得继续送报,然后才能回家吃晚饭。要是我陪他去送报,毫无疑问他相信我会这样做,那么我们俩都得迟回家,妈妈或姐姐就一定得给我们热晚饭了。

不过,这下子我们就有话题可谈了。小孩子难得有这样的机会,我们赶得凑巧。那个猎人走进食品店的时候,刚好我们也走了进去。猎人是个乡巴佬,哥哥和我过去都没有见过他。

现在这群男人和小孩子已经来到了那片空旷地上。冬天的夜晚天黑得特别快,但满月的清辉把一切照得通明。哥哥和我就站在老太婆被冻死的那棵树的附近。

月光下,她僵直地躺在那儿,看上去并不老。有个人把她的身子从雪地里翻了过来,于是我看到了她的整个模样。我身上的一种奇妙神秘的感觉使我浑身颤抖起来,哥哥也在颤抖着。

也许是因为冷吧。

我们俩以前谁也没有见过女人的身体。也许是由于雪粘在她冻僵的皮肤上的缘故,尸体看上去如此的洁白可爱,很像块大理石雕。没有一个女人从镇上跟着大家一块来;但有个男人,他是镇上的铁匠,脱下大衣,盖住她的身子,然后他把她抱在怀里向镇上走去。其他的人都默默地跟在他后面,这时还没有人知道她是谁。

五

我看到了所有这一切:看到了在雪地上的椭圆形的痕迹,就像个小型跑道,那是狗奔跑出来的。看到了大人们对此感到怎样地疑惑不解,看到了那裸露的洁白的像年轻姑娘一样的肩膀,还听到了男人们低声的议论。

那些男人们简直令人费解。他们把尸体放在殡仪馆里,并且当铁匠、猎人、警长和其他几个人进去之后,他们就把门关上了。如果父亲在那儿也许能进去,可是我们小孩子是不行的。

我和哥哥一起去分发完剩下的报纸。回到家里,是哥哥向家里人讲述了这件事的。我一直没有说话,很早就上床睡觉了,也许是因为我不满意他的那种讲法。

后来在镇上,我肯定还听到了关于这个老太婆其他的一些传说片断。第二天就辨认出她是谁了,于是开始调查死因。

她的丈夫和儿子在一个地方找到后被带到了镇上。人们都试图把老太婆的死和他们父子俩联系起来,但不能成立。他们有足够的证据来证明他们当时不在现场。

不管怎么说,所有镇上的人都反对他们,他们不得不滚蛋。我再也没有听到他们后来到哪儿去了。

我只记得在森林里的那幅情景:大人们都在周围站着,那具像少女般的赤裸的尸体,脸埋在雪地里。狗群跑出来的痕迹,头上那寒冷晴朗的夜空,片片的白云飘浮过来,在树林中小空旷地的上空很快地飘荡而过。

森林里的这幅景象不知不觉地与我后来所经历的情景相吻合,成了我现在要讲的一个真实故事的基础。那些零碎的片断,你看,已经在后来漫长的岁月里慢慢地被缀合成章了。

事情发生在我还是个年轻小伙子时,我在一个德国人的农场里干活。那儿有个雇来的姑娘非常害怕她的主人,而农场主的老婆又恨死了这个姑娘。

我在那个农场里还看到了不少事情。后来有一次,在一个晴朗、月光如水的冬天夜晚,我在伊利诺斯州的一个森林里,与一群狗有过一段荒诞离奇的遭遇。

在另一个夏季的一天,我还是个小学生的时候,我和另一个小伙伴沿着镇外的小河旁走了几英里路,来到了那个老太婆居住过的房子那儿。自从她死后,再没有人住过那栋房子。两扇门全都从铰链上脱落了下来,窗玻璃也全都破碎了。正当我和小伙伴站在外面的路边时,有两只狗,毫无疑问就是农场上的流浪狗,从房子的拐角跑了过来。两只狗又高又瘦,来到栅栏旁,瞪着眼睛看着站在路边上的我俩。

随着我的长大成人,这整件事——老太婆死去的这个故事,就像是在听一曲来自远方的音乐,它的音符一次次慢慢地被缀合成章。因为有些事情得弄明白才行。

死去的老太婆是个命里注定要喂养牲畜的人。不管怎么说,这就是她一生中所干的活。在她出生之前,在童年时期,在德国人的农场上干活的少女时期,结婚后,老了时,甚至在她死了以后,她的一生都在喂着那些牲畜:牛、鸡、猪、马、狗,还有人!她的女儿在幼年就夭折了,她和唯一的儿子无话可说。即使在她死去的那天夜晚,她身上背着食物急匆匆地赶回家去,也是为了那群牲畜。

她死在森林中的空旷地里,甚至在她死后,还在继续喂着那群牲畜!

你看事情可能就是这样,那天晚上我们回到家时,哥哥讲述了这件事,母亲和姐姐坐在一旁听,我认为他没有讲到点上。他和我那时候都太小了,一件如此完整的事情必然有它的奇妙之处。

我并不打算强调那个要点。我只是解释一下当时和从那以后我为什么一直不满意。我所要说的只是,也许你会明白,为什么我非要把这个简单的故事又说了一遍。

还　乡

十八年了,你瞧,他正开着一部豪车,一部昂贵的跑车。他穿着讲究,相当结实,也不太胖,英俊潇洒。当年他离开中西部的那个小镇前往纽约市谋生时,才二十二岁,而现在他正在还乡的路上,已年届四十了。他从东部驱车前往家乡小镇,在离小镇十英里远的另一个小镇上,他停了下来吃午饭。

母亲去世后,他就离开了家乡卡克斯顿,那时他经常写信给家乡的朋友们,但几个月过后,回信却开始越来越少了。那天,当他坐在卡克斯顿东面十英里远的小镇上的一个小饭店吃午饭时,他突然想到了这个原因,他感到羞愧。“难道这次我回乡探亲也是为了写信的同样原因吗?”他在问自己。有一阵子他都不想继续走了,现在回头还来得及。

在这个邻近小镇的主要商业街的外面,人们正在四处走动着。太阳暖洋洋地照耀着。虽然在纽约已经住了这么多年,但在他的内心身处,一直深藏着一种回家乡的渴望。穿越俄亥俄州东部乡村的前一天,他开车穿越过了许多的小河流,穿越过许多的小山谷,看到公路两旁许多白色的农舍,许多巨大的红色牲口棚。

沿着栅栏走的老年人仍然个个神采奕奕,男孩子们正在小河里游泳,麦子已经收割了,玉米现在已经长到齐肩高了。到处都有蜜蜂的嗡嗡声,沿着公路旁的树林里的一块块小空地上,笼罩着一种沉闷的神秘的静谧。

但现在他开始想起其他的一些事情。羞愧爬上了他的心头,“当我刚离开卡克斯顿时,我写信回去给我孩提时的朋友们,但我却总是谈到自己,每当我写信时总是谈到自己在这城市干什么,结交了些什么朋友,自己的前途如何等。我也许很少在信的结尾提到:‘我希望你身体健康,你最近情况怎么样?’诸如此类的问候。”

这个正在回乡的当地人名叫约翰·霍尔登，他感到很不安。十八年之后，他似乎仍然能看见，当初他刚到这个陌生的东部城市时，十八年前所写的那些信中的一封摆在他的眼前。他的舅舅是这个城市的一个成功的建筑设计师，给了他许多这样那样的机会：他曾经在剧院里看过曼斯菲尔德主演的布鲁图；他曾经和他的舅妈乘坐夜晚的小船，沿河直上，前往奥尔巴尼，船上还坐着两位非常漂亮端庄的女孩。

所有的事情都应该是同一个调子。他的舅舅给了他这个难得的机遇，而他充分地利用了它。最后，他也成了一个成功的建筑设计师。在纽约城的一些巨大的高楼，两三座的摩天大楼，几个大型的企业厂房，还有许多漂亮和昂贵的住宅楼，这些都是出自他大脑的产物。

但话说到底，约翰·霍尔登不得不承认他的舅舅不是很喜欢他，只是刚好他的舅妈和舅舅没有自己的孩子。他在办公室的工作非常认真仔细，形成了一种相当显著的设计风格。他的舅妈更喜欢他，她总是想把他当作自己的儿子，对待他就像自己的儿子一样。有时候她就叫他为孩子。他舅舅去世后，有那么一两次，他也有这个打算。他的舅妈是个好女人，但有时候他都觉得她更喜欢他，约翰·霍尔登，时不时地多干些坏事，多一些放荡不拘。他从来不做那些得让他舅妈饶恕的事情，也许她渴望着有这样的饶恕的机会。

古怪的想法，对不？那么，一个人该怎么办呢？你只能过着一种生活，你不得不想到你自己。

真烦人！约翰·霍尔登相当指望着这次的回卡克斯顿之行，这种指望真的超出了他自己的感觉。这是一个明媚的夏日，他一路驱车翻越过了宾夕法尼亚的群山，穿过了纽约州，穿过了俄亥俄州的东部。他的妻子格特鲁德已于去年夏天去世了，他唯一的儿子，一个十二岁的小伙子，去了弗蒙特参加一个男孩子的夏令营。

这个念头刚刚涌上他的心头，“我要驾车慢慢地穿过乡村，领略一下它的景色。我需要休息，需要时间来思考。我所真正需要的是与那些老朋友重续友情。我要回到卡克斯顿待上几天，我要会一会赫尔曼、弗兰克和乔。然后我要去拜访一下莉莲和凯特。这真的多有趣啊！”也许当他刚到达卡克斯顿，卡克斯顿球队就会来一场比赛，比如对阵来自耶林顿的一支球队。莉莲也许还会和他一起去看球赛，在他心里隐隐约约地觉得莉莲从来就没有结过婚。他是怎么知道的呢？多年来他就没有听到来自卡克斯顿的任何消息，球赛肯定是在赫夫勒球场，他和莉莲一定会去那儿看。他们会沿着特纳大街在沿街的枫树下一起漫步，经过那个破旧的桶板厂,然后在那条尘土飞扬的公路上,经过曾是锯木厂的地方,这时就到了赫夫勒球场。他会拿着一把阳伞遮在莉莲的头上,鲍勃·弗伦奇准会站在球场入口处的大门,要每人二十五美分才让看球赛。

哦,也许不是鲍勃,可能是他的儿子。一想到莉莲和她的老情人出门一起去看球赛的样子,他就感到非常的高兴。成群结队的男孩子,女人和男人们,踏着尘土,穿过大栅门走进赫夫勒球场。年轻人带着他们的心上人,还有几个白头发的女人,她们是球队的男孩子们的母亲。还有莉莲和他,在炎热的太阳下,一起坐在摇摇晃晃的大看台上。

他和莉莲那次就紧挨着坐在一起,两个人那是一种什么感觉!很难集中注意力看球场上的队员们的比赛,但你也不能问坐在隔壁的人,"现在是哪个队领先,卡克斯顿还是耶林顿?"莉莲的双手放在自己的膝盖上,这是一双多么白皙,娇嫩,富于表情的手啊!那次是在他就要离开家乡前往那个大城市和他的舅舅生活在一起,但却是在他母亲去世一个月后的那个夜晚,他和莉莲一起去了球场。当他还是个少年时,父亲就去世了,而在小镇上他没有别的亲人。对莉莲来说,晚上前往球场也许是一件冒险的事,如果被人发现,她将毁掉自己的好名声,但莉莲似乎很愿意去。你知道在小镇里那种年龄的女孩子应该怎么做。

她的父亲在卡克斯顿拥有一个零售鞋子的商店,是一个受人尊敬的好人。但霍尔登一家……约翰的父亲是个律师。

那天晚上他们俩从球场回来,肯定是半夜以后了,继续坐在她父亲房子前的门廊里。他也应该知道,一个女孩子在半夜三更和一个男子那样的亲亲热热会有怎样的后果!两个人带着一种难以理解的,奇怪的,绝望的心情依偎在一起。在他的再三坚持下,过了下半夜三点钟她才走进屋里,他不想毁了她的好名声。为什么呢,他也许……一想到他要离开,她就像一个吓坏了的小孩。那年他二十二岁,她应该是十八岁左右。

十八加二十二等于四十。约翰·霍尔登那天坐在离卡克斯顿十英里的小镇饭店吃午饭的时候,已经四十岁了。

现在他在想着,他也许能和莉莲带着某种效果,一起穿过卡克斯顿的大街去那个球场。你知道会怎样的。你不得不承认这个事实,青春已经逝去。如果真有这样的一场球赛,如果莉莲还会和他一起去,他会把小车放到车库里,叫她走路去。你在电影里会看到这样的画面——一个男人在时隔二十年后回到他的故乡,一个新的美人替代了年轻时的美人,诸如此类。在春天,枫树的叶子是可爱的,但是在秋天,枫树的叶子更可爱,那是火红的颜色,就像成熟的男人与女人。

吃完午饭后,约翰觉得不大舒服。这条通往卡克斯顿的公路,过去骑马或坐轻便马车要花将近三个小时才能走到。但现在,这段路程在二十分钟内不费吹灰之力就能到达。

他点了一根雪茄出去散步,不是在卡克斯顿的大街上,而是在十英里之外的这个小镇上。如果在傍晚到达卡克斯顿,就是在暮色苍茫中,哎呀,现在……

随着一阵的心酸,约翰觉得他所想要的是夜晚,那种温和轻柔的夜色,莉莲,乔,赫尔曼,还有其他人都想要。对他自己和其他人来说,已经十八年了。现在他成功了,但也只是一点点。他对卡克斯顿的牵挂变成了对其他人的担心,这使他感觉会好一些。但很快地他感觉到了自己的思虑,又感到不舒服。一个人不得不留心着各种变化,陌生的人们,新盖的大楼,中年人变老了,年轻人变成了中年人。不管怎么说,他现在所想到的是其他的人。十八年前他写信寄回家乡时,他就没有想到别人,只想到自己。“是这样的吗?”这是一个问题。

这真是个荒唐可笑的情境。一路上他快乐地驱车穿过纽约州的北部,穿过宾夕法尼亚州的西部,穿过俄亥俄州的东部。男人们在小镇上,在田野里干活,农场主们开着他们的小车进城,隔着山谷都能看见远处公路上升起的尘埃。有一次他把车停在一座桥的附近,沿着一条小溪的堤坝漫步,小溪蜿蜒地穿过一片森林。

他现在喜欢跟人接触。哦,他以前从来就没有什么时间去接触人,去想起他们和他们的事情。“我没有时间。”他对自己说。当他成为一个很出色的建筑设计师时,他总是感觉到这点,一切在美国都过得很快。新人不断地涌现,他不能永远靠着他舅舅的名声去碰运气,你自己永远要小心翼翼。幸运的是,他的婚姻助了他一臂之力,这是一桩对他来说很有价值的联姻。

在路上他两次让人搭便车。有一个从宾夕法尼亚州东部的某个小镇来的十六岁的小伙子,一路上靠搭便车和打工西去太平洋沿岸地区,作为一种夏日的冒险。约翰载着他整整一天,听着他一路上热忱喜悦的谈话。这就是年轻的一代啊。小伙子有一双漂亮的眼睛,有一种热切友好的风度。他还会抽烟。有一次,车胎被刺破,他非常快地,急切地去换轮胎。“先生,不要弄脏你的手啦,我会很快地做好。”他说着,真的做好了。男孩子说他打算一路打工横穿大陆,去太平洋沿岸地区,在那里他想在某个远洋货轮上找一份工作,如果能找到,他就能环游世界了。“但你会说什么外语吗?”男孩子说不会。在约翰·霍尔登的大脑里闪现出一幅幅的画面,炎热的东部沙漠,拥挤的亚洲城镇,荒凉的半原始山区国家。在舅舅去世前,那时他还是个年轻的建筑设计师,曾花了两年时间去国外旅行,到过许多国家研究建筑,但他对那个男孩子只字未提自己的想法。当时他还年轻,带着急切和孩子般的放纵制定了周游世界的庞大计划，这或许可以从在东 81 号大街的市中心他舅舅的房子，一直到炮台公园看出来。“我怎么知道，或许他也会做到？”约翰想着。那天有了这个男孩子的作伴过得非常愉快，因此他特别留神第二天早上让这个男孩子再搭他的车。但那个男孩子却自己走了，他搭上了更早动身的车子。为什么约翰那天晚上不邀请他一起住在那个饭店？这个念头等想到时已经太迟了。

年轻人嘛，都是这样的异想天开，无法无天，放荡不拘，嗯？我为什么从来没有这样，也从来不想这样。

那天晚上，当他和莉莲在一起时，如果他能更放荡一点，更鲁莽一点……“如果是你自己单身一人，鲁莽一点那没什么关系，但如果牵扯到另外一个人，比如小镇的一个年轻女孩子，你自己得赶快离开……”他记得非常清楚，很久以前的那个晚上，当他和莉莲一起坐在她父亲屋子前的门廊里，他的手……那天晚上，莉莲好像，不管他想做什么事，都不会反对。他也曾想到，对了，他也曾想到了后果。女人需要受到男人们的保护，所有这一类的事情。当他离开时，莉莲好像感到相当的震惊，虽然当时已经是凌晨三点钟了。她就好像一个人在火车站里，等候着一列火车的到来。那边有块黑板，有个陌生人走了过来，在黑板上写着：“287 次列车已经停止运行。”诸如此类的通知。

哎呀，这都没关系。

后来，在四年以后，他娶了一个纽约市的名门闺秀。即使在像纽约这样的大城市，有这么多的人，她的家族还是非常著名。他们联姻了。

结婚后，有时，说真的，他感到疑惑不解。格特鲁德过去常常在看他时眼里有时带着一种奇怪的光芒。那天在路上搭车的那个男孩，有一回他和那个男孩说了什么，同样那种奇怪的光芒出现在男孩的眼中。但如果你知道那个男孩在第二天早晨是有意地避开你，你的心里会感到很郁闷的。格特鲁德有个表哥，约翰结婚后曾听说格特鲁德原打算嫁给那位表哥，当然，他什么都没有对她说。干嘛他要说？她是他的妻子。他还听说她家里的很多人反对她嫁给表哥，她的表哥被认为是个浪荡的，爱赌博的，爱酗酒的人。

有一次这位表哥在凌晨两点钟到霍尔登夫妇住的公寓的楼下，喝得醉醺醺的，要求见一下格特鲁德。格特鲁德穿着睡衣，悄悄地走下楼来去见她。就在公寓的楼下门厅，在那儿几乎每个进来的人都能看见她。事实上，开电梯的男孩和看门人确实看到她。她站在楼下的门厅和她表哥谈了将近一个小时。谈了些什么？他从来没有直接问过格特鲁德，而她也从来没有告诉过他任何事情。当她走上楼时,她就上了自己的床。约翰躺在自己的床上气得发抖,但他保持着沉默。他害怕自己如果开口也许会说出一些粗鲁的话来,当然最好保持沉默。那位表哥从此失踪了,约翰怀疑格特鲁德后来给过她表哥一笔钱,她表哥去了西部某个地方。

现在格特鲁德已经去世了。她的身体看起来一直很好,但突然间患上了一种莫名其妙的低烧,这种低烧持续了差不多一年。有时候她好像马上就要好了,发烧又突然更加严重。也许是她自己不想活下去。这是什么想法!当她去世的时候,约翰和医生就站在她的床前,他有一种奇怪的不称职感。当他年轻时,他和莉莲一起去看球赛的那个晚上,他也有过类似的相同感觉。毫无疑问,这两个女人都用一种难以捉摸的方式在指责他。

指责什么?一直有一种指责,以某种模糊的,说不清道不明的方式,在对待他的态度上,指责他的舅舅,这位建筑设计师,还有指责他的舅妈。他们把财产都留给了他,但是……这就好像他舅舅曾经说过的,好像很久以前的那个晚上莉莲也曾经说过……

如果他们说的都是同样的事情,那么他妻子格特鲁德临死前说的那些话呢?带着微笑,她说,"你对自己一直都是这么当心注意,对吗?约翰,亲爱的。你很守规则,你对自己或对别人都从不冒险。"实际上她以前生气的时候就曾经对他说过类似的话。

二

在这个离卡克斯顿十英里远的小镇上,就没有一个公园能供人走进去坐一坐。如果一个人待在饭店的周围,那么从卡克斯顿来的人也许就会走进来,"喂,你在这儿干什么?"

解释是很不方便的。他所想要的是温柔的夜色,笼罩着自己,也笼罩着他想见到的那些老朋友们。

他开始想念自己的儿子,一个十二岁的男孩。"噢,"他暗自想着,"他的性格尚未开始形成。"但是在他儿子身上有一种没有意识到别人,一种相当漠不关心的自私,一种认识不到别人,一种不健康的想从别人那里得到好处的精明。这是一件要立刻对他进行纠正的事情。约翰·霍尔登感到有点惊慌,"我要马上给他写一封信。这样的习惯要是在孩子身上扎了根,然后长大成人,以后就很难去掉。有如此之多的芸芸众生生活在这个世界上!每个男人和女人都有自己的观点。做一个有教养的人,确实地,就要意识到别人,意识到他们的希望,他们的快乐,他们对生活的憧憬。”

约翰·霍尔登现在正走在这座俄亥俄州的小镇一个住宅区的大街上,一边构思着准备写给在弗蒙特州男孩夏令营中儿子的信。他是一个每天都要写信给儿子的父亲。“我想一个男人应该这样,”他暗自想着,“他应该记住现在这个孩子已经没有母亲了。”

他来到了火车站的外围。在一片草坪的正中央,有一个圆形的苗圃,里面长着整整齐齐的绿草和鲜花。有一个火车站的工作人员,也许是个报务员,从他的身旁经过,走进了火车站。约翰跟着他走了进去。候车室的墙上挂着一面带镜框的火车时刻表,约翰站在那儿仔细地看了看。五点钟有一列火车开往卡克斯顿,另一列从卡克斯顿开出来的火车在七点四十三分经过他现在所在的小镇,这列火车是在七点十九分开出卡克斯顿的。火车站里小事务部的那个男人拉开了推拉门看着他,两个男人仅仅互相看了看没有说话,然后门又被拉上关紧了。

约翰看了一下他的手表,二点二十八分。在大约六点他就可以开车到卡克斯顿,然后在那儿的饭店吃晚饭,吃完饭后就是傍晚了,人们就会来到大街上,七点十九分的火车就要进站了。当约翰还是个少年时,有时候他和乔,赫尔曼,还有经常在一起的几个小伙伴爬上了火车前面的行李车厢或是邮件车厢,偷偷地坐上一段就到了他现在所在的小镇上。蹲伏在车门口小平台的阴暗中,随着火车车厢左右摇晃地奔驰上十英里,真是够刺激的!在秋天或春天,那时天就有点黑了,当司炉工打开炉膛门往里面添煤时,铁路两旁的田野都被照亮了。有一次约翰看到一只兔子在耀眼的亮光中沿着铁路旁奔跑,他甚至可以伸出手来俯身把它抓住。在这个邻近的小镇里,这几个男孩子走进酒吧间打落袋台球,喝啤酒。他们就靠爬上大约十点半的那列开往卡克斯顿的当地货车回家。在有一次的冒险活动中,约翰和赫尔曼都喝醉了,乔不得不帮助他们爬进一节空的装煤车厢中,后来到了卡克斯顿又帮他们爬了出来。赫尔曼呕吐了,到了卡克斯顿,当他们从货车里爬出来时,他绊了一跤,就摔在开动的火车的轮子非常近的旁边。约翰醉得没有赫尔曼那么厉害,乘其他人没注意时,他把好几杯的啤酒倒在了痰盂里。在卡克斯顿,他和乔不得不扶着赫尔曼走了好几个钟头。当约翰终于到家时,他母亲还没有睡,正担心着他。他不得不向母亲撒了个谎,“我和赫尔曼开车到乡下去,一个车轮坏了,我们不得不走路回家。”乔之所以这么能喝啤酒的原因是他是个德国人。他父亲经营着镇上的卖肉市场,家里的餐桌上整天摆着啤酒,难怪赫尔曼和约翰两人都没能把他灌醉。

火车站的旁边有一张长凳子摆在阴影中,约翰坐在那儿坐了很久,两个小时,或许三个小时。为什么不带一本书出来？在想象中，他在构思写给儿子的信。在信中他描述在卡克斯顿镇外的公路两旁的田野上的风光，提到了和那儿老朋友们的见面，提到了当他还是个小男孩时发生的一些事情，他甚至还提到了他过去的情人——莉莲。如果他现在仔细考虑了在信中想要说的话，那么等会儿到了卡克斯顿的饭店房间里，他就可以马上写了出来，不必停在那儿思考他想要说些什么。你不必总是过于挑剔你对一个小男孩所说的话，真的，有时候你应该把他作为自己的知心人，生活中的知己，使他成为你生命中的一部分。

六点二十分约翰驱车到了卡克斯顿，然后到了饭店，办了入住手续，并被带到了自己的房间。当他开车进入小镇的时候，在大街上他看到了比利·贝克。比利·贝克在年轻时就瘫了一条腿，得拖着脚在人行道上走。现在他变老了，脸上似乎布满了皱纹，憔悴不堪，就像一个风干的柠檬，而且胸前衣襟的下方点点斑斑。在俄亥俄州的许多小镇里，有些人，即使是生了病，也能活得挺长的，真不知道他们是怎么熬过来的。

约翰已经把他那部相当昂贵的小车寄存在紧挨着饭店的一个车库里。以前，在他年轻的时候，这幢楼这里曾经是个出租马车房。前面的小办公室的墙上曾画着许多著名的快步马和侧对步马的图画。老戴夫·格雷，他拥有许多的赛马，当时在经营着这个出租马车房。约翰偶尔也会去那里租上一辆马车，然后带上莉莲，沿着洒满月光的大路，驱车到乡村田野上玩。有时他们沿着一条泥泞的小路驱车前行，路两旁排列的接骨木树丛把马都拦停了下来。所有这一切都历历在目！当时他们有着多么奇怪的情感！他们没有说话，有时候他们就这么默默地坐着，俩人靠得非常近，坐了很长很长的时间。有一次他们跳下轻便马车，把马拴在栅栏上，然后一起走进刚刚割过牧草的田野。割下的牧草被扎成尖形的小堆散在田野的四周，约翰很想能和莉莲一起躺在其中的一个草堆上，但他不敢提出来。

在饭店里约翰默默地吃着晚餐。在餐厅里甚至连一个旅行推销员都没有。不一会儿，饭店老板的妻子走了进来，站在桌子旁和他谈了起来。这个饭店有很多的来往客人，但今天刚好没有生意。饭店的生意一天天都是这么单调乏味的。这个女人的丈夫是个旅行推销员，他买下这个饭店给他的妻子，是为了当他在路途中奔波的时候，他的妻子有个感兴趣的活干，因为他是如此经常地不在家！他们是从匹兹堡来到卡克斯顿的。

吃过晚饭后，约翰上楼到自己的房间。只一会儿，那个女人跟了上来。通往大厅的门都是开着的，那个女人上来就站在房间的门口。她确实长得相当标致。她只是想问一下是否一切都满意，他要的毛巾，香皂和其他东西齐全了没有。

她逗留在门口好一阵子,谈起了这个小镇。

“这是一个很出名的小镇,赫斯特将军就埋葬在这里。你应该开车去公墓,看一看他的雕像。”他想知道这赫斯特将军究竟是谁,参加过什么战争。奇怪的是他根本想不起来这位赫斯特将军。这个小镇有一座钢琴厂,还有一个从辛辛那提搬来的手表公司。谈到建起的工厂,那女人说:“他们认为在这样的小镇会少一些劳资的纠纷。”

那个女人恋恋不舍地离开,当她走过门厅时,还停了下来往回看了看。真的有点奇怪,搞得两个人都不好意思。“我希望你能住得舒适些。”她说着。一个都没有回家的四十岁男人刚回到自己的家乡就要……和一个旅行推销员的妻子,嗯,罢了! 罢了!

七点四十五分,约翰走到大街上去散散步。一走出来他就遇到汤姆·巴拉德,汤姆一下子就认出了他,对此汤姆感到很高兴。“只要我见过的人,我就永远不会忘掉,哈哈,哈哈!”汤姆吹了起来。约翰当时二十二岁,汤姆只有大约十五岁,汤姆的父亲是小镇上的主治医生。他拖着约翰,一起回到酒店里。他不断地嚷嚷着,“我一下子就认出你来,你没有变多少,真的。”

汤姆接他父亲的班也成为了一个医生,还有关于他的一些传说……约翰一下子就猜出传说的内容。两人一起走进了约翰的房间,约翰从旅行袋中拿出一瓶带来的威士忌,倒了一杯给汤姆,约翰觉得他似乎过于急切地一口气就喝光了。两人谈了起来。汤姆喝完了那杯酒后就坐在床沿边上,手上仍拿着约翰递给他的酒瓶。赫尔曼现在在经营运货马车,他娶了基特·斯英尔,已经有了五个孩子。乔现在在国际收割机公司工作。“我不知道他现在是否在镇上,他是个故障检修员,一流的修理工,是个很好的家伙。”汤姆说着,又喝了一杯。

至于莉莲,约翰用一种漫不经心的口吻提到。约翰当然知道她结了婚又离婚了,是因为与另外一个男人的某种纠葛。她丈夫后来又结婚了。现在她和她的母亲住在一起,她父亲,那位鞋商,已经去世了。汤姆说话带了些谨慎,好像在保护着一位朋友。

“我想她现在过得不错,的确是清清白白地过日子。好在她没有孩子。她有点神经质和古怪,已经是红颜不再,衰老了许多。”

两个男人走下楼梯,出了饭店,沿着大街走向属于医生的那部小车。

“我带你去逛一逛。”汤姆说。但当他正要把停在路边的车开出停放的地方时,他转过身,微笑着对他的乘客说:“我们应该来个小小的庆祝,因为你又回来了。你说来一夸脱怎么样?”

约翰递给他一张十美元的钞票,他就消失在附近的一家杂货店里,当他回来时,满面笑容。

“我用了你的名字,没关系吧,他们没有认出来。在我开出的处方里,我说你有一种普通的衰弱,需要强健身体。我推荐你每次喝一茶匙,一天喝三次。天哪,我的处方本差不多快用完了。”这杂货店是一个叫威尔·贝内特的人开的,“你或许还记得他,他是埃德·贝内特的儿子,娶了卡丽·怀亚特。”这些名字在约翰的心里已成为很模糊的记忆。“这个家伙要喝醉了,他想要我也喝醉。”约翰心里在想。

当他们的车开出镇大街,拐入沃尔纳特街时,他们把车停在两个路灯之间又喝了一杯。约翰拿着酒瓶对着嘴喝,但用舌头堵住了酒瓶口。他想起了和乔,赫尔曼他们在一起的那些晚上,他把啤酒悄悄地吐到痰盂里。他感到寒冷和孤独。沃尔纳特街是他过去常走的一条街,经常是晚上很迟了才从莉莲家走回来。他想起了当时沿街居住的那些人,一大串的名字开始从他的头脑中闪过。经常是名字记住了,但却想不起这个人的模样,他们仅仅是些名字而已。他希望这位医生不要把车拐进霍尔登家族曾经住过的那条街里。莉莲曾经住在小镇的另一个住宅区里,那个区叫“红屋区”,为什么这样叫约翰至今也搞不明白。

三

他们默默地往前开,爬过一座小山,就到了城镇的边缘,然后继续往南开,车子停在了一幢显然是在约翰年轻时候盖的房子前,汤姆按响了汽车的喇叭。

“集市广场过去就在这儿附近吧?”约翰问道。医生转过身来,朝他点了点头。

“是的,就在这儿。”他说道。他不断地按着汽车喇叭,一个男人和女人从那幢房子里走了出来,站在停在路中央的汽车旁。

“我们去叫莫德和阿尔夫,然后一起去莱尔西斯角。”汤姆说。约翰觉得自己真得被拖了进去,有一阵子他都觉得汤姆是否会介绍他。“我们弄到些走私酒。来见一下约翰·霍尔登,许多年前他曾经住在这里。”当约翰还是个少年时,就在这个集市广场,出租马车房的老板戴夫·格雷,常常在一大早就出来遛他的赛马。赫尔曼,这家伙是个赛马迷,总是梦想着将来某一天能成为一个骑手,经常也是一大早就来到约翰的家里叫他,两个男孩子没吃早饭就跑到集市广场去。赫尔曼从他母亲的配餐室拿了几块面包片做的三明治和几片冷肉。他们抄近路,边爬栅栏,边吃着三明治。在一片草坪上,他们得穿过露水很重的草地,草地鹨在他们的面前飞起。赫尔曼至少已经走到了差不多能在生活中表达他年轻时的激情的年纪,他仍然和马生活在一起,他拥有一辆运货马车。只是约翰的心里仍有点疑虑,也许赫尔曼开的是一部大卡车。

那个男人和女人上了小车,女人和约翰坐在后排,她丈夫和汤姆坐在前面,然后他们开车前往另外一幢房子。约翰已经忘掉了他们所经过的那些街道,他不时地问那个女人,“我们现在经过的是什么街?”莫德和阿尔夫也加入到他们中间,他们也都挤在后排的座位上。莫德是个苗条的女人,大约二十八九岁,金色的头发,一双蓝眼睛。她似乎马上就想讨好约翰。“我占的地方不会超过一英寸。”她边说边笑着,挤在约翰和第一个女人之间,那个女人的名字约翰后来就忘掉了。

约翰很喜欢莫德。小车沿着沙砾公路开了大约十八英里,他们到了莱尔西斯农舍,这幢农舍现在成了就在路边的房子,接着他们都从车里走了出来。莫德一路上几乎是默不作声,但她坐得紧靠在约翰身上。约翰感到寒冷和孤独的时候,他很感激莫德苗条身体的温暖。莫德偶尔会对他说一两句近乎窃窃私语的话,“夜色多美啊!哎呀,我就喜欢在这样的夜色中出来。”

莱尔西斯角在萨姆森河的拐弯处,这是一条小溪,约翰少年时偶尔跟父亲来这儿远足钓鱼。后来他又和一大帮的朋友及他们的女朋友来过这里几次。当时他们开着格雷的破公交车出来,来回的旅程就要花上好几个小时。晚上回家的路上,他们扯开嗓子放声高歌,其乐无穷,惊醒了沿途正在睡觉的农场主们。不时地有些人走下车去,散步一段路。当其他人没有看到时,这可是亲吻自己女朋友的好机会。只要走快一点点,他们就能很容易地赶上那辆破公交车。

一个长得相当肥头胖脸的,名叫弗朗西斯科的意大利人拥有了莱尔西斯角。这里有一个舞厅和一个餐厅,如果你晓得其中诀窍的话,你就能弄到酒喝。很显然,这位医生和他的朋友们是这里的老顾客了。他们立刻宣布约翰不能再买任何东西,事实上,这个公告是在约翰准备买东西之前做出的。“你现在是我们的客人,你别忘了这一点。等以后我们去了你的城市,那时也是这样好了。”汤姆说着,他笑了起来,“这使我想起来了,我忘掉了给你的找头。”他说着,递给约翰一张五美元的钞票。从杂货店买的那瓶威士忌酒在出来的路上就喝光了,除了约翰和莫德,大家都尽情地喝了一通。“我不喜欢这东西,你呢,霍尔登先生?”莫德边说边吃吃地笑着。在出去的途中,有两次她的手指不知不觉地轻轻地碰到了约翰的手指,每次她都要道歉。“噢,真的请你原谅!”她说。约翰觉得有点像回到早些时候傍晚的感觉,饭店的那个女人站在他房间的门口,而且好像很不愿意离开似的。

到了莱尔西斯,他们都从车里出去后,约翰突然觉得有种奇怪的,不舒服的苍老感觉。“我跟这些人来这里干吗?”他不断地问自己。当他们走进通明的灯火中时,他偷偷地看了一下自己的手表,还不到九点。其他几辆车,绝大多数都是从耶林顿来的,医生站在大门之前解释道。当他们喝了几杯很淡的意大利红葡萄酒后,除了莫德和约翰,这伙人都跑进舞厅跳舞去了。医生把约翰拉到一边,悄悄地对他耳语,"别去理睬莫德。"他匆匆地解释道,阿尔夫和莫德吵了一架,已经好几天没有互相说话了,虽然他们都住在一个屋子里,在同一张饭桌上吃饭,睡在同一张床上。"阿尔夫觉得她对男人太放肆,"汤姆解释道,"你最好小心一点。"

当其他人都去跳舞时,约翰和莫德走了出来,带了不少的酒,他们一起坐在房子前面的草地上的一棵树下的长凳上。汤姆弄到不少的威士忌,"这是非法酿造的威士忌,但却是相当好的酒。"他宣称。头顶上夜空晴朗,繁星闪烁。当其他人正在跳舞的时候,约翰却扭过头去,看着公路的对面。透过排列在堤岸边的树影,萨姆森河的水面上映出满天的星斗。从房子里射出的一束灯光正好落在莫德的脸上,在灯光中那张脸显得十分可爱,但近看时,却相当的逞性子。"这是个被宠得一塌糊涂的孩子。"约翰在想着。

她开始问他在纽约城里的生活。

"我曾经去过那儿,但只待了三天。那时我正在东部上学,我认识的一个女孩住在那儿,她嫁给了一个名叫特里根的律师,或相类似名字的人。我想你不认识他。"

这时她的脸上显出一种渴望的,不满足的神情。

"天哪! 我很想住在像那样的地方,而不是在这个鬼地方! 那里的男人更会引诱我。"当她说这话时,又咯咯地笑了。在夜色中,他们有一阵子穿过尘土的公路,站在河边好一会儿,但在大家跳舞结束之前又回到长凳子上。莫德固执地拒绝去跳舞。

十点半,其他的人又喝了一点酒后,他们开车返回镇里。莫德又是坐在约翰的身边,车在行驶中阿尔夫就睡着了。莫德苗条的身子紧压在约翰的身上,两三次徒劳的动作之后,约翰没有作出什么特别的反应,她大胆地把自己的手放在约翰的手中。另一个女人和她的丈夫在和汤姆谈论着他们在莱尔西斯见到的那些人,"你觉得范妮和乔之间有没有勾勾搭搭? 不,我认为她还是很正直的。"

他们到达约翰住的饭店时已经十一点半了,向所有的人道了晚安后,约翰走上楼梯。阿尔夫已经醒了,当他们正在告别时,他从车里探出身来,靠得很近地盯着约翰。"你说你叫什么名字来着?"他问道。

约翰走上黑暗的楼梯,坐在自己房间的床上。莉莲已经失去了往日的容貌,她结过婚,她丈夫又和她离婚了。乔是一个检修技工,他在国际收割机公司工作,是个一流的机械手。赫尔曼成了一个马车夫,已经有了五个孩子。

在约翰隔壁房间的三个男人正在打扑克,他们边谈边笑,声音很清晰地传到约翰这边,“你认为是这样,是吗?嗯,我会证明你错了。”温和的争吵开始了。由于是夏天,约翰房间的窗户都开着。他走到一扇窗户前,站在那儿朝外看,月亮已经升起来了,他能看清下面的一条小弄。两个男人从大街里走过来,站在小弄里,悄悄地在说着什么。他们走了以后,两只猫沿着屋顶爬过来,开始了一场亲亲热热的情景。隔壁房间的游戏已经停止了,约翰在小弄里都能听到他们的说话声。

“好啦,忘了吧,我告诉你们,你们两个都错了。”约翰想起了在弗蒙特参加夏令营的儿子,“我今天还没有给他写信呢。”他感到有些内疚。

打开旅行袋,他拿出纸来坐在桌子旁开始写信。但尝试了两三次后,他又放弃了,把纸放在了一边。在莱尔西斯,当他和那个女人一起坐在那条长凳上时,夜色是多么的美好!现在这个女人正在和她的丈夫一起在床上,他们之间相互不说话。

“我能做这事吗?”约翰问自己,这时,今天晚上的第一次,他的脸上出现了微笑。

“为什么不呢?”他问自己。

拎着旅行袋,约翰穿过黑暗的小弄,走进饭店的办公室,开始敲打一张桌面。一个留着稀疏红头发的胖老头,睡眼惺忪地不知从那儿钻了出来。约翰向他解释道。“我睡不着,我想还是继续赶路,我要去匹兹堡。既然我睡不着,我想还是开车去吧。”他付了账单。

然后他叫这个店员去叫醒看车库的那个人,并另外给了他一美元。“如果我需要汽油,这里哪个地方有开门?”他问道。但很显然那个人没有听到,也许他认为这个问题太可笑。

约翰站在饭店门口的人行道上,沐浴在月光中。他听到那个店员大声的敲门声,很快地就听到了里面的回应声。接着他的车前灯亮了,小车开了出来,是一个男孩子开着,这个男孩子看起来非常活跃和机敏。

“我看到你出去去莱尔西斯。”他对约翰说,没人叫他,他自己走去看了一下油箱。“没关系,你这里还有差不多八加仑。”他叫约翰放心,而约翰这时已经坐在了自己车的驾驶位上。

多么怡人的小车,多么愉快的夜晚!约翰是个不喜欢开快车的人,但他却以非常快的速度开出了小镇。“走过两个街区,然后往右拐,再过三个街区,然后就上了水泥路。一直往东走，你会找到的。”

约翰以赛车的速度拐来拐去，到了小镇的外边，他听到黑暗中有人叫他，但他没有停下来。他急切地拐上向东的大路。

“我要原谅她，”他想着，“天哪！这真有意思！我要原谅她。”

她在那儿——正在洗澡

又是无所事事的一天,这真让人发疯。早上跟往常一样去办公室,晚上按时回家。我和妻子住在纽约市的布朗克斯区的一套公寓里。我比妻子大十岁,我们还没有孩子。我们的公寓在二楼,门口只有一条很窄的楼梯走廊供整幢居民使用。

要是我能断定自己是否是一个傻瓜,一个突然变得有点发疯的人或者荣誉已经确实受到诋毁的人,那我就是一个什么毛病都没有的人。今晚,在办公室里发生了一些很不寻常的事情之后,我回到家里决定把这一切都告诉我的妻子。“我会告诉她并观察她的脸色,如果她的脸色变得苍白了,那么我将知道我所有的猜疑是对的。”我暗自思忖。在过去的两周之内我的一切都改变了,我已不再是往日的我。比如,我过去从不使用“苍白”这个单词,它是什么意思呢?当我不知道这个词的意思时,我怎么能辨别我妻子的脸色是否变苍白了。这肯定是我小时候在一本书上看过的单词,也许是一本侦探小说。但等等,我知道它怎么会突然出现在我的脑海里。

但这并非我要开始告诉你的事。今晚正如我所说过的那样,我回到家并走上楼梯,往我们公寓走去。当我走进家门,我粗声大气地对妻子说话。“亲爱的,你在做什么?”我问道,我的声音听起来有点怪。

“我正在洗澡。”妻子回答。你瞧,她在家里正在洗澡,她在那儿。

她总是假装很爱我,但看看现在的她,我有在她的心中吗?她的眼里还有一丝的温存吗?当她走在大街上的时候会想念我吗?

你看她正在笑,因为有一个年轻的小伙子刚从她身边经过,他是一个身材魁梧,留有小胡子的家伙,正抽着一根香烟。现在我问你——他是不是也像我一样,是一个男人,能以一种方式保持着整个世界的运转。

我曾经认识一位惠斯特纸牌俱乐部的总裁,不错,他算是一个大腕,人们都想知道怎么玩惠斯特,他们就写信给他。“如果最后在三张牌打掉后,坐在我右边的人还剩三张而我只有两张,等等,等等。”

我的朋友,这人就是现在我所说的,查明了这件事情。“在四百零六条规则中,你将看到,等等。”他写信回答。

我认为他在这个世界上是一个了不起的人物,他帮助事物保持发展,我很尊敬他,过去我们常在一起吃午饭。

但我现在有点讲离题了,我现在所想到的这些人,都是些夜郎自大的年轻人,走过大街时向女人献媚眼,他们想做什么呢?他们捻着他们的小胡子带着手杖。而一些诚实的人也在支持他们,他们的父亲想必是某种傻瓜吧。

于是有一个这样的家伙在大街上走着时,他遇到一位女人,像我妻子这种女人,一个诚实而没有太多生活经验的女人。他笑了,眼睛里含着一种温柔的目光,这种骗子,这只是种乳臭未干的小儿胡闹。

这些女人又怎么会明白呢?她们还是一些小孩子,什么都不懂。有一个人在某处的一个办公室里上班,保持工作正常运转,但她们会想到他吗?

事实上女人都是爱奉承的,如果那种只有她的丈夫才会珍惜和给予的温柔眼神被她们丢弃了,那就天晓得将会发生什么事。

唉,如果我要告诉你那个故事,那就让我开始吧。到处都有一些男人侃侃而谈却毫无意义。我担心自己也正在成为他们那种人中的一员。正如我所告诉你的那样,我晚上从办公室回家并站在我们公寓的走廊上,刚进门我就问妻子她正在做什么,接着她回答我说她正在洗澡。

很好,这个时候,我像个傻瓜,应该出去到公园里散步。我这样没有坦诚地面对一切,对我来说是没有用的。一个人只有坦诚地面对一切,那所有的事情也就能弄清楚明白了。

啊哈,那个邪恶的念头又进入我的思想。我告诉自己应该保持冷静沉着,但是我无法冷静。事实上我正在越来越生气。

虽然我是一个个头矮小的人,但是我可以告诉你,一旦被惹火了,我也会打架。当我还是个小孩时,我曾经在学校的院子里,与一个男孩子打架,他把我打成了熊猫眼,而我也打掉了他的一个门牙。“如此这样,这样……现在我已经将你按到墙上,我要弄乱你的小胡子,把手杖给我拿过来,我将把它在你的头上敲断掉,我并不打算杀了你,年轻人,我只想维护我的荣誉。不,我不会让你走的,如此这样，这样……当你下次在大街上见到一位受人尊敬的已婚女人，走进了一家商店，人家举止文雅，你可别用温柔的贼眼看着她。你最好上你的班去，找一份在银行的工作，努力工作上进。你说我是一只老山羊，我将证明老山羊会撞人的。如此这样，这样。”

好啦，你读到这里肯定也会以为我是一个傻瓜。你会大笑，微笑地看着我。你正在这个公园里散步，牵着一只狗。

你的妻子在哪里？她又在做什么呢？

是的，假定她正在家里洗澡，她在想什么呢？如果她正在做白日梦，一边在洗澡，那一边会想念谁？

我要告诉你的是，当你一个人牵着那只狗散步时，你也许没有任何理由去怀疑你的妻子，但你和我是处在同样的处境中。

她在家里正在洗澡，而我一整天都坐在办公桌前思考着这些想法。在这种情况下，我绝对无法轻率镇静地离开，然后去洗个澡。我崇拜我的妻子，哈哈，如果她是清白的。我喜欢她，当然作为一个丈夫本该如此。但是如果她是有罪的，我甚至更崇拜她。这是多么的勇敢，多么的心胸宽广！就在这段时间里，她对我的态度有些高傲，几乎是胆大包天。

现在对我来说昨天、今天、明天，几乎每天都一样。唉，你看，我已经坐在这儿一整天了，抱着自己的脑袋想啊想。但当我正在这样犯愁时，她已经在到处逛街了，和往常没什么两样。

今天早上她起了床，就坐在丈夫对面吃早餐，那个人就是我。丈夫去上班去了，现在她正在和我们家的保姆说话，她要去逛商店，她在做针线活，也许是为我们家的窗户做几条新窗帘。

你有这样的女人，就像当年罗马正在燃烧时，尼罗皇帝还在拉小提琴，而他的心里就有一个这样的女人。

如果一个妻子已经背叛了她的丈夫，她会很快乐地离去，比如说，她已经投入了一个花花公子的怀抱。他会是谁呢？他应该会跳舞，会抽烟。当他和朋友们在一起时，这些朋友也都是一丘之貉，他总是得意洋洋。“我搞到了一个女人，”他说，“她虽然不是很年轻，但她爱我爱得死去活来，这太容易了。”我在火车上的吸烟车厢，和其他地方都听过这类家伙的这种谈话。

如果有一个人像我这样为人丈夫，他还能平静下来吗？他还能打起精神吗？他还能耍酷吗？他的荣誉也许正在受到诋毁。他坐在办公桌前，抽着一根雪茄，看着人来人往，思绪万千。

他在想什么呢？想的都是她。“她现在是仍然在我们的那套公寓里呢，”他想，“还是正在街上散步？”你对妻子的秘密生活知道多少？你对她的想法了解多少呢？好了，嘿！你的手插在口袋里，嘴上还叼着烟斗，对你而言，你生活中的一切都非常好。你们是幸福快乐的。“这有什么关系，我的妻子正在家里洗澡。”你在想着。你在日常生活中，比如说，是一个有用的人，你出版书籍，你经营一家商店，你撰写广告词。时常你还在想：“我将自己的负担转移到别人的肩上。”那会使你感觉良好。我对你表示同情。如果让我或者我应该这样说，如果我们能在我们的正常工作的正规业务中相识，我敢说我们肯定是非常好的朋友。

好了，我们会在一起吃午餐，虽不会经常，但偶尔会。我会告诉你一些不动产的经营，你会告诉我你正在做什么。“我很高兴我们能相识，打电话给我。在你离开前，抽根雪茄吧。”

这对于我是非同寻常的。比如我今天一整天都待在办公室里，但我没有干活。一个男人走进来，是一位叫奥尔布赖特先生。“嗨，你准备让你的财产卖掉还是想保留住呢？”他说。

他指的是什么财产呢？他正在说什么呢？

你自己会明白我所处的状况是什么样的。

现在我必须回家，我的妻子应该洗完澡了。我们将坐在一起吃晚餐，我说的所有一切都不会被提起。“约翰，你怎么啦？”“啊哈，没什么，我只是有点担心生意上的事。一位奥尔布赖特先生来到我的办公室，问我应该是卖掉还是留着。”其实在我心中的真正的事情完全没有被提起。我会变得有点紧张，咖啡会洒到桌布上，或者我将吃不下甜食。

“约翰，你怎么啦？”多么冷淡的问话，正如我说过的那样，她是多么的不在乎我。

这有什么关系？关系重大。

一周、两周，确切地说，就在17天前，我还是一个很幸福的人，我做自己该做的事情。早晨我坐地铁去我的办公室，要是想买一辆小车的话，我早就可以买了。但没有买，很早以前，我妻子和我都认为不应该如此愚蠢的奢侈。确切地说，应该是在十年前，我在生意上失败过，并且不得不将一些我的财产转移到我妻子的名下，我把一些文件带回家给她签了，这件事就这样解决了。

“喔，约翰，”我妻子说，“我们不会为自己购买任何汽车的。”这是在那件事发生之前，我感到很不高兴。我们当时正一起在公园里散步。“我们要不要买辆车，梅布尔？”我问道。“不，”她回答，“我们不会买车的。”“我们的钱，”她说过至少上千次,“对我们的今后是一种安慰。”

确实是一种的安慰,可现在这样的事情都已经发生了还能谈得上安慰吗?

就只有这么的两周,更多一点的时间,刚好 17 天以前,我就像今晚这样从办公室回到家里,当然,我走的是同样的街道,经过同样的商店。

当那位奥尔布赖特先生问我是否打算卖掉那些财产或保留着的时候,我感到迷惑不解。我含含糊糊地回答了他。“再说吧。”我说。他所指的财产是什么呢?想必我们先前有过一些关于这件事的谈话。只有一面之交的人不会来到你的办公室,随随便便地和你谈论财产事宜。也许有人会以这种熟悉的态度和你说话,但之前肯定有过相关的谈话。

正如你所知道的,我仍有一些迷惑不解。即使我现在正面对这些事情,但与你想的一样,我还是感到有些困惑。今天早上我在浴室里,像往常一样刮胡子,我通常在早上刮胡子,而不在晚上,除非我和妻子晚上要出去。我正刮着,修面刷掉在地上了。我弯下腰去捡起来时,头碰到了浴缸上。我只要告诉你这些就说明我的状态如何了。我的头上碰出了一个很大的包,我妻子听到我的呻吟声,就问我怎么了。“我的头碰了。”我回答。当然,当一个人知道浴缸在那儿时,完全有能力使自己的头不被碰到。而什么样的人不知道自己家的浴缸在那个位置呢?

但现在我又想起所发生的一切,以及到底是什么让我心烦意乱到这种地步。就是在 17 天前回家的那个晚上,是的,我一个人沿街走着,一路上并没有想什么。当走到我们的那幢楼时,我走了进去,在狭小的楼道前的地板上,我看见一张粉红色的信封,上面有我妻子的名字,梅布尔·史密斯。我捡起来时想,“这真是奇怪了。”信封有香水味,但并没有写明地址,只有出自一个大胆的男人手笔写着的名字:梅布尔·史密斯。

我很自然地打开信封看了起来。

十二年前,在韦斯特利先生家的一次聚会上,我第一次见到了我的妻子。从那以后我们之间再没有任何的秘密可言,至少一直到 17 天前的那个晚上,我站在这个小走廊的时刻。我从没有想过在我们之间会有任何秘密。我总是看她的信,同样,她也总是打开我的信,我相信在一个男人和他的妻子之间应该是这样的。我知道会有一些人不同意我的这个观点,但我总是据理力争,证明我是对的。

我和哈里·塞尔弗里奇一起去参加那个聚会后,就带我的妻子回家,我建议叫一辆出租车。

“我们要叫辆出租车吗?”我问她。“不,”她回答,“我们走路吧。”她是一个家具生意人的女儿,在我们结婚之前,她老爸就死了。大家都认为她老爸会给她留下一些财产，其实并没有。结果竟然是她老爸几乎所有的财产都已经抵债给在大拉皮兹的一家公司。有些人肯定会很失望，但我不会。“亲爱的，我要娶你是因为我爱你。”她父亲死的那天晚上，我对她这样说。我们从她家走路到我家，她的家也在布朗克斯。那天晚上下着小雨，但我们并没有淋得很湿。“我是因为爱你才和你结婚的。”我说。我所说的都是真心话。

再回到这封信上，上面写着：“亲爱的梅布尔，星期三，当那个讨厌的老家伙走了的时候，到公园里来，在以前我们见过面的那个动物笼子边的长凳子上等我。”

署名是比尔，我把它塞进口袋里，就上楼去了。

当我走进家门时，我听见一个男人的声音，那声音好像是正在催促我妻子做什么。当我进去时，声调改变了吗？我大胆地走进我们前面的房间，我的妻子正面对着一个年轻的男人坐着。那人坐在另一张椅子上，个头很高，还留着一撮的小胡子。

这个男的正在假装向我的妻子推销一种有专利的扫地毯机。其实都一样，当我在角落的一张椅子上坐下来时，大家都坐在那儿不说话。他们俩变得不自然起来。事实上，我的妻子确实很兴奋，她从椅子上站起来，大声地说：“我告诉你，我不想要什么扫地毯机。”

那个年轻人站起来就向门口走去，我跟在他后面。“那么，我只好离开这里。”他在想着。他原本打算留一封短信给我妻子，约她星期三在公园里见面，但在最后时刻，他决定冒险到我家里来。他所考虑的很可能就是这样：“她丈夫可能会回来，从信箱里得到那封信。”就这样，他决定来见她，却非常意外地把信丢在了走廊上。现在他很害怕，谁都能看出来这一点。像我这样的男人，虽然个头矮小，但有时我们还是会打架的。

他急匆匆地走出我的家门，我也跟着到了走廊。这时另外一个年轻的男子从楼上走下来，同样手上也提着一台扫地毯机。他们带着这种便携式的扫地毯机是这一代年轻人想出的相当狡猾的诡计。但我们这一代的老家伙就没有那么好哄骗了，我很快就看透了这一切。那第二个年轻人是他的一位同党，隐藏在走廊里，我回家时他就可以警告第一个年轻人。当然，我走上楼时，那个年轻人正假装向我的妻子推销扫地毯机。也许那第二个年轻人就是在楼上，用扫地毯机的把柄敲击地板来提醒另一个人，因为我想起确实记得有听到过这样的敲击声。

但是在那时候，我不像以前做过的那样，把所有的事情都考虑周到。我背靠着墙站在走廊里，看着他们下楼去。其中一个人转过身来朝我笑了笑，但我什么都没说。我认为我本应该走楼下去追赶他们，并向他们俩发出打架挑战，但我所想的是，“我不会。”

毋庸质疑，正如我原先猜疑的那样，正是那个年轻人在假装推销扫地毯机时，我已发现他和我的妻子坐在我的公寓里，就是他丢了那封信。当他们从房前的走廊走下去时，被我发现和我妻子在一起的那个男人开始摸他的口袋。这时，我靠在栏杆上，看见他正在走廊上寻找着。他笑着说：“嘿，汤姆，我有一封给梅布尔的信放在口袋里，本打算到邮局买张邮票寄给她，可我忘记了那条街的号码。”“哦，那好。”我心想。“我想去见她！可我不愿意撞上那个讨厌的老家伙，她的丈夫。”

“你已经撞到他了。”我在想，“现在，我们走着瞧，看谁最后将会胜出。”

我走回公寓里，关上了门。

过了很久，也许有十分钟，我都一直站在我刚才走进门的地方，不停地思索着，就像我原先一直在做的那样。三番两次地，我试着想对妻子说话，叫她出来，质问她，立刻查明这个可怕的真相，但我却说不出口来。

我该怎么办呢？是否应该走向她，抓住她的手腕，强迫她坐在椅子上，冒险使用个人暴力让她招供，我问自己这个问题。“不行，”我思忖着，“我不能那样做，我得讲究策略。”又过了很久我一直站在那儿想着，我感到周围的世界都已经崩溃了。当我想说话时，话到了嘴边又咽下去，说不出口。

最后，我确实相当平静地说了。我的身上有着阅历丰富的上流人的高贵品质，当被迫面对某种情况时，我就能体现出来。我以一种很平静的声音对妻子说：“你在做什么？”“我正在洗澡。”她回答。

于是我只好离开家里，来到现在这个公园，绞尽脑汁，就像今晚我所做的那样。就在那个晚上，就在我一出我们家的门口那一刹那，我已经决定做几件从小都没做过的事。我发誓我是一个非常虔诚的人。我和妻子有过许许多多次的争论，是关于一个生意人是否应该与做这种事的人搞交易。也就是说，与这些会发誓的人。“我不能拒绝向一个人销售一部分财产是因为他会发誓。”我常这样说。“是的，你会的。”我妻子说。这只能说明女人们对生意的事一无所知，我一直都认为自己是正确的。

我还认为我们男人还必须保护我们的家以及家庭生活的完整。在头一个晚上我一直散步到晚餐时间，然后才回家。我已经决定目前不说任何事，这也是为了保持家庭和睦和使用策略。但在吃晚餐时，我的手在发抖，把甜食洒落到桌布上。

一周以后，我去找一位私家侦探。

但起初还发生了一些事情。在星期一的傍晚我发现了那封信，直到星期三我都无法安静地坐在办公室里。我一直在想,那个狂妄的年轻人也许正在和我妻子在公园里幽会,所以我要亲自去那个公园看看。

果然,我的妻子在那儿,坐在靠近动物笼子的一张长凳上织一件毛衣。起初我认为自己应该隐藏到灌木丛中去,但我却直接走向妻子坐的地方并坐在她的旁边。“真巧啊,什么风把你吹到这儿来呢?”妻子笑着说,她用惊讶的眼神看着我。

我是要告诉她还是不告诉她呢?这对于我来说是一个举棋不定的问题。“不,”我告诉自己,“我不会说的,我要去见一个侦探。毫无疑问我的荣誉已经受到了诋毁,我要查明这一切。”

我天生敏捷的头脑使我得以解围。我直接盯着她的眼睛说:“这里有一份文件要签字,而我有充分的理由相信你应该在这个公园里。”

话一出口,我就恨不得咬断自己的舌头。不过她并没有注意到什么,于是,我从口袋里取出一份文件,递给她我的钢笔要她签字,她签完后我就赶紧离开了。我原本还想或许应该多停留一阵子,也就是说躲到远一点的地方,但算了,我决定不那样做。毫无疑问,他有他的同党在监视着我,我暗自叮嘱自己。

于是,在第二天的中午,我去了那家侦探办公室。他是一个大块头,当我告诉他我的要求时,他笑了,“我理解,”他说道,“我们有许多这样的案例,我们会查明那个家伙。”

因此,你知道,就这样,一切都安排妥当了。但是,这不仅要花费我相当多的钱财,而且我的家又要被监视,我还要去听取所有的报告。说实话,当我把一切都计划好了时,我对自己感到羞愧。那个侦探局的人,还有几个人站在周围,他送我到门口,用手拍了拍我的肩膀。由于某种原因,我无法理解,这使我快发疯了。他不停地拍我的肩膀,似乎我是一个小孩子。“别当心,我们来处理所有的事情。”这就是他说的。这说的是没错,公事公办,但由于某种原因,我很想用我的拳头猛击在他的脸上。

那就是我的方式,你知道,我对自己真的琢磨不透。“我是一个傻瓜或者是大丈夫中的一员?”我不断问自己,但我无法得出结论。

我和那个侦探筹划好了之后,我回到了家里,但那个晚上一整夜我都无法入睡。

说真的,我开始希望自己从没有发现过那封信,我认为那是我的过错,或许这使我有失大丈夫所为,但那是事实。

好了,你知道,我无法入睡。“如果我没有发现那封信,不管我妻子做了什么,至少现在我能睡得着。”这是我暗地里想的。这真可怕。我真为自己所做的那些事感到惭愧,同时也为自己会感到惭愧而惭愧。我所做的是任何一个美国真正的男子汉都会做的事,我就是这个样子。我失眠了。晚上我每次回到家总是在想:“那边有个男人站在树的旁边,我敢肯定他是一个侦探。”我一直在想着在侦探局里的那个家伙,他轻轻地拍着我的肩膀,而且每次我想到他,我就变得越来越疯狂。我很快觉得他比那个假装向梅布尔推销扫地毯机的年轻人更加可恨。

而且我当时还做一件最愚蠢的事。一天中午,刚好是一周前,我想到另一种办法。当我在侦探局时,我看见有好几个人都站在那儿,但没人向我介绍他们中任何一个。那么我想:“既然如此,我将到那儿假装去收我的报告,如果我雇用的那个人不在那儿,我将再雇用另一个人。”

后来我真的去了。我到了侦探局,果然我雇用的那个人不在。另一个家伙坐在桌子旁,我向他做了个手势,我们俩就走进里面办公室。“听着!”我低声说道。你知道,我已经决定去假扮我就是那个正在毁灭自己家庭生活的人,正在诋毁自己的尊严的人。“我说得够清楚了吗?”

唉,你知道事情就像这样子,我必须睡点觉,不是吗?在前天晚上,妻子对我说,“约翰,我觉得你最好出去度一个短假,给自己放松一段时间,忘掉生意上的事。”

你知道,如果她在另外时间说这话那将会是非常动听的,但现在这只会让我比以往更加的难过。“她希望我别碍她的事。”我这样想,在那一刻,我真想跳起来告诉她我所知道的一切。但我仍然没有说出来。“我就是要保持沉默,我要使用计谋。”我在想。

一条相当好的计谋,那就是我在侦探局又雇用了第二个侦探。我巧妙地编造着,并假装自己是我妻子的情夫。那个人一个劲地点头,我一直低声地说话像个大傻瓜。是这样的,我告诉他有一个叫史密斯的人雇用了一名侦探监视他的妻子。“我有充分的理由,要让他得到他的妻子一切都很好的报告。”我说,然后把一些钱从桌上推给他,我已经变得对钱完全不在乎了。我接着说:“这是50美元,当他从你的办公室得到这样的报告时,你来找我,那时你或许还有200美元的报酬。”

我把一切都考虑周到了。我告诉第二个人我的名字叫琼斯,与史密斯在同一个办公室工作。“我和他一起做生意的,”我说,“你知道,他是一个沉默寡言的伙伴。”

然后,我走了出去,当然,他与第一个人一样送我到门口,并轻轻拍了拍着我的肩膀。这是我最难以容忍的事,但我忍了下来。一个人必须睡觉。

当然,今天,那两个人在先后五分钟内都来到我的办公室。当然,是第一个人先来,他告诉我,我的妻子是清白的。“她就像小羊羔一样纯洁,”他说,“我祝贺你有一位如此纯真的妻子。”

随后我把钱付给他,并后退几步,这样他就不能拍到我的肩膀了。他刚刚关上门,接着另外一个人就进来要找琼斯。

而我又不得不也接见他,并给他两百美元。

于是,我决定回家,就离开了办公室。我走在同一条大街上,自从和妻子结婚后,我每天下午都要走过这条街回家。到了家,我走上通往家里的楼梯,一切就像我刚才跟你描述过的那样。我仍然无法断定自己是否是一个傻瓜,一个变得有点发疯的人,一个荣誉受到诋毁的人。但不管怎样,我知道附近再没有任何侦探了。

我现在想的是我要回家,将一切向妻子坦白。我要告诉她我的猜疑,而后观察她的脸色。正如我前面说过的,我打算观察她的脸色。当我告诉她我在楼下的走廊里捡到那封信时,看一看她脸色是否变苍白了。“苍白”这个词,刻录在我的脑海里是因为在我孩提时代,我曾经在一本侦探故事中读到过,而且我还一直和侦探打交道。

因此,我打算降服我的妻子,迫使她自己坦白,但是你知道结果会是怎样的。当我回到家中时,屋里静悄悄的。起初我还以为家里没人。“她会不会和他私奔了?”我问自己,或许我自己的脸色有点变苍白了。

“你在哪里,亲爱的,你在做什么呀?”我发出响亮的喊叫声。她告诉我她正在洗澡。

于是我就走了出来,来到了这儿的公园里。

但现在我必须回家了,晚餐正等着我呢。我觉得很疑惑,在奥尔布赖特先生头脑中的财产是指什么。在我坐下来和妻子共进晚餐时,我的手还会发抖,我还会把甜食洒落在桌面上。一个人不会来到你家里,不会以一种无礼的态度谈到财产的问题,除非在这之前我们有过相关的谈话。

打　架

这个男人,他是这里的客人,从花园里出来,走向房子的门廊。他的嗓音模糊且平和,个头却相当大。他立刻就开始谈了起来。

这幢房子的主人,名叫约翰·怀尔德,他尽力地显示出一副有礼貌的样子。"我现在还得听他更多的急促不清的诉说,他正尽量显得有礼貌。"

这个客人所说的实际上等于没说。他说到落日,因为房子的门廊是朝西的。是的,是的,那儿能见到落日。在花园的另一端有一堵灰色的石头墙,远处,有一座小山,小山的山坡上有几棵苹果树。

这个客人的名字也叫怀尔德,艾尔弗雷德·怀尔德,他和约翰是堂兄弟。

他们兄弟俩都是长得结结实实的汉子。约翰·怀尔德是个律师,他的堂兄是个科学家,在另一个城市,为一家大型制造公司做某种实验工作。

两个堂兄弟已经几年没见面了。艾尔弗雷德·怀尔德的妻子和女儿在欧洲,她们正在那儿度暑假。

两人多年来一直没有通信往来。他们俩都是出生在美国中西部的一个小镇上,从小就住在同一条街上。

两人的关系素来有些别别扭扭的,当他们还是小男孩时,就老想打架。

但他们从来没打成,两人的家里还有其他的兄弟姐妹,他们总是在一块玩耍,圣诞节时他们还互相赠送礼物。看起来他们之间还有堂兄弟姐妹的情感,有人也总是这么推测的。一群傻瓜!

两家曾经有一次合起来一块过圣诞节,约翰不得不买了一件礼物送给艾尔弗雷德,艾尔弗雷德也只得买一件礼物送给约翰。

那天在约翰·怀尔德家里,两个人都已经将近五十岁了。当艾尔弗雷德在谈论落日时,约翰正在想着他少年时的圣诞节。

当时在那条街上还有一个男孩,他养了一条狗和几只小狗。他跟约翰特别好,就送了一只小狗给约翰。约翰非常高兴,就把小狗带了回家。

但约翰的母亲不喜欢养狗,她不让约翰养这只小狗。约翰抱着这只小狗眼泪汪汪地站在那儿,他母亲命令他把小狗送回到原来的地方去。最后,约翰想到了个主意。

约翰的母亲知道约翰的堂兄艾尔弗雷德想要一只小狗,约翰可以养一段时间,然后把这只小狗作为圣诞礼物送给堂兄。这是一个令人高兴的好主意,这个主意是自己蹦出来的,他根本就没有打算这样做。

他可以把小狗养在家的附近,他母亲会慢慢地喜欢上小狗的。当他说他要把小狗送给他堂兄时,他觉得自己就像一个在暴风雨中的船长,他正在把船开进最近的港口,准确地把握住时机救了一艘船,或者说救了一只小狗。

他是在那年的晚秋得到这只小狗的,他把小狗养在房子后面的马车棚里。

他一天要去看他的小狗二十次,有时候晚上还从床上悄悄地爬起来去看一下他的小狗。

他母亲漠然置之,这只小狗对她来说毫不碍事。约翰有了另外一个主意,他可以和小狗建立起感情,以致当他把小狗送给堂兄,被带到堂兄家时,小狗却不肯待在他家。

小狗会不断地跑回家来,最后,他母亲会让步的。

约翰听过许多关于狗的忠诚的故事。你一旦和一只狗建立了感情,它就永远不会离开你。如果你死了,它也会来到你的坟墓前哀号不止。

当约翰想到艾尔弗雷德拥有这只小狗时,他就觉得自己快要死了,他曾经想到去死。

如果他死了,小狗会报复他母亲的,是啊,一个死去的男孩被埋葬在雪堆中,雪堆在他的坟墓上。一只死去的小狗躺在坟墓的旁边,它死于悲伤。每当约翰想到此情此景,泪水就从眼中滚落下来。

正如前面所提到的,约翰在那年秋天得到了这只小狗,在圣诞节他不得不把小狗给了他堂兄。艾尔弗雷德给了他一块带链子的便宜挂表,这也不真正是他的礼物,是他父亲出钱买的。

艾尔弗雷德把小狗带了回家,约翰等待着,但小狗却没有跑回来,约翰开始恨这只小狗。

约翰断定艾尔弗雷德把小狗关了起来,因此就走去看看,当他到堂兄家时,堂兄不在家,溜冰去了。

但小狗却在院子里。约翰喊了它的名字,它却不过来,它只是站在那儿摇着尾巴,然后它吠叫起来,好像约翰是个陌生人似的。

约翰心里恨着这条狗离开了。他对堂兄的憎恨在心里一直就是个不讲道理的东西,他常为这东西感到羞愧。

小狗渐渐地长成了大狗,这是一条牧羊犬。

有一天约翰在城镇附近的一个田野里,当时他十六岁,带着一把枪,这是他父亲的,他出来是想打野兔。

他在一片小森林中,突然,在附近的一个田野上,他看到了那只狗。约翰认定它现在已长成一只浑身长满粗毛,丑陋不堪的大狗。在田野里有一群羊,这只大狗正悄悄地沿着栅栏爬向羊群。

约翰听说过吃羊的狗,因为就在那个时候的一个晚上,在城镇附近的一个田野上有几只羊被咬死了。

约翰沿着栅栏向那只狗走去,那只狗当然还记得他,狗的名字叫“谢普”,当它看到约翰时,它便开始摇起了尾巴。

毫无疑问地,在这只狗的脸上有一种愧疚的神色。约翰的脸色变得严峻起来,任何一位正直的公民,当他看到吃羊的狗时,都有责任把它杀死。在这之前,约翰从来没有想到过与公民权利有关的职责。突然,他觉得心中充满了这种职责,他向这只狗开了枪。他不得不扣动了双管猎枪,第一枪只打瘸了它的腿,它痛得惨叫起来,但第二枪就结束了它的性命。

看到这只狗死掉,约翰有一种奇怪的满足感,他为有这种感觉感到羞愧。

他感到羞愧,但同时又感到高兴,多么高兴他终于有了一个认为这只狗将要去袭击羊群的借口,当然他也不能完全确定。没人知道是他打死了这只狗,他也没有告诉任何人。后来,这只狗被人发现躺在田野里死掉了,有一群的羊正在这片田野上吃草。咳,艾尔弗雷德已经非常喜欢这只狗,这件事让他痛苦万分。

但是,这不仅仅因为艾尔弗雷德特别地喜欢,约翰知道,自己就是想旧事重提。

艾尔弗雷德很喜欢这只狗,但他心里也知道约翰不愿意把狗送给他,约翰就是这种人。

约翰其实不是这样,他还记得艾尔弗雷德送给他的礼物。那其实是他叔叔的礼物,约翰立马就把那块手表搞丢了。手表是从口袋里滑了出来,它的链子不牢固。不过,这是一块便宜的手表。

他要是保留着这块手表就好了，当艾尔弗雷德在身边的时候，可以不时地从口袋里拿出来看看。其实两个男孩子都不想给对方什么礼物，他们是被迫的，他们的父母亲要他们这样做。

但从口袋里掏出手表的样子会使艾尔弗雷德感到厌烦的。

在丢失手表时，约翰感到有一种说不清楚的慷慨大方。不过，约翰从来没有吹嘘过自己的这种慷慨大方。

他只知道艾尔弗雷德没有这么大方。约翰在圣诞节送给他那只小狗后，小狗就生病了。要不是艾尔弗雷德格外地精心照料，小狗可能已经死了，艾尔弗雷德甚至还带它去看了兽医。“这正表明了有些人就是这样。”约翰在想。

两个男孩子在小城镇里长大，从来没有相互打过架。他们离开了小镇，去了不同的大学念书。当他们走进社会时，他们又去了不同的城市。

他们之间相互的仇恨在继续着。当他们年龄大了以后，为了家庭的缘故，他们不得不进行一些往来，他们总是显得特别的客气。

每当约翰在生活中有所进步时，比如说，当他担任一届的议员期间，艾尔弗雷德写信祝贺他。当艾尔弗雷德生活中有喜事临门时，约翰也同样写信祝贺他。两人都结了婚，但他们都觉得不可能去参加对方的婚礼。

就在那时候两个人刚好都生了一点小病，这只是一种巧合。约翰一直很高兴的是那次他先病了。他过去常常对自己说，如果他先结婚，如果艾尔弗雷德生病了，当艾尔弗雷德结婚的时候，他肯定会去参加婚礼，只要他还能够从临终的床上爬起来。

“我决不会让他知道我病得怎么样了，或者，至少我会想出其他的一些借口来。”

这就是麻烦的所在，两个男人从来都不愿意让对方知道自己到底怎么样。

当他们年龄大了以后，情况变得更糟糕，许多年来他们从来就没有通过信。

后来艾尔弗雷德来看望过约翰。约翰的房子是在芝加哥的郊外，艾尔弗雷德要到芝加哥城里办点事。

艾尔弗雷德本来打算只是顺便拐到约翰的家里看看，但约翰一定要让他多住几天。

约翰越是恨艾尔弗雷德，他就越要艾尔弗雷德多住几天，这是因为他感到内疚，他恨自己为什么会这么傻。

刚好他的妻子也喜欢上了他的堂兄艾尔弗雷德，有时候两个人会坐在一块几个小时。他们两人都喜欢音乐，约翰却不感兴趣，他的妻子会弹钢琴，有时候她会为艾尔弗雷德弹上一整个晚上,她弹一会儿钢琴,然后就和艾尔弗雷德闲谈。当艾尔弗雷德的妻子从欧洲回来时,约翰的妻子说他们可以一起来住上长一点时间,他们可以带他们的女儿一起来。

约翰和他的妻子没有生孩子。

当他听到妻子邀请艾尔弗雷德的全家来玩时,他却畏缩了,因为他非常肯定艾尔弗雷德的女儿是一个放荡的,粗俗的女孩子。

约翰坐在椅子上看书,而艾尔弗雷德和他的妻子在另一个房间。约翰握紧他的双拳,有时候他对艾尔弗雷德的恨使他感到好笑。没有什么理由恨啊,"这仅仅是傻罢了。"他想道。

傍晚,两个男人一起坐在门前的门廊里,约翰的妻子不在家,他们在一个小时前就吃过了晚饭。艾尔弗雷德的来访就要结束了,他将在两三天之内离开。

艾尔弗雷德说了一些关于落日的美丽景色,约翰点了点头。

然后两个人都沉默不语,沉默持续了好长一段时间,气氛变得相当的沉重。

"我们去走走吧。"艾尔弗雷德说道。

约翰不想去,但他不知道要做其他什么事。他的妻子去参加某种妇女俱乐部聚会,她要去一整个晚上,他真恨这些的妇女俱乐部。

约翰的房子座落在通往一个湖泊的陡岸上,穿过花园的围墙,顺着台阶而下可以一直走到湖滩上。

两个男人沿阶而下。这是一个夏日的傍晚,有几个青年男女正在湖里游泳。

走下台阶时约翰和艾尔弗雷德相互都不说话,到了湖滩上沉默仍在继续着,两个人在一块就好像度日如年。

咳,这真是难以忍受,但两个人都在忍受着。

这正是他们所能够忍受的,他们沿着湖滩走了一会儿,然后就坐在沙地上。

时间在流逝着,每个男人都在各自想着同样的事情:"我真是傻透了,我的堂兄弟就在这儿,他身体很好,他怎么啦?我应该说我怎么啦!"

他们真的想打一架,这是一个可笑的主意,他们在孩提时代就应该打一架了。现在两人都五十岁了,都是受人尊敬的白领。很快地,在湖滩上的年轻人都走了,他们俩又单独在一块了。

约翰站了起来,艾尔弗雷德也开始站起来,沙地可能有点滑,他摔倒在约翰的身上。约翰粗暴地推了他一把,使他摔了个四脚朝天。约翰并非有意这样做,他只是顺手推了一下,他的手不听话。

当然,艾尔弗雷德不知道约翰的行为并不是有预谋的。他没有足够的判断力把事情想清楚,科学家不会像律师那样运用判断力,他只懂得和许多的化学药品类的东西搅和在一块。

一个人如果失手了,你人又在那儿,这很容易引起误解。正像约翰后来想的那样,艾尔弗雷德就是那种人,他不会理解别人。

实质上,这也正是他的毛病所在,也正是约翰恨他的原因。

艾尔弗雷德从沙滩上跳了起来,一拳向约翰打去,当然,约翰也反击过来。在黑暗的沙滩上,一场打架开始了。

两个男人都已经过了打架的年龄,他们不停地咕哝着。约翰被打得鼻青眼肿,他也把艾尔弗雷德打得鼻子流血,他还把艾尔弗雷德的衣服撕破了。

还好附近都没有人,他们两人都参加了各自城市的体育俱乐部,都看过职业拳击赛,两人都尽量显得受过专业训练。打完之后,两人都在嘲笑对方使自己出尽洋相。

他们打不下去了,两个人很快地就停住了,因为两个人都已经气喘吁吁。

两个人还是打架前的那个老样子,什么都没有改变,打架没有解决任何问题。

他们往回走上台阶,回到约翰的家里,两人都不说话。艾尔弗雷德走到自己的房间,换了衣服,他打完包走到电话机前,叫了一辆出租车,他尽量显得镇静自若,但约翰觉得他只是在演戏。

当艾尔弗雷德走下楼梯时,约翰正在盥洗室处理他的眼睛,他正在把冷水扑到眼睛上。当艾尔弗雷德叫他时,他不得不走了出来,两个人都勉强笑了笑。

不管怎样,两人都在继续地憎恨着对方,都在嘲笑着另一个。

艾尔弗雷德提了个建议,"你告诉你的妻子,"他说,"我接到了一封电报,必须赶快离开。"

他说"你的妻子"这话时的方式又使约翰勃然大怒,她实际上和艾尔弗雷德能娶到的妻子一样好,而他却装着喜欢上了约翰的妻子,这个卑鄙的小人!

几乎就在同时,出租车来了,艾尔弗雷德坐上车就走了。

房子又恢复了往日的美好。当然,约翰得编个故事来解释他那只受伤的眼睛,当他妻子回家时他会对她说,他和他的堂兄艾尔弗雷德去了湖滩玩。当他们走上台阶时,他摔了一跤,摔伤了他的眼睛。"我敢肯定你在骗我。"他妻子会说。

就在这时艾尔弗雷德接到一封电报,必须要走,他刚好赶上了火车。

约翰的妻子很伤心,她说她已经非常喜欢艾尔弗雷德。"我要是有个堂兄就好了。"她说。

她还说等艾尔弗雷德的妻子和女儿从欧洲回来,让他们都来,住上长长的一段时间就好了。

“好的。”约翰回答。尽管他气的眼中冒火,他还是很高兴自己居然什么事都同意。他尽快地离开妻子,到房子的周围散步去了。

艾尔弗雷德走了,约翰觉得现在房子周围的空气好多了。至于这次的打架,他非常确信自己打赢了。当然,艾尔弗雷德没有鼻青眼肿,但约翰往他的身上胖揍了一顿。

“明天早上他肯定会全身疼痛。”约翰满意地想着。至于再来拜访嘛,噢,如果要来的话,也不会再等很长的时间。不过,艾尔弗雷德应该很明智地不会再来了。

约翰还有个小小的疑问,就是艾尔弗雷德也许会带着他的妻子和女儿来算账。

他的妻子也许会喜欢上约翰的妻子,约翰自己也可能会喜欢上艾尔弗雷德的女儿,因为他很喜欢年轻的女孩子。这种想法使他又难受起来。

“那将会搞得一团糟的,现在还不够糟吗?”

艾尔弗雷德这人就这么个德性,有个引人注目的妻子和女儿,就拿来炫耀一番,让别人相信他过得很好。

约翰认为他的堂兄艾尔弗雷德从来就没有过得很好过。他希望他在艾尔弗雷德身上的胖揍会让他明天早上在火车上疼痛得要命,以致他不能从座位上站起来。

像个皇后

我们谈了很多很多关于美人的话题，但没人能下一个确切的定义，有些人就喜欢老谈这个话题。

对女人的普遍看法，现在是，身材是最重要的，当然，还有脸蛋，双唇，眼睛等。

还有脑袋安置在肩膀上的样式，还有当一个女人走过房间时也许会意味着所有的一切。

我自己在最没有料想到的地方也见过美人，不过发生在我身上的事情也会发生在许许多多其他人的身上。

我记得以前在芝加哥时的一位朋友，这人有点像个神经分裂症，后来去了密苏里州，我想是去了欧扎克山区。

有一天他正走在一条山路上时，经过一幢小木屋。这是个贫穷的地方，院子里有几只瘦骨嶙峋的狗。

有许多个浑身肮脏的小孩，一个邋遢的女人和一个年轻的姑娘。那个年轻的姑娘从小木屋出来，走到院子里的木柴堆前，她抱了一大捆的木柴走向屋里。

站在路中间的是我的朋友，他抬头看到了这个年轻姑娘。

当时肯定有些重要的东西记住了——时间啦，地点啦，还有他当时的心情，十年之后他仍然谈起这个姑娘，谈到她那非同寻常的美丽。

还有另外一个男人，他是伊利诺斯中部人，在一个农场里长大，后来他去了芝加哥，在那儿他成了一个成功的律师，他是个拥有一大家子的父亲。

他所见过的最漂亮的女人是和一群贩马人在一块，路过他打小时就住的那个农场。有一天晚上，当他喝醉时，他告诉我他晚上做的所有的梦，男人所做的与女人有关的梦，总是和这个女人联系在一块。他说，他觉的最难忘的是她走路的模样,但奇怪的是,她的一只眼睛青肿着,也许,他说,她是那群贩马人中的某个人的妻子或情妇。

那天很冷,她却打着赤脚,路面上泥泞不堪。那群贩马人,赶着他们的马车,后面跟着许多匹瘦骨嶙峋的马,他们正好经过那个年轻人干活的田野。他们没有和他说话,你知道这些人的目光是怎么打量的。

她单独一个人沿路走了过来,这对这个年轻人来说或许又是一个难得的时刻。

他手上拿着某种农具,他说,是一把割玉米刀。那个女人看了他一眼,那些贩马人也回过头看,他们都大笑起来。割玉米刀从他的手上丢了下来。女人们都知道当她们被别人像那样注视的时候。

三十年后,她仍然被注视着。

所有这些都使我想起了艾丽斯。

艾丽斯过去常说,生活中的所有问题就在于要经过她所谓的"过渡时期"。

我不知道艾丽斯现在在那儿。她是一个矮胖的女人,过去曾经是一名歌唱家,但后来她嗓子哑了。

我认识她的时候,她那红润的脸颊已布满了青筋,留着灰白的短发。她是那种永远不会把袜子拉上去的女人,两只袜子总是落在她的鞋面上。

她有着一双粗壮的腿,宽阔的肩膀,随着年龄的增大,她长得越来越有些像个男人。

这样的女人会办事。由于是一个歌唱家,并曾经有过一些名声,她赚了许多的钱。因此,她花起钱来很随意。

举个例子来说,她认识许许多多非常有钱的人,银行家和其他人等。

他们采纳她的有关对他们女儿和儿子的忠告。他们的儿子陷入了麻烦,比如说,和某种女人,女招待或女仆人等鬼混在一块。那么他们就去请来艾丽斯,他们的儿子是既忿恨又坚决。

那个女孩子也许倒没事,然后,又……

艾丽斯站在那个女孩的一边,"现在,你们听着,"她对那位银行家说,"你对别人一点都不了解,那些对别人感兴趣的人都没有你这么富有,你也不理解你们的儿子,这种事情既然已经发生了,那么他最美好的情感已经投入到这件事情中。"

艾丽斯直率地消除了这位银行家,或许还有他的妻子,对这件事情的不明底细。"你们这些人啊。"她边说边笑道。

当然,他们的儿子尚未成熟,艾丽斯的确对这些人似乎了解得很多,她拉着这个男孩子的手去见那个女孩。

艾丽斯经历了许多这样的事情。举个例来说,那个男孩子觉得自己没有被人愚弄,这些有钱人的孩子,当他们知道了自身的价值,渡过了绝望期之后,就会像其他的年轻人一样。他们会去上大学,会去读书。

这些有钱人的家庭生活是非常糟糕的,艾丽斯都知道这些情况。有钱人或许会变坏,给自己找一个情妇,那个男孩子的母亲就是一个情妇,这种事情经常有。

但有钱人不都是这么坏的,有各种各样的有钱人,就好像有各种各样的穷人和中产阶级一样。

我们成为朋友以后,艾丽斯那时常常给我解释许多的事情。那时候,我一天到晚总是在愁钱,她就嘲笑我"你看钱太重了。"她说。

"钱只是一种表达能力的方式,"她说,"那些致富的人都知道这点。他们赚钱,赚许多的钱,因为他们不怕钱多。"

"穷人或中产阶级他们在银行家面前胆怯了,这肯定是不行的。如果你自己有某种本领,露一手出来,让在你的圈子里的人对你刮目相看,比如说,你会写作,那些有钱人不会写。多练练自己的本领,这一点儿都没错。对自己要有信心,如果有必要让有钱人感到有点害怕的话,就这么做。事实上你能做到,你能表现你自己的创造力,让有钱人对你刮目相看。比如说你暴露他们的生活,这一般的有钱人都有他腐败的一面,也有他软弱的一面。"

"但看在上帝的份上别忘了他还有好的一面。"

"你或许尽力想弄明白一个像傻瓜那样的人,如果你想的话,我的意思带着各种各样的先入之见。但你能描绘出的仅仅是他的腐败,一幅歪曲的图画,毁掉他的虚荣心。"

"那些穷人,小商贩或者小律师,比如说,女人对他们来说就没有诱惑力,但对那些有钱人就有。在我们的周围就有许多贪财的女人,她们中有些人还长得挺漂亮的。"

"那些穷人或中产阶级经常去谴责那些有钱人生活中腐败的一面,但他们身上的腐败是什么?"

"他有哪些秘密的欲望？有哪些贪婪埋藏在他那安静的、平凡的面孔下面?"

在那个有钱人的儿子和与他有密切关系的女人方面,艾丽斯在某种程度上确实是想方设法弄清楚了事情的真正起因。

我想在这种事情上艾丽斯是理所当然地认为这些人在总体上要比别人认为的,或者他们自己认为的要好。她的想法似乎要比你所能想象到的更加通情达理些。

这个艾丽斯也许是真的有头脑,我还没有遇上几个我认为真有头脑的人。

大部分的人是如此的片面,如此的专业化,他们会赚钱,或者会打职业拳击赛,或者会画画,或者他们是外貌上吸引人的男人,会得到那些长得漂亮的女人,那些会使男人陷入困境的女人。

或者他们就是不折不扣的笨蛋,到处都有太多的笨蛋。

艾丽斯不去理睬这些笨蛋,她也不为这些人感到烦恼,她就像寒风一样冷酷无情。

她要钱的时候就去赚钱,她都是住在几处漂亮的房子里。

有一次,她弄了1000美元给我。我当时住在纽约,不名一文。有一天我正在五号大街上走着,你知道当一个作家写不出东西来的时候是什么样子,我已经好几个月没写作了,我的钱都花光了,我所写的东西都没有发表。

我变得有点落魄,头发很长,人却很瘦。

每当我写不出东西的时候,许多次我都想到自杀,每个作家都有这样的时候。

艾丽斯带我去见了一个在一座办公大楼里的人。

“你给这个年轻人1000美元吧。”“你到底要干什么,艾丽斯?做什么用?”

“因为我是这样说,他会写作,就像你会赚钱一样。他有才华。他现在是灰心丧气,山穷水尽的时候。他已经失去了生活中和对自己的尊严,你看一下,这个可怜的家伙嘴唇还在颤抖着。”

确实是这样,我当时是处在人生的低谷中。

我的心里涌起了一阵阵对艾丽斯的爱的巨浪,真有这样的女人,对我来说她是很美丽的。

她正在和那个人说话。

“我对你能做到的唯一价值就是,不时地我做些像这样的事情。”

“像什么?”

“我来告诉你在哪儿和怎样地使用1000美元,并把它使用的合理。把这些钱给一个和你差不多的人,他要更棒些,当他落魄的时候,当他的自尊低落的时候。”

艾丽斯来自田纳西州西部的山区。你可能不相信,当她24岁时,作为一个歌手的春秋鼎盛时期,她看起来个头很高。我提到这句话的原因是,当我认识她的时候,她好像变矮变胖了。

有一次我看到了她年轻时的一张相片。

她既粗俗又可爱。

她是来自大山里的一个会唱歌的女人。有一个曾经是艾丽斯的情人,年龄较大的老人告诉我说,从 24 岁一直到 30 岁,艾丽斯就像个皇后。

“她走起路来像个皇后。”他告诉我说。如果你看到她从房间走过或从舞台走过,你就忘不掉她的姿势。

她有许多的情人,在她鼎盛时期有十几个之多。

然后就是她的一段糟糕时期,连续两年她喝酒和赌博。

那时,生活对她来说显然变得毫无意义,她要把它抛弃掉。

但是那些相信自己的人也会使别人相信自己。艾丽斯的那些情人们从来没有忘掉她,也从来没有背弃她,他们说她给了他们最重要的情感。

我认识她的时候,她已经六十岁了。

有一次,她带我爬上了阿迪龙达克大山里。我们一起坐在一部由一个黑人开的大车里,到了一座几乎像宫殿一样的房子里。我们花了两天时间才到那儿。

整座的庄园是属于某个有钱人的。

那个时候轮到艾丽斯说她自己的灰心丧气。“当时你落魄的时候我曾经给你弄了些东西,现在你得跟我走。”她说的是当时在纽约见到我的情景。

她并不是指没钱的穷困潦倒,她是说精神上的意气消沉。

因此我俩就一起去了那座大庄园并住在那里,有几个仆人在那儿,有人养活他们,我不知道钱是怎么来的。

我们在那儿待了一个星期,艾丽斯一直保持着沉默。有一天晚上我们一起去散步。

这里是荒凉的乡村原野。房子的前面有一片湖泊,后面背靠着一座大山。

这是一个寒冷的夜晚,晴朗的夜空挂着一轮明月,我们一起走在乡间的小路上。

然后我们开始爬山,我还记得艾丽斯那双粗壮的腿和落在脚面上的长袜子。

艾丽斯也走得气喘吁吁,她不断地停下来直喘气。

我们就这样默默地继续努力往上爬,艾丽斯在正常的情况下很少保持沉默的。

我们一直爬到了山顶上她才开始说话。

她谈到了什么是无聊单调,它是怎样地袭击人们,把人们打翻在地,房子也都是无聊单调,人们也是无聊单调,生活也是无聊单调。“你认为我很有勇气,”她对我说,“让它见鬼去吧!我的胆量还没有一只老鼠大。”

我们坐在一块石头上,然后她开始和我谈起了她的身世。这是一个奇特复杂的故事,由一个老太婆带着有些急促的口吻来诉说。

这是一个完整的故事,当还是一个年轻姑娘的时候,她就从田纳西州的山区来到了田纳西州的纳什维尔市。在那儿,她结交了一个歌王,他知道她能唱歌。“咳,我把他当作一个情人,他还不是那么坏。”

那个人把钱花在她身上,他还使纳什维尔的一位有钱人发生了兴趣。

那个有钱人或许也曾经是她的情人,但艾丽斯没有说。还有许多其他的情人。

她爱上了他们中的一个,他肯定是比不上其他人那么出息。她说他是个年轻的诗人,但这家伙并不老实,他确实偷过不少东西。

那时她已经过了三十,而他才二十五岁,她说,她当时失去了理智,理所当然,也失去了他。

也就是在那时她开始酗酒,赌博,倾家荡产。她自己宣称,她之所以失去他是因为她太爱他了。

“但这家伙为什么就这么没出息呢?为什么我偏偏就爱上这种人呢?”

她也不知道为什么,但事情就这么发生了。

就是这一段的经历,使她经受了锻炼。

但是,我一直在说的是人性中的美,这是一件多么奇妙的东西,它是怎么出现的,怎么消失的,又出现的。

那天晚上,我在艾丽斯的身上看到了美的闪现。

那是在我们从山上下来回大屋子的路上,我们正在半山腰,壮实的艾丽斯走在前面。

我们的前面是一段泥泞的路,然后是一片森林,再过去是一片开阔地。

月光洒在那片开阔地上,而我却在那片森林中,在森林的阴影中,落后在艾丽斯后面几步之遥。

她在我前面穿过开阔地,走在前面。

这件事在心头逗留了一下,但很快就一闪而过。我想所有那些艾丽斯认识的有钱有势的男人们,他们给她钱,当她需要帮助的时候帮助她,也从她身上得到了许多东西,他们也一定看到了我当时所看到的。这就是那个男人在山上的小木屋旁从那个姑娘身上所看到的,还有另外那个男人在路上的贩马人群中从那个女人身上所看到的。

当艾丽斯说她意气消沉时,她并不是真正的消沉,她是想摆脱掉过去那些失败的爱的记忆。

艾丽斯像个皇后一般地穿过铺满月光的那段泥泞的路,正如那位曾经是她的情人的老人所说的,她过去走过房间和穿过舞台的优美姿势。

此刻,她的心里一定还装着她少女时走出的那些大山,还有明月和夜晚。

这一刻,我自己也疯狂地爱上了她。

还有其他人的爱比这还长吗?

艾丽斯轻轻地摇了摇头。也许是月光下的幻觉,她的脚步拉长了,她变得高挑又年轻。我仍然记得我停了下来,站在树林里凝视着她。我就像我所说过的另外那两个男人。我手中拿着的拐杖丢到了地上,我就像站在山路边的那个男人和另外那个站在田野上的男人。

世故老成

朗曼大约是六到八年前我在巴黎时遇见的一个人,他和他的妻子在拉斯佩尔大街有一套公寓。但你很难走上他的公寓,那里没有电梯。

我不太确定第一次是在哪儿遇见他,很可能是在蒂太太的画室里。蒂太太是个美国女人,她来自美国的印第安纳波利斯,或者是代顿。

不管怎么讲,据说她曾经是西班牙诗人萨拉森的情妇,有十几个人告诉过我这件事,说是在萨拉森晚年的时候。

但谁是萨拉森? 我以前从来没听说过这个人。我把这事告诉了马贝尔·卡瑟斯,马贝尔是芝加哥人,她感到义愤填膺。"你这人怎么会这样?"她说,"你又不懂西班牙语。"

的确是这样,我不懂。

我怀疑蒂太太得了甲状腺肿大,她的脖子上总围着一条黄色的丝巾。那年的整个夏天我都觉得很无聊,这是因为马贝尔使我感到这样。当我在蒂太太的画室里,总是使我想起孩提时在俄亥俄州小镇我们经常唱的一首歌:

在她的脖子上,围着一条黄色的丝巾,
她整夜地围着它,她整天地围着它。
当人们问她到底为什么要围着它,
为了在遥远,遥远的情郎,她要围着它。

如果你能像蒂太太那么有钱的话,即使得了甲状腺肿大也没关系。她穿的睡衣都是精美的。

有人说萨拉森老年的时候她体贴入微地照料他,那时这位文学老巨匠已经年老糊涂了。我要是有这样的一个人照料自己就好了。我把这话说给了马贝尔听,我们都住在同一个小旅馆里。我猜测马贝尔的丈夫是在芝加哥的家里。“但你又不是伟人,这是决不可能的。”她笑着说道。她笑起来很好看,我也就不在乎她说的话了。

就在那时候,还有另一首歌也一直萦绕在我的脑子里。这首歌唱起来像这样:

“她在那儿待了一整天,

我想知道她在那儿待了一整夜。”

我所知道的这首歌就这么一句。

没有可能和马贝尔一直保持着联系,她不分昼夜地满巴黎乱跑,而且她一点都不懂法语。她正在得到熏陶,正在变得老于世故。这是她的目的,她自己这么告诉我的,我喜欢马贝尔。

但是即使是这样的话,大家还是认定我确实是在蒂太太的画室里遇到哈里·朗曼的。蒂太太的房子坐落在巴黎的左岸地区,我已经忘记了那条街的名称,法语名称从来不会记在我的脑子里。这座房子有个庭院,就好像那些在新奥尔良的旧房子的构造。在新奥尔良人们称之为“天井”。画室占了整个的一层楼,第一次去那儿是拉尔夫·库克带我去的。但你也许不认识拉尔夫,哦,这没有关系。

蒂太太买过许多欧洲画家的画,每一种都得花上很多的钱,像塞尚的,凡·高的,等等。我记得她非常有钱,有许许多多的钱。

库克也是有些钱的,他是一个美国有钱人的儿子。

库克曾经在牛津大学念过书,作为一个学生,我想他在那儿拿过学位,他带回来一个年轻的英国人。

这个英国人身体健康,脸颊红润,一天到晚笑嘻嘻的。生活对他来说只是一场大型的演出。他是一位英国贵族的儿子,而且有自己的头衔,但他总是避而不谈。当我发现这个秘密时,他对我说:“看在上帝的份上,不要告诉任何人。”

他喜欢和美国人在一起。他,库克,马贝尔和我一起去蒂太太的家里。在楼下的那个大房间里,墙上挂着许多的画,许多人聚在一起。在他们中,绝大多数都是些像男人似的女人和像女人似的男人。这将是一个富有诗意的下午。

透过一扇敞开的窗户,我们能看到外面的一个小庭院。在小庭院的一个角落,有一个石头建成的小建筑物,在建筑物的顶上放着一只石头鸽子。有人告诉我们说那是一座爱的庙宇。

那个英国人喜欢这座庙宇,有个主意使他感到高兴,他说他想让库克和马贝尔和他一起去那座庙里拜一拜。“来吧,”他悄声地说,“我们去吧,一起跪在那儿,让每个人都能看到我们,我们将宣布刚刚来到我们中的爱情。”

马贝尔说这是一个不能这么轻率地处理的主题,她后来告诉我说她不喜欢这个英国人。“他太轻浮地对待这些神圣的事情。”她说。我猜想马贝尔希望自己也能像蒂太太那样,但她没有钱。

“什么爱情?”库克怒冲冲地说。他是一个身材高大、肩膀宽阔的年轻人,来自得克萨斯的某个地方。在牛津大学他成绩优秀。

那个年轻的英国人也是一位学者。在我看来他对那件事未免太轻率了点,但库克告诉我说他做的没错。“他的想法有时候使牛津大学那儿的整个教室的人都喜笑颜开。”库克说道。

在我们前往蒂太太家的下午里,那里总要举行某种仪式。一个女人站了起来朗读了一首诗,大量的话题谈的都是关于鸽子,而我并不确切地理解这种象征主义。“这些鸽子是干什么的?”我问马贝尔,但她也不知道。我觉得她应该为没有更加博学多闻而感到羞愧,后来还是库克告诉我那些正在英国上层阶级中谈论最多的话题。“咳,这是一种矫揉造作,对不对?这也是你要追求的东西,对吗?”我问了马贝尔,但她对我的询问嗤之以鼻。

和库克早就是朋友的那个英国人,曾经告诉过他有关这个话题的许多。他说在牛津大学时,他和库克认识后,他们经常一起散步,谈到这个话题。

这位年轻的英国人曾经告诉过库克,他认为这些思想都是源于在一个地方住得太久了,英国人住在英国太久了,法国人住在法国太久了,德国人住在德国太久了。“俄罗斯人和美国人仍然都是原始人。”他说。这句话使马贝尔大为恼火,按照库克的这种解释,对马贝尔和我,对我们的祖国,这似乎是一种诽谤。

欧洲人太累了,那个英国人告诉过库克。他有一种看法,像这些人,嗯,他们显然相信如果他们搬到一个新的地方,他们的生活将变得更美好。一大堆的人从欧洲出来到美国去,他们就是这种想法。美国人到现在还总是在搬来搬去的,像马贝尔和我们这些人确实是这样的。

俄罗斯人也是伟大的流浪汉,他们坚信只有通过一种新的形式的政府,才有可能拯救他们的民族。“这都是一种堕落。”那个英国人和库克谈到时曾这么说过。你肯定知道马贝尔和我是从库克那里知道所有这些的,这家伙自从离开了得克萨斯确实学到了许多东西。

那位年轻的英国人认为美国人只不过是一群原始人的乌合之众,他们仍然还会相信政府。他认为,美国人仰望着天堂,将其看作另一个更加成功的美国,比如,他们相信像禁酒这类的东西。

但事情往往不是像表面上有时候看到的那样，不能仅仅根据一股激情去干涉别人的生活。有一种根深蒂固的，并且相当幼稚的看法是所有的人都能得到拯救。

但他们说的“正在被拯救”是什么意思呢？

“他们的意思就是当他们使用这些单词时所说的意思。他们模糊地认为他们能找到一个好的和强有力的领袖，带领他们走出这种生活的荒野地带。”

“就好像摩西带领以色列的子孙们走出埃及一样，嗯？”

“但他没有提到犹太人，”马贝尔说。后来，她几次提到那是一个多么理智的下午，她说她觉得很了不起。就好像有许多的谈话从我的脑海中忘却了一样，比如说我想说的克拉夫特·埃宾，而我知道马贝尔没有忘却。我们俩都丢失了一些东西，我想，这是因为我们没有和那些厌世者们待在一起有足够长的时间。

但我已经把亨利·朗曼落下很长时间了，现在我要说说他。

他是俄亥俄州克利夫兰人。我们是在蒂太太家的那天下午第一次见到他的，至少我是第一次见到。这家伙在那儿还真有点怪，比如说他带了妻子在身边。在那样的地方，这事本身就让人觉得奇怪。

库克和那个年轻的英国人好像突然抨击了他。我已经说过他住在拉斯佩尔大街的一套单间公寓里，在顶楼，这是一幢六层的大楼，要爬六段的楼梯。

亨利的妻子是一个大块头的白肤金发碧眼女人，而他自己是个红脸的大胖子。库克不知用了什么法子探听到了他的底细。

他是克利夫兰人，在那儿他结了婚。他父亲是克利夫兰郊外的一个糖果制造商，他的岳父也很有钱。

两个老人从年青时起就一直努力奋斗，在美国社会中终于都出人头地，两个人都发了财。

他们的儿子和女儿都有对知识的渴望，两个父亲或许是既对他们感到骄傲，又感到羞愧。当女儿在念大学时，她的一首诗就获得大奖。一家美国上流社会的杂志发表了这首诗。

然后她就嫁给了这个年轻人，她父亲的朋友的儿子。他们一起定居在巴黎，正在经营着一家沙龙。

他们住在那座没有电梯的旧楼房的顶楼，因为这样似乎显得他们更有艺术家的气质。

他们努力的目标是让法国人到他们的沙龙里来，而法国人当然会来。为什么不来，沙龙里有大量的吃的喝的。

朗曼和他的妻子几乎不会说法语，大概与我和马贝尔差不多，他们也弄不懂法语的意思。

朗曼要我们公认他是一个上流社会的英国人，他含糊地提到一个英国大家族，高贵的血统。后来破产了，我这么猜测。“这怎么可能呢？他有那么多的钱吗？”那个年轻的英国人问马贝尔。这家伙已经爱上了马贝尔。“他认为你尚未开化并过于引人注目。”我不断地告诉她，我也懂得了怎样糟践人。朗曼的父亲寄给他许多钱，他的岳父也寄给他妻子一些钱，有了这么多的钱，他们还是认为好像很穷。“我们欠了一屁股的债。”朗曼的妻子总是这样说。

当她说这话时，我们正坐在那儿喝着法国最昂贵的葡萄酒。

总有一群人围在他们俩的周围，他们所做的就是用酒宴款待这些人。

葡萄酒端了上来，瓶塞打开后，先斟了一杯酒给他的金发碧眼的妻子。她尝了第一口时总要做个鬼脸，“亨利！”她尖声地叫她丈夫。“我觉得这酒有点走味了。”马贝尔认为这是一手绝招，这位金发碧眼已经掌握了这个单词。当她说这个字眼时，她的丈夫就跑了过来。我们都坐在为画家建造的一个很大的画室里，玻璃的屋顶。在画室的角落有一个粗劣的洗涤槽，就像你在美国的小饭店里看到的那种。她的丈夫，脸上带着一种恐怖的神情，跑了过来，把葡萄酒全部倒进洗涤槽中。

昂贵的葡萄酒就这样变质倒掉了，我看到马贝尔在颤抖。“我敢肯定马贝尔在家里一定是个节俭的好主妇。”库克悄悄地对我说。

朗曼开始谈了起来。他喜欢给人一种印象，好像他在巴黎肩负着某个重要的使命，比如说，为了英国政府，为了唐宁街，但他没有确切地这么说。

接着他提到一本书，你可以理解为他正在写的或已经写好的一本书。我可搞不清楚，他没说书的名称，如：“我的拿破仑时期的岁月”或者“我的唐宁街奥秘”等。就这样他怎么能讲得清楚？但他留下了非常明确的印象是他写过好几本重要的著作。他像一个过于谦虚的作者，确实不愿意直接提到自己的著作。

我们就这么打发着日子，日复一日，月复一月地。

从克利夫兰来的那些美国人，他们装着自己是重要的人物，那些客人也装着他们是重要的人物。

那些客人，他们装着有重要的原因逗留在巴黎，他们相互之间撒着谎，谎话连篇。

为什么不呢？我和库克、马贝尔，还有那个年轻的英国人去过那儿好几次，每个晚上发生的事都是一成不变的。

马贝尔,库克和我有时候都有点讨厌那个年轻的英国人,马贝尔还让他知道了这一点。这就有点难为库克和他的关系,库克不得不决定他要和我们还是和这个英国人保持友好的关系。他紧跟着我们,当然,是为了马贝尔的缘故。

他说看到马贝尔从我们一伙人中减员的方式,真是赏心悦目。我们的确组成了一个小团伙,就是住在左岸的廉价小旅馆的我们这伙人。库克也来住在那儿,这样我们就有了三到四个或更多的男人,肯定有。

我们那时候都经常去朗曼的沙龙,那里有精美的食物和醇香的葡萄酒。另外,我们也都喜欢听到朗曼的妻子说葡萄酒走味了。她总是等到我们都来了,开第一瓶酒尝第一口时说这话的。如果有其他的人来到时,她还会再说一遍。马贝尔说她感到难过,在我们美国是禁酒期。她说,她本来想把这里的情况单刀直入地告诉给国内的乡亲们,但费用太高了。

她说,和我们一样,她也去过欧洲,想学得老成一些,并且她认为她正在学到手。库克,我,还有其他几个人都想分给她一些。

她说,问题是她越是学得老成世故,她就越觉得更喜欢芝加哥。她说,自从那四五个其他的美国人,他们都是男人,来到小旅馆开始和我们住在一起后,她所学到的老成世故和住在芝加哥时差不多是一样的。

“就住在芝加哥,用这笔钱,我本来还可以拯救我的丈夫,学到我正在学的所有这些老成世故,或者是我所需要的任何东西。”在那一年夏天,她把这些话重申了好多遍。

在陌生的小镇

早晨,在乡村小镇的一个陌生的地方,一切都是静悄悄的。不,有许多声音传来,声音在不断地持续着,是一个男孩子的口哨声。我站在火车站这地方就能听到这个口哨声。我已经离开了家,现在是在一个陌生的地方。实际上这里根本就不寂静。有一次我在乡村,住在一个朋友的家里。"你看,这儿安安静静,万籁俱寂。"我的朋友这么说是因为他已经习惯这个地方的那些细微的声音:虫子的唧唧鸣叫声,远处的滴水声,还有在更远的地方,有个男人正在用机器割草传来的微弱的嗒嗒声。他对这些声响习以为常,听而不闻。现在我站在这儿,我就能听到拍打声。有人把毛毯挂在凉衣绳上,正在拍打。另一个男孩子在远处喊叫着:"啊嗬,啊嗬。"

到处走走真好啊!你到了一个陌生的地方,那儿有一条街正对着铁路。你带着行李从火车上下来,两个搬运工抢着要帮你和拿你的行李,就像你在自己的小镇看到的搬运工争抢陌生人一样。

当你站在火车站,你可以看到许多东西。你可以看到朝向火车站的大街上许多店铺的敞开的大门,人们在进进出出。一个老人停住脚步看了看。"哦,这是早晨来的火车。"他的心里是这么想的。

理智总是对人们说着这些事情,"喂,明智些。"它总这么说着。想象总是要游离出身体之外,我们把它制止住了。

我们中的大多数人活得都像癞蛤蟆似的,安安静静地坐在大蕉叶底下,我们在等待着苍蝇向我们飞来。当苍蝇出现时,我们猛地伸出舌头,把它给逮住了。就这样,我们把它吞了下去。

但是,有多少要问的问题,我们却从来没有去问。苍蝇是从哪里来的?它要到哪里去?

这只苍蝇也许是一路风尘要和它的心上人约会,它被拦住了,一只蜘蛛把它给吞了。

我乘坐的这列火车是慢车,一路上走走停停。没关系,我要去帝国旅店。好像我很在意似的。

这是一个小镇,我曾经来过这里。不管怎样,我在这儿将会感到很不舒适。就像我上次不期而至的那个地方一样,一张相同型号的廉价铜床,或许床上还有许多臭虫。一个旅行推销员会在隔壁房间大声地说话,他会和他的一个朋友,另一个旅行推销员交谈。"生意很糟糕。"

他们中的一个会说,"是的,生意糟透了。"

还会有些关于与那些萍水相逢的女人的悄悄话,有些话能听到,有些话听不到,这总是令人恼火的。

但是我干嘛要特地在这个小镇这儿下车呢?我记得有人告诉过我这里有一片的湖泊,湖里有许多的鱼。我想我会去钓鱼的。

也许我还期待着去游泳,我现在想起来了。

"师傅,请问帝国饭店在哪儿?哦,那座砖楼房就是。好吧,你先走,我马上就来。你告诉服务员给我留一间带浴室的房间,如果他们有的话。"

我记得我当时在想些什么。打那时起,我的一生,我都是在离家出走,像这样到处探险。有时候男人喜欢独自一人。

独自一人并不意味着是在没有人烟的地方,它意味着你是在一个周围都是陌生人的地方。

有个女人在那儿哭泣,这个女人开始变老了。当然,我自己也不年轻了。她的那双眼睛看起来是多么地疲惫不堪。还有一个年轻的女人在她身边,总有一天这个年轻的女人也会变得和她母亲一模一样。

她也会有着相同的忍耐与顺从的表情,现在丰满的脸颊也会变得松弛下垂。她的母亲有一个大鼻子,她也一模一样。

有个男人和他们在一起,一个胖胖的,脸上布满了血丝的男人。由于某种原因,我觉得他应该是个肉贩子。他有着这类人的一双手和眼睛。

我很肯定他是那个老妇人的兄弟,她的丈夫死了,他们把棺材抬到火车上。

他们是些无足轻重的人,人们漫不经心地从他们身边经过。在他们这个悲痛的时刻,没有一个人到火车站陪伴他们。我在想他们是否住在本地,对,他们当然是住在这里。他们住在某个相当简陋的小屋里,或许在小镇边上,或许是在城外。

你看这位兄弟并没有和母女俩一块走,他只是到车站来给她们送行。

她们将和尸体一起前往死去的丈夫以前居住的另一个小镇。

这个像肉贩的男人已经挽住他姐姐的手臂,这是一种温柔的动作,只有当家里有人去世的时候,这些人才会做出这样的动作。

阳光明媚。火车的列车长正沿着车站站台走着,他边走边和站长说着话。他们一直在大声地笑着,互相开着小玩笑。

这个列车长是个乐天派,正如俗话所说的,两眼贼亮。他在沿途和每个站长,每个电报员、行李员、送急件员开着小玩笑。有各种各样禀性的客运列车长。

你看,他们正在从那个丈夫去世,正要把丈夫棺材运往某地埋葬的女人身边走过时,他们停止了开玩笑和笑声,他们沉默了一阵子。

这短暂的沉默之路是由那个穿黑衣的女人,她的女儿以及她的胖兄弟造成的。这短暂的沉默之路从他们的家里就已经开始了,伴随着他们走过大街来到火车站,还将伴随着他们在火车上和即将前往的小镇。

他们是些无足轻重的人,但他们却突然成了举足轻重的人。

他们是死亡的象征,而死亡是举足轻重、庄严肃穆的事情,嗯?

当你处在像这样的地方,在一个陌生的地方,在陌生的人群中,你就能够多么容易地理解生活的全部。一切都和你曾经住过的其他城镇是如此的相像。生活就是由许多系列的小细节组成,这些细节在不断地一再重复,在城镇,在大城市,在所有国家的每个地方。

这些细节有着无穷无尽的种类。去年我在巴黎时,我到过卢浮宫,那儿有许许多多的男人和女人,他们正在临摹挂在墙上的古代大师们的作品,他们是些职业的临摹手。

他们刻苦地临摹着,都想能够非常精确地临摹下那些作品。

但是他们中没有一个人能够画出真正的仿制品,世界上就没有真正的仿制品。

在这个世界上的任何一个地方,就没有所有细节都是一模一样的两个生命。

你看,我现在已经来到了这个陌生的小镇,走进了一家旅馆的房间。这是一个县城的小旅馆,这里有许多的苍蝇。有一只苍蝇刚好落在我一直在写着这些印象的纸上,我停止了写作,看着这只苍蝇。这世界上肯定有无数的苍蝇,但是我想可能没有两只是一模一样的苍蝇。它们生活的环境也没有一模一样的。

我想我应该离开自已住的地方出来到处走走,就像我现在这样,为了一个特殊的原因。

在家时,我住在一个固定的房子里。那是我自己的家,有我的佣人和所有的家人。我是我住的那个城市一所大学的哲学教授,在城市生活和大学生活中,我都有着一个固定的职位。

晚上,人们就到我们家来,谈谈话,听听音乐。

我去一个固定的办公室,然后再去我要上课的教室,看到那里的学生。

我知道这些人的一些事情,也许这正是我的烦恼之处。我知道一些,但不是很多。

当我看着他们的时候,我的心灵,我的想象都变得麻木不仁。

我知道的太多,但还不够多。

这就像在我住的那条大街上的一座房子,这是在我的家乡的那条街上很奇特的一座房子,我以前对它非常好奇。由于某种原因,住在里面的人都是些隐士。他们几乎都是足不出户,甚至都不到院子里,更不用说上街了。

哦,这到底是怎么回事?

这引起我的好奇心,但也仅是如此而已。

我过去散步经常经过这座房子,心里总觉得有些怪怪的。我曾经对此作了许多的猜测。一个留着胡须的老头和一个脸色苍白的老女人住在里面,房子四周有很高的篱笆。有一回我透过篱笆往里看,我看到一个男人在一棵树下的一小片草坪上正在紧张地走来走去。他双手十指紧握着,又松开,喃喃低语着什么。这座神秘屋子的所有的门和百叶窗都紧闭着。当我往里看时,那个脸色苍白的老妇人把门打开了一点点,朝外看了一下那个男人,然后门又关上了。她对他什么也没说。她看那个男人时,眼中是带着爱还是带着恐惧?我也不知道,我怎么能知道呢?我看不清楚。

还有一次我听到一个年轻女人的声音,虽然我在这地方附近从来没有见过一个年轻女人。这是在晚上,那个年轻的女人正在唱歌,一个相当甜美的年轻女人的歌声。

你看,事情就这样,生活并不是人们所预想的那样。细微零散的,支离破碎的各种事情的结局,这就是我们所能全部得到的。我过去走过那地方时常常是浑身激动,非常好奇。我喜欢这种感觉,我的心跳得更快了一些,我能更清晰地听到许多声音,有更多的感觉。

我曾非常好奇地问过住在那条街的我的几个朋友有关这些人的情况,“他们很奇怪。”大家都这么说。

咳,谁不奇怪呢?

问题是我的好奇心逐渐消失了。我已经接受了那个房子里的怪诞不经的生活。它已成为我的那条街的生活的一部分,我已经对它麻木了。

“我在哪儿?我是谁?我从哪里来?”现在有谁还会问自己这些问题呢?

我看到那个女人带着她去世的丈夫上了火车走了。我就在刚才看到她,我走回到这个旅馆并来到这个房间(这是一个非常普通的旅馆的房间),我现在坐在这儿,正回想着那个女人。我在重新构建她的生活,和她一起继续过完她的余生。

我做事情经常像这样,独自一人离家来到像这样的一个陌生地方。“你要去哪儿?”妻子问我。“我要去洗个澡。”我回答道。

我妻子觉得我也有点奇怪,但她已对我习以为常了。感谢上帝,她是一个很有耐心,性情温和的女人。

“我要让自己沉浸在那些我对他们一无所知的人们中间。”

我要坐在这个小旅馆一直坐到对它厌倦时,然后我会走到陌生的大街上,去看那些陌生的房子,陌生的面孔。人们也会看着我,他是谁?他是一个陌生人。

这太棒了,我就喜欢这样。时不时地作为一个陌生人,到一个陌生的地方到处转一转,在哪儿又没事干,就是走一走,想一想,让自己沉浸在其中。

我也会给其他的人,就是住在这个陌生地方的人,带来些许的心跳感觉,因为我自己也有些奇怪。

如果我还是个年轻人的话,我就会去找一个女孩子。由于是在一个陌生的地方,我会发自内心的冲动想和她在一起。

我现在不会干这种事了,这倒不是因为像人们所说的,我是特别地忠诚于我的妻子,或者是我对陌生的和迷人的女人不感兴趣。

这是因为其他的一些原因。这或许是因为我在生活中变得有点儿肮脏了,因此来到这儿,来到这个陌生的地方,让自己沉浸在陌生的生活中,重新变得干净和充满活力。

因此,我就来到了这个陌生的地方。我梦想着,我让自己充满了幻想。我已经出来,来到这条大街上,我已经走过这个小镇的好几条街,并且已经到处逛了逛。在我心中已激起一小系列的新的幻想,都是围绕着陌生的生活。因为是个外地人,当我在街上走动时,我走得很慢,手里拿着拐杖,不时地停下来看看店铺,朝着那些房子的窗户看看,朝着那些花园看看。你看,我已经引起了其他人的心里有着和我一样的感觉。

我已经喜欢这样。今晚,在这个小镇的许多房子里,将会有话题可说了。

“有一个外地人在到处走动,他的行为很古怪,我不知道他是谁。”

“他长得什么样？”

他们也想探究我，描述我，在其他人的心里正在进行着各种各样的描述。一连串的想法，幻想在其他人的心里开始了，也在我的心里开始了。

在这个陌生的小镇，在这个旅馆，在这个房间，我现在坐在这儿，感到一种奇怪的精神振奋。我已经在这儿睡过觉了，这觉睡得又香又甜。现在是早上，一切都静悄悄的。或许今天的什么时候，我会乘上另一列火车回家去。

但现在，我想起了许多事情。

昨天，在这个小镇，我去了一家理发店，我想剪头发，我不喜欢让人剪头发。

“我现在在一个陌生的小镇，无事可做，所以我要去剪头发。”当我走进理发店时心里这么想着。

一个男人给我理发，“一个星期前下了场雨。”他说道。“是的。”我答道。这就是在店里我们之间的所有对话。

但是，在这个理发店里有许许多多其他的话题。

有一个男人曾经来到这个小镇，开出了一些空头支票。其中有一张是10美元的，是以这个店里的一个师傅的名义开出的。

开出这些支票的那个男人，和我一样，是个外地人。大家都在谈这件事。

有一个人，长得有点像柯立芝总统，走了进来，也是来剪头发。

这时还有另外一个人进来刮胡子。他是一个老人，双颊塌陷，由于某种原因，看起来像一个水手。我想他大概只是个农场主，这个小镇并不靠海边。

店里有许多的话题和接连不断的谈话。

我走了出来，思索着。

好啦，对我来说情况就是这样。刚才我谈到我已经养成了突然出去的习惯，就像这样来到某个陌生的地方。“自从那件事情发生了以后，我就一直这样做。”我思索着，我用了“那件事情发生后”的措词。

好了，发生了什么事呢？

其实也没有什么大不了的事。

一个女孩遇难身亡。她是被一辆汽车给撞了，她是我教的其中一个班的学生。对我来说她毫无特别之处，她就是个女孩，一个女人，真的，在我的一个班上。她死的时候，我已经结婚了。

她过去常常到我的房间和办公室来，我们经常坐在那儿谈话。

我们经常坐在那儿谈论我在讲课中的一些内容。

“你的意思是这个？”

“不,并不是很确切,那它倒是像这个。”

我想你会知道我们两个哲学家是怎么交谈的,我们用的是一种几乎是我们自己的语言,有时候我认为这种语言大部分是废话。

我本该开始说说那个女孩,那个女人。我会不停地一直说下去。她有一双灰色的眼睛,她的脸上有一种可爱的严肃的表情。

你知道,有时候,当我和她像这样谈话的时候,(我敢非常肯定,都是些废话),嗯,我想……

在我和她谈话时,我似乎觉得她的眼睛变得大了一些。我有一种感觉,她并没有在听我说些什么。

我也不怎么在意。

我谈话,这样我才会有话可说。

有时候,当我们像那样在一起,在学校的教学楼,我的办公室里谈话时,总会有零零散散的几次沉默。

不,那不是沉默,还有什么声音。

有个男人在这个教学楼,我的办公室门外的走廊里走路。有一次脚步声又响起时,我数了数这个男人的脚步声,26,27,28……

我当时正在看着这个女孩,这个女人,她也在看着我。

你看,我已经年纪大了,结过婚了。我不再是一个有吸引力的男人。然而,我确实觉得她长得很漂亮,而学校里又有许多的年轻人。

我现在还记得那时她和我在一起的情景。她走了以后,我经常独自一人坐在办公室里,有时候一坐就是几个钟头,就好像我现在一直坐在这儿,在这个小旅馆的房间,在这个陌生的小镇。

我坐在那儿,漫无思绪。各种声响纷至沓来,我想起了青少年时代的许多事情。

我想起了在谈恋爱和结婚期间的许多事情。我就那样默默地坐在那儿很长时间。

虽然我沉默无语,但同时我却比过去任何时候都要感觉到自己是在生活之中。

就是在那时候,由于有点反常,我在妻子眼里出了名。每次和那个女孩,那个女人默默无语地坐在一起之后,当我回到家里时,我常常是更加沉默寡言。

“你干吗不说话?”我妻子问道。

“我在思考。”我回答。

我要她相信我正在思考我的工作,我的学习。或许是这样。

咳,那个女孩,那个女人已经死了。当她过街的时候,一辆汽车撞上了她。大家都说是她自己心不在焉,她径直地走到了一辆汽车的前面。我当时在我的办公室里,坐在那儿。有个人,也是个教授,突然走了进来,告诉我这件事,他说,"她已经完全死了。当人们把她抬起来时,她已经完全死了。"

"我知道了。"我想他大概会认为我这个人相当冷漠和铁石心肠,嗯,一个学者,应该没心没肺。

"不是那个司机的过错,他不负任何责任。"

"是她自己刚好走到汽车的前面。"

"是的。"

我还记得当时我正在拨弄着一支铅笔,我没有动弹,我肯定像那样坐着有两三个钟头之久。

后来我走了出来去散步。我正走着,突然看见一列火车,因此我就上了火车。

再后来,我才打电话给我的妻子,我不记得当时我和她说了些什么。

她没事,我编了个借口。她是一个很有耐心,性情温和的女人。我们有四个孩子,我想她大概是把全身心放在孩子们的身上。

我来到了一个陌生的小镇,在那儿我到处逛荡。我强迫自己去仔细观察那些生活中的小细节。那次我在那儿待了三到四天,然后我才回家。

从那以后,我一直是每隔一段时间总要做着相同的事情,这是因为在家里我已经厌倦了那些小事务。来到像这样的一个陌生的地方能使我更加明智,我喜欢明智,它能使我更有活力。

所以你看,现在是上午,而我已经身在一个陌生的小镇。在这儿没有一个人认识我,我也不认识任何人。

就在昨天上午,当我来到这里,来到这个小旅馆的房间时,有各种声音传来。一个男孩子在大街上吹着口哨,另一个男孩子在远处喊叫着:"啊嗬。"

在我房间的窗户下面,大街上人声嘈杂,都是些陌生的声音。有人在这个小镇的什么地方正在拍打毛毯,我还听到火车到达的响声。阳光灿烂。

我或许会在这个小镇再待一天,或许我会继续前往另一个小镇。没有人知道我在哪儿,我正沐浴在生活之中。你会看到,当我感受够了生活,我就会精神抖擞地回家去。

相会在南方

他告诉我他背运的往事,在一架坠毁的飞机上。他敏感的薄嘴唇上总带着绅士般的微笑。这样的事情经常发生,他其实可以谈点其他的,不过我喜欢他的声调,我也喜欢他。

这件事发生在新奥尔良,那是我以前住过的地方。当他来的时候,我的朋友,佛瑞德,就是他要找的那个人已经离开了。但我立即感觉到我有强烈的愿望想多了解他,所以我建议我们一起度过那个夜晚。当我们从我的公寓下楼的时候,我注意到他是一个跛子。很轻的跛脚,痛苦的表情偶尔从他的脸上浮过。他的脸上挂着浅浅的微笑似乎想表示他愉快的心情,但是没有达到应有的目的。所有这一切立刻开始提醒我自己,我现在已经开始着手写的那篇故事。

"我要带他去见萨利大婶。"我心里想着。大家并不是把所有的客人都带去见萨利大婶,只有当她心情很好的时候,只有当她喜欢上客人的时候,没有人会像她那样。虽然她在新奥尔良住了三十年,但她是中西部人,出生在那儿,并在那儿长大。

不管怎样,我有点唐突地一下子进入了我的故事。

首先我必须多介绍一下我的客人,为了方便起见,我将叫他大卫。一看到他,我马上感觉到他想喝一杯,在新奥尔良,这座充满着拉丁美洲风味的可爱城市,在这个热情的夜晚,即使是在禁酒期,这些事都可以安排得很好。我们喝了几杯,我的头开始摇晃了,但我发现我们喝的这些酒还不足以影响他。天慢慢黑了,当他从裤子的后袋里取出一个酒瓶时,白天的亮光很快地暗了下来,夜雾轻轻地,柔柔地很快降临了,这是典型的亚热带城市的气候特点。他的酒瓶子大得让我很吃惊,他为什么带着这么大的瓶子却没有使他看起来变样?他的身体非常瘦弱,细细小小的身材。“也许,像一只袋鼠,他的身体已经长出一个像天然的袋子的地方用来装东西。”我心想。事实上,他走路的样子就可以让人联想到一只袋鼠在安静的夜晚出去散步。我边走边想起了达尔文和禁酒令创造的奇迹。“我们美国人是最杰出的民族。”我想。我们都有很好的幽默感,一见面就非常喜欢对方。

他解释了这个瓶子的来历。这东西,他说,是在阿拉巴马州他父亲的种植园里的一个黑人酿造的。我们坐在一座空房子的石阶上,它坐落于新奥尔良的旧法国广场,也就是老方场的深处。他解释说,他父亲无意去触犯法律,也就是说,如果那些法律目前还是合理的话。“我们家的那个黑人只为我们家酿造威士忌酒,”他说,“我们要他就是为了这个目的,他不用做任何别的事,只是酿造家里喝的威士忌酒,就这些。如果他胆敢把酒拿去卖,我们肯定会对他兴师问罪。我敢说如果他干那些非法的交易被抓住的话,老爸一定会开枪打死他。我保证,我们的黑人吉姆,正如我跟你所说的,他也知道这点。”

“不过,他是一个很好的威士忌酿酒师,你认为呢?”大卫补充说。他热情友好地谈起了吉姆。“老天,他一直和我们在一起,一生下来就和我们在一起。他的妻子给我们煮饭,吉姆给我们酿威士忌酒。俩人比赛似的看谁干活干得最好,不过我相信吉姆会赢的,他的酒酿得一直是越来越好,而我们全家人也越来越爱喝。天哪,我想我们喜欢和需要威士忌酒更胜过其他的食物。”

你了解新奥尔良吗?你是否在这里度过炎热的夏天,多雨的冬天和愉快的深秋呢?虽然新奥尔良变得越来越现代化,但这城里的有些人现在还在嘲笑它。他们认为在新奥尔良有一种丢脸的感觉,因为这个城市比不过芝加哥和匹兹堡。

不管怎么样,我和大卫都挺满意这里。由于他的腿脚不便,我们走得很慢。我们穿过了很多条旧城区的大街。黄昏中,我们周围的黑人妇女们笑声不断,阴影覆盖了这些古老的楼房,孩子们的尖声喊叫躲藏在古老过道的里里外外。这个旧城里原来住的几乎全都是法国人,但现在意大利人越来越多了,但她还保留了拉丁美洲的风格。人们喜欢生活在户外,家家户户都坐在外面,边吃晚饭边看着整条街景,所有的门窗都敞开着。一个男人和他的妻子用意大利语在争吵,在一座旧楼房的后院,一个黑人妇女在唱着一首法国歌曲。

我们走出一条狭窄的小街道,在那座黑暗的大教堂前,我们喝了一杯,在前面的小广场上又喝了一杯。小广场上有一个杰克逊将军的雕像,他总是脱着帽子向冬季来参观这个城市的北方游客们致敬。在他的战马的脚下有一行题字——“美国必须也必将会受到保护。"我们庄严地为这个宣言而干杯,这位将军似乎把腰弯得更低了。"他一定是一个骄傲的人。"大卫说。在黑暗中,我们走向码头并坐下,一起看着密西西比河。所有那些虔诚的新奥尔良市民都要每天来看一次密西西比河。晚上坐在这里,就像悄悄地走进一间黑暗的卧室看着一个睡着的孩子,或诸如此类,我的意思是它能给你一种相同的温馨美好的感觉。大卫是一个诗人,所以在黑暗中坐在河边,我们谈到了济慈和雪莱,所有正直的南方人都喜爱的两位英国诗人。

你要知道,所有的这一切,都是在我带他去见萨利大婶之前发生的。

萨利大婶和我都是中西部的人。我们在这里都是客人,但或许我们都以某种奇怪的方式属于这个城市。即使在醉酒中也有着类似的感觉,我也不怎么明白怎么会有的。

许许多多北方的男男女女都和我们一样来到这里,当他们回到北方时,总会写一些关于南部的文章。最有特色的是写黑人的故事,北方人喜欢这样的文章,它们写得很有趣。其中一个最著名的黑人故事作家最近刚来过这里,我认识的一个南方人前去拜访他。这个作家看起来有一点紧张。"我对南方或南方人的了解并不是很多。"他说。"但你很有名气,"我朋友说道,"你是作为描写南方和黑人生活的作家而广为人知的。"这个作家有一种感觉,他被嘲笑了。"听着,"他说,"我不想成为一个很有文化修养的人,我本人是一个商人。在北部,我的家乡,我结交的大部分都是商人,当我不工作的时候,我就去乡村俱乐部。我想让你知道我不想把自己看作是一个很有文化修养的人。"

"我给了他们想要的东西。"他说。我朋友说他显然很生气。"你觉得现在有什么想法?"他很天真地问道。

不管怎么样,我想不起这位北方作家写的黑人的故事。我想到的是眼前的这位南方诗人,他的手紧紧地抓着那个瓶子,在黑暗中和我一起坐在码头,面对着密西西比河。

他谈了一阵子关于他喝酒的天赋。"我并不总是在喝酒,但它是一种能增强体质的东西。"他说。慢慢地,他开始讲起为什么会不幸成了跛子的故事。你们应该记得我自己的头也有一点摇晃。在夜色中,河水非常深,而且非常汹涌地流出新奥尔良,悄悄地流向了海湾。整条河似乎从我们面前离开,然后悄无声息地流进夜色中,就像一条巨大的正在移动的人行道。

当他第一次来我这里的时候,已经是傍晚时分了。当我们开始一起散步时,我注意到他拖着一条腿,当我们一起走的时候,他总是用他那瘦小的手放在同样很瘦的脸颊上。

坐在河边时，他解释说，当他还是一个孩子的时候，在一次跑下山的途中摔伤了脚趾。

当世界大战爆发的时候，他前往英国，并成功地参军入伍，成为一个飞行员。我想，他那种乡村男人的精神，在城市里待了一晚上后就会全部显示出来。

英国人很欢迎他的加入，他是一个出色的人。这个时候他们欢迎任何人加入军队，他虽然个头矮小，身体瘦弱，但入伍后，他很快成为了一流的飞行员，参加了英国飞行团所有的战役，但最后飞机被击落坠毁了。

他的两条腿都断了，其中的一条腿断成了三截，皮全都脱落了，脸上的一些骨头也裂开了。

他们把他送到一个野战医院并进行草草的修补。“如果事情办糟了，就都是我的错。”他说，“你看这是一个野外医院，在一个非常糟糕的地方。”这里的人的身体都被撕碎了，呻吟着，都在死亡的边缘。后来，他们把我转移到一个基地医院，但也好不到哪里去。我隔壁床的那个家伙，为了逃避战役而开枪打伤了自己的脚。他们很多人这样做，但为什么他们要这样糟践自己的脚我真的不明白。这是一个令人恶心的地方，挤满了软骨头。如果你曾经想开枪射伤自己，别挑这样的地方，别糟蹋你的脚，我告诉你这是个坏主意。

“总之，那个住院的家伙总是小题大做，我很讨厌他，也很讨厌这个地方。当我身体稍有好转，我就作假骗他们，说腿上的神经没有受伤。当然，这是一个谎言，我脸上和腿上的神经全都没停止过疼痛。我想如果当时我说了实话，他们会把我的伤痛治好的。”

我知道了。难怪他能喝这么多酒，当我知道了以后，我想还要继续和他一起喝，还要和他在一起直到他对我厌烦了，就像他对那个在法国基地医院和他邻床的那个人一样。

问题是他从不睡觉，睡不着，除非他喝了一点酒。“我是一个难对付的人。”他微笑地说。

这是我们决定去看萨利大婶之后他说的最多的话。当我们到那里时，萨利大婶已经睡了。但当我们按门铃的时候，她马上就起来，和我们一起坐在她屋子的小后院。她是一个大个子女人，有着粗壮的手臂和相当大的肚子。她没有穿外衣，只穿着一件浅色的印花睡衣，罩在一件很薄、很好笑的少女式睡衣外面。这时月亮已经升起来了，在老方场的狭窄的街道上，三个从河边船上下来的水手，喝醉了酒，正坐在路边唱着一首歌：

我要得到它，
你也要得到它，
我们大家都要得到它，
在我们的快乐时光里。

他们有着非常动听的男孩子似的声音。每当他们唱完一段时，就一起合唱，他们都会开心地放声大笑。

在萨利大婶的院子里种着许多阔叶的香蕉树，一棵棵树把它那柔和的紫色阴影投射在院子的砖地上。

至于萨利大婶，和他一样，对我来说同样很陌生。我们来了以后，就围坐在院子的一张小桌子旁。她走进了屋子里，很快就拿着一瓶威士忌酒出来。她似乎很快就理解了他，没用多余的交谈就了解到这个小个子的南方人总是生活在黑暗的痛苦中，威士忌酒对他有好处，会使他抽痛的神经安静了下来，至少是暂时性的。"当你从酒后醒来时，所有的东西都是短暂的。"我猜萨利大婶会这样说。

我们坐了一会儿什么都没说，大卫改变了他的忠诚的话题并从萨利大婶的瓶子里倒出两杯酒。不久，他站了起来在院子里来回地走着，在映着精致的网状轮廓阴影的砖地上来回地走着。"腿真的好多了，"他说，"有什么东西就是压着神经，仅此而已。"我的心里有一种得意的感觉，我做了一件很对的事，我把他带来见萨利大婶。"我带他来见了一位母亲。"自从我认识她以来，她总是给我这样的感觉。

现在我必须为她解释一下，这并不容易。所有在新奥尔良的街坊邻里都在流传着关于她的故事。

萨利大婶很久以前就来到新奥尔良，那时候这个城还是片荒野，处在开发时期。她来之前是干什么的，没有人知道，但她还是开拓了一个地方做生意。那是很久很久以前的事，那时我还是一个少年，远在俄亥俄州。我曾经说过萨利大婶来自中西部的某个乡村，用这种含糊其辞的方式，使我荣幸地觉得她和我是来自同一个州。

她营业的房子就是在法国广场往下走的一个比较旧的房子，就是这个地方。当房子到手后，萨利大婶就有一种预感。她没有把这个地方建得很现代化，而是把这里分成几个小房间，或者差不多这样。所有的一切都保留了原样，她只花钱重建了崩塌的旧墙，修补了破旧弯曲的大楼梯，修理了昏暗的、高天花板的旧房间，以及柔色的旧大理石壁炉架。不管怎么说，我们似乎的确都与原罪有关，而且有如此多的人都在忙着偷偷摸摸地犯罪。很高兴能看到有的人在走另一条路。如果把这个地方装修得现代化些,或许会给萨利大婶带来更多的好处。也就是说,在生意上她那时很快就入道了。如果没有这几间老式的房子,宽阔的旧楼梯,旧的嵌入墙里的烹调炉灶,如果所有这些东西不能在夜晚让那些人很方便地成双入对悄悄进来,他们至少会去干一些别的事情。她开了一家赌博酒馆,毫无疑问,女人们也都会偷偷摸摸地来。"我那时的生意越来越红火。"萨利大婶有次告诉我。

她经营着这个地方,赚了很多钱。她又把钱都花在了这个房子上。坍塌的墙被笔直地修砌了起来,又变得漂亮了。在院子里种的香蕉树、楝树已经开始成长,而且已经度过了幼苗期。墙上可爱的蒙大拿州玫瑰盛开,墙角种着一大片茂密芳香的马缨丹花。

春天,当院子正中央的这棵楝树长成参天大树庇荫整座房子时,它的香气弥漫在房子的四周。

十五二十年之后,在繁荣的四十年代,随着密西西比河地区的赌徒和赛马者相继到来,他们在楼上宽敞的房间里靠窗而坐,无疑这里成了那些富裕的种植园主的城里的家。妇女们也总是在傍晚悄悄地来。萨利大婶开始卖酒,她从赌博中抽取她的头钱,抽取她的份额,相当地冷酷。

夜晚,她把酒水高价卖给情侣们,没有人问起酒水的价格。摩尔·佛兰德斯也许是和萨利大婶生活在一起,他们是多么般配的一对啊。楝树开始长得茂盛起来,马缨丹开花了,蒙大拿玫瑰在秋天也盛开了。

萨利大婶得到了她想要的,她用钱来维护这幢老房子的外观,让它更漂亮。她也不停地在存钱。

一个慈母般的、善良的、理智的中西部妇女,对不?有一次一个赛马人留给她24000美元就消失了,没人知道她得到了这些钱。有人传说那人已经死了。他在法国市场旁边的一个地方杀死了一个赌徒,当人们搜寻他时,他乘机溜进了萨利大婶家,并把赃物留在她家。不久人们在河里发现一具漂浮的尸体,并认定就是那个赛马人。但事实上他是在纽约的一次拉线窃听处被捕的,在北方监狱关了六年才出来。

他从监狱出来后,自然地来到新奥尔良。显然他有点害怕,她收留了他。如果他抱怨就会因谋杀罪被起诉,从而威胁到他的脑袋。他是在夜晚到来的,萨利大婶一看到他就跑到厨房的一个嵌进墙里旧砖灶那里,从里面掏出一个包。"都在这儿。"她说。整件事情就是她当时日常的生活的一部分。

赌徒们就在楼上的几个房间的赌桌旁,他潜伏在古老院子的芬芳的植物里面好几天。

在萨利大婶五十岁时,她已经赚了很多钱而且全部花光了。她并没有一直做这些犯罪的事情,也从来没有陷得很深,就像摩尔·佛兰德斯,因此她总能够顺顺当当,安安稳稳。“他们想要的是赌博,酗酒,玩女人。女人们也喜欢这样。我从来没有看到她们任何一个来抗议过。最差劲的是在早上当她们离开时,她们看上去是如此的羞怯和内疚。即使她们认识到了,那是什么促使她们一直来呢?如果我带一个男人来,我就会要他,我不会和他胡闹,不会有任何的瓜葛。”

“对于这些人我已经有些厌倦了,这倒是真的。”萨利大婶笑着说,“但是我并不是在我得到了想要的后才感受到的,啊咳,在我攒了足够的钱安稳以后,他们的事情仍然花了我太多的时间。”

现在萨利大婶已经六十五岁了。如果你喜欢她而她也喜欢你,她会和你一起坐在她的院子里闲谈过去的岁月,还有这条古老的河的历史。或许,对了,在新奥尔良做事仍然深受着法国的影响,是一种实事求是的生活方式。我想说的是如果你了解萨利大婶、她又喜欢你,你的女朋友又刚好喜欢夜晚院子里花朵生长的芬芳——我扯得真的有点远了。我的意思就是想告诉你六十五岁萨利大婶并不严厉,她是一个慈母般的人。

我们坐在花园里聊天,那位瘦小的南方诗人,萨利大婶和我——或许只是他们在谈话,我在听着。这个南方诗人的曾祖父是英国人,排行老二,来到这里想开垦种植园发财,并且做到了。他和他的儿子们曾经拥有了好几个很大的种植园和许多奴隶,而如今他的父亲只剩下几百英亩土地,还有在阿拉巴马州某处的一幢老房子。大量的土地被抵押,而且大部分已经荒芜了很多年。随着许多的黑人逃往芝加哥,黑人劳力已经变得越来越昂贵且不令人满意。诗人的父亲以及他的待在家里的一个兄弟并不擅长下地干活。“我们不够强壮又不懂如何耕作。”诗人说。

这个南方诗人原本是到新奥尔良来看望佛瑞德,并与佛瑞德一起探讨诗歌,但佛瑞德恰好离开了这个城市。我只能陪他散散步,喝喝自家酿的威士忌酒。我也已经喝了将近12杯的酒。明天早上我肯定会头疼的。

当大卫和萨利大婶谈话时,我尽力倾听着。楝树已经成长了这么多年——她像描述自己的女儿一样讲述着它,“当它年幼时生了各种各样的病,但都挺过来了。”有人在她院子的一侧砌了一道高墙,以至于那些攀缘植物得不到它们所需要的足够的阳光。然而香蕉树仍然生长得很好,现在楝树已经足够高大强壮到来照料自己。她不停地给大卫添加威士忌酒,大卫一直在讲话。

他告诉她在他的腿上的那个地方有什么东西,可能是某块骨头在挤压着神经,还有他的左脸颊的一个地方,皮肤下面被嵌入了一块银板。她用她那苍老肥胖的手指摸了一下那个地方。月光柔和地照射在院子的地面上。"除了屋外的地方,在别的地方我都无法入睡。"大卫说。

他解释怎么会这样的,在他父亲种植园的家中,他不得不整日思考在夜晚是否能够睡得着。

"我上床,然后又爬了起来。楼下的桌子上总有一瓶威士忌酒,我会喝上三四杯。然后我就跑到门外。"经常会有一些美好事情发生。

"秋天是最美好的,"他说,"你要知道那个时候黑人制作甜酒。"那里每个黑人住的小屋后面都有一小块土地,种着甘蔗,到了秋天,黑人就用来制作甜酒。"我手里拎着一瓶甜酒跑到田野上,不让黑人们看见。带着瓶子去,这样我可以喝个痛快,然后躺在地上。蚊子会来咬我,但我并不介意,我想是我喝得太多了,以至于无法去介意了。这小小的疼痛造就了一种巨大痛苦的节奏,就像一首诗。"

"黑人们都在小屋子里制作甜酒,也就是说,他们把甘蔗的汁挤压出来,再将它们煮干。他们工作时一直唱着歌。我估计我们家在几年内将不再会有任何土地了。银行如果想要现在就可以拿走。但我觉得他们不会要,管理这些土地确实太麻烦。"

"秋天的夜晚,黑人们挤压着甘蔗。我们的黑奴大多依赖甜酒和燕麦生存。"

"他们喜欢在晚上工作,我也很高兴他们这样。一头年迈的骡子一圈又一圈地磨着,旁边堆满了干枯的甘蔗。黑奴们来了,男的女的,老的少的。他们在小屋外面燃起了篝火,老骡子一圈一圈地转着。"

"黑奴们唱着歌,他们笑着,叫着。有时有些年轻的黑奴和他们的女友在干枯的甘蔗堆上做爱。我能听到做爱的咔嗒咔嗒声。"

"我带着酒瓶,走出我们家的大房子,我猫着腰悄悄地走过去,直到靠得很近。我躺在那儿的地上,我喝的有点醉了,这一切都使我感到快乐。当黑奴们歌唱时,没人知道我在那儿。"

"我可以在这里入睡,像这样的砖地就行。"大卫指着那棵香蕉树的大叶子投下的又宽又广的阴影处说。

他从椅子上站起来,一瘸一拐地前后拖着两只脚穿过小院躺在了砖地上。

我和萨利大婶长时间地对视着,什么也没说。不久她用肥胖的手指做了个手势,然后我们轻轻走进了屋子。"我送你从前门出去吧,你就让他睡吧,就让他睡在那儿。”她说。尽管她身体肥胖,年岁已高,她却能像小猫一样轻柔地穿过院子。走在她身旁,我却显得笨拙和不稳。当我们进了屋,她小声地对我说,她有以前留下来的一些香槟酒,藏在老屋里的什么地方。“他回家时,我想送一大瓶给他的老爷子。”她解释道。

看起来她很高兴留他在这里,喝酒,在院子的砖地上睡觉。“过去我们也常常有一些优秀的男人来这儿。”她说。当我们进了屋子穿过厨房门时,我回头看了大卫一眼,他已经在墙脚的浓荫处睡着了。毫无疑问他同样也很快乐,自从我带他到萨利大婶这里后一直都很快乐。在夜空下,在香蕉树深深的阴影中,躺在砖地上的他蜷缩在那儿看起来是如此的瘦小。

我走进屋子,跨出前门,踏进黑暗狭窄的街道,沉思着。是啊,毕竟我是一个北方人,而萨利大婶在这里住了这么多年后,已经完全成了南方人。

我想起她一生中最自豪的事就是,她曾经和约翰.L. 沙利文握过手,她还认识 P. T. 巴纳姆。

“我认识戴夫·吉尔斯,你说你不知道谁是戴夫·吉尔斯?为什么?他可是我们这个城里最有名的赌徒之一啊。”

至于大卫和他的诗歌,是雪莱的风格。“如果我可以写出雪莱那样的诗歌,我会很幸福的。我并不在乎自己发生过什么事情。”黄昏前我们在散步时他这样告诉我。

我独自走着,沉醉在思考中。街道很黑,不时地我会笑出声来。一个想法涌上我的心头,它一直在我脑海里跳动,我认为这是个很愉快的想法。这和那些贵族们,和像萨利大婶与大卫这样的人有些关系。“上帝啊,”我想,“也许我确实有点了解他们了。我自己来自中西部,似乎我们也能产生出我们自己的贵族来。”我继续想着萨利大婶和我的家乡,俄亥俄州。“老天爷,我希望她是从那里出来的,但是我想我最好不必过于追究她的过去。”我暗自在想,微笑着走进薄雾柔和的夜色中。

另一个妻子

他觉得自己应该对她说一些特别好听的话，了解她啦，爱上她啦，离不开她啦。他的看法是或许她也离不开他了，不然的话她就不会花这么多的时间和他在一起。他并不完全是因为羞怯。

他毕竟还是够羞怯的。他相当地肯定有好几个男人一定还在爱着她，而且觉得她至少跟其中的几个有过往来，这不是不可能的。这些都是想象。一看到她在身边，他就会开始胡思乱想，思绪就会像脱缰的野马。“这些现代的女人，出于她的社会阶层，已经习惯了奢侈，敏感，将不会放过任何东西，尽管她们不会像我青年时那样，最后会贸然地陷入婚姻之中。”他在想着。对他来说，罪孽的念头或多或少地已经从这类事中消除掉了。“如果你现在有个，不管什么阶层的现代女人，和你套近乎，你所要尽力做的就是，尽量多动动你的脑子。”他在思考着。

他今年47岁，她比他小10岁。他的妻子两年前已经去世了。

从上个月以来，她已经养成了习惯，每星期总有两三个晚上，从她母亲的乡下房子里来到他的小木屋。她或许也可以邀请他上山到她母亲的家里，也可以多邀请他几次，但她更喜欢和他在一起，更喜欢和他交往，更喜欢待在他的小木屋里。她的家里，她的家人，对整个事情都叫她自个拿主意，自个处理。她住在她母亲的山村房子里，和她的母亲，还有两个都还未婚的妹妹。和她们在一起你会感到很快乐。那是在他来到这个山村的第一个夏天，在他买下了这幢小木屋后，他遇上了她们。他到大约半英里外的一家饭店吃饭，晚饭都很早吃。吃完饭他就直接回家，如果她要沿路下来散步的话，他保准待在家里。

在她母亲家里和她在一起，还有和她的两个妹妹，当然很有乐趣，但总是有人来串门。他觉得她的两个妹妹喜欢弄些能把他们俩捆绑在一起的事情来取笑他和她。

这都是纯粹的想象,只是一种看法,为什么她们会对他感兴趣呢?

整个夏天,他都被这个女人搅得心头千波万浪,巨涛汹涌。搞得他无时不刻地都在想着她,搞得他没有心思做其他的任何事。咳,他本来是打算到乡下来休息的,他唯一的儿子还在暑期学校念书。

“事情是这样,我在这儿实际上就是自己一个人,我干嘛要去自找那些麻烦?如果她,如果她家里任何一个女人,想要嫁人的话,她早就应该嫁给一个更加合适的男人了。”她的两个妹妹对她的态度倒是非常关心的。当他和她在一起的时候,她们的行为方式中总带着些温柔的,尊敬的,也有取笑的意味。

许多琐碎的想法一直在他头脑里打转。他之所以来到这里的乡下是因为他心里的某些事情使他感到失望。这事情或许就是他的 47 岁的年龄。一个像他这样穷苦孩子出身的男人,逐步地在自己的行业里平步青云,成为一个颇有名望的内科医生。是啊,作为一个心想事成的男人,他想要的东西很多很多。

但到了 47 岁这个年龄,他也随时都有可能会一蹶不振。

你还没有得到你的工作中,你的人生中想要得到的一半,三分之一,再继续下去有什么用? 那些年龄大的人像年轻人那样坚持奋斗,他们会怎样呢? 他们真的是有点天真,不成熟。

一个伟人或许会那样地坚持下去,一往无前,死而后已。但一个人只要他还有点理智和头脑,谁愿意去做一个伟大的人物? 那些被称为伟人的或许在人们的心目中只是一个梦幻。谁愿意去追求一个梦幻?

就是像这样的思绪驱使他离开大城市,去休养。天晓的如果她不住在那儿,那是否是个错误。在遇到她之前,在她养成与她的身份不相称的那个习惯之前,就是在漫长的夏日夜晚到他的小木屋来看他,这个山村,这个静谧的山村,是令人恐怖的地方。

“或许她到我这里来只是因为对生活的厌倦。一个像她这样的女人,结识了那么多的男人,都是些杰出的男人,她是个被许多有名望的男人爱着的女人。但她为什么还来我这里? 我对她并不那么热情,她也肯定不会认为我这个人聪明过人,才华横溢。”

她已经 37 岁,说得客气些,已经体态丰满,在穿衣打扮上几乎是有点登峰造极了。生活似乎并没有使她稳重多少。

当她来到他那幢坐落在小溪边上,朝向山村马路的小木屋时,她总是倒在门旁边的一张长沙发上,然后点燃一根香烟。她有一双漂亮的小腿,那双小腿确实秀美动人。

门开着,他就坐在桌子旁的一张椅子上。他点了一盏油灯。他让小木屋的门敞开着,山里的人来来往往地经过门前。

"关于休息这件傻事的所有麻烦就是那个男人想的太多。一个行医开业的内科医生,人们不断来找他,许多人生病,没有时间。"

很多女人来找过他,结过婚的和没结婚的。有个女人,她已经结婚了,他给她看了整整三年的病后,她写了一封长信给他。她已经和她的丈夫去了加州。"既然我已经离开了你,再也见不到你了,我现在坦率地告诉你,我爱你。"

多可笑的想法!

"在这三年里,你一直对我很耐心,让我和你谈心。我已经把我生活中的所有隐私都告诉了你。可你总是有点冷漠无情和傲睨自若。"

真是胡说八道!他怎么能够阻止那个女人谈论她自己的隐私?在她的信里还写了很多的这类事情。作为医生他并不觉得他对这位女病人特别的傲慢无礼,事实上他是怕她。她所认为的冷漠无情实际上是恐惧。

他把这封信保存了一段时间,但最后还是把它给毁掉了,因为他不想让它意外地落入他妻子的手中。

一个男人喜欢觉得自己对某人来说是颇为重要的。

这位医生,比如说,现在在小木屋里,那位新的女人在他的身边,她正在抽烟。这是星期六的晚上。山里的人们,男人,女人和孩子们都在沿着那条山村公路走向一个集镇。不久,这些的山里女人和孩子们将原路返回,男人们则不见了。在每个星期六的晚上,几乎所有的山里男人们都要喝得醉醺醺的。

你从大城市来这里,是因为这里的群山翠绿,山间的溪水清澈。你觉得那些山里人一定是质地纯朴,和蔼可亲。

现在,这些走在路上的山里人的目光都转过来盯着小木屋里的这个女人和医生。在上个星期六晚上的午夜后,医生被马路上传来的一阵吵吵嚷嚷的醉汉说话声吵醒了。这些谈话让他怒火万丈,浑身发抖。他真想冲到马路上,把这些喝得醉醺醺的山里人狠狠地揍一顿,但想到自己已经47岁了……而在马路上的这群醉汉都是些年轻力壮的小伙子。

其中的一个醉汉大声地告诉其他人说,现在坐在医生旁边的长沙发上的那个女人,是一个名副其实的城里荡妇。醉汉使用了非常令人反感的字眼,并且跟其他几个人打赌,不出这个夏天,他打算把这个女人据为已有。

这简直是下流粗鄙的醉话。这家伙边说着还边哈哈大笑,其他人也跟着大笑。这群醉汉正在穷开心。

如果和医生在一起的这个女人听到了,如果医生告诉了她?她也只会一笑置之。

在医生的头脑里,有关这女人的思绪何止万千!他有把握地确信,她从来不去管别人的看法。他们就这么坐着,她在抽她的饭后那根烟,他在思考着,就那么几分钟。在她面前,他头脑里的思绪转得飞快。他还不习惯如此纷纭的头绪。他在大城市里行医的时候,除了女人,比如爱上某个女人,他还有许多其他的事情要去考虑。

他和他的亡妻从来没有像这样。她从来没有让他激动过,除了他们最初的肉体接触。从那以后,他也就是接受了她。"世上有许多的女人,她是我的女人。她也相当的贤惠,尽到了她自己应尽的职责。"这是一种人生的见解。

她的去世,给他的生活留下了一个难以弥补的缺憾。

"这或许就是我的根由所在。"

"现在这个女人毫无疑问是另一种类型,你可以从她的穿衣打扮的方式,对人无拘无束的样子看出来。这些人他们总是有钱,从一开始在生活中就有一个无忧无虑地位。他们只是往前走,对自己充满自信,从不畏惧。"

他的早期贫困,医生在思索着,教了他许多他乐意知道的东西,但贫困也使他懂得了其他一些不那么令人愉快的事情。那时他和妻子总是有点担心人言可畏,担心人们的可能看法,担心他在自己行业中的地位。他娶的这个女人也是出身贫寒的家庭,她在嫁他之前是个护士。现在这位和他在房子里的女人从沙发站了起来,把手中的烟蒂扔进了壁炉里。"我们去走走。"她说。

当他们走到外面的马路上,就朝着离开小镇和她母亲房子的方向走去。她母亲的房子坐落在他的小木屋和小镇之间。要是路上有另一个人跟在后面,一定会觉得他这人气度不凡。她有点太丰满了,个头又不够高,而他身材高挑,体型修长,迈着自由自在的步伐,举止潇洒自如。他的手上拿着帽子,他那浓密的灰色头发更增添了他那与众不同的气质。

马路越来越崎岖不平,他们彼此靠得很近。她一直想告诉他什么事情,他也下定决心要告诉她一些事情,就在这个晚上。但要告诉什么呢?

在加州的那个女人,在她的那封愚蠢的信中想要告诉他的那些事情,写的并不是很得体。在他不经意中遇到的这个新的女人,她要说的也是类似的意思。休息这件事已经远离他而去,可望不可得。但他却发现自己已经爱上了这个女人。

如果她偶尔发现自己需要他,那么他会设法告诉她。

不管怎么说,这事办得犯傻。更多的想法在医生的头脑里翻滚。“我对这事不会很热心的,因为这是在乡村。休息,离开我的行医,这些事都办得犯傻。我的行医现在在另一个人的手中,但有许多的病例这个新来的人是不会理解的。”

我的那位已经去世的妻子,她就没有期望得太高。她是个护士,在贫穷的家庭里长大,她必须一直地工作。而这位新来的女人……

医生曾经想过某种愚蠢的计划,他或许会设法把它说出来,然后他会回到城里,回到自己的工作中。“我最好现在就赶快离开,什么都不要说。”

她正要告诉他有关她自己的一些事情。或许是些她曾经认识和爱过的某个男人的故事。

他从那里得知她曾经有过好几个的情人?他也只是猜想罢了,好啦,这样的女人,总是有许多许多的钱,因为总是和那些聪明人在一块。

她年轻的时候,有一段时间,想要成为一个画家,曾经到过纽约和巴黎学习画画。

她要告诉他一个英国人,一个小说家的故事。

真见鬼,她怎么知道他的那些想法?

她在责骂他。他说了些什么?

她正在谈论那些像他这样的人,单纯,正直,好人,她这样称他们。这些人走在生活的前面,做着他们自己的工作,没有要求太多。

她那时候也和他一样,有着许多的幻想。

“这些像你一样的人们,头脑里也尽是些这样的想法——都是些傻主意。”

现在她又谈起了自己的事。

“我想成为一个画家。我很了解艺术界里的那些号称大师的人们。你,作为一个医生,又没有大名气,我敢肯定你也了解各种各样的号称伟大的大夫、外科医生的人。”

她现在又谈起了发生在她自己身上的事情。在巴黎,她遇到了一位英国小说家,他当时就已经声名显赫。当他似乎对她产生了好感时,她感到非常高兴。

这位小说家写过一部爱情小说,她看过这部小说。这部小说的确具有某种情调。她一贯地认为她想要的恋爱关系应高于生活中的一切,这也正是小说中的那种情调。她和这部小说的作家尝试了一回,但到头来根本就不是那么回事。

马路上的天色渐渐暗了下来。山坡上的接骨木和月桂树变得影影绰绰。在昏暗中,他能隐约地看到她的肩膀在微微地耸动。

如果他所想象的她的那些所有情人们,那些上流社会的杰出的、聪明的男人们都像这样该怎么办？他突然感到一阵冲动，就像那天听到马路上那群喝醉的山里人谈话时的感觉那样。他很想用他的拳头揍某人一顿，特别想揍一个小说家，最好是一个英国小说家，或者画家或者音乐家。

他从来不认识这些人中的任何一个，在周围也没有这样的人。他觉得自己好笑，想道："当那个山里人说话时，我要安静地坐着，让他说。"他行医看病曾经和那些有钱的商人，律师，工厂主，他们的妻子，以及他们的家人打过交道。

现在他浑身在发抖。他们来到了一条小溪上的一座小桥上，突然，他不假思索地伸开双臂把她抱入怀中。

他早就打算把一些事情告诉她。是什么事情呢？是关于他自己的一些事情。"我现在已经不再年轻了，我所能够给你的并不很多。我给你的还不会达到你自己的那么多，也达不到那些曾经爱你的，聪明的，杰出的知名大人物那么多。"

毫无疑问他想说这些事情是傻透了。现在，在黑夜中的小桥上，她在他的怀抱里。空气中充满了浓烈的夏日芳香。抱在怀里的她真的有点分量。很显然她喜欢他这样拥抱着。他也想过，她或许真的喜欢他，但同时对他却带有某种蔑视。

现在他已经亲吻了她，她也喜欢亲吻。她靠得更近了，并回吻了他。他靠在桥栏上，有个这样的东西靠一下真好。她长得真壮实。他的第一个妻子在三十岁以后也变得相当的丰满，但这位新的女人却更有分量。

现在他们俩又走在了马路上。这是一件最令人惊奇的事情，又是一件很理所当然的事情，这就是他要她嫁给自己。

他会吗？他们俩沿着马路走向他的小木屋，他的心里是七上八下，忧乐参半，那种感觉就像一个男孩子第一次单独和一个女孩子走在黑暗中。

记忆飞快地闪现，他想起了在孩提时和年青时的夜晚。

一个男人太老了是否还会做这事？像他这样的男人，一个内科医生，应该对这些事情知道的更多。在黑暗中，他觉得自己很好笑，他既感到自己很傻，又觉得恐怖，又觉得快乐，但哪样又都不能确切地说清楚。

在小木屋里就好多了。她来看他时，既没有犯傻，也没有那些市俗的担忧，这多好啊！她是个可爱的女人。和她单独坐在小木屋的黑暗中，他觉得不管怎么说他们俩都是成年人了，完全懂得他们正在做什么。

他们懂吗？

当他们回到小木屋时，天已经很黑了，他点亮了一盏油灯。很快地，所有的东西都看得很清楚了。她又点了一根烟，像原来那样坐着，看着他。她的眼睛是灰色的，这是一双灰色的，聪明的眼睛。

她完全觉察到了他的困惑。那双眼睛正在笑着,这是一双老练的眼睛。这双眼睛正在说话:"一个男人就是一个男人,一个女人就是一个女人。你永远说不上什么时候或怎样地会发生那事。你是一个男人,虽然你认为自己是个有头脑的,务实的人,但你充其量也就是个大男孩。任何一个女人都有办法来得比男人更老练,这也是我所知道的原因。"

才不去管她的眼睛在说些什么,医生很显然陷入了烦恼之中。他本来打算有一番话要说,或许他也已经知道,从一开始,他就被套了进去。

"噢,我的天,我现在还不想揽上这事。"

他迟疑不决地想说些有关做一个内科医生的妻子生活会怎样的话。他是假定,用不着直接问她,她就会嫁给他,这似乎急了一点。他又假定自己并不打算做任何的这类事情。一切都搅成了一团。

像他这样的内科医生,只是个普通的医生,而作为他的妻子的生活,并不会很舒适的。当他刚开始当上内科医生的时候,他确实想过,有朝一日,他将登上光辉的顶点,成为某一种的专家。

但现在……

她的眼睛一直在笑着。如果说他犯迷糊的话,很显然她却没有。"在有些女人身上有种艰定不移的劲头,她们似乎知道什么东西正是她们所想要的。"他在想着。

她想要他。

她说的话并不很多。"别犯傻啦,我已经等了很长时间了,等的就是你。"

就这些了。这是最后的,绝对的,也是窘的要命的。他走上前去,笨拙地亲了亲她。现在她又呈现出当初使他窘迫的神气,那种老于世故的神气。或许什么都不是,只是她抽烟的一种姿势,一种毫无疑问是优美的,虽然是相当大胆的,对服装的审美力。

他的前妻似乎从来没有想过衣着打扮,她对此一窍不通。

好了,他又设法让她走出小木屋,这或许也是她的安排。他的第一个妻子在结婚前是个护士。或许那些当护士的女人不应该嫁给内科医生。她们过于敬重内科医生,从小别人就教她们要非常敬重。这个女人,他相当地肯定,对他将永远不会有太多的敬重。

当医生把这件事想透了,也就是这么回事,很好。他已经迈出了一大步,好像双脚突然感觉到了坚实的大地。这事本来就很容易的嘛!

他们沿着马路走向她母亲的房子。天黑了,他看不见她的眼睛。

他在想着:“她家里有四个女人。一个新的女人将成为我儿子的母亲。”她母亲老了,而且沉默寡言,有着一双敏锐的灰眼睛。她的一个妹妹有点男孩子气。另一个妹妹,是家里最端庄的,却爱唱黑人歌曲。

她们有的是钱。就他自己的收入而言,也是够花的。

能成为她的两个妹妹的和蔼可亲的老兄,成为她母亲的一个儿子,也挺不错的。噢!我的天!

他们来到了她母亲房子的大门前,她让他再次亲吻。她的双唇是温暖的,她的呼吸是芳香的。他站在那儿,仍然感到有点窘困。而她已走上通往家门的小道,门廊里有一盏灯亮着。

毫无疑问她长得很丰满,很壮实。他的想法是多么的荒唐可笑!

好啦,该回到自己的小木屋了。他感到自己很蠢很幼稚,冒傻气,既害怕,又高兴。

“噢,我的天,我给自己找了一个妻子,另一个妻子,是新的妻子。”他沿着黑暗中的马路,边走边想着。他仍然感到自己是既高兴,又犯傻,又害怕!过一段时间他能克服掉这种感觉吗?

洪　水

事情发生在他正尽力地做一件很困难的工作的时候。他是一位大学教授，正在努力地写一本有关价值观念题目的书。

许多人写过这个题目，他现在也想一显身手。

他说，他已经读完了他所能找到的有关这个题目的所有的书。

这些书花了他好几个月的时间坐在家里才读完的。

这位教授有自己的一幢房子，就在他教书的那所大学所在的城镇的边上。但那年他没有上课，是他的休假年。他有一整年的时间可以花在他的那本书上。

"我想，"他说道，"我应该到欧洲去。"他想去某个安静的地方，比如说，一个诺曼底的小镇。他记得他曾经去过这样的小镇。

那应该是个非常安静的，没有人会认识他的地方，在那个地方他不会受到任何的打扰。

他在小本子上记下了大量的笔记，这些小本子都整整齐齐地叠在他房间里的长书桌上。他是一个敏捷的小个子，脑袋差不多全秃了。他结过婚，但妻子去世了。他告诉我，多年来他一直感到非常孤单。

他孤身一人住在自己房子里好几年，也没有孩子，只有一个老管家，和一个有围墙的花园。

那个老管家没有在他家里睡，她一大早来，晚上回到她自己家里。

好几个月，甚至好几年，家里什么事都没有发生，一次也没有，他说道。

他一直是孤身一人，感到非常孤单，加上他又很不善于和人打交道。

我想，在那年夏季之前，他一直很渴望着有人来。"我妻子在世的时候，她是一个很快乐的人。"他说着又提到了自己的孤独。我离开了他和其他人，我不认识他的妻子,总觉得她好像是个相当轻浮的女人。

她是个无忧无虑的小女人,喜欢装模做样,其中的一种就是她的金色的头发总是飘扬在风中。夫妻俩总是那样地喋喋不休。他们爱所有的人。我的那位学者朋友深爱他的妻子。

后来她死了,留下他一个人。他是那种走在大街上,胳膊底下夹着书本,走路飞快的人。在大学城里,你总会看到这样的人。他们在走路时用冷淡的目光盯着别人。如果你对其中的一位说话,他会心不在焉地回答,“请别来烦我。”他这人似乎就是这么说的,然而在他心里,他一直在骂自己,为什么就不能对别人更友好一些呢。

他告诉我,当他的妻子还活着的时候,他都在书房里,钻在书堆中,按大家的说法,做笔记,陷入在沉思中,准备写他的那本论价值的书,这本书有可能成为他的一本鸿篇巨制。他的妻子那时经常走进书房来。

她一进来,就伸出一只胳膊抱住他的脖子,靠在他身上,亲他,另一只手就使劲地捶打着他的肚子。

他说她经常拽着他出去,要和他在草地上玩槌球游戏,或者帮助她干点花园里的活。他说,是用她的钱,盖起了这座房子。

他说她总是称他为老头子。

“过来,老头子,亲亲我,和我亲热亲热。”她有时这样对他说:“你对我或任何人都不够好,但你是我的所有。”她经常请人到家里来,许许多多的人,任何人都请。当屋子里挤满了人,这位学者,这位小个子天真的男人,站在客人中间,感到很困惑。在一片喧闹声中,他竭力地抓住他那些关于价值主题的看法不放,努力地回想着当他独自一人时偶尔想到的那些飘忽不定的思绪……他的心里有一种感觉,所有的人对价值的看法,特别是在美国,都有一种曲解。“被歪曲了。”他说道。当他独自一人时,当他的妻子和那些被她拉到家里来的人没有来打扰他的时候,有时他有一种感觉,在这些时候,当他没有这样被打扰时,他的那种不屈不挠的进取精神,他自己的冷漠和不以为意……“我有时几乎认为,”他说,“我已经得到了一些东西。”

“这是一种在被发现的所有价值中的神圣的平衡点。”他说。

能够肯定,你得到了每个人都能理解的初步的价值观,价值在土地、金钱和财产中的作用。

然后你得到了更奥博的价值观,感觉就跟着来了。

你得到了一幅画,比如说是伦勃朗的画,以五万美元卖给一个有钱人。

这些钱足够养活十二户贫困的家庭,能为这个州增添大约五十或六十个公民。

这些公民,比如说,都是优秀的男人和女人,比如说,都成为了制造商,那么对这个州的价值是毫无疑问的。

然后你得到了这幅伦勃朗的画,把它挂在墙上,比如说在某个有钱人的家里。他会邀请人们到他家来,他会站在这幅画的前面。

他会夸耀这幅画,就好像是他自己画的一样。

他会说,"能完全地得到这幅画,我感到十分得计。"他会告诉别人他是怎样得到这幅画的,因为另一个有钱人也追求过这幅画。

他谈起这事来,就好像谈起他在股市上用娴熟的策略控制住了某个行业一样。

同样地,这幅画在某种程度上,增添了这个有钱人的生活中的某种价值。

这幅画挂在他家里的墙上,除了他能触摸之外,不能产生任何东西,不能产生出食品,衣物,或者是物质世界中的任何东西。

他自己就是存在于这个物质世界中的一个重要的人,他就是因为这点而致富的。

同样地……

我认识的这位学者,他所要的是非常的公正。不,不是公正,他说他要的是真理。

他的思维展开了,有时他抓住了一点点东西,或者想到了他要的东西。他做笔记,准备写他的那本书。

他很爱他的妻子,但有时候,他说他也常常恨她。她过去经常嘲笑他,"你这个老价值。"她总是这样说。他好像在这个题目上进行了多年的研究。他经常在哲学协会里宣读论文,然后由协会把这些论文印成小册子。没人能理解这些论文,甚至可能连他的那些哲学家同事们也看不懂,但他却把这些论文大声地读给妻子听。

"亲吻我,使劲地亲,"她总是这么说,"现在就亲,别等了。"

他说有时候真想杀了她,但他又说他很爱她。

她死了,就剩他孤身一人,有时候他感到非常孤单。

人们忘不了他的妻子,有一段时间常来看他,但他对他们很冷漠,这是因为他总是陷入沉思中。人们和他谈话,他心不在焉地回答。"是的,就这样。也许你是对的。"诸如此类的回答。

希望他们也是这样，他说。

后来，他说，洪水来了。他说你无法解释洪水到来的原因。

“谈论平衡点有什么用?”他问道，“根本就没有平衡点。”

他无法解释在那个休假年夏天发生的事情。他有一套关于生活的理论，我以前就听过。

“生活中的所有一切真的是像巨浪和洪水般地汹涌而来。整个的大城市，有成千上万人，甚至几百万人住在里面。”他说道。

“他们都是些，比如说，麻木不仁，蠢笨不堪，粗野庸俗的人。所有的人都已经对生活感到厌倦，他们相互之间充满了仇恨。”

“这不仅仅是在城市里，有时候整个国家都是这样。”

“你对战争是怎么解释的?”

“然后，在另外的时期，所有的街坊，所有的城市，整个国家又变成了另外的样子。他们变得都不信教，然后，突然间，没有任何大家有听说过的原因，或者能理解的原因，他们都变得信教了。他们都感到骄傲，然后他们又变得谦虚。他们之间充满了仇恨，然后又突然变得充满了爱。”

“个人都是千方百计地迫使大众承认自己的权利，但往往不会成功，都被淹没在洪水中。”

“毕生的工作和思索就这样被冲刷走了。”

“这是些小小的灾难，这些是灾难或者只是些逗乐?”

我的这位学者朋友，他正在探索，正如我所说的，有关价值问题的一种客观的，精确的平衡点。

这样的平衡点，将在孤独中，被全部写成文字。他的这本书，将是他的鸿篇巨制，是他一生工作的证明。

现在已经没有妻子带人来家里打扰他了，也没有妻子说，“过来，老头子，赶快亲我一下，就现在，我要你亲我嘛。”

“拿住这个，拿住我要给你的东西，趁着现在我要拿给你。”

这类的事情，当然，会使他从思想的高峰，砰的一声，摔了下来。

在这之后，他就得奋斗好几天，尽力回到原来的思想高峰。

那年夏天他独自一人在家里，在沉思中，他几乎要得到了那件东西，完美的思想的平衡点。

他说，那年的冬天、春天和初夏，他都一直在努力。有好几年了，都没有人来看他。

后来,他妻子的妹妹突然说要来。她甚至一整年都没有写信给他,却突然拍电报来说她正往这个方向过来。好像是她正开着一部小车,要去什么地方,他记不得了。

她还带了一个年轻的女人来,是她的堂妹。这个堂妹,和他的小姨子是一丘之貉,也是一个很轻浮的女人。

紧接着,这位学者的弟弟来了。他弟弟是个身材高大、夸夸其谈的家伙,年纪尚轻,正在经商。

他弟弟本来只打算待上一两天就走,但是,和这位学者一样,他也失去了妻子。他被这两位年轻的女人吸引住了。

因为这两个女人,他就一直住了下去。这两个女人或许也是因为他,也就一直待了下去。

他弟弟有一部豪华的小车,还带了许多其他人来家里。

这位学者的家里突然挤满了许多男人和女人,还堆满了许多的杜松子酒。

家里的客人纷至沓来。这位学者的弟弟弄来了一部留声机,还准备要安置一台收音机。

晚上,家里开起了舞会。

甚至连那个老管家也卷了进去。她一直是个相当安静,稳重,愁眉苦脸的老太太。有一个晚上,这位学者说道,经过了一整天,那天下午他一直在努力,他独自一人在房间里,门关上了,声音却不断地传进来,刺耳的声音,他说,女人的笑声和男人的说话声。

他说那两个来到他家里的年轻女人,他认为是因为他弟弟而留了下来,而他弟弟却是因为这两个女人留了下来,这两个女人又结识了城里的其他人。这些人,把家里挤得满满当当的。

尽管有这些人,他还是差点儿得到了他追求的东西。

“我敢肯定我几乎得到了它。”

“得到什么?”

“哎呀,我的价值论的定义啊。你看,应该有一些重要的东西写在我那本书的核心部分。”

“是的,当然应该这样。”

“我的意思是,在我的那本书的某个地方,所有一切都应该得到解释。用简单的语言,这样每个人都看得懂。”

“当然。”

我将永远忘不了这位学者告诉我所有这一切时,他的眼中所呈现出的那种困惑和痛苦的表情。

他说他们甚至能让他的老管家也活跃起来。“你是怎么看这件事的,老管家也喝起杜松子酒来了?”

那天下午,屋子里发出阵阵巨大的哗啦啦响声。

他独自一人在楼上自己的房间里,也就是自己的书房里。

他们已经把那位愁眉苦脸,稳重的老管家活跃了起来。他说他弟弟很能干,他们能使她跟着留声机的音乐翩翩起舞。这位学者的弟弟,一个吵吵嚷嚷、夸夸其谈的大块头,他是某种产品的制造商,现在正在和那位庄重的,愁容满面的老管家跳着舞。

其他的人则围成了一个圆圈。

留声机正在放着音乐。

这时发生了一件事,就是这位学者的小姨子突然闯上楼来。从这位学者所说的话,以及从后来其他人的议论中,我能想象出他的这个小姨子是他去世的妻子的活脱脱的翻版,可以说是从一个模子铸出来的……

好像她是跑着上了楼梯,突然闯进他的房间。她的金发在飘荡,一路咯咯地笑着。

“我已经差不多要得到它了。”他说。

“什么,哦,对了,你的定义。”

“是的,就是这个我已经追求了多年的定义。”

“我就要把它写下来了。它包含了全部的内容,我所要说的一切。”

她闯了进来。

我猜想这位小姨子一定是,至少有几分爱上他了。而他毕竟也不想让他的那个夸夸其谈、吵吵嚷嚷的弟弟拥有她。他也承认这一点。

她冲了进来。

“快来,你这个老头子。”她对他说道。

他说他想对她解释一下。“我和她干了一架。”他说。

他从书桌旁站了起来,准备和她讲讲理。她已经完全占有了他的房子。

他要告诉她自己打算怎么做。他提到他是站在书桌旁,想要把所有的事情和她理论一番。但他告诉我这一切的时候,却是坐着。

我觉得这位学者和我谈起那时的事情时,他的谈吐有点不够文雅。

“什么事都没有发生。”他说,他只是从年轻的小姨子那里学来的这些措辞。

她就像他已故的妻子以前做的那样嘲笑他,但她不会亲吻他。她不会说,“快亲我一下,老头子,我要你亲我嘛。”

我猜想她只是把他从楼上硬拽了下去。他说他和她一起下去,他挡不住,当然,他也不会对小姨子动怒。

他和她一起下楼,看到了那位稳重的,满脸愁容的老管家正在纵情地跳舞。

老管家似乎也不在乎是否被他看到了,她已经恣情放肆了,整个屋子里的人也都肆无忌惮了。

因此,到后来,我的这位学者朋友也不在乎了。

“我现在是泡在洪水中了,”他说,“有什么办法呢?”

他有点儿担心,如果他对这事没有点行动的话,他的那位夸夸其谈的弟弟,或者某个像他弟弟那样的男人,或许会把他的小姨子拐跑了。

他很不愿意让这样的事情发生。因此,就在那天晚上,当他单独和小姨子在一起时,他就向她求婚。

他说她也叫他老头子。“这应该是一种对自家人的称呼。”他说道。当他说这话时,学者的魅力又回到了他的身上。

他已经被卷入了洪水中,只能随波逐流了。

他已经向他的小姨子求了婚,就在房子后面的花园里,一棵苹果树下,槌球场的旁边。小姨子还对他说……

他没有告诉我她说了些什么。我想她说的是,“好吧,你这个老头子。”

她还会说,“快亲我一下,我要你亲我嘛。”

这样的结局,至少让我的这个故事得到了某种的平衡点。

但是,这位学者说这世界上根本就没有什么平衡点。

“这世界上只有洪水,一个接一个的洪水。”他说道。当我和他谈起这一切时,他显得又有点灰心丧气。

但不管怎么说,他看起来好像还是很快乐的。

他们为什么要结婚

人们总是不断地结婚。很显然这是人类心中永恒的希望。大家都觉得这事很好笑。如果你不能去看一部电影,但是其中的某个喜剧演员拍摄的一些关于婚姻制度的片段也都能给我们带来笑声。在这些时候观察那些已婚夫妇脸上的表情是一件有趣的事情。

但我打算要说的是关于威尔的故事。威尔是个画家。我想要说的是一天晚上在威尔的公寓里的一次交谈。每个要结婚的男人或女人有时候都想知道,怎么就这么凑巧与他或她结婚。

“当你结婚后,你必须和另一位亲密地生活在一起。”威尔说。

“是的,你就是这样。”他的妻子海伦说。

“有时候婚姻让我感到非常的厌倦。”威尔说。

“难道我不是吗?”海伦说。

“对我来说比你更糟糕。”

“不,我认为对我来说更糟糕。”

“噢,天哪,我想知道你怎么会这样想的。”

“那时我在纽约,还是个学生呢。”威尔说道。很显然,他已经渡过了与海伦的一起游过的波浪滔天的婚烟小海洋,当然是谈话式的游泳。他准备告诉我事情的来龙去脉,这往往是有趣的时刻。

“好吧,”威尔说,“正如我所说的,在纽约时我是一个年轻的单身汉。我上大学,接着毕了业,然后找到了一份工作,但这工作不怎么样,每周我只能赚 30 美元。我的工作是画广告插图,所以认识了一个叫鲍勃的家伙。他一周能赚 75 美元。想想这事,海伦,你为什么不嫁给他呢?”

“但是,亲爱的威尔,你现在赚的要比他多得多,”海伦说,“而且不仅仅是这点,威尔是一个如此可爱、文雅的男人。你只要一看见他就能发现这些优点。”她走过房间,挽住了丈夫的手。

“有时候请你别谈论那些外表文雅的人士。”我说。

“我知道。”海伦笑着说。

这个时候她绝对是个非常可爱的女人,闪动着灰色的大眼睛,非常苗条优美的身材。

威尔说的那个遇到的男人叫鲍勃,有几个亲戚住在费城附近。海伦说他是一个身材高大,但看起来很感伤多情的老实人。

所以威尔和鲍勃两人开始去费城度周末,威尔自己的家人住在堪萨斯州。

鲍勃的亲戚住在费城的近郊,家里有两个女孩,都是鲍勃的表妹。

威尔说两个女孩都很不错,当他说这话时海伦笑了。他说她们的父亲是个广告商,“他们在家里热情地款待了我们,让我们睡豪华的大床。”威尔滔滔不绝地开始了他的故事。

“我们总是在星期六下午五点左右到达那里。她们父亲叫杰·基·斯莫尔。他有一辆非常漂亮的小车。”

“因此他总会待在家里,总会来察看我们,用一种过来人的方式来察看两个年轻人怎样地向他家里的两个年轻姑娘献殷勤。开始时他看你的眼神仿佛在说,‘喂,我真羡慕你们这些年轻人,等等。’然后他又看你一眼,眼睛又像在说‘你们这两个妄自尊大的臭小子闲待在这儿干什么?’”

“每个星期六的夜晚,吃完晚餐,我们就去弄到小车,或许是女孩们弄到的。我与她们中的一个一起坐在后座,她叫辛西娅。”

“她是一个高挑的,看起来很笨拙的女孩,一双黑色的眼睛。不知为什么,她使我感到局促不安。”

讲起了男人与这样的女人之间的局促不安时,威尔开始有点离题了。“有一种女人就是会使你大为恼火。”他说。他讲的有点粗俗,我想,他是为画家说话。“她们觉得她们应该能够胜任自己的职责,给自己弄一个男人,但是或许她们对这事想的太多了。她们显得扭扭怩怩的,当然,她们让你觉得那个样子。”

“很自然地,我们做爱了。似乎这是我们都期待的。鲍勃和他的表妹在前排座位上做。现在大家都会做这事,我也很高兴有这个机会。同样地我一直盼望着这事对我来说能来得更加自然一点,我的意思是和那个人。”

当威尔跟我讲这些事时,他正坐在纽约他的公寓的长沙发上。我已经和他以及他的妻子一起吃过晚饭,她坐在沙发的另一头。当他谈起另一个女人时,她稍稍地向威尔靠近了点。她随意地插话说,只有一次机会,她就取代辛西娅得到了威尔。当她讲到这事时,我很难相信她的话,我怀疑她是否想让我相信她。

威尔说和辛西娅在一起确实很难做到亲密无间,她从来没有真正做到他所谓的“心心相印”。坐在前面的那个家伙,就是他的朋友鲍勃,通常在开车途中总是说说笑笑。在他的两个表妹中,他更喜欢的似乎不是辛西娅,而是另一个更小巧的,皮肤黑黑的,更加活泼的,名叫格雷斯的那个表妹。他有时会把车停下来,在费城郊外的某条黑咕隆咚的乡村路上,他和格雷斯会互相献殷勤。

格雷斯这女孩说出来的话简直会让人大吃一惊。威尔说她常常咒骂鲍勃,每次他来,她都说他“太色”,她还打他。有时候鲍勃会把车停下来然后和格雷斯一起出去散步,他们会去很长时间。威尔和辛西娅坐在后面的座位上,他说辛西娅的手像男人,“这双手看起来很能干。”他想。她比她妹妹格雷斯年长点,在城里工作。

显然她不怎么擅长做爱,威尔心想格雷斯和鲍勃或许永远不会回来了,他尽力编造些话题和辛西娅闲聊。有天晚上他们一起去跳舞,就在费城附近的一家路边旅馆里。

这路边旅馆肯定是个粗野不文明的地方。威尔说是这样。但是当他这样说的时候,他的妻子海伦笑了。“你在那儿到底在干什么?”威尔突然问道,转过身盯着她,好像这是第一次他想到要问的问题。

“我在追一个男人,我也得到一个,我得到了你。”她说。

她和一个年轻男子一起去舞会,这个男子和鲍勃的表妹住在同一个郊区,她的父亲是一名医生。海伦接着威尔的故事往下讲。她解释说当威尔和鲍勃以及那两个女孩,格雷斯和辛西娅一起走进舞厅时,她一眼就看到了威尔。“这个人就是我要找的。”她暗自思量,几乎在他们进门的同时就跑去把自己介绍给了威尔。他们立即一起跳起舞来。

那天晚上在那家乡村饭店里真有几个无法无天的家伙。当威尔和海伦正在跳舞的时候,有个长得粗粗壮壮,没教养的,看起来很蛮横的家伙一直不断地调戏海伦,威尔说。他已经开始告诉我这件事情,然后突然想到一个主意。“喂,海伦,看这里,”他说,转过身看着他的妻子,“难道你和这件事就没有关系吗?你是不是给这个没教养的家伙暗送秋波了?是你怂恿他这么做的吗?”

“当然。”她说。

她解释说当一个女人,像她这样正在行动中,当她真要煞费苦心地想得到一个男人时，最好的办法就是在情场上安排一个竞争对手。“你必须充分利用手上的所有材料，不是吗？你是一个艺术家，你经常谈论艺术，你应该明白这一点。”

由于一次争吵，他们的关系变得更密切了。威尔带着海伦到鲍勃、格雷斯和辛西娅坐的桌子旁，那个小恶棍大摇大摆地走了过来，他个头更高一点，他要海伦和他一起跳舞。

海伦愤怒了，她看起来有点害怕。威尔觉得这事要靠他来个了断，而他又是个很不善于处理这类事情的人。对这种突发事件，威尔感到非常的无助。

这个男子汉开始发抖了，背上也疼痛起来。他一直梦想自己能变得冷酷而坚定，但却是如此地没有用，他就是想大喊大叫，这只会使情况更糟糕，事态更严重。最后还是海伦自己解决了这件事情。她已经开始对威尔有点爱惜了。

“你是怎么处理的？”我问，“我听说你很愤怒。”

“是的，”她说，“但是我控制住了自己，我站了起来，然后和他一起跳舞，我喜欢跳舞，他的舞跳得非常棒。”

海伦，跟格雷斯和辛西娅一样，晚上都是开着她父亲的汽车。当他们离开这个粗野的地方时，那个和海伦一起来的年轻人与辛西娅，一起坐到了另一辆车的后排，威尔和海伦坐同一辆车。这虽然使辛西娅感到不愉快，但她似乎和这事又没有什么关系。

他们就这样开始了交往。后来，威尔和鲍勃不断地到费城来度周末，但鲍勃表妹家的情况却有了改变。“她们不再那么热情和愉快。”威尔说。海伦经常会来串门。很快地，两个年轻人开始住在费城的一家旅馆。鲍勃也同样对海伦感兴趣。他们住在一家便宜的小旅馆，不需要很多钱。海伦来看他们，威尔说她直接跑到旅馆的房间来。当他开始设想起那时接下去发生的事情时，威尔用一种惊异的眼神看着海伦。“我想你那时就可能会得到我们中的一个。”他说，带着一种敬畏的口气。很显然他很钦佩妻子。

“我对鲍勃没什么把握。”海伦说。

当他们在纽约上班时，她给他们两个都写信，而当他们到了费城，她就来看他们。她经常想方设法弄到她父亲的汽车。星期六晚上她很晚回到郊区的家，星期天一大早她才玩回来。星期六的晚上他们一起去跳舞。

有一天，她的父亲感到担忧和生气，然后就一路尾随着她。他看到自己的女儿径直走进两个男人住的便宜旅馆。

她必须对这事做个了断。她已下决心要嫁给其中的一个，她也厌倦了住在家里，我想当时她家里的情况也越来越不妙了。她是个独生女。她说她母亲一直不停地哭泣,而她父亲怒不可遏。“我当时必须对他们强硬。”她解释说。她就像个外科医生对一个惊恐不安的病人实施手术时一样,她对父母亲连哄带吓。她父亲试图坚决压制此事时,她下了最后通牒,“我 21 岁了,”她说,“如果你干涉我的私事,我就离家出走。”

“但是你怎么生活下去?”

“别犯傻了,老爸,女人总能够活下去的。”

她径直地奔向车库,开着她父亲的车到了费城。在旅馆的房间里,她认真地研究了这两个男人。她让威尔和她一起下去走到车前,“进来。”她说。他们驾车离开了旅馆。“我不知道我们要去哪儿。”威尔说。

他们一路一直开。威尔谈到了那天晚上她郁郁寡欢的心情,他坠入了爱河中。当我倾听这个故事时他仍然深陷在爱河里。“那是一个温柔的,满天闪烁着繁星的夜晚。”说着,他紧紧地握住了妻子的手。

“我们结婚吧。”那个晚上她对威尔说。“什么时候呢?”他问。她认为最好马上结婚。“但是你考虑过我的薪水吗?”威尔说。“我正在考虑这个,不是很多,是吗?”他菲薄的薪水似乎并不能改变她的决心。“我不能再等了。”她这样说。她说他们可以开车到处转上一个晚上,然后在第二天凌晨结婚。

他们确实这样做了。她的家人,医生和他的妻子,都感到惊慌失措。

第二天威尔和他妻子一起去看望他们。“你是怎样被接受的?”我问。“很容易。”威尔说,不管海伦嫁给谁,医生和他妻子都会高兴的。“你瞧,这事我早就安排好了,”海伦说,“我要让他们陷入一种状态,似乎只有我结婚了才能够拯救他们。”

兄弟之死

两个橡树桩,被齐刷刷地拦腰截断,只到一个个子不高的男人的膝盖。它们成了两个孩子好奇的对象。两个孩子曾目睹了砍树的过程,但在树倒下之前就已经跑开了。他们没有想到留在那儿竖立的树桩,甚至连看都没看一眼。后来和姐姐玛丽谈起这两个树桩,特德说:"我想知道那两个树桩是否像人的腿一样会流血,就像一个外科医生截断一个男人的腿时那样。"因为他以前老是在听战争的故事。一天,一个参加过世界大战的男人,他只剩下一只胳膊,来农场看望这里的一位工人。他就站在一个马棚里聊天。当特德说起这事时,玛丽马上大声反驳。因为她运气不好,那个独臂男人在马棚里谈话时,她不在场,因此她有些妒忌。"为什么不会是一个女人或一个女孩的腿呢?"她说,但特德觉得这种想法很愚蠢。"女人和女孩是不会被砍掉手脚的。"特德断言道。"为什么不会? 我只是想知道为什么不会?"玛丽不断地问。

砍树那天,如果他们待在那儿,那一定会有看头的。"我们或许会走过去摸摸它们被锯的地方。"特德说。他是指那两个树桩。树桩会发热吗? 会流血吗? 后来他们真的去摸了那两个树桩,但那天天气很冷,因此两个树桩也是冰冷的。特德坚持自己的观点,只有男人的手脚才会被砍掉。但玛丽想到的是交通事故。"你不能只想到战争,或许是一场车祸呢。"她大声说,但特德就是不相信。

他们两个都是孩子,但一些事情很奇怪地使他们俩都成熟了。玛丽 14 岁而特德才 11 岁,可他并不强壮,这就使他们俩看起来差不多。他们出生在富裕家庭,父亲约翰·格雷是个农场主,住在弗吉尼亚西南的布卢·里奇乡村。这儿是一片广阔的山谷,叫"富裕谷"。一条铁路和一条小溪穿过山谷,且能看到群山耸立,分别向南北绵延。特德有某种心脏病,是属于心脏组织的损伤之类,那是由于

8 岁时严重的白喉发作引起的。他身体又瘦又弱,但奇怪的是他活了下来。医生说他随时都可能会死掉,而且可能是猝死。因此,这病让他与姐姐玛丽的关系特别亲密,也唤起了玛丽内心一股强烈而又坚定的母爱。

家里人、山谷农场附近的邻居们、甚至学校里其他的孩子们,都认同这两个孩子之间非同一般的情感。人们都说:"看他们走在一起就会觉得他们在一起很快乐,但又很严肃。对于那么小的孩子来说,他们确实太严肃了。但是在这种情况下,我想这还是很自然的。"当然,每个人都知道特德的事,而这事对于玛丽来说非同一般。刚刚 14 岁的她既是一个小女孩又是一个成熟的女性,而这一面总让她在不经意间表现出来。

很早她就意识到了有关弟弟特德的事情,因为他我行我素,尽管有心脏病,一种可能随时会停止心跳而死去的病,就像一棵年幼的树木被砍掉一样。格雷家里的其他人,也就是年长的长辈们,父亲、母亲和现在已 18 岁的哥哥唐,都认同有属于两个孩子自己的情感并且存在于他们心中,但他们对这事的认同不是很明确。家里人在任何时候都可能做些奇怪的事,有时甚至会做些伤害人的事,因此你得密切注意他们。特德和玛丽都已经发现这点了。

哥哥唐 18 岁,是一个差不多成年的人了,长得很像父亲。他是这样的一种人,人们评价他时说:"他是个好男人,将来会成为一个出色的,坚强可靠的人。"他父亲年轻时从不喝酒,从不去追求女孩子,也不会放荡不羁。而住在富裕谷的年轻人打小起就相当的狂野、放荡不羁。其中一些人已经继承了大农场,但由于他们沉溺于赌博、酗酒、瞎摆弄快马、追求女孩子等原因而倾家荡产。这种现象几乎成了弗吉尼亚的风气。但约翰·格雷是一个庄稼人,应该说格雷家族所有的成员都是。在这山谷周围,格雷家还有其他几个很大的牛场。

大家都说约翰·格雷天生是个养牛专家,他熟悉菜牛,那种个大,称作出口型的肉牛。他懂得如何挑选菜牛,如何饲养才能长肉,也知道在什么地方如何买到正宗的这种小牛放到自己的牧场上。这是一片翠绿的山村,长大的菜牛可以直接从牧场赶往市场销售。格雷家的农场占地 1200 多英亩,大部分都是绿草如茵的田野。

父亲热爱土地,渴望得到土地。他刚起家时,是一个养牛的农场主,继承了他父亲一个紧挨在阿斯平沃尔大农场隔壁约 200 英亩的小农场。打那以后,他就从未停止去获得更多的土地,而且不断去蚕食阿斯平沃尔家。而这家人非常喜欢赛马,特别是快马。他们认为自己是弗吉尼亚的贵族,因此从不谦逊地说他们是一个逐步走向衰败的家族。家族的传统是饲养快马可又把钱拿来赌快马,总是供养着一批客人吃喝玩乐。约翰·格雷不断地获取他们的土地,今天 20 英亩,明天 30 英亩,然后 50 英亩,直到最后得到了阿斯平沃尔家的老祖房,还娶了阿斯平沃尔家其中的一个女儿为妻,但她不是最小的也不是最漂亮的一个。阿斯平沃尔家的大农场完全败落了,拥有的土地不到 100 英亩。可是,年复一年,约翰·格雷却总是那么谨慎、精明地让每一便士发挥作用,从不浪费一分一厘,一点一点地积攒到了格雷家族现在的田产。昔日的阿斯平沃尔家的老祖房是一栋又大又古老的砖房,而且每个房间都有壁炉,相当的舒适。

大家都想知道为什么路易丝·阿斯平沃尔会嫁给约翰·格雷,但纳闷的同时他们都在笑。阿斯平沃尔家的女儿都上过大学,受过良好的教育,可路易丝并不漂亮。结婚后,她显得更漂亮一些,几乎是突然变得漂亮起来。大家都知道,阿斯平沃尔家的人天生敏感,确实是出类拔萃,但是男人们不懂管好土地,而格雷家就可以做到。在弗吉尼亚这片土地上,人们称赞约翰·格雷取得的成就。他们尊重他,都说:"他这人真实在,像马一样诚实,对养牛很有见地,真棒。"他用他的大手量一下一头菜牛的侧背就能说出它的斤两,就像用天平称过一样,或者他可以打量一头小牛或一两岁的菜牛,说:"行啦。"这头牛就能卖掉。小菜牛毕竟就是小菜牛,除了变成牛肉他不指望还能留作他用。

还有唐,格雷家的大儿子,明显地注定是格雷家中一员,活脱脱是父亲的一个翻版。长期以来他一直是弗吉尼亚县 4H 俱乐部的明星,甚至在 9 岁、10 岁时,他就在辨别菜牛这方面获得大奖。12 岁时就能在没有任何人帮忙的情况下自己干各种农活,玉米的收成按每英亩蒲式耳计算比本州任何一个男孩要多得多。

玛丽·格雷,作为一个女孩子,特别的敏感,如此的成熟但又年轻,非常懂事,这让人感到有些惊讶,甚至感到有点奇怪。哥哥唐像父亲一样高大健壮,还有最小的弟弟特德。一般来说,在日常生活中,一个女孩子对像唐这样的哥哥产生一种年轻女孩的崇拜感本来是很自然,很正常的,可玛丽却没有这种感觉,她依然是她。由于某种原因,在她心里唐根本就不存在,只不过是一个外人而已。然而特德却是她的一切,因为他是家里看起来最脆弱的一个。

唐的身材依然那么高大,还是那么沉默,看起来相当自信。父亲开始创业时只是一个年轻的养牛人,而且只有两百英亩土地,可现在唐拥有 1200 英亩土地,那他开始创业会做什么呢?尽管他什么也没说,但已经知道自己需要去创业,想自己当老板去经营管理。父亲曾提出要送他去念大学,一所农业大学,但他不去。"我不去,这儿能学到更多的知识。"他说。

父子之间已经存在一种竞争,而且总是在表面之下进行着。这种竞争涉及了做事的种种方式和所做的所有决定,然而儿子最后总是甘拜下风。

就像在每个家庭中,一大家子总会分成几个小群体,他们之间相互妒忌,暗藏愤恨,悄然无息地互相争斗。在格雷家,玛丽和特德,唐和他的父亲,母亲和两个孩子,一个是崇拜哥哥唐的 6 岁女孩格拉迪斯和另一个是 2 岁的男孩哈里,他们之间也是如此。

至于玛丽和特德,他们生活在他们自己的世界里。但是如果没有斗争,他们的世界是无法建立起来的,这主要是由于特德患有心脏病,心脏随时都可能会停止跳动,所以他一直受到大家悉心的呵护。但只有玛丽知道这让他有多气愤,深深地伤害了他。

“不,特德,我不会做这事。”

“喂,特德,千万要小心。”

有时特德由于唐、父亲、母亲都这样对他而气得全身发抖,脸色苍白。他想做什么都没关系,家里有两部车,想学就开其中的一部,也想爬上树找鸟窝,想要和玛丽赛跑等等。当然,由于在农场长大,他也想试试驯小马,让小马开始跑步,在马背上装上马鞍然后骑出去玩。“不,特德,你不能这样做。”可他已经从那些农场工人和乡村学校里的男孩们那儿学会了咒骂。“倒霉透了! 该死的东西!”他对玛丽说。只有玛丽理解他的感受,但是她无法确切地用话语表达这种感受,甚至对她自己也是如此。正是这种理解使她如此小的年龄的心理变得成熟,也使她与家里的其他人一分为二,也激起了她内心一种不同寻常的决心。她差点儿把自己的心里话说了出来:“他们不应该这样,他们不应该这样。”

“倘若他只有几年的生命,他们就不该糟蹋他所应有的东西。一次又一次,日复一日,他们为什么要让他死呢?”这些想法在她心里没有很明确。她痛恨其他人,她像一位士兵一样站在特德身边保护他。

两个孩子在自己的世界里离大家越来越远了,只有一次与妈妈在一起时,玛丽的感觉才显露了出来。

那是初夏的一天,特德和玛丽在雨中玩耍。他们在房子门廊的一边,雨水哗哗啦啦地从屋檐倾泻而下,一股急流冲过门廊墙角,特德和玛丽先后急匆匆淌过急流,然后再跑回到门廊里。他们全身湿透了,淋湿的头发不停地滴着水,他们感觉到了衣服淋湿后身上的一股凉意,这对他们来说真是一件充满欢乐的事情。当妈妈进门时他们正高声尖笑着,妈妈看着特德,声音里充满着害怕与焦虑,“唉! 特德,你知道你不能这样的,你不能这样啊。”只说了这些,其余的尽在不言中,一句也没有责备玛丽,仅此而已。“哦,特德,你不能,不能这么使劲地跑啊,爬树呀,骑马啦。对你来说一点点的震动都可能是致命的。"又是陈词老调,特德当然明白。他的脸色变得苍白,全身颤抖。为什么其他人就不能明白这样对他来说是一种百倍的摧残?那天他没有回答妈妈,而是离开门廊,冒雨冲向马棚,想把自己藏起来不见任何人。只有玛丽明白他的感受。

玛丽突然间变得非常成熟,怒气冲天。母亲,一个近50岁的妇女和女儿,一个只有14岁的女孩站在那儿相互盯着对方。这件事让家里的一切都逐渐发生了转变。玛丽感觉到了这点,仅仅是觉得该去做点事情。"你本该有更多觉察,妈!"她严肃地说,也已经是一脸的苍白,双唇颤抖。"你不能再这样做了,永远都不能再这样说了。"

"什么,孩子?"妈妈的声音又惊又怒。"应该让他自己去思考。"玛丽说。她想放声大哭但又忍住了。

妈妈明白了,她尚未从那奇怪的紧张中回过神来,玛丽已经冒雨离开,走向马棚。但一切又不是那么的明朗。妈妈真想冲上去揍她一顿,只是想让她清醒一下胆敢如此的放肆。一个这样的孩子就喜欢决断许多的事情,也敢责骂自己的母亲。这里有太多的暗示,这种暗示甚至会让特德死去,他会眨眼间突然地死去,而不是那种一般的死亡,是突然死去的危险,一而再、再而三地提醒他的注意。生命是有价值的,用孩子的语言来表达,那就是:"生命的价值是什么?死亡是最可怕的事情吗?"妈妈默默地转身走进了屋里,而玛丽跑向马棚,很快就找到了特德。他在一个空荡荡的马棚里,背靠着墙站着,瞪着眼睛。没有任何解释。"喂!"特德马上叫道。"过来,特德。"玛丽回答。他们非要去做些甚至比在雨中玩耍更冒险的事。这时雨已经停了。"我们把鞋子脱掉吧。"玛丽说。光脚丫是特德被禁止做的事之一,但是他们还是脱掉鞋子,放在马棚里,然后走进果园里。果园下方有一条弯弯的小溪流向河里,可现在水涨起来了。他们踏入小溪,玛丽一下子站不住脚,特德不得不把她拉住。然后她说话了,"我已经告诉过妈妈了。"玛丽说,看起来很严肃。

"说什么呢?"特德说。"嘿,我琢磨着可能是我把你从水中救出来的事。"他又说道。

"确实是你救的,"玛丽说,"我叫妈妈不要管你。"突然间她变得火气大起来。"他们所有的人,所有的人都不能打扰你。"她说。

这是个约定,特德参与了。他是个富有想象力的孩子,想到了很多冒险刺激的事要去做。可能妈妈跟爸爸说了,也跟哥哥唐说了那天的事。家里人开始产生一个新的倾向,不要管这两个孩子的事,事实上似乎是想给这两个孩子新的生活空间。有些事似乎已经放宽了。他们创立起自己内心的小世界,每天进行着不断的创立,而在这个小世界里面有一种全新的安全感。对于这两个孩子而言,他们似乎还无法用言语来表达他们的感觉,但在他们自己创立的世界里,似乎感觉到了一种新的安全感。突然间,他们可以看到外面的世界,可以用一种新的方式来了解外面的世界正在发生的事情,而这个世界也是属于别人的。

这是一个需要去思索、观察的世界,也是一个戏剧性的世界,人与人之间关系的戏剧,存在于他们自己的世界之外;存在于每一个家庭里、每一个农场里、每一个农舍里……在农场里,刚赶回来的小牛和一岁大的菜牛要喂肥,大而肥壮的菜牛要赶往市场卖,驯服的小雄马要牵去干活或配上马鞍,小羔羊在冬末出生。人们的生活更加困难,对于一个孩子来说经常是无法理解的。可是那个雨天在门廊里和妈妈的一番谈话后,对玛丽来说,似乎她和特德几乎是建立了一个新的家。农场里的所有一切,房子和马棚都变得更加美好。他们有一种新的自由感。傍晚,放学了,他们走在乡间的路上回农场。路上还有其他的孩子,但他们总是故意落在后面,不然就走在前头,这是他们约定好的。"等我长大了,我要当一名护士。"玛丽说。她隐隐约约记得来自县城里的那个女护士,特德生重病时,她曾来过住在家里。特德说只要一有可能,这或许是因为他现在比唐小很多,他打算离开这儿到西部去,或者去更远的地方。他想成为一名西部牛仔或驯马师之类。倘若无法实现这些,他就要成为一名铁路工程师。横穿富裕谷的铁路从格雷农场的一个角落笔直而过。下午他们站在公路上,有时远远地就能看到火车呼啸而过,喷出的浓烟在空中缭绕盘旋,也可以听到火车低沉的隆隆声,在晴朗的白天,还能看到火车头的活塞杆在飞速转动着。

至于房子附近田地里的那两个树桩,它们是被砍倒的那两棵橡树留下来的。孩子们都知道这两棵树,它们是在初秋的一天被砍掉的。

格雷房子有一条后门廊,这儿曾经是阿斯平沃尔家族的所在地。从门廊踏上小路往前走就到了石头砌成的泉水房。就在那儿,从地下冒出来的一股泉水成了一条小溪沿着田野的边缘,穿过两个大马棚,流过马棚外的草地与在弗吉尼亚被称为"支流"的小溪相汇,而这两棵树就紧紧地并列在泉水房和栅栏附近。

这是两棵枝繁叶茂的大树,它们的根深深地扎入了肥沃而又总是潮湿的土壤里,其中一棵的大树枝几乎垂到了地面。因此玛丽和特德常常从这个大树枝爬上去,再从另一边出来爬到另一棵树上。秋天来了,生长在房间周围其他树纷纷飘下落叶,可这两棵橡树叶却依然是那么鲜红。天气阴沉时,这些树叶就像被风吹干的血一样一片暗红,但在其他日子里,当太阳升起时,在远处的群山衬托下叶红如火焰。一阵微风拂过，这些树叶沙沙作响，像情侣般相互依偎，窃窃私语，倾诉着各自的心事。

约翰·格雷早就决定要把这两棵树砍掉，只是起初还不很确定。“我琢磨着要砍掉这两棵树。”他宣布道。

“可是为什么呀？”他妻子问。这两棵树对她意义重大。她爷爷在这里种下了它们，在她的心中有着某种特殊的意义。她说：“在秋天，当你站在后门廊时，你看，它们在群山的衬托下是多么漂亮啊！”她说到这两棵树从遥远的森林带回来时，就已经相当大了。她母亲以前经常提起这件事，她爷爷也对它们产生了一种特殊的情感。“阿斯平沃尔家的人就是这样的。”约翰·格雷说，“这里有很大的院子，房子周围有很多树，但这两棵树却没有把房子或庭院遮住。阿斯平沃尔的家人为了这两棵树费尽心思，然而在这些可能会长满杂草的土地上种下了它们。”他突然下了决心，在他心里下了一半的决心突然更加强硬了。或许是他听到太多关于阿斯平沃尔家人以及他们家风的事。正午时分，饭桌上关于砍树的谈话玛丽和特德全都听到了。

开始是在饭桌上谈这件事，后来在门外，在房子的后院还在继续谈。妻子随着丈夫走出来。约翰·格雷总是迅速站起来，突然间一声不响地离开饭桌，“砰”的一声把门关上走了出去。“别砍啊，约翰。”妻子说，站在走廊叫自己的丈夫。那天很冷，但太阳出来了，两棵树就像熊熊燃烧的篝火点缀着远处灰茫茫的田野和群山。唐，家里的大儿子，不管是身材还是外表各方面都极像他父亲，跟着妈妈走了出来，特德和玛丽这两个小家伙也跟在后面。开始唐一言不发，但当父亲对母亲的抗议没有任何表示就往马棚走去时，他也说话了。很明显，他所说的是已经决定的事情，只能使他父亲更加坚定。

至于这两个孩子，他们已经走到一边站在一起看和听这件重要的事情。他们有自己的小世界。“你们不来管我们，我们也不去打扰你们。”但这想法没有像砍树这件事这么肯定。玛丽·格雷对那天下午在院子所发生的事所产生的大部分明确的看法，是在很久以后，直到她长大成人才形成的。那一刻，她突然涌出了一种强烈的孤独感，有一堵把她和特德两人与其他人隔绝的墙。或许在那时，要用新的眼光来看待父亲、母亲和唐。

在生活中，人与人之间的所有关系中，总会产生某种对生活具有强烈破坏性的事情。那天玛丽朦朦胧胧地感觉到了这一切，她总是只相信自己和特德，但这仅仅是在特德死后很长一段时间所想到的。这农场是父亲凭自己超乎寻常的耐性和精明从阿斯平沃尔家族那儿赢来的。在家里，从父亲时不时的只言片语中，玛丽慢慢地形成了一个印象。父亲约翰·格雷是个成功人士,他得到了想得到的,拥有了想拥有的。他是个指挥官,是个有权力做他想做的事的人。但他的权力过于锋芒毕露,包括了不仅是其他人的生活,而且其他人的冲动、欲望和其他人的渴望……他自己可能没有意识到,甚至是不理解……但它走得太远了。奇特的是权力也有它的生命和死亡。那时玛丽曾考虑这些的想法吗?……或许她没有……她仍然有自己特殊的处境,就是与将要去世的弟弟特德的关系。

拥有权给予了特殊的权力,也具有管理支配的权力,这是父亲对孩子们、男男女女们,对土地、房子、城里的工厂、田地等体现出来的。"我会请人来把果园里的树砍掉。它们结出来的苹果不是所需要的那种,这种苹果再也卖不了钱。"

"但是,先生……你看……看这些与群山、蓝天相辉映的果树。"

"都是些无意义的话,真是多愁善感。"

真让人不知所措啊。

认为玛丽·格雷的父亲是没有情感的人确实是胡说八道。他一生都在努力奋斗,或许年轻的时候,他可以忍受没有得到一些想要的而且是非常渴望得到的东西。有的人在生活中得去管理各种各样的事情。财富意味着权力,意味着有权力指挥"去干这个或那个"。如果你为一件事长期地艰苦奋斗,那这件事对你来说是非常甜蜜的。

格雷家中的父亲和大儿子间有某种憎恨吗?"你也像我一样是一个对权力这东西有冲动的人。不过你现在还年轻,而我却慢慢变老了。"一种既羡慕又担忧的语气。如果你要继续拥有权力,那么承认害怕是不行的。

年轻的唐和父亲特别地相像,一样的眼睛,一样线条的嘴巴,都是严肃沉默的男人。唐走路姿势也像父亲,关门时也是一样那么使劲,思考问题和干活作风也是惊人地相似,也是一样缺乏细致,总是那么笨拙费力地把事情做完。当约翰·格雷与露易丝·阿斯平沃尔结婚时,就已经是个成熟的男人,已经走在成功的路上。这样的男人是不会在年轻和毛躁时结婚的。现在他临近60岁,和他如此相像的儿子也具有与他同样的长处。

两人都热爱土地,珍爱财富。"这是我的农场,我的房子,我的马,我的牛羊。"再过10年,最多15年,很快地,父亲就会死的。"看,我的手已经有点不行了,所有的这一切将不在我的掌握中。"他,约翰·格雷曾经那么不容易地拥有了这一切财富,花费了那么多的耐性和恒心。除了他自己没有人会懂得其中的滋味。5年,10年,15年的劳作和节省,才逐步地一块块地获得阿斯平沃尔农场。"真是一群傻瓜!"他们喜欢认为自己是贵族,20英亩,30英亩,50英亩,慢慢地抛弃了土地。

养了一群马却不会耕一英亩的地。土地也是他们掠夺的,却没有偿还任何东西,他们没有为土地的肥沃付出任何的劳动,也没有把土地积累起来。每个人都认为:“我是阿斯平沃尔,一个绅士,我不会去耕地来弄脏我的手。”

一群蠢货,不明白拥有土地的意义,不明白财富的意义,甚至责任的意义。他们才是真正的平庸之辈。

约翰·格雷娶了阿斯平沃尔家的女儿为妻子,正如后来证实的那样,她是他们当中最出色,最精明,后来也成为他们中最漂亮的一个。

现在儿子站在妈妈的身边,两人从走廊一起走过来。对于这个儿子来说,轮到他继承财富,接过指挥权是很自然合理的,因为他正在成为父亲那样,所要成就的那样。

当然,其余几个孩子也有这个权利。但如果你身上有钱的话(约翰·格雷认为他儿子唐会有),只有一种方法去处理。你用钱让其他人放弃,把他们安顿好,这里有特德,一个活不长久的人,玛丽和两个最小的孩子。“如果你努力,你会做得更好。”

所有这一切,还有眼下在父子之间的突然的争斗的弦外之音,后来这些都逐渐影响到约翰·格雷的女儿,她还只是比小孩子大一点。当这粒种子播种下地或随之植物破土而出,长出嫩芽及其蓓蕾开放或到后来果实成熟时,这种戏剧性的事情会发生吗?格雷家的人的本领就是:冷漠、节约、能干、坚定、耐心。那为什么他们能取代富裕谷里的阿斯平沃尔家族呢?玛丽和特德这两个孩子的身上也流着阿斯平沃尔家族的血呀。

阿斯平沃尔家族中有个男人名叫弗雷德叔叔,是露易丝·格雷的兄弟,他有时候会来农场看看。他是一个相貌出众,高个子的老人,脸上留着范·戴克式灰色的胡子和髭须,衣着显得有点邋遢,但总会显示出一种不可言喻的贵族气质。他在县城里与他的一个女儿生活在一起,这个女儿嫁给了一个商人。这位礼貌威严的老人在见到他妹夫时总会陷入一种奇怪的沉默之中。

在秋天的那一天,儿子唐站在妈妈的身边,而两个孩子玛丽和特德站在另外一边。

“不要砍,约翰。”露易丝·格雷又说。已经前往马棚的父亲停住了脚步。

“哦,我想我会的。”

“不行,你不能砍。”年轻的唐突然说话。他的眼睛透出一种异常坚定的神情,这两个男人间的某种冲突突然爆发了。“我要拥有……我会拥有的。”父亲转过身,严厉地盯着他,没有理睬他。

过了一会儿妈妈继续恳求他。

“为什么,这是为什么?”

“这两棵树有这么大的树荫,草都长不起来。”

“但还有这么多的草啊!有许多英亩的草啊!”

约翰·格雷在回答妻子时,再次盯了一下儿子唐,没有说出的话语在两人之间来回着。

“我拥有这里,我在掌管这儿。可你说我不能砍树是什么意思?”

“哈哈!是的!现在是你拥有这儿,但很快就是我的啦。”

“我会在地狱第一个看到你。”

“你犯傻!还不到时候!还不到时候!”

除了上述的话外,当时他们没有说其他的话。后来女儿玛丽再也无法记起这两个男人之间的确切对话。在唐的心里突然闪过一种坚定,突然决定站在母亲的一边,这甚至可能是另外的情感,一种出于他身上流淌着的阿斯平沃尔热血的情感,此时此刻对树的热爱胜于对草的热爱,虽然草能养肥那些小公牛。

4H俱乐部奖品获得者,年轻的种玉米冠军,辨别小公牛的胜利者,热爱土地,珍视财富的守望者。

“你不能。”唐又说。

“不能什么?”

“不能砍掉那两棵树。”

这时父亲没有多说一句话就离开大家,走向马棚。太阳依然那么灿烂耀眼。一阵刺骨的微风吹过,衬托着远处的群山,两棵树就像燃烧的篝火。

正午时分,两个年轻的农场工人,都是住在马棚那边的小出租房里。其中一个兔唇的男人已婚,另一个年轻人英俊沉默,和他一起搭伙。他们刚吃完中午饭就要去其中一个马棚。正是初秋玉米收成时节,他们是要一起到远处的田野收割玉米。

父亲去马棚,把这两个人叫了回来。他们带了斧子和长锯子。“你们砍掉这两棵树。”在约翰·格雷这个男人的心中有一种盲目的,甚至是愚蠢的决心。刚才那时刻他的妻子,孩子的妈妈……孩子们都无法知道他们的母亲曾经历了多少个这样的时刻。她已经嫁给了约翰·格雷,他是她的男人。

“如果你砍了那两棵树,爸爸……”唐·格雷冷酷地说。

“按我说的做,把这两棵树砍了。”他对两个工人说。兔唇的那个男人笑了,可他的笑声却像驴叫。

“不要。”露易丝·格雷说,可这次她不是对丈夫说,而是走向儿子,拉住了他的手臂。

“不要。”

“不要阻止他,不要与我的男人作对。”像玛丽·格雷这样的孩子能理解吗?这需要花一些时间去理解生活中所发生的事,然后人生就会慢慢地展现在她的心里。玛丽正和特德站一起,特德的小脸显得苍白和紧张。死亡就在眼前,随时,随时都会发生。

“我经历了上百次这样的事情,正是他的这种做事方式,我嫁的这个男人成功了。没有什么能阻止他。我嫁给了他,也和他生了孩子。”

“我们女人选择了服从。这是我的事,与你无关,唐,我的儿子。”

一个女人紧紧抓住了她的重心,就是家庭,而这家庭造就了她。

儿子没有以妈妈的角度来看待事情,他甩掉妈妈抓在他胳膊上的手。露易丝·格雷比她的丈夫年轻,尽管他现在60岁,而她只差不多快50岁。而那一刻她看起来非常地脆弱,那时的行为举止有些道理,是否血管里毕竟流着是阿斯平沃尔家族的血?

这一刻,玛丽朦朦胧胧地或许明白了。女人和男人!那时对于她来说,只有一个男人就是弟弟特德。后来,她记起特德当时的眼神,在他小脸上的那种极其严肃成熟的眼神。之后玛丽觉得这甚至是对父亲和哥哥的一种轻蔑的眼神,好像他一直是在心里想着,实际上他不可能真的说出这句话,他太年轻了:“哦,我们会看到的。这是很重要的。这两个愚蠢的人——我的父亲和我的哥哥。我自己不能活的很长久,但我活着时我将会看到,我能看到的。”

哥哥唐走到父亲站的附近地方。

“如果你把树砍了,父亲……”他又说。

“什么?”

“我将离开这个农场,永远不回来。”

“好啊,那你去吧。”

父亲开始指挥已经动手砍树的那两个人,他们每人各砍一棵树。

兔唇的那个年轻人一直在笑,那笑声就像驴叫。“别笑了。”父亲厉声说道。笑声突然停了下来。儿子唐走了,漫无目标地走向马棚。他走近其中一个马棚然后停下来。妈妈这时脸色苍白,半跑地走进了房子。

儿子转身向屋子走去,经过两个小孩时连看都不看他们一眼,也没有进屋。父亲没有看他。他犹豫不决地沿着门前的小道走去,然后穿过大门,走到公路上。

这条公路向南绵延好几英里,穿过山谷,然后转弯,绕过一座山,通向县城。

大儿子唐回到农场时刚好只有玛丽一人看到他。这大约是在三四天之后。由于家里有电话,很可能母亲和儿子一直保持着秘密联系。父亲整天待在田里,就是在家里时也是沉默寡言。

那天唐回来,与父亲相遇时,玛丽就待在其中一个马棚里。这是一次奇怪的见面。

儿子唐走了过来,显得很温顺,玛丽后来一直在想这事。父亲从关马的栅栏里出来,他一直在里面扔玉米给需要干活的马吃。父子俩都没有看到玛丽,因为马棚里停了一辆汽车,她已经爬进了驾驶座,手放在方向盘上,假想正在开车。

"喂。"父亲说。他虽然觉得自己获胜,但没有表露出来。

"哦,"儿子说,"我回来了。"

"我看到了,"父亲说,"他们正在收割玉米。"他朝着马棚的门走去然后又停下来。

"很快就都是你的了,"他说,"那时你就是老板。"

没有再说什么,两个男人离开了。父亲朝着远处的田野走去,儿子走向家里。后来玛丽确信他们没有再说一句话。

父亲是什么意思呢?

"当属于你的时候你就是老板。"这对于孩子来说太难理解了,理解来得很慢。它的意思就是:"你将会掌管这里,对你来说,轮到你掌管时,你也必须坚持这样做。"

"像我们这样的男人不能被这些细微的事情瞎摆弄。有些男人注定是指挥官,其他人必须服从,轮到你的时候你得让他们服从。"

"这儿有一种死亡。"

"在你占有和指挥之前,你心里的某些想法必须消失。"

很明显,这世界上不止有一种死亡。对于唐·格雷,有一种,而对于弟弟特德,可能很快地就是另一种。

那天,玛丽从马棚跑出来,急切地想要弄明白其中的道理。在后来很长的一段时间里,她没有努力去思索所发生的一切。但在特德死前,她和弟弟确实常常谈论那两棵树。在一个寒冷的日子里,他们一起去用手指抚摸那两个树桩,但树桩是冰冷的。特德一直坚持只有男人的腿和手臂才会被砍掉,而她反对这个观点。他们继续做那些特德被禁止做的事,可没人反对。一年或两年后,特德死了,是在夜里睡梦中走掉的。

后来玛丽认为，特德活着的时候总有一种好奇的自由感。某种属于他的禀性，使这种自由感变得更美好，成为一种巨大的幸福始终伴随着他。最后她认为，这是因为反正总得死于这种死法，他从不做出任何像哥哥唐那样的屈服——为了确保财富、成功和他的管理时代而屈服。所以他永远也不必去面对那种更加难以觉察、更加可怕的、已经降临到哥哥唐身上的死亡。

后 记

这部短篇集是我这几年来利用教学之余陆陆续续译完的，有的故事已经修改过五六遍了，但仍有许多不尽如人意之处。安德森的短篇小说博大精深，有些美国俚语和中西部的表达法一时很难确切地译出。翻译之难，难过写作。不仅有理解的问题，恐怕最难的是选词，是把原文传神达意地翻译出来。我深感前辈们所说的“译事无止境”，“一名之立，踟蹰旬月”之叹。书中许多不到之处，恳望专家同行读者批评指正。

方智敏

乙未年立春于屏西